Anna Seghers · Das siebte Kreuz

Das siebte Kreuz

Roman von Anna Seghers
Mit Zeichnungen
von Bernhard Heisig

Büchergilde Gutenberg Frankfurt am Main

Sein erstes Erscheinen in deutscher Sprache 1942
im Verlag »El libro libre« in Mexiko verdankte das Buch
der Freundschaft und gemeinsamen Arbeit deutscher
und mexikanischer Schriftsteller, Künstler und Drucker.

Dieses Buch
ist den toten und lebenden Antifaschisten
Deutschlands gewidmet

Anna Seghers

Personenverzeichnis

Georg Heisler geflüchtet aus dem Konzentrationslager Westhofen
Wallau Beutler Pelzer Belloni Füllgrabe Aldinger ebenfalls geflüchtet
Fahrenberg Lagerkommandant von Westhofen
Bunsen Leutnant in Westhofen
Zillich Scharführer in Westhofen
Fischer Overkamp Polizeikommissare
Ernst ein Schäfer
Franz Marnet Georgs früherer Freund, Arbeiter in den Höchster Farbwerken
Leni Georgs frühere Freundin
Elli Georgs Frau
Herr Mettenheimer ihr Vater
Hermann ein Freund von Franz, arbeitet in den Griesheimer Eisenbahnwerkstätten
Else seine Frau
Fritz Helwig Gärtnerlehrling
Dr. Löwenstein ein jüdischer Arzt
Madame Marelli Schneiderin für Artistenkostüme
Liesel Röder Paul Röder Jugendfreunde von Georg
Katharina Grabber Röders Tante, Eigentümerin einer Garage
Fiedler Arbeitskollege von Röder
Grete seine Frau
Dr. Kreß
Frau Kreß
Reinhardt Fiedlers Freund
Eine Kellnerin
Ein holländischer Schiffer, der allerlei riskiert

Erstes Kapitel

Vielleicht sind in unserem Land noch nie so merkwürdige Bäume gefällt worden wie die sieben Platanen auf der Schmalseite der Baracke III. Ihre Kronen waren schon früher gekuppt worden aus einem Anlaß, den man später erfahren wird. In Schulterhöhe waren gegen die Stämme Querbretter genagelt, so daß die Platanen von weitem sieben Kreuzen glichen.

Der neue Lagerkommandant, er hieß Sommerfeld, ließ alles sofort zu Kleinholz zusammenschlagen. Er war eine andre Nummer als sein Vorgänger Fahrenberg, der alte Kämpfer, »der Eroberer von Seeligenstadt« – wo sein Vater noch heute ein Installationsgeschäft am Marktplatz hat. Der neue Lagerkommandant war Afrikaner gewesen, Kolonialoffizier vor dem Krieg, und nach dem Krieg war er mit seinem alten Major Lettow-Vorbeck auf das rote Hamburg marschiert. Das erfuhren wir alles viel später. War der erste Kommandant ein Narr gewesen, mit furchtbaren, unvoraussehbaren Fällen von Grausamkeit, so war der neue ein nüchterner Mann, bei dem sich alles voraussehen ließ. Fahrenberg war imstande gewesen, uns plötzlich alle zusammenschlagen zu lassen – Sommerfeld war imstande, uns alle in Reih und Glied antreten und jeden vierten herauszählen und zusammenschlagen zu lassen. Das wußten wir damals auch noch nicht. Und selbst wenn wir es gewußt hätten! Was hätte es ausgemacht gegen das Gefühl, das uns übermannte, als die sechs Bäume alle gefällt wurden und dann auch noch der siebte! Ein kleiner Triumph, gewiß, gemessen an unserer Ohnmacht, an unseren Sträflingskleidern. Und doch ein Triumph, der einen die eigene Kraft plötzlich fühlen ließ nach wer weiß wie langer Zeit, jene Kraft, die lang genug taxiert worden war, sogar von uns selbst, als sei sie bloß eine der vielen gewöhnlichen Kräfte der Erde, die man nach Maßen und Zahlen abtaxiert, wo sie doch die einzige Kraft ist, die plötzlich ins Maßlose wachsen kann, ins Unberechenbare.

Zum erstenmal wurden an diesem Abend auch unsere Baracken geheizt. Das Wetter hatte gerade gedreht. Ich bin heute nicht mehr so sicher, ob die paar Scheite, mit denen man unser gußeisernes Öfchen fütterte, wirklich von diesem Kleinholz waren. Damals waren wir davon überzeugt.

Wir drängten uns um das Öfchen, um unser Zeug zu trocknen und weil der ungewohnte Anblick des offenen Feuers unsere Herzen aufwühlte. Der SA-Posten drehte uns den Rücken zu, er sah unwillkürlich durch das vergitterte Fenster hinaus. Das zarte graue Gefusel, nicht mehr als Nebel, war plötzlich zu einem scharfen Regen geworden, den einzelne heftige Windstöße gegen die Baracke schlugen. Und schließlich hört auch ein SA-Mann, sieht auch ein gargekochter SA-Mann den Einzug des Herbstes nur einmal in jedem Jahr.

Die Scheite knackten. Zwei blaue Flämmchen zeigten uns an, daß auch die Kohlen glühten. Fünf Schaufeln Kohlen waren uns zugebilligt, die nur auf Minuten die zugige Baracke anwärmen konnten, ja nicht einmal unser Zeug fertigtrocknen. Wir aber dachten jetzt daran noch nicht. Wir dachten nur an das Holz, das vor unseren Augen verbrannte. Hans sagte leise, mit einem schiefen Blick auf den Posten, ohne den Mund zu bewegen: »Das knackt.« Erwin sagte: »Das siebte.« Auf allen Gesichtern lag jetzt ein schwaches merkwürdiges Lächeln, ein Gemisch von Unvermischbarem, von Hoffnung und Spott, von Ohnmacht und Kühnheit. Wir hielten den Atem an. Der Regen schlug bald gegen die Bretter, bald gegen das Blechdach. Der Jüngste von uns, Erich, sagte mit einem Blick aus den Augenwinkeln, einem knappen Blick, in dem sich sein ganzes Inneres zusammenzog und zugleich unser aller Innerstes: »Wo mag er jetzt sein?«

Anfang Oktober fuhr ein gewisser Franz Marnet von dem Gehöft seiner Verwandten, das zu der Gemeinde Schmiedtheim im vorderen Taunus gehörte, ein paar Minuten früher als gewöhnlich auf seinem Fahrrad ab. Franz war ein mittelgroßer, stämmiger Mensch, an die Dreißig, mit ruhigen, wenn er so unter den Leuten herumging, fast schläfrigen Zügen. Jetzt aber, auf seinem liebsten Wegstück, der steilen Abfahrt zwischen den Feldern bis zur Chaussee, lag auf seinem Gesicht eine starke einfache Lebensfreude.

Vielleicht wird man später nicht verstehen, wieso Franz vergnügt sein konnte in der Haut, in der er steckte. Er war aber gerade vergnügt, er stieß sogar einen leisen glücklichen Schrei aus, als sein Fahrrad über zwei Erdwellen huppelte.

Morgen sollte die Schafherde, die seit gestern bei den Mangolds das Nachbarfeld düngte, auf die große Apfelbaumwiese seiner Verwandten getrieben werden. Deshalb wollten sie heute mit der Apfelernte fertig werden. Fünfunddreißig knorpelige Geäste, kraftvoll hineingewunden in die bläuliche Luft, hingen dick voll Goldparmänen. Sie waren alle so blank und reif, daß sie jetzt im ersten Morgenlicht aufglänzten wie unzählige kleine runde Sonnen.

Franz bedauerte aber nicht, daß er die Apfelernte versäumte. Er hatte lange genug bloß für ein Taschengeld mit den Bauern herumgebuddelt. Dafür hatte er noch froh sein können nach all den Jahren Arbeitslosigkeit, und der Hof seines Onkels – eines ruhigen, ganz ordentlichen Menschen – war immer noch hundertmal besser gewesen als ein Arbeitslager. Seit dem 1. September fuhr er endlich in die Fabrik. Das war ihm aus allen Gründen lieb, auch den Verwandten, weil er den Winter über als zahlender Gast wohnen blieb.

Als Franz an dem Nachbargehöft, den Mangolds, vorbeifuhr, richteten die gerade Leiter und Stangen und Körbe an ihrem mächtigen Mollebuschbirnbaum. Sophie, die älteste Tochter, ein starkes, fast dickes, aber nicht plumpes Mädchen, mit ganz feinen Fuß- und Handgelenken, sprang als erste auf die Leiter, wobei sie Franz etwas zurief. Er verstand sie zwar nicht, drehte sich aber kurz um und lachte. Das Gefühl überwältigte ihn, dazuzugehören. Schwächlich fühlende, schwächlich handelnde Menschen werden ihn schwer verstehen. Ihnen bedeutet Dazugehören eine bestimmte Familie oder Gemeinde oder Liebschaft. Für Franz bedeutete es einfach zu diesem Stück Land gehören, zu seinen Menschen und zu der Frühschicht, die nach Höchst fuhr, und vor allem, überhaupt zu den Lebenden.

Als er um Marnets Gehöft herum war, konnte er über das freie, sacht abfallende Land auf den Nebel hinuntersehn. Etwas tiefer, unterhalb der Landstraße, öffnete gerade der Schäfer seinen Pferch. Die Herde schob sich heraus und schmiegte sich sofort dem Abhang an, still und dicht wie ein Wölkchen, das bald in kleinere Wölkchen zerfällt, bald sich zusammenzieht und aufplustert. Auch der Schäfer, ein Mensch aus Schmiedtheim, rief Marnets Franz etwas zu. Franz lächelte. Ernst der Schäfer, mit seinem knallroten Halstuch, war ein ganz frecher, unschäferischer Bursche. In den fröstlichen Herbstnächten kamen aus den Dörfern mitleidige Bauerntöchter in sein fahrbares Hüttchen. Hinter dem Rücken des Schäfers fiel das Land ab in gelassenen weitatmigen Wellen. Wenn man den Rhein auch jetzt von hier aus nicht sieht, da er noch fast eine Eisenbahnstunde weg ist, so ist es doch klar, daß diese weiten, ausgeschwungenen Abhänge mit ihren Feldern und Obstbäumen und tiefer unten mit Reben, daß der Fabrikrauch, den man bis hierherauf riecht, daß die südwestliche Krümmung der Eisenbahnlinien und Straßen, daß die glitzernden schimmrigen Stellen im Nebel, daß auch der Schäfer mit seinem knallroten Halstuch, einen Arm in die Hüfte gestemmt, ein Bein vorgestellt, als beobachte er nicht Schafe, sondern eine Armee – daß das alles schon Rhein bedeutet.

Das ist das Land, von dem es heißt, daß die Geschosse des letzten Krieges jeweils die Geschosse des vorletzten aus der Erde wühlen. Diese Hügel sind keine Gebirge. Jedes Kind kann sonntags zu Kaffee und Streuselkuchen seine Verwandten im jenseitigen Dorf besuchen und zum Abendläuten zurück sein. Doch diese Hügelkette war lange der Rand der Welt – jenseits begann die Wildnis, das unbekannte Land. Diese Hügel entlang zogen die Römer den Limes. So viele Geschlechter waren verblutet, seitdem sie die Sonnenaltäre der Kelten hier auf den Hügeln verbrannt hatten, so viele Kämpfe durchgekämpft, daß sie jetzt glauben konnten, die besitzbare Welt sei endgültig umzäunt und gerodet. Aber nicht den Adler und nicht das Kreuz hat die Stadt dort unten im Wappen behalten, sondern das keltische Sonnenrad, die Sonne, die Marnets Äpfel reift. Hier lagerten die Legionen und mit ihnen alle Götter der Welt, städtische und bäuerliche, Judengott und Christengott, Astarte und Isis, Mithras und Orpheus. Hier riß die Wildnis, da, wo jetzt Ernst aus Schmiedtheim bei den Schafen steht, ein Bein vorgestellt, einen Arm in der Hüfte, und ein Zipfelchen seines Schals steht stracks ab, als wehe beständig ein Wind. In dem Tal in seinem Rücken, in der weichen verdunsteten Sonne, sind die Völker gargekocht worden. Norden und Süden, Osten und Westen haben ineinandergebrodelt, aber das Land wurde nichts von alledem und behielt doch von allem etwas. Reiche wie farbige

Blasen sind aus dem Land im Rücken des Schäfers Ernst herausgestiegen und fast sofort zerplatzt. Sie hinterließen keinen Limes und keine Triumphbögen und keine Heerstraßen, nur ein paar zersprungene Goldbänder von den Fußknöcheln ihrer Frauen. Aber sie waren so zäh und unausrottbar wie Träume. Und so stolz steht der Schäfer da, so vollkommen gleichmütig, als wüßte er all das und stünde nur darum so da, und vielleicht, wenn er auch nichts davon weiß, steht er wirklich darum so da. Dort, wo die Chaussee in die Autobahn mündet, wurde das Frankenheer gesammelt, als man den Übergang über den Main suchte. Hier ritt der Mönch herauf zwischen Mangolds und Marnets Gehöft, hinein in vollkommene Wildnis, die von hier aus noch keiner betreten hatte, ein zarter Mann auf einem Eselchen, die Brust geschützt mit dem Panzer des Glaubens, gegürtet mit dem Schwert des Heils, und er brachte die Evangelien und die Kunst, Äpfel zu okulieren.

Ernst der Schäfer drehte sich nach dem Radfahrer um. Sein Halstuch wird ihm schon zu heiß, er reißt es ab und wirft es auf das Stoppelfeld wie ein Feldzeichen. Man könnte glauben, das sei eine Geste vor tausend Augenpaaren. Aber nur sein Hündchen Nelli sieht ihn an. Er nimmt seine unnachahmbar spöttisch-hochmütige Haltung wieder auf, aber jetzt mit dem Rücken zur Straße, mit dem Gesicht zur Ebene, dahin, wo der Main in den Rhein fließt. Bei der Mündung liegt Mainz. Das stellte dem Heiligen Römischen Reich die Erzkanzler. Und das flache Land zwischen Mainz und Worms, das ganze Ufer war bedeckt von den Zeltlagern der Kaiserwahlen. Jedes Jahr geschah etwas Neues in diesem Land und jedes Jahr dasselbe: daß die Äpfel reiften und der Wein bei einer sanften vernebelten Sonne und den Mühen und Sorgen der Menschen. Denn den Wein brauchten alle für alles, die Bischöfe und Grundbesitzer, um ihren Kaiser zu wählen, die Mönche und Ritter, um ihre Orden zu gründen, die Kreuzfahrer, um Juden zu verbrennen, vierhundert auf einmal auf dem Platz in Mainz, der noch heute der Brand heißt, die geistlichen und weltlichen Kurfürsten, als das Heilige Reich zerfallen war, aber die Feste der Großen lustig wie nie wurden, die Jakobiner, um die Freiheitsbäume zu umtanzen.

Zwanzig Jahre später stand auf der Mainzer Schiffsbrücke ein alter Soldat Posten. Wie sie an ihm vorüberzogen, die Letzten der Großen Armee, zerlumpt und düster, da fiel ihm ein, wie er hier Posten gestanden hatte, als sie eingezogen waren mit den Trikoloren und mit den Menschenrechten, und er weinte laut auf. Auch dieser Posten wurde zurückgezogen. Es wurde stiller, selbst hierzuland. Auch hierher kamen die Jahre 33 und 48, dünn und bitter, zwei Fädchen geronnenes Blut. Dann kam wieder ein Reich, das man heute das Zweite nennt. Bismarck ließ seine inneren Grenzpfähle ziehen, nicht um das Land herum, sondern quer durch, daß die Preußen ein Stück ins Schlepptau bekamen. Denn die Bewohner waren zwar nicht gerade rebellisch, sie waren nur allzu gleichgültig wie Leute, die allerhand erlebt haben und noch erleben werden.

War es wirklich die Schlacht von Verdun, die die Schulbuben hörten, wenn sie sich hinter Zahlbach auf die Erde legten, oder nur das fortwährende Zittern der Erde unter den Eisenbahnzügen und Märschen der Armeen? Manche von diesen Buben standen später vor den Gerichten. Manche, weil sie sich mit den Soldaten der Okkupationsarmee verbrüdert, manche, weil sie ihnen unter die Schienen Lunten gelegt hatten. Auf dem Gerichtsgebäude wehten die Fahnen der Interalliierten Kommission.

Daß man die Fahnen eingeholt hat und gegen die schwarzrotgoldene vertauscht, die das Reich damals noch hatte, das ist noch längst keine zehn Jahre her. Selbst die Kinder haben sich neulich daran erinnert, als das hundertvierundvierzigste Infanterie-Regiment zum erstenmal wieder mit klingendem Spiel über die Brücke zog. War das abends ein Feuerwerk! Ernst konnte es hier oben sehen. Brennende, johlende Stadt hinter dem Fluß! Tausende Hakenkreuzelchen, die sich im Wasser kringelten! Wie die Flämmchen darüberhexten! Als der Strom morgens hinter der Eisenbahnbrücke die Stadt zurückließ, war sein stilles bläuliches Grau doch unvermischt. Wie viele Feldzeichen hat er schon durchgespült, wie viele Fahnen. Ernst pfeift seinem Hündchen, das ihm das Halstuch zwischen den Zähnen bringt.

Jetzt sind wir hier. Was jetzt geschieht, geschieht uns.

II Wo der Feldweg in die Wiesbadener Chaussee einmündete, stand ein Selterwasserhäuschen. Franz Marnets Verwandte hatten sich jeden Sommerabend geärgert, daß sie das Häuschen nicht rechtzeitig gepachtet hatten, das durch den großen Verkehr eine wahre Goldgrube geworden war.

Franz war früh von zu Hause abgefahren, weil er am liebsten allein fuhr und nicht gern in das dicke Rudel Radfahrer geriet, das aus den Taunusdörfern jeden Morgen nach den Höchster Farbwerken fuhr. Darum verdroß es ihn etwas, daß einer seiner Bekannten, Anton Greiner aus Butzbach, an dem Selterwasserhäuschen auf ihn wartete.

Sofort war die starke, einfache Lebensfreude aus seinem Gesicht verschwunden. Es wurde gleichsam eng und trocken. Denselben Franz, der vielleicht bereit war, sein ganzes Leben ohne Wenn und Aber herzugeben, verdroß es auch, daß Anton Greiner nie an diesem Häuschen vorbeifahren konnte, ohne etwas springen zu lassen, da er ein nettes, treues Mädel in Höchst hatte, dem er nachher das Schokoladentäfelchen oder das Tütchen Drops zustecken würde. Greiner stand schräg, so daß er den Feldweg im Auge hatte. Was ist denn heut mit ihm los? dachte Franz, der mit der Zeit ein feines Gefühl für den Ausdruck von Gesichtern bekommen hatte. Er merkte jetzt, daß ihn Greiner aus einem bestimmten Grund ungeduldig erwartete. Greiner sprang auf sein Rad und schloß sich Franz an. Sie eilten sich, um nicht in das Rudel hineinzukommen, das immer dichter wurde, je mehr es bergab ging.

Greiner sagte: »Du, Marnet, heut früh ist was passiert.«

»Wo? Was?« sagte Franz. Immer, wenn man bei ihm Überraschung vermutete, bekam sein Gesicht einen Ausdruck schläfriger Gleichgültigkeit.

»Marnet«, sagte Greiner. »Heut früh muß was passiert sein.«

»Was schon?«

»Weiß ich doch nicht«, sagte Greiner, »aber passiert ist sicher was.«

Franz sagte: »Ach, du spinnst. Was soll denn schon passiert sein, so früh am Tag.«

»Weiß ich doch nicht, was. Aber wenn ich's dir sag, kannst du Gift darauf nehmen. Etwas ganz Verrücktes muß passiert sein. So was wie am 30. Juni.«

»Ach, du spinnst ja –«

Franz starrte geradeaus. Wie der Nebel da unten noch dick war! Rasch kam ihnen die Ebene entgegen mit Fabriken und Straßen. Um sie herum ein Gefluch und Geklingel. – Einmal wurden sie in zwei Rudel auseinandergerissen, motorisierte SS, Heinrich und Friedrich Messer aus Butzbach, Greiners Vettern, die auch zur Schicht fuhren.

»Nehmen die dich nicht mit?« fragte Franz, als sei er auf Antons Bericht nicht weiter neugierig.

»Dürfen die gar nicht, die haben nachher Dienst. Also, du meinst, ich spinne –«

»Aber wieso kommst du denn drauf –«

»Weil ich spinne. Also: Meine Mutter, die muß doch heut wegen der Erbschaft nach Frankfurt zum Rechtsanwalt. Und da ist sie mit ihrer Milch zur Kobisch rüber, weil sie zur Milchablieferung nicht dasein kann. Und der junge Kobisch, der war gestern in Mainz, da bestellt er selbst seinen Wein für die Wirtschaft. Da haben sie gesoffen, und es ist spät geworden, und er hat erst heut ganz früh heimgemacht, da ist er nicht durchgelassen worden bei Gustavsburg.«

»Ach, Anton.«

»Was? Ach?«

»Da ist doch längst gesperrt, bei Gustavsburg.«

»Franz, der Kobisch ist doch nicht auf den Kopf gefallen. Da wär eine scharfe Kontrolle gewesen, hat der Kobisch gesagt, und Posten auf den Brückenköpfen und dabei ein Nebel. Bevor ich da einen anremple, hat der Kobisch gesagt, und man macht mir die Blutprobe und ich hab Alkohol und adjö mein Führerschein, da setz ich mich lieber zurück ins Goldne Lämmchen in Waisenau und trink noch einen Schoppen.«

Marnet lachte.

»Franz, lach nur. Meinst du, sie hätten ihn zurückgelassen nach Waisenau? Die Brücke war gesperrt. Wenn ich's dir sag, Franz, etwas liegt in der Luft.«

Sie hatten die Abfahrt hinter sich. Rechts und links war die Ebene kahl bis auf die Rübenfelder. Was sollte in der Luft liegen? Nichts als der goldne Sonnenstaub, der über den Häusern von Höchst ergraute und zu Asche wurde. Franz kam es trotzdem vor, ja, er wußte plötzlich, daß Anton Greiner recht hatte. Etwas lag in der Luft.

Sie klingelten sich durch die engen vollen Straßen. Die Mädchen kreischten und schimpften. An den Straßenkreuzungen, an den Werkeingängen gab es einzelne Karbidlampen, die man zufällig heut, vielleicht wegen des Nebels, zum erstenmal ausprobierte. Ihr hartes und weißes

Licht vergipste alle Gesichter. Franz streifte ein Mädchen, das wütend knurrte und den Kopf nach ihm drehte. Es hatte über das linke, dünne, durch einen Unfall entstellte Auge ein Haarbüschel gezogen, sehr in Eile, denn wie ein Fähnchen bezeichnete dieses Haarbüschel die Wunde, anstatt sie zu verdecken. Ihr gesundes, fast schwarzes Auge traf eine Sekunde lang Marnets Gesicht und wurde ein wenig starr. Ihm war es, sie hätte mit einem Blick tief in ihn hineingesehen, bis zu der Stelle, die er sogar vor sich selber verschloß. Und das Gehupe der Feuerwehr auf der Mainseite, das verrückte grelle Karbidlicht, das Geschimpfe der Menschen, die ein Lastauto gegen die Mauer quetschte, war er an all das noch immer nicht gewöhnt, oder war es heut anders als sonst? Er suchte nach einem Wort oder einem Blick, den er danach auslegen konnte. Er war vom Fahrrad abgestiegen und schob es. Er hatte im Gedränge längst beide verloren. Greiner und das Mädchen.

Greiner stieß noch einmal zu ihm. »Drüben bei Oppenheim«, sagte ihm Greiner über die Schulter; er mußte sich dabei so stark seitlich beugen, daß ihm das Rad fast weggerissen wurde. Sie hatten weit auseinanderliegende Eingänge. War die erste Kontrollstelle passiert, dann konnten sie sich auf Stunden nicht wiedersehen.

Marnet witterte und lauerte, aber weder im Umkleideraum noch im Hof, noch auf der Treppe konnte er irgendeine Spur, irgendein noch so geringes Zeichen einer anderen Erregung finden als der gewöhnlichen alltäglichen, zwischen dem zweiten und dritten Sirenenzeichen, nur daß es etwas unordentlicher herging, etwas mehr krakeelt wurde – wie jeden Montagmorgen. Franz selbst, während er ganz verzweifelt nach einem noch so geringen Anzeichen einer noch so verschütteten Unruhe suchte, zwischen den Worten und selbst in den Augen, schimpfte genauso wie alle andern, stellte dieselben Fragen nach dem vergangenen Sonntag, machte dieselben Witze, dieselben zornigen harten Griffe beim Umkleiden. Wenn ihn jetzt jemand belauert hätte mit der gleichen Beharrlichkeit wie er die anderen, dieser andere wäre genauso enttäuscht über Franz gewesen. Franz bekam sogar einen Stich von Haß gegen alle diese Menschen, die überhaupt nicht merkten, daß irgend etwas in der Luft lag, oder es gar nicht merken wollten. War überhaupt etwas geschehen? Greiners Erzählungen waren meistens das reine Getratsche. Falls ihn sein Vetter Messer nicht anhielt, bei ihm, Franz, herumzuschnüffeln. Hat er mir denn was anmerken können, dachte Franz. Was hat er denn überhaupt erzählt? Tratsch und nochmals Tratsch. Daß dieser Kobisch sich beim Weinhandel angesoffen hat.

Mit dem letzten Sirenenzeichen rissen seine Gedanken ab. Da er erst kurz im Betrieb war, empfand er immer noch vor dem Arbeitsbeginn eine große Gespanntheit, fast Angst. Und das Anschnurren der Riemen zitterte ihm bis in die Haarwurzeln. Jetzt hatte der Riemen schon sein helles endgültiges Surren. Franz hatte seinen ersten, zweiten, fünfzigsten Griff längst hinter sich, sein Hemd war durchgeschwitzt. Er atmete leicht auf. Seine Gedanken verknüpften sich wieder, wenn auch nur locker, weil er haargenau ausstanzte. Franz hätte nie anders gekonnt als genau arbeiten, mochte der Teufel sein Arbeitgeber sein.

Sie waren hier oben fünfundzwanzig. Wartete Franz auch hier in der Stanzerei gequält auf ein Zeichen von Erregung, es hätte ihn seiner Natur gemäß doch auch heute verdrossen, wenn von seinen Schablonen eine ungenau ausgefallen wäre. Nicht nur wegen der Beanstandung, die ihm schaden konnte, sondern einfach wegen der Schablonen selbst, die genau sein mußten, selbst heute. Dabei dachte er: Oppenheim hat der Anton gesagt, das ist doch das Städtchen zwischen Mainz und Worms. Was soll denn ausgerechnet dort Besonderes passieren?

Fritz Messer, der Vetter Anton Greiners, zugleich hier oben sein Vorarbeiter, trat kurz neben ihn, trat zum nächsten. Wenn er sein Motorrad eingestellt, seine Tracht im Spind hatte, war er ein Stanzer unter Stanzern. Bis auf den vielleicht auch nur für Franz spürbaren Beiklang in seiner Stimme, als er Weigand rief. Weigand war ein älteres, haariges Männchen, mit dem Spitznamen Holzklötzchen. Jetzt war es gut, daß sein Stimmchen so hell und dünn schnurrte wie der Riemen. Wie es den Abfallstaub aufsaugte, sagte es, ohne den Mund zu bewegen: »Weißt du schon, im KZ? In Westhofen.« Franz sah von oben herunter in den klaren, fast reinen Augen des Holzklötzchens jene winzigen hellen Pünktchen, auf die er so furchtbar gewartet hatte: als brenne tief innen im Menschen ein Feuer und als sprühten nur die letzten Fünkchen aus den Augen heraus. Franz dachte: endlich. Das Holzklötzchen war schon beim nächsten.

Franz verschob behutsam sein Stück, setzte auf den markierten Strich an, drückte den Hebel herunter, noch mal, noch mal und noch mal, endlich, endlich und noch mal endlich. Wenn er nur jetzt einfach weglaufen könnte zu seinem Freund Hermann. Plötzlich setzten seine Gedanken wieder ab. Irgend etwas an dieser Nachricht ging ihn noch ganz besonders an. Irgend etwas, was in der Nachricht enthalten war, wühlte ihn ganz besonders auf, hatte sich in ihm festgehakt und nagte, ohne daß er noch wußte, warum und was. Also ein Lageraufstand, sagte er sich, vielleicht ein ganz großer Ausbruch. Da fiel ihm ein, was ihn daran besonders betraf: Georg – Was für ein Unsinn, dachte er fast sofort, bei einer solchen Nachricht an Georg zu denken. Georg war vielleicht nicht mehr dort. Oder, was ebenso möglich war, er war tot. Aber in seine eigne Stimme mischte sich Georgs Stimme, von fern und spöttisch: Nein, Franz, wenn was passiert in Westhofen, dann bin ich nicht tot.

Er hatte wirklich die letzten Jahre geglaubt, an Georg zu denken wie an alle übrigen Gefangenen! Wie an irgendeinen von tausend, an die man mit Wut und Trauer denkt. Er hatte wirklich geglaubt, ihn und Georg verknüpfe längst schon nichts anderes mehr als das feste Band einer gemeinsamen Sache, einer unter den Sternen der gleichen Hoffnung verbrachten Jugend. Nicht mehr das andre, schmerzhafte, tief ins Fleisch einschneidende Band, an dem sie beide damals gezerrt hatten. Diese alten Geschichten seien vergessen, hatte er sich fest eingebildet. Georg war doch ein anderer geworden, wie auch er, Franz, ein anderer geworden war – Er erwischte auf eine Sekunde das Gesicht seines Nebenmanns. Hatte das Holzklötzchen dem auch etwas gesagt? War es denn möglich, daß der dann noch weitertanzte, behutsam Stück für Stück einlegte? Wenn dort wirklich etwas geschehen ist, dachte Franz, dann ist der Georg dabei. Und dann dachte er wieder: wahrscheinlich ist überhaupt nichts geschehen, und auch das Holzklötzchen hat nur gequatscht.

Als er in der Mittagspause in die Kantine kam und sich sein Helles bestellte (denn er aß nur abends mit seinen Verwandten warm, von denen er Brot und Wurst und Schmalz für den Mittag bezog, weil er sich einen Anzug zusammensparen wollte nach der langen Arbeitslosigkeit; aber auf wie lange mochte ihm denn vergönnt sein, diesen Anzug überhaupt zu tragen, und wenn es langte, eine Jacke mit Reißverschluß), da hieß es an der Theke: Das Holzklötzchen ist verhaftet. Einer sagte: »Wegen gestern. Da war es stark besoffen und hat allerhand zum besten gegeben –« Nein, deshalb nicht, hieß es, es muß etwas andres sein – Was andres?

Franz zahlte und lehnte sich gegen die Theke. Weil plötzlich alle ein wenig leiser sprachen, gab es ein sonderbares Gezisch: Holzklötzchen, Holzklötzchen – »Hat sich die Zunge verbrannt«, sagte jemand zu Franz, sein Nebenmann Felix, ein Freund Messers. Er sah Franz scharf an. Auf seinem regelmäßigen, beinahe schönen Gesicht lag ein Ausdruck von Belustigung. Seine starken blauen Augen waren für ein junges Gesicht zu kalt. »Woran verbrannt?« fragte Franz. Felix zuckte mit den Schultern und Brauen, er sah aus, als unterdrücke er ein Lachen. Wenn ich nur jetzt sofort zu Hermann könnte, dachte Franz wieder. Aber es gab keine Möglichkeit, Hermann vor Abend zu sprechen. Plötzlich entdeckte er Anton Greiner, der sich zur Theke durchzwängte. Anton mußte sich unter irgendeinem Vorwand eine Passagiergenehmigung verschafft haben, weil er sonst gar nicht in diesen Bau, nicht einmal in die Kantine hereinkam. Warum sucht er immer gerade mich, dachte Franz, warum will er immer gerade bei mir erzählen?

Anton faßte ihn an den Arm, ließ aber sofort wieder los, als ob in dieser Bewegung etwas Auffälliges liege, stellte sich zu Felix und goß sein Helles herunter. Dann kam er zu Franz zurück. Er hat doch brave Augen, dachte Franz. Vielleicht ist er ein bißchen beschränkt, aber doch aufrichtig. Und zu mir zieht es ihn, wie es mich zum Hermann zieht – Anton faßte Franz untern Arm und erzählte, wobei ihm der Schluß der Mittagspause, der allgemeine Aufbruch zustatten kam: »Drüben am Rhein in Westhofen sind welche durchgegangen, eine Art Strafkolonne. Mein Vetter erfährt das doch. Und sie sollen die meisten schon wieder geschnappt haben. Das ist alles.«

III

Wie lange er auch über die Flucht gegrübelt hatte, allein und mit Wallau, wie viele winzige Einzelheiten er auch erwogen hatte und auch den gewaltigen Ablauf eines neuen Daseins, in den ersten Minuten nach der Flucht war er nur ein Tier, das in die Wildnis ausbricht, die sein Leben ist, und Blut und Haare kleben noch an der Falle. Das Geheul der Sirenen drang seit der Entdeckung der Flucht kilometerweit über das Land und weckte ringsum die kleinen Dörfer, die der dicke Herbstnebel einwickelte. Dieser Nebel dämpfte alles, sogar die mächtigen Scheinwerfer, die sonst die schwärzeste Nacht aufgeblendet hatten. Jetzt gegen

sechs Uhr früh erstickten sie in dem watteartigen Nebel, den sie kaum gelblich färbten.

Georg duckte sich tiefer, obwohl der Boden unter ihm nachgab. Er konnte versinken, bevor er von dieser Stelle wegdurfte. Das dürre Gestrüpp sträubte sich ihm in den Fingern, die blutlos geworden waren und glitschig und eiskalt. Ihm schien es, als sänke er rascher und tiefer, er hätte nach seinem Gefühl bereits verschluckt sein müssen. Obwohl er geflohen war, um dem sichern Tod zu entrinnen – kein Zweifel, daß sie ihn und die andern sechs in den nächsten Tagen zugrunde gerichtet hätten –, erschien ihm der Tod im Sumpf ganz einfach und ohne Schrecken. Als sei er ein andrer Tod als der, vor dem er geflohen war, ein Tod in der Wildnis, ganz frei, nicht von Menschenhand.

Zwei Meter über ihm auf dem Weidendamm rannten die Posten mit den Hunden. Hunde und Posten waren besessen von dem Sirenengeheul und dem dicken nassen Nebel. Georgs Haare sträubten sich und die Härchen auf seiner Haut. Er hörte jemand so nahe fluchen, daß er sogar die Stimme erkannte: Mannsfeld. Der Schlag mit dem Spaten, den ihm vorhin Wallau über den Kopf gegeben hatte, tat ihm also schon nicht mehr weh. Georg ließ das Gestrüpp los. Er rutschte noch tiefer. Jetzt kam er überhaupt erst mit beiden Füßen auf den Vorsprung, der einem an dieser Stelle Halt gab. Das hatte er damals auch gewußt, als er noch die Kraft gehabt hatte, alles mit Wallau vorauszuberechnen.

Plötzlich fing etwas Neues an. Erst einen Augenblick später merkte er, daß gar nichts angefangen hatte, sondern etwas aufgehört: die Sirene. Das war das Neue, die Stille, in der man die scharf voneinander abgesetzten Pfiffe hörte und die Kommandos vom Lager her und von der Außenbaracke. Die Posten über ihm liefen hinter den Hunden zum äußersten Ende des Weidendamms. Von der Außenbaracke laufen die Hunde gegen den Weidendamm, ein dünner Knall und dann noch einer, ein Aufklatschen, und das harte Gebell der Hunde schlägt über einem anderen dünnen Gebell zusammen, das gar nicht dagegen aufkam und gar kein Hund sein kann, aber auch keine menschliche Stimme, und wahrscheinlich hat der Mensch, den sie jetzt abschleppen, auch nichts Menschliches mehr an sich. Sicher Albert, dachte Georg. Es gibt einen Grad von Wirklichkeit, der einen glauben macht, daß man träume, obwohl man nie weniger geträumt hat. Den hätten sie, dachte Georg, wie man im Traum denkt, den hätten sie. Wirklich konnte das ja nicht sein, daß sie schon jetzt nur noch sechs waren.

Der Nebel war noch immer zum Schneiden dick. Zwei Lichtchen glänzten auf, weit jenseits der Landstraße – gleich hinter den Binsen, hätte man meinen können. Diese einzelnen scharfen Pünktchen drangen leichter durch den Nebel als die flächigen Scheinwerfer. Nach und nach gingen die Lichter an in den Bauernstuben, die Dörfer wachten auf. Bald war der Kreis aus Lichtchen geschlossen. So was kann es ja gar nicht geben, dachte Georg, das ist zusammengeträumt. Er hatte jetzt die größte Lust, in die Knie zu gehn. Wozu sich in die ganze Jagd einlassen? Eine Kniebeuge, und es gluckst, und alles ist fertig – Werd mal zuerst ruhig, hatte Wallau immer gesagt. Wahrscheinlich hockte Wallau gar nicht weit weg in irgendeinem Weidenbusch. Wenn das der Wallau einem gesagt hatte: werd mal zuerst ruhig – war man immer schon ruhig geworden.

Georg griff ins Gestrüpp. Er kroch langsam seitlich. Er war jetzt vielleicht noch sechs Meter von dem letzten Strunk weg. Plötzlich, in einer grellen, in nichts mehr traumhaften Einsicht, schüttelte ihn ein solcher Anfall von Angst, daß er einfach hängenblieb auf dem Außenabhang, den Bauch platt auf der Erde. Ebenso plötzlich war es vorbei, wie es gekommen war.

Er kroch bis zum Strunk. Die Sirene heulte zum zweitenmal los. Sie drang gewiß weit über das rechte Rheinufer. Georg drückte sein Gesicht in die Erde. Ruhig, ruhig, sagte ihm Wallau über die Schulter. Georg schnaufte mal, drehte den Kopf. Die Lichter waren schon alle ausgegangen. Der Nebel war zart geworden und durchsichtig, das reine Goldgespinst. Über die Landstraße sausten drei Motorradlampen, raketenartig. Das Geheul der Sirene schien anzuschwellen, obwohl es nur ständig ab- und zunahm, ein wildes Einbohren in alle Gehirne, stundenweit. Georg drückte sein Gesicht wieder in die Erde, weil sie über ihm auf dem Damm zurückliefen. Er schielte bloß aus den Augenwinkeln. Die Scheinwerfer hatten nichts mehr zum Greifen, sie wurden ganz matt im Tagesgrauen. Wenn nur jetzt nicht der Nebel gleich stieg. Auf einmal kletterten drei den äußern Abhang herunter. Sie waren keine zehn Meter weit. Georg erkannte wieder Mannsfelds Stimme. Er erkannte Ibst, an seinen Flüchen, nicht an der Stimme, die war vor Wut ganz dünn, eine Weiberstimme. Die dritte Stimme, erschreckend dicht – man konnte ihm,

Georg, auf den Kopf treten –, war Meißners Stimme, die immer nachts in die Baracke kam, die einzelnen aufrief, ihn, Georg, zuletzt vor zwei Nächten. Auch jetzt schlug Meißner nach jedem Wort die Luft mit etwas Scharfem. Georg spürte das feine Windchen. Hier unten rum – gradaus – wird's bald – dalli.

Ein zweiter Anfall von Angst, die Faust, die einem das Herz zusammendrückt. Jetzt nur kein Mensch sein, jetzt Wurzel schlagen, ein Weidenstamm unter Weidenstämmen, jetzt Rinde bekommen und Zweige statt Arme. Meißner stieg in das Gelände hinunter und fing wie verrückt zu brüllen an. Plötzlich brach er ab. Jetzt sieht er mich, dachte Georg. Er war auf einmal vollständig ruhig, keine Spur von Angst mehr, das ist das Ende, lebt alle wohl.

Meißner stieg tiefer hinunter zu den anderen. Sie waten jetzt in dem Gelände herum zwischen Damm und Straße. Georg war für einen Augenblick dadurch gerettet, daß er viel näher war als sie glaubten. Wäre er einfach auf und davon, sie hätten ihn jetzt im Gelände geschnappt. Sonderbar genug, daß er sich also doch, wild und besinnungslos, eisern an seinen eigenen Plan gehalten hatte! Eigene Pläne, die man sich aufstellt in den schlaflosen Nächten, was sie für eine Macht behalten über die Stunde, wenn alles Planen zunichte wird; daß einem dann der Gedanke kommt, ein andrer hätte für einen geplant. Aber auch dieser andre war ich.

Die Sirene stockte zum zweitenmal. Georg kroch seitlich, rutschte mit einem Fuß aus. Eine Sumpfschwalbe erschrak so heftig, daß Georg vor Schreck das Gestrüpp losließ. Die Sumpfschwalbe zuckte in die Binsen hinein, das gab ein hartes Rascheln. Georg horchte, gewiß horchten jetzt alle. Warum muß man gerade ein Mensch sein, und wenn schon einer, warum gerade ich, Georg. Alle Binsen hatten sich wieder aufgestellt, niemand kam, schließlich war ja auch nichts geschehen, als daß ein Vogel im Sumpf herumgezuckt hatte. Georg kam trotzdem nicht weiter, wund die Knie, ausgeleiert die Arme. Plötzlich erblickte er im Gestrüpp Wallaus kleines, bleiches, spitznasiges Gesicht – Plötzlich war das Gestrüpp übersät mit Wallaugesichtern.

Das ging vorbei. Er wurde fast ruhig. Er dachte kalt: Wallau und Füllgrabe und ich kommen durch. Wir drei sind die besten. Beutler haben sie. Belloni kommt vielleicht auch durch. Aldinger ist zu alt. Pelzer ist zu weich. Als er sich jetzt auf den Rücken drehte, war es schon Tag. Der Nebel war gestiegen. Goldnes kühles Herbstlicht lag über dem Land, das man hätte friedlich nennen können. Georg erkannte jetzt etwa zwanzig Meter weg die zwei großen flachen, an den Rändern weißen Steine. Vor dem Krieg war der Damm einmal der Fahrweg für ein entlegenes Gehöft gewesen, das längst abgerissen war oder abgebrannt. Damals hatte man vielleicht das Gelände angestochen, das inzwischen längst versoffen war, samt den Abkürzungswegen zwischen Damm und Landstraße. Damals hatte man wohl auch die Steine vom Rhein heraufgeschleppt. Zwischen den Steinen gab es noch feste Krumen, längst hatten sich die Binsen darübergestellt. Eine Art Hohlweg war entstanden, den man auf dem Bauch durchkriechen konnte.

Die paar Meter bis zu dem ersten grauen, weiß geränderten Stein waren das böseste Stück, fast ungedeckt. Georg biß sich in dem Gestrüpp fest, ließ erst mit einer Hand los, dann mit der andern. Wie die Zweige zurückschnellten, gab es ein feines Schürfen, ein Vogel zuckte auf, vielleicht schon wieder derselbe.

Wie er dann in den Binsen hockte auf dem zweiten Stein, war's ihm zumut, als sei er plötzlich dorthin geraten und ungeheuer rasch, wie mit Engelsflügeln. Hätte er nur jetzt nicht so gefroren.

IV Daß diese unerträgliche Wirklichkeit ein Traum sein müsse, aus dem man alsbald erwache, ja, daß dieser ganze Spuk nicht einmal ein schlechter Traum sei, sondern nur die Erinnerung an einen schlechten Traum, dieses Gefühl beherrschte Fahrenberg, den Lagerkommandanten, lange nachdem ihm die Meldung schon erstattet war. Fahrenberg hatte zwar scheinbar kaltblütig alle Maßnahmen getroffen, die eine solche Meldung erforderte. Aber eigentlich war es nicht Fahrenberg gewesen, denn auch der furchtbarste Traum erfordert keine Maßnahmen, sondern irgendein andrer hatte sie für ihn ausgeknobelt, für einen Fall, der nie eintreten durfte.

Als die Sirene eine Sekunde nach seinem Befehl losheulte, trat er vorsichtig über eine elektrische Verlängerungsschnur – ein Traumhindernis – weg, ans Fenster. Warum heulte die Sirene? Draußen vor dem Fenster war nichts: die rechte Aussicht für eine nicht vorhandene Zeit.

Kein Gedanke daran, daß dieses Nichts immerhin etwas war: dicker Nebel.

Fahrenberg wachte dadurch auf, daß Bunsen an einer der Schnüre hängenblieb, die aus dem Büroraum in den Schlafraum gezogen waren. Er fing plötzlich zu brüllen an, selbstverständlich nicht gegen Bunsen, sondern gegen Zillich, der gerade Meldung erstattet hatte. Aber noch brüllte Fahrenberg nicht, weil er die Meldung verstand, die Flucht von sieben Schutzhäftlingen auf einmal, sondern um einen Alpdruck loszuwerden. Bunsen, ein ein Meter fünfundachtzig hoher, an Gesicht und Wuchs auffällig schöner Mensch, drehte sich nochmals um, sagte: »Entschuldigen«, und bückte sich, um den Stöpsel wieder in die Kontaktbüchse zu stecken. Fahrenberg hatte eine gewisse Vorliebe für elektrische Leitungen und Telefonanlagen. In diesen beiden Räumen gab es eine Menge Drähte und auswechselbare Kontakte und auch häufig Reparaturen und Montagen. Zufällig war die letzte Woche ein Schutzhäftling namens Dietrich aus Fulda entlassen worden, Elektrotechniker von Beruf, gerade nach Fertigstellung der neuen Anlage, die sich nachher als ziemlich vertrackt erwies. Bunsen wartete, nur in den Augen unverkennbare, aber in keinerlei Mienenspiel nachweisbare Belustigung, bis sich Fahrenberg ausgebrüllt hatte. Dann ging er. Fahrenberg und Zillich blieben allein –

Bunsen zündete sich auf der äußeren Schwelle eine Zigarette an, machte aber bloß einen einzigen Zug, dann schmiß er sie weg. Er hatte Nachturlaub gehabt, eigentlich ging sein Urlaub erst in einer halben Stunde zu Ende, sein zukünftiger Schwager hatte ihn mit dem Auto aus Wiesbaden herübergebracht.

Zwischen der Kommandantenbaracke, einem festen Gebäude aus Ziegelsteinen, und der Baracke III, auf deren Längsseite ein paar Platanen gepflanzt waren, lag eine Art Platz, den sie unter sich den Tanzplatz nannten. Hier im Freien bohrte sich einem die Sirene erst richtig ins Hirn. Blöder Nebel, dachte Bunsen.

Seine Leute waren angetreten. »Braunewell! Nageln Sie die Karte an den Baum da. Also: Beitreten! Herhören!« Bunsen schlug die Zirkelspitze in den roten Punkt »Lager Westhofen«. Er beschrieb drei konzentrische Kreise. »Jetzt ist es sechs Uhr fünf. Fünf Uhr fünfundvierzig war der Ausbruch. Bis sechs Uhr zwanzig kann ein Mensch bei äußerster Geschwindigkeit bis zu diesem Punkt kommen. Steckt also jetzt vermutlich

zwischen diesem und diesem Kreis. Also – Braunewell! Abriegeln die Straße zwischen den Dörfern Botzenbach und Oberreichenbach. Meiling! Abriegeln zwischen Unterreichenbach und Kalheim. Nichts durchlassen! Untereinander Verbindung halten und mit mir. Durchkämmen können wir nicht. Verstärkung wird erst in fünfzehn Minuten dasein. – Willich! Unser äußerster Kreis berührt an dieser Stelle das rechte Rheinufer. Also: abriegeln das Stück zwischen Fähre und Liebacher Au. Diesen Schnittpunkt besetzen! Fähre besetzen! Posten auf die Liebacher Au!«

Noch war der Nebel so dick, daß die Ziffern auf seiner Armbanduhr leuchteten. Er hörte schon das Hupen der motorisierten SS, die das Lager verlassen hatte. Jetzt war die Reichenbacher Straße gesperrt. Er trat dicht vor die Karte. Jetzt stand der Posten schon auf der Liebacher Au. Was man tun konnte für die ersten Minuten, war getan. Fahrenberg hatte inzwischen die Meldung an die Zentrale durchgegeben. Unbequem mußte dem Alten jetzt die Haut sitzen, dem Eroberer von Seeligenstadt. Seine eigne dagegen – Bunsen spürte, wie gut sie ihm saß, seine Haut, wie auf Maß gemacht vom Schneidermeister Herrgott! Und das Glück wieder! Die Schweinerei passiert während seiner Abwesenheit, aber er kommt ein klein wenig zu früh, gerade recht, um mitzumachen. Er horchte durch das Sirenengejaul nach der Kommandantenbaracke, ob der Alte seine zweite Portion Wut ausgetobt hatte.

Zillich war mit seinem Herrn allein. Er behielt ihn im Auge, während er am Telefon herumstöpselte – direkter Anschluß an die Zentrale. Diesen verdammten Dietrich aus Fulda sollte man morgen wieder einsperren für diese Sudelarbeit. Zillich hatte die wachste Empfindung, wie die Zeit vertan wurde durch dieses idiotische Gestöpsel. Kostbare Sekunden, in denen sich sieben Pünktchen immer weiter und rascher entfernten, in eine uneinholbare Unendlichkeit. Schließlich kam die Zentrale, und er erstattete seine Meldung. Fahrenberg hörte sie daher in zehn Minuten zum zweitenmal. Sein Gesicht behielt zwar den Ausdruck unbestechlicher Härte, der ihm längst aufgezwungen war, obwohl dazu Nase und Kinn etwas zu kurz waren, aber der Unterkiefer rutschte ab. Gott, der ihm jetzt auch in den Sinn kam, konnte unmöglich zulassen, daß diese Meldung wahr sei, sieben Häftlinge aus seinem Lager auf einmal entflohen. Er starrte Zillich an, der ihm mit einem schweren finsteren Blick erwiderte, voll Reue und Trauer und Schuldbewußtsein. Denn Fahrenberg

27

war der erste Mensch gewesen, der ihm vollkommen vertraute. Zillich wunderte sich nicht, daß einem immer dann etwas in die Quere kam, wenn es aufwärts ging. Hatte er nicht noch im November 1918 diesen ekelhaften Schuß bekommen? War ihm nicht sein Hof zwangsversteigert worden, einen Monat bevor das neue Gesetz herauskam? Hatte ihn nicht das Weibsstück damals wiedererkannt und ihn ein halbes Jahr nach der Stecherei ins Kittchen gebracht? Zwei Jahre lang hatte ihm Fahrenberg hier Vertrauen geschenkt bei dem, was sie unter sich Abrahmen nannten – die Zusammenstellung der Strafkolonne aus ausgesuchten Häftlingen und die Auswahl der Begleitmannschaft.

Auf einmal läutete der Wecker, den Fahrenberg nach alter Gewohnheit auf dem Stuhl neben seinem Feldbett stehen hatte: sechs Uhr fünfzehn. Jetzt hätte Fahrenberg aufstehn sollen und Bunsen sich zurückmelden. Der gewöhnliche Tag hätte beginnen sollen, Fahrenbergs gewöhnlicher Tag, das Kommando über Westhofen.

Fahrenberg fuhr zusammen. Er zog den Unterkiefer ein. Dann zog er sich mit ein paar kurzen Griffen fertig an. Er fuhr mit der feuchten Bürste über sein Haar, er putzte sich die Zähne. Er trat neben Zillich, sah auf den schweren Nacken herunter und sagte: »Die kriegen wir rasch wieder.« Zillich erwiderte: »Jawohl, Herr Kommandant!« Dann sagte er: »Herr Kommandant – –« Er machte ein paar Vorschläge, im großen ganzen dieselben, die nachher durch die Gestapo ausgeführt wurden, als kein Mensch mehr an Zillich dachte. Seine Vorschläge zeigten überhaupt einen klaren und scharfen Verstand.

Auf einmal unterbrach sich Zillich, beide horchten. Weit draußen hörte man einen feinen dünnen, zunächst unerklärlichen Ton, der aber die Sirene übertönte und die Kommandos und das neue Scharren der Stiefel auf dem Tanzplatz. Zillich und Fahrenberg sahen sich in die Augen. »Fenster«, sagte Fahrenberg. Zillich öffnete, der Nebel kam in das Zimmer und dieser Ton. Fahrenberg horchte kurz hin, dann ging er hinaus, Zillich mit ihm, Bunsen wollte gerade die SA abtreten lassen, da entstand eine Unruhe. Man schleifte den Schutzhäftling Beutler gegen den Tanzplatz, den ersten eingefangenen Flüchtling.

Das letzte Stück vor der noch nicht abgetretenen Mannschaft rutschte er allein. Nicht auf Knien, sondern seitlich, vielleicht weil er einen Tritt abbekommen hatte, so daß sein Gesicht nach oben gedreht war. Und als er jetzt unter ihm wegrutschte, merkte Bunsen, was es mit diesem Gesicht auf sich hatte. Es lachte nämlich. Wie der Eingebrachte jetzt dalag in seinem blutigen Kittel und mit Blut in den Ohren, schien er sich förmlich in einem stillen Lachen zu winden mit seinem großen blanken Gebiß.

Bunsen sah weg von diesem Gesicht auf Fahrenbergs Gesicht. Fahrenberg sah herunter auf Beutler. Er zog die Lippen von den Zähnen, so daß es einen Augenblick aussah, als ob sie einander anlachten. Bunsen kannte seinen Kommandanten, er wußte, was jetzt nachkam. In seinem eigenen jungen Gesicht ging das vor, was immer dann vorging, wenn er wußte, was jetzt kam. In Bunsens Gesicht, dem die Natur die Züge eines Drachentöters gegeben hatte oder eines gewappneten Erzengels, entstand, indem sich die Nasenflügel ein wenig blähten, die Mundwinkel ein wenig zuckten, die furchtbarste Verheerung.

Es kam aber jetzt zu gar nichts.

Von der Lagereinfahrt her wurden die Kriminalkommissare Overkamp und Fischer zur Kommandantenbaracke geleitet. Sie blieben beide stehen bei der Gruppe Bunsen-Fahrenberg-Zillich, sahen, was los war, sagten rasch was einer zum andern. Dann sagte Overkamp, ohne jemand ausdrücklich anzusprechen, mit ganz leiser Stimme, die aber vor Wut gepreßt klang und vor Anstrengung, diese Wut zu beherrschen: »Das soll die Einlieferung vorstellen? Gratuliere. Da könnt ihr schleunigst ein paar Spezialärzte herbeitrommeln, daß sie dem Mann da seine paar Nieren und Hoden und Ohren zusammenflicken, damit er uns noch mal vernehmungsfähig wird! Schlau, schlau, gratuliere.«

V Jetzt war der Nebel so hoch gestiegen, daß er als niedriger flockiger Himmel über den Dächern und Bäumen stand. Und die Sonne hing matt und bleib wie eine Lampe in Mullvorhängen über der huppligen Dorfgasse von Westhofen.

Wenn bloß der Nebel nicht gleich steigt, dachten die einen, daß uns die Sonne nicht noch was versticht kurz vor der Lese. Wenn nur der Nebel rasch steigen wollte, dachten die andern, daß wir noch das fehlende Stichelchen abkriegen.

Solche Sorgen hatten in Westhofen selbst nicht viele. Sie waren kein Weindorf, sie waren ein Gurkendorf. – Etwas abseits an dem Weg, der von der Liebacher Au zur Landstraße führte, lag die Essigfabrik Frank. Hinter dem breiten, sauber ausgestochenen Graben lagen die Felder bis zum Fabrikweg. Weinessig und Senfe, Matthias Frank Söhne. Dieses Schild hatte ihm Wallau eingeprägt. Wenn Georg aus den Binsen heraus war, mußte er drei Meter ungedeckt weiterkriechen, dann im Graben, und zwar im linken Winkelarm längs der Felder.

Als er den Kopf aus den Binsen herausstreckte, stand der Nebel so hoch, daß er die Baumgruppe freigab hinter der Essigfabrik, und da Georg die Sonne im Rücken hatte, schien die Baumgruppe von selbst aufzuflammen in einem eignen jähen Feuer. Wie lange war er schon gekrochen? Sein Zeug glitschte mit der Erde zusammen. Könnte er einfach liegenbleiben, niemand würde ihn finden. Keine andre Unruhe würde um ihn entstehen als ein bißchen Krächzen und Flattern. Ein paar Wochen Geduld, dann deckte eine Kruste gefrorenen Schnees mühelos, was übrigbleibt. Siehst du, Wallau, wie einfach das ist, deinen tüfteligen Plan kaputtzumachen? Wallau hatte ja nicht geahnt, wie schwer sein Körper war, den er jetzt nachziehen mußte, die Ellenbogen gestemmt auf das ungedeckte Stück. Als ob er den ganzen Sumpf mitschleifte. Es pfiff von der Liebacher Au her. Es pfiff zurück, so erschreckend nah, daß Georg in die Erde biß. Krabbel! hatte ihm Wallau geraten, der ja den Krieg erlebt hatte und die Ruhrkämpfe und die Kämpfe in Mitteldeutschland und überhaupt alles, was zu erleben war. Daß du immer weiterkrabbelst, Georg. Nur nicht glaubst, daß du entdeckt bist. Viele sind erst dadurch entdeckt worden, daß sie sich eingebildet haben, sie wären's schon, und dann irgendeinen Unsinn machten.

Georg sah zwischen den welken Stauden über den Grabenrand. So nah stand der Posten – wo der Weg über dem Gurkenfeld in die Landstraße mündete –, so bestürzend nah, daß Georg gar nicht erschrak, sondern in Wut geriet. So greifbar nah stand er da auf seinen zwei Beinen gegen die Ziegelmauer, daß es die größte Qual war, sich zu verstecken, anstatt gegen ihn anzuspringen. Langsam ging der Posten den Weg ab, an der Fabrik vorbei zur Liebacher Au – in seinem Rücken, in der grauen und braunen Unendlichkeit zwei glühende Augenpunkte. Georg dachte, der Posten müßte sich umdrehn nach dem mühlenartigen Geklapper, das sein Herz jetzt machte, wo es doch selbst in der Todesangst noch viel stiller schlug als ein Vogelflügel. Georg rutschte im Graben weiter, fast bis zur Wegstelle, wo der Posten noch eben gestanden hatte. Wallau hatte ihm noch erklärt, daß dort der Graben unter dem Weg durchführte. Ob und wie der Graben dann weiterlief, das hatte Wallau selbst nicht gewußt. An dieser Stelle hatte auch seine Voraussicht aufgehört. Georg kam sich erst jetzt vollkommen verlassen vor. Ruhig – nur noch das Wort blieb ihm im Ohr, der bloße Klang, ein Amulett aus Stimme. Dieser Graben, sagte er sich, läuft unter der Fabrik durch, wird den Abfluß aufnehmen. Er mußte abwarten, bis der Posten gedreht hatte. Jetzt blieb der Posten am Ufer stehn, pfiff. Von der Liebacher Au pfiff es zurück. Georg begriff jetzt den Abstand zwischen den Pfiffen, überhaupt begriff er jetzt viel. Jeder Punkt in seinem Gehirn war besetzt, jeder Muskel war angestrengt, jede Sekunde war ausgefüllt, ungemein dicht war das ganze Leben, atemlos und eng. Wie er dann in dem stinkigen, scharf riechenden Abfluß steckte, wurde ihm plötzlich flau, weil dieser Graben ja gar nichts war zum Durchkriechen, sondern bloß um darin zu ersticken. Und er wurde zugleich ganz rasend, weil er doch keine Ratte war und das kein Ort für ihn zum Abgehn. Da war es aber vor ihm schon nicht mehr pechschwarz, sondern ein Gewitter von Wasserkringelchen. Zum Glück war das Fabrikgelände nicht groß, vielleicht vierzig Meter breit. Wie er herauskam, jenseits der Mauer, stieg das Feld etwas an zur Landstraße, und ein Weg führte schräg hinauf. In dem Winkel zwischen Mauer und Feldweg gab es einen Abfallhaufen. Georg konnte nicht weiter, er mußte sich hinhocken und auskotzen.

Da kam ein alter Mann durch die Äcker, der hatte zwei Eimer an einem Strick über der Schulter, um beim Fabrikwart Hasenfutter zu holen, in Westhofen hieß er das Zimthütchen. Schon sechsmal war dieser alte Mann auf seinem kurzen Weg angehalten worden. Er hatte sich jedesmal ausgewiesen. Gottlieb Heidrich aus Westhofen, genannt das Zimthütchen. Also war wieder mal was passiert im KZ, dachte das Zimthütchen, wie es beim Heulen der Sirenen ganz langsam mit seinen Hasenfuttereimern über den Acker kam; so was wie im vorigen Sommer, als ihnen einer von diesen armen Teufeln ausrücken wollte, und sie haben ihn abgeknallt. Bloß die Sirene hatte noch fertiggeheult, wie er schon abgeknallt gewesen war. Früher war hier solcher Unfug nie gewesen. Daß sie einem grade das KZ vor die Nase pflanzen mußten. Allerdings, jetzt wurde etwas verdient hier in der Gegend, wo sonst ein Herumgekrusche gewesen war. Jedes bißchen erst auf den Markt fahren. Ob es denn wahr war, daß man später das Gelände in Pacht bekam, das all die armen Teufel da hinten ausbuddeln mußten, wo es kein Wunder war, daß sie ausrückten. Und der Pachtpreis sollte niedriger liegen als drüben in Liebach.

Das dachte das Zimthütchen, drehte sich aber nochmals um, weil es wissen wollte, aus welchem Grund dieser unglaublich verdreckte Mensch da am Feldweg hockte an einem Abfallhaufen. Wie es sah, daß er bloß kotzte, war es zufrieden, weil das ein Grund war.

Georg aber hatte das Zimthütchen gar nicht gesehen. Er ging weiter. Er hatte zuerst gegen Erlenbach gewollt, weitab vom Rhein. Jetzt wagte er nicht, die Chaussee zu überqueren. Er änderte also seinen Entschluß, wenn man das noch Entschluß nennen konnte, den äußersten unverrückbaren Zwang eines Augenblicks. Er trottete über den Acker mit eingezogenen Schultern, mit gesenktem Kopf, gefaßt auf Anruf, auf Schüsse. Er stieß mit der Fußspitze in die lockere Erde, gleich, gleich, mein Schatz. Sie werden rufen, dachte er, dann knallt es, und ganz gewaltig zog es ihn in den Knien, sich einfach niederzuwerfen. Dann fiel ihm ein: sie werden mir bloß in die Beine knallen, mich lebend abschleppen. Er schloß die Augen. Er spürte, vermischt mit dem kühlen feinen Morgenwind, ein Übermaß an Trauer, dem kein Mensch gewachsen ist. Er stolperte weiter, da stutzte er. Vor seinen Füßen auf dem Feldweg lag ein grünes Bändchen. Er starrte es an, als sei es soeben vom Himmel auf den Acker gefallen. Er hob es auf.

Da stand aus dem Acker gewachsen ein Kind vor ihm in einer Ärmelschürze, mit einem Scheitel. Sie starrten einander an. Das Kind sah weg von seinem Gesicht auf seine Hand. Er zog das Kind an seinem Zopf und gab ihm sein Band.

Da lief das Kind weg zu der alten Frau, seiner Großmutter, die plötzlich auch auf dem Weg stand. »Jetzt bekommst du nur noch Bindfädchen in den Zopf, ätsch«, sagte die alte Frau und lachte. Zu Georg sagte sie: »Der könnt man jeden Tag ein frisches Bändelchen an den Zopf binden.« – »Schneiden Sie ihr doch den Zopf ab«, sagte der. »Nee, nee«, sagte die alte Frau. Sie begann ihn zu mustern. Da rief das Zimthütchen von der Essigfabrik, die noch dicht hinter ihnen war: »Schublädchen!« So hieß nämlich die alte Frau bei allen Leuten in Westhofen, weil sie ihr Leben lang immer Krimskrams bei sich hatte, nützlichen und unnützen, was man gerade wollte, Heftpflaster und Bindfaden und Hustenbonbons. Jetzt fuchtelte sie mit ihrem dürren Arm über den Feldweg nach dem Zimthütchen hin, mit dem sie mal früher getanzt und den sie mal früher beinahe geheiratet hatte, und um ihren zahnlosen Mund, um ihre verschrumpelten Bäckchen entstand die schreckliche Lebhaftigkeit, mit der ganz alte Leute schäkern, als höre man gleich die Geripplein beim Tanz klingeln.

Aber das Zimthütchen, als es den fremden, fürchterlich verdreckten Mann, der vielleicht doch zur Essigfabrik gehörte, mit der alten Frau und dem Kind wegtrotten sah, beruhigte sich ganz und gar über irgend etwas, das doch noch in ihm genagt hatte. Georg selbst, hinter den beiden, fühlte sich, wenn auch nur auf Minuten, bei den Lebenden aufgenommen. Aber der Feldweg führte nicht nur nach dem Dorf, wie Georg geglaubt hatte, er gabelte sich in zwei Wege, einen nach dem Dorf, einen nach der Chaussee. Die alte Frau hatte das Zopfband in eine ihrer Rocktaschen gestopft zu all ihrem übrigen Krempel, und sie führte das Kind, das das Weinen verbiß, am Zöpfchen neben sich. Sie brabbelte: »Haben Sie den Spektakel gehört vorhin, ui, ui! Wie das getutet hat. Jetzt ist's ruhig. Sie haben ihn. Der hat nichts zu lachen. Ui, ui!« Sie kicherte und jammerte. An der Weggabelung blieb sie stehen. »Der Nebel ist auf! Guck!«

Georg sah sich um. Wirklich, der Nebel war gestiegen, rein und klar erglänzte der blaßblaue Herbsthimmel. »Ui, ui«, machte die alte Frau, weil zwei, nein, schon drei Flieger aus dem Himmelsblau herabfielen, scharf aufglänzend, und dicht über der Erde, über den Dächern von Westhofen und dem Sumpf und den Feldern, tiefe enge Kreise zogen.

Georg ging dicht an der alten Frau, die ihr Enkelkind führte, nach der Chaussee zu.

Sie gingen, ohne jemand zu treffen, zehn Meter auf der Chaussee. Die alte Frau war verstummt. Sie schien alles vergessen zu haben, Georg und das Kind und die Sonne und die Flieger, brütete nach über Sachen, die früher passiert waren, als noch kein Georg geboren war. Georg hält sich ganz dicht, möchte sie gern am Rock festhalten. Wirklich ist das ja nicht, nur im Traum geht er mit der alten Frau, die er am Rock festhält, aber sie merkt es gar nicht. Er wird gleich aufwachen, Lohgerber wird in der Baracke herumbrüllen –

Rechts begann eine lange, mit Scherben besetzte Mauer. Sie gingen ein paar Schritte längs der Mauer, dicht hintereinander, Georg zuletzt. Plötzlich, ohne Hupen, war ihnen ein Motorrad im Rücken. Wenn sich die alte Frau jetzt umdrehte, mußte sie glauben, Georg hätte die Erde verschluckt. Das Motorrad sauste vorbei. »Ui, ui«, grunzte die alte Frau, aber sie trottete weiter, Georg war nicht nur aus ihrem Weg, sondern auch aus ihrem Gedächtnis verschwunden.

Georg lag jenseits der Mauer, seine Hände waren blutig von den Scherben, die linke Hand war unter dem Daumen eingerissen, und auch sein Zeug war eingerissen bis auf das Fleisch.

Ob sie jetzt abstiegen und ihn holten? Aus dem niedrigen roten Ziegelhaus mit den vielen Fenstern kamen Stimmen, viele helle und tiefe, und dann wieder ein ganzer Chor rascher Knabenstimmen. Welches Wort wollten sie ihm denn noch einprägen, welchen Satz in seiner Todesstunde? Aus der entgegengesetzten Richtung fuhr ein Motorrad an, aber es fuhr vorbei gegen das Lager Westhofen. Georg spürte keine Erleichterung, sondern erst jetzt den Schmerz in der Hand – er hätte sie überm Gelenk abbeißen mögen.

Vor der linken Schmalseite des roten Gebäudes, einer landwirtschaftlichen Schule, lag ein Gewächshaus, Haupttür und Treppe lagen auf dieser Schmalseite, dem Gewächshaus gegenüber. Zwischen der Straßenfront der Schule und der Mauer lag ein Schuppen. Georg betrachtete den Schuppen, der ihm die übrige Aussicht versperrte. Er kroch hinüber. Drin war es still und dunkel. Es roch nach Bast. Seine Augen konnten bald die dicken Bastwuschel unterscheiden, die an der Wand hingen, allerlei Geräte, Körbe und Kleidungsstücke. Da jetzt nichts mehr von seinem Scharfsinn abhing, sondern alles nur noch von dem, was man Glück nennt, wurde er kalt und ruhig. Er riß sich einen Fetzen herunter. Er verband sich die linke Hand mit den Zähnen und mit der rechten Hand. Er nahm sich Zeit zu wählen: eine dicke braune Jacke aus Manchestersamt mit Reißverschluß, er stülpte sie über das Zeug aus Blut und Schweiß. Er guckte auch nach den Schuhnummern. Lauter feine gute Stücke. Nur heraus konnte er nicht. Er sah durch eine Ritze in der Bretterwand. Menschen hinter den Fenstern und Menschen im Treibhaus. Jetzt kam jemand die Treppe herunter, ging in das Treibhaus hinüber. Vor der Tür blieb er stehen, drehte sich nach dem Schuppen zu. Jemand rief aus

einem der Fenster, und der Mensch ging wieder ins Schulhaus. Jetzt war es still. Auf den Scheiben glänzte die Sonne und auf den Metallteilen einer Maschine, die halb verpackt neben der Treppe lag.

Georg sprang plötzlich gegen die Tür und zog den Schlüssel ab. Er lachte vor sich hin. Er setzte sich mit dem Rücken zur Tür auf den Boden. Er betrachtete seine Schuhe. Zwei, drei Minuten dauerte dieser Zustand, das letzte Zurückweichen in sich selbst, wenn draußen alles verloren ist, und man pfeift darauf. Wenn sie jetzt kamen, sollte er mit der Hacke losschlagen oder mit dem Rechen? Was ihn weckte, wußte er selbst nicht, jedenfalls nichts Äußeres, vielleicht der Schmerz in seiner Hand, vielleicht ein Rest von Wallaus Stimme in seinem Ohr. Er steckte den Schlüssel wieder hinein. Er guckte durch den Türspalt. Auf die Chaussee über die Mauer konnte er nicht zurück. Zwischen dem mit Scherben bespickten Mauersims und dem Himmel zog sich bräunlich der Ausläufer eines Weinbergs; so durchsichtig war die Luft, daß man die Spitzchen der Rebstöcke zählen konnte, der obersten Reihe, die über den blaßblauen Saum herausstand. Wie er nun stumpf hinaussah auf die obere Rebstockreihe, da kam ihm plötzlich ein Rat, von einem, den er nicht kannte, denn das wußte Georg nicht mehr, ob es Wallau selbst gewesen war an der Ruhr oder ein Kuli in Schanghai oder ein Schutzbündler in Wien, der der Gefahr dadurch entgangen war, daß er einen merkwürdigen Gegenstand auf die Schulter genommen hatte, der die Aufmerksamkeit von ihm ablenkte, weil eine solche Last dem Weg einen Zweck gibt und den Träger ausweist. Ihn, Georg, in seinem Schuppen, eine Türspalte offen auf die mit Scherben bespickte Mauer, erinnerte dieser Ratgeber daran, daß schon einmal einer seinesgleichen auf diese Weise entkommen war aus einem Haus in Wien oder einem Gehöft im Ruhrgebiet oder einer gesperrten Gasse in Tschapei. Wußte er auch nicht, ob das Gesicht dieses Ratgebers Wallaus vertraute Züge hatte oder gelb war oder braun, seinen Rat verstand er: Pack das Maschinenteil auf neben der Treppe. Raus mußt du ja, vielleicht gelingt es nicht, aber was andres gibt es auch nicht. Deine Lage ist zwar besonders verzweifelt, aber auch meine damals. –

Ob man ihn überhaupt bemerkt hatte oder für den Angestellten der Maschinenfabrik hielt oder für den, dessen Jacke er trug, er kam zunächst durch zwischen Treibhaus und Treppe, kam durch das Hoftor auf den

Weg vor der feldgerichteten Seite der Schule. In seiner linken Hand, die zugepackt hatte, war der Schmerz so stark, daß er minutenlang sogar alle Furcht betäubte. Georg ging weiter auf dem Weg, der parallel zur Chaussee an ein paar Häusern vorbeiführte, die alle auf die Felder sahen, aus den obersten Fenstern vielleicht bis zum Rhein. Die Flieger brummten noch immer, aus dem Dunst war der Himmel durchgeblaut, es war wohl bald Mittag. Georg brannte die Zunge, das harte verkrustete Zeug brannte ihm zwischen Haut und Jacke, er hatte einen qualvollen unbezähmbaren Durst. Auf seiner linken Schulter wippte er leicht das Maschinenteil, an dem ein Firmenschild baumelte. Er wollte das Ding gerade absetzen und sich verschnaufen, als er gestellt wurde.

Wahrscheinlich war es eine der beiden Motorradstreifen, die ihn von der Chaussee aus in der Lücke zwischen zwei Häusern bemerkt hatte: die Umrisse eines unverdächtigen, durch die Felder stapfenden Mannes, eine Last auf der Schulter, vor dem stillen Mittagshimmel. Sie stellte ihn, weil sie jeden stellte, ohne besonderen Argwohn. Sie winkte ihm auch gleich ab, als Georg sich mit dem Firmenschild auswies. Vielleicht hätte Georg seinen Weg ruhig fortsetzen können bis Oppenheim und noch weiter – so riet ihm auch jener Beistand, der ihm aus der Baracke geholfen hatte. Georg hörte ja selbst die leise dringliche Stimme, die weiter, weiter rief. Der Anruf des Postens war ihm aber ins Herz gefahren. Er schleppte plötzlich sein Maschinenteil ab, möglichst weit weg von der Chaussee, feldeinwärts gegen den Rhein zu, nach dem Dorf Buchenau. Je stärker sein Herz vor Angst schlug, desto leiser wurde die Stimme, die ihm von dem Feldweg abriet, bis sie schließlich ganz übertönt war von seinem wilden Herzklopfen und dem Mittagsläuten von Buchenau. Ein helles bitteres Läuten, ein Armesünderglöckchen. Ein glasiger Himmel über das Dorf gestülpt, in das er jetzt einzieht. Er ahnt es selbst schon: eine Falle. Er passiert zwei Posten, die ihn anglotzen. Er spürt ihre Blicke im Rücken. Kaum ist er auf der Dorfgasse, da hört er hinter sich einen Pfiff, einen feinen Pfiff, der ihm durch und durch geht.

Das Dorf ist plötzlich in Aufruhr. Pfiffe von einem Ende zum andern. Kommando: »Alles in die Häuser!« Die großen Tore knarrten. Georg stellte sein Maschinenteil ab, er schlüpfte durchs nächste Tor hinter einen Holzstapel. Das ganze Dorf war eingekreist. Es war kurz nach Mittag.

▄▄▄ Franz war gerade in Griesheim in die Kantine gekommen. Er hatte gerade erfahren, daß das Holzklötzchen verhaftet war. Und nun packt Anton sein Handgelenk und sagt, was er weiß.

In diesem Augenblick klopfte Ernst der Schäfer an Mangolds Küchenfenster. Sophie machte auf und lachte. Sie war rund und stark, aber mit feinen Gelenken. Die Sophie möchte ihm seine Kartoffelsuppe wärmen, seine Thermosflasche sei kaputt. Er sollte doch drin mitessen, sagte Sophie. Die Nelli könnte doch achtgeben.

Seine Nelli, sagte Ernst, sei kein Hund, sondern ein Engelchen. Aber er habe nun mal ein Gewissen, und er sei nun mal dafür bezahlt. »Sophie«, sagte Ernst, »bring mir doch die Kartoffelsuppe heiß auf den Akker, Sophie, guck mich doch nicht so an. Wenn du mich so anguckst mit deinen kleinen goldigen Äugelchen, das geht mir durch und durch.«

Er ging über die Felder zu seinem Karren. Er suchte sich einen sonnigen Fleck, breitete seine Lage Zeitungen aus, darüber seinen Mantel. Hockte sich hin und wartete. Er sah Sophie vergnügt entgegen. Wie die Äpfelchen, dachte er, so was Rundes, so was Aufgegangenes und mit feinen, feinen Stielchen.

Sophie brachte ihm seine Suppe und von ihren Kartoffelklößen mit Birnschnitzen. Sie waren zusammen in Schmiedtheim in die Schule gegangen. Sie setzte sich neben ihn. »Komisch«, sagte sie. »Was?« – »Daß gerad du der Schäfer bist.«

»Das haben die mir neulich auch gesagt, da unten«, sagte Ernst. Er deutete auf Höchst. »Sie sind doch ein starker junger Mann, da sind Sie doch zu was andrem von der Natur bestellt.« Ernst wechselte unglaublich schnell sein Gesicht und den Klang seiner Stimme aus, so daß er bald der Meier vom Arbeitsamt war, bald der Gerstl von der Arbeitsfront, bald der Bürgermeister Kraus von Schmiedtheim, bald er selbst, Ernst, aber der nur selten. »Warum überlassen Sie Ihren Platz nicht einem älteren Volksgenossen? – Da habe ich gesagt«, fuhr Ernst fort, nachdem er rasch ein paar Löffel Suppe verschluckt hatte, »in meiner Familie ist das Schäferhandwerk erblich seit den Tagen von Wiligis.« – »Von was für 'nem Willi?« fragte Sophie. »Das haben die mich da unten auch gefragt«, sagte Ernst und verdrückte seinen Kloß mit den Birnschnitzen. »Ihr habt wohl damals in der Schule alle nicht aufgepaßt. Dann haben sie mich gefragt, warum ich nicht verheiratet bin, wo andre doch verheiratet seien, und sie hätten einen Nachwuchs, und sie verdienen ihr Brot viel saurer.« – »Was hast du denn da gesagt?« fragte Sophie ein bißchen heiser. »Ach«, sagte Ernst unschuldig, »ich hab gesagt, der Anfang sei ja schon gemacht.« – »Wieso?« sagte Sophie gespannt. »Weil ich schon verlobt bin«, sagte Ernst mit niedergeschlagenen Augen, wobei ihm doch nicht entging, daß Sophie ein wenig bläßlich und schlapp wurde. »Ich bin verlobt mit dem Mariechen Wielenz aus Botzenbach.« – »Ach«, sagte Sophie mit gesenktem Kopf, und sie strich über ihren Beinen den Rock zusammen, »die ist doch noch ein Schulkind, die Mariechen Wielenz aus Botzenbach.« – »Macht nichts«, sagte Ernst, »ich seh meiner Braut gern beim Heranwachsen zu. Das ist auch eine lange Geschichte, die erzähl ich dir mal.« Sophie knickerte an einem Halm herum. Sie zog ihn glatt und dann zwischen den Zähnen durch. Sie sagte spöttisch-traurig vor sich hin: »Verliebt, verlobt, verheiratet –« Und Ernst, der seinen Spaß an ihr hatte und dem gar nichts entging, weder ihre Gemütsbewegung noch das Herumgezuck ihrer Hände, stellte die zwei Teller übereinander, nachdem er sie abgeleckt hatte, und er sagte: »Danke, Sophie. Wenn du alles so gut kannst wie Klöße machen, dann ist mit dir kein Mann geuzt. Guck mich doch mal an, willst du mich wohl angucken. Wenn du mich so anguckst mit deinen zwei Äugelchen, dann könnt ich da das Mariechen mindestens für ewig vergessen.«

Er sah Sophie nach, als sie mit ihren Tellern davonklapperte, dann rief er: »Nelli!« Das Hündchen sauste ihm gegen die Brust, dann stellte es seine Pfoten auf Ernsts Knie und sah ihn an, ein schwarzes Bündelchen unbedingter Ergebenheit. Ernst stipfte sein eigenes Gesicht gegen die Schnauze, er rieb Nellis Kopf zwischen seinen beiden Händen in einem Anfall von Zärtlichkeit. »Nelli, weißt du auch, wen ich am liebsten hab, weißt du denn auch, Nelli, wie die heißt, die mir am besten gefällt unter allen weiblichen Personen auf der ganzen Welt und in meinem ganzen Bekanntenkreis? Sie heißt Nelli.«

▄▄▄ Währenddessen hatte der Schulwart der Darré-Schule Mittag ausgeschellt – fünfzehn Minuten nach dem richtigen Mittag. Der kleine Helwig, ein Gärtnerlehrling, lief zuerst in den Schuppen, um aus dem Portemonnaie seiner Manchestersamtjacke zwanzig Pfennig zu holen. Die war er einem Schüler schuldig für zwei Lose von der Winterhilfslotterie. Das ganze Jahr über hielt die Schule Kurse ab, hauptsächlich für die Söhne und Töchter der Bauern aus den umliegenden Dörfern. Aber die Schule hatte auch ein Versuchsgut, auf dem nicht nur die Schüler arbeiteten, sondern auch ein paar Gärtner und Lehrlinge in den üblichen Verträgen.

Der Lehrling Helwig, ein blondes hochgeschossenes Bürschlein mit aufgeweckten Augen, durchsuchte zuerst erstaunt, dann ärgerlich, dann aufgeregt den ganzen Schuppen nach seiner Jacke. Diese Jacke hatte er sich vorige Woche angeschafft, kurz nach seinem ersten Mädchen. Er hätte sie sich noch nicht anschaffen können, wenn er nicht eine kleine Prämie bei einem Wettbewerb verdient hätte. Er rief seine Kameraden herbei, die schon beim Mittagessen saßen. Der helle Speisesaal mit den blankgescheuerten Holztischen war wie immer fast festlich geschmückt mit den Blumen des Monats und mit frischem Laub, das auch um die Hitler-, Darré- und Landschaftsbilder an der Wand gewunden war. Helwig meinte zuerst, die Kameraden hätten ihm einen Streich gespielt. Sie neckten ihn nämlich, weil er die Jacke etwas zu groß gekauft hatte und weil sie ihn um sein Mädchen beneideten. Die jungen Burschen mit ihren frischen, offenen Gesichtern, in denen knabenhafte und männliche Züge genauso durcheinander spielten wie auf Helwigs Gesicht, beruhigten ihn jetzt und halfen ihm gleich suchen. Da gab es denn bald ein Geschrei: »Was sind denn das für Flecke?« Und einer schrie: »Mir hat man das Futter rausgerissen!« – »Da war einer drin«, sagten sie, »deine Jacke, Helwig, ist gestohlen.« Der Junge verbiß das Weinen. Jetzt kaum auch die Aufsicht aus dem Eßsaal. Was denn die Bengels hier anstellen? Helwig erzählte bleich vor Wut, seine Jacke sei gestohlen. Man rief einen aufsichtführenden Lehrer und den Schulwart. Jetzt wurde die Tür weit aufgemacht. Da sah man Flecke an den Kleidern und das gerissene Futter an einer alten Jacke, die ganz von Blut verspritzt war.

Ach, wenn man aus seiner Jacke auch nur das Futter herausgerissen hätte! In Helwigs Gesicht waren keine männlichen Züge mehr. Es war ganz kindlich vor Zorn und Kummer. »Wenn ich den finde, schlag ich ihn tot!« verkündete er. Es tröstete ihn auch gar nicht, daß Müller jetzt seine Schuhe vermißte. Der war der einzige Sohn von reichen Bauern und konnte sich neue kaufen. Für ihn aber hieß es jetzt wieder sparen und sparen.

»Beruhige du dich jetzt mal, Helwig«, sagte dann der Direktor selbst, den der Schulwart sofort vom Familienmittagstisch geholt hatte, »beruhige dich und beschreib deine Jacke, so genau du kannst. Dieser Herr hier von der Kriminalpolizei kann sie dir nur wieder beschaffen, wenn du sie genau beschreibst.« – »Was war in den Taschen?« fragte der freundliche fremde kleine Herr, als Helwig mit seiner Beschreibung endete, wobei er nach den Worten »auch innere Reißverschlüsse« schlucken mußte. Helwig dachte nach. »Ein Portemonnaie«, sagte er, »mit einer Mark zwanzig, ein Taschentuch, ein Messer –« Man las ihm alles noch einmal vor und ließ ihn unterschreiben. »Wo kann ich mir die Jacke abholen?« – »Das wirst du hier noch erfahren, mein Junge«, sagte der Direktor.

Das war zwar kein Trost für den kleinen Helwig, aber immerhin eine Verklärung des Unglücks, daß sein Jackendieb doch kein gewöhnlicher Dieb war. Dem Schulwart, kaum daß er vorhin den Schuppen besichtigt hatte, war gleich der Zusammenhang aufgegangen. Er hatte bloß noch den Direktor gefragt, ob er anrufen sollte.

Als Helwig herunterkam – gleich nach ihm hatte der Müller seine Schuhe beschreiben müssen –, da war das ganze Terrain zwischen Schule und Mauer schon abgesperrt. Die Stelle war schon markiert, an der Georg über die Mauer gesprungen war und Spalierobst zerschlagen hatte. Posten standen vor der Mauer und vor dem Schuppen. Und Lehrer und Gärtner und Schüler drängten sich vor der Absperrung. Man hatte die Mittagspause verlängern müssen; die Erbsensuppe mit Speck in den großen Kübeln hatte eine Haut bekommen.

Ein älterer Gärtner arbeitete, offenbar unberührt von der ganzen Aufregung, ein paar Meter von der Absperrung weg an einer Wegregulierung. Er war aus dem gleichen Ort wie der kleine Helwig. Und der – sein zornigbleiches Gesicht war inzwischen rot geworden, und eifrig und wichtig gab er auf alle Fragen Antwort – blieb neben dem alten Gärtner noch mal stehen, vielleicht gerade, weil der ihn gar nichts fragte. »Ich soll meine Jacke wiederbekommen«, sagte der kleine Helwig. »So«, sagte der Gärtner. »Ich hab sie ganz genau beschreiben müssen.« – »Und hast du sie ganz genau beschrieben?« fragte der Gärtner Gültscher, ohne von seiner Arbeit aufzusehen. »Gewiß, ich hab doch gemußt«, sagte der Junge. Der Schulwart klingelte zum zweitenmal Mittag. Im Speisesaal ging es von neuem los. Es war auch schon hier ein Gerücht, daß in Liebach und

Buchenau die Hitler-Jugend mitsuchen durfte. Der kleine Helwig wurde ausgefragt. Jetzt war er aber schweigsam. Er schien gegen einen neuen, stilleren Anfall von Kummer zu kämpfen. Dabei fiel ihm dennoch ein, daß in der Jacke auch eine Mitgliedskarte der Buchenauer Turner gesteckt hatte. Ob er das nachträglich noch melden sollte?

Was würde der Dieb mit der Karte machen? Er konnte sie einfach an einem Streichholz verbrennen. Aber woher nimmt ein Flüchtling ein Streichholz? Er konnte sie einfach zerfetzen und in irgendeinen Abort werfen. Aber kann den ein Flüchtling einfach wo hineingehen? Ach, einfach die Schnipsel irgendwo in die Erde getreten, dachte der Junge sonderbar beruhigt. Er machte dann einen Umweg und ging nochmals an dem alten Gärtner vorbei. Er hatte auf diesen Mann, der aus seinem Ort war, soviel und sowenig geachtet wie junge Menschen auf alte Menschen achten, die schon immer mal da waren und höchstens mal zwischendurch sterben. Er blieb auch jetzt ohne Grund hinter dem Alten stehen, der an der Wegregulierung seine Zwiebeln versetzte. Der kleine Helwig war bei der Hitler-Jugend und in der Gärtnerei gut angeschrieben und kam überall ganz gut vorwärts. Er war ein kräftiger, offener, anstelliger Junge. Daß jene Männer, die man im Lager Westhofen einsperrte, da hineingehörten wie Irre ins Irrenhaus, davon war er überzeugt.

»Du, Gültscher«, sagte er. »Was« – »Ich hab auch meine Mitgliedskarte in der Jacke gehabt.« – »Na, und?« – »Ob ich das noch hinterher anmelden soll?« – »Du hast ja alles angemeldet, du hast ja gemußt«, sagte der Gärtner.

Er sah jetzt zum erstenmal an dem Jungen hinauf und sagte: »Mach dir keine Sorgen, du kriegst deine Jacke wieder.« – »Ja, meinst du?« sagte der Junge. »Sicher. Sie werden ihn ganz bestimmt fangen, eher heut als morgen. Wieviel hat sie denn gekostet?« – »Achtzehn Mark.« – »Das war dann schon was Ordentliches«, sagte Gültscher, als wollte er den Kummer des Jungen nochmals auffrischen, »da wird sie ja allerlei aushalten. Du wirst sie tragen, wenn du mit deinem Mädchen gehst. Und der«, er deutete unbestimmt durch die Luft über Land, »der wird dann schon längst, längst tot sein.« Der Junge runzelte die Stirn. »Na, und?« sagte er plötzlich grob und patzig. »Gar nichts«, sagte der alte Gültscher, »überhaupt gar nichts.« Warum hat er mich denn eben noch mal so angesehen, dachte der kleine Helwig.

VI In dem Hof, in dem Georg sich hinter dem Holzstapel versteckt hatte, waren kreuz und quer Wäscheseile gespannt. Aus dem Haus kamen zwei Frauen, eine alte und eine mittlere, mit einem Waschkorb. Die alte sah stramm und hart aus, die jüngere ging vornübergebeugt mit müdem Gesicht. Wären wir doch zusammengeblieben, Wallau, dachte Georg – ein neuer, wilderer Lärm kam vom Rand des Dorfes gegen die Gasse –, du hättest mich jetzt angesehen –

Die beiden Frauen befühlten die Wäsche. Die alte sagte: »Sie ist zu naß, wart mit dem Bügeln.« Die jüngere sagte: »Sie ist bügelrecht.« Sie begann die Wäsche in den Korb zu legen. Die alte sagte: »Sie ist viel zu naß.« Die jüngere sagte: »Sie ist bügelrecht.« – »Zu naß«, sagte die alte. Die jüngere sagte: »Jeder nach seiner Art. Du bügelst gern trocken, ich bügel gern naß.« In fliegender, fast verzweifelter Eile wurden die Seile geleert. Und draußen das Dorf in Alarm! Die jüngere Frau rief: »Da, horch doch nur!« Die alte sagte: »Ja, ja.« Die junge rief, und der Klang ihrer Stimme war zum Zerspringen hell: »Horch, horch!« Die alte sagte: »Ich bin noch immer nicht schwerhörig. Schieb mal den Korb her.«

In diesem Augenblick trat aus dem Haus ein SA-Mann in den Hof. Die jüngere sagte: »Wo kommst denn du auf einmal wieder her, gestiefelt und gespornt. Aus dem Wein doch nicht.«

Der Mann schrie: »Seid ihr denn verrückt, ihr zwei Weiber? Jetzt bei der Wäsche! Man muß sich schämen. Im Dorf hat sich einer versteckt aus Westhofen. Wir suchen alles ab.« Die jüngere rief: »Ach, etwas ist immer. Gestern der Erntedank und vorgestern für die Hundertvierundvierziger, und heute für den Flüchtling zu fangen und morgen, weil der Gauleiter durchfährt. Na, und die Rüben? Na, und der Wein? Na, und die Wäsche?« Der Mann sagte: »Halt 's Maul.« Er stampfte auf: »Warum ist denn das Tor nicht zu?« Er stampfte durch den Hof. Nur der eine Torflügel stand auf; um das Tor ganz zu schließen, mußte man den andern auch zurückklappen und dann beide ineinanderfügen. Dabei half ihm die alte Frau.

Wallau, Wallau, dachte Georg. –

»Anna«, sagte die alte Frau, »mach den Riegel zu.« Sie fügte hinzu: »Voriges Jahr um die Zeit hab ich das noch gekonnt.«

Die jüngere murmelte: »Ich bin ja da.« Sie stemmte sich.

Grad war der Riegel zu, da kam aus dem Lärm des Dorfes ein abgesonderter neuer Lärm; das rasche knattrige Aufschlagen von Stiefeln und dann ein Getrommel gegen das eben geschlossene Tor. Die jüngere Frau zog den Riegel zurück. Ein paar Pimpfe liefen herein, sie riefen: »Lassen Sie uns mal rein, wir sind in Alarm, wir suchen. Im Dorf hat sich einer versteckt. Los mal! Lassen Sie uns rein!«

»Halt, halt, halt«, sagte die jüngere Frau. »Ihr seid hier nicht daheim, und du, Fritz, geh mal in die Küche, die Suppe ist fertig.«

»Wirst sie wohl reinlassen, Mutter. Du mußt. Ich werd sie schon bei mir rumführen.«

»Wo wirst sie rumführen? Bei wem?« rief die Frau. Die alte Frau packte ihren Arm mit erstaunlicher Kraft. Und die Pimpfe, der Fritz voran, setzten einer hinter dem andern über den Waschkorb weg, und schon hörte man ihre Pfeifchen aus der Küche, aus dem Stall und aus den Stuben. Ping, jetzt gab es auch Scherben.

»Anna«, sagte die alte Frau, »nimm dir doch das alles nicht so zu Herzen. Lern von mir. Es gibt Sachen auf der Welt, die kann man ändern. Und es gibt Sachen, die kann man nicht ändern. Solche Sachen muß man dann ertragen. Anna, hörst du! Anna, ich weiß schon, du hast den schlechtesten von meinen Söhnen zum Mann bekommen, den Albrecht. Seine erste Frau war auch danach. Das war hier immer ein Saustall. Du hast daraus einen Bauernhof gemacht. Und der Albrecht, der früher bloß auf Taglohn in den Weinberg ging, wenn's ihm gepaßt hat, und ein Stück vom Jahr rumfaulenzte, der hat auf einmal allerlei dazugelernt. Und die Kinder von seiner ersten Frau, dem Weibsstück, die hast du ganz verändert, wirklich als ob du sie noch mal neu geboren hättest. Bloß, du kannst nichts ertragen. Das sind aber jetzt solche Sachen, die muß man aushalten. Sie gehn dann nämlich vorüber.«

Die jüngere Frau erwiderte etwas ruhiger, in ihrer Stimme war nur noch die Trauer über ein Leben, dem trotz aller wahrhaft furchtbaren Anstrengungen der Segen versagt blieb, wenn auch freilich nicht die Hochachtung: »Ja, aber dann ist das gekommen.« Sie deutete auf das Haus, in dem es pfiff von den frechen spitzigen Pfeifchen, und auf den Lärm hinter dem Tor. – »Das ist mir dazwischengekommen, Mutter. Und die Kinder, die ich in Ordnung gebracht hab und Blut dabei geschwitzt, die sind wieder genau das freche Kroppzeug geworden, das sie eigentlich von daheim aus sind, und der Albrecht ist einfach wieder das alte Biest von einem Mann. Ach!«

Sie stieß mit dem Fuß ein herausstehendes Scheit in den Holzstapel zurück. Sie horchte auf. Dann hielt sie sich beide Ohren zu und jammerte: »Ausgerechnet in Buchenau muß sich der Kerl verstecken. Das fehlt mir noch grad. Dieser Bandit. Wie so ein toller Hund Montagmorgen in ein anständiges Dorf rein. Wenn er schon durchbrennt, kann er sich nicht im Moor verstecken? Muß er denn uns da alle mit reinziehen? Gibt es nicht Weiden genug am Wasser, wo er sich hineinsetzen kann?«

»Faß den Korb an«, sagte die alte Frau. »Pitschnaß ist die Wäsche. Hätt das nicht nach dem Essen Zeit gehabt?« – »Jedes, wie's ihm die Mutter gezeigt hat. Ich bügel naß.«

In diesem Augenblick gab es auf der Straße hinter dem Tor ein solches Aufjohlen, wie es menschliche Stimmen gar nicht herausbringen. Aber auch tierisch war es nicht. Irgendwelche Geschöpfe, von denen man gar nicht gewußt hatte, daß es sie auf der Welt gab, mußten sich plötzlich hervorgewagt haben – Georgs Augen fingen bei diesem Gejohl zu glühen an, die Lippen zogen sich von den Zähnen. Seine Kehle spannte sich, als hätte er selbst etwas beherbergt, das jetzt herausjohlen mußte, mit seinesgleichen. Aber zugleich erhob sich in seinem Innern, leise und rein und klar, eine unverletzbare, unübertönbare Stimme, und er wußte, daß er sofort bereit war zu sterben, wie er zwar nicht immer gelebt, aber immer zu leben gewünscht hatte, kühn und ruhig.

Die beiden Frauen hatten den Korb abgestellt. Und ein schwarzes Netzwerk von Falten, grob und weitmaschig bei der jüngeren, fein und dicht bei der alten, zeigte sich auf ihren erbleichten, von innen hellen Gesichtern. Aus dem Haus sausten die Buben durch den Hof auf die Straße. Dann wurde wieder von außen gegen das Tor getrommelt. Die alte Frau löste sich aus ihrer Erstarrung, sie packte den großen Riegel, den sie, vielleicht zum letztenmal in ihrem Leben, nun doch aus eigener Kraft zurückschob. Eine Menge aus Pimpfen, alten Weibern und Bauern und SA-Leuten stürzten übereinander in den Hof und sie schrien: »Mutter, Mutter! Frau Alwin! Mutter, Anna, Frau Alwin, wir haben ihn. Guck, guck, nebenan bei den Wurms, in der Hundehütte hat er gesessen. Und der Max war mit dem Karl auf dem Acker. Eine Brille hat er gehabt, der Kerl, die ist ihm jetzt dahin! Die braucht er nicht mehr. Auf dem Algeier seinem Auto wird er weggeschafft. Grad nebenan bei Wurms, wie schad. Guck doch noch, Mutter, guck!«

Die jüngere Frau erwachte auch aus ihrer Betäubung; sie ging auf das Tor zu mit dem Gesicht eines Menschen, der unwiderstehlich zu dem einzigen Anblick hingezogen wird, der ihm verboten ist. Sie reckte sich auf die Fußspitzen. Sie warf einen einzigen Blick über die Menschen weg, die sich auf der Straße um Algeiers Auto drängten. Dann wandte sie sich ab, bekreuzigte sich und lief ins Haus. Die alte Frau folgte ihr, mit dem Kopf wackelnd, als sei sie plötzlich zur Greisin geworden. Der Wäschekorb blieb zurück. Der Hof war jetzt still und leer.

Mit der Brille! dachte Georg. Das war dann Pelzer. Warum kam er hierher?

Eine Stunde später entdeckte Fritz das verpackte Maschinenteil an der äußeren Hofmauer. Seine Mutter und seine Großmutter und ein paar Nachbarn kamen dazu und wunderten sich. Sie entnahmen dem Firmenzettel, daß das Maschinenteil aus Oppenheim kam und für die Darré-Schule bestimmt gewesen war. Nun mußte einer von den Alwins schon wieder den Motor anlassen. Mit dem Auto waren es freilich nur ein paar Minuten nach der Schule. Sie fragten ihn aus, was sein Bruder, der wieder auf dem Acker war, von der Ablieferung des Flüchtlings erzählt hatte.

»Hat man ihn versohlt?« fragte Fritz, von einem Fuß auf den andern tretend, mit funkelnden Augen. »Versohlt?« sagte Alwin. »Dich soll mal einer gehörig versohlen. Ich hab mich wirklich gewundert, wie man den Kerl dort noch anständig dazu behandelt hat.«

Man hatte ihm, Pelzer, sogar von Algeiers Wagen heruntergeholfen. Sein Körper, auf Schläge und Tritte gespannt, wurde locker, wie man ihn unter den Achseln faßte und ganz behutsam hereinführte. Er konnte ohne Brille den Gesichtern nicht anmerken, von welcher Art diese Behutsamkeit war. Wie verraucht war alles. Bodenlose Erschöpfung überwältigte diesen Mann, da alles für ihn verloren war. Er wurde nicht in die Kommandantenbaracke gebracht, sondern in den Raum, den sich Overkamp eingerichtet hatte. »Setzen Sie sich, Pelzer«, sagte Kommissar Fischer ganz friedlich. Augen und Stimme, wie sie den Menschen solcher Berufe eigen sind, die etwas aus andern herausholen müssen: kranke Organe, Beichten, Geständnisse.

Overkamp saß abseits, auf seinem Stuhl zusammengekrümmt, und rauchte. Scheinbar überließ er Pelzer seinem Kollegen. »Kurzer Ausflug«, sagte Fischer. Er besah sich Pelzer, dessen Oberkörper leise zu schwanken begann. Dann besah er sich seine Akten. »Pelzer, Eugen, geboren 1898 in Hanau. Stimmt?« – »Ja«, sagte Pelzer leise, sein erstes Wort seit der Flucht. »Daß Sie sich aber zu solchen Streichen hergeben, Pelzer, ausgerechnet Sie, ausgerechnet von einem Heisler so was aufreden zu lassen. Sehen Sie, Pelzer, das sind jetzt genau sechs Stunden fünfundfünfzig Minuten her, daß der Füllgrabe mit dem Spaten losgeschlagen hat. Mensch, Mensch, seit wann habt ihr euch denn das ausgeknobelt?« – Pelzer schwieg. »Haben Sie denn nicht gleich gemerkt, Pelzer, daß das eine Galgenidee war? Haben Sie denn nicht versucht, das den andern auszureden?« Pelzer erwiderte leise, denn jede Silbe stach ihn: »Ich hab ja nichts gewußt.« – »Was, was«, sagte Fischer, immer mäßig und leise. »Füllgrabe gibt das Zeichen, und Sie rennen. Ja, warum sind Sie denn losgerannt?« Pelzer sagte: »Alle sind.« – »Eben. Und Sie wollen nicht eingeweiht gewesen sein? Aber Pelzer!« Pelzer sagte: »Nein.« – »Pelzer, Pelzer«, sagte Fischer. Pelzer hatte das Gefühl, das ein todmüder Mensch hat, wenn ein Wecker rasselt, und er will ihn überhören. Fischer sagte: »Als der Füllgrabe auf den ersten Wachtposten schlug, stand der zweite Wachtposten bei Ihnen, in derselben Sekunde, wie vereinbart, warfen Sie sich auf den zweiten Wachtposten.« – »Nein«, rief Pelzer. »Bitte?« sagte Fischer. »Ich warf mich nicht.« – »Ja, Entschuldigung, Pelzer. Bei Ihnen, Pelzer, Ihnen groß geschrieben, stand der zweite Wachtposten, da warfen sie sich, Heisler, sie klein geschrieben, und – und der – na – Wallau, in derselben Sekunde auf den zweiten Wachtposten, der bei Ihnen gerade stand, wie vereinbart.« Pelzer sagte: »Nein.« – »Was, nein?« – »Daß es vereinbart war.« – »Was vereinbart?« – »Daß er bei mir gestanden hat. Er kam, weil, weil –« Er versuchte sich zu besinnen, aber jetzt hätte er ebensogut versuchen können, ein Bleigewicht zu stemmen. »Lehnen Sie sich doch ruhig an«, sagte Fischer. »Also: Nichts vereinbart. In nichts eingeweiht. Einfach losgerannt. Wie der Füllgrabe losschlug, warfen sich Wallau und Heisler auf den zweiten Wachtposten, der nur zufällig bei Ihnen stand. Ihnen groß geschrieben, Pelzer! Stimmt?« – »Ja«, sagte Pelzer langsam. Jetzt rief Fischer laut: »Overkamp!« Overkamp stand auf, als sei ihr Dienstverhältnis umgekehrt. Pelzer, der gar nicht gemerkt hatte, daß es noch einen dritten Mann im Raum gab, fuhr zusammen. Er horchte sogar auf. »Holen wir gleich den Georg Heisler zur Gegenüberstellung.« Overkamp nahm den Hörer ab. »So«, sagte er hinein. Dann sagte er zu Fischer: »Noch nicht ganz vernehmungsfähig.« Fischer sagte: »Entweder ganz oder noch nicht. Was soll das heißen, noch nicht ganz?« Jetzt trat Overkamp neben Pelzer. Er sagte schärfer als Fischer, aber nicht unfreundlich: »Pelzer, Sie müssen sich jetzt zusammennehmen. Heisler hat uns diesen Vorgang nämlich soeben anders beschrieben. Bitte, nehmen Sie sich zusammen, Pelzer, Ihr Gedächtnis und Ihren letzten Rest von Verstand.«

VII

Georg lag draußen unter dem graublauen Himmel in einer Akkerfurche. Ungefähr hundert Meter von ihm entfernt lief die Chaussee nach Oppenheim. Nur jetzt nicht steckenbleiben. Zu Abend in der Stadt sein. Stadt, das war die Höhle mit ihren Schlupfwinkeln, ihren gewundenen Gängen. Sein ursprünglicher Plan. Bis zur Nacht nach Frankfurt, gleich hinaus zu Leni. Einmal bei Leni, war ihm das Weitere einfach erschienen. Anderthalb Stunden Eisenbahnfahrt zwischen Sterben und Leben mußten überwindbar sein. War nicht bis jetzt alles glatt gegangen? Wunderglatt, planmäßig? Nur war er ungefähr drei Stunden zu spät dran. Zwar war der Himmel noch blau, doch vom Fluß her kam schon der Dunst über die Felder. Bald werden die Wagen der Chaussee trotz der Nachmittagssonne Laternen anstecken.

Unbezähmbarer Wunsch, stärker als alle Furcht, stärker als Hunger und Durst und das verfluchte Geklopfe in seiner Hand, die längst durch den Fetzen durchgeblutet war: liegenbleiben, die Nacht kommt ja. Schon jetzt deckt dich der Nebel, hinter diesem Gespinst über deinem Gesicht ist die Sonne schon blaß. Über Nacht wird man dich hier nicht suchen. Du hast Ruhe.

Er versuchte, Wallau zu Rate zu ziehen. An Wallaus Ratschlägen war kein Zweifel. Wenn du sterben willst, bleib liegen. Reiß einen Fetzen aus der Jacke. Mach einen neuen Verband. Geh in die Stadt. Alles andere ist Unsinn.

Er drehte sich auf den Bauch. Die Tränen liefen ihm herunter, wie er den eingetrockneten Fetzen von seiner Hand abzog. Dann wurde ihm nochmals schlimm, wie er seinen Daumen ansah, ein steifes, schwarzblaues Klümpchen. Er wälzte sich auf den Rücken, wie er mit den Zähnen den frischen Knoten anzog. Morgen mußte sich jemand finden, der ihm die Hand in Ordnung brachte. Er erwartete plötzlich vom kommenden Tag alles mögliche, als ziehe einen die Zeit von selbst im Fließen mit sich.

Je dichter der Dunst auf dem Acker wurde, desto stärker blauten die Herbstzeitlosen. Georg sah sie erst jetzt. Wenn er vor Nacht nicht bis Frankfurt kam, könnte er Leni vielleicht eine Nachricht schicken. Dafür die Mark ausgeben, die er in der Jacke gefunden hatte? Seit seiner Flucht hatte er nicht mehr an Leni gedacht, höchstens so, wie er an irgendein Wegmal gedacht hatte, an den ersten grauen Stein. Wieviel Kraft er verschwendet hatte, wieviel kostbaren Schlaf für Träume! Um dieses Mädchen, das ihm das Glück auf den Weg gestellt hatte, einundzwanzig Tage genau vor seiner Verhaftung. Aber ich kann sie mir nicht mehr vorstellen, dachte er. Wallau kann ich und alle andern. Wenn er den Wallau auch am deutlichsten sah, auch die andern sah er nur deshalb undeutlich, weil sie im Nebel jetzt schummrig waren. Wieder einmal ist der Tag zu Ende, einer der Wachtposten geht dicht neben ihm, spricht ihn an: »Na, Heisler, wie lang werden wir das noch schaffen?« Dabei sieht er ihn an mit einem merkwürdig listigen Blick. Georg schweigt. Die Erkenntnis, daß er verloren ist, vermischt sich mit den ersten Gedanken an Flucht.

Über die Chaussee fuhren die ersten Lichter. Georg überstieg den Graben. Ein Ruck in seinem Kopf: mich bekommt ihr nie. Er war mit demselben Ruck auf einem Brauereiauto. Dann war ihm schwindlig vor Schmerz, weil er beim Sprung mit der kranken Hand zugepackt hatte. Sie fuhren sofort, wie ihm schien, in Wirklichkeit erst nach einer Viertelstunde, in einen Hof in einer Gasse von Oppenheim. Der Fahrer merkte erst jetzt, daß er einen Passagier gehabt hatte. Er brummelte: »Wird's bald!« Weil ihm etwas an Georgs Abspringen, an seinen ersten taumeligen Schritten auffiel, drehte er nochmals den Kopf. »Willst du vielleicht nach Mainz?« – »Ja«, sagte Georg. »Wart mal«, sagte der Fahrer. Georg hatte die kranke Hand in die Jacke gesteckt. Er hatte den Fahrer bisher nur von hinten gesehen. Und auch jetzt sah er sein Gesicht noch nicht, denn der Fahrer schrieb gegen die Wand auf einen Lieferblock. Dann ging er aus der Torfahrt über den Hof.

Georg wartete. Die Straße vor dem Tor stieg etwas an. Hier gab es noch keinen Nebel, ein Sommertag schien zu Ende zu gehen, so weich war das Licht auf dem Pflaster. Gegenüber war eine Spezereihandlung, nebenan eine Wäscherei, danach ein Metzger. Die Ladentüren bimmelten. Zwei Frauen mit Paketen, ein Junge, der in ein Würstchen beißt. Macht und Glanz des gewöhnlichen Lebens, wie hat er es früher verachtet. Hineingehen können, anstatt hier zu warten, Geselle des Metzgers sein, Ausläufer bei der Spezereihandlung, zu Gast in einer dieser Wohnungen. Er hatte sich in Westhofen eine Straße anders vorgestellt. Er hatte geglaubt, einem jeden Gesicht, einem jeden Pflasterstein sei die Schande anzusehen, und Trauer dämpfte die Schritte und Stimmen und selbst die Spiele der Kinder. Die Straße hier war ganz ruhig, die Menschen sahen vergnügt aus. »Hannes! Friedrich!« rief eine alte Frau aus dem Fenster über der Wäscherei zwei SA-Burschen an, die mit ihren Bräuten daherspazierten. »Kommt rauf, ich koch euch Kaffee.« Gingen Meißner und Dieterling auch so auf Urlaub mit ihren Bräuten spazieren? Wie die vier nach einem kurzen Gewisper »ja« hinaufschrien und in das Häuschen hineinpolterten und die Frau ihr Fenster schloß mit einem guten, zufriedenen Lächeln, weil sie jetzt hübsche junge Gäste bekam, vielleicht Verwandte, da übermannte Georg eine solche Traurigkeit, wie er nie im Leben eine gekannt hatte. Er hätte geweint, wenn ihn nicht jene Stimme beschwichtigt hätte, die einem im traurigsten Traum verrät, daß alles gleich nichts mehr gilt. Es gilt aber doch, dachte Georg. Der Fahrer kam zurück, ein robuster Mann, im dicken Gesicht schwarze Vogeläugelchen.

»Komm rauf«, sagte er kurz.

Vor der Stadt war es schon Abend. Der Fahrer schimpfte auf den Nebel. »Was hast du in Mainz vor?« fragte er plötzlich. »Ins Krankenhaus«, sagte Georg. »In welches?« – »In mein altes.« – »Du scheinst ja gern Chloroform zu schnuffeln«, sagte der Fahrer. »Mich kriegst du mit zwanzig Gäulen in kein Spital. Im letzten Februar auf dem Glatteis –« Sie wären fast auf zwei Wagen aufgefahren, die hintereinander hielten. Der Fahrer bremste, fluchte. Die beiden vorderen Wagen bekamen gerade von der SS-Streife Erlaubnis, loszufahren. Die Streife kam an den Brauereiwagen. Der Fahrer zeigte seine Papiere herunter, dann hieß es: »Und Sie da?« Das Ganze war doch nicht so schlecht, dachte Georg, ich hab zwei Sachen falsch gemacht. Man kann es leider nicht vorher einüben. Er hatte genau dieselbe Empfindung wie damals bei seiner ersten Verhaftung, als plötzlich das Haus umstellt war – ein rasches Ordnen aller Gefühle, Gedanken, ein blitzschnelles Überbordwerfen allen Plunders, der reinlichste Abschied, und schließlich –

Er trug eine braune Jacke aus Manchestersamt, daran war kein Zweifel. Der Posten verglich seine Angaben. Es ist ein Wunder, wie viele Manchesterjacken man zwischen Worms und Mainz in drei Stunden aufbringen kann, hatte Kommissar Fischer gesagt, als Berger vorhin einen Samtjackigen einlieferte. Dieses Kleidungsstück scheint sich hier in der Bevölkerung einer gewissen Beliebtheit zu erfreuen. Bis auf die Beschreibung der Kleider war der Steckbrief den Aufnahmepapieren in Westhofen Dezember 34 entnommen. Doch außer der Jacke, dachte der Posten, entsprach der Mann in nichts diesen Angaben. Er hätte sein Vater sein können, während der Richtige gleichaltrig mit ihm war, ein frischer Bursche mit glattem, frechem Gesicht, während der hier so eine platte flache Fratze hatte mit dicker Nase und aufgeworfenem Mund. Er winkte ab »Heil Hitler!«

Sie fuhren schweigend ein paar Minuten auf achtzig Kilometer. Der Brauereifahrer bremste plötzlich zum zweitenmal auf leerer, offener Straße. »Steig ab«, befahl er. Georg wollte etwas erwidern. »Steig ab!« wiederholte der Fahrer drohend, sein dickes Gesicht verzerrte sich, da Georg noch zögerte. Er machte Anstalten, Georg mit Gewalt hinunterzuschmeißen. Georg sprang ab. Er streifte abermals seine Hand, er heulte leise auf. Er taumelte weiter, während das Licht seines Bierwagens absauste, alsbald vom Nebel verschluckt, der in den letzten Minuten gefallen war. In kürzeren Abständen sausten Wagen an ihm vorbei, er wagte keinen mehr anzurufen. Er wußte nicht, ob er noch Stunden gehen mußte, Stunden gegangen war. Er versuchte sich klarzuwerden, wo er war zwischen Oppenheim und Mainz – er kam durch ein kleines Dorf mit hellen Fenstern. Er wagte nicht, nach dem Namen des Dorfes zu fragen. Zuweilen traf ihn der Blick irgendeines vorübergehenden, irgendeines zum Fenster hinausgelehnten Menschen so hart auf dem Gesicht, daß er mit der Hand darüberwischte. Was hatte er denn für Schuhe gestohlen, daß sie ihn trugen und trugen, während er selbst Wunsch und Willen verloren hatte, weiterzulaufen? Dann hörte er ein Gebimmel, ziemlich dicht vor sich. Ein Schienenstrang endete vor einem kleinen Platz, der ihm ein

Dorfplatz zu sein schien. Er stand jetzt unter Menschen an der Endstation einer Elektrischen. Er zahlte dreißig Pfennig von seiner Mark. Der Wagen, zuerst nur mäßig besetzt, wurde nach der dritten Station bei einer Fabrik vollgestopft. Georg saß mit gesenkten Augen. Sah er niemand an, überließ er sich nur der Wärme, dem Gedränge all dieser Menschen, dann war er ruhig und beinahe geborgen. Wenn ihn aber ein einzelner anstieß, ein einzelner mit seinem Blick streifte, wurde ihm kalt.

Er mußte an einer Station heraus, die Augustinerstraße hieß, er ging die Schienen entlang, tiefer in die Stadt. Er war plötzlich hell wach. Wäre die Hand nicht gewesen, er hätte sich leicht gefühlt. Das machte die Straße, die Menge, überhaupt die Stadt, die keinen ganz allein läßt oder allein zu lassen scheint. Irgendeine dieser tausend Türen hätte sich einem doch aufgetan, wenn man sie nur gefunden hätte. Er kaufte sich in einer Bäckerei zwei Brötchen. Dieses Geschwätz der alten und jungen Frauen um ihn herum über den Preis des Brotes und seine Güte und über die Kinder und Männer, die es zu beißen kriegten – war es wirklich all die Zeit über nie abgebrochen? Was du dir einbildest, Georg, sagte er sich, es brach nie ab, nie wird es je abbrechen. Er aß im Gehen. Er klopfte sich etwas Mehlstaub von Helwigs Jacke. Er sah durch ein Tor in einen Hof, in dem ein Brunnen stand, und wie er sah, daß dort Buben tranken, den Becher benutzend, der an einer Kette hing, ging er hinein und trank. Dann ging er weiter, bis zu einem sehr großen weiten Platz, der trotz Laternen und Menschen dunstig und leer aussah. Er hätte sich jetzt gern niedergesetzt. Das wagte er nicht. Es fing unterdes zu läuten an, so nah und stark, daß die Mauer dröhnte, an die er sich vor Erschöpfung gelehnt hatte. Da sich der Platz vor ihm lichtete, kam es ihm vor, der Rhein könnte nicht gar weit sein. Er fragte ein Kind, das ihm flink erwiderte: »Wollen Sie sich heut noch ertränken?« Worauf er erst merkte, daß dieses Mädchen kein Kind mehr war, sondern nur schmächtig und sonst frech und gierig. Sie zögerte, ob er ihre Begleitung zum Rhein hinunter verlangte. Aber sie hatte gerade im Gegenteil bewirkt, daß die Gedanken, an denen er immerfort würgte, zu einem Abschluß kamen. Ja nicht mehr über eine der großen Brücken aufs andere Ufer gehen, sondern hier in der Stadt übernachten. Gerade jetzt mußten die Brückenköpfe doppelt bewacht sein. Das Schwerere war das Vernünftigere. Sich auf dem linken Ufer halten. Eine andere Gelegenheit ausfindig machen, um tiefer unten auf das andere Ufer zu kommen. Seine Stadt nicht direkt erreichen, sondern auf weitem Umweg. Er sah dem Mädchen gedankenlos nach. Ob ihn etwas an ihrem raschen unregelmäßigen Gang an sein Mädchen erinnerte, ob ihn jedes Mädchen an sie erinnert hätte? Auf den Bruchteil einer Sekunde gelang ihm ihr Bild. Freilich auch nur im Weggehen, und genauso wie dieses Mädchen hatte sie damals noch einmal mit den Achseln gezuckt. Unterdessen hatte das Läuten aufgehört. Und die plötzliche Stille auf dem Platz, da auch das Zittern aufhörte in der Mauer, an der er lehnte, als ob sie gleichsam von neuem versteinerte, brachte ihm nochmals zum Bewußtsein, wie stark und mächtig das Geläute gewesen war. Er trat sogar weg und sah nach den Türmen hinauf. Es wurde ihm schwindlig, bevor er die oberste aller Spitzen gefunden hatte, denn über den beiden nahen gedrungenen Türmen erhob sich noch ein einzelner Turm in den Herbstabendhimmel mit einer solchen mühelosen Kühnheit und Leichtigkeit, daß es ihn schmerzte. Dann aber dachte er plötzlich, daß es in einem so großen Haus nicht an Stühlen fehlen könnte. Er suchte sich einen Eingang. Eine Tür, kein Tor. Er wunderte sich, daß er wirklich hineingelangte. Er fiel auf das nächste Ende der nächsten Bank. Hier, dachte er, kann ich mich ausruhen. Er sah sich dann erst um. So winzig war er sich nicht einmal unter dem weiten Himmel vorgekommen. Wie er die drei, vier Frauen entdeckte, da und dort, so winzig wie er selber, und den Abstand begriff zwischen sich und dem nächsten Pfeiler und den Abstand zwischen den einzelnen Pfeilern und von seinem Platz aus kein Ende sah, weder über sich noch vor sich, sondern nur Raum und wieder Raum, da staunte er ein wenig; und das war vielleicht an allem das Staunenswerteste, daß er sich einen Augenblick vergaß.

Der Küster aber, fest auftretend, da ihm der Ort ja gewohnt war, und weil er tat, was sein Beruf war, machte dem Staunen sogleich ein Ende. Er trabte zwischen den Pfeilern daher und verkündete laut und fast ärgerlich: »Schließung des Doms«, und zu den Frauen, die sich von ihrem Gebet nicht trennen konnten, sagte er mehr belehrend als tröstend, der Herrgott sei auch noch morgen da. Georg war vor Schreck aufgesprungen. Die Frauen gingen langsam hinaus durch eine ihnen nähere Tür an dem Küster vorüber. Georg ging zurück zu der Tür, durch die er gekommen war. Diese Tür war aber bereits geschlossen, und er mußte sich eilen, um quer durch das Hauptschiff den Frauen nachzukommen. Da zuckte es ihm durch den Kopf. Statt vorzulaufen, duckte er sich hinter einem großen Taufstein und ließ den Küster abschließen.

▄▄▄▄ Ernst der Schäfer hat seine Schafe eingetrieben. Er pfeift seinem Hündchen. Abend ist es hier oben noch nicht. Über den Hügeln und Bäumen ist der Himmel erst blaßgelb, wie das Leinen, das die Frauen zu lange in ihren Schränken aufbewahren. Auf dem Tal liegt der Nebel so dicht und so flach, daß man meinen könnte, die Ebene sei hochgestiegen mit ihren großen und kleinen Lichtschwärmen und das Dorf Schmiedtheim liege statt auf dem Abhang am Rande der Ebene. Aus dem Nebel herauf schreien die Höchster Sirenen und die Eisenbahnzüge. Schichtwechsel. In den Dörfern und Städten richten die Frauen das Abendessen. Schon klingeln die ersten Fahrräder unten auf der Chaussee. Ernst steigt hinauf bis zum Straßengraben.

Er stellt ein Bein vor, verschränkt die Arme auf der Brust. Er blickt hinunter, da wo die Straße beim Wirtshaus Traube ansteigt; um seinen Mund zuckt ein Lächeln von überlegenem Spott, das Gott und der Welt zu gelten scheint. Es macht ihm jeden Abend Spaß, daß alle dort unten absteigen und ihre Räder drücken müssen.

Nach zehn Minuten kommen die ersten an ihm vorbei, verschwitzt, grau, müde. »He, Hannes!« – »He, Ernst! Heil Hitler!« – »Heil du ihn! He, Paul!«

»He, Franz!« – »Keine Zeit, Ernst«, sagte Franz. Er schob sein Fahrrad über die Erdschwellen, über die er heute morgen so lustig gehuppelt war. Ernst drehte sich um und sah ihm nach. Was hat der Kerl denn, dachte Ernst, bestimmt ein Mädchen. Auf einmal war er sich klar darüber, daß er den Franz nicht besonders gut leiden konnte. Wozu, dachte er, braucht der ein Mädchen? Wenn einer eines braucht, bin ich es. Er klopfte an Mangolds Küchenfenster.

Franz ging sofort in Marnets Küche. »Grüß Gott!« – »Grüß Gott, Franz«, knurrte seine Tante. Suppe war schon ausgeschenkt, Kartoffelsuppe mit Würsten. Zwei Würstchen auf jeden Mann, ein Würstchen auf jede Frau, ein halbes Würstchen auf jedes Kind. Die Männer waren: der alte Marnet, der älteste Sohn Marnet, der Schwiegersohn, der Franz; die Frauen waren: Frau Marnet, die Auguste. Die Kinder waren: das Hänschen und das Gustavchen. Es gab Milch für die Kinder und Bier für die

55

Großen. Und Brot und Schlackwurst, weil die Suppe kurz war. Frau Marnet hatte im Krieg gelernt, sich ziemlich alles, was eine Familie brauchte, zu melken und zu schlachten zwischen allen möglichen Verordnungen und Verboten.

Die Teller und die Gläser, die Kleider und die Mienen, die Bildchen an den Wänden und die Worte auf den Lippen, alles verriet, daß die Marnets weder arm noch reich waren, weder städtisch noch bäurisch, weder fromm noch ungläubig. »Und daß der Kleine nicht gleich seinen Urlaub bekommen hat, und man sieht, daß er nicht immer durch die Wand kann mit seinem Dickkopf«, sagte Frau Marnet von ihrem jüngsten Sohn, der drunten in Mainz bei den Hundertvierundvierzigern stand, »das ist gut für den Kerl.« Worauf bis auf Franz alle am Tisch zustimmten, daß der Kleine mal richtig gezwiebelt gehöre, überhaupt sei das ein Segen, daß alle diese Bengel mal wieder parieren lernten.

»Heute ist doch Montag«, sagte Frau Marnet zu Franz, als der, kaum den Teller ausgeschluckt, wieder aufstand. Sie hatten gehofft, Franz würde helfen, die letzten Äpfel reinholen.

Sie brummelten noch, als er schon weg war. Aber viel war nicht gegen ihn zu sagen, denn er war immer anstellig gewesen und anständig bis auf die ewige Schachspielerei mit dem Hermann in Breilsheim. »Wenn er ein ordentliches Mädchen hätt«, sagte die Auguste, »dann tät er so was nicht.«

Franz setzte sich auf sein Rad und fuhr diesmal in entgegengesetzter Richtung auf dem Feldweg nach Breilsheim hinunter, das früher ein Dorf gewesen war, aber jetzt durch die neue Siedlung mit Griesheim zusammengewachsen. Seit seiner neuen Heirat wohnte Hermann in der Siedlung, auf die er als Eisenbahnarbeiter Vorberechtigung gehabt hatte. Er hatte überhaupt plötzlich auf eine Menge Sachen Berechtigung gehabt, allerlei Vergünstigungen, Teufelkommraus an Darlehensmöglichkeiten, als er in diesem Frühjahr in zweiter Ehe die Else Marnet geheiratet hatte, eine ganz junge Kusine der Marnets. Seine war von den Schloßbornern, den hinteren Marnets, was sowohl ihre Lage im Taunus wie in dem großen, über zahlreiche Dörfer verteilten Familienverband der Marnets bezeichnete. Hermann sagte auch, als er mit seinen Kameraden über alle die neuen Heiratsannehmlichkeiten sprach: »Ja, unsere Tante Marnet, die vordere Tante Marnet, wird uns auch noch ein silbernes Kuchenbesteck schenken. Sie ist nämlich die Patin von der Else. Da gab es zu jedem Namenstag ein silbernes Löffelchen.« – »Deiner Else wäre sicher das ganze Jahr durch das Schmalztöpfchen von den vorderen Marnets lieber gewesen«, sagten die Kameraden. »So ist das immer mit den Geschenken bei feierlichen Gelegenheiten«, sagte Hermann. »Und dann muß die Else bei der Ernte und bei der Wäscherei und beim Schlachten noch rauf und helfen, weil sie ja zur Familie gehört.« Else selbst aber hatte sich nur gefreut über ihr Besteck, über die ganze neue Einrichtung. Sie hatte ein rundes Gesichtlein, achtzehnjährig, Moosäugelchen. Hatte er richtig getan, fragte sich Hermann, das Kind zu holen? Weil sie gar lieb und jung war, er aber jetzt schon seit Jahren und in den letzten drei Jahren unerträglich allein?

Jetzt sang die Else in der Küche. Ihre Stimme war weder besonders stark noch besonders rein, aber gerade weil sie nur eben drauflos sang, sprang es daher wie ein Bächlein, bald traurig, bald fröhlich, wie es einem gerade selbst zumut war.

Hermann runzelte die Stirn mit einem schwachen Schuldgefühl. Sie stellten ihr Schachbrett zwischen sich. Sie machten gedankenlos ihre drei Züge, mit denen sie gewöhnlich dieses Spiel einleiteten. Franz fing an zu erzählen. Er hatte den ganzen Tag über so stark auf diese Minute gewartet, daß er jetzt aus der Erleichterung, endlich alles erzählen zu können, etwas verworren erzählte. Hermann fragte zuweilen kurz dazwischen. Ja, auch er hatte schon etwas Unbestimmtes gehört. Jedenfalls müsse man alles bereithalten. Möglich, daß etwas daran war, jemand auftauchte, der Hilfe brauchte. Hermann verschwieg selbst Franz, was er selbst gehört hatte: daß der ehemalige Bezirksleiter Wallau, ein sehr guter Mann, den er früher selbst gekannt hatte, aus dem Lager Westhofen entflohen sei. Er hatte sogar gehört, daß die Frau Wallau bei der Flucht ihre Hand im Spiel gehabt hatte, ein Umstand, der ihn stark beunruhigte. Denn, wenn es wirklich der Fall war, hätte es niemand wissen dürfen. Dieser Georg aber, nach dem Franz wieder fragte, nein, davon hatte er gar nichts gehört. »Man muß nachdenken«, sagte er, »eine gelungene Flucht ist immer etwas.«

VIII

Franz war sicher nicht der einzige, der in dieser Herbstnacht wach lag und dachte: Wie, wenn meiner dabei wäre? Er war gewiß nicht der einzige, der sich quälte, unter den Flüchtlingen aus dem Lager könnte der sein, den er meinte. Franz wälzte sich hin und her auf dem Bett in der Kammer, die er sich ausbedungen hatte, seit er für seinen Unterhalt hier etwas zahlte. In aller Eile hatte man gestern abend noch ein paar Bretter an die Wand genagelt, denn die Apfelernte war überreich.

Franz stand noch einmal auf und steckte den Kopf durchs Fenster, weil ihn der Apfelgeruch betäubte. Er war froh, wenn man Dienstag zum Markt wieder ausräumte. Obwohl er gar keine Lust mehr hatte und ihm der Bauch voll davon war, nahm er doch wieder einen Apfel, aß ihn hastig auf und warf den Grutzen in den Garten. Die Glaskugel auf der Stange, die bei Tag schön blau leuchtete über den Stiefmütterchen und dem Goldlack, schimmerte jetzt ganz silbrig, als sei der Mond selbst vom Himmel in den Garten gekullert. Da das Land anstieg, begann der Himmel gleich hinter dem hohen, ihm und Marnets gemeinsamen Zaun; von Sternen funkelnd, in friedlicher Nachbarlichkeit.

Franz seufzte. Er legte sich wieder. Warum soll gerade er dabeisein, dachte er zum hundertstenmal. Er dachte auch: er oder ein anderer. – Für Franz war der, den er meinte, Georg, sein Freund aus früheren Jahren, ja, war er denn eigentlich sein Freund? Gewiß, sogar mein bester, mein einziger, dachte Franz plötzlich. Er war ganz verstört durch diese Einsicht.

Wann hatte er Georg kennengelernt? Im Jahr 27 im Fichte-Ferienlager. Ach nein, viel früher. Er war ihm schon auf dem Eschenheimer Fußballplatz begegnet, kurz nach ihrer Schulentlassung. Er, Franz, war ein so schlechter Fußballspieler gewesen, daß sich niemand um ihn gerissen hatte. Er machte sich deshalb auch lustig über solche Burschen wie Georg, die an nichts als an Fußball dachten. »Du, Georg, hast statt 'nem Kopf 'nen Fußball auf den Schultern.« Georg hatte kleine spitze Augen bekommen. Sicher hatte ihm Georg am nächsten Nachmittag den Ball nicht zufällig auf den Bauch gelandet. Franz war dann vom Fußballplatz weggeblieben, der eben doch nicht das Feld war, auf dem er sich ausspielte, obwohl es ihn immer wieder hinlockte. Er träumte sogar noch später manchmal, er sei der Torwart der Eschenheimer geworden.

Vier Jahre später hatte er Georg in einem Kurs wiedergetroffen, den er selbst für ein Fichte-Ferienlager abhielt. Georg war, wie er erzählte, durch den billigen Jiu-Jitsu-Unterricht zu Fichte gekommen; in den Kurs sei er bloß aus Langeweile hinein, behauptete er. Er hatte nicht geahnt, daß dieser Lehrer Franz sein alter Franz war, sein schäbiger Franz vom Fußballplatz, der hier plötzlich als Lehrer auftauchte. Georgs Augen wurden wieder eng mit winzigen Pünktchen von Haß, als gäbe es irgendwas zu rächen, einen Schimpf oder eine Schande. Er schien den Entschluß gefaßt zu haben, Franz den Kurs zu versalzen. Doch als seine Störereien gar keinen Anklang fanden, sondern nur Widerstand bei allen, blieb er nach dem zweitenmal von selbst weg; Franz beobachtete ihn unablässig. Auf seinem schönen braunen Gesicht lag oft ein Ausdruck von Verachtung; sein Gang war fast zu aufrecht, als täten ihm alle Menschen leid, die weniger schön und stark als er selbst seien. Und nur beim Rudern oder beim Ringen vergaß er sich, und sein Gesicht wurde gut und froh, als sei er sich selbst entronnen. Franz suchte sich, von einer ihm selbst unklaren Neugierde getrieben, Georgs Fragebogen heraus: Georg hatte Autoschlosserei gelernt, war aber arbeitslos seit der Lehre.

Im folgenden Winter traf er Georg bei der Januardemonstration. Er hatte wieder das starre, fast verächtliche Lächeln. Sein Gesicht wurde erst im Singen weicher. Er traf ihn dann auf der Hauptwache, als die Demonstration sich aufgelöst hatte. Georg hatte Pech mit einem seiner Turnschuhe. Die Sohle löste sich ab im glitschigen Stadtschnee. Franz schoß es durch den Kopf, daß Georg zu denen gehörte, die auch barfuß mitgegangen wären, von Anfang bis Ende. Er fragte ihn nach seiner Schuhnummer. Georg gab zur Antwort: »Meiner Mutter ihr Sohn repariert sich das allein.« Franz fragte ihn, ob er mal ein paar Photographien vom Ferienlager sehen wollte. Er, Georg, sei auch dabei. Natürlich wollte Georg gern solche Photographien ansehen, wo er selbst beim Wettschwimmen zu sehen war und beim Jiu-Jitsu. »Das kann man sich ja gelegentlich ansehen«, sagte er. »Hast du was vor heut abend?« fragte Franz. »Was soll ich denn vorhaben?« sagte Georg. Beide gerieten ohne ersichtlichen Grund in Verlegenheit. Über den ganzen Weg in die Altstadt sprachen sie beide nichts mehr miteinander. Franz hätte jetzt gern einen Vorwand gefunden, um Georg stehenzulassen. Wozu hatte er sich überhaupt den Besuch dieses Burschen eingebrockt? Er hatte lesen wollen. Er ging in ein Geschäft und kaufte Wurst und Käse und Apfelsinen. Georg wartete vor dem Ladenfenster, ohne sein gewöhnliches Lächeln, mit einem fast finsteren Gesicht, das Franz gar nicht verstand, obwohl er in einem fort aus dem Ladeninnern über die Auslage weg durch die Scheibe spähte.

Franz wohnte damals in der Hirschgasse unter einem der schönen buckligen Schieferdächer. Das Zimmer war klein und schräg mit einer Tür ins Treppenhaus. »Hier wohnst du ganz allein?« sagte Georg. Franz lachte. »Familie hab ich noch keine.« – »Hier wohnst du also ganz für dich«, sagte Georg nochmals, »na ja.« Sein Gesicht war jetzt völlig verfinstert. Franz erriet aber, daß Georg mit einer großen Familie zusammengepfercht lebte. »Na ja«, das bedeutete: Na ja, so lebst eben du. Kein Wunder, daß du dann weiterkommst.

Franz fragte: »Willst du vielleicht herziehen?« Georg starrte ihn an. In seinem Gesicht war keine Spur von Lächeln, kein Hochmut, als sei er viel zu schnell überrumpelt worden, um sich mit seinem gewöhnlichen Ausdruck zu wappnen. »Ich? Hierher?« – »Na ja.« – »Hast du das im Ernst gemeint?« fragte Georg leise. Franz erwiderte: »Ich mein immer alles im Ernst.« Er hatte es aber keineswegs ganz im Ernst gefragt, es war ihm eher herausgefahren. Es war erst nachher zu Ernst geworden, sogar zu bitterem Ernst. Georg war blaß geworden. Franz begriff erst jetzt, daß sein zufälliges Angebot für Georg von unermeßlicher Bedeutung war, ein Wendepunkt seines Lebens. Er packte seinen Arm. »Also abgemacht.« Georg zog seinen Arm weg.

Er hat sich sofort von mir weggedreht, dachte Franz in seiner Apfelkammer, er ist ans Fenster gegangen, er hat mein kleines Fenster ganz ausgefüllt. Es war Abend, Winter. Ich habe dann das Licht angemacht. Georg saß rittlings auf seinem Stuhl. Sein schönes, braunes Haar fiel ihm dicht und starr vom Wirbel ab, er schälte für sich und mich Apfelsinen.

Ich nahm die Kanne, dachte Franz, um Wasser zu holen von der Leitung im Treppenhaus. Ich stand in der Tür, und er sah mich von seinem Stuhl aus an. Er hatte ganz ruhige, graue Augen, und diese spitzen komischen Pünktchen, vor denen ich als Junge immer Angst gehabt hatte, waren weg aus seinen Augen. Er sagte: »Ich werde uns, weißt du, die ganze Bude mal anstreichen. Und aus der Kiste werde ich dir ein Gestell machen für deine Bücher und aus der guten Kiste da mit dem Schloß einen kleinen Schrank wie neu, paß mal auf.«

Kurz darauf verlor Franz selbst seine Arbeit. Sie legten ihr Stempelgeld zusammen und ihre Gelegenheitsverdienste. Ein unvergleichlicher Winter, dachte Franz, mit nichts zu vergleichen, was er früher oder später erlebt hatte. Ein kleines, schräges, inzwischen gelb gestrichenes Zimmer. Schneeplacken auf den Dächern. Wahrscheinlich hatten sie damals viel gehungert.

Wie allen, die wirklich über den Hunger nachgedacht, ihn wirklich bekämpft haben, machte ihnen an allem Hunger der Welt der eigene Hunger den geringsten Eindruck. Sie arbeiteten und lernten und gingen gemeinsam demonstrieren und auf Versammlungen; sie wurden gemeinsam herbeigerufen, wo immer man in ihrem Bezirk zwei ihresgleichen brauchte. Und wenn sie allein waren, dann entstand nur dadurch, daß Georg fragte und Franz antwortete, »unsere gemeinsame Welt«, die sich von allein verjüngt, je länger man in ihr verweilt, und die wächst, je mehr man von ihr nimmt.

So sah das wenigstens alles für Franz aus. Georg wurde mit der Zeit stiller und fragte weniger. Ich muß ihn damals bestimmt irgendwie verletzt haben, dachte Franz. Warum hab ich ihn zum Lesen zwingen wollen? Ich muß ihn damit gequält haben. Georg sagte freimütig, daß er alles doch nicht behalten könnte, das sei nicht alles für ihn. Und jetzt blieb er manchmal über Nacht bei seinem alten Fußballfreund Paul, von dem er sich auslachen ließ, warum er denn plötzlich so hoch gestochen sei und immerzu Reden halte. Georg schien sich zu öden, wenn Franz wegging. Er übernachtete manchmal wieder bei seinen eigenen Leuten, und öfters nahm er mal seinen eigenen jüngeren Bruder herauf, ein winziges dürres Teufelchen mit lustigen Augen. Franz dachte: Damals fing es schon mit ihm an. Er war unbewußt enttäuscht. Wahrscheinlich hatte er geglaubt, wenn er mein Zimmer mit mir teilt und mich hat – Das Zimmer langweilte ihn bald, ich blieb anders als er. Ich machte ihn wohl einen Abstand fühlen, einen Abstand zwischen ihm und mir, wo es in Wahrheit keinen gab, denn ich hatte ein falsches Maß.

Georg wurde gegen Ende des Winters unruhig. Jetzt ging er viel weg. Er wechselte ziemlich häufig seine Mädchen und nach der seltsamsten Regel. Das schönste Mädchen in seiner Fichtegruppe ließ er plötzlich stehen und nahm sich ein närrisches, etwas verwachsenes Ding, eine Modistin bei Tietz. Er machte der jungen Bäckersfrau den Hof, bis es Krach mit dem Bäcker gab. Dann ging er plötzlich aufs Wochenend mit einer mageren kleinen Genossin mit einer Brille. »Die weiß noch mehr als du, Franz«, sagte er später. Einmal sagte er: »Du bist kein Freund, Franz. Von dir erzählst du nie was. Ich führ dir all meine Mädchen der Reihe nach vor und erzähl dir alles. Du hast aber sicher etwas im Hinterhalt, was ganz Feines, Festes.« Franz erwiderte: »Du kannst dir eben nicht vorstellen, daß man auch eine Zeitlang allein leben kann.«

Franz dachte: Ich habe die Elli Mettenheimer am zwanzigsten März neunzehnhundertachtundzwanzig kennengelernt gegen sieben Uhr abends kurz vor Postschluß. Wir standen am selben Postschalter. Sie trug Korallenohrringe. Beim zweitenmal in der Anlage hat sie die Ohrringe abgezogen und in ihr Täschchen gesteckt, auf meine Bitte. Ich habe zu ihr gesagt, nur Negerweiber tragen solch Zeug in den Ohren und durch die Nase. Sie hat gelacht – und eigentlich war es auch schad. Die Korallen waren ja schön in dem braunen Haar.

Er hatte seine Bekanntschaft Georg vorenthalten. Sie trafen ihn eines Abends zufällig auf der Straße. Georg sagte später: »Na ja.« Sooft Franz heimkam am Sonntagabend, fragte ihn Georg mit einem versteckten Lächeln: »Wie war's?« Die spitzigen Punkte in seinen Augen hatten sich ungeheuer vermehrt. Franz runzelte die Stirn. »Sie ist nicht so«, erwiderte er.

Einmal sagte ihm Elli ab. Er gab ihrem strengen Vater schuld, dem Tapezierer Mettenheimer. Er paßte Elli montags im Büro ab. Sie lief ihm weg, rief, sie habe es eilig, und sprang auf die nächste Elektrische. Er merkte die ganze Woche, daß Georg ihn unausgesetzt beobachtete. Er hätte ihn jetzt hinausschmeißen mögen. Aufs Wochenende machte sich Georg besonders ordentlich zurecht. Er sagte beim Weggehen zu Franz, der auf dem Fensterbrett seine Bücher bereitlegte, um über Sonntag einen Kurs vorzubereiten: »Viel Vergnügen, Franz.« Sonntagabend kam Georg zurück, braun und lustig. Er sagte zu Franz, der vor dem Fensterbrett saß, als sei er inzwischen nicht aufgestanden: »Auch das muß gelernt sein.« Ein paar Tage später traf Franz die Elli plötzlich auf der Straße. Da machte sein Herz einen Sprung. Ihr Gesicht war rot und heiß. Sie sagte: »Lieber Franz, ich will es dir lieber selbst sagen. Georg und ich – sei mir nicht bös. Man kann nichts dagegen machen, weißt du, dagegen ist kein Kraut gewachsen.«

Er hatte »schon gut« gesagt und war weggelaufen. Er lief stundenlang herum in einer vollständigen Dunkelheit, in der nur zwei rote Pünktchen glühten, Korallenohrringe.

Georg saß auf dem Bett, als Franz heraufkam. Franz fing sofort an, sein Zeug zusammenzupacken. Georg beobachtete ihn scharf. Sein Blick hatte sogar die Kraft, das Gesicht des anderen zu wenden, obgleich Franz nur den einzigen Wunsch hatte, in seinem ganzen Leben nie mehr in Georgs Augen zu sehen. Georg lächelte ein wenig. Jetzt hatte Franz den brennenden Wunsch, ihm mitten ins Gesicht zu schlagen, ja womöglich in die Augen. Die Sekunde, die jetzt folgte, war wahrscheinlich in ihrem gemeinsamen Leben die erste, in der sie einander völlig verstanden. Franz erlebte, daß alle Wünsche, die bis zu dieser Sekunde sein Handeln bestimmt hatten, ausgelöscht waren bis auf einen. Georg wünschte vielleicht zum erstenmal aufrichtig, aller Wirrnis enthoben zu sein, auf ein einziges Ziel gerichtet, außerhalb seines verworrenen, unruhigen Lebens. Er sagte ruhig: »Meinethalben, Franz, brauchst du nicht auszuziehen. Wenn's dir zuwider ist, länger mit mir zusammen zu sein – sicher, jetzt kann ich's verstehen, war's dir immer ein bißchen zuwider –, ich bleib ja sowieso hier nicht wohnen. Elli und ich, wir werden sofort heiraten.« Franz hatte nichts sagen wollen, jetzt entfuhr es ihm doch: »Du? Elli?« – »Ja, warum nicht?« sagte Georg. »Die ist doch anders als alle anderen. Das ist für immer. Ihr Vater wird mir auch Arbeit verschaffen.«

Ellis Vater, der Tapezierer, dem dieser Schwiegersohn vom ersten Blick an gegen den Strich war, bestand auf der raschesten Heirat, da schon geheiratet werden mußte. Er bezahlte ein Zimmer, weil er, wie er sich ausdrückte, nicht vor Augen haben wollte, wie man seine Lieblingstochter zugrunde richte.

Franz, auf dem schmalen Bett in der Apfelkammer, die Arme unter dem Kopf verschränkt, erinnerte sich an jedes Wort, das damals gefallen war, an jeden Wechsel in Georgs Gesicht. Er hatte sich jahrelang nicht daran erinnern wollen. War ihm trotzdem etwas ins Gedächnis gekommen, dann war er zusammengezuckt. Jetzt ließ er langsam alles an sich vorbeiziehen. Er spürte nichts als Erstaunen. Er dachte: es tut ja nicht mehr weh. Es ist mir einerlei. Furchtbare Dinge müssen inzwischen geschehen sein, daß alles nicht mehr weh tut.

Franz sah Georg drei Wochen später von weitem in der Bockenheimer Anlage auf einer Bank mit einem unglaublich dicken Frauenzimmer. Er hatte den Arm hinter ihren Rücken geschoben, kam aber nicht ganz rum. Elli zog schon vor der Geburt ihres Kindes zu ihren Eltern zurück. Der Vater aber, erfuhr nun Franz von den Nachbarn, drängte auf einmal die Tochter, zu ihrem Mann zurückzukehren, denn seine Meinung war: Du hast ihn ja geheiratet, du hast jetzt auch ein Kind von ihm, jetzt mußt du mit ihm auskommen. Inzwischen hatte Georg seine Arbeit wieder verloren, weil er herumgehetzt hatte, wie sein Schwiegervater sagte. Elli ging wieder ins Büro. Franz erfuhr kurz vor seiner Abreise, Elli sei endgültig in ihre eigene Familie zurückgekehrt.

Es gibt ein Kinderspiel, darin bestehend, daß man einer vielfarbigen Zeichnung verschiedenfarbige Gläser auflegt. Je nach der Glasfarbe sieht man ein anderes Bild. Damals sah Franz durch ein Glas, das ihm seinen Freund nur bei ganz bestimmten Handlungen zeigte. Durch andere Gläser sah er nicht. Er verlor ihn auch bald aus den Augen. Franz war die Stadt verleidet, er suchte einen Ortswechsel. Solche Tragweite hatte für Franz diese Geschichte, die vielleicht bei einem andern bloß mit einer Prügelei geendet hätte. Aber für solche Leute wie Franz hat alles seine Tragweite. Er fuhr also zu seiner Mutter, die er seit Jahren nicht gesehen hatte. Sie war zu einer verheirateten Tochter nach Norddeutschland gezogen. Franz blieb dort oben hängen. Dieser Wechsel wurde zu einer glücklichen Ausweitung seines ganzen Lebens. Er vergaß sogar bisweilen den Anlaß, der ihn hergeführt hatte, und ging auf in dem neuen Ort, unter den neuen Genossen. Auf sein äußeres Leben hin war er einer der vielen Arbeitslosen, der von einer Stadt in die andere umgeschrieben wird. Auf das Ganze gesehen, war er einem Studenten vergleichbar, der die Hochschule wechselt. Er wäre vielleicht glücklich gewesen, wenn er sich hätte einreden können, daß er das ruhige, ordentliche Mädchen, mit dem er eine Zeitlang zusammenlebte, wirklich liebte.

Nach dem Tode seiner Mutter kehrte er Ende 33 in die Nähe der Stadt zurück, in der er vorher gelebt hatte. Drei Gründe bestimmten diese Rückkehr: hier oben war er zu bekannt, der Boden war ihm zu heiß geworden. Unten brauchte man ihn, der die Menschen und Verhältnisse kannte, aber selbst schon vergessen war. Er hatte seinen Unterhalt bei dem Onkel Marnet. Alle Bekannten, die ihm irgendein Zufall über den Weg führte, dachten bei sich: Der hat früher auch anders geredet. Oder: Wieder einer, der sich gedreht hat. Eines Tages kam Franz zu dem einzigen Menschen in seiner nächsten Umgebung, der über ihn Bescheid wußte, dem Eisenbahnarbeiter Hermann. Hermann sagte ihm ruhig, noch eine Spur ruhiger als sonst, in der vorigen Nacht sei eine böse Verhaftung passiert. Erstens, weil der Verhaftete alle Verbindungen in der

Hand hätte, zweitens, weil er erst ganz kurz und überhaupt nur durch die vorhergehenden Verhaftungen zu der Funktion gekommen sei. Hermann äußerte ruhig und mäßig, aber doch deutlich eine gewisse Möglichkeit, daß der Verhaftete auspacken könnte, sei es aus Schwäche, sei es aus Unerfahrenheit. Ohne ein Zuviel an unberechtigtem Mißtrauen sei es doch seine Pflicht, so zu handeln, wie es sein Zweifel vorschreibe: alle Verbindungen umzustellen, Menschen zu warnen, über die der verhaftete Mann Bescheid wußte. Er unterbrach sich plötzlich und fragte Franz schroff, ob er vielleicht den Mann nicht von früher kenne, da er ja hier gelebt habe, ein gewisser Georg.

Franz beherrschte sich, aber nicht gut genug, als daß nicht Hermann in seinem Gesicht die Bestürzung wahrgenommen hätte, da er diesen Namen nach ein paar Jahren wieder hörte. Franz versuchte in einigen Sätzen ein gerechtes Bild von Georg zu geben, was er wohl auch in der ruhigsten Stunde nicht gekonnt hätte. Hermann deutete sich die Verwirrtheit auf seine Art. Sie trafen über das Schachbrett weg alle nötigen Vorkehrungen.

Franz dachte: Unsere Vorkehrungen waren überflüssig. Wir hätten keine Verbindungen umzustellen brauchen, keine Genossen warnen. Ich hätte nicht mit Herzklopfen wegzugehen brauchen.

Denn ein paar Wochen später brachte ihn Hermann mit einem aus Westhofen entlassenen Schutzhäftling zusammen. Der erzählte von Georg: »An ihm haben die uns zeigen wollen, wie man einen baumstarken Kerl einszweidrei umlegt. Aber das Gegenteil passierte. Sie haben uns nur gezeigt, daß es nichts gibt, was seinesgleichen umlegt. Und sie quälen ihn immer. Denn jetzt wollen sie ihn tot haben. Was er immer für ein Gesicht gehabt hat, so ein Lächeln, das sie ganz rasend gemacht hat, und er hat solche Augen gehabt und solche vielen komischen spitzen Pünktchen darin. Aber jetzt ist sein schönes Gesicht ganz plattgeschlagen. Er ist überhaupt ganz eingeschrumpft.«

Franz stand auf. Er steckte den Kopf so weit wie möglich aus dem kleinen Fenster. Es war vollständig still. Zum erstenmal spürte Franz keinen Frieden in dieser Stille – nicht still war die Welt, sondern verstummt. Er zog unwillkürlich seine Hände aus dem Mondlicht zurück, das wie kein anderes Licht die Fähigkeit hat, sich allen Flächen anzuschmiegen und in die Ritzen einzudringen. Wie konnte ich ahnen, dachte er, daß er der ist, der er ist. Wie konnte man das im voraus wissen? Unsere Ehre und unser Ruhm und unsere Sicherheit waren auf einmal in seinen Händen. All das früher, alle seine Geschichten, alle seine Streiche, das war nur Unsinn, Nebensache. Man hat es aber unmöglich im voraus wissen können. Ich hätte vielleicht an seiner Stelle nicht standgehalten, obwohl ich doch der war, der ihn –

Franz war plötzlich sehr müde. Er legte sich wieder zu Bett. Er dachte jetzt: Vielleicht ist er gar nicht unter diesen Flüchtlingen. Er muß überhaupt zu schwach sein für solche Unternehmung. Doch wer auch geflohen sein mag – Hermann hat ganz recht: ein entkommener Flüchtling, das ist immer etwas, das wühlt immer auf. Das ist immer ein Zweifel an ihrer Allmacht. Eine Bresche.

Zweites Kapitel

Als der Küster fortgegangen und die Haupttür verschlossen und auch der letzte Schall in einem Gewölbe zersplittert war, da begriff Georg, daß er jetzt eine Gnadenfrist hatte, einen so gewaltigen Aufschub, daß er ihn fast mit Rettung verwechselte. Ein heißes Gefühl von Sicherheit erfüllte ihn zum erstenmal seit seiner Flucht, ja seit seiner Gefangenschaft. So heftig dieses Gefühl war, so kurz war es. In diesem Loch, sagte er sich, ist es aber verdammt kalt.

Die Dämmerung war so tief, daß die Farben in den Fenstern erloschen. Sie hatte inzwischen den Grad erreicht, wo die Mauern zurückweichen, die Gewölbe sich heben und die Pfeiler sich endlos aneinanderreihen und hochwachsen ins Ungewisse, das vielleicht nichts ist, vielleicht eine Unendlichkeit. Georg fühlte sich plötzlich beobachtet. Er kämpfte mit diesem Gefühl, das ihm Körper und Seele lähmte. Er streckte den Kopf unter dem Taufbecken heraus. Fünf Meter von ihm entfernt, vom nächsten Pfeiler, traf ihn der Blick eines Mannes, der dort mit Stab und Mitra an seiner Grabplatte lehnte. Die Dämmerung löste den Prunk seiner Kleider auf, die von ihm wegflossen, aber nicht seine Züge, die klar, einfach und böse waren. Seine Augen verfolgten Georg, der an ihm vorbeikroch.

Die Dämmerung drang nicht von außen ein wie an gewöhnlichen Abenden. Der Dom selbst schien sich aufzulösen und zu entsteinern. Die paar Weinranken an den Pfeilern und die Fratzengesichter und dort ein zerstochener nackter Fuß waren Einbildungen und Rauch, alles Steinerne war am Verdunsten, und nur Georg war vor Schreck versteinert. Er schloß die Augen. Er tat ein paar Atemzüge, dann war es vorbei, oder die Dämmerung war noch ein wenig dichter geworden und dadurch beruhigender. Er suchte sich ein Versteck. Er sprang von einem Pfeiler zum andern. Er duckte sich, als sei er noch immer beobachtet. An dem Pfeiler, vor dem er jetzt hockte, lehnte, gleichmütig aus seiner Grabplatte über ihn hinwegsehend, ein runder gesunder Mann, auf seinem vollen Gesicht das dreiste Lächeln der Macht. In jeder Hand eine Krone, unbemerkt von Georg, krönte er unablässig zwei Zwerge, die Gegenkönige des Interregnums. Georg sprang in einem Satz, als seien die Zwischenräume belauert, zu dem nächsten Pfeiler. Er sah an dem Mann hinauf, dessen Kleider so reich waren, daß er sich hätte hineinwickeln können. Er fuhr zusammen. Ein menschliches Angesicht, das sich über ihn beugte voll Trauer und Besorgnis. Was willst du denn noch, mein Sohn, gib auf, du bist schon am Anfang zu Ende. Dein Herz klopft, deine kranke Hand klopft. Georg entdeckte einen geeigneten Ort, eine Mauernische. Er rutschte quer durch das Seitenschiff, unter den Blicken von sechs Erzkanzlern des Heiligen Reichs, mit einer abgespreizten Hand wie ein Hund, der sich eine Pfote geklemmt hat. Er setzte sich zurecht. Er rieb das Gelenk seiner kranken Hand, das sich versteift hatte. Er rieb seine Kniegelenke, seine Knöchel und Zehen.

Er hatte schon Fieber. Die kranke Hand durfte ihm keinen Streich spielen, bis er bei Leni ankam. Bei Leni wurde verbunden, gewaschen, gegessen, getrunken, geschlafen, geheilt. Er erschrak. Da mußte er ja die Nacht, die er sich eben unendlich gewünscht hatte, so rasch wie möglich hinter sich bringen. Er versuchte wieder, sich Leni vorzustellen. Ein Zauber, der manchmal gelang und manchmal mißriet, je nach Ort und Stunde. Diesmal gelang er: ein schmales, neunzehnjähriges Mädchen auf dünnen, sehr hohen Beinen, die blauen Augen fast schwarz unter dichten Wimpern, in einem blaßbraunen Gesicht. Das war der Stoff seiner Träume. Im Licht der Erinnerung, im Lauf der Trennung war aus dem Mädchen, das ihm in der Wirklichkeit zuerst fast unschön erschienen war und ein wenig komisch, durch ihre langen Arme und Beine, die ihrem Gang etwas ungeschickt Fliegendes gaben, eine Art von Fabelgeschöpf geworden, das auch in Sagen nur dann und wann vorkommt. Nach jedem Tag weiterer Trennung war es aus jedem weiteren Traum noch zarter, noch fliegender entlassen worden. Er überschüttete sie auch jetzt, an die eiskalte Wand gelehnt, um nicht einzuschlafen, mit Liebesworten. Sie mußte sich aufrichten, glaubte er, und in die Dunkelheit horchen.

Unzählige solcher Beteuerungen, unwirkliche weitläufige Abenteuer waren dem einzigen Mal gefolgt, das sie wirklich zusammen waren. Er hatte schon am folgenden Tag aus der Stadt gemußt. In seinen Ohren ihre Versicherungen, eintönig verzweifelt: »Ich will hier warten, bis du kommst. Mußt du fliehen, geh ich mit.«

Er konnte noch immer von seinem Platz aus den Mann am Eckpfeiler erkennen. Trotz der Dunkelheit war das Gesicht von weitem eher noch klarer. Auf den gekrümmten Lippen das letzte, das äußerste Angebot: Friede statt Todesangst, Gnade statt Gerechtigkeit.

Die kleine Wohnung in Niederrad, die Leni mit einer ältlichen Schwester teilte, die meistens auf Arbeit fort war, lag günstig für ein Versteck oder eine Flucht. Erwägungen dieser Art hatten ihn damals über die Schwelle des kleinen Zimmers verfolgt, obwohl er dabei sonst alles andre vergessen hatte, seine früheren Liebschaften und ganze lange Strecken seines verflossenen Lebens. Selbst als die Wände des Zimmers zusammenwuchsen wie undurchdringliche Hecken, war der Gedanke in seinem Kopf nicht erloschen, daß das hier im Notfall ein günstiger Unterschlupf war. Als man ihn damals in Westhofen holte, Besuch sei gekommen, da hatte er einen Augenblick gefürchtet, sie seien auf Leni verfallen. Er hatte die Frau, die man ihm damals vorführte, zuerst überhaupt nicht erkannt. Sie hätten ebensogut das erstbeste Bauernmädchen aus dem nächsten Dorf vor ihn hinstellen können, so fremd war ihm diese Elli, die sie herangeholt hatten.

Er mußte im Einschlafen gewesen sein. Er erwachte vor Schreck. Der Dom dröhnte. Ein heller Lichtschein flog quer durch den ganzen Dom – über seinen vorgestreckten Fuß weg. Sollte er fliehen? War noch Zeit? Wohin? Die Tore waren alle verschlossen bis auf eines, aus dem das Licht fiel. Er konnte vielleicht noch unbemerkt in eine der Seitenkapellen entkommen. Er stemmte sich auf seine kranke Hand, schrie auf und knickte zusammen. Er wagte jetzt nicht mehr, über das Lichtband wegzukriechen. Die Stimme des Küsters erschallte: »Ihr Schlampen, ihr Weibsbilder, jeden Tag was andres!« Die Worte dröhnten wie Urteilsverkündigungen des Jüngsten Gerichts. Eine alte Frau, die Mutter des Küsters, rief: »Da steht sie ja, deine Tasche.« Die Stimme der Küstersfrau setzte ein, von Mauern und Pfeilern zurückgeworfen, ein wahres Triumphgeheul: »Ich hab ja gewußt, daß ich sie beim Putzen zwischen die Bänke gestellt hab.« Die beiden Frauen zogen ab. Es klang, als ob Riesinnen schlurften. Das Tor wurde abermals abgeschlossen. Von allem blieb bloß noch Schall zurück, zerschlug sich und dröhnte noch einmal laut, als wollte er gar nicht versiegen, verhallte im entferntesten Teil und zitterte immer noch, als Georg schon zu zittern aufgehört hatte.

Er lehnte sich wieder an seine Wand. Die Lider waren ihm schwer. Jetzt war es vollkommen dunkel. So schwach war der Schimmer der einzelnen Lampe, die irgendwo in der Dunkelheit schwebte, daß er kein Gewölbe mehr erhellte, sondern einem nur zeigte, daß diese Finsternis schlechthin undurchdringlich war. Und Georg, der sich vorhin nichts anderes gewünscht hatte, atmete schwer und beklommen.

Du mußt jetzt dein Zeug ausziehen, riet ihm Wallau, denn später wirst du zu schwach sein. Er fügte sich, wie er sich Wallau immer gefügt hatte, und staunte, weil seine Erschöpfung dabei abnahm. Wallau war zwei Monate nach ihm eingeliefert worden. »Du bist also Georg.« In diesen vier Worten, mit denen der ältere Mann ihn begrüßte, hatte Georg zum erstenmal seinen eignen vollen Wert verspürt. Ein Freigelassener hatte draußen von ihm erzählt. Während man ihn in Westhofen auf den Tod quälte, bildete sich in den Dörfern und Städten seiner Heimat das Urteil über Georg, das unzerstörbare Grabmal. Selbst jetzt dachte Georg, selbst hier in seiner eiskalten Mauer: Wenn ich Wallau in meinem Leben nur in Westhofen treffen könnte, ich würde alles noch einmal auf mich nehmen – Zum ersten-, vielleicht auch zum letztenmal war in sein junges Leben eine Freundschaft gekommen, wo es nicht darum ging, zu prahlen oder sich klein zu machen, sich festzuklammern oder sich völlig hinzugeben, sondern nur zu zeigen, wer man war, und dafür geliebt zu werden.

Die Dunkelheit war jetzt für seine Augen nicht mehr zu dicht. Der Kalk auf der Mauer schimmerte schwach wie frischgefallener Schnee. Er spürte am ganzen Körper, daß er sich dunkel abhob. Sollte er seinen Ort nochmals wechseln? Wann wird man hier vor der Messe aufschließen? Bis zum Morgen gibt es noch unzählbar viele Minuten der Sicherheit. So viele Minuten hat er noch vor sich, wie zum Beispiel der Küster Wochen. Denn auch der Küster ist schließlich nicht für ewig gesichert.

Weit von ihm weg, gegen den Hauptaltar zu, erhob sich ein einzelner Pfeiler hell sichtbar, weil das Licht in seinen Riefen entlanglief. Dieser einzelne helle Pfeiler schien jetzt das ganze Gewölbe zu tragen. Aber wie das alles kalt war! Eine eisige Welt, als hätte sie nie eine menschliche Hand berührt, nie ein menschlicher Gedanke. Als sei er in einen Gletscher verschlagen. Er rieb seine Füße und alle seine Gelenke mit der gesunden Hand. Das ist eine Zuflucht, in der man erfrieren kann.

»Drei Saltos. Das ist das höchste, was der menschliche Körper aus sich herausholen kann.« Das hatte ihm Belloni, sein Mitgefangener, genau erklärt. Belloni, Artist, mit seinem gewöhnlichen Namen Anton Meier, war vom Trapez weg verhaftet worden. Man hatte in seinem Gepäck ein paar Briefe gefunden, die von der Artistenloge aus Frankreich geschickt wurden. Wie oft war er aus dem Schlaf geholt worden, um Kunststücke vorzumachen. Ein dunkler, schweigsamer Mensch, ein guter Kamerad, aber sehr fremd. »Ach nein, es gibt vielleicht nur drei lebende Artisten, die das machen können. Gewiß, es kann mal diesem und jenem glücken, aber nie als Dauerleistung.« Er war von sich aus an Wallau herangetreten, um ihm zu sagen, daß er selbst unter allen Umständen eine Flucht versuchen würde. Sie kämen sowieso hier nicht mehr heraus. Er baue bei dieser Flucht auf die Gewandtheit seines Körpers und die Hilfsbereitschaft seiner Freunde. Er hatte ihm, Georg, eine Adresse gegeben, wo er ihm Geld und Kleider auf alle Fälle lassen wollte. Wahrscheinlich ein anständiger Junge, aber zu fremd, um recht aus ihm klug zu werden. Georg wollte diese Adresse nicht verwerten. Er wollte Leni Donnerstag früh zu alten Freunden nach Frankfurt schicken. Wenn Pelzer zu seinem Verstand Bellonis Sehnen und Muskeln gehabt hätte, dann wäre er wahrscheinlich durchgekommen. Den Aldinger hatten sie sicher inzwischen eingefangen. Er konnte der Vater all dieser Lümmel sein, die jetzt vielleicht seine Haare rissen, in sein altes Bauerngesicht hineinspuckten, das seine Würde selbst dann nicht verloren hatte, wenn er nicht mehr bei Verstand zu sein schien. Der Bürgermeister des Nachbarorts hatte ihn angezeigt, aus einem alten Familienzwist.

Füllgrabe war unter allen sieben der einzige, den er von früher gekannt hatte. Er hatte ihm aus seiner Ladenkasse oft eine Mark auf die Sammelliste gesetzt. Er war auch in der größten Verzweiflung einen gewissen Groll nie ganz losgeworden. Er sei hineingeschlittert, man hätte ihn überredet, er hätte nie nein sagen können.

Albert lebt vielleicht schon nicht mehr. Der hatte sich Wochen durch alles gefallen lassen, die Winzigkeit seiner Schuld beteuernd, irgendeine Devisengeschichte: bis er rasend wurde und Zillich ihn in die Strafkolonne herübernahm. Wie viele furchtbare Schläge dieser Albert erduldet haben mußte, bis auch aus seinem stumpfen Herzen der Funke herausgeschlagen wurde.

Ich werde ja hier noch erfrieren, dachte Georg. Man wird mich finden. Man wird den Kindern das Mauerstück zeigen: hier fand man einmal einen Flüchtling, in einer Herbstnacht erfroren, in jenen wilden Zeiten. Wieviel Uhr war es? Bald Mitternacht. Er dachte in einer neuen, ganz vollkommenen Dunkelheit: Ob jemand von früher sich meiner erinnert? Meine Mutter? Sie schimpfte ohne Unterlaß. Auf kranken Füßen watschelte sie im Schimmelgäßchen herum, klein und dick, mit ihrer sehr großen, leise wippenden Brust. Ich werd sie ja nie mehr wiedersehen, dachte Georg, selbst wenn ich am Leben bleibe. Ihm waren von ihrer äußeren Erscheinung immer nur ihre Augen bewußt gewesen, junge braune Augen, dunkel von Vorwurf und Ratlosigkeit. Jetzt schämte er sich sogar, weil er sich damals vor jener Elli geschämt hatte, die drei Monate seine Frau gewesen war, weil seine Mutter so eine Brust gehabt hatte und so ein komisches Sonntagskleid. Er dachte an seinen kleinen Schuldfreund Paul Röder. Sie hatten zehn Jahre lang in derselben Gasse Klicker zusammen gespielt und weitere zehn Jahre Fußball. Dann hatte er ihn aus den Augen verloren, weil er selbst ein anderer geworden war, der kleine Röder aber derselbe geblieben. Jetzt dachte er an sein rundes, von Sommersprossen getupftes Gesicht, wie an eine liebe, für immer versperrte Landschaft – Er dachte auch an Franz. Er war gut zu mir, dachte Georg, er hat sich viel Mühe mit mir gemacht. Danke, Franz. Wir hatten uns dann verzankt. Warum nur? Was mag aus ihm geworden sein? Ein ruhiger Mensch, ordentlich, treu.

Georg stockte der Atem. Quer durch das Seitenschiff fiel der Widerschein eines Glasfensters, das vielleicht von einer Lampe erhellt wurde aus einem der Häuser jenseits des Domplatzes oder von einer Wagenlaterne, ein ungeheurer, in allen Farben glühender Teppich, jäh in der Finsternis aufgerollt, Nacht für Nacht umsonst und für niemand über die Fliesen des leeren Doms geworfen, denn solche Gäste wie Georg gab es auch hier nur alle tausend Jahre.

Jenes äußere Licht, mit dem man vielleicht ein krankes Kind beruhigt, einen Mann verabschiedet hatte, schüttete auch, solang es brannte, alle Bilder des Lebens aus. Ja, das müssen die beiden sein, dachte Georg, die aus dem Paradies verjagt wurden. Ja, das müssen die Köpfe der Kühe sein, die in die Krippe sehen, in der das Kind liegt, für das es sonst keinen Raum gab. Ja, das muß das Abendmahl sein, als er schon wußte, daß er verraten wurde, ja, das muß der Soldat sein, der mit dem Speer stieß, als er schon am Kreuz hing – Er, Georg, kannte längst nicht mehr alle Bilder. Viele hatte er nie gekannt, denn bei ihm daheim hatte es das alles nicht mehr gegeben. Alles, was das Alleinsein aufhebt, kann einen trösten. Nicht nur was von andern gleichzeitig durchlitten wird, kann einen trösten, sondern auch was von andern früher durchlitten wurde.

Dann erlosch das äußere Licht. Es war noch finsterer als vorher. Georg dachte an seine Brüder, besonders an seinen kleinsten, den er selbst aufgezogen hatte, mit einer Zärtlichkeit, die eher einer Art Kätzchen als einem Kind galt. Er dachte an sein eigenes Kind, das er nur einmal kurz gesehen hatte. Dann dachte er an nichts Bestimmtes mehr. Gesichter kamen und gingen, bald verschwommen, bald überdeutlich. Manche brachten Stücke von Gassen mit, manche Schulhöfe und Sportplätze, manche den Fluß und manche Wolken und Wälder. Sie strömten von selbst auf ihn ein, daß er sich festhalten möge an dem, was ihm lieb gewesen war. Dann wurde alles gestaltloser, er konnte sich weder das Gesicht seiner Mutter noch sonst ein Gesicht zurückrufen. Seine Augen waren ihm wund, als hätte er all das wirklich betrachtet. Weit weg, wo er längst keinen Dom mehr vermutet hatte, leuchtete etwas Buntes auf. Draußen fuhr ein Auto vorbei. Traf sein Licht auf eines der Fenster, schlug der Widerschein auf den Boden. Dunkelheit folgte, wenn sein Licht auf ein Mauerstück traf.

Georg horchte. Der Motor lief weiter. Er hörte das Gequietsche und Gelächter von Männern und Frauen, die in ein offenbar viel zu kleines Auto gezwängt wurden. Sie fuhren ab. Ganz rasch wurden die Fensterfarben zwischen die Pfeiler geworfen, zurückgezogen, immer weiter von Georg weg, Georg fiel der Kopf auf die Brust. Er schlief ein. Er kippte über auf seine kranke Hand. Er wachte vor Schmerz auf. Die tiefste Nacht war schon überschritten. Vor ihm auf dem Mauerstück begann der Kalk zu schimmern. In umgekehrter Folge als am Abend begann zuerst die Dunkelheit zu verdunsten, dann wurden Pfeiler und Wände von einem unaufhörlichen Rieseln ergriffen, als sei dieser Dom aus Sand gebaut. Vom schwächsten äußersten Frühlicht getroffen, entstanden die Bilder in den Fenstern, aber nicht leuchtend, sondern in dumpfen trüben

Farben. Zugleich hörte das Rieseln auf, und alles fing an zu erstarren. Das ungeheure Gewölbe des Hauptschiffs erstarrte in dem Gesetz, nach dem es unter dem Kaisergeschlecht der Staufer erbaut worden war, aus der Vernunft einzelner Baumeister und der unerschöpflichen Kraft des Volkes. Das Gewölbe erstarrte, in das sich Georg verkrochen hatte, jenes Gewölbe, das schon zu den Zeiten der Staufer ehrwürdig gewesen war. Die Pfeiler erstarrten, und all die Fratzen und Tierköpfe in den Kapitellen der Pfeiler, die Bischöfe auf den Grabplatten vor den Pfeilern erstarrten von neuem in ihrer stolzen Todeswachheit, mitsamt den Königen, auf deren Krönung sie bis zum Übermaß stolz waren.

Höchste Zeit für mich, dachte Georg. Er kroch hinaus. Er zog das Bändelchen mit den Zähnen und seiner gesunden Hand zusammen. Er schob es zwischen eine Platte und einen Pfeiler. Am ganzen Körper gespannt, mit glühenden Augen, wartete er auf den Augenblick, da der Küster aufschließen möge.

II Währenddessen begrüßte der Schäfer Ernst seine Nelli mit einem tiefen Brustton, der dem Hund so vertraut war, daß er vor Freude zitterte. »Nelli«, sagte der Schäfer Ernst, »sie ist also doch nicht gekommen, die Sophie, das dumme Ding. Nelli, sie weiß nicht, wo sie ihr Glück zu finden hat. Nelli, wir sind aber dann doch eingeschlafen. Nelli, es hat uns doch nicht gebrochen.«

Bei den Mangolds war alles noch still, aber in Marnets Stall klapperte schon jemand herum. Ernst nahm sein Handtuch und seinen Wachstuchbeutel, in dem er seine Rasier- und Waschsachen aufbewahrte, und ging zu Marnets Pumpe. Schaudernd vor Kälte und Behagen, seifte er sich und rieb sich Hals und Brust und putzte sich die Zähne. Dann hing er seinen Taschenspiegel an den Gartenzaun und fing an, sich zu rasieren. »Hast du ein bißchen warmes Wasser für mich?« fragte er die Auguste, die er im Spiegel mit ihren Milcheimern ankommen sah. »Ja, komm nur rein«, sagte Auguste. »Wirklich, du bist so weich in der Ehe geworden, Auguste«, sagte Ernst, »du warst mir früher zu kratzbürstig.«

»Du hast schon in aller Früh Babbelwasser getrunken«, sagte Auguste. »Nicht mal Kaffee«, sagte Ernst, »meine Thermosflasche ist kaputt.«

Weit weg, drunten am Main, im dicken Nebel, gingen unter Brummeln und Gähnen die Lampen an. Aus der Hoftür des äußersten Hauses von Liebach trat ein fünfzehn-, sechzehnjähriges Mädchen, ein Taschentuch um den Kopf gebunden. Dieses Taschentuch war so weiß, daß ihre feinen Brauen darunter besonders deutlich waren. Mit einem Ausdruck ruhiger Erwartung, daß kein Zweifel bestünde und der erwartete Mensch jeden Augenblick auf dem Weg hinter der Hofmauer auftauchen möchte wie jeden Morgen, sah sie nicht einmal dem Erwarteten entgegen, sondern geradeaus vor das Tor. Jetzt trat auch wirklich der junge Helwig, jener Fritz Helwig aus der Darré-Schule, hinter der Mauer heraus in das Tor hinein. Ohne Ausruf, fast ohne Lächeln, hob das Mädchen seine Arme. Sie umarmten sich und küßten sich, während aus einem Küchenfenster zwei Weiber, die Großmutter des Mädchens und eine ältliche Kusine, ihnen zusahen, ohne Mißgunst oder Zustimmung, wie man sich Sachen besieht, die täglich an die Reihe kommen. Denn die zwei Kinder galten trotz ihrer Jugend als verlobt. Heute nahm Helwig, nachdem der Kuß vorbei war, ihr Gesicht zwischen seine beiden Hände. Sie spielten das Spiel, wer zuerst lacht, aber es war ihnen beiden nicht recht zum Lachen, sie sahen einander nur in die Augen. Da sie, wie fast alle im Dorf, entfernt miteinander verwandt waren, hatten sie alle beide die gleichen Augen, von einem durchsichtigeren, helleren Braun, als es sonst in der Gegend üblich ist. Beider Augen waren jetzt ohne Blinzeln, tief und klar und, wie man sagt, unschuldig. Und man sagt es wohl richtig, denn wie sollte man besser ausdrücken, was diesen Augen eigentümlich war. Noch hatte keine Schuld ihre Helligkeit getrübt, keine Ahnung, daß das Herz unter dem Druck des Lebens sich auf allerlei einlassen muß, was es dann später vorgibt, nicht begriffen zu haben – aber warum hat es dann so bang und hastig geschlagen? –, noch kein Leid, außer daß es noch lang zur Hochzeit ist. In solche klaren Augen also sah eines dem andern, bis sie einander darin verloren. Plötzlich zuckte das Mädchen ein wenig mit den Augenlidern. »Fritz, jetzt kriegst du ja«, sagte sie, »deine Jacke wieder.« – »Hoffentlich«, sagte der Junge. »Wenn man sie nur nicht sehr zugerichtet hat«, sagte das Mädchen. »Weißt du, der Alwin, der ihn zuletzt gepackt hat, das ist ein Roher.«

Gestern abend hatte man in den Dörfern von nichts anderem gesprochen als von dem Flüchtling, den man in Wurms Hof gestellt hatte – Als man das Lager Westhofen vor mehr als drei Jahren eröffnete, als man

Baracken und Mauern baute, Stacheldrähte zog und Posten aufstellte, als dann die erste Kolonne von Häftlingen unter Gelächter und Fußtritten durchgezogen kam, woran sich damals schon Alwins beteiligten und Alwin ähnliche Burschen, als man nachts Schreie hörte und ein Gejohle und zwei-, dreimal Schüsse, da war es allen beklommen zumute. Man hatte sich bekreuzigt vor solcher Nachbarschaft. Mancher, den sein Arbeitsweg weit herumführte, hatte auch bald die Sträflinge unter Bewachung auf Außenarbeit gesehen. Mancher hatte bei sich gedacht: Arme Teufel! Aber man hatte auch bald gedacht, was sie da eigentlich buddelten. Damals war es vorgekommen, daß auch in Liebach ein junger Schiffer offen auf das Lager fluchte. Den hatten sie dann gleich geholt. Er war auf einige Wochen eingesperrt worden, damit er sehen könnte, was drinnen los sei. Als er herauskam, hatte er sonderbar ausgesehen und auf keine Frage geantwortet. Er hatte Arbeit auf einem Schleppkahn gefunden und war später, wie seine Leute erzählten, ganz in Holland geblieben, eine Geschichte, über die das Dorf damals erstaunt war. Einmal waren zwei Dutzend Häftlinge durch Liebach gebracht worden, die waren schon vor der Einlieferung so zugerichtet, daß es den Menschen graute und eine Frau im Dorf offen weinte. Aber am Abend hatte der neue junge Bürgermeister des Dorfs die Frau, die seine Tante war, zu sich bestellt und ihr klargemacht, daß sie mit ihrer Flennerei nicht nur sich selbst, sondern auch ihren Söhnen, die zugleich seine Vettern waren, und ein Vetter war zugleich auch sein Schwager, für ihr Leben lang Schaden zufügte. Überhaupt hatten die jüngeren Leute im Dorf, Burschen und Mädchen, ihren Eltern genau erklären können, warum das Lager da sei und für wen, junge Leute, die immer alles besser wissen wollen – nur daß die Jungen in früheren Zeiten das Gute besser wissen wollten, jetzt aber wußten sie das Böse besser. Da man dann doch nichts gegen das Lager tun konnte, waren allerlei Aufträge auf Gemüse und Gurken gekommen und allerlei nützlicher Verkehr, wie es die Ansammlung und Verpflegung vieler Menschen mit sich bringt.

Doch als gestern früh die Sirenen heulten, als die Posten an allen Straßen aus der Erde wuchsen, als das Gerücht von der Flucht sich verbreitete, als dann mittags im nächsten Dorf ein richtiger Flüchtling gefangen wurde, da war auf einmal das Lager, an das man sich längst gewöhnt hatte, gleichsam neu aufgebaut worden, warum grad hier bei uns? Neue

Mauern waren errichtet worden, neue Stacheldrähte gezogen. Jener Trupp Häftlinge, der von der nächsten Bahnstation kürzlich durch die Dorfgasse getrieben wurde – warum, warum, warum? Jene Frau, die ihr Neffe, der Bürgermeister, vor fast drei Jahren verwarnt hatte, weinte gestern abend offen zum zweitenmal. War das auch nötig gewesen, dem Flüchtling, da man ihn ja schon hatte, mit dem Absatz auf die Finger zu treten, als er sich oben am Wagenrand festhielt? Alle Alwins waren von jeher roh gewesen, nur waren sie jetzt die Tonangeber. Wie der Mensch bleich gewesen war zwischen den frischen, gesunden Bauernburschen –.

Das hatte alles der junge Helwig mit angehört. Seitdem er ein wenig nachdachte, war das Lager immer dagewesen und mit dem Lager auch alle Erklärungen, warum es dasein mußte. Er kannte gar nichts anderes. Das Lager war ja aufgebaut worden, als er ein Knabe gewesen war. Nun wurde es gleichsam zum zweitenmal aufgebaut, als er fast ein Jüngling war.

Lauter Lumpen und Narren waren da sicher nicht drin, sagten die Leute. Jener Schiffer, der damals drin war, der war ja auch kein Lump gewesen. Helwigs stille Mutter sagte: »Nein.« Der junge Helwig sah sie an. Es war ihm ein wenig bang ums Herz. Warum war heut abend frei? Er hatte Lust auf gewohnte Gesellschaft, auf Lärm, Kampfspiele und Märsche. Er war herangewachsen in einem wilden Getöse aus Trompeten, Fanfaren, Heilrufen und Marschschritten. Plötzlich an diesem Abend war alles abgebrochen für zwei Minuten, Musik und Trommeln, daß man die feinen dünnen Töne hörte, die sonst unhörbar waren. Warum hatte der alte Gärtner ihn heut mittag so angesehen? Es gab auch manche, die ihn lobten. Durch seine gute, genaue Beschreibung, sagten sie, sei der Flüchtling gefunden worden.

Der kleine Helwig ging den Feldweg hinauf über eine Erdkrümmung. Er erblickte den älteren Alwin in den Rüben und rief ihn an. Alwin, schon rot und verschwitzt von der Arbeit, kam an den Weg. Was der heut schon hinter sich hat, dachte Helwig, als müßte er den Alwin verteidigen. Alwin beschrieb ihm alles, wie man eine Jagd beschreibt. Eben war er bloß ein Bauer gewesen, der früher als andere in seinen Acker geht. Jetzt im Beschreiben war er der Sturmführer Alwin, ein Mann, der ein Zillich werden konnte, wenn man ihm dazu Gelegenheit gab. War doch auch Zillich mal bloß ein Alwin gewesen, ein Bauer droben bei

Wertheim am Main. Auch er war früh aufgestanden, auch er hatte Blut geschwitzt, wenn auch umsonst, weil sein winziger Hof damals versteigert wurde. Helwig kannte sogar den Zillich, denn er kam manchmal aus Westhofen, wenn er Urlaub hatte, setzte sich in die Wirtschaft und sprach über Dorfsachen – bei der Beschreibung der Jagd senkte Helwig die Augen. »Deine Jacke«, sagte Alwin zum Schluß, »was weiß ich? Nein, das muß ein andrer Flüchtling gewesen sein, den mußt du dir selber fangen, Fritz. Mein Kerl jedenfalls hat keine angehabt.« Helwig zuckte die Achseln; eher erleichtert als enttäuscht, stapfte er gegen die Schule los, deren Fassade, ockerfarbig gestrichen, über die Felder weg leuchtete.

III

Auf diesen Dienstagmorgen erhielt der zweiundsechzigjährige Tapeziermeister Alfons Mettenheimer, seit dreißig Jahren in fester Anstellung bei der Innendekorationsfirma Heilbach in Frankfurt, eine Vorladung vor die Gestapo.

Wenn ein Mensch von etwas Ungewohntem, Unfaßbarem betroffen wird, sucht er sich an dem Unfaßbaren den Punkt, der sein gewöhnliches Leben gerade noch berührt. Daher war Mettenheimers erster Gedanke, seiner Firma abzusagen. Er ließ sich also den Geschäftsführer Siemsen ans Telefon rufen und sagte ihm, daß er heute freihaben müßte. Diese Absage seines ersten Tapezierers kam Siemens verquer, denn das Gerhardtsche Haus in der Miquelstraße sollte bis Wochenende einzugsfertig sein – der neue Mieter, Brandt, hatte alles ausräuchern lassen, was ihn an Juden erinnerte, ein Wunsch, dem die Firma Heilbach gern entgegenkam. Jetzt rief Siemens durchs Telefon: »Was ist denn passiert?« – »Ich kann Ihnen das jetzt nicht erzählen«, sagte Mettenheimer. »Kommen Sie wenigstens nach Tisch?« – »Weiß ich nicht.« Er ging hinaus durch die vollen Straßen, zwischen den Menschen herum, die alle auf ihre Arbeitsplätze gingen. Er kam sich abgesondert vor von all diesen Menschen, unter denen er sonst der gewöhnlichsten einer gewesen war, ja, die er alle hätte vertreten können als ein im gewöhnlichen Leben alt gewordener Mann, der die alltäglichsten Freuden und Sorgen durchlebt hat.

Jeder Mensch, vor dem die Möglichkeit eines Unglücks auftaucht, besinnt sich sofort auf den eisernen Bestand, den er bei sich trägt. Dieser eiserne Bestand kann für den einen seine Idee sein, für den anderen sein

Glaube, ein dritter gedenkt allein seiner Familie. Manche haben überhaupt nichts. Sie haben keinen eisernen Bestand, sie sind leer. Das ganze äußere Leben mit all seinen Schrecken kann in sie einströmen und sie füllen bis zum Platzen.

Nachdem er sich rasch vergewissert hatte, daß »Gott« noch da war, an den er sonst, die Kirchgänge seiner Frau überlassend, nur selten zu denken pflegte, setzte sich Mettenheimer auf die Bank an der Haltestelle, an der er die letzten Tage eingestiegen war, um nach dem Westen der Stadt auf Arbeit zu fahren.

Seine linke Hand fing zu zittern an. Es war aber nur ein Nachzittern nach außen hin. Seine erste Bestürzung war schon vorbei. Er dachte jetzt nicht an seine Frau und an seine Kinder, er dachte jetzt ausschließlich an sich selbst. An sich selbst, der sich eingesperrt fühlte in einen gebrechlichen Körper, den man wer weiß warum quälen konnte.

Er wartete ab, bis seine Hand zu zittern aufhörte. Dann stand er auf, um zu Fuß weiterzugehen. Er hatte ja viel Zeit. Auf neuneinhalb lautete die Vorladung. Doch wollte er lieber an Ort und Stelle sein, um dort zu warten. Auch darin zeigte sich, daß er in seiner Art tapfer war.

Er ging also die Zeil hinunter bis zur Hauptwache. Jetzt dachte er ruhig nach. Der Grund der Vorladung konnte ja schließlich nur mit jenem früheren Mann Georg seiner mittleren Tochter Elli zusammenhängen, doch dieser Mensch saß ja fest, seit Jahren schon. Da konnte nichts Neues dazugekommen sein, seitdem er selbst, der gewesene Schwiegervater, Ende 33 in dieser Sache vernommen worden war. Und damals war klar herausgekommen, daß er sich selbst gegen diese Ehe gestemmt hatte, daß er mit denen, die ihn verhörten, über den Georg Heisler durchaus einer Meinung war. Sie hatten ihm damals angeraten, der Elli zur Scheidung zuzureden. Das hatte er allerdings nicht getan. Das hatte damit auch nichts zu tun, dachte Mettenheimer, das war wieder etwas anderes.

Er setzte sich auf die nächste Bank. Dieses Haus da, Nummer acht, habe ich auch mal austapeziert. Wie sie sich gestritten haben, Mann und Frau, Blumen oder Streifen, blau oder grün für vornheraus. In diesem Fall hab ich ihnen gelb geraten. »Ich hab euch eure Tapeten gemacht, Leute, und ich werd sie euch weitermachen. Ich bin Tapezierer.«

Sie konnten doch nur etwas wegen dieses Jungen von ihm wollen. Er war nie einer von solchen Vätern gewesen, die sich mit den Pfarrern zusammen auf Glaubenskämpfe eingelassen hatten, er hatte, und auch nur bis Ostern noch, sein jüngstes Kind in der Schule. Die stupsnasige Lisbeth erschien ihm nun mal nicht als die richtige Streiterin für die Kirche. Das hatte er auch dem Pfarrer erklärt, der sacht bei ihm antippte. Das Mädchen sollte ruhig alles tun, was die Schule von ihm verlange, sie sollte dahin gehen, wo alle Mädchen hingehen. Sie sollte nicht auf halbverbotene Sachen laufen, sondern einfach mit allen andern. Mit Ausnahme höchstens der hohen Festtage. Er traute seiner Frau und sich selbst zu – trotz all den Faxen, die den Mädels jetzt beigebracht wurden –, daß sie sein Kind Lisbeth zu einem ordentlichen Menschen erziehen konnten. Er traute sich sogar zu, daß er das Kind seiner Tochter Elli, dieses Kind ohne Vater, zu einem ordentlichen Menschen erziehen konnte.

»Sie haben den Sohn Alfons Ihrer zweiten Tochter Elisabeth, in Ihrer Familie Elli genannt, vom Dezember 33 bis März 34 ganz und von März 34 bis heute über Tag in Ihrer Wohnung verpflegt?«

»Jawohl, Herr Kommissar«, sagte Mettenheimer. Er dachte: Was will er denn von diesem Kind? Er kann mich doch nicht deshalb vorgeladen haben. Woher weiß er all das überhaupt?

Der junge Mensch in dem Armsessel unter dem Hitlerbild konnte nicht einmal dreißig sein. Als sei das Zimmer geteilt in zwei Zonen und der Breitengrad laufe über den Schreibtisch, war Mettenheimer in Schweiß gebadet, sein Atem ging kurz – der junge Mensch gegenüber sah frisch aus, und kühl war gewiß die Luft, die er atmete.

»Sie haben fünf Enkel. Warum pflegen Sie gerade dieses Kind?« – »Meine Tochter ist über Tag im Büro.« Was will er denn bloß von mir, dachte Mettenheimer, ich werde mich doch nicht von so einem jungen Burschen ins Bockshorn jagen lassen. Ein Zimmer wie jedes andere. Ein junger Mensch wie andere junge Menschen – Er trocknete sein Gesicht ab. Der junge Kommissar sah ihm aufmerksam zu mit seinen jungen grauen Augen. Der Tapezierer behielt sein zusammengeknetetes Taschentuch in der Hand.

»Es gibt ja Kinderheime. Ihre Tochter verdient. Sie verdient einhundertfünfundzwanzig Mark seit dem 1. April dieses Jahres. Da kann sie doch für das Kind aufkommen.«

Mettenheimer wechselte sein Taschentuch in die andere Hand.

»Warum unterstützen Sie denn gerade diese Tochter, die ganz gut für ihren Unterhalt aufkommen kann?«

»Sie ist allein«, sagte Mettenheimer. »Ihr Mann –«

Der junge Mensch sah ihn kurz an. Dann sagte er: »Setzen Sie sich, Herr Mettenheimer.«

Mettenheimer setzte sich. Er hatte plötzlich das Gefühl, er wäre auch sonst im nächsten Augenblick umgefallen. Sein Taschentuch steckte er in die Rocktasche.

»Der Mann Ihrer Tochter Elli wurde Januar 34 in Westhofen eingeliefert.«

»Herr Kommissar«, rief Mettenheimer. Er sprang halb auf. Er fiel in den Stuhl zurück. Er erklärte ruhig: »Ich habe von diesem Mann nie etwas wissen wollen. Ich hab ihm mein Haus für immer verboten. Zuletzt hat meine Tochter nicht mehr bei ihm gewohnt.«

»Im Frühjahr 32 hat Ihre Tochter bei Ihnen gewohnt. Im Juni/Juli desselben Jahres hat Ihre Tochter wieder bei ihrem Mann gewohnt. Dann ist sie wieder zu Ihnen gezogen. Ihre Tochter ist nicht geschieden.«

»Nein.«

»Warum nicht?«

»Herr Kommissar«, sagte Mettenheimer. Er suchte sein Taschentuch in den Hosentaschen. »Sie hat sich zwar gegen unseren Willen mit diesem Mann verheiratet –«

»Sie haben ihr aber trotzdem als Vater die Scheidung nicht angeraten.«

Das Zimmer war doch kein gewöhnliches Zimmer. Gerade das war an diesem Zimmer das Furchtbare, daß es still und hell war, mit einem Gesprenkel von zarten Schatten des Blattwerks eines Baums, ein ganz gewöhnliches Zimmer auf einen Garten. Gerade das war das Furchtbare, daß dieser junge Mensch der gewöhnlichste Mensch war, mit grauen Augen und hellem Scheitel und doch allwissend und allmächtig.

»Sie sind katholisch?« – »Ja.« – »Und waren deshalb gegen Scheidung?« – »Nein, aber die Ehe –«

»Ist Ihnen heilig? Ja? Für Sie ist die Ehe mit einem Lumpen etwas Heiliges?«

»Das weiß man nie im voraus, ob einer ein Lump bleibt«, sagte Mettenheimer leise.

Der junge Mensch betrachtete ihn eine Weile, dann sagte er: »Sie haben Ihr Taschentuch in die linke Rocktasche gesteckt.« Er schlug plötzlich auf den Tisch. Er sagte laut: »Wie haben Sie denn Ihre Tochter erzogen, daß sie einen solchen Spitzbuben nimmt?«

»Herr Kommissar, ich habe fünf Kinder erzogen. Sie haben mir alle Ehre gemacht. Der Mann meiner ältesten Tochter ist Sturmbannführer. Mein ältester Sohn –«

»Ich habe Sie nicht nach Ihren anderen Kindern gefragt. Ich frage Sie jetzt nach Ihrer Tochter Elisabeth. Sie haben es zugelassen, daß Ihre Tochter diesen Heisler heiratet. Sie haben Ende vorigen Jahres Ihre Tochter selbst nach Westhofen begleitet.«

In diesem Augenblick wußte Mettenheimer, daß er doch noch etwas bei sich hatte, das Letzte für den äußersten Fall, seinen eisernen Bestand. Er erwiderte völlig ruhig: »Das ist ein schwerer Weg für eine junge Frau.« Er dachte: Dieser junge Mensch ist so alt wie mein jüngster Sohn. Wie spricht der eigentlich mit mir? Was maßt er sich an? Der junge Mensch muß Pech mit seinen Eltern gehabt haben, auch mit seinen Lehrern muß er Pech gehabt haben – Seine Hand auf dem linken Knie fing freilich wieder zu zittern an. Er setzte aber gleichwohl ruhig hinzu: »Das war meine Pflicht als Vater.«

Einen Augenblick war es still. Mettenheimer sah stirnrunzelnd auf seine Hand, die weiterzitterte.

»Zu dieser Pflicht werden Sie kaum Gelegenheit mehr haben, Herr Mettenheimer.« Da fuhr Mettenheimer hoch. Er rief: »Ist er tot?«

Wenn das Verhör auf diesen Punkt angelegt worden war, dann mußte der Kommissar enttäuscht sein. Unverkennbar war in der Stimme des Tapeziermeisters der Grundton aufrichtiger Erleichterung. Wirklich, der Tod dieses Burschen hätte alles auf einmal erledigt. Seltsame Pflichten, die sich der Tapezierer selbst in den wenigen, aber entscheidenden Augenblicken seines Lebens auferlegt hatte, und die bald schlauen, bald quälenden Versuche, diesen Pflichten doch zu entschlüpfen.

»Warum meinen Sie denn, daß er tot ist, Herr Mettenheimer?«

Mettenheimer stotterte: »Sie haben gefragt – ich mein ja nichts.«

Der Kommissar sprang auf. Er beugte sich weit über den Tisch. Dann war sein Tonfall ganz sanft: »Warum, Herr Mettenheimer, nehmen Sie an, daß Ihr Schwiegersohn tot ist?«

Der Tapezierer packte seine linke zuckende Hand mit der rechten zusammen. Er erwiderte: »Ich nehme gar nichts an.« Seine Ruhe war hin. Gedanken anderer Art zerstörten ihm jede Hoffnung, von diesem Burschen, dem Georg, endgültig befreit zu sein. Es fiel ihm jetzt ein, daß sie solche hartnäckigen jungen Burschen, wenn es wahr war, was man erzählte, über alle Maßen quälten, daß sein Tod unvorstellbar schwer gewesen war. Mit solchen Stimmen verglichen, war die gepreßte knappe Stimme des Kommissars die gewöhnliche Stimme eines belanglosen Mannes, der sich irgendein Amt anmaßt.

»Sie müssen doch einen Grund gehabt haben, anzunehmen, daß dieser Georg Heisler verstorben ist?« Er brüllte plötzlich: »Machen Sie hier keine Flausen, Herr Mettenheimer.«

Der Tapezierer war zusammengefahren. Jetzt drückte er die Zähne zusammen und sah den Kommissar stumm an. »Ihr Schwiegersohn war doch ein kräftiger junger Mann ohne besondere Krankheit. Da müssen Sie doch für Ihre Behauptung einen Anhaltspunkt haben?«

»Ich habe ja nichts behauptet.« Der Tapezierer war wieder ruhig geworden. Er hatte sogar seine linke Hand losgelassen. Und wenn er nun mit der rechten Hand diesem jungen Menschen ins Gesicht schlug, was dann? Der würde ihn auf der Stelle niederknallen. Das Gesicht rot angelaufen mit einem weißlichen Fleck, wo seine, des Tapezierers Hand gesessen hatte. Zum erstenmal seit seiner Jugend entspang seinem alten schweren Kopf so ein tollkühner, auf der Erde undurchführbarer Ablauf. Er dachte: Ja, wenn ich keine Familie hätte! Er unterdrückte ein Lächeln, indem er sich mit der Zunge seinen Schnurrbart fischte. Der Kommissar starrte ihn an. »Jetzt hören Sie einmal genau zu, Herr Mettenheimer. Auf Grund Ihrer eigenen Aussagen, mit denen Sie unsere eigenen Beobachtungen bestätigen, in einigen wichtigen Punkten sogar ergänzen, möchten wir Sie warnen. Wir möchten Sie warnen in Ihrem Interesse, Herr Mettenheimer, im Interesse Ihrer gesamten Familie, als deren Oberhaupt Sie nun einmal gelten. Enthalten Sie sich jedes Schritts und jeder Äußerung, die in irgendeinem Zusammenhang mit dem gewesenen Mann Ihrer Tochter Elisabeth Heisler stehen. Und sollten Sie irgendein Bedenken haben, irgendeinen Rat brauchen, so wenden Sie sich nicht an Ihre Frau und an kein Familienmitglied und auch an keinen geistlichen Beistand, sondern wenden Sie sich an unsere Zentrale und verlangen Sie Zimmer achtzehn. Verstehen Sie mich, Herr Mettenheimer?«

»Jawohl, Herr Kommissar«, sagte Mettenheimer. Er verstand kein Wort. Wovor war er gewarnt worden? Was hatte sich bestätigt? Was für Bedenken sollten ihm kommen? Das junge Gesicht, das er eben noch hatte ohrfeigen wollen, war plötzlich aus Granit, das undurchdringliche Bildnis der Macht.

»Sie können jetzt gehen, Herr Mettenheimer. Sie wohnen Hansagasse elf. Sie arbeiten bei der Firma Heilbach? Heil Hitler!«

Einen Augenblick später stand er auf der Straße. Warmes, lockeres Herbstlicht lag auf der Stadt und gab der Menge jene gemeinsame festliche Heiterkeit, die sie sonst nur im Frühjahr hat. Die Menge zog ihn einfach mit. Was haben die von mir gewollt? dachte er. Wozu haben sie mich eigentlich vorgeladen? Vielleicht doch wegen Ellis Kind? Sie können einem, wie heißt es, das Sorgerecht nehmen. Auf einmal wurde er munter. Er kam mit sich überein, daß ihn irgendeine Behörde wegen irgendeiner Amtssache irgend etwas gefragt hatte. Wie hatte ihn denn das dermaßen verstören können? Er hatte nicht die geringste Lust mehr, weiterzugrübeln. Er hatte Lust auf Kleistergeruch, in einen Tapeziererkittel hineinzukriechen, hinein in das gewöhnliche Leben, so tief hinein, daß man von niemand gefunden wurde. Im selben Augenblick kam die 29 dahergefahren. Er stieß die Menschen zurück und sprang auf. Er wurde nun seinerseits in den Wagen gestoßen von einem Mann, der hinter ihm aufsprang, ein etwas rundlicher Mann mit einem neuen Filzhut, der seinem Kopf mehr aufgelegt war als eingedrückt. Ein Mann, wenig jünger als er selbst. Sie schnauften um die Wette. »In unserem Alter«, sagte Mettenheimer, »sind das Streiche.« Der andere sagte zornig: »Na ja, eben.«

Als Mettenheimer auf seiner Baustelle ankam, begrüßte ihn Siemsen. »Wenn ich das gewußt hätte, Mettenheimer, daß Sie doch gleich kommen. Ich hab gemeint, bei Ihnen brennt's oder Ihre Frau ist in den Main gefallen.«

»Bloß eine Amtssache«, sagte Mettenheimer. »Wieviel Uhr ist es?«

»Halb elf.«

Mettenheimer schlüpfte in seinen Kittel. Er schimpfte sofort: »Ihr habt die Borte wieder zuerst geklebt. Nach was sieht das denn aus? Hebt sich ja nicht ab. Ihr habt bloß Angst, die Tapete schmiert. Ihr müßt halt achtgeben. Das muß da runter, da nützt alles nichts.« Er murmelte: »Ein Glück, daß ich noch dazugekommen bin.« Er hüpfte wie ein Eichhörnchen auf den Leitern herum.

IV Georg war es geglückt. Er hatte sich in einen frühen Kirchgänger verwandelt, kaum daß der Dom aufgeschlossen war. Er war nur einer der wenigen Männer unter zahlreichen Frauen. Der Küster hatte ihn auch erkannt. Hui, auch einer, den's gepackt hat, dachte er befriedigt, drei Minuten vor Torschluß – Georg brauchte Zeit, um sich aufzurichten. Er schleppte sich mühsam heraus. Der macht's keine zwei Tage mehr, dachte Dornberger, auf offener Straße wird er zusammenbrechen. Sein Gesicht war grau von einer tödlichen Krankheit.

Wär nicht noch das Pech mit der Hand gekommen! Daß einem immer ein winziger Unsinn alles kaputtschlug! Wo, wann war mir das passiert mit der Hand? Auf dieser mit Scherben besetzten Mauer vor ungefähr vierundzwanzig Stunden – Die Leute schoben ihn aus dem Dom durch die Tür in ein kurzes Gäßchen. Es stieß zwischen niedrigen Häusern, in denen die Läden schon hell waren, auf einen großen, durch den Nebel uferlosen Platz. Trotz dem Nebel wimmelten Platz und Gäßchen. Die Marktbuden wurden aufgeschlagen. Noch in der Domtür roch es stark nach Kaffee und frischem Kuchen, denn gleich nebenan war die Dom-Konditorei. Und mindestens mit den Blicken zog es alle, die jetzt aus der Messe kamen, nach den Apfel- und Streuselkuchen im Schaufenster.

Als die kühle, feuchte Luft sein Gesicht schlug, da half dem Georg nichts mehr. Seine Beine rutschten ihm weg, da hockte er auf dem Pflaster. Zwei alte Fräuleins kamen aus dem Dom, zwei ledige Schwestern. Die eine drückte ihm mit Gewalt fünf Pfennige in die Hand, die andere schimpfte: »Du weißt doch, daß das verboten ist.« Die jüngere biß sich auf die Lippe. Seit fünfzig Jahren wurde sie gescholten.

Georg mußte doch lächeln. Wie war ihm das Leben lieb gewesen. Er hatte alles daran geliebt, die süßen Klümpchen auf dem Streuelkuchen und selbst die Spreu, die man im Krieg ins Brot buk. Die Städte und die Flüsse und das ganze Land und alle seine Menschen, die Elli, seine Frau, und die Lotte und die Leni und das Katherinchen und seine Mutter und seinen kleinen Bruder. Die Parolen, mit denen man Menschen aufweckt;

die kleinen Lieder zur Klampfe; die Sätze, die ihm Franz vorlas, in denen große Gedanken ausgedrückt wurden und die sein Leben umwarfen; selbst das Geschwätz der alten Weiber. Wie gut war das Ganze gewesen, nur einzelne Teile waren schlecht. Noch jetzt war ihm alles lieb. Wie er sich aufrappelte und, an die Mauer gelehnt, verhungert und elend gegen den Markt sah, den man gerade unter den Laternen im Nebel aufbaute, da schoß es ihm heiß durchs Herz, als werde er doch auch zurückgeliebt, trotz allem, von allen und von allem, wenn auch vielleicht zum letztenmal, mit einer schmerzlichen, hilflosen Liebe. Er machte die paar Schritte zur Konditorei. Fünfzig Pfennig Restgeld mußte er behalten als eisernes Kapital. Er legte die Pfennige auf den Ladentisch. Die Frau schüttete ihm auf ein Stück Papier einen Teller voll Bröckelchen aus zerkrümelten Zwiebäcken und verbrannten Kuchenrändern. Ihr kurzer Blick galt seiner Jacke, die ihr zu gut schien für solche Mahlzeit.

Ihr Blick brachte Georg ganz zur Besinnung. Er stopfte sich all das Gekrümel draußen in den Mund. Ganz langsam kauend, schleppte er sich an den Rand des Platzes. Die Laternen, wenngleich sie noch schienen, waren schon unnütz geworden. Man sah schon die jenseitige Häuserreihe durch den Dunst des Herbstmorgens. Georg ging weiter und weiter durch ein Gewirr von Gassen, das sich wie Garn um den Markt spulte, auf den er auch schließlich wieder herauskam. Georg sah ein Schild: Dr. Herbert Löwenstein. Der wär der, der mir helfen muß, dachte er. Er ging die Treppe hinauf.

Das erste gewöhnliche Treppenhaus seit wieviel Monaten. Er erschrak bei dem Knarren der Dielen, als sei er auf einen Einbruch aus. Es riecht auch hier nach Kaffee. Hinter den Wohnungstüren beginnt der gewöhnliche Tag mit Gähnen und Kinderwecken und dem Mahlen der Kaffeemühlen.

Einen Augenblick war es still, als er ins Sprechzimmer eintrat. Alle sahen ihn an. Zwei Gruppen von Patienten. Auf dem Sofa beim Fenster eine Frau und ein Kind und ein jüngerer Mann mit einem Regenmantel – am Tisch ein alter Bauer und ein älterer städtischer Mann mit einem Knaben und jetzt noch Georg. Der Bauer fuhr fort: »Jetzt bin ich zum fünftenmal hier, geholfen hat er mir auch nicht, aber eine gewisse Erleichterung, eine gewisse Erleichterung. Daß es nur hält, bis unser Martin vom Militär daheim ist und heiratet.« Seiner eintönigen Stimme wa-

ren Schmerzen anzuhören, die ihm das Sprechen bereitete. Aber er nahm sie auf sich für den Genuß der Mitteilung. Er fügte hinzu: »Und Sie?« – »Ich bin ja nicht wegen mir hier«, sagte der andere trocken, »sondern wegen dem Bub da. Der ist von meiner einzigen Schwester das einzige Kind. Der Vater von dem Kind hat ihr verboten, daß sie zum Löwenstein geht. Da hab ich ihr den Bub mal hergebracht!« Der Alte sagte (er hielt sich den Bauch, in dem wohl sein Schmerz saß, mit den Händen zusammen): »Als ob's keinen andern Arzt gäbe.« Der andre sagte gleichmütig: »Sie sind ja auch hier.« – »Ich? Ich war aber auch schon bei allen anderen, beim Doktor Schmidt, beim Doktor Wagenseil, beim Doktor Reisinger, beim Doktor Hartlaub.« Er wandte sich plötzlich an Georg: »Warum sind Sie denn da?« – »Wegen meiner Hand.« – »Das ist doch kein Arzt für Hände, der ist doch für innen.« – »Ich hab auch noch innen was abbekommen.« – »Ein Autounfall?« Die Sprechzimmertür wurde aufgemacht. Der Alte stützte sich, ganz geblendet vor Schmerz, auf den Tisch und auf Georgs Schulter. Nicht nur Furcht – die unbezähmbare Bangigkeit eines Kindes erfüllte Georg, die er einmal als Junge in den Sprechzimmern durchgemacht hatte, als er so klein gewesen war wie der gelbliche Junge da. Wie damals zupfte er unaufhörlich an den Fransen der Sessellehne.

Die Flurtür schellte. Georg fuhr zusammen. Doch nur der nächste Patient trat ein, ein halbwüchsiges dunkles Mädchen, das an dem Tisch vorbeiging.

Schließlich stand er vor dem Arzt. Er wurde nach Name, Adresse, Beruf gefragt. Er machte irgendwelche Angaben. Die Wände schwankten schon, er glitt in einen Abgrund aus Weiß und Glas und Nickel, einen vollkommen reinlichen Abgrund. Beim Abgleiten machte man ihn aufmerksam auf die Rassezugehörigkeit des Arztes. Dieser Geruch, der ihn an das Nachspiel aller Verhöre gemahnte, wenn man gejodet und verbunden wurde. »Setzen Sie sich«, sagte der Arzt.

Er hatte sich schon in der Tür gedacht, daß dieser Patient einen überaus ungünstigen Eindruck machte. Er kannte seine Vorzeichen: keine klaffenden Wunden, keine Geschwüre, der zarteste dünnste Hauch über und unter den Augen, bei diesem Mann war er schon ein schwärzlicher dichter Schatten. Was mochte ihm fehlen? Er war inzwischen an Patienten gewöhnt, die zu ihm liefen, ganz frühmorgens, damit es die Nachbarn nicht merkten, im allerletzten Moment, wie man früher zu einer Hexe lief. Er begann den Verbandfetzen abzuwickeln. Ein Unfall? Ja. Durch den starken Bann hindurch, in den ihn sofort jede Wunde schlug und jede Krankheit, weil er ganz und gar Arzt war, spürte er wieder eine Beklommenheit beim bloßen Anblick des Mannes, stärker noch als vorhin, was war denn das für ein Verband? Aus einem Jackenfutter. Er rollte ihn ganz langsam ab. Was war das überhaupt für ein Mensch? Alt? Jung? Seine Beklommenheit wuchs, schnürte ihm den Hals zu, als sei ihm der Tod noch nie so nah gewesen in den neunzehn Jahren, in denen er Kranke heilte.

Er sah auf die Hand, die jetzt offen vor ihm lag. Sie war gewiß bös zugerichtet, so bös aber doch nicht, daß sie das Vorzeichen rechtfertigte auf der Stirn und den Augen des Mannes – wovon war der Mann so erschöpft? Er kam wegen der Hand. Er hatte sicher noch eine andere, ihm vielleicht selbst unbekannte Krankheit. Man mußte die Glassplitter jetzt herausnehmen. Der Mann mußte eine Spritze bekommen, er sackte ihm sonst ab. Der Mann sei Autoschlosser, hatte er angegeben. »In vierzehn Tagen«, sagte er, »sind Sie wieder arbeitsfähig.« Der Mann erwiderte nichts. Wird er die Spritze vertragen? Doch auch das Herz dieses fremden Mannes ist, wenngleich nicht ganz in Schuß, so schlecht nicht dran. Was fehlt dem Mann also? Warum folgte er eigentlich nicht seinem Drang, die Krankheit des Mannes herauszufinden?

Warum war der Mann nicht sofort nach dem Unfall ins nächste Spital gelaufen? Der Dreck steckte doch schon mindestens über Nacht drin. Er wollte fragen, auch um den Mann, wenn er jetzt mit der Pinzette anrückte, von seiner Hand abzulenken. Der Blick des Mannes hielt ihn zurück. Er stockte. Er sah sich die Hand nochmals genau an, dann kurz das Gesicht des Mannes, seine Jacke, den ganzen Mann. Der Mann verschob ein wenig den Mund und sah ihn schräg, aber fest an.

Der Arzt wandte sich langsam ab, wobei er selbst fühlte, wie er bis in die Lippen erbleichte. Und wie er sich selbst in dem Spiegel erblickte über dem Waschbecken, da lag es schon schwärzlich auf seinem eigenen Gesicht. Er schloß die Augen. Er seifte sich die Hände und wusch sie mit unendlicher Langsamkeit und ließ das Wasser laufen. Ich habe Frau und Kinder. Warum kommt der Mensch zu mir? Bei jedem Schellen zittern müssen. Und was man mir Tag für Tag alles antut.

Georg sah auf den weißen Rücken des Arztes. Er dachte: Doch Ihnen nicht allein.

Der Arzt hielt die Hände unter das Wasser, daß es spritzte. Nicht mehr zum Aushalten, was man mir antut. Jetzt noch das dazu. Das gibt es doch gar nicht, daß man so leiden muß.

Georg dachte mit zusammengezogenen Brauen, während das Wasser floß wie ein Quell: Aber doch Sie nicht allein.

Da drehte der Arzt seinen Kran ab, er trocknete seine Hände mit einem frischen Handtuch, er roch das Chloroform zum erstenmal so, wie es sonst nur seine Patienten riechen – warum ist der Mann gerade zu mir gekommen? Gerade zu mir? Warum?

Er drehte den Kran wieder an. Dann wusch er sich zum zweitenmal. Das geht dich überhaupt nichts an. Zu dir ist bloß eine Hand ins Sprechzimmer gekommen, eine kranke Hand. Ob die aus dem Ärmel eines Spitzbuben heraushängt oder unter dem Flügel eines Erzengels, das kann dir ganz egal sein. Er drehte den Kran wieder ab und trocknete seine Hände. Dann machte er seine Spritze zurecht. Als er Georgs Ärmel zurückschlug, merkte er, daß der Mann kein Hemd unter der Jacke trug. Das geht mich nichts an, sagte er sich, mich geht die Hand an.

Georg schob seine verbundene Hand in die Jacke und sagte: »Vielen Dank.« Der Arzt hatte ihn nach Geld fragen wollen, aber der Mann hatte sich in einem Ton bedankt, als sei er umsonst behandelt worden. Wenn er auch im Hinausgehen taumelte, kam es dem Arzt jetzt doch vor, als sei die Hauptkrankheit nur in der Hand gewesen.

Als Georg die Treppe hinunterstieg, pflanzte sich vor ihm auf dem untersten Absatz ein Männchen in Hemdsärmeln auf. »Kommen Sie aus dem zweiten Stock?«

Georg log rasch, weil ihm keine Zeit blieb nachzudenken, was besser sei, Wahrheit oder Lüge. »Aus dem dritten.« – »Ach so«, sagte das Männchen, das der Hausmeister war, »ich dachte schon vom Löwenstein.«

Als Georg auf die Straße kam, erblickte er zwei Häuser weiter auf einer Türstufe den alten Bauern aus der Sprechstunde. Er stierte auf den Markt. Der Nebel war gestiegen. Das Herbstlicht lag auf den Schirmen, die pilzartig über den Buden standen. All das Obst und Gemüse lag da lecker und kunstlos wie einfache, einigermaßen ordentliche Beete. Deshalb sah es auch aus, als hätten die Bäuerinnen ganze Stücke ihrer eigenen Felder und Gärten mit auf den Markt gebracht. Wo war denn nur der Dom? Hinter den drei-, vierstöckigen Häusern, Marktschirmen und Pferden, Lastwagen und Weibern war der Dom vollständig verschwunden.

Erst als Georg seinen Kopf in den Nacken legte, sah er den obersten Turm, einen goldenen Schopf, an dem man die Stadt nach oben ziehen konnte. Wie er ein paar Schritte weiter hinausging, an dem Bauern vorbei, der ihm nachstierte, sah er hoch über den Dächern den Heiligen Martin auf seinem Pferd, wie er den Mantel zerschnitt. Georg schob sich in das dichteste Gedränge. All die Äpfel und Trauben und Blumenkohle tanzten ihm vor den Augen. Zuerst hatte er eine solche Gier, daß er am liebsten sein Gesicht in den Markt hineingetunkt und zugebissen hätte. Dann hatte er nur noch Ekel. Er geriet jetzt in einen Zustand, der der gefährlichste für ihn war. Schwindlig vor Erschöpfung, zu schwach zum Nachdenken, taumelte er zwischen den Buden herum. Schließlich war er bei den Fischbuden angelangt. An eine Litfaßsäule gelehnt, sah er einem Händler zu, wie der einen riesigen Karpfen schuppte und ausnahm. Er wickelte ihn in ein Stück Zeitung und übergab ihn einem Fräulein. Dann fischte er mit seiner Schöpfkelle Backfischchen aus der Bütte, gab jedem geschwind einen kleinen Schnitt und schmiß eine Handvoll auf die Waage. Georg ekelte sich, aber er mußte genau mit zusehen.

Jener alter Bauer aus der Sprechstunde hatte von seiner Treppe aus Georg stumpf nachgesehen, bis er ihn aus den Augen verlor. Eine Weile betrachtete er noch die Menschen, die in der Herbstsonne durcheinanderliefen. Der ganze Markt war ihm vor Schmerz verdunkelt. Sein Oberkörper pendelte hin und her. Dafür hat mir der Lump zehn Mark abverlangt, dachte er, keinen Pfennig weniger als der Reisinger. Mit dem Reisinger konnte man keine Händel anfangen. Dem Jud wird er seinen Sohn aufs Dach schicken. Er zog sich an seinem Stock hoch. Er schleppte sich quer über den Platz in ein Automatenbüfett. Wie er durchs Fenster hinaussah, erblickte er wieder Georg, an die Litfaßsäule gelehnt, mit seiner frisch verbundenen Hand. Er sah ihn so lange an, bis Georg den Kopf nach dem Fenster drehte. Er fühlte ein Mißbehagen. Er konnte zwar von seinem Platz aus hinter dem Fenster nichts unterscheiden; er riß sich trotzdem los und ging an den Fischbuden vorbei gegen den Rhein zu.

Um diese Zeit hatte Franz schon Hunderte Blättchen ausgestanzt. Statt des verhafteten Holzklötzchens kam ein ganz junger Bub, um den Staub abzusaugen. Erst stutzte jeder, weil man an das Holzklötzchen gewöhnt war. Aber der Junge war ein so frecher lustiger Bengel, daß er auch gleich einen Spitznamen weghatte: Pfeffernüßchen. Jetzt hieß es statt Holzklötzchen, Holzklötzchen – Pfeffernüßchen, Pfeffernüßchen.

Gestern abend und heute morgen im Umkleideraum hatten sich alle Menschen weniger über die Verhaftung des Holzklötzchens aufgeregt als über das plötzliche, ihnen noch nicht ganz verständliche Ansteigen der Stückzahl der ausgestanzten Aluminiumplättchen. Dieser Vorgang war manchem erst im Laufe des Arbeitstages klargeworden. Einer hatte erklärt, an welchem Teil der Maschine man etwas ausgewechselt hatte, daß man den Hebel in einer Minute viermal hinunterdrückte, statt dreimal. Nämlich, weil sich die Plättchen, einmal eingelegt, nach jedem Druck von selbst drehten, anstatt daß sie jedesmal wieder in ihre neue Lage gedreht werden mußten. Einer sagte, die Lohnerhöhung am Ersten sei schließlich die Hauptsache, worauf ein dritter, älterer meinte, so schlagkaputt wie gestern abend sei er noch nie gewesen, worauf der zweite sagte, montagabends sei man immer schlagkaputt.

Solche Gespräche und ihre Ursache und der Ton, in dem die Gespräche geführt wurden, hätten sonst Franz auf lange Zeit Stoff zum Nachdenken gegeben. Jener Grundvorgang, der eine Menge Vorgänge auslöst, jeder in seiner Art wichtiger als der Grundvorgang, die Entschleierung der Menschen, das Durchblitzen ihres wahren Gesichts. Diesmal war Franz enttäuscht, ja verstört, daß die Nachricht, die ihn selbst Tag und Nacht beschäftigte, fast nicht einsickern wollte auf dem dürren Boden des gewöhnlichen Lebens.

Wenn ich nur einfach zu Elli gehen könnte und sie fragen, dachte Franz. Ob sie wieder bei ihren Eltern wohnt? Nein, das kann man nicht riskieren. Höchstens, wenn sich das gäbe, daß ich sie irgendwo zufällig treffe.

Er beschloß, sich vorsichtig in der Straße zu erkundigen, ob Elli wieder in ihre Familie zurückgezogen sei. Vielleicht war Elli gar nicht mehr in der Stadt. Also, das zog noch immer. Immer noch zog die Wunde, die man ihm damals beigebracht hatte, aus Dummheit oder aus Spielerei. Doch sie war richtig – fürs ganze Leben.

Das ist ja alles Quatsch, dachte Franz, diese Elli ist sicher dick und fett geworden. Wenn ich sie nochmals gesehen hätte, wäre ich dem Georg vielleicht noch dankbar, daß er mich damals losgeeist hat. Außerdem geht sie mich überhaupt nichts an.

Er beschloß, nach der Schicht nach Frankfurt zu radeln. Er wollte in einem Geschäft in der Hansagasse etwas kaufen, dabei konnte er sich nach der Familie Mettenheimer erkundigen – Pfeffernüßchen trat an ihn heran, griff ihm unter dem Ellbogen durch; Franz hob etwas die Unterarme, dadurch mißlang sein Stück, durch den Schreck mißlang auch das nächste, auch das dritte war noch unscharf. Franz wurde knallrot im Gesicht, er hätte sich auf den Buben stürzen mögen. Der schnitt ihm eine Grimasse – Pfeffernüßchens rundes Gesicht war im grellen Licht mehlig weiß, und um die frechen funkelnden Augen standen blaue Ringe vor Müdigkeit.

Franz sah und hörte plötzlich die ganze Abteilung so, wie er sie vor fünf Wochen in der ersten Minute gesehen hatte, als er frisch hier eingetreten war. Er hörte das Surren der Riemen, das einem durchs Gehirn schnitt, quer durch alle Gedanken, aber ohne das feine Geräusch zu übertönen, mit dem sich das Metallband in den Schienen rieb. Er sah die Gesichter, die in dem gleichmäßigen Licht ganz kahl waren und nur alle drei Sekunden zuckten, wenn die Hebel durchgedrückt wurden. Nur dann zucken sie, dachte Franz. Er vergaß, daß er sich eben selbst noch auf das Pfeffernüßchen hatte stürzen wollen, bloß weil ihm ein Stück verdorben war.

▬▬ Nicht gar weit von Franz, vielleicht eine halbe Stunde weit mit dem Rad, gab es in einer belebten Straße in der Nähe des Frankfurter Hauptbahnhofs einen Menschenauflauf. Die Menschen reckten sich die Hälse aus. In einem Häuserkomplex, zu dem auch ein großes Hotel gehörte, wurde auf einen Fassadenkletterer Jagd gemacht. Niemand wunderte sich, daß zu dieser Jagd nicht nur ein großes Aufgebot Polizei, sondern auch SS eingesetzt wurde. Dieser Fassadenkletterer, hieß es, sei schon mehrmals entwischt, jetzt sei er frisch ertappt worden in einem Hotelzimmer, ein paar Ringe und Perlenschnüre hätte er mitgehen heißen. »Der reinste Film«, sagten die Leute. »Da fehlt nur die Greta Garbo.« Auf den Gesichtern lag ein erstauntes, ein wenig belustigtes Lächeln. Ein Mädchen schrie auf. Oben am Rand des Hoteldachs hatte sie etwas gesehen oder zu sehen geglaubt. Immer dichter wurde die Zuschauermenge und immer gespannter. Jeden Augenblick erwartete man ein seltsames Schauspiel, ein Mittelding zwischen einem Gespenst und einem Vogel. Jetzt kam auch noch die Feuerwehr mit ihren Leitern und Netzen. Gleichzeitig gab es ein Durcheinander auf der Rückseite des Savoy-Hotels. Ein junger Mensch war aus einem Kellerpförtchen gesprungen und hatte sich mit dem Ellenbogen einen Weg durch die Menge bahnen wollen. Aber die Menge, die durch das lange Warten und alle die Geschichten über den gefährlichen Dieb in einen Zustand von Wildheit und Fanglust geraten war, hatte sich um den Burschen geschlossen, ihn übel zugerichtet und zu dem nächsten Posten geschleift, der dann feststellte, daß der Mensch ein gewöhnlicher Aushilfskellner war, der zur Bahn wollte.

Denn der Richtige saß schon oben auf dem Dach des Savoy hinter einem Schornstein. Dieser Richtige war Belloni, im gewöhnlichen Leben Anton Meier, aber wo war es hin, sein gewöhnliches Leben? Dieser Belloni, Artist, der Georg und seinen Genossen bis zuletzt fremd blieb, wenn er auch wahrscheinlich ein anständiger Junge war, Belloni selbst war es nicht entgangen, daß er dem Georg fremd geblieben war. Man hätte, um Vertrauen zu finden, länger zusammenbleiben müssen. Von seinem Platz aus konnte Belloni nicht die nächste Umgebung sehen, nicht die Gassen voll von Menschen, die die Jagd mit Begierde verfolgten und darauf brannten, mitzujagen. Über das niedrige Eisengitter des abfallenden Daches sah er nur den äußersten Rand der Ebene, im Westen über sich sah er den flimmerigen Himmel in einem stillen Blaßblau, ohne Vogel noch Wolke. Während drunten die Menge wartete, wartete er auf seinem Dach mit einer kühnen Ruhe, die ihm von Kind auf beigebracht war, einer Ruhe, mit der er in seinem Beruf die Menschen bezaubert hatte, ohne daß sie selbst ganz verstanden, was sie an diesen einfachen Kunststücken bezauberte. Belloni hatte die Vorstellung, daß er schon lange hier oben wartete, so lange, daß die Verfolger, falls sie auf seiner Fährte waren, ihn hätten aufstöbern müssen.

Vor drei Stunden hatte man ihn in einer Wohnung verhaften wollen, die der Mutter eines früheren Freundes gehörte. Dieser Freund hatte einmal zu seiner Truppe gehört, bis er durch einen Berufsunfall ausschaltete. Aber die Polizei hatte unter anderem auch alle Mitglieder aller Truppen zusammengestellt, mit denen er je gearbeitet hatte. Diese Beziehungen zu bewachen war nicht schwerer, als ein paar Häuserblocks zu zernieren. Belloni war durch das Fenster gesprungen, durch ein paar Gassen, war in die Hauptbahnhofgegend geflohen, wobei er zweimal um ein Haar gestellt wurde, war durch die Drehtür in das Hotel hineingegangen. In seinen neuen Kleidern, die er sich am Vortag beschafft hatte, hielt er sich trotz der Flucht so ruhig und gut, daß man ihn durch die Halle gehen ließ – Belloni hatte ein wenig Geld. Er hatte noch mal ein wenig Hoffnung geschöpft, daß er vielleicht mit der Bahn wegkönnte. Das war jetzt alles kaum eine halbe Stunde her. Er hatte jetzt keine Hoffnung mehr, aber auch auf diesem letzten Wegstück, dem Wegstück ohne Hoffnung, wollte er seine Freiheit verteidigen. Dazu mußte er jetzt auf das Dach des Nachbarhauses hinuntersteigen. Vorsichtig und ruhig ließ er sich an dem schrägen Dach ein paar Meter hinunter, bis zu einem kleinen vermauerten Schornstein, dicht am Gitter. Er hielt sich noch immer für unentdeckt. Wie er unter dem Gitter durchspähte, sah er die schwarze Menge, die den Häuserblock umsäumte. Er begriff, daß er verloren war. Schlimmer noch als verloren. Diese Menge drängte sich ja in den Gassen, um, wie er glaubte, einem Flüchtling wie ihm die Flucht unmöglich zu machen. Belloni konnte jetzt über die ganze Stadt weg sehen, über den Main und die Höchster Fabriken und die Taunusabhänge. In dem Muster von Straßen und Gassen der ganzen Stadt war die Umkreisung rund um den Häuserblock nur ein schwarzes Kringelchen. Der unendlich flimmerige Raum schien ihn zu einer Kunst einzuladen, über die er nicht verfügte. Sollte er einen Abstieg versuchen? Sollte er einfach warten? Sinnlos war beides, die Bewegung der Furcht ebenso sinnlos wie die des Muts. Aber er wäre nicht Belloni gewesen, wenn er nicht von den beiden Sinnlosigkeiten die letzte gewählt hätte. Er ließ die angezogenen Beine hinunter, bis er mit den Füßen an das Gitter kam.

Belloni war schon entdeckt, seitdem er hinter dem zweiten Schornstein saß. »In die Füße«, sagte einer der beiden Burschen, die hinter einem Reklameschild auf dem Dachrand des Nachbarhauses steckten. Der andere zielte und schoß, ein leichtes Gefühl von Übelkeit oder auch nur von Aufregung überwindend, wie ihm der erste befohlen hatte. Dann kletterten beide geschickt und kühn auf das Hoteldach hinauf hin-

ter Belloni her. Denn Belloni hatte sich trotz dem Schmerz nicht losgelassen, sondern festgeklammert. Zwischen den Schornsteinen durch, quer über eine Ecke des Dachs, zog er noch eine Spur. Dann rollte er gegen das Gitter. Er nahm noch einmal alle Kraft zusammen. Er schwenkte über das niedrige Gitter ab, bevor sie ihn erwischen konnten.

Er war in einen Hotelhof gestürzt, so daß die Zuschauer schließlich abziehen mußten, ohne etwas erlebt zu haben. In den Mutmaßungen der Müßiggänger, in den aufgeregten Berichten der Frauen schwebte er immer noch stundenlang über die Dächer, halb Gespenst, halb Vogel. Als er im Krankenhaus gegen Mittag starb, denn er war nicht gleich tot gewesen, gab es auch hier ein Paar, das sich seinethalben beriet. »Sie haben nur den Totenschein auszustellen«, sagte der jüngere Arzt zum älteren, »was also gehen Sie die Füße an? Daran ist er doch nicht gestorben.« Ein schwaches Gefühl von Übelkeit überwindend, tat der Ältere, was ihm der Jüngere befohlen hatte.

V Es war jetzt also halb elf. Die Küstersfrau befehligte eine Schar von Putzfrauen, nach einem festen, im Haushalt des Mainzer Doms genau bestimmten Plan. Nach diesem Plan war im Laufe eines Jahres der ganze Dom mal drangekommen. Den gewöhnlichen Putzfrauen waren allerdings nur bestimmte Gebiete unterstellt, Fliesen, Mauern, Treppen, Bänke. Die Küstersweiber selbst, Mutter und Frau, behandelten ganz allein mit ihren feineren Besen und komplizierten Putzwerkzeugen die Nationalheiligtümer des deutschen Volkes.

Daher fand die Küstersfrau das Bündelchen hinter der Grabplatte eines Erzbischofs. Georg hätte es besser unter eine Bank geschoben. »Jetzt guck dir mal das an«, sagte die Frau zu dem Küster Dornberger, der gerade aus der Sakristei kam. Der Küster guckte sich den Fund an, machte sich seine Gedanken, fuhr die Frau an: »Mach, mach!« Dann ging er mit seinem Bündelchen durch einen Hof in das Diözesanmuseum. »Herr Pfarrer Seitz«, sagte er, »gucken Sie sich das mal an.« Der Pfarrer Seitz, ein Sechzigjähriger wie sein Küster, breitete das Bündelchen auf der Glasvitrine aus, in der auf einer Unterlage aus Samt eine Sammlung Taufkreuze, numeriert und datiert, lagen. Ein dreckiger Fetzen aus Drillich. Der Pfarrer Seitz hob seinen Kopf. Sie sahen einander in die Augen.

»Warum bringen Sie mir eigentlich diesen Dreckfetzen, mein lieber Dornberger?« – »Meine Frau«, sagte der Küster ein bißchen langsam, damit der Pfarrer Seitz Zeit hatte, nachzudenken, »hat das eben hinter dem Bischof Siegfried von Epstein gefunden.« Der Pfarrer sah ihn ganz überrascht an. »Sagen Sie mal, Dornberger«, sagte er, »sind wir ein Fundbüro oder ein Diözesanmuseum?« Der Küster trat dicht an ihn heran. Er sagte leise: »Ob ich nicht doch zur Polizei damit muß?« – »Zur Polizei?« fragte der Pfarrer Seitz in hellem Erstaunen, »ja, tragen Sie denn jeden wollnen Handschuh, den Sie unter einer Bank finden, zur Polizei?« Der Küster murmelte: »Heut morgen hat man da was erzählt« – »Erzählt, erzählt. Man erzählt Ihnen wohl noch nicht genug? Man soll vielleicht morgen erzählen, daß sich bei uns die Leute im Dom an- und ausziehen? Das stinkt aber mal. Wissen Sie, Dornberger, da kann man sich ja noch was holen. Das würde ich verbrennen. Das möchte ich nicht in meinem Küchenherd, ist ja eklig. Wissen Sie, das steck ich gleich hier rein.«

Ab ersten Oktober war das eiserne Öfchen geheizt. Dornberger stopfte das Zeug hinein. Er ging weg. Es stank nach verbrannten Lumpen. Der Pfarrer Seitz machte einen Fensterspalt auf. Aus seinem Gesicht ging die Lustigkeit weg, es wurde ernst, sogar finster. Schon wieder mal war was passiert, was sich ebenso leicht durch den Fensterspalt verflüchtigen wie zu einem furchtbaren Stunk verdichten konnte, an dem man womöglich noch hinterher erstickte.

▄▄▄▄ Während sein Kittel, in dem er Blut geschwitzt hatte, zu einem schmalen Rauchfähnchen wurde, das dem Pfarrer Seitz viel zu langsam und viel zu stinkend durch seinen Fensterspalt entwich, hatte Georg zum Rhein hinuntergefunden, und er trottete jetzt auf dem sandigen Promenadenweg über der Fahrstraße rheinabwärts. Früher, als ein halber Junge, war er auf Fahrten manchmal in die Gegend gekommen. Von den Dörfern und Städtchen aus westlich von Mainz gab es unzählige Möglichkeiten, auf Booten und Fähren herüberzukommen. Wenn er darüber nachgedacht hatte, zumal nachts, war ihm das alles sinnlos erschienen, leere Hoffnung, von tausend Zufällen abhängig. Wenn er aber auf seinen zwei Beinen zwischen den Zufällen hin und her ging und zwischen den Möglichkeiten, mitten in der Gefahr, dann erschien ihm das alles weniger aussichtslos. Der Strom mit den Schleppdampfern, die ihre

Schornsteine umlegten, um unter den Brücken durchzukommen, das jenseitige Ufer mit einem hellen Streifen Sandes und einer niedrigen Häuserreihe darüber, die Abhänge des Taunus weit hinten, all das hatte für Georg die Überdeutlichkeit, die eine Landschaft in einem Kriegsgebiet hat, in einer großen Gefahr, wenn sich die Umrisse alle heraustreiben und verschärfen, bis sie zu beben scheinen. Auf dem Markt hatte er noch gefürchtet, daß seine Kräfte nicht einmal ausreichen möchten, ihn bis zum Ufer kommen zu lassen. Jetzt aber, wie er sich vornahm, möglichst rasch aus der Stadt weg mindestens drei Stunden rheinabwärts zu gehen, ließ seine Schwäche ein wenig nach, und die Erde, auf die er trat, schien härter zu werden. Er überdachte die letzten Stunden. Wer hat mich gesehen? Wer kann mich beschreiben? In diesen Kreis hineingeraten, war er schon halb verloren. Furcht, das ist, wenn eine bestimmte Vorstellung anfängt, alles andere zu überwuchern. Aus heiterm Himmel, mitten auf diesem stillen Weg, wo gar keine Augen auf ihn gerichtet waren, traf es ihn! Ein neuer Anfall von Furcht, eine Art Wechselfieber, das freilich in immer längeren Abständen wiederkehrte. Er stützte sich auf das Geländer. Himmel und Wasser waren verdunkelt, sekundenlang. Dann verging es, von selbst, wie Georg wohl glaubte; und zur Belohnung, weil es vergangen war, sah er jetzt die Welt nicht verdunkelt und nicht überwirklich, sondern in ihrem gewöhnlichen täglichen Glanz, stilles Wasser und Möwen, deren Krächzen die Stille nicht störte, sondern erst recht vollkommen machte. Es ist ja Herbst, dachte Georg, die Möwen sind da.

Neben ihm hatte sich jemand übers Geländer gelehnt. Er musterte seinen Nachbar, einen Schiffer in dunkelblauem Pullover. Wenn sich hier einer übers Geländer beugt, bleibt er nie lange allein, die Kette reiht sich, Schiffer auf Urlaub, Angler, die gerade keine Lust zum Angeln haben, alte Leute. Denn das fließende Wasser, die Möwen, das Ein- und Ausladen auf den Schiffen, all das bewegt sich für sie, die ganz starr zusehen. Neben dem Schiffer standen schon ihrer fünf, sechs. »Was kostet hier so 'ne Jacke?« fragte der Schiffer. »Zwanzig Mark«, sagte Georg. Er wollte weggehen, aber die Frage hatte etwas in seinem Kopf locker gemacht.

Über die Fahrstraße unterhalb des Geländers kam ein dicker, fast kahler Schiffer. »Hallo! He!« schrie es von oben auf seine Glatze herunter. Er sah hinauf und lachte. Er faßte die Beine des oberen Schiffers, der sich stramm machte. Ein-zwei zog sich der Dicke trotz seiner Dicke herauf, mit seinem großen kahlen Kopf unter den Beinen des oberen Schiffers durch. Jetzt hieß es: »Wie geht's? Wie steht's?« – »Ordentlich«, sagte der Neue, dem man anhörte, daß er ein Holländer war. Jetzt kam von der Stadt her ein Männlein mit Angelgeräten und einem Eimerchen, wie es die Kinder zum Sandspielen verwenden. »Da kommt ja schon das Hechtschwänzchen«, sagte der Dicke. Er lachte auf, weil für ihn dieses Hechtschwänzchen mit seiner Angel und seinem Kindereimer zur Anlegestelle der Stadt gehörte wie das Rad in ihr Wappen. »Heil Hitler!« rief das Hechtschwänzchen. »Heil! Hechtschwänzchen!« rief der Holländer. »Jetzt haben wir dich ertappt«, sagte ein Bursche, dem die Nase von einem Faustschlag schräg stand, aber, so sah es aus, nur momentan, sie mußte gleich wieder richtig gucken, »du kaufst ja deine Backfische auf dem Markt.« Zu dem Holländer sagte er: »Was gibt's Neues in der großen Welt?« – »No, da gibt's immer was«, sagte der Holländer, »aber bei euch ist ja auch verschiedenes passiert.« – »Ja, bei uns geht alles am Schnürchen«, sagte der Bursche mit der seitlich gedrehten Nase, »alles wie geschmiert. Wir brauchen jetzt wirklich keinen Führer mehr.« Alle glotzten ihn an. »Wir haben ja schon einen, um den uns die ganze Welt beneidet.« Alle lachten, bis auf ihn selbst, der mit dem Daumen an seine Nase drückte. »Achtzehn Mark?« sagte der Schiffer zu Georg. »Ich hab zwanzig gesagt«, sagte Georg. Er hatte die Augenlider gesenkt, weil es ihm vorkam, als müßte er sich durch den bloßen Glanz seiner Augen verraten. Der Schiffer befühlte den Stoff. »Trägt sich das gut?« fragte er. »Ja«, sagte Georg, »bloß ist das Ding nicht recht warm. So ein Wollzeug hält wärmer.« – »Strickt mir meine Braut jede Saison.« – »Ja, das ist dann mit dem Herzen«, sagte Georg. »Willste tauschen?« Georg drückte die Augen zu wie beim Nachdenken. »Strupp mal über!« – »Geh mal mit an den Abort«, sagte Georg. Er ließ die Lacher sich auslachen. Sie durften nicht merken, daß er kein Hemd drunter trug.

Als dann der Tausch perfekt war, lief er mehr als er ging rheinabwärts. Aufrecht in seiner frischen Jacke trat der Schiffer vom Abort ans Geländer zurück, auf seinem breiten Gesicht das Bewußtsein, wieder mal einen durch einen Tausch übers Ohr gehauen zu haben, eine Hand in der Hüfte, eine Hand grüßend erhoben. Anlassen wäre gefährlich gewesen, dachte Georg, tauschen war auch gefährlich. Jetzt ist's, wie's ist. Plötzlich rief jemand neben ihm: »He!« Mit seinem Eimer und seiner Angel kam das Hechtschwänzchen nachgehüpft, leichtfüßig wie ein Büblein. »Wo wollen Sie denn hin?« fragte es. Georg deutete geradeaus: »Immer den Rhein entlang.« – »Sind Sie nicht von hier?« – »Nein«, sagte Georg. »Ich war hier in 'nem Spital. Ich will zu Verwandten.« Das Hechtschwänzchen sagte: »Wenn Ihnen meine Gesellschaft genehm ist. Ich bin ein durch und durch geselliger Mensch.«

Georg schwieg. Er sah ihn nochmals kurz von der Seite an. Georg hatte immer von klein auf gegen ein starkes Gefühl vom Mißbehagen kämpfen müssen, wenn an einem Menschen irgend etwas nicht stimmte, wenn er einen Tick hatte in seinem Verstand oder an seiner Seele oder irgendeinen körperlichen Fehler. Ganz und gar hatte ihn erst Wallau im Lager von solchen Anfällen geheilt. »Hier hast du ja ein Beispiel, Georg, wie ein Mensch zu so was kommen kann.« Georg dachte auf diesem Umweg wieder an Wallau. Eine unbezähmbare Schwermut erfaßte ihn. Dieses mein ganzes jetziges Leben verdanke ich ihm, dachte er, ja sogar, wenn ich heute sterben müßte. Und das Hechtschwänzchen schwatzte drauflos. »Waren Sie schon neulich hier, wie das große Fest war? Kommt einem alles ganz komisch vor. Waren Sie früher hier zur Besatzungszeit? Wie sie durch die Stadt geritten sind auf ihren Schimmelchen, die Marokkaner, mit ihren roten Mänteln, die Bettkultindianer? Kommt einem alles ganz komisch vor, die Franzosen, die waren doch so ein anderer Ton im Stadtbild, so ein graublau Nebelchen. Warum rennen Sie denn so, wenn ich fragen darf, wollen Sie heut noch nach Holland?« – »Kommt man da runter hin?« – »Na, zuerst kommen Sie mal nach Mombach, wo die Spargel wachsen. Wohnen da Ihre Verwandten?« – »Weiter unten.« – »In Budenheim? In Heidesheim? Sind die Bauern?« – »Teils.« – »Teils«, wiederholte das Hechtschwänzchen. Soll ich ihn abschütteln? dachte Georg, aber wie, zum Teufel? Nein, es ist immer besser zu zweit, mit mehreren. Man gehört dann mehr dazu. – Sie passierten die kleine Drehbrücke über dem Floßhafen. »Gott, wie einem die Zeit vergeht in Gesellschaft«, stellte das Hechtschwänzchen fest, als sei es von irgend jemand verpflichtet, die Zeit vergehen zu machen. Georg sah über den Rhein weg. Drüben, recht nah, auf einer Insel, standen drei niedrige weiße Häuser dicht beieinander, die sich im Wasser spiegelten. Irgend etwas an diesen Häusern, von denen das mittlere nach einer Mühle aussah, kam ihm vertraut vor und lockend, als hätte er jemand dort wohnen, der ihm lieb war. Über die Insel weg zum entfernten Ufer spannte sich die Eisenbahnbrücke. Sie passierten den Brückenkopf, auf dem ein Posten stand. »Sieht gut aus«, lobte das Hechtschwänzchen. Georg folgte dem Männlein vom Weg ab über den Wiesengrund. Einmal blieb es stehen und schnuffelte. »Nußbäumchen!« Es bückte sich und sammelte zwei, drei Nüsse in sein Eimerchen. Georg suchte hastig, knackte wie wild auf einem Stein mit seinem Absatz. Das Hechtschwänzchen fing zu lachen an. »Sie sind ja ganz versessen auf Nüsse!« Georg nahm sich zusammen. Er schwitzte und war erschöpft. Ewig mitrennen konnte dieses verdammte Hechtschwänzchen doch schließlich nicht. Irgendwo mußte es doch zu angeln anfangen. »Abgewart' und Tee getrunken«, sagte es, als er sachte fragte. Weidenbüsche begannen, die ihn an Westhofen erinnerten. Sein Mißbehagen wuchs. »So«, sagte das Hechtschwänzchen.

Georg stierte geradeaus. Sie standen auf der Spitze einer Halbinsel. Vor ihnen lag der Rhein und rechts und links, es gab kein »Weiter«. Als das Hechtschwänzchen Georgs bestürztes Gesicht beguckt hatte, fing es zu lachen an. »Ätsch, da hab ich Sie angeschmiert, ätsch, da hab ich Sie schön geuzt. Weil Sie's so eilig gehabt haben. Gelt, das haben Sie nicht gewußt?« Es hatte Angel und Eimer abgelegt und rieb sich die Oberschenkel. »Ich hab wenigstens meine Gesellschaft gehabt«, sagte das Hechtschwänzchen. Es ahnte nicht, wie nah es noch eine Sekunde vorher seinem Ende gewesen war. Georg hatte sich abgewandt und sein Gesicht mit der gesunden Hand zugedeckt. Er sagte mit unendlicher Anstrengung: »Na, auf Wiedersehn.« – »Heil Hitler!« sagte das Hechtschwänzchen. Aber in diesem Augenblick wurden die Weiden auseinandergebogen, ein Polizist mit einem Schnurrbärtchen auf der Oberlippe und einer einzelnen Strähne in seiner Stirn sagte vergnügt: »Heil Hitler, Hechtschwänzchen. Na, jetzt zeig mir auch mal deinen Anglerschein.« Das Hechtschwänzchen sagte: »Na, ich angle ja gar nicht.« – »Und deine Angel?« – »Na, die hab ich doch immer bei mir wie der Soldat sein Schießgewehr!« – »Und das Eimerchen?« – »Gucken Sie nur mal rein. Drei Nüßchen.« – »Hechtschwänzchen, Hechtschwänzchen!« sagte der Polizist. »Na und Sie? Haben Sie Papiere?« – »Das ist mein Freund«, sagte das Hechtschwänzchen. »Dann erst recht«, sagte der Polizist oder wollte es sagen, denn Georg war zuerst mit ein paar langsamen Schritten wie von ungefähr in die Weiden hineingegangen, jetzt aber ging er schneller, bog die Zweige auseinander, lief und lief. »Halt!« rief der Polizist, gar nicht vergnüglich mehr, gar nicht mehr leutselig, sondern schon ganz polizeimäßig rief er: »Halt! Halt!«

Plötzlich rannten sie beide hinter ihm her, der Polizist und das Hechtschwänzchen. Georg ließ beide an sich vorbeilaufen. Wie das alles nach Westhofen stank, schimmernde Pfützen und Weiden und jetzt auch Pfeifen, und sein Herz, das so schlug, daß es ihn verraten mußte. Drüben am nahen Ufer eine Schwimmanstalt, Balken von Wasser überspült und dazwischen ein Floß. »Da ist er«, schrie das Hechtschwänzchen. Jetzt ging die Pfeiferei auch am Ufer los, fehlte nur die Sirene. Schlimmer als alles war das verdammte Absacken, diese Knie wie aus Papiermaché und auch das Absacken in die Unwirklichkeit, weil einem all das gar nicht passieren konnte, weil das zusammengeträumt ist, aber man rennt und rennt. Er fiel längelang hin; quer über Schienen, wie er merkte. Er war vom Ufer weggerannt in ein Fabrikgebiet. Hinter der Mauer gab es ein gleichmäßiges Schnurren, aber kein Pfeifen mehr und keine menschlichen Stimmen. »Fertig«, sagte er, ohne selbst zu wissen, was er mit diesem Wort meinte, ob er mit seinen Kräften fertig war oder mit seiner Schwäche. Er wartete eine Weile gedankenlos auf irgendeine äußere Hilfe oder auf bloßes Aufwachen oder auf ein Wunder. Aber das Wunder blieb aus und die äußerliche Hilfe auch. Er stand auf und ging weiter. Er kam auf eine breite Straße mit doppelten Schienensträngen, die aber einsam war, weil sie nicht von Häuserreihen gesäumt wurde, sondern von einzelnen Fabrikanlagen. Da er sich sagte, daß jetzt das Ufer bewacht sein konnte, ging er wieder der Stadt zu. Viele Stunden verloren! Wie sie jetzt warten muß, dachte er, bis ihm einfiel in seiner Torheit, daß Leni nicht warten konnte, weil sie nichts wußte. Niemand half, niemand wartete. Hier soll es niemand geben, der warten würde, niemand, der helfen würde? Seine Hand tat ihm weh, auf die er jetzt wieder gefallen war; schmutzig der schöne Mull!

Buden wurden auf einem kleinen Platz abgeschlagen, einem Ableger des großen Marktes. Vor einer Wirtschaft hielt ein Zug Lastwagen. Er ging hinein. Er brach sein Fünfzigpfennigstück an und setzte sich vor ein Glas Bier. Sein Herz machte solche Sprünge, als sei da drinnen ungeheuer viel Platz. Aber es prallte mit jedem Sprung hart an. Lang mach ich das nicht mehr, dachte er, Stunden vielleicht, aber Tage nicht mehr.

Einer vom Nachbartisch sah ihn scharf an. Ob ich nicht diesem Kerl schon mal heut begegnet bin? Jetzt muß ich ran und rein wie ein toller Hund, da hilft nichts, nichts. Auf, Georg!

Drinnen und draußen gab es ziemlich viele Menschen, Gäste und Marktleute. Er sah sich alles genau an. Da war ein junger Mensch, der einer älteren Frau beim Aufladen half. Georg ging auf ihn zu, als er vom Wagen weg an die Körbe trat. »Sie! Wie heißt denn die Frau da oben?« – »Die da mit dem Dutt? Die Frau Binder.« – »Ja«, sagte Georg, »dann muß ich ihr was ausrichten.«

Er wartete neben den Körben, bis der Motor angelassen wurde. Dann trat er an den Wagen. Er fragte hinauf: »Sie sind doch die Frau Binder?« – »Was denn? Was denn?« fragte die Frau mißtrauisch und erstaunt. Georg nahm sie fest in seinen Blick. »Lassen Sie mich 'ne Minute rauf«, sagte er, »ich erzähl's Ihnen unterwegs, ich muß auch da lang.« Jetzt fuhr der Wagen los. Georg hielt sich fest. Ganz langsam, ganz umständlich begann er etwas zusammenzureimen, vom Spital, von entfernter Verwandtschaft. Jener Mensch vom Nachbartisch war inzwischen zu dem jungen Burschen hinausgegangen, mit dem er gesprochen hatte. »Was hat der Sie eben gefragt?« fragte er. »Ob die Frau die Frau Binder wär«, sagte der Bursche verwundert.

VI

Mettenheimer, der Tapezierer, ging heim zum Essen, wenn seine Baustelle nicht weitab lag. Heute ging er zu Mittag in eine Wirtschaft, bestellte sich Schweinerippchen und Bier. Dem winzigen Lehrbuben spendierte er eine Erbsensuppe. Nachher bestellte er auch Bier für den Buben und fragte ihn aus, in der sicheren Art von Männern, die selbst ein paar Söhne großgezogen haben. Jemand kam durch die Tür und setzte sich und bestellte ein kleines Helles. Mettenheimer erkannte den Mann an seinem neuen Filzhut, morgens waren sie in der 29 zusammen gefahren. Er fühlte einen Augenblick ein schwaches, ihm selbst nicht bewußtes Unbehagen. Er hörte auf, mit dem Lehrling zu schwatzen, und stopfte die letzten Happen herunter. Er beeilte sich, auf den Bau zu kommen, um alles nachzuholen, was seiner Meinung nach durch die morgendliche Verspätung verschlampt worden war. Seiner Frau hatte er nichts von der Vorladung gesagt. Jetzt nahm er sich vor, auch nachher nichts zu sagen. Überhaupt wollte er dieses Verhör, diese verrückte Vorladung vergessen. Er kam ja von selbst doch nicht auf den Sinn. Wahrscheinlich gab es auch keinen. Die griffen sicher irgendeinen heraus von Zeit zu Zeit. Wahrscheinlich gab es unter all den vielen Leuten in der Stadt noch mehr solche wie ihn, Herausgegriffene. Bloß sagte keiner dem andern etwas. Mettenheimer schimpfte von seiner Leiter herunter, weil man die Borte doch durch den Erker geklebt hatte. Er wollte von seiner Leiter herunter, um im Erdgeschoß nach dem Rechten zu sehen. Da war ihm auf einmal so schwindlig, daß er hocken blieb. Das Lachen der Weißbinder, die den Lehrbuben uzten, die helle Stimme des Lehrbuben, der nicht auf den Mund gefallen war, drangen durch das leere, luftige Haus, weit deutlicher als je die Stimmen der vergangenen und künftigen Bewohner, Stimmen, die sich am Hausrat dämpften, an all den Teppichen und Möbeln. Der Tapezierer schwankte auf seiner Leiter. Da schrie eine Stimme im Treppenhaus: »Feierabend!« Der Tapezierer schrie zurück: »Bis jetzt rufe ich noch Feierabend!«

An der Haltestelle der 29 traf er schon wieder mit jenem kleinen filzhütigen Mann zusammen, der frühmorgens mit ihm hergefahren und dann im selben Wirtshaus getrunken hatte. Der muß auch hier zu tun haben, dachte Mettenheimer. Er stieg auch in die 29.

Mettenheimer nickte ihm zu. Dann fiel ihm ein, daß er auch heut wieder das Wollpaket für seine Frau beim Portier hatte liegenlassen. Er war schon gestern dafür ausgeschimpft worden. Er stieg also wieder aus und kehrte um. Er beeilte sich, daß er mit seinem Päckchen auf die nächste 29 kam. Er war jetzt sehr müde. Er freute sich auf das Abendessen, überhaupt auf daheim. Plötzlich zog sich sein Herz zusammen in einem eigentümlich frostigen Unbehagen. Der Mann mit dem neuen Filzhut, den er in der letzten 29 verlassen hatte, stand plötzlich auch auf dieser 29, auf der vorderen Plattform. Der Tapezierer wechselte seinen Platz, weil er den eigenen Augen nicht traute. Er hatte sich nicht geirrt. Jetzt kannte er schon den Hut, den ausrasierten Nacken, die kurzen Arme. Mettenheimer hatte nicht umsteigen wollen, sondern bis zur Zeil fahren und das letzte Stück zu Fuß gehen. Jetzt stieg er an der Hauptwache um in die 17. Er atmete auf, weil er allein war. Aber kaum war er auf der Plattform der 17, da hörte er schon im Rücken ein paar hastige Schritte, ein kurzes Schnaufen im Aufspringen. Der filzhütige Mann streifte ihn mit einem kurzen Blick, der ganz gleichgültig war und dabei doch ganz genau. Er drehte ihm dann den Rücken, da Mettenheimer, wenn er herausstieg, ja doch an ihm vorbei mußte. Und Mettenheimer verstand jetzt, daß dieser Mann hinter ihm ausstieg und kein Entrinnen möglich war. Sein Herz schlug in heller Angst. Sein längst am Körper getrocknetes Hemd wurde nochmals quietschnaß. Was will er denn von mir? dachte Mettenheimer. Was hab ich denn getan? Was werd ich denn noch tun? Er konnte der Versuchung nicht widerstehen, sich nochmals umzudrehen. Unter den vielen Hüten der abendlichen Menge, verspäteten Sommerhüten, verfrühten Filzhüten, kam der Erwartete in mäßiger Eile, als wüßte er schon im voraus, daß es den Tapezierer auf unerwartete Sprünge heute abend nicht mehr gelüste. Der Tapezierer überquerte die Straße. Bevor er in seine Haustür eintrat, drehte er sich schnell wieder um in einer Anwandlung von Mut, die solche Menschen ankommt, die in einem Winkel ihres Herzens bereit sind, sich in gewissen Fällen zur Wehr zu setzen. Das Gesicht des Verfolgers war dicht hinter ihm, ein dickliches, träges Gesicht mit schlechten Zähnen. Seine Kleidung war ziemlich schäbig bis auf den neuen Hut. Vielleicht war der Hut auch nicht neu, nur weniger schäbig. An dem ganzen Mann war an und für sich nichts Bestürzendes. Für Mettenheimer bestand das Bestürzende in dem unerklärlichen Widerspruch zwischen hartnäckiger Verfolgung und völliger Gleichgültigkeit.

Als Mettenheimer in seinem Hausflur angelangt war, legte er sein Paket auf die Treppe und machte sich daran, die Haustür zu schließen, die über Tag mittels eines Hakens an der Flurwand befestigt wurde. »Wozu machst du das eigentlich, Vater?« fragte plötzlich seine Tochter Elli, die gerade die Treppe herunterkam. »Es zieht«, rief Mettenheimer. »Was stört denn dich das oben in der Wohnung?« sagte Elli, »um acht Uhr wird man schon zumachen.« Der Tapezierer starrte sie an. Er spürte über die ganze Haut, daß drüben auf der anderen Seite der schmalen Straße jener Mann aufgepflanzt war und ihn und die Tochter beobachtete.

Sie war im geheimen seine Lieblingstochter. Das wußte vielleicht der Mann, der da drüben Wache hielt. Auf welcher geheimen Regung wollte er ihn ertappen? Auf welcher offenen Missetat? Gab es nicht irgendein Märchen, in dem ein Vater dem Teufel verspricht, was ihm zuerst aus dem Haus entgegenkommt? Er hatte bisher vor der ganzen Familie, ja vor sich selbst verborgen, daß dieses Kind sein liebstes war. Warum, das wußte er auch jetzt nicht. Vielleicht aus zwei entgegengesetzten Regungen. Weil sie schön aussah, und weil sie ihm immer Kummer zugefügt hatte. Er freute sich, wenn ihn seine erwachsenen Kinder besuchten. Wenn aber Elli eintraf, dann zuckte sein Herz an der Stelle, an der es am aufrichtigsten froh ist und leidet. Gar manches prächtige Haus hatte er in Gedanken für diese Tochter austapeziert – durch manche Zimmerflucht war sie gelaufen, nicht weniger anmutig als jene kaltschnäuzigen, kurz angebundenen Dinger, die sich von ihren Männern ihre zukünftigen Häuser zeigen ließen. Elli berührte seinen Arm. Auf ihrem Gesicht, das in dem dichten, an den Schläfen und im Nacken geringelten Haar klein aussah wie ein Kindergesicht, entstand ein Ausdruck von Trauer und Zärtlichkeit. Sie erinnerte sich an den Tag, da ihr Vater auf einer Wirtshausbank in Westhofen ihren Kopf an sich gedrückt und ihr rauh zugeredet hatte, sich auszuweinen. Sie waren später nie mehr auf diesen Tag zu sprechen gekommen. Doch dachten wohl beide daran, sooft sie sich sahen. »Ich werde das Wollpaket gleich mitnehmen«, sagte Elli, »ich werd ja doch anfangen.« Der Tapezierer, der spürte, wie jener Mann auf der gegenüberliegenden Straßenseite die Blicke in dieses Päckchen bohrte, hatte jetzt selbst das Gefühl, die Tochter verstaue in ihrer Einkaufstasche etwas Unheilvolles, obgleich er doch wußte, daß nichts darin war als ein paar bunte Wollstränge. Ihr Gesicht war wieder heiter. Aus ihren Augen, goldbraun wie ihr Haar, kam ein warmer Glanz über ihr ganzes Gesicht. Hat dieser Kerl, der Georg, keine Augen gehabt, dachte der Vater, daß er sie sitzenließ? Ihre Heiterkeit schnitt ihm ins Herz. Er versuchte sich vor sie hinzustellen, damit kein Blick sie treffen konnte. Wenn ihm eine Falle gestellt war, dachte er wieder – dieses Kind war doch unschuldig. Aber Elli war groß und kräftig, und er war klein, zusammengeschrumpft. Er konnte sie nicht verstecken. Er sah gespannt auf die Straße, als sie hinausging, leicht und aufrecht, die Einkaufstasche schwenkend. Er atmete auf. Gerade hatte sich der Verfolger umgedreht gegen die Auslage des Seifengeschäfts. Elli lief unbemerkt vorbei. Dem Tapezierer entging es, daß aus der Wirtschaft, die neben dem Seifengeschäft lag, ein junger behender Mensch heraussprang, mit einem Schnurrbärtchen, wobei er den Filzhütigen leicht mit dem Ellenbogen anstieß. Ihre Blicke trafen sich im Spiegel der Auslage. Wie Angler, die auf dasselbe Wasser starren nach denselben Fischen, erblickten die beiden im Spiegel die gegenüberliegende Straßenseite, die Haustür des Tapezierers und ihn selbst. Du willst, daß ich meine Familie ins Unglück bringe, dachte Mettenheimer, das wird dir nicht gelingen. Er stieg, auf einmal über sich selbst beruhigt, die Treppe hinauf. Der Filzhütige trat in die Wirtshaustür, aus der der junge Schnurrbärtige gekommen war. Er setzte sich ans Fenster. Der andere holte mit langen, etwas wippenden Schritten leicht Elli ein, wobei er zu sich selbst sagte, die Beine und Hüften dieser jungen Person erleichtern ihm seine langweilige Aufgabe.

▬▬▬▬ Mettenheimer stolperte in seinem Wohnzimmer über Ellis Kind, das auf dem Boden baute. Elli hatte das Kind über Nacht hiergelassen. Warum? Seine Frau zuckte die Achseln. Ihrem Gesicht war anzumerken, daß sie manches auf dem Herzen hatte, aber ihr Mann fragte nichts. An jedem andern Abend hätte das Kind ihm nur Spaß gemacht, jetzt fragte er: »Wozu hat sie ihr Zimmer?« Das Kind packte seinen Zeigefinger und lachte. Ihm war es nicht zum Lachen. Er schob das Kind von sich weg. Jetzt fiel ihm jedes Wort ein, das morgens bei dem Verhör gefallen war. Er hatte auch keineswegs mehr das Gefühl, nur geträumt zu haben. Sein Herz war ihm schwer wie Blei. Er trat ans Fenster. Das Seifengeschäft gegenüber hatte seine Rolladen heruntergelassen. Mettenheimer ließ sich nicht täuschen. Er wußte, daß einer dieser verschwommenen Schatten im Wirtshausfenster den Blick auf sein Haus hatte. Die Frau rief ihn zum Essen. Sie sagte bei Tisch, was sie immer sagte: »Ich möchte wissen, wenn du mal endlich bei uns tapezierst.«

Franz war inzwischen, von der Arbeit kommend, kurz vor der Hansagasse vom Rad gestiegen. Unschlüssig schob er sein Rad, ob er jetzt wirklich in einem Geschäft nach Mettenheimers fragen sollte. Da geschah, was er gehofft und vielleicht auch gefürchtet hatte. Er traf die Elli zufällig. Er klammerte sich an sein Rad. Elli, ganz in Gedanken, sah ihn nicht. Sie war gar nicht verändert. Ihre stillen Bewegungen waren ein wenig gedämpft von Schwermut – damals schon, als noch kein Anlaß dazu gewesen war. Auch die Ohrringe trug sie noch. Das war gut. Sie gefielen ihm sehr in ihrem dichten braunen Haar. Wäre Franz der Mensch gewesen, Worte für seine Gefühle zu finden, dann hätte er wohl gesagt, die Elli von heut abend sei noch viel mehr sie selbst als die Elli, die er in seiner Erinnerung hatte. Wie ihm das weh tat, daß sie an ihm vorbeiging, ob-

wohl sie ihn ja nicht sehen konnte, ja auch nicht sollte. Wie beim erstenmal auf der Post hätte er sie am liebsten einfach in seine Arme genommen und auf den Mund geküßt. Warum soll mir nicht gehören, dachte er, was mir bestimmt ist? Er vergaß sich selbst. Daß er ein unansehnlicher Mensch war mit einfachen Zügen ohne äußere Lebhaftigkeit, arm und schwerfällig.

Er ließ Elli für diesmal an sich vorbeiziehen – auch den jungen schnurrbärtigen Herrn, von dem er nicht merkte, daß der etwas mit Elli zu tun hatte.

Dann drehte er sein Rad. Er radelte hinter ihr her, ungefähr zehn Minuten, bis sie selbst in das Haus hineinging, in dem sie mit ihrem Kind in Untermiete wohnte.

Er sah sich das Haus, das Elli verschluckte, von oben bis unten an. Dann sah er sich die Umgebung an. Ellis Haustür schräg gegenüber lag eine Konditorei. Er ging hinein und setzte sich.

In der Konditorei gab es nur noch einen Gast, jenen schlanken, ziemlich adretten Menschen mit dem Schnurrbärtchen. Er saß am Fenster und guckte hinaus. Franz gab auch jetzt nicht auf ihn acht. Soviel Verstand war ihm noch geblieben, daß er nicht einfach Elli nach in ihr Haus gestürzt war. Aber der Tag war noch nicht zu Ende. Elli ging vielleicht wieder aus. Jedenfalls wollte er hier noch lange sitzen und warten.

Oben in ihrem Zimmer hatte sich Elli inzwischen umgekleidet, gekämmt und gebürstet und überhaupt alles getan, was sie ihrer Meinung nach tun mußte, wenn der Gast, den sie heut abend erwartete, wirklich kam und zum Essen dablieb und vielleicht, auch das wies Elli nicht völlig von sich, bis zum nächsten Morgen. Sie zog zuletzt eine Schürze über ihr frisches Kleid. Dann ging sie in die Küche ihrer Wirtin, klopfte und salzte zwei Schnitzel und stellte die Pfanne mit Fett und Zwiebeln bereit, um sie auf das Feuer zu schieben, wenn es schellte.

Die Wirtin, eine gar nicht unebene, kinderliebe und überhaupt mit allen kräftigen Äußerungen des Lebens einverstandene Frau von fünfzig, beobachtete sie lächelnd. »Sie haben ganz recht, Frau Heisler«, sagte sie, »man ist nur einmal jung.« – »Womit recht?« fragte Elli. Ihr Gesicht hatte sich plötzlich verändert. »Daß Sie mal mit jemand anderem zu Abend essen als mit Ihrer eigenen Familie.« Elli hatte auf der Zunge: Ich möchte viel lieber allein essen. Sie sagte aber nichts. Sie spürte ja selbst, wie sie wartete, daß die Haustür zuschlug und feste Schritte heraufkamen. Gewiß, ja, sie wartete, aber sie hoffte vielleicht auch, irgend etwas könnte dazwischenkommen. Ich werde auch noch einen Pudding machen, dachte sie. Sie stellte Milch an, ließ ihr Oetkerpulver hineinrieseln und rührte. Kommt er, gut, dachte sie plötzlich, kommt er nicht, auch gut.

Sie wartete zwar ein wenig; doch was für ein kläglich Warten, mit jenem verglichen, auf das sie sich früher verstanden hatte –

Als sie Woche für Woche, Nacht für Nacht auf Georgs Schritte gewartet hatte, damals hatte sie noch gewagt, ihr junges Leben gegen die leere Nacht zu setzen. Heute ahnte sie, daß dieses Warten nicht sinnlos gewesen war oder lächerlich, sondern etwas weit Besseres, Stolzeres als ihr jetziges Dahinleben, da sie die Kraft des Wartens eingebüßt hatte. Jetzt bin ich so wie alle, dachte sie traurig, mir ist nichts mehr besonders wichtig. Nein, sie würde sicher die kommende Nacht nicht mit Warten verbringen, falls ihr Freund ausbliebe. Sie würde gähnen und einschlafen.

Wie ihr Georg zum erstenmal erklärt hatte, daß sie nicht mehr zu warten brauchte, da hatte sie ihm kein Wort geglaubt. Sie war zwar zu ihren Eltern zurückgezogen, aber sie hatte damit nur den Ort des Wartens vertauscht. Hätte Warten die Wirkung, den anderen zur Stelle zu bringen, Georg wäre damals zu ihr zurückgekehrt. Aber im Warten steckt kein Zauber, es vermag nichts über den anderen, es gehört nur dem Wartenden an, eben deshalb erfordert es Mut. Elli hatte es auch keinen Nutzen gebracht bis auf die stille, niemals beredte Traurigkeit, die zuweilen ihr hübsches, junges Gesicht unerwartet verschönte. Das dachte jetzt auch die Wirtin, die Elli beim Kochen beobachtete. »Bis Sie die Schnitzel gegessen haben«, sagte sie tröstend, »ist Ihr Pudding abgekühlt.«

Als ihr Georg das letztemal erklärt hatte, daß sie ja nicht mehr warten sollte – nicht ungut, aber fest und bestimmt, weil ihm ihr Warten lästig war –, als Georg ihr mit ruhigen klugen Worten erklärte, daß die Ehe kein Sakrament sei und selbst das erwartete Kind kein unumgängliches Schicksal, da hatte Elli endlich das gemeinsame Zimmer gekündigt, das sie die ganze Zeit heimlich bezahlte.

Sie wartete aber weiter; auch in der Nacht, als ihr Kind kam. Welche Nacht hätte sich besser zu einer plötzlichen Rückkehr geeignet? Dem Tapezierer gelang es nach einigen Tagen Herumsuchens, diesen furchtbaren Menschen, den Schwiegersohn, heranzuschleifen. Das bereute er später, als er die Tochter nach dem Abschied beobachtete. Hatte er Elli auch zuerst von der Hochzeit, dann von der Scheidung abgeraten, jetzt sah er ein, daß die Tochter so oder so nicht länger mehr warten durfte. Er ging also Ende des zweiten Jahres auf das Amt, um seinen Schwiegersohn ausfindig zu machen. Nicht einmal dessen eigene Eltern wußten ja, wo er steckte – Doch dieses zweite Jahr, das zu Ende ging, war das Jahr 32. Elli beruhigte ihr Kind, das durch die Knallerbsen und Prositrufe auf das Jahr 33 erwachte. Georg blieb unauffindbar. Ob man sich scheute, zuviel zu suchen, oder ob Elli vergnügt wurde, weil ihr das Kind Spaß machte – die ganze Angelegenheit versickerte etwas. Sie konnte sich noch an den Morgen erinnern, da sie zu warten aufgehört hatte. Sie war gegen Ende der Nacht durch irgendein Autohupen aufgewacht. Sie hatte Schritte auf der Straße gehört, die vielleicht Georg gehörten. Sie waren an der Haustür vorbeigegangen. Mit den schwächer hallenden Schritten war Ellis Warten schwächer geworden. Mit ihrem letzten Schall war Ellis Warten erschöpft. Keine Einsicht war ihr gekommen, kein Entschluß. Ihre Mutter behielt einfach recht und alle älteren Leute. Die Zeit heilt alles, und alle Eisen glühen aus. Sie schlief damals rasch ein. Der nächste Tag war Sonntag. Sie schlief bis zum Mittag. Rot und frisch, eine neue, gesunde Elli, erschien sie zum Essen in der Wohnstube.

Anfang 34 wurde Elli vorgeladen. Ihr Mann sei verhaftet, hieß es, und nach Westhofen eingeliefert. Jetzt, sagte sie zu ihrem Vater, sei er endlich zur Stelle, man könnte die Scheidung einreichen. Ihr Vater sah sie verwundert an, wie man ein schönes, kostbares Ding ansieht, das plötzlich einen Makel hat. »Jetzt«, sagte er nur. »Warum nicht jetzt?« – »Das muß dadrin ein Schlag für ihn sein.« – »Für mich war auch manches ein Schlag«, sagte Elli. »Er ist schließlich doch noch dein Mann.« – »Das ist aus und für immer«, sagte Elli.

▬▬▬ »Sie brauchen doch nicht in der Küche zu bleiben«, sagte die Wirtin, »wenn es schellt, leg ich die Schnitzel auf.«

Elli ging in ihr Zimmer. Am Fußende ihres Bettes stand das Kinderbett, das heute leer war. Ihr Gast hätte zwar schon hier sein sollen, aber Elli ließ sich auf Warten nicht ein. Sie öffnete das Paket, befühlte die Wolle und fing dann an, die Maschen aufzuschlagen.

Sie hatte den Mann, den sie jetzt ein wenig, aber nicht stark erwartete, einen gewissen Heinrich Kübler, durch Zufall kennengelernt. Der Zufall, wenn man ihn wirklich walten läßt, ist gar nicht blind, wie man ihm nachsagt, sondern schlau und witzig. Man muß ihm nur wirklich ganz vertrauen. Pfuscht man ihm ins Handwerk und hilft selbst nach, dann kommt Stümperhaftes heraus, woran man ihm fälschlich schuld gibt. Wenn man ihm ruhig alle Macht läßt und ihm vollkommen gehorcht, dann erreicht er meistens das Richtige, und zwar rasch und wild und ohne Umwege.

Eine Bürofreundin hatte Elli zu einem Tanzvergnügen überredet. Sie bereute zunächst, daß sie mitgegangen war. Hinter ihr fiel einem Kellner ein Glas aus der Hand. Sie drehte sich um; gleichzeitig drehte sich dieser Kübler um, der gerade durch den Saal kam. Er war ein großer, dunkelhaariger Mensch mit starken Zähnen – eine schwache Ähnlichkeit mit Georg in seiner Haltung und in seinem Lächeln verschönte Ellis Gesicht, so daß dieser Kübler ihrer gewahr wurde, stutzte und näher kam. Sie tanzten bis zum Morgen. Aus der Nähe hatte er freilich gar keine Ähnlichkeit mit Georg. Er war ein ordentlicher Junge. Er holte sie öfters zum Tanzen ab und sonntags in den Taunus. Sie küßten sich und waren vergnügt.

Sie hatte ihm beiläufig von ihrem ersten Mann erzählt. »Ich hab da mal Pech gehabt«, so drückte sie das jetzt aus. Heinrich redete Elli zu, diesen Georg endgültig loszuwerden. Sie beschloß, allein die ganze Sache zu regeln.

Eines Tages erhielt sie eine Besuchserlaubnis für das Lager Westhofen. Sie lief zu ihrem Vater. Sie hatte ihn schon lange nicht mehr um Rat gefragt. »Du mußt hingehen«, sagte der Tapezierer, »ich begleite dich.« Elli hatte gar nicht um die Erlaubnis nachgesucht, sie war ihr sogar unwillkommen. Die Erlaubnis hatte auch einen anderen Ursprung.

Da man weder durch Schläge noch durch Tritte, weder durch Hunger noch durch Dunkelheit irgend etwas bei dem Häftling erreicht hatte, war man auf den Gedanken gekommen, seine Frau heranzuholen. Weib und Kind, das pflegt auf die meisten Menschen einen gewissen Eindruck zu machen.

Elli ließ sich also in ihrem Büro, Mettenheimer in seiner Firma freigeben. Sie hatten in der Familie ihre peinliche Reise verschwiegen. Während der Fahrt sehnte sich Elli danach, mit ihrem Heinrich auf einer Taunuswiese zu liegen. Mettenheimer sehnte sich nach Tapezieren. Als sie den Zug verlassen hatten und nebeneinander über die Landstraße gingen, ein paar Weindörfer hinter sich lassend, faßte Elli, als sei sie zu einem kleinen Mädchen zusammengeschrumpft, nach der Hand ihres Vaters. Sie war trocken und mürbe. Beiden war beklommen zumut.

Als sie zwischen die ersten Häuser von Westhofen kamen, sahen ihnen die Leute in einer Art allgemeinen und ungefähren Mitleids nach, etwa so, als gingen sie in ein Spital oder auf einen Friedhof. Wie die ganze Geschäftigkeit, diese vergnügte Aufgeregtheit in den Weindörfern einen schmerzte – Warum gehört man nicht einfach dazu? Warum darf man nicht diesen Bottich quer über die Straße zum Spengler rollen? Warum ist man nicht selbst die Frau, die das Sieb auf dem Fensterbrett scheuert? Warum darf man nicht helfen, den Hof auszuwaschen, bevor die Kelter aufgestellt wird? Man muß statt dessen zwischen allem hindurchgehen, einen sonderbaren Weg, in unerträglicher Beklommenheit. Ein Bursche mit breitem, noch sommerlich kahlgeschorenen Schädel, mehr Schiffer als Bauer, trat auf sie zu und sagte ernst und ruhig: »Sie müssen da oben rumgehen, über den Acker, bis zur Mauer.« Eine alte Frau, die vielleicht seine Mutter war, guckte zum Fenster heraus und nickte. Will die mich trösten? dachte Elli, mich geht der Georg nichts mehr an. Sie stiegen den Acker hinauf. Sie gingen eine mit Scherben bespickte Mauer entlang. Linker Hand lag eine kleine Fabrik. Matthias Frank Söhne. Jetzt konnten sie schon das Tor mit den Wachtposten sehen. Das Tor lag an der Landstraße, genau in dem spitzen Winkel, dessen Schenkel die beiden Mauern des sogenannten inneren Lagers bildeten. Dieses innere Lager stieß also nur mit dem Tor an die Landstraße. Daß dort hinten irgendwo der Rhein lag, wußte man, aber man sah ihn nicht. Totes, stehendes Wasser blinkte hie und da im braunen dunstigen Land.

Mettenheimer beschloß, in einem Wirtshausgarten auf Elli zu warten. Jetzt mußte sie schon allein weiter. Elli hatte Angst. Sie sagte sich aber, daß sie mit Georg nichts mehr zu tun hatte. Rühren lassen wollte sie sich weder durch seine besondere Lage, noch durch sein vertrautes Gesicht, seinen Blick und sein Lächeln.

▄▄▄ Damals war Georg schon lange in Westhofen. Dutzende von Verhören hatte er hinter sich, Leiden und Qualen, wie sie sonst auf ein ganzes Geschlecht verteilt sind, über das ein Kriegszug weggeht oder sonst ein Verhängnis. Diese Qualen gingen noch weiter, morgen oder in der nächsten Minute. Georg wußte damals bereits, daß nur der Tod ihm helfen konnte. Er kannte die furchtbare Macht, die sich auf sein junges Leben geworfen hatte, er kannte auch seine eigene Macht. Er wußte jetzt, wer er war.

Im ersten Augenblick glaubte Elli, man hätte einen Falschen hereingebracht. Sie hob ihre Hände an die Ohren – eine eigentümliche Bewegung, mit der sie sich früher immer vergewissert hatte, daß ihre Ohrringe noch festsaßen. Dann fielen ihre Arme hinunter. Sie starrte den fremden Mann an zwischen den beiden SA-Posten. Georg war ja hochgewachsen, der da war fast so klein wie ihr Vater, mit eingeknickten Knien. Dann erkannte sie ihn an seinem Lächeln wieder. Das war das alte, unverkennbare Lächeln, halb freudig, halb verächtlich, mit dem er sie bei ihrer ersten Begegnung gemessen hatte. Jetzt galt es freilich etwas anderes zu messen als ein junges Weib, das man einem allzu geliebten Freund abspenstig macht. Er versuchte, in seinem zerquälten Kopf einen Gedanken zu bilden. Wozu hat man denn diese Frau hergebracht? Was bezwekken sie damit? Er fürchtete, durch seine Erschöpfung, seine körperlichen Leiden, etwas Wichtiges zu übersehen, eine Finte.

Er starrte Elli an. Sie war für ihn ein ebenso sonderbares Geschöpf wie er für sie: ihr aufgeschlagenes Filzhütchen, ihr geringeltes Haar, ihre Ohrringe. Er beobachtete sie. Er begann sich darauf zu besinnen, was sie früher mit ihm zu tun gehabt hatte, wenig genug. Fünf, sechs Paar Augen spähten dabei nach jeder Regung in seinen Zügen, die von den letzten Faustschlägen noch entstellt waren. Ich muß diesem Mann etwas sagen, dachte Elli. Sie sagte: »Dem Kind geht es gut.« Er horchte auf. Sein Blick bekam Schärfe. Was konnte sie damit gemeint haben? Sie hatte sicher etwas Bestimmtes gemeint, sie brachte vielleicht eine Botschaft. Er hatte Angst, daß er zu schwach war, den Sinn zu verstehen. Er sagte fragend: »So?« Sie hätte ihn jetzt doch an seinem Blick wiedererkannt. Er heftete sich so stark und heiß wie das erstemal auf ihren halb offenen Mund. Welch eine Nachricht kam jetzt heraus, um mit Kraft und Spannung noch einmal sein Leben zu erfüllen? Sie sagte nach einer langen quälenden Pause, in der sie wohl nach den richtigen Worten gesucht hatte: »Es kommt schon bald in den Kindergarten.« – »Ja«, sagte Georg. Wie quälend war das, in seinem morschen Kopf so rasch und scharf denken zu müssen. Was meinte sie denn damit, es kommt in den Kindergarten? Es geht ihm gut, und es kommt in den Kindergarten. Wahrscheinlich hängt es mit dieser Umstellung zusammen, von der der Hagenauer erzählt hatte, als er vor vier Monaten eingeliefert wurde, nachdem die letzte Leitung verhaftet worden war. Sein Lächeln wurde stärker. Elli fragte: »Willst du sein Bild sehen?« Sie suchte in ihrem Täschchen herum, auf das sich nun außer Georgs Augen auch noch die Augenpaare der Wache richteten. Sie hob eine kleine, auf Karton geklebte Photographie, ein Kind, das mit einer Rassel spielte. Georg bückte sich über das Bild, wobei er die Stirn vor Anstrengung zusammenzog, um irgend etwas Wichtiges zu erkennen. Er sah auf, sah Elli an, sah wieder auf das Bild. Er zuckte mit den Achseln. Er betrachtete Elli so finster, als hätte sie sich über ihn lustig gemacht. Die Aufsicht rief: »Die Besuchszeit ist zu Ende.« Sie zuckten beide zusammen. Georg fragte rasch: »Wie geht es meiner Mutter?« Elli rief: »Gut.« Sie hatte die Frau, die ihr immer fremd, fast zuwider gewesen war, seit anderthalb Jahren nicht gesehen. Georg rief: »Und mein kleiner Bruder?« Er schien plötzlich zu erwachen, sein ganzer Körper zuckte. Elli erschien es nicht minder furchtbar, daß er plötzlich von Sekunde zu Sekunde menschliches Aussehen zurückgewann. Georg rief: »Wie geht es –« Er wurde rechts und links gepackt, herumgedreht und hinausgeführt.

Elli konnte sich nicht besinnen, wie sie zu ihrem Vater zurückgekommen war. Sie wußte bloß, daß er ihren Kopf an sich gedrückt hatte und daß der Wirt und seine Frau und noch zwei Frauen dabeigestanden hatten und daß ihr das einerlei gewesen war. Die eine hatte ein wenig auf ihre Schulter geklopft und die andere ihr Haar berührt. Die Wirtin hatte zuletzt ihren Hut vom Boden aufgehoben und den Staub weggeblasen. Niemand hatte ein Wort gesagt. Dafür war die Mauer zu nah. So stumm ihre Klage gewesen war, so stumm war der Trost.

Als sie wieder daheim war, hatte sich Elli hingesetzt und einen Brief an Heinrich geschrieben. Er möchte sie nicht am Büro abholen, er möchte überhaupt nie mehr kommen.

Heinrich paßte sie trotzdem am Büro ab. Er fragte sie aus, ob dieser Georg wieder Eindruck auf sie gemacht hätte, ob sie ihn plötzlich wieder lieb hätte, ob sie Mitleid mit ihm hätte, ob sie ihn gar wieder wollte, wenn er raus sei. All das hatte sich Elli erstaunt angehört – nebelhafte und sinnlose Vorstellungen von einer Sache, die man allein wirklich kennt. Sie erwiderte ruhig. Nein, lieb hätte sie Georg nicht mehr. Nie mehr wollte sie zu ihm zurückkehren, auch nicht, wenn er frei sei, das sei aus für immer. Aber sie hätte auf einmal keine Freude mehr daran, mit Heinrich zusammen zu sein, seitdem sie den Georg gesehen hätte, einfach keine Lust mehr, das sei alles.

Heinrich stellte sich ihr in den Weg, so wie es Franz gemacht hatte, damals vor ein paar Jahren, als Georg sie ihm plötzlich genommen hatte. Heinrich aber, da er selbst allzu ernst nicht war, glaubte auch nicht an den endgültigen Ernst einer Absage. Was für einen Sinn denn das hätte? Ja, wenn sie Georg noch lieb hätte. Aber nur so! Was sollte ihm denn das nützen, daß sie allein blieb. Er erfuhr es ja nicht einmal, glaubte es sicher nicht einmal, wenn sie später je Gelegenheit hätte, ihm das zu erzählen. Was für künstliche Schwierigkeiten.

Das war jetzt alles auch wieder fast ein Jahr her. Heute abend hatte sie Heinrich eingeladen. Schnitzel waren für ihn gerichtet, ein Pudding war für ihn angerührt. Sie hatte sich für ihn hübsch gemacht. Wie ist das eigentlich plötzlich wieder gekommen? dachte Elli. Warum will ich ihn doch jetzt wieder – Dazu hatte es keines Entschlusses bedurft, keine schwere Entscheidung. Nichts Besonderes war geschehen, als daß ein Jahr recht lang ist. Es war langweilig, jeden Abend allein zu bleiben. Elli war nicht gerade besonders dazu geschaffen. Sie war ein Mädchen, wie zwölf aufs Dutzend gehn. Heinrich hatte recht behalten. Wozu das alles für einen Mann, der einem schon ziemlich fremd ist? Im Laufe des Jahres war eben auch das furchtbare, von Faustschlägen entstellte Gesicht ein wenig verblaßt. Die Mutter behielt recht und alle älteren Leute: Die Zeit heilt alles, und alle Eisen glühen aus.

Im Grunde ihres Herzens behielt Elli doch noch eine leise Hoffnung. Heinrich möchte durch einen Zufall wegbleiben. Sie hätte sich selbst nicht sagen können, was dadurch verändert war, da sie ihn ja nun einmal eingeladen hatte.

■■■ Drunten in seiner Konditorei sah Franz hinaus auf die Straße. Die Laternen glänzten auf. So warm der Tag auch gewesen war, jetzt konnte einen nichts täuschen, daß der Sommer längst vorbei war. Die kleine Konditorei war spärlich erleuchtet. Die Frau klapperte laut an der

Theke. Sie wünschte sicher, die zwei zähen Gäste möchten weggehen. Plötzlich packte Franz das Tischchen mit seinen beiden Händen. Er wollte seinen Augen nicht trauen. Zwischen den Laternen daher gegen Ellis Haustür kam der Georg, ein paar Blumen in der Hand. Alles in Franz drehte sich um und um in einem rasenden Wirbel. Alles war in diesem Wirbel: Schreck und Freude, Wut und Angst, Glück und Eifersucht. Dann war es vorbei, da der Mann näher kam. Franz beruhigte sich und beschimpfte sich. Dieser Mann hatte mit Georg nur von weitem eine ganz schwache Ähnlichkeit, und selbst die nur, wenn man gerade an Georg dachte.

Die Konditorsfrau war inzwischen wenigstens einen der beiden Gäste losgeworden.

Der junge Herr hatte sein Geldstück hingeworfen und war hinausgelaufen. Franz bestellte sich noch einen Kaffee und noch einen Streuselkuchen.

■ Als es jetzt an der Flurtür schellte, glänzte es doch in Ellis Gesicht. Einen Augenblick später stand Heinrich im Zimmer. Er hatte Nelken in der Hand. Er sah ganz bestürzt auf die junge Frau, die auf ihrem Bettrand saß, ohne ihn besonders erwartet zu haben, und jetzt am Aufspringen gehindert war durch die bunten Wollknäuel in ihrem Schoß. Elli hob ihr Gesicht. Dann langte sie sich die Tasche und stopfte, vor Befangenheit übertrieben langsam, ihr ganzes Strickzeug hinein. Sie stand auf und nahm Heinrich die Nelken aus der Hand. Aus der Küche kam schon der Geruch von gebratenem Fleisch. Die gute Frau Merkler. Elli mußte lächeln. Aber Heinrichs Gesicht war so ernst, daß sie zu lächeln aufhörte. Sie drehte vor seinem festen Blick ihr Gesicht weg. Er faßte sie an den Schultern, faßte fester, bis sie den Kopf wieder hob und ihn ansah. Alles andere vergessend, glaubte Elli jetzt nur noch, es sei ein Glück, daß der Mann doch gekommen war. In diesem Augenblick gab es Stimmen und Schritte auf der Treppe und in der Flurtür. Ob es wirklich jemand gerufen oder ob es nur jemand gedacht hatte: »Gestapo!« Heinrichs Hände rutschten hinunter, sein Gesicht erstarrte, und auch Ellis eben noch frohes, heißes Gesicht erstarrte, als hätte es noch nie gelächelt und als könnte es nie mehr lächeln.

Wenn er auch etwas langsam im Denken und Kombinieren war, konnte sich Franz doch einigermaßen zusammenreimen, was er in den nächsten Minuten von seinem Platz in der Konditorei aus zu sehen bekam.

In der kleinen stillen Straße gab es ganz kurz einen beträchtlichen, wenn auch nicht auffälligen Verkehr. Ein großes, dunkelblaues Privatauto hielt an der nächsten Straßenecke. Gleichzeitig hielt eine Autodroschke vor Ellis Haustür. Beinahe gleichzeitig kam eine zweite Autodroschke, die die erste nicht überholte, sondern kurz bremsend dicht hinter der ersten nachfuhr.

Aus der ersten waren inzwischen drei junge Leute in gewöhnlicher Straßenkleidung aus- und nach einem kurzen Aufenthalt im Haus wieder eingestiegen, eine vierte Person mit sich führend. Franz hätte nicht schwören können, daß die vierte Person der Mann sei, den er eine Sekunde lang mit Georg verwechselt hatte, denn die Begleiter stellten schlau oder zufällig die Sicht zwischen Wagenschlag und Haustür. Aber das merkte er, daß diese vierte Person nicht einfach und anständig mitging, sondern zwischen den straffen raschen Bewegungen der Begleiter wie ein Betrunkener oder Kranker wirkte. Als sie dann abfuhren, ohne daß der Motor inzwischen abgestellt worden war, fuhr auch die zweite Autodroschke langsam an Ellis Haustür vorbei, mit dem kürzesten Aufenthalt. Zwei Passagiere liefen ins Haus, kamen zurück, eine Frau zwischen sich.

Ein paar Passanten waren kurz stehengeblieben. Aus ein paar Fenstern hatten vielleicht auch welche heruntergesehen. Aber das Stückchen Pflaster vor der Haustür unter den Laternen war unversehrt und reinlich, war keine Unfallstelle, war nicht blutbespritzt. Wenn sie Mutmaßungen hatten, zogen sie sich damit ins Innere ihrer Familien zurück.

Franz erwartete, jeden Augenblick selbst gestellt zu werden. Er kam aber mit seinem Rad unbehelligt aus der Gegend heraus.

Georg ist also unter den Flüchtlingen, sagte sich Franz, sie bewachen seine Verwandten, seine vermeintliche Frau, sicher auch seine Mutter. Sie vermuten ihn hier in der Stadt. Vielleicht ist er wirklich hier versteckt. Wie will er da herauskommen?

Trotz den Erzählungen jenes Mitgefangenen hatte sich Franz nie ein Bild gemacht von dem jetzigen Georg, so wie ihn Elli gesehen hatte.

Doch die Erinnerung an den alten Georg überkam ihn jäh und genau zugleich. Er sah ihn so deutlich vor sich, daß er hätte aufschreien mögen. So hatten in vergangenen Jahrhunderten, in ebenso dunklen Zeiten, die Menschen aufgeschrien, wenn sie plötzlich, im Gewühl einer Straße oder auch eines betäubenden Festes, den einzigen zu erblicken glaubten, den ihnen ihre verbotene Erinnerung vorspiegelte, die zugleich ihr Gewissen war. Er sah Georgs Jungengesicht, seinen frechen und traurigen Blick, sein dunkles Haar, das vom Wirbel dicht und schön abfiel. Er sah Georgs in die Hände gestützten Kopf, einen Kopf auf zwei Schultern, einen Kopf als Ding, einen Kopf als Preis. Franz raste los, als sei er selbst bedroht.

Ganz verwühlt und verstört, was sich zum Glück in seinen ein wenig groben und schweren Zügen nicht recht ausprägte, kam er bei Hermann an. Er konnte sein volles Herz nicht einmal ausleeren. Hermann war nach der Arbeit nicht heimgekommen. »Eine Veranstaltung«, sagte Else, die den verstörten Franz aus ihren runden Augen betrachtete, die neugierig und rein zugleich waren.

In dem Gefühl, ihn wegen irgend etwas trösten zu müssen, bot sie ihm aus einer Schachtel Lakritzen an. Hermann kaufte ihr öfters Süßigkeiten, weil ihn bei seinem ersten Geschenk das Aufglänzen ihres Gesichtleins um so einer nichtigen Sache willen gerührt hatte. Franz, der sie auch bloß für ein Kind nahm, fuhr ihr übers Haar, was er gleich bereute, weil sie erschrak und errötete. »Also, er ist nicht da«, sagte Franz fast verzweifelt, in Gedanken verloren, so daß ein Stöhnen aus seiner Brust kam. Sie sah ihm nach, wie er sein Rad die Straße hinaufdrückte, und nach Kinderart war sie von dem Leid, das sie nicht begriff, doch tief angesteckt.

▬▬ Marnets haben ein wenig auf Franz gewartet, dann haben sie ohne ihn mit dem Essen begonnen. Ernst, der Schäfer, hat seinen Platz eingenommen. Jetzt geht Ernst nochmals vors Haus, um seiner Nelli einen Knochen zu bringen. Wie er aus der heißen muffigen Küche auf das Feld hinaustritt, da verändert sich sein Gesicht, und er atmet auf. Der Nebel ist heut nicht dick. In weitem Umkreis kann man die Lichter sehen von den vielen Dörfern und Städten, von Eisenbahnlinien und Fabriken, den Höchster Farbwerken, Opel Rüsselsheim. Eine Hand in die Hüfte gestemmt, in einer Hand seinen Knochen, sieht sich Ernst ruhig um. Freudig hochmütig wird sein Gesicht, als sei er heute hier eingezogen an der Spitze der Seinen aus einer dunklen Vorzeit und als betrachte er nun das endgültig unterworfene Land, seine Flüsse, seine Millionen Lichter. Er erstarrt wie ein Eroberer im Anblick des Eroberten. Ist er nicht auch wirklich hier eingezogen an der Spitze der Seinen aus einer dunklen Vorzeit, hat sich das Land unterworfen, die Wildnis und die Flüsse?

Ernst regt sich, er hört etwas hinter dem Acker quietschen. Das ist das Fahrrad, das Franz heraufschiebt. In dem Gesicht des Schäfers, das eben noch klar gewesen ist und beinahe erhaben, spielt die Neugierde ihr emsiges schlaues Spielchen. Warum kommt Franz so spät und warum kommt er von dieser Seite? »Alles aufgegessen«, sagt Ernst. Mit seinen frechen, scharfen Augen hat er bereits erfaßt, daß der Franz nicht gerade vergnügt ist. Mitleid macht ihm das nicht, bloß Neugierde, und auf seinem Gesicht einen Ausdruck, der bedeutet: Kleiner Franz, wie klein muß erst der Floh sein, der dich gestochen hat.

Franz fühlte sich, ohne daß Worte gewechselt werden, abgestoßen von diesem Burschen, von seiner spöttischen Kälte, die ihn sonst belustigt hat. Seine Gleichgültigkeit ist ihm zuwider, schon im voraus ist ihm die Gleichgültigkeit der Menschen zuwider, unter die er jetzt gehen muß, seine Suppe zu essen, und auch die Gleichgültigkeit der Sterne, die eben über ihm aufgehen, ist ihm zuwider.

VII

Georg lief in den Abend hinein, der so verdunstet, so still war, daß es ihm schien, er könnte nie gefunden werden. Bei jedem Schritte sagte er sich, der nächste müßte der letzte sein. Aber jeder neue Schritt war immer nur der vorletzte. Kurz nach Mombach hatte er von dem Marktwagen hinuntersteigen müssen. Brücken gab es hier keine mehr, aber bei jedem Dorf eine Anlegestelle. Georg hatte eine nach der anderen zurückgelassen. Noch war der Augenblick nicht da, um überzusetzen. Alles warnte ihn. Instinkt und Verstand in einem – wenn die Kräfte des Menschen alle auf einen Punkt gerichtet sind.

Er verlor das Gefühl für Zeit wie am gestrigen Abend. Auf dem Rhein tuteten die Nebelhörner. Auf der Landstraße, die auf einem niedrigen Damm längs des Rheins lief, schnurrten einzelne Lichter vorüber, in immer größeren Abständen. Eine dicht beigerückte, mit Bäumen bestandene Insel deckte ihm die Sicht auf das Wasser. Hinter den Binsen glänzten die Lichter eines Gehöfts, aber die flößten Georg weder Furcht noch Vertrauen ein. Sie waren irrlichtartig, so menschenleer war die Gegend. Die Insel, die ihm die Sicht versperrte, zog sich lang hin, oder sie war schon zu Ende. Vielleicht kamen die Lichter von einem Schiff oder von dem gegenüberliegenden Ufer, das ihm gar keine bewaldete Insel mehr verdeckte, sondern Nebel. Auch auf einfache Art konnte man hier zugrunde gehen, auch an gewöhnlicher Erschöpfung. Jetzt mit Wallau zwei Minuten zusammen sein, in welcher Hölle immer –

▄▄▄▄▄▄ Wenn es Wallau gelingt, in eine bestimmte rheinische Stadt zu kommen, dann ist Hoffnung, daß man ihn von dort auch aus dem Land hinausbekommt. Dort sitzen Menschen und warten und haben die nächste Etappe der Flucht schon vorbereitet.

Als man Wallau zum zweitenmal eingesperrt hatte, war es seiner Frau klar, daß sie den Mann nicht mehr wiedersehen sollte. Als ihre Bitten um Besuchserlaubnis schroff, ja mit Drohungen abgelehnt wurden – sie war selbst von Mannheim, wo sie jetzt lebte, nach Westhofen gekommen –, faßte die Frau den Entschluß, ihren Mann zu retten, koste es, was es wolle. Diesem Entschluß folgte sie mit der Behextheit von Frauen, die an undurchführbare Pläne herangehen, indem sie zunächst einmal ihren Verstand oder den Teil ihres Verstandes ausschalten, der dazu da ist, zu prüfen, ob etwas durchführbar ist. Wallaus Frau hielt sich nicht an Erfahrungen, nicht an Auskünfte ringsherum, sondern an zwei oder drei Legenden von gelungenen Fluchten. Beimler aus Dachau, Seeger aus Oranienburg. Und in Legenden steckt ja auch eine gewisse Auskunft, eine gewisse Erfahrung. Aber sie wußte auch, daß ihr Mann mit der ganzen Kraft hellbewußter Menschen darauf brannte, zu leben, weiterzuleben, daß er den leisesten Hinweis verstehen würde. Ihre Weigerung, auf das Ganze hin zwischen möglich und unmöglich zu unterscheiden, hinderte sie nicht, in vielen Einzelheiten geschickt vorzugehen. Sie bediente sich bei dem Anknüpfen von Verbindungen, bei dem Nachrichtenübermitteln ihrer zwei Buben, zumal des älteren, der von dem Vater in alten Zeiten noch gründlich belehrt, von der Mutter jetzt in den Plan eingeweiht und ganz behext war; ein dunkeläugiger, zäher Knabe in den Kleidern der Hitler-Jugend, mehr verbrannt als erhellt von der Flamme, die für sein Herz fast zu stark war.

Jetzt, am Abend des zweiten Tages, wußte Frau Wallau, daß die Flucht aus dem Lager selbst gelungen war. Sie konnte nicht wissen, wann er in Worms eintraf auf dem Laubengrundstück, wo für ihn Geld und Kleider bereitlagen, ob er vielleicht schon die letzte Nacht dort durchgekommen war. Diese Laube gehörte einer Familie Bachmann. Der Mann war Trambahnschaffner. Beide Frauen waren vor dreißig Jahren zusammen in die Schule gegangen, ihre Väter schon waren Freunde gewesen und später auch die Männer. Beide Frauen hatten gleichzeitig alle Lasten des gewöhnlichen Lebens getragen und in den letzten drei Jahren auch die Lasten des ungewöhnlichen. Bachmann war freilich nur Anfang 33 kurz verhaftet gewesen. Er lebte seither in Arbeit und ungeschoren.

Auf diesen Mann, den Trambahnschaffner, wartete jetzt Frau Bachmann, während die Wallau auf ihren Mann wartete. Stark beunruhigt, was sich in winzigen, zuckigen, wie zersplitterten Bewegungen ihrer Hände zeigte, wartete Frau Bachmann auf den Mann, der freilich nur zehn Minuten brauchte von der Remise in seine Stadtwohnung. Vielleicht hatte er auch einspringen müssen, dann kam er erst gegen elf. Die Frau Bachmann fertigte ihre Kinder ab, wobei sie sich selbst etwas beruhigte.

Nichts kann dabei passieren, sagten sie sich zum tausendstenmal, nichts kann herauskommen. Ja, selbst wenn es herauskommt, uns kann niemand auch nur das geringste nachweisen. Geld und Kleider kann er ja einfach gestohlen haben. Wir wohnen hier in der Stadt, seit Wochen ist keiner von uns in die Laube gegangen. Wenn man nur nachsehen könnte, fuhr sie in Gedanken fort, ob das Zeug noch da ist. Man kann das schlecht aushalten. Daß das die Wallau fertigbringt!

Sie, die Bachmann, hatte damals zu der Wallau gesagt: »Weißt du, Hilde, das hat die Männer, auch unsere, ganz verändert.« Die Wallau hatte gesagt: »Den Wallau hat gar nichts verändert.« Sie, die Bachmann, hatte gesagt: »Wenn man einmal richtig tief in den Tod reingeguckt hat.« Die Wallau hatte gesagt: »Unsinn. Und wir? Und ich? Bei der Geburt meines ältesten Sohnes bin ich fast draufgegangen. Das Jahr drauf wieder einen.« Sie, die Bachmann, hatte gesagt: »Die bei der Gestapo wissen alles von einem Menschen.« Die Wallau hatte gesagt: »Alles ist übertrieben. Sie wissen, was man ihnen sagt.«

Als die Bachmann jetzt still und allein saß, fing das Herumgezucke in ihren Gliedern wieder an. Sie holte sich etwas zum Nähen. Das beruhigte sie. Niemand kann uns was nachweisen, sagte sie sich. Es ist ein Einbruch.

Jetzt kam der Mann die Treppe herauf. Also doch noch. Sie stand auf und richtete ihm sein Abendessen. Er kam herein in die Küche, ohne ein Wort zu sagen. Noch bevor sich die Frau nach ihm umdrehte, hatte sie nicht nur im Herzen, sondern über die ganze Haut weg ein Gefühl, als sei mit seinem Eintritt die Temperatur im Zimmer um ein paar Grad gefallen. »Hast du was?« fragte sie, als sie sein Gesicht sah. Der Mann erwiderte nichts. Sie stellte den vollen Teller hin zwischen seine Ellenbogen. In sein Gesicht stieg der Suppendampf. »Otto«, sagte sie, »bist du denn krank?« Darauf erwiderte er auch nichts.

Der Frau wurde himmelangst. Aber, dachte sie, mit der Laube kann es nichts sein, denn er ist ja hier. Sicher bedrückte es ihn; wenn nur die Sache vorüber wäre. »Willst du denn nichts mehr essen?« fragte sie. Der Mann erwiderte nichts. »Du mußt nicht immer dran denken«, sagte die Frau, »wenn man immer dran denkt, kann man verrückt werden.« Aus den halbgeschlossenen Augen des Mannes schossen ganze Strahlen von Qual. Aber die Frau hatte wieder zu nähen begonnen. Als sie aufsah, hatte der Mann die Augen geschlossen. »Hast du denn was?« sagte da die Frau, »was hast du?« – »Nichts«, sagte der Mann.

Aber wie er das sagte! So, als habe die Frau ihn gefragt, ob er denn auf der Welt gar nichts mehr hätte und als habe er wahrheitsgemäß erwidert: Nichts. – »Otto«, sagte sie und sie nähte, »du hast vielleicht doch was.« Aber der Mann erwiderte leer und ruhig: »Gar, gar nichts.« Wie sie ihm ins Gesicht sah, rasch einmal von der Näherei weg in seine Augen, wußte sie, daß er wirklich nichts hatte. Alles, was er je gehabt hatte, war verloren.

Da wurde der Frau eiskalt. Sie zog die Schultern ein und setzte sich schräg, als säße nicht ihr Mann am Tischende, sondern – Sie nähte und nähte; sie dachte nichts und sie fragte nichts, weil sonst die Antwort kommen konnte, die ihr Leben zerstörte.

Und welch ein Leben! Sicher ein gewöhnliches Leben mit den gewöhnlichen Kämpfen um Brot und Kinderstrümpfe. Aber ein starkes, kühnes Leben zugleich, heißer Anteil an allem Erlebenswerten. Wenn sie dazunahm, was sie von ihren Vätern gehört hatten, die Bachmann und die Wallau, als sie zwei kleine bezopfte Mädchen gewesen waren in einer Gasse: nichts, was nicht widergehallt hatte in ihren vier Wänden,

Kämpfe um den Zehn-, Neun-, Achtstundentag. Reden, die man sogar den Frauen vorlas, wenn sie die wahrhaft teuflischen Löcher in allen Strümpfen stopften, Reden von Bebel bis Liebknecht, von Liebknecht bis Dimitroff. Schon die Großväter, hatte man stolz den Kindern erzählt, waren eingesperrt worden, weil sie streikten und demonstrierten. Freilich: ausgerottet, ermordet war man damals dafür noch nicht worden. Was für ein klares Leben. Das soll jetzt gleich durch eine einzige Frage, ja durch einen Gedanken dahin sein und verraten – Aber da ist der Gedanke schon. Was fehlt dem Mann? Frau Bachmann ist eine einfache Frau, sie ist ihrem Mann zugetan. Sie waren mal Liebesleute gewesen, sie sind schon lange zusammen. Sie ist keine Frau Wallau, die recht viel dazugelernt hat. Aber der Mann am Tischende ist ihr Mann gar nicht. Das ist ein ungebetener Gast, fremd und unheimlich.

Wo kam der Mann her? Warum kam er so spät? Er ist verstört. Verändert ist er schon lange. Seitdem er damals plötzlich entlassen wurde, ist er verändert. Wie sie sich damals freute und schrie, war es in seinem Gesicht leer und müd. Willst du denn selbst, daß es ihm geht wie dem Wallau? Nein, will die Bachmann denken. Doch eine Stimme, die viel, viel älter ist als die Frau und zugleich viel jünger, hat schon erwidert: Ja, das wäre besser. Ich kann sein Gesicht nicht aushalten, dachte die Frau. Als hätte der Mann das gehört, stand er auf und ging ans Fenster, mit dem Rücken zum Zimmer, obgleich der Laden heruntergelassen war.

▬▬▬▬▬▬ Georg war sicherlich schon an ein paar solcher Schuppen vorbeigestolpert wie dem, den er endlich fand. Darin gab es nichts als Stöße von Weidenkörben, die angefault rochen und unbenutzt.

Jetzt nur schlafen, dachte Georg, sonst gar nichts. Schlafen und nicht mehr aufwachen. Er verkroch sich in eine Ecke, wobei er die übereinandergeschichteten Körbe anstieß, so daß sie auseinanderrutschten. Er wurde vor Schreck nochmals wach. Der Nebel war weg. Das Mondlicht fiel durch den leeren Türrahmen auf den ausgetretenen Boden, so still wie Schnee. Man sah ganz deutlich die alten Spuren und Georgs frische.

Georg schlief wirklich nicht. Vielleicht nur zwei Minuten. Ihm träumte, er sei angekommen. Er steckte die Finger in Lenis Haar, das stark und knistrig war. Er steckte sein ganzes Gesicht hinein und atmete und wußte, daß das jetzt endlich alles kein Traum mehr war, sondern bare Wirklichkeit. Er drehte das Haar um sein Handgelenk, daß sie ihm nicht mehr wegkonnte. Er stieß mit dem Fuß an irgend etwas; Scherben klirrten. Er wachte wieder vor Schreck auf. Ja, wirklich, dachte er ganz betroffen, weil er wach nie mehr daran gedacht hatte, ich hab doch damals etwas umgeworfen – eine Lampe. Ein wenig rauh war ihr Lachen gewesen und ihre Stimme, die ihm damals immer wieder versichert hatte mit der Beharrlichkeit der Betrunkenen: Das bringt uns ja noch Glück, Georg, das bringt uns ja noch Glück.

In seinem Kopf war so ein scharfer, scharfbegrenzter Schmerz, daß er unwillkürlich mit der Hand danach griff, ob er an dieser Stelle blute. An Schlaf war nicht mehr zu denken. Ich habe ja wirklich geglaubt, dachte er, um diese Zeit könnte ich bei ihr sein. Wohin er auch seine Gedanken wandte, sie kehrten ratlos zurück. Die Leere in seinem Kopf war schon bald die reinste Verzweiflung.

Weit weg streifte etwas das Feld, Mensch oder Tier. Allmählich kam es näher über die weiche Erde, ohne sich recht zu verstärken, leichte, kurze Schritte. Georg zerrte etwas vor sich hin. Säcke, Körbe. Jetzt war es für ihn schon zu spät. Der Türrahmen füllte sich, und es wurde darin dunkel. Der Schatten einer Frau, das hatte er noch am Rocksaum gesehen. Sie fragte leise: »Georg?« Georg wollte schreien. Es verschlug ihm den Atem.

»Georg«, sagte das Mädchen ein wenig enttäuscht. Sie setzte sich dann im Innern des Schuppens auf den Boden vor die Tür. Georg konnte ihre Halbschuhe sehen und ihre dicken Strümpfe und zwischen ihren losen Knien den Rock aus grobem Stoff, in dem die Hände lagen. Sein Herz schlug so laut, daß er glaubte, sie müßte jetzt auffahren. Aber sie horchte nach etwas anderm. Feste Schritte kamen über das Feld. Sie sagte froh: »Georg.« Sie zog die Knie zusammen und ihren Rock über den Knien, und Georg sah jetzt auch ihr Gesicht. Es erschien ihm überaus schön. Welches Gesicht wäre nicht schön gewesen in diesem Licht und in der Erwartung der Liebe.

Der andere Georg bückte sich durch die Tür und setzte sich gleich neben sie. »Na, siehst du, da bist du ja«, sagte er. Er fügte befriedigt hinzu: »Und da bin ich.« Sie umarmte ihn ruhig. Sie legte ihr Gesicht an seines, ohne ihn zu küssen, ja vielleicht ohne den Wunsch, ihn zu küssen. Sie redeten etwas so leise miteinander, daß nicht einmal der richtige Georg sie verstehen konnte. Zuletzt lachte der andere Georg. – Dann war es wieder so still, daß der richtige Georg heraushören konnte, ob der andere Georg mit seiner Hand durch ihr Haar fuhr oder über ihr Kleid weg. Dabei sagte er: »Mein Schatz.« Er sagte auch: »Mein alles auf der Welt.« Das Mädchen sagte: »Das ist ja gar nicht wahr.« Er küßte sie fest ab. Die Körbe fielen durcheinander bis auf die, die Georg vor sich hielt. Das Mädchen begann mit veränderter, hellerer Stimme: »Wenn du wüßtest, wie ich dich liebhab.« – »Ja, wirklich?« sagte der andere Georg. »Ja, lieber als alles – Nein«, rief sie plötzlich. Der andere Georg lachte auf. Das Mädchen sagte bös: »Nein, Georg, geh jetzt weg.« – »Ich geh schon«, sagte der andere Georg, »du wirst mich bald ganz los sein.« Das Mädchen fragte bestürzt: »Wieso?« – »Na, nächsten Monat, da muß ich doch einrücken.« – »Ach Gott.« – »Warum? Das ist nicht schlimm. Da hört das endlich auf mit der Exerziererei jeden Abend und keine freie Minute mehr.« – »Da wirst du doch erst recht getriezt.« – »Das ist was andres«, sagte der andere Georg, »da ist man mal endlich richtig Soldat, denn das andere ist ja nur Soldatenspielen. Das sagt Algeier auch. Du, sag mal, vorigen Winter, bist du da nicht mal mit dem Algeier nach Heidesheim tanzen gegangen?« – »Warum nicht?« sagte das Mädchen, »ich hab dich da doch noch gar nicht gekannt. Es war ja auch nicht so wie jetzt.« Der andere Georg lachte auf. »So nicht?« sagte er. Er hielt sie fest, und das Mädchen sagte jetzt nichts mehr. Viel später sagte sie erst mit trauriger Stimme, als sei ihr ihr Liebster in einem Sturm verlorengegangen oder in einer Finsternis: »Georg.« Er antwortete ganz vergnügt: »Ja.«

Sie saßen dann wieder wie zuerst, das Mädchen mit hochgezogenen Knien, eine Hand des Mannes zwischen ihren Händen. Sie sahen beide hinaus in großer Eintracht, auch mit dem Feld und der stillen Nacht. »Da drüben, siehst du, sind wir gegangen«, sagte der andere Georg. »Ich muß jetzt heimgehn.« Das Mädchen sagte: »Ich hab Angst, wenn du weggehst.« – »Ich geh ja noch nicht in den Krieg«, sagte der Mann, »bloß zu den Soldaten.« – »Das mein ich nicht«, sagte das Mädchen, »ich mein, wenn du von mir weggehst, jetzt gleich.« Der andere Georg lachte. »Du bist ein närrisches Hinkelchen. Ich kann doch morgen wiederkommen. Fang mir jetzt nur nicht noch zu heulen an.« Er küßte ihr über die Augen und übers Gesicht. »Na, siehst du, jetzt lachst du«, sagte er. Das Mädchen sagte: »Bei mir ist Lachen und Heulen in einem Töpfchen.«

Wie dann der andere Georg über das Feld wegging und das Mädchen ihm nachsah in einem blassen Licht, das schon nicht mehr silbrig war, sondern mehlig, da merkte der richtige Georg, daß sie keineswegs schön war, sondern ein rundes, flaches Gesicht hatte, und er fürchtete sehr für das Mädchen, ob der andere Georg morgen wiederkäme. Ja, wenn man ihn gelassen hätte. Er, der richtige, wäre gekommen. Auch auf ihrem Gesicht lag ein Anflug von Furcht. Es verkniff sich, als ob sie weit weg von sich einen kleinen festen Punkt entdecken wollte. Sie seufzte und stand auf. Georg regte sich ein wenig. Auf dem Platz vor der Tür gab es jetzt nur noch das dünnste Mondlicht und auch das schon nicht mehr, weil der Tag graute.

Drittes Kapitel

I Heinrich Kübler war noch in derselben Nacht zur Gegenüberstellung nach Westhofen abtransportiert worden. Zuerst war er ganz erstarrt gewesen, er hatte sich stumm aus Ellis Wohnung abführen lassen. Unterwegs war er plötzlich rasend geworden, er hatte um sich geschlagen, wie ein gesunder Mensch, der von Räubern überfallen wird.

Halb bewußtlos von den furchtbaren Schlägen, mit denen man ihn sofort überwältigt hatte, mit zusammengeschlossenen Handgelenken, stumpf, unfähig, irgendeine Erklärung für seinen eigenen Zustand zu finden, war er während der Fahrt wie ein Sack über den Knien und Armen seiner Wächter herumgetorkelt. Als man im Lager ankam, und die SA war zum Empfang alarmiert, und sie sah, daß der Gefangene bereits angeschlagen war, da wußte sie, daß der Befehl der Kommissare, die Gefangenen vor dem Verhör nicht anzutasten, auf ihn nicht mehr gelten konnte, da er sich ja auf solche Gefangene bezog, die noch heil ankamen. Einen Augenblick war es völlig still, da kam ganz kurz das tiefe Brummen, insektenartig, das immer vorher kommt, dann kam der helle Aufschrei des einzelnen Mannes, dann minutenlanges Getobe, dann vielleicht wieder Stille, darum »vielleicht«, weil nie noch jemand dabei war, nie jemand das genau beschreiben konnte, ohne den unausgesetzten wilden Lärm, den sein eigenes Herz dabei schlug.

Heinrich Kübler wurde, bis zur Unkenntlichkeit verprügelt, im letzten Augenblick bewußtlos weggebracht. Fahrenberg bekam gemeldet: Vierter Flüchtling eingebracht – Georg Heisler.

Seit dem Unglück, das vor nunmehr zwei Tagen über sein Leben gekommen war, hatte der Kommandant Fahrenberg so wenig Schlaf gefunden wie irgendeiner der Flüchtlinge. Auch sein Haar begann zu ergrauen. Auch sein Gesicht begann einzuschrumpfen. Wenn er nur daran dachte, was für ihn auf dem Spiel stand, wenn er versuchte, sich klarzu-

machen, was alles für ihn verloren war, dann krümmte er sich zusammen und stöhnte und wand sich in einem Gestrüpp von unentwirrbaren Fäden, unentknotbaren Telefonschnüren nutzlos gewordener Umschaltungen.

Zwischen den beiden Fenstern hing das Bild des Führers, von dem er, wie er sich das zusammengereimt hatte, zur Macht bestellt war. Fast, nicht ganz zur Allmacht, Herr über Menschen sein, Leib und Seele beherrschen. Macht haben über Leben und Tod, weniger tut's nicht. Ausgewachsene starke Männer, die man vor sich hinstellen läßt, und man darf sie zerbrechen, rasch oder langsam, ihre eben noch aufrechten Körper werden vierbeinig, eben noch kühn und patzig, werden sie grau und stammeln vor Todesangst. Manche hat man ganz fertiggemacht, manche zu Verrätern, manche hat man freigelassen, mit gebeugtem Genick, mit gebrochenem Willen. Meistens war der Geschmack der Macht schlechthin vollkommen gewesen; manchmal war auch was dazwischengekommen, bei einigen Verhören, zumal bei diesem Georg Heisler. Dieses zarte, glitschige Ding, das einen zuletzt um den ganzen Geschmack bringen kann, weil es einem dann doch zwischen den Fingern wegflitscht, unfaßbar und unfangbar, untötbar, unverwundbar, dieses Biestchen, geschmeidig wie ein Eidechschen. In den Verhören mit Heisler: Immer waren sein Blick und sein Lächeln übriggeblieben, ein Schimmer auf seiner Fresse, auch wenn man noch und noch hineinhieb. – Mit der Genauigkeit, die den Vorstellungen Verrückter zuweilen eigen ist, sah er jetzt bei der Meldung vor sich, wie das Lächeln auf Georgs Gesicht mit ein paar Schaufeln Erde langsam gelöscht und zugedeckt wurde.

Zillich kam herein. »Herr Kommandant«, er atmete schwer, so groß war seine Bestürzung. – »Was?« – »Haben den Falschen angeschleppt« – er erstarrte, weil Fahrenberg eine Bewegung auf ihn zu machte. Zillich hätte sich wohl auch dann nicht gerührt, wenn Fahrenberg auf ihn geschlagen hätte. Bis zur Stunde hatte ihm Fahrenberg keinen Vorwurf gemacht, aus welchem Grunde auch immer. Aber auch ohne Vorwurf erfüllte ein dumpfes allgemeines Gefühl von Schuld und Verzweiflung Zillichs gedrungenen mächtigen Körper bis zum Hals. Er rang nach Atem. »Den sie da drüben in Frankfurt in der Wohnung von Heislers Frau gestern abend aufgegriffen haben, das ist unser Heisler nicht, das ist eine Verwechslung.« – »Verwechslung?« wiederholte Fahrenberg. »Ja, Verwechslung, Verwechslung«, wiederholte auch Zillich, als ob ihrer beider Zungen an diesem Wort sich weideten. »Irgendein Kerl, mit dem sich das Weibsbild getröstet hat. Hab ihn mir angesehen. Wenn der auch jetzt seine Fresse für sein Lebtag weg hat, ich kenn doch meinen Sohn.« – »Verwechslung«, sagte Fahrenberg. Er schien plötzlich über etwas nachzudenken. Zillich beobachtete ihn reglos unter seinen schweren Lidern. Dann bekam Fahrenberg seinen Wutanfall. Er brüllte: »Was ist denn das hier für eine Beleuchtung? Man muß euch erst mit dem Kopf draufstumpen? Hier gibt's ja wohl keinen, der da oben 'ne Lampe versetzen kann. Das gibt's hier bei uns nicht, nicht? Und da draußen! Wieviel Uhr ist's? Was ist denn das für ein Nebel. Herrgott noch mal, jeden Morgen dasselbe.« – »Das ist der Herbst, Herr Kommandant.« – »Herbst? Diese Scheißbäume da, die müssen abrasiert werden. Kuppt mal die Dinger da draußen, dalli, dalli.«

Fünf Minuten später herrschte in und außerhalb der Kommandantenbaracke eine Art handwerkliches Treiben. Ein paar Schutzhäftlinge kuppten unter Aufsicht der SA die Platanen auf der Längsseite der Baracke III. Ein Schutzhäftling, von Beruf Elektrotechniker, setzte inzwischen, gleichfalls unter Aufsicht, ein paar Lampen um. Während das Knacken der abgeschlagenen Äste und das Quietschen der Sägen von außen hereindrang, lag er auf dem Bauch in der Baracke und nestelte an den Schaltern herum. Einmal blickte er auf und erwischte gerade Fahrenbergs Blick. »So einen Blick«, erzählte er zwei Jahre später, »hab ich in meinem Leben noch nicht gesehen. Ich dachte, der Kerl wird jetzt gleich auf mir herumtanzen, daß mir die Wirbel knacken. Aber er gab mir nur ein Trittchen in den Hintern und sagte: ›Dalli, dalli, dalli.‹ Schließlich wurden meine Lampen ausprobiert und sie brannten, und dann wurden sie abgedreht, und es war jetzt hell, weil die Platanen auch gekuppt waren und überhaupt, weil es Tag geworden war.«

Der noch immer ohnmächtige Heinrich Kübler war inzwischen in die Behandlung des Lagerarztes gekommen. Die Kommissare Fischer und Overkamp waren zwar überzeugt, daß Zillichs Behauptung stimmte, dieser Mann sei in keinem Fall Georg Heisler, aber es hatte auch welche gegeben, die nach Besichtigung des unkenntlich geschlagenen Burschen mit Zweifel und Achselzucken antworteten. Der Kommissar Overkamp stieß fortwährend seine kleinen feinen Pfiffe aus, die fast nur Blasen waren, mit denen er sich half, wenn Flüche nicht mehr ausreichten. Fischer wartete, seinen Telefonhörer zwischen Kopf und Schulter geklemmt, bis sich Overkamp ausgeblasen hatte. Lichtbedürfnisse hatte Overkamp keine. In ihrem Dienstraum war immer noch Nacht, die Läden geschlossen, eine gewöhnliche Schreibtischlampe genügte und die bewegliche Hundertkerzenlampe dann und wann für gewisse Verhöre. Fischer unterdrückte ein Gelüst, diese Lampe in das Gesicht seines Vorgesetzten hineinzublitzen, daß er mal mit dem Geblase aufhöre. Da kam ein Anruf aus Worms, der diesem Blasen von selbst ein Ende machte. Fischer rief: »Sie haben den Wallau.« Overkamp langte sich den Hörer, er kritzelte. »Ja, alle vier«, sagte er. Dann sagte er: »Wohnung versiegeln.« Dann: »Herbringen.« Dann las er Fischer vor: »Also: als man vorgestern in den in Betracht kommenden Städten die in Betracht kommenden Serien durchging, kamen außer den Angehörigen Wallaus eine beträchtliche Anzahl Personen in sämtlichen Städten in Betracht. Diese Personen wurden gestern alle noch einmal in Verhör genommen. Machte sich unter den fünf anderen, die aber jetzt natürlich alle ausscheiden, die man im zweiten Verhör aus der letzten Serie herauszog, ein gewisser Bachmann verdächtig, Trambahnschaffner, dreiunddreißig, zwei Monate im Lager, freigelassen zur Beobachtung des Verkehrs – durch Beobachtung dieses Verkehrs sind wir voriges Jahr, erinnern Sie sich, in der Sache Wielands, auf die Spur der Deckadresse von Arlsberg gekommen –, hat sich seitdem politisch nicht mehr betätigt – hat beim ersten und beim zweiten Verhör alles geleugnet, ist, unter Drohung gesetzt, gestern weich geworden. Wallaus Frau hat Sachen in seiner Laube bei Worms untergestellt, will nicht gewußt haben, wozu und was, unter Beobachtung wieder heimgelassen worden zwecks Beobachtung weiteren Verkehrs. Wallau um dreiundzwanzig Uhr zwanzig auf diesem Laubengrundstück verhaftet, verweigert bis jetzt jede Aussage. Bachmann Haus bis jetzt nicht verlassen. Dienst um sechs nicht angetreten, besteht Selbstmordverdacht, von Familie noch keine Meldung – Halt!« sagte Overkamp.

Er ließ Fischer die Nachrichten für Presse und Radio ausgeben, klappten gerade noch für die Morgenmeldungen. Overkamp hatte die Gegenansicht bekämpft: Eine solche sofortige Publikation in vollem Umfang zwecks Mithilfe des Publikums sei zweckdienlich, wenn es sich um zwei, höchstens drei Flüchtlinge gehandelt hätte, eine exakte plausible Zahl, Fluchtumständen anpaßbar, gegen die sich bei entsprechender Meldung das Volksempfinden wenden ließ. Daß aber die Bekanntwerdung eines Fluchtversuchs in solchem Umfang nicht mehr der Fahndung unbedingt dienlich sei, da eine Zahl von sieben, sechs oder auch fünf Flüchtlingen nicht bloß Spielraum nach oben ließ für eine noch größere Zahl, sondern für Mutmaßungen überhaupt, Gefühle, Zweifel, Gerüchte. Alles inzwischen also hinfällig, da mit der Einbringung Wallaus die plausible Anzahl erreicht war.

▄▄▄▄ »Hast du eben gehört, Fritz?« fragte das Mädchen grußlos, sobald der Junge ins Hoftor trat. Unter einer besonderen Sonne, auf einem besonderen Gras mußte das Taschentuch gebleicht worden sein, das sie sich frisch um den Kopf gebunden hatte. »Was denn gehört?« sagte der Junge. »Vorhin«, sagte das Mädchen, »im Radio.« Der Junge sagte: »Radio. Ich hab jetzt morgens ein Gehetz. Geht der Paul mit dem Vater in den Wein, geht die Mutter zur Milchablieferung, geh ich in den Stall für die Mutter. Alles vor halb acht. Kann mir der Klapperkasten gestohlen bleiben.« – »Ja, aber heut«, sagte das Mädchen, »da war es mit Westhofen was. Die drei Flüchtlinge, daß sie den SA-Mann Dieterling mit dem Spaten erschlagen haben, daß sie in Worms einen Einbruch gemacht haben, daß sie auseinandergegangen sind in drei Richtungen.«

Der Junge sagte ruhig: »So. Komisch. Gestern haben sie im Karpfen erzählt, der Lohmeier aus dem Lager und der Mathes, daß der, der mit dem Spaten was abbekommen hat, Glück gehabt hat, schräg überm Aug und bloß ein Heftpflaster drauf. Drei, sagst du –« – »Schade«, sagte das Mädchen, »daß sie noch immer grad deinen nicht haben.« – »Ach, der hat meine Jacke längst nicht mehr«, sagte der Fritz Helwig, »so dumm ist meiner doch nicht. Meiner läuft doch nicht lang im selben Zeug herum. Meiner wird sich doch sagen, daß seine Kleider beschrieben sind. Der hat sie vielleicht wo verkloppt, die hängt jetzt in 'nem fremden Schrank über 'nem Bügel in 'nem fremden Geschäft. Der hat sie vielleicht in den Rhein geschmissen mit Steinen in den Taschen –«

Das Mädchen sah ihn erstaunt an. Er erklärte: »Zuerst war mir's arg –« Er fügte hinzu: »Jetzt verschmerz ich's.« Er trat erst jetzt dicht heran. Er holte nach, was er heute noch nicht getan hatte: er faßte sie an den Schultern und schüttelte sie ein wenig und küßte sie ein wenig. Er hielt sie einen Augenblick fest, bevor er seines Wegs ging. Er dachte: Der weiß, daß er nie mehr lebend rauskommt, wenn sie ihn fangen. Er meinte damit unter allen Flüchtlingen nur den einen, mit dem er etwas zu tun hatte. Er war heute nacht im Traum an Algeiers Garten vorbeigegangen. Da hatte er hinter dem Zaun, zwischen den Obstbäumen, die Vogelscheuche gesehen, einen alten schwarzen Hut und ein paar Stecken und darüber seine Samtjacke. Dieser Traum, der sich jetzt ganz lustig ausnahm, hatte ihn nachts auf den Tod erschreckt. Auch jetzt wurden ihm die Arme locker. Aus dem Kopftuch des Mädchens, das still an ihm lehnte, kam der feine kühle Geruch, der frisch Gebleichtem eigen ist. Er roch ihn zum erstenmal, als sei etwas in seine Welt gekommen, das ihre Bestandteile deutlicher machte, die groben und die zarten.

Als er zehn Minuten darauf in der Schule auf den Gärtner stieß, fing der auch wieder an: »Noch nichts Neues?« – »Wovon?« – »Von der Jacke. Jetzt ist sie schon im Radio.« – »Die Jacke?« fragte der Fritz Helwig erschrocken, denn davon hatte sein Mädchen nichts gesagt. »Er wurde zuletzt gesehen in folgenden Kleidungsstücken –«, erzählte der Gärtner, »sie wird jetzt schon unter den Achseln verschwitzt sein.« – »Ach, laß mir meine Ruh«, schrie der Junge.

▄▄▄▄▄ Als Franz in Marnets Küche kam, um rasch seinen Kaffee zu schlucken, bevor er abradelte, da saß Ernst der Schäfer an Marnets Küchenherd und schmierte sich ein Latwergbrot. Er sagte: »Hast du gehört, Franz?« – »Was?« – »Den, der von hier mit dabei ist –« – »Wen? Wo dabei?« fragte Franz. »Wenn man kein Radio hört«, sagte Ernst, »dann ist man nicht auf der Höhe der Ereignisse.« Er wandte sich an die ganze Familie, die um den großen Küchentisch bereits beim zweiten Kaffee saß – man hatte schon ein paar Stunden Arbeit hinter sich – das Aussortieren der Äpfel –, zwei Großkäufer waren für morgen früh nach Frankfurt in die Markthalle bestellt. »Was macht ihr, wenn ihr den Kerl auf einmal hinten in eurem Schuppen findet?«

»Den Schuppen zuschließen«, sagte der Schwiegersohn, »runterradeln ans Telefon, Polizei holen.« – »Da brauchst du keine Polizei dazu«, sagte der Schwager, »dazu sind wir genug, den zu knebeln, den nach Höchst zu fahren. Was, Ernst?« Ernst der Schäfer schmierte sich sein Latwergbrot so dick, daß es eher Brot auf Latwerg war als Latwerg auf Brot. »Ich bin ja morgen schon nicht mehr hier«, sagte er, »ich bin schon drüben bei den

Messers.« – »Er kann auch bei den Messers im Schuppen sitzen«, sagte der Schwiegersohn; Franz hörte sich alles an, wie gebannt zwischen Tür und Angel. »Er kann natürlich überall sitzen«, sagte Ernst, »in jedem hohlen Baum, in jedem alten Schuppen. Aber, da wo ich gerade hingucke, da wird er ganz bestimmt nicht sitzen.« – »Warum?« – »Da guck ich dann schon gar nicht hin«, sagte Ernst, »das wär für mich kein Anblick.« Schweigen. Alle gucken Ernst an, dem das große ausgebissene Latwergbrot um den Mund steht wie ein Zaumzeug. »Du kannst dir so was erlauben, Ernst«, sagte Frau Marnet, »weil du keinen Hof hast und überhaupt nichts Eigenes. Wenn der arme Teufel dann morgen gefangen wird und er sagt, wo er war die Nacht vorher, dann kannst du dadurch ins Kittchen kommen.« – »Ins Kittchen?« sagte der alte Marnet, ein schweigsames Bäuerchen, das bei der gleichen Kost, bei dem gleichen Leben abgehagert war, das seine Frau aufgeplustert hatte. »Du kommst ins KZ und nie mehr raus. Was wird dann inzwischen aus deinem Kram? Die ganze Familie kommt ins Unglück.«

»Ich kann das nicht so beurteilen«, sagte Ernst. Mit seiner unglaublich langen, geschmeidigen Zunge leckte er sich seinen Mund sauber, die Kinder sahen erstaunt zu. »Ich hab bloß das bißchen Möbel in Oberursel von meiner Mutter und mein Sparkassenbüchelchen. Ich hab ja noch keine Familie, ich hab bloß die Schafe. In dieser Beziehung bin ich wie der Führer, ich hab weder Weib noch Kind. Ich hab nur meine Nelli. Aber der Führer hat früher auch 'ne Haushälterin gehabt; ich hab gelesen, er ist selbst zu ihrer Beerdigung.« Da sagte plötzlich die Auguste: »Aber eins kann ich dir sagen, Ernst, Marnets Sophie hab ich über dich klaren Wein eingeschenkt. Wie kannst du sie denn so anschwindeln, du wärst verlobt mit dem Mariechen aus Botzenbach? Du hast doch der Ella am vorletzten Sonntag einen Antrag gemacht.« Ernst sagte: »Diese Art Antrag, die hat mit meinem Gefühl für das Mariechen aber wirklich überhaupt gar nichts zu tun.« – »Das ist doch die reinste Bigamie«, sagte Auguste. »Das ist keine Bigamie«, sagte Ernst, »das ist eine Veranlagung.« – »Das hat er von seinem Vater«, erklärte Frau Marnet, »wie der dann im Krieg gefallen ist, da haben dann all seine Mädelchen mit der Mutter vom Ernst zusammen geflennt.« Ernst sagte: »Haben Sie auch geflennt, Frau Marnet?« Frau Marnet warf einen Blick auf ihr hageres Bäuerchen. Sie erwiderte: »Ein Tränchen hab ich wohl auch verdrückt.«

Franz hatte so atemlos zugehört, als erwarte er, die Gedanken und Worte der Menschen in Marnets Küche müßten von selbst an der Stelle verweilen, die ihnen sein Herz eingab. Keine Spur – die Gedanken und Worte der Menschen liefen lustig über die Stelle weg nach allen möglichen Richtungen. – Franz zerrte das Rad aus dem Schuppen. – Diesmal merkte er gar nicht, wie er nach Höchst heruntergekommen war – und das Geradel um ihn herum, das Gekreisch in den engen Gassen war nur ein Schall.

»Hast du ihn nicht gekannt?« fragte einer im Umkleideraum, »wo du doch früher schon dort warst?« – »Ausgerechnet ihn«, sagte Franz, »der Name sagt mir gar nichts.« – »Guck ihn dir mal an«, sagte einer, der ihm die Zeitung unter die Nase hielt. Franz sah herunter auf die Bilder von drei Männern. Wenn ihn das auch wie ein Schlag traf, Georg wiederzusehen – denn ein Wiedersehen war es immerhin, weil dieser Georg auf dem Steckbriefbild seine halbe Wirklichkeit hatte zwischen dem leibhaftigen Georg und dem Georg seiner Erinnerung – die zwei fremden Steckbriefgesichter rechts und links trafen ihn auch und beschämten ihn auch, daß er immer bloß an den einen dachte. »Nein«, sagte er, »das Bild sagt mir nichts. Lieber Gott, wer einem nicht alles unterläuft!« Das Blatt lief durch ein paar Dutzend Hände. »Kennen wir nicht«, hieß es, und »Du lieber Himmel, drei auf einmal – vielleicht noch mehr. – Warum sind sie durch? – Frag noch warum. – Mit dem Spaten totgeschlagen. – Ist doch aussichtslos. – Wieso? Sie sind ja raus. – Für wie lang? – Ich möcht nicht in ihrer Haut stecken. – Der ist ja schon ganz alt, guck mal. – Der kommt mir doch bekannt vor. – Die waren sicher sowieso fertig, die hatten nichts mehr zu verlieren.« Eine Stimme erklärte ruhig, ein wenig gequetscht vielleicht, weil der Mann sich über sein Spind bückte oder seinen Schuhriemen knüpfte: »Wenn's mal Krieg gibt, was macht man dann mit den Lagern?« Ein Gefühl von Kälte befällt die Menschen, die sich hastig und stoßend fertigmachen. Im selben Ton fügt die Stimme hinzu: »Was gebietet denn dann die innere Sicherheit?«

Wer hat das eigentlich eben gesagt? Man hat das Gesicht nicht gesehen, weil der Mann sich gerade gebückt hat. Die Stimme kennen wir doch. Was hat er eigentlich gesagt? Nichts Verbotenes. Ein kurzes Schweigen, und keiner, der nicht beim zweiten Sirenenzeichen zusammenfährt. Wie sie durch den Hof rannten, hörte Franz jemand hinter sich fragen: »Ist eigentlich auch der Albert noch immer drin?« und einen anderen antworten: »Ich glaub, ja.«

Binder, der alte Bauer aus Löwensteins Sprechstunde, hatte gerade die Frau anbrüllen wollen, das Radio abzustellen. Seit er aus Mainz gekommen war, wälzte er sich auf seinem wachstuchüberzogenen Sofa – kränker als vorher, glaubte er. Da horchte er auf mit offenem Maul. Leben und Tod vergaß er, die sich in ihm balgten. Er brüllte die Frau an, ihm rascher in Rock und Schuhe zu helfen. Er ließ den Wagen des Sohnes ankurbeln. Wollte er sich an dem Arzt rächen, der ihm doch nicht helfen konnte, an dem Patienten, der mit verbundener Hand gestern ruhig seines Wegs gegangen war, wo ihm doch, wie sich eben herausgestellt hatte, gleichfalls der Tod gebührte? Oder glaubte er einfach, durch ein solches Gebaren sich mit den Lebenden gründlicher zu vermischen.

II Georg war inzwischen aus seinem Schuppen herausgekrochen, bevor er jemand in die Gefahr gebracht hatte, ihn zu entdecken. Er war so elend, daß es ihm sinnlos vorkam, Fuß vor Fuß zu setzen. Aber der Schwung des neuen Tages, gewaltiger als die Schrecken der Nacht je sein mögen, reißt jeden mit, der bis dahin gewartet hat. Um seine Beine schlug ihm das nasse Spargelkraut. Ein Wind kam auf, so leicht, daß er nur ein wenig den Nebel zersprühte. Georg, wenn er auch vor Nebel nichts sah, spürte den neuen Tag, der über ihn wegstrich und über alles. Bald begannen die kleinen Beeren im Spargelkraut in der tiefstehenden Sonne zu glänzen. Georg glaubte zuerst, es sei auch die Sonne, die hinter dem dunstigen Ufer schimmerte, bis er im Näherkommen das Feuer gewahrte, das auf der Landzunge brannte. Langsam, doch merklich verzog sich der Nebel, und er sah ein paar flache Gebäude auf der Landzunge und die baumlose, mit Booten umpflockte Spitze und das freie Wasser. Vor ihm, mitten im Feld, an dem Weg, der von der Landstraße zum Ufer führte, lag das Haus, aus dem in der Nacht das Liebespaar gekommen sein mochte. Plötzlich kam von der Halbinsel ein Trommelwirbel, daß ihm die Zähne klapperten. Da es zu spät war, sich zu verstecken, ging er steif weiter, auf alles gefaßt. Aber das Land blieb still. In dem Bauernhaus rührte sich nichts, nur von der Landzunge kamen Knabenstimmen, die ihm, bloß weil sie keine Stimmen von Männern waren, überaus schön erschienen und engelklar, und jetzt platschte es schon mit den Rudern herum gegen das Ufer zu, während das Feuer auf der Landzunge abgelöscht wurde.

Wenn du den Menschen nicht mehr ausweichen kannst, hatte ihn Wallau gelehrt, mußt du ihnen erst recht entgegengehen, mitten in sie hinein.

Diese Menschen, denen er nun nicht mehr entrinnen konnte, waren an die zwei Dutzend Buben, die mit wildem Geschrei wie Indianer, die in das Jagdgebiet eines feindlichen Stammes einfallen, aus den Booten heraussprangen, ihre Rucksäcke an Land brachten, Kochgeschirre und Bütten, Zeltbahnen und Fahnen. Dieser Wirrwarr beruhigte sich und teilte sich aber rasch in zwei Häuflein, und zwar, wie Georg merkte, durch das Kommando eines dürren, blaßblonden Buben, der mit gepreßter, aber sonst noch ganz kindlicher Stimme eine Menge vernünftiger Anweisungen kurz angebunden herausgab. Zwei Buben zogen Geschirr und Kübel an Ringen und Henkeln auf eine Stange, zogen damit gegen das Bauernhaus ab, eskortiert von vier schwerbeladenen Kameraden sowie von zwei Trommlern, angeführt von einem neunten, der das Fähnchen trug. Georg hatte sich auf den Sand gesetzt und sah ihnen nach, nicht als ob er der Kindheit entwachsen sei, sondern als ob man sie ihm soeben geraubt hätte. »Rührt euch«, befahl der dürre Junge den übrigen, die derweil hatten antreten müssen und abzählen. Der Dürre hatte eben erst Georg bemerkt. Ein Teil der Buben suchte flache Kiesel, man hörte sie schon die Aufschläge auf dem Wasser zählen. Die anderen setzten sich einen halben Meter von Georg entfernt auf einen Grasplacken um einen kleinen zottig-braunen Jungen, der etwas in seinem Schoß schnitzte. Georg horchte auf die Ratschläge und Begutachtungen der Knaben, wobei er sich selbst fast vergaß. Einige Knaben nahmen Stellungen ein und sprachen in einer Art, wie es Kinder tun, die sich von einem Erwachsenen beobachtet fühlen, der sie unbewußt anzieht.

Der braune Junge sprang auf, lief an Georg vorbei, holte weit aus mit ernstem gespanntem Gesicht und warf das Ding, das er eben geschnitzt hatte, hoch in die Luft. Es fiel vor ihm nieder wie alles, was dem Gesetz der Schwere gehorcht – was aber den Knaben außerordentlich zu enttäuschen schien. Er hob es auf, beguckte es stirnrunzelnd und setzte sich wieder und feilte – die Neugierde seiner Kameraden ging in Spott über – Georg sagte lächelnd, da er alles beobachtet hatte: »Du willst einen Bumerang machen.« Der Junge sah ihn geradezu an mit einem starken und ruhigen Blick, der Georg sehr gefiel. »Ich kann dir nicht helfen, weil meine Hand verletzt ist«, sagte er, »aber ich kann dir vielleicht erklären –« Sein Gesicht verfinsterte sich. Hatten nicht gestern solche Knaben Pelzer in Buchenau aufgespürt? Der da mit seinem ruhigen, schönen Blick, hatte er auch an das Hoftor getrommelt? Der Junge senkte die Augen. Die übrigen drängten sich mehr um Georg als um den Schnitzer herum. Fast ohne sein Zutun war Georg bereits von dem Rudel Jungen ganz eingeschlossen. Er hatte nicht einmal wie der Rattenfänger zu flöten brauchen. Das ganze Rudel witterte schon mit ungebrochenem Spürsinn, daß diesem Mann etwas anhafte, ein Abenteuer oder ein sonderbares Unglück oder ein Schicksal. All das war ihnen freilich unklar. Sie rückten Georg nur dicht bei und schwatzten und schielten auf seine verbundene Hand.

▄▄▄▄▄▄ Overkamp hatte um diese Zeit bereits die Meldung in Westhofen vor sich, daß zwar nicht Georg Heisler selbst, aber doch seine letzte leibliche Hülle, die braune Manchesterjacke mit Reißverschluß, in die Hände des Staates gefallen sei. Jener Schiffer war vorigen Abend nach dem Tausch mit der Jacke zu einem Althändler gegangen, um für den Erlös zu saufen. Seine Braut strickte ihm Pullover genug, und der Tausch war für ihn ein gefundenes Fressen. Aber der Kleideralthändler war bei der Durchgabe der Signalements, da er schon öfters etwas Verbotenes gekauft hatte, aufs schärfste verwarnt worden, ja man hatte bereits eine Stichprobe in seiner Bude gemacht. Der Schiffer lamentierte zuerst, daß er das Prachtstück der Polizei lassen sollte; er beruhigte sich, da man ihm Entschädigung zusagte. Sich selbst konnte er leicht ausweisen, hatte ja ein halbes Dutzend Zeugen für den Tausch. Seine Tauschzeugen hatten den Eindruck, daß sich der Tauschpartner in Begleitung eines anderen in Richtung Petersau begeben hätte. In der Vernehmung spukte alsbald der Name dieses Begleiters: Hechtschwänzchen.

Der war sofort beschaffbar. Overkamp traf die Anordnungen, die sich aus der Aussage des Schiffers ergaben. Er hatte den Eindruck, daß in diese, vorhin noch ganz verfahrene Angelegenheit ein frischer Zug kam. Unter den eingelaufenen Meldungen hob sich jetzt auch die Aussage eines gewissen Binder aus Waisenau heraus. Dieser wollte am vorigen Morgen in der Sprechstunde des Arztes Löwenstein einen verdächtigen Mann bemerkt haben, auf den der Steckbrief paßte, war demselben Mann am selben Morgen mit seiner frisch verbundenen Hand unterwegs nach dem Rhein begegnet – all diese Leute waren sofort vorzuführen. Aus ihren Aussagen war die Flucht des Heisler bis gestern mittag entnehmbar, woraus auf seinen weiteren Weg zu schließen war.

▬▬▬▬ Unmerklich waren die Buben von ihren Grasplacken weg auf den Sand dicht um Georg herumgerückt, so daß der zottige kleine Bumerangschnitzer jetzt sogar abseits saß, bis sie plötzlich alle die Köpfe wegdrehten, weil ein einzelnes Boot von der Insel kam. Ein Mann mit einem Rucksack stieg aus und ein hochgewachsener Junge, der, wie sich dann zeigte, in seinem länglichen hellen Gesicht sehr regelmäßige kühne Züge hatte, die nicht mehr nur knabenhaft waren. »Gib her«, sagte dieser Junge sofort zu dem Schnitzer, trat vor und warf das Ding in die Luft mit einem gelassenen eigentümlichen Schwung, der es wirbeln machte und seinen eigenen Körper um sich selbst drehen.

Inzwischen war aus dem Bauernhaus das zweite Häuflein zurückgekommen. Der Lehrer lobte trocken den Dürren, der alles rasch und richtig geordnet hatte. Dann ging es wieder ans Richten und Abzählen. Man brach auf. Auch Georg erhob sich. »Sie haben da gute Buben, Herr Lehrer«, sagte er. »Heil Hitler«, holte der Lehrer nach. Er hatte ein braunes, sehr junges Gesicht, das aber durch diese fast mit Anstrengung festgehaltene Jugend ein wenig starr wirkte. »Ja, die Klasse ist gut.« Obwohl Georg nichts mehr sagte, fügte er selbst hinzu: »Der Grundstock war schon gut. Ich hab herausgeholt, was ich konnte. Ich bin zum Glück mit der Klasse an Ostern aufgestiegen.« Das scheint in diesem Mann seinem Leben eine Rolle gespielt zu haben, dachte Georg, daß er die Klasse behalten hat. Er brauchte sich nicht einmal anzustrengen, um mit dem Mann ruhig zu sprechen. Die Nacht lag plötzlich weit hinter ihm. So gelassen strömt das gewöhnliche Leben, daß es den mitnimmt, der seinen Fuß hineinsetzt. »Ist das noch weit bis zur Anlegestelle?« – »Keine zwanzig Minuten«, sagte der Lehrer, »wir gehen ja alle hin.« Der soll mich mit ans andere Ufer nehmen, dachte Georg, der wird mich mitnehmen. »Voran, voran«, sagte der Lehrer zu den Buben, wobei er den Bann, der von dem Fremden ausging, deshalb nicht merkte, weil er schon selbst mitberührt war. Der große Bengel, der mit ihm im Boot gekommen war, ging immer noch neben ihm her. Er legte die Hand auf seine Schulter. Georg aber, hätte er sich unter all diesen Knaben einen kleinen Gefährten wählen dürfen für eine Wanderschaft, er hätte sich gar nicht den schönen Burschen neben dem Lehrer gewählt und nicht den klugstirnigen Dürren, sondern den kleinen Bumerang. Der klare Blick dieses Buben traf ihn öfters, als sähe er mehr als die anderen Kinder. »Haben Sie denn die Nacht über draußen verbracht?« – »Ja«, sagte der Lehrer, »wir haben da auf der Au eine Herberge. Wir haben aber der Übung halber neben dem Haus übernachtet. Wir haben gestern abend und heute früh am Feuer gekocht. Wir haben uns gestern an Hand von Plänen klargemacht, mit welchem Mittel man heutzutage die Höhe dort drüben besetzen würde, und immer weiter rückwärts durch die Geschichte, verstehen Sie, wie das ein Ritterheer durchgeführt hat, wie das die Römer durchgeführt haben –« – »Zu Ihnen möchte man noch einmal in die Klasse gehen«, sagte Georg. »Sie sind ein guter Lehrer.« – »Man macht gut, was man gern tut«, sagte der Mann.

Sie hatten jetzt am Ufer die Länge der Halbinsel abgeschritten. Neben ihnen war offener Strom. Man sah, daß die Au, die alles verdeckt hatte mit ihren paar Büschen und Baumgruppen, nur ein schmales Dreieckchen war unter unzähligen Uferversprüngen und Auen. Georg dachte: Komm ich herüber, kann ich noch heut bei Leni sein.

»Waren Sie im Krieg?« fragte der Lehrer. Georg begriff, daß dieser Mensch, der so alt wie er selbst sein mochte, ihn für viel älter hielt. Er sagte: »Nein.« – »Schad, da hätten Sie meinen Buben erzählen können. Ich benutze jede Gelegenheit.« – »Da hätte ich Sie enttäuscht«, sagte Georg, »ich bin ein schlechter Erzähler.« – »Das kenn ich von meinem Vater, er hat uns nie aus dem Krieg erzählt.« – »Hoffentlich behalten die Buben da ihre gesunden Glieder.« Der Lehrer sagte: »Ich hoffe, daß sie sie behalten.« Er betonte das letzte Wort. »Ich mein, daß sie ihre Glieder nicht dadurch behalten, daß sie den Einsatz vermieden haben.« Georg klopfte das Herz, weil er die Pfosten und Stufen der Anlegestelle vor sich sah. Und doch war der Zwang, die Gewohnheit auf Menschen zu wirken, so mächtig in ihm, daß er selbst jetzt antwortete: »Sie setzen sich ja ein mit Leib und Seele als Lehrer, das ist auch ein Einsatz.«

»Von diesem Einsatz spreche ich jetzt nicht«, sagte der Mann. Seine Worte waren auch auf den Knaben gemünzt, der sehr aufrecht neben ihm ging. »Ich sprach von dem äußersten Einsatz auf Leben und Tod. Da muß man hindurch – wie sind wir eigentlich drauf gekommen?« Er sah sich seinen fremden Begleiter noch einmal an. Wäre der Weg nur länger gewesen, er hätte seine Gedanken gar gern diesem Menschen preisgegeben. Wie viele Bekenntnisse werden dem Verschlossenen unterwegs angeboten! »Da sind wir. Sagen Sie mal, macht Ihnen das was aus, ein paar Buben mitzunehmen?« – »Nichts, gar nichts«, sagte Georg, dem das Herz im Halse schlug. »Der Kollege versprach mir, die Buben in seine Klasse zu nehmen, während wir übrigen noch auf dem Sand sammeln gehen; ich warte noch, bis das Boot kommt.« Vielleicht geht der kleine Bumerang mit mir, dachte Georg –

Als aber jetzt zum drittenmal aufgestellt wurde und abgezählt, da wurde leider der kleine Bumerang der Gruppe des Lehrers zugeteilt.

Hechtschwänzchen wurde bereits in Westhofen vorgeführt. Es zeigte sich, daß er ein guter Beschreiber war, genau und witzig. Müßiggänger seiner Art pflegen vortrefflich zu beobachten. Da sie zum Handeln nie kommen, bleiben in ihrem Kopf die Beobachtungen wie ein unverwerteter Schatz. Daher werden sie oft zu unvergleichlichen Handlangern der Polizei. Hechtschwänzchen berichtete also ausführlich vor den Kommissaren, wie sein gestriger Wegbegleiter auf den Tod erschrocken sei, als man an der Spitze der Petersau ankam. »Sein Verband war frisch«, sagte er. »Mull so weiß wie Schnee, die reinste Persilreklame. Mindestens fünf Zähne müssen dem Mann gefehlt haben, vielleicht drei oben und zwei unten, denn oben war die Lücke noch größer als unten. Und auf der einen Seite«, Hechtschwänzchen fuhr sich mit dem gekrümmten Zeigefinger in den eigenen Mund, »war so ein Einriß, oder wie soll man das nennen, als ob jemand sein Maul bis zum linken Ohr hätte verlängern wollen.«

Hechtschwänzchen wurde mit Heil und Dank entlassen. Blieb nur die Anerkennung der Jacke. Dann konnte man an alle Bahnhöfe und Brückenköpfe, an alle Polizeistationen und Posten, an alle Anlegestellen und Herbergen, über das Netz des ganzen Landes die frischen Signalements durchgeben.

»Fritz, Fritz«, hieß es jetzt in der Darré-Schule, »deine Jacke ist gefunden!« Als das der Fritz hörte, drehte sich alles in ihm rum. Er lief heraus. Hinter dem Schuppen war man fertig mit der Wegregulierung. Fritz guckte in das Treibhaus. Von den gefüllten Begonien nahm der Gärtner Gültscher die Samen selbst ab, um sie gleich zu sortieren. »Meine Jacke ist gefunden.« Ohne sich umzudrehen, sagte der Mann: »Na, da sind sie schon ganz dicht an ihm ran. Na, du, sei froh.«

»Froh? So 'ne verschwitzte, so 'ne verdreckte, so 'ne bespritzte Jacke von so jemand!« – »Guck sie dir an, vielleicht ist sie's gar nicht.«

▄▄▄▄▄▄ »Es kommt«, riefen die Buben. Man hörte schon die Auspuffe des Motors in der stillen Luft. Die Spur hinter dem Boot quer über dem Strom, etwas heller als das übrige Wasser, dauerte ungefähr so lang, wie das Boot bis zum Ufer brauchte. Die Morgensonne zielte geradezu auf das Halstuch des Bootsmannes, auf einen Vogel im Flug, auf die weiße Ufermauer, auf eine Kirchturmspitze weit weg in den Hügeln; als seien gerade diese paar Dinge es wert, tief und für immer eingeprägt zu werden. Wie man nun die paar steinernen Stufen zur Anlegestelle hinunterging, aber noch zu früh, denn so nah war das Boot noch gar nicht, da teilte sich etwas im Menschen, das immer nur weiter und weiter möchte, und immer nur fließen und nie stillbleiben, von dem, was immerfort bleiben möchte und nie vergehen, und trieb teils ab mit dem großen Fluß, teils schmiegte es sich an den Ufern fest und klammerte sich mit allen Fasern an diese Dörfer und Ufermauern und Weinberge. Auch die Buben waren da alle still geworden. Denn wenn erst einmal wo die Stille aufkommen kann, geht sie tiefer als Trommeln und Pfeifen.

Georg sah den Posten auf der gegenüberliegenden Anlegestelle. Stand der immer da? Stand der seinethalben? Die Buben umringten ihn, rissen ihn die Stufen herunter, drückten sich um ihn auf das Boot. Georg aber spähte nur nach dem Posten.

»Köpfe auseinander, ihr Buben, laßt mich durch, ich spring. Nicht das schlechteste Ende, wenn es schiefgeht.« Er hob sein Gesicht. Er sah weit hinten den Taunus, wo er früher oft gewesen war, mal bei der Apfelernte mit jemand – wer war es doch? Franz. Jetzt muß es auch wieder Äpfel geben, sieh da, es ist Herbst. Gibt es etwas Schöneres auf der Welt? Und der Himmel ist nicht mehr dunstig, sondern wolkenlos graublau.

Da unterbrachen die Buben ihr Geschwätz, guckten dahin, wo der Mann so merkwürdig hinsah, konnten aber nichts weiter sehen, vielleicht war der Vogel schon weg. Jetzt kassierte die Frau des Bootsmannes das Fährgeld. – Sie waren schon über die Mitte des Flusses.

Der Posten sah reglos auf das ankommende Boot. Georg tauchte die Hand ins Wasser, ohne den Blick vom Posten abzuwenden. Alle Buben tauchten dann auch. Ach, das ist alles Spuk, aber wenn sie dich abführen, einliefern und quälen, dann wirst du trauern, daß du das alles so einfach hättest haben können.

▄▄▄▄▄ Keine fünf Minuten Autofahrt von der Darré-Schule nach Westhofen. Fritz hatte sich unter Westhofen etwas Höllisches vorgestellt. Aber da waren nur saubere Baracken, ein großer, sauber gekehrter Platz, ein paar Posten, ein paar gekuppte Platanen, stille Herbstmorgensonne.

»Sie sind Fritz Helwig? – Heil Hitler! – Ihre Jacke ist wiedergefunden. Da liegt sie.« Fritz warf einen schrägen Blick auf den Tisch. Da lag seine Jacke, braun und frisch, gar nicht verdreckt und blutig, wie er sich das vorgestellt hatte. Nur auf dem einen Ärmelsaum war eine dunkle Stelle. Er warf dem Kommissar einen fragenden Blick zu. Der nickte ihm lächelnd zu. Fritz ging an den Tisch, er tippte an den Ärmel. Er zog die Hand zurück.

»Nun, das ist Ihre Jacke«, sagte Fischer. »Wie? Ziehen Sie sie an!« sagte er lächelnd, da Fritz noch zögerte. »Los«, sagte er laut, »ist sie's vielleicht nicht?« Fritz senkte die Augen. Er sagte leise: »Nein.« – »Nein?« sagte Fischer. Fritz schüttelte fest den Kopf in der allgemeinen Bestürzung, die seine Worte verursachten. »Sieh sie dir ganz genau an«, sagte Fischer, »warum ist das deine Jacke nicht? Siehst du einen Unterschied?« Fritz begann mit niedergeschlagenen Augen zuerst stockend, dann umständlich zu erklären, warum das seine Jacke nicht sei. Seine hätte auch einen Reißverschluß in der Westentasche gehabt, die hätte einen Knopf. Hier hätte er ein Löchelchen gehabt von einem Bleistift, wo das Futter heil sei. Diese Tasche hätte ein Nahtband mit Firma als Aufhänger, seine hätte, weil ihm der Aufhänger immer durchriß, zwei Aufhänger von seiner Mutter an die Ärmel bekommen. Und je mehr er ins Reden kam, desto mehr fiel ihm ein an Unterschieden, denn je besser er sie beschrieb, desto wohler wurde ihm. Schließlich wurde er grob unterbrochen und weggeschickt. Als er in seiner Schule ankam, erklärte er: »Sie war es gar nicht.« Alle wunderten sich und lachten.

▬▬▬ Georg war inzwischen längst ausgestiegen, eingeschlossen von seinen Buben, an dem Posten vorbeigegangen. Nachdem er sich von allen verabschiedet hatte, ging er weiter auf der Autostraße, die von Eltville nach Wiesbaden führt.

Overkamp pfiff vor sich hin sein feinstes Luftausblasen, immer weiter, bis Fischer am Tisch gegenüber die Hände zitterten. Dieser Bengel hätte mit Freuden nach seiner Jacke gegriffen, nach der er so lamentiert hatte. Noch ein Glück, daß er ehrlich war und die Jacke abwies. Da diese Jacke nicht die gestohlene war, war auch der Jackenaustauscher gar nicht der Mann, den man suchte. Hatte man auch den Arzt Löwenstein nutzlos festgenommen. Auch wenn es stimmte, daß der Mann, den er gestern verbunden hatte, der Jackenaustauscher war.

Overkamp hätte noch stundenlang weitergepfiffen, wenn nicht ein Ruck durch das ganze Lager gegangen wäre. Jemand kam gestürzt: »Man bringt den Wallau.«

▬▬▬ Später erzählte einer von diesem Morgen: »Auf uns Gefangene machte die Einlieferung Wallaus ungefähr einen solchen Eindruck wie der Sturz Barcelonas oder der Einzug Francos in Madrid oder ein ähnliches Ereignis, aus dem hervorzugehen scheint, daß der Feind alle Macht der Erde für sich hat. Die Flucht der sieben Leute hatte für alle Gefangenen die furchtbarsten Folgen. Trotzdem ertrugen sie den Entzug von Nahrung und Schlafdecken, die verschärfte Zwangsarbeit, die stundenlangen Verhöre unter Schlägen und Drohungen mit Gelassenheit, ja zuweilen mit Spott. Unser Gefühl, das wir nicht verbergen konnten, reizte die Peiniger noch mehr. So stark empfanden die meisten von uns diese Flüchtlinge als einen Teil von uns selbst, daß es uns war, als seien sie von uns ausgeschickt. Obgleich wir nichts von dem Plan gewußt hatten, kam es uns vor, etwas Seltenes sei uns gelungen. Vielen von uns war der Feind allmächtig vorgekommen. Während die Starken sich ruhig einmal irren können, ohne etwas zu verlieren, weil selbst die mächtigsten Menschen noch Menschen sind – ja sogar ihre Irrtümer machen sie nur noch menschlicher –, darf sich, wer sich als Allmacht aufspielt, niemals irren, weil es entweder Allmacht ist oder gar nichts. Wenn ein noch so winziger Streich gelang gegen die Allmacht des Feindes, dann war schon alles gelungen. Dieses Gefühl schlug in Schrecken um, ja bald in Verzweiflung, als man einen nach dem andern einbrachte, verhältnismäßig rasch und, wie es uns vorkam, mit einer höhnischen Mühelosigkeit. In den zwei ersten Tagen und Nächten hatten wir uns gefragt, ob sie denn auch den Wallau erwischten. Wir kannten ihn kaum. Er war nur nach seiner Einlieferung ein paar Stunden bei uns gewesen, dann war er gleich wieder zum Verhör gebracht worden. Wir hatten ihn zwei- oder dreimal nach solchen Verhören gesehen, ein wenig taumelnd, eine Hand gegen den Bauch gepreßt, mit der anderen Hand machte er zu uns hin eine winzige Bewegung, als wollte er ausdrücken, daß das alles nichts Endgültiges zu bedeuten hätte und daß wir uns trösten sollten. Wie dieser Wallau jetzt auch eingefangen war und zurückgebracht wurde, da weinten manche wie Kinder. Wir wären jetzt alle verloren, dachten wir. Man würde den Wallau jetzt auch ermorden, wie man alle ermordet hatte. Gleich im ersten Monat der Hitlerherrschaft hatte man Hunderte unserer Führer ermordet, in allen Teilen des Landes, jeden Monat wurden welche ermordet. Teils wurden sie öffentlich hingerichtet, teils in den Lagern zu Ende gequält. Die ganze Generation hatte man ausgerottet. Das dachten wir an diesem furchtbaren Morgen, und wir sprachen es auch aus, wir sprachen es aus zum erstenmal, daß wir, in solchem Maß ausgerottet, in solchem Maß abrasiert, ohne Nachwuchs vergehen müßten. Was beinahe nie in der Geschichte geschehen war, aber schon einmal in unserem Volk, das Furchtbarste, was einem Volk überhaupt geschehen kann, das sollte jetzt uns geschehen: ein Niemandsland sollte gelegt werden zwischen die Generationen, durch das die alten Erfahrungen nicht mehr dringen konnten. Wenn man kämpft und fällt und ein anderer nimmt die Fahne und kämpft und fällt auch, und der nächste nimmt sie und muß dann auch fallen, das ist ein natürlicher Ablauf, denn geschenkt wird uns gar nichts. Wenn aber niemand die Fahne mehr abnehmen will, weil er ihre Bedeutung gar nicht kennt? Da dauerten uns diese Burschen, die Spalier standen zu Wallaus Empfang und ihn bespuckten und anstierten. Da riß man das Beste aus, was im Lande wuchs, weil man die Kinder gelehrt hatte, das sei Unkraut. All die Burschen und Mädel da draußen, wenn sie ein-

mal die Hitler-Jugend durchlaufen hatten und den Arbeitsdienst und das Heer, glichen den Kindern der Sage, die von Tieren aufgezogen werden, bis sie die eigene Mutter zerreißen.«

III An diesem Morgen war Mettenheimer so pünktlich wie je auf seine Arbeitsstelle gegangen. In seinem Herzen beschloß er, sich, komme was wolle, um nichts anderes zu kümmern als um die Arbeit, die ihm oblag. Weder das gestrige Verhör noch seine Tochter Elli, noch der steifhütige Schatten, der sich an seine Fersen geheftet hatte, auch heute wieder, sollten ihn im geringsten behindern, sein gutes Handwerk auszuüben. So bedroht wie er sich plötzlich fühlte, von allen Seiten belauert, in steter Gefahr, von seinen Tapeten weggerissen zu werden, erschien ihm sein Handwerk in einem neuen Licht, beinahe erhaben, in einer unordentlichen Welt ihm gegeben von dem, der den Menschen Berufe gibt.

Da er vor lauter Beflissenheit, pünktlich zu kommen nach den gestrigen Versäumnissen, heute morgen noch nichts gehört und noch nichts gelesen hatte, merkte er auch die Blicke nicht, die die Weißbinder bei seiner Ankunft unter sich tauschten. In seiner schweigsamen Eile, die er nur durch kurz geknurrte Anordnungen unterbrach, halfen ihm heute alle so willig wie nie, ohne daß er das überhaupt wahrnahm. Freilich sahen die Leute in seinem verbissenen Eifer nicht im geringsten die Wirkung erhabener Gedanken über die Bedeutung ihres Handwerks, sondern die natürliche Würde eines alten Mannes, den ein peinliches Unglück in der Familie betroffen hat. Sein bester Arbeiter, Schulz, der ihm gerade einen Handgriff machte, sagte plötzlich nach einem Seitenblick auf das strenge kleine Gesicht des Alten: »Das kann überall vorkommen, Mettenheimer.« – »Was?« sagte Mettenheimer. In einem etwas gespreizten, aber aufrichtigen Ton, wie ihn jeder bei Kondolenzgelegenheiten annimmt, weil man die eigenen Worte für sein Gefühl noch nicht zur Hand hat, nur die herkömmlichen, setzte derselbe Schulz hinzu: »Das kann heute in jeder deutschen Familie vorkommen.« – »Was kann in jeder deutschen Familie vorkommen?« fragte Mettenheimer. Das war dem Schulz zuviel, es ärgerte ihn. Auf dem Bau war im Augenblick ein gutes Dutzend Leute mit der Innenausstattung beschäftigt. Schulz gehörte zu der Hälfte, die die langjährige Stammarbeiterschaft der Firma ausmachte.

In einer solchen Gemeinschaft bleiben die Lebensverhältnisse auf die Dauer kein Geheimnis. Alle wußten, daß Mettenheimer ein paar hübsche Töchter hatte, daß die hübscheste unter den hübschen gegen den Willen des Alten in eine mißlungene Ehe geraten war. Damals war schlecht tapezieren gewesen mit dem alten Mettenheimer. Daß der geschiedene Schwiegersohn im KZ gelandet war, wußte man auch. Und beim Radio und bei der Zeitung hatte man sich heute früh an manches erinnert, was die strenge Miene des Alten nur zu bestätigen schien. Vor ihm, Schulz, hätte sich Mettenheimer nicht zu verstellen brauchen. Darauf kam er nicht, daß Mettenheimer der war, der von allem am wenigsten wußte.

Als die Mittagszeit kam, gingen ein paar herunter zur Hausmeisterin, um sich ihr Essen aufzuwärmen. Sie luden Mettenheimer ein, übertrieben drängend. Mettenheimer gab auf den Ton nicht acht, er nahm an, da er sein Brot in der Eile vergessen hatte und in keine Wirtschaft gehen wollte. Hier herauf kam der Schatten nicht. Hier war er sicher in der Treppenhausnische, die sich die vertraute Gesellschaft junger und alter Weißbinder zum Mittagsmahl ausgesucht hatte. Sie neckten das winzige Lehrbübchen, jagten es nicht schlecht herum, bald zur Hausmeisterin um Salz, bald in die Wirtschaft um Bier. »Laßt mir jetzt mal den Bub zum Essen kommen«, sagte Mettenheimer.

Unter dem guten Dutzend Leute gab es ein paar, für die war der Staat eine Art Firma, so wie Heilbach. Ihnen war alles eins, wenn man sie fühlen ließ, daß ihre gediegene Arbeit richtig eingeschätzt wurde, und wenn sie ihrer Meinung nach gerechten Lohn empfingen. Die Einwände solcher Leute hielten sich nicht an die einfache Tatsache, daß sie nach wie vor gegen geringes Entgelt herrschaftliche Wohnungen tapezierten, sondern an abgesonderte, manchmal absonderliche Fragen, etwa religiöse. Dieser Schulz dagegen, der Mettenheimer hatte trösten wollen, war von Anfang an und immer weiter gegen den Staat gewesen. Er verstand zu unterscheiden, was an den Berufswettkämpfen und ähnlichen Dingen fauler Zauber und was zweckmäßig war. Er wußte auch, daß das Zweckmäßige immer gleichzeitig dem Handwerk zugute kam und dem, der etwas von ihm wollte. Daß man den Menschen immer köderte mit der Speise, auf die er anbeißt. An den Schulz hielten sich die, die gut herausfühlten, daß er, wie man das nennt, im Herzen gleichgeblieben war. Allerdings kann man das nicht mehr gleichbleiben nennen, sondern den denkbar größten Unterschied, ob sich das Wichtigste im Menschen in Handlungen auslebt oder sich auf den geheimsten Punkt zurückzieht. Auch einen ganz rabiaten Nazi, Stimbert, gab es unter den Leuten. Ihn hielten alle für einen Aufpasser und Angeber. Das bedrückte sie aber weit weniger als man denken sollte. Sie nahmen sich in acht und mieden ihn, auch die, die eigentlich ihren Ansichten nach mehr oder weniger zu ihm gehört hätten. Sie betrachteten ihn alle etwa so, wie man in jeder Art von Gemeinschaft, in der untersten Schulklasse angefangen, jene Einzelnen, Sonderbaren betrachtet, die unfehlbar überall auftauchen, einen krankhaften Petzer etwa oder auch bloß einen furchtbar Dicken.

Aber alle diese Leute zusammen, wie sie da im Treppenhaus vesperten, hätten sich sicher auf diesen Stimbert gestürzt und ihn gehörig verprügelt, wenn sie in diesem Augenblick sein gemeines, krankes Gesicht gesehen hätten, mit dem er Mettenheimer beobachtete. Aber sie sahen alle nur auf Mettenheimer, wobei sie im Essen und Trinken aufhörten. Mettenheimer hatte zufällig eine herumliegende Zeitung ergriffen, er starrte auf eine bestimmte Stelle, er war erbleicht. Alle merkten, daß er erst jetzt im Bilde war. Alle hielten den Atem an. Langsam hob Mettenheimer sein Gesicht, das hinter dem Blatt bedruckten Papieres völlig zerstört worden war. In seinen Augen war ein Ausdruck, als sei er in die Hölle geworfen. Wie er nun aufsah, da waren um ihn herum die Tüncher und Tapezierer. Auch der kleinwinzige Lehrbub saß da, war endlich zum Essen gekommen und hatte doch wieder aufgehört. Der rabiate Stimbert lächelte frech über seinen Kopf hinweg. Aber auf allen anderen Gesichtern lagen Kummer und Ehrerbietung. Mettenheimer holte Atem. Er war nicht in die Hölle verschlagen – er war noch immer ein Mensch unter Menschen.

▬▬ In derselben Mittagspause stand Franz in seiner Kantine und horchte. »Ich geh heut abend mal nach Frankfurt in die Olympia-Lichtspiele«, sagte einer. »Was gibt's denn da?« – »Königin Christine.« – »Mir ist mein Böppchen lieber als eure Greta«, sagte ein dritter. Der erste sagte: »Das sind zwei ganz verschiedene Sachen, knutschen oder zugukken.« – »Daß ihr daran noch Spaß habt«, sagte ein dritter, »ich: nichts wie heim.« – »Was herausspringt bei diesem Gehetz, das ist ja grad die Kinokarte.« Franz horchte, äußerlich schläfrig, innen zerspringend. Wieder, so schien es ihm, war alles abgesackt. Heute morgen war da doch eine Minute gewesen, eine Bresche. Er zuckte plötzlich zusammen. Diese Olympia-Lichtspiele brachten ihn auf einen Gedanken, nach dem er den ganzen Morgen herumgewürgt hatte. Nur durch die Wohnung ihrer Eltern konnte er unbeschadet Elli erreichen. Selbst heraufgehen? War nicht die Haustür bespitzelt? Briefe auch? Ich will nach der Schicht herüberradeln, sagte er sich, zwei Karten kaufen, vielleicht glückt mir, was ich vorhabe. Und wenn es nicht glückt, schadet es auch niemand.

▬▬▬ Georg ging weiter auf der Wiesbadener Landstraße. Er nahm sich vor: bis zum nächsten Viadukt. Von diesem Ziel war nichts Besonderes zu erwarten. Immerhin, irgendein Ziel mußte sein, alle zehn Minuten. Er ließ die ziemlich zahlreichen Autos an sich vorbeifahren. Lastautos mit Waren, Autos mit Militär, ein abmontiertes Flugzeug, Privatwagen aus Bonn, Köln, Wiesbaden, Opelwagen, ein neues Modell, das er nicht kannte. Welches sollte er anwinken? Das da? Gar keins? Er ging weiter, kaute Staub. Ein ausländischer Wagen, ein einzelner, ziemlich junger Mann am Steuer. Georg hob die Hand. Der Wagenbesitzer hielt sofort. Er hatte Georg schon sekundenlang vorher die Straße daherziehen sehen. In einem Gemisch von Langerweile und Einsamkeit, das einem vortäuschen kann, man sei zu einem bestimmten Menschen von vornherein hingezogen, kam es ihm wohl noch vor, als hätte er Georgs Wink geradezu erwartet. Er machte den Platz neben sich frei von Decken und Gummimänteln und Krimskrams. Er sagte: »Wohin?«

Sie sahen einander scharf und kurz an. Der Fremde war groß, mager und bläßlich und auch sein Haar war farblos. In seinen ruhigen, blauen Augen hinter farblosen Wimpern lag kein besonderer Ausdruck, weder von Ernst noch von Lustigkeit. Georg sagte: »Nach Höchst zu.« Als das raus war, erschrak er. »Ach«, sagte der Fremde, »ich Wiesbaden. Aber egal, egal. Frieren Sie?« Er hielt nochmals an. Er legte eine seiner karierten Decken über Georgs Schultern. Georg wickelte sich fest hinein. Sie lächelten sich an. Jetzt fuhr der Fremde los. Georg sah weg von der ihm zugewandten Gesichtshälfte, in der ein Kaugummi eine Beule machte, auf die Hände am Steuer. Diese flossigen farblosen Hände waren beredter als das Gesicht. An der linken Hand steckten zwei Ringe, einen hielt er für einen Trauring, bis er bei einer Bewegung merkte, daß der Ring nur umgedreht war, im Handinnern glänzte ein gelblicher flacher Stein. Georg quälte es, sich das alles so genau zu betrachten, aber es zwang ihn dazu. »Hier weiter herauf herum«, sagte der Fremde, »aber schöner.« – »Wie?« – »Oben Wald, hier näher Staub.« – »Rauf, rauf!« sagte Georg. Sie bogen ab, stiegen zuerst fast unmerklich zwischen den Feldern. Georg sah aber bald mit einer Art Schrecken die Höhen näher kommen. Es roch schon nach Wald. »Der Tag wird schön«, sagte der Fremde. »Wie heißen deutsch die Bäume? Nein, dort, ganzer Wald. Ganz rot?« Georg sagte: »Buchen.« – »Buchen. Gut, Buchen. Sie kennen Kloster Eberbach, Rüdesheim, Bingen, Lorelei? Sehr schön.« Georg sagte: »Uns gefällt dieser Teil hier besser.« – »Ach so, gut. Wollen Sie trinken?« Er hielt zum zweitenmal, wurstelte in dem Gepäck herum, schraubte eine Flasche auf. Georg tat einen Zug, verzog das Gesicht. Der Fremde lachte. Seine Zähne waren so blank und groß, daß man sie hätte für falsch halten können, wäre das Zahnfleisch nicht stark zurückgetreten.

Sie nahmen zehn Minuten lang eine beträchtliche Steigung. Georg schloß die Augen in dem betäubenden Waldgeruch. Oben am Waldrand fuhr der Wagen in eine Schneise ein. Der Fremde drehte sich um, machte »Ah« und »Oh«, forderte Georg auf, die Aussicht zu besehen. Georg drehte den Kopf, behielt aber die Augen geschlossen. Da hinüberzusehen, über das ganze Wasser, über die Felder und Wälder, das konnte er jetzt nicht ertragen. Sie fuhren ein Stück in die Schneise hinein und drehten. Durch den Buchenwald kam das Morgenlicht in goldenen Flocken. Manchmal raschelte dieses flockige Licht, weil es dann doch der Laubfall war. Georg machte sich steif. Er war am Weinen. Er war doch schon sehr schwach. Sie fuhren landeinwärts, zunächst am Walde entlang. Der Fremde sagte: »Ihr Land sehr schön.« – »Ja, das Land«, sagte Georg. »Wie? – Viel Wald, Straßen gut. Volk auch. Sehr sauber, sehr Ordnung.« Georg schwieg. Dann und wann sah ihn der Fremde an, weil er nach Art von Landfremden den Mann für sein Volk nahm. Georg sah den Fremden nicht mehr an, nur seine Hände; diese kräftigen, aber farblosen Hände erweckten in ihm ein schwaches Gefühl von Widerwillen.

Man ließ den Wald hinter sich zurück und kam durch ein abgemähtes Feld und dann durch Weinberge. Durch die vollkommene Stille, durch die scheinbare Menschenlosigkeit hatte die Landschaft etwas von einer Wildnis, so dicht sie bepflanzt war. Der Fremde gab Georg einen Seitenblick. Dadurch fing er Georgs scharf nach unten auf seine Hände gerichteten Blick auf. Georg erschrak. Aber der Fremde, der Kauz, hielt jetzt wahrhaftig nur an, um diesen Ring richtig zu drehen, den Stein nach oben. Er zeigte ihn Georg. »Ihnen sehr gefallen?« – »Ja«, sagte Georg zögernd. »Nehmen Sie, wenn gefallen«, sagte der Fremde ruhig, mit seinem Lächeln, das nur ein Zurückziehen der Lippen war. Georg sagte mit großer Entschiedenheit: »Nein«, und da der Fremde nicht gleich seine Hand zurückzog, sagte er hart, als wollte man ihm etwas aufzwingen: »Nein, nein.« Hätte ihn ja doch versetzen können, dachte er dann, kennt doch kein Teufel den Ring. Jetzt war es zu spät.

Sein Herz klopfte immer stärker. Seit ein paar Minuten, seit sie den Waldrand über dem Tal verlassen hatten und hier durch die Stille fuhren, gab es in seinem Kopf einen Gedanken, den Keim zu einem Gedanken, dessen er selbst noch nicht habhaft wurde. Aber sein Herz, als ob es eher begriff als sein Verstand, schlug und schlug. »Gute Sonne«, sagte der Fremde. Er fuhr nur auf fünfzig Kilometer. Wenn ich es täte, dachte Georg, womit am besten. Was dieser Kerl auch sein mag, aus Pappe ist er nicht. Dem seine Hände da sind nicht aus Pappe, der wird sich wehren. Er zog langsam, langsam seine Schultern nach unten. Mit den Fingern berührte er schon das Stück Kurbel neben seinem rechten Schuh. Drauf auf seinen Kopf und dann raus mit ihm. Hier kann der lange liegen. Das war dann eben sein Pech, daß er mich getroffen hat. Das sind eben solche Zeiten. Ein Leben ist das andere wert. Bis man den findet, bin ich ja glatt aus dem Land mit diesem schönen, schönen Schlitten. Er zog den Arm zurück, stieß mit dem rechten Schuh das Eisen beiseite. »Wie heißt der Wein hier?« fragte der Fremde. Georg sagte heiser: »Hochheimer.« Reg dich doch nicht so fürchterlich auf, redete Georg sein Herz an wie der Schäfer Ernst sein Hündchen. All das tu ich doch gar nicht. Geh doch, beruhige dich doch; gut, wenn du absolut willst, dann steig ich eben hier aus.

Da, wo die Straße aus den Weinbergen auf die Landstraße mündete, stand ein Meilenstein: Höchst zwei Kilometer.

▬ Heinrich Kübler konnte zwar immer noch nicht verhört, aber, nachdem er verbunden und hochgerichtet war, besichtigt werden. Alle Zeugen, die man zu diesem Zweck zurückbehalten hatte, zogen an ihm vorbei, stierten ihn an. Er stierte zurück auf alle, die er auch dann nicht gekannt hätte, wenn er ganz bei Sinnen gewesen wäre: das Zimthütchen, den Bauer Binder, den Arzt Löwenstein, den Schiffer, das Hechtschwänzchen, lauter Leute, die seinen Lebensweg nie gekreuzt hätten, wäre es nur nach der Vorsehung gegangen. Zimthütchen sagte vergnügt: »Kann's sein, kann's nicht sein.« Das sagte das Hechtschwänzchen auch, obwohl es ganz genau wußte, daß er's nicht war. Aber die Unbeteiligten dauert es immer, wenn die Dinge nicht auf die Spitze getrieben werden. Binder erklärte fast finster: »Ist's nicht, sieht ihm bloß ähnlich.« Löwenstein brachte den schlüssigen Beweis: »Er hat nichts an der Hand.« Wirklich, die Hand war der einzige Teil an dem Vorgeführten, der heil geblieben war.

Darauf fuhren außer Löwenstein alle Zeugen auf Staatskosten an ihre Ausgangspunkte zurück. Zimthütchen ließ sich an der Essigfabrik absetzen. Binder fuhr durch eine Welt, die von Schmerz verwolkt war, heim nach Waisenau auf sein Wachstuchsofa, ganz ergebnislos, da er ebenso sterben mußte wie vor der Abfahrt. Hechtschwänzchen und der Schiffer ließen sich an der Anlegestelle in Mainz absetzen, wo gestern der Tausch stattgefunden hatte.

▬▬▬ Kurz darauf ging die Anweisung ab, Elli unter Bewachung ihrer Person und ihres Hauses wieder in Freiheit zu setzen. Vielleicht versuchte der echte Heisler selbst noch mit ihr in Verbindung zu kommen. Kübler, in der Verfassung, in der er sich jetzt befand, war zunächst unentlaßbar.

Elli war in ihrer Zelle zuerst ganz versteinert gewesen. Als der Abend gekommen war, als ihr erlaubt wurde, sich auf der Pritsche auszustrekken, hatte sich ihre Erstarrung gelöst, und sie hatte versucht, in den Ereignissen einen Sinn zu finden. Heinrich, das wußte sie, war ein braver Junge, guter Eltern Sohn, hatte ihr keinen Dunst vorgemacht. Sollte er etwas angestellt haben in der Art wie Georg? Ja, er hatte manchmal geschimpft über die Steuern, über die Sammelei, über die Flaggerei, über den Eintopf, aber er hatte nicht mehr geschimpft und nicht weniger wie alle schimpften. Schimpfte ihr Vater doch, wenn ihm etwas mißfiel, was weg sollte, und ihr SS-Schwager schimpfte über genau dasselbe, weil es ihm sehr gefiel, aber noch nicht vollkommen war. Vielleicht hat Heinrich bei jemand einen verbotenen Sender abgehört, vielleicht hat ihm jemand ein verbotenes Buch geliehen. Aber Heinrich war weder auf Radio erpicht noch auf Bücher. Er hatte sich immer dahin geäußert, daß ein Mensch doppelt vorsichtig sein müsse, der im öffentlichen Leben stünde, worunter er für seine Person die Kürschnerei seines Vaters verstand, an der er mitbeteiligt war.

Georg hatte Elli vor einigen Jahren nicht bloß mit dem Kind zurückgelassen, das soweit ganz gut gedieh, nicht bloß mit ein paar Erinnerungen, die teils noch brannten, teils schon verheilt waren, sondern auch mit ein paar halben dunklen Vorstellungen von all dem, was damals ihm, Georg, das Leben ausgemacht hatte.

Im Gegensatz zu den meisten Menschen während ihrer ersten Gefängnisnacht, war Elli rasch eingeschlafen. Sie war erschöpft wie ein Kind, das mehr erlebt hat, als ihm zukommt. Auch am folgenden Tag war ihr nur bang geworden, wenn sie an ihren Vater gedacht hatte. Sie war nicht zur Besinnung gekommen, dazu war alles zu unverständlich, sondern in einen unwirklichen Zustand halber Erwartung, halber Erinnerung. Angst hatte sie keine. Auch das Kind war in der Familie ganz gut untergebracht – in solchen Erwägungen hatte, ihr unbewußt, ein Gefaßtsein auf alles gelegen.

Als man sie jetzt am frühen Nachmittag aus der Zelle holte, war sie bereit mit einer Art Mut, der vielleicht nur verkappte Schwermut war.

Aus den Aussagen ihres Vaters und ihrer Wirtin waren ihre Verhältnisse ziemlich klar hervorgegangen. Ihre Entlassung war bereits angeordnet, da sie in ihrer Lage, falls der Flüchtling noch versuchen sollte, sich ihr zu nähern, in der Freiheit viel nützlicher war, und den Mann, den sie loswerden wollte, um einen anderen zu nehmen, sicher nicht schützen würde. Daraufhin war das kurze Verhör angelegt. Elli beantwortete alle Fragen nach der Vergangenheit, nach den alten Beziehungen ihres früheren Mannes dürftig und zögernd, nicht aus Klugheit, sondern ihrer Natur gemäß und weil sie an diesen Teil ihres gemeinsamen Lebens wenig Erinnerungen hatte. Anfangs seien wohl Freunde zu ihnen gekommen, aber die hätten sich alle beim Vornamen genannt. Bald seien diese Besuche, an denen ihr nichts gelegen war, ausgeblieben; Heisler hätte die Abende auswärts verbracht. Auf die Frage, wo sie den Georg Heisler kennengelernt hätte, erwiderte sie: »Auf der Straße.« Franz kam ihr überhaupt nicht in den Sinn. –

Elli bekam erklärt, daß sie jetzt heimgehen könne, aber Gefahr laufe, bei einer zweiten Verhaftung weder ihr Kind noch ihre Eltern je wiederzusehen, wenn sie so töricht sei, in der Sache des entsprungenen Heisler irgend etwas ohne Kenntnis der Behörden zu unternehmen oder eine Meldung zu unterlassen.

Bei dieser Nachricht öffnete Elli den Mund; sie hob ihre Hände an die Ohren. Als sie gleich darauf in der Sonne stand, war ihr zumut, als sei sie jahrelang aus ihrer Heimatstadt weggewesen.

Ihre Wirtin, Frau Merkler, empfing sie schweigend. In ihrem Zimmer war eine heillose Unordnung. Auf dem Boden lagen Wollknäuel herum, Kindersachen und Kissen; dazu der starke Geruch von Heinrichs Nelkenstrauß, der frisch in seinem Glas stand. Elli setzte sich auf ihr Bett. Ihre Wirtin kam herein. Mit bösem Gesicht, ohne Einleitung, kündigte sie für den ersten November. Elli erwiderte nichts. Sie sah nur die Frau voll an, die ihr immer gut gewesen war. Ihre Kündigung war auch das Endergebnis langen Grübelns, scharfer Drohungen, bitterer Selbstvorwürfe, quälender Rücksicht auf den einzigen Sohn, den sie miternährte, schließlichem Dreinfinden.

Inzwischen war der Nachmittag vorgeschritten. Georg, in Höchst angelangt, hatte verzweifelt den Schichtwechsel abgewartet, der die Gassen und Kneipen füllte. Jetzt stand er eingeklemmt in einer der ersten vollgestopften Elektrischen, die aus Höchst herausfuhren.

Unschlüssig stand die Wirtin, Frau Merkler, in Ellis Zimmer, als warte sie, daß ihr von selbst Worte einfallen könnten, tröstend, begütigend für die junge Frau, die sie immer hatte leiden können, aber doch wieder nicht zu gute Worte, zur Beachtung der Gebote der reinen Güte verpflichtende.

»Liebe Frau Elli«, sagte sie schließlich, »nehmen Sie mir's nicht krumm, das Leben ist so. Wenn Sie wüßten, wie es in meinem Herzen aussieht.« Elli erwiderte auch jetzt nichts. – Es schellte an der Flurtür. Beide Frauen erschraken so heftig, daß sie sich wild anstierten. Beide erwarteten Rufe, Lärm, das Einbrechen der Tür. Aber es schellte nur zum zweitenmal, fein und ordentlich. Frau Merkler raffte sich auf. Gleich darauf rief sie erleichtert über den Flur: »Nur Ihr Vater, Frau Elli.«

Mettenheimer hatte Elli niemals in dieser Wohnung besucht, die ihm, obwohl seine eigene keineswegs prächtig war oder weiträumig, doch auf jeden Fall ein unangemessener Aufenthalt für seine Tochter dünkte. Da er inzwischen unbestimmte Gerüchte von Ellis Verhaftung gehört hatte, wurde er bleich vor Freude, weil sie gesund vor ihm stand. Er nahm ihre Hand zwischen seine beiden Hände, drückte und streichelte sie, was er auch noch nie getan hatte. »Was sollen wir nur tun«, sagte er, »was sollen wir nur tun?« – »Gar nichts«, sagte die Tochter, »wir können nichts tun.« – »Wenn er aber kommt?« – »Wer?« – »Dieser Mensch, dein früherer Mann.« – »Er wird sicher zu uns nicht kommen«, sagte Elli traurig und ruhig, »auf uns kommt er nicht.« Ihre Freude beim Eintritt des Vaters, weil sie doch auf der Welt nicht völlig allein war, verflüchtigte sich, da der Vater noch ratloser war als sie selbst. »Doch«, sagte Mettenheimer, »in der Not kommt ein Mensch auf alles.« Elli schüttelte den Kopf. »Wenn er nun aber doch kommt, Elli, wenn er zu mir in meine Wohnung heraufkommt, weil du zuletzt bei mir gewohnt hast. Diese Wohnung ist doch bewacht und deine auch. Wenn ich nun nachher am Wohnzimmerfenster stehe und seh ihn kommen, Elli, was dann? Soll ich ihn einfach kommen lassen, in die Falle hineingehen? Soll ich ihm ein Zeichen machen?« Elli sah ihren Vater an, der ihr ganz von Sinnen schien. »Nein, ich weiß es«, sagte sie traurig, »er wird nie mehr kommen.«

Der Tapezierer schwieg; in seinem Gesicht drückte sich offen und unverwischt die ganze Not seines Gewissens aus. Elli betrachtete ihn verwundert und zärtlich. »Gott im Himmel« – der Tapezierer sagte diese drei Worte in dem Tonfall eines aufrichtigen Gebets, »wenn er nur nicht kommt! Wenn er kommt, sind wir so und so verloren.« – »Warum so und so verloren, Vater?« – »Daß du das nicht begreifst. Stell dir doch vor, er kommt, ich mach ihm ein Zeichen, eine Warnung. Was passiert dann mit mir, mit uns? – Und stell dir vor, er kommt. Ich seh ihn kommen, aber ich mach ihm kein Zeichen. Er ist ja gar nicht mein Sohn, ein Fremder, schlimmer als ein Fremder. Also, ich mach ihm kein Zeichen. Er wird gepackt. Kann man das?«

Elli sagte: »Sei nur ruhig, lieber Vater, er kommt ja gar nicht.«

»Wenn er nun aber zu dir kommt, Elli. Wenn er auf irgendeine Weise deine jetzige Wohnung erfahren hat?«

Elli wollte erwidern, was ihr erst bei der Frage klarwurde, daß sie ihm dann wohl helfen müsse, komme, was da wolle, aber um ihren Vater zu schonen, sagte sie bloß wieder: »Er kommt nicht.«

Der Tapezierer brütete vor sich hin. Möge das Unglück, möge der Mensch an seiner Tür vorbeigehen. Möge ihm rasch seine Flucht gelingen. Möge er eher – vorher gefangen werden? Nein, das wünschte er selbst seinem Feind nicht. Aber warum mußte gerade er vor solche Fragen gestellt werden, denen er nicht gewachsen war? Eigentlich war das alles durch die Verliebtheit eines dummen Mädchens gekommen. Er stand auf und sagte in verändertem Ton: »Dieser Kerl, der gestern abend in deinem Zimmer war, wer war denn das schon wieder?«

Auf dem Flur kehrte er nochmals um: »Da ist ein Brief für dich.«

Dieser Brief war kurz zuvor in seine Küchentür geschoben worden. – Elli besah die Aufschrift: Für Elli. Sie machte ihn auf, als der Vater weg war. Nur ein Kinobillett in einem unbeschriebenen Bogen. Vielleicht von Else. Diese Freundin verschaffte ihr manchmal billige Plätze. Dieses grüne Billettchen kam vom Himmel heruntergeflattert. Vielleicht wäre sie sonst bis in die Nacht auf dem Bettrand sitzengeblieben, die Hände im Schoß. Ist das gestattet? dachte sie, wenn man so tief wie ich im Unglück steckt, darf man dann in ein Kino gehen? Das gehört sich vielleicht nicht. Unsinn, gerade dafür sind Kinos da. Jetzt erst recht.

»Hier sind noch zwei kalte Schnitzel von gestern abend«, sagte die Wirtin. Jetzt erst recht, sagte sich Elli, diese Schnitzel sind zäh wie Juchten, aber nicht vergiftet. Die Frau Merkler betrachtete ganz verblüfft die junge zarte, traurige Frau, die da still am Küchentisch saß und nacheinander zwei kalte Schnitzel aufaß. Jetzt erst recht, dachte Elli. Sie ging in ihr Zimmer herüber, zog das Zeug aus, das sie am Leib trug, machte sich frisch und rein von oben bis unten, zog ihre besten Wäschestücke und Kleider an, bürstete sich ihr Haar, bis es glänzte und locker war. Dieser hübschen lockigen Elli, die ihr aus braunen, traurigen Augen aus dem Spiegel heraus entgegensah, war das Leben ein klein wenig leichter erträgbar. Wenn sie mich wirklich bewachen, wie mein Vater behauptet, dachte sie, gut, mir werden sie nichts anmerken.

▬▬▬ »Alles war bloß Geschwätz«, sagte Mettenheimer daheim zu seiner verstörten Frau, »Elli sitzt in ihrem Zimmer, sie ist ganz gesund.« – »Warum hast du sie nicht mitgebracht?« Jener kleine Teil der Familie Mettenheimer, der noch unter dem Dach der Alten lebte, setzte sich um den Abendtisch. Vater und Mutter, Ellis jüngste Schwester, eben jene stupsnasige Lisbeth, die Mettenheimer keine geeignete Vorkämpferin in Glaubenssachen erschienen war, weshalb sie jetzt auch frisch umgekleidet für den Heimabend dasaß, sanft und hübsch wie alle ihre Schwestern, Ellis Kind, der Enkel, über dem Bauch eine Wachstuchschürze, leicht bedrückt von dem Schweigen über dem Tisch, weshalb er mit seinem großen Löffel in dem Rauch über der Schüssel herumfuchtelte.

Mettenheimer aß langsam, den Blick auf dem Teller, um von seiner Frau nichts gefragt zu werden. Er dankte Gott, daß seine Frau nicht Verstand genug hatte, um das ganze Verhängnis zu begreifen, das auf ihnen lastete.

Georg war wirklich nur eine halbe Stunde zu Fuß von ihm entfernt. Er stieg aus. Dann fuhr er hinaus nach Niederrad. Je mehr er sich seinem Ziel näherte, desto stärker wurde das Gefühl, daß er erwartet sei, daß man eben jetzt sein Lager bereitet, sein Essen richtet; eben jetzt horchte sein Mädchen nach der Treppe. Als er dann ausstieg, erfüllte ihn eine Spannung, der Verzweiflung ähnlich; als ob sein Herz sich sträube, wirklich den Weg einzuschlagen, den er im Traum unzählige Male begangen hatte.

Die paar stillen Straßen mit ihren Vorgärten durchlief er wie Erinnerungen. Das Bewußtsein von Gegenwart war in ihm erloschen und damit jedes Bewußtsein von Gefahr. Hat nicht das Laub am Straßenrand damals geraschelt? fragte er sich, ohne zu fühlen, daß er das Laub mit dem Schuh selbst vor sich herstieß. Wie sein Herz sich sträubte, in das Haus hineinzugehen! Das war kein Schlagen mehr, das war ein wütendes Rütteln – er lehnte sich über das Treppenfenster, Gärten und Höfe vieler Häuser stießen zusammen; Mauersimse, Pflasteraltane waren besät von den unablässig fallenden Blättern eines starken Kastanienbaumes. Einzelne Fenster waren schon hell. Dieser Anblick hatte sein Herz so weit beruhigt, daß er weitersteigen konnte. An der Tür hing noch das alte Schild mit dem Namen von Lenis Schwester, darunter ein neues, eine kleine Tarsoarbeit, mit einem fremden Namen. Schellen oder klopfen? War das nicht einmal ein Kinderspiel? Schellen oder klopfen? Er klopfte leise. »Bitte«, sagte die junge Person in der gestreiften Ärmelschürze. Sie machte nur spaltweit auf.

»Ist Fräulein Leni daheim?« fragte Georg nicht ganz so leise wie er wollte, weil seine Stimme rauh war. Die Frau starrte ihn an, in ihr gesundes Gesicht, in ihre runden blauen Glasklickeraugen kam ein Ausdruck von Bestürzung. Sie wollte die Tür zuziehen, er stellte den Fuß dazwischen. »Fräulein Leni daheim?« – »Gibt's hier nicht«, sagte die Frau heiser, »machen Sie, daß Sie wegkommen, aber augenblicklich.« – »Leni«, sagte er ruhig und fest, als wollte er seine eigene vergangene Leni beschwören, seinethalben das stramme, beschürzte hausbackene Weib zu verlassen, in das sie verhext worden war, doch die Beschwörung mißriet. Diese Person stierte ihn an in der schamlosen Angst, mit der Verhexte die anstieren mögen, die sich gleich geblieben sind. Er schob die Tür rasch auf, schob die Frau in den Flur hinein, zog die Tür hinter sich zu. Die Frau entwich rückwärts durch die offene Küchentür. Sie hatte eine Schuhbürste in der Hand. »Aber, Leni, hör mich doch an, ich bin's. Kennst du mich denn nicht?« – »Nein«, sagte die Frau. »Weshalb bist du denn dann erschrocken?« – »Wenn Sie jetzt nicht sofort aus der Wohnung weggehen«, sagte die Frau auf einmal ganz dreist und patzig, »können Sie etwas erleben. Mein Mann kommt jeden Augenblick.«

»Ist das ihm?« fragte Georg. Auf einem Bänkchen standen zwei hohe schwarzlackierte Schaftstiefel. Daneben zwei Frauenhalbschuhe. Daneben ein offenes Büchschen Schmiere, ein paar Lappen. Sie sagte: »Jawohl.« Sie hatte sich hinter dem Küchentisch verschanzt. Sie rief: »Ich zähl jetzt bis drei. Auf drei sind Sie weg, sonst –« Er lachte. »Was sonst?« Er zog den Socken von seiner Hand herunter, ein schwarzer, verfilzter Socken, den er irgendwo unterwegs gefunden und übergezogen, handschuhartig, um den Verband zu verstecken. Sie sah mit offenem Mund zu. Er kam um den Tisch herum. Sie hob den Arm vors Gesicht. Er packte sie mit der einen Hand am Haar, mit der anderen riß er den Arm herunter. Er sagte in einem Ton, mit dem man wohl eine Kröte anreden würde, von der man doch wüßte, daß sie einmal ein Mensch gewesen sei: »Hör auf, Leni, erkenn mich, ich bin der Georg.« Ihre Augen rundeten sich. Er hielt sie fest, wobei er es darauf anlegte, ihr die Schuhbürste aus der Hand zu drehen – trotz dem Schmerz in seiner eigenen verwundeten Hand. Sie sagte flehend: »Ich kenn dich doch nicht.« Er ließ sie los. Er trat einen Schritt zurück. Er sagte: »Gut. Dann gib mir das Geld heraus und die Kleider.« Sie schwieg einen Augenblick, dann sagte sie, wieder ganz dreist, ganz neugeboren patzig: »Wir geben nichts an Fremde. Wir geben nur direkt an die Winterhilfe.«

Er starrte sie an, aber anders als vorher. In seiner Hand ließ der Schmerz nach und mit dem Schmerz das Bewußtsein, daß all das ihm selbst geschah. Er spürte nur schwach, daß die Hand frisch nachblutete. Auf dem Küchentisch, auf dem blaukarierten Tischtuch, lagen zwei Gedecke. In die hölzernen Serviettenringe waren ungeschickt Hakenkreuzchen geschnitten – Kinderbastelei. Wurstscheiben, Radieschen und Käse waren mit Petersilie nett hergerichtet; dazu ein paar offene Schächtelchen, wie man sie in den Reformgeschäften kauft, Pumpernickel und Knäckebrot. Er fuhr mit der heilen Hand auf dem Tisch herum, er stopfte sich, was ihm gerade zwischen die Finger kam, in die Tasche. Die Klickeraugen verfolgten ihn.

Er drehte sich nochmals um, die Hand auf der Klinke.

»Du willst mich wohl nicht frisch verbinden?« – Sie schüttelte zweimal ganz ernsthaft den Kopf.

Er stützte sich beim Heruntersteigen auf dasselbe Treppenfenster. Er stützte den Ellenbogen auf und strubbte den Socken über die Hand. Sie wird ihrem Mann doch nichts sagen, weil sie sich fürchtet. Sie darf mich nie gekannt haben. Jetzt waren fast alle Fenster hell. All diese Blätter von einem Kastanienbaum, dachte er. Als ob der Herbst selbst diesem Baum innewohne, mächtig genug, um eine ganze Stadt mit Laub zuzudecken.

Er schlürfte langsam den Straßenrand weiter. Er wollte sich vorstellen, daß eine Leni daherkäme vom anderen Ende der Straße, mit ihren langen fliegenden Schritten. Da wurde ihm erst klar, daß er nie mehr zu Leni gehen konnte, ja, was noch schlimmer war, nie mehr träumen konnte, er ginge zu Leni. Dieser Traum war ausgerottet mit Stumpf und Stiel. Er setzte sich auf eine Bank und fing gedankenlos an, ein Stück Zwieback zu kauen. Weil es kühl war und dämmerig und viel zu auffällig, hier zu sitzen, stand er gleich auf und lief weiter, den Schienen nach, denn Fahrgeld hatte er keins mehr. Wohin jetzt vor Nacht?

IV Overkamp schloß hinter sich ab, um ein paar Minuten vor Wallaus Verhör allein zu sein. Er ordnete seine Zettel, sah seine Angaben durch, gruppierte, unterstrich, verband Notizen durch ein bestimmtes System von Linien. Seine Verhöre waren berühmt. Overkamp könnte einer Leiche noch nützliche Aussagen entlocken, hatte Fischer gesagt.

Seine Anlagen zu den Verhören seien bloß mit Partituren zu vergleichen.

Overkamp hörte hinter der Tür das schartige, ruckhafte Geräusch, das durch Salutieren verursacht wird. Fischer trat ein, schloß hinter sich ab. In seinem Gesicht kämpften Ärger und Belustigung. Er setzte sich sofort dicht neben Overkamp. Overkamp mahnte ihn nur mit den Augenbrauen an die Anwesenheit der Wachtposten vor der Tür und an die Fensterspalte.

»Wieder was los?« Fischer erzählte leise: »Diesem Fahrenberg ist die Sache ins Gehirn gestiegen. Er wird bestimmt verrückt darüber. Er ist es schon. Abgesägt wird er auf jeden Fall. Man muß Dampf dahintermachen. Hören Sie mal, was eben wieder passiert ist.

Wir können doch keine extra Stahlkammer hier aufbauen, extra für diese drei wieder eingebrachten Flüchtlinge. Wir haben uns doch mit dem Mann verständigt, daß er die drei nicht mehr anrührt, bis wir alle unter Dach haben. Nachher kann er von uns aus Würste mit ihnen füllen. Jetzt hat er sich die drei doch nochmals bringen lassen. Er hat da vor seiner Baracke Bäume stehen. Ich meine die Dinger, die keine Bäume mehr sind. Er hat sie heut früh schon kuppen lassen. Nun hat er die drei an die Bäume stellen lassen, so« – Fischer breitete die Arme aus, »die Dinger mit Nägeln und so präpariert, damit sich die Leute nicht anlehnen können, und hat die Gefangenen alle antreten lassen und 'ne Ansprache gehalten, das hätten Sie sich anhören sollen, Overkamp. Ein Eidschwur, daß alle sieben Bäume besetzt sind, bevor die Woche neu anfängt. Und wissen Sie, was er zu mir gesagt hat? ›Sie sehen, daß ich Wort halte, kein Schlag.‹« – »Wie lang will er sie denn so stehen lassen?« – »Darum ist ja dann der Krach losgegangen. Denn werden sie noch vernehmungsfähig sein nach einer Stunde, nach anderthalb Stunden? Also gut. Er wird sie jetzt jeden Tag bloß dem Lager vorführen. Dieser Spaß wird sein letzter in Westhofen sein. Ich glaube, er bildet sich ein, wenn er alle sieben zurück hat, kann er hierbleiben.«

Overkamp sagte: »Wenn dieser Fahrenberg jetzt auch die Leiter herunterfällt, dann wird er unten so kolossal aufplumpsen, daß er gleich ein paar Sprossen hochschnellt auf einer neuen Leiter.«

»Ich habe mir«, sagte Fischer, »diesen Wallau von seinem dritten Baum abgepflückt.« Er stand plötzlich auf und öffnete das Fenster. »Sie bringen den Wallau auch schon. Entschuldigen Sie, wenn ich Ihnen jetzt einen Rat gebe, Overkamp.« – »Der wäre?« – »Lassen Sie sich aus der Kantine ein rohes Beefsteak kommen.« – »Wozu?« – »Weil Sie eher aus diesem Beefsteak eine Aussage herausklopfen werden als aus dem Mann, den man Ihnen jetzt vorführt.«

▬▬▬▬ Fischer hatte recht. Das wußte Overkamp sofort, als der Mann vor ihm stand. Er hätte die Zettel auf seinem Tisch ruhig zerreißen können. Diese Festung war uneinnehmbar. Ein kleiner, erschöpfter Mensch, ein häßliches kleines Gesicht, dreieckig aus der Stirn gewachsenes dunkles Haar, starke Brauen, dazwischen ein Strich, der die Stirn spaltete. Entzündete, dadurch verkleinerte Augen, die Nase breit, etwas klumpig, die Unterlippe ist durch und durch gebissen.

Overkamp heftet seinen Blick auf dieses Gesicht, den Ort der kommenden Handlung. In diese Festung soll er jetzt eindringen. Wenn sie, wie man behauptet, der Furcht versperrt ist und allen Drohungen, so gibt es doch andere Mittel, um eine Festung zu überrumpeln, die ausgehungert ist, ausgelaugt vor Erschöpfung. Overkamp kennt diese Mittel alle. Er weiß sie zu handhaben. Wallau seinerseits weiß, daß dieser Mann vor ihm alle Mittel kennt. Er wird jetzt mit seinen Fragen anfangen. Er wird zuerst die schwachen Stellen der Festung herausfragen, er wird mit den einfachsten Fragen beginnen. Er wird dich fragen, wann du geboren bist, und schon verrätst du die Sterne deiner Geburt. Overkamp beobachtet das Gesicht des Mannes, wie man ein Gelände beobachtet. Er hat sein erstes Gefühl bei Wallaus Eintritt schon vergessen. Er ist zu seinem Grundsatz zurückgekehrt: es gibt keine uneinnehmbare Festung. Er sieht von dem Mann weg auf einen seiner Zettel. Dann sticht er mit dem Bleistift ein Pünktchen hinter ein Wort, dann sieht er Wallau wieder an. Er fragt höflich: »Sie heißen Ernst Wallau?«

Wallau erwidert: »Ich werde von jetzt an nichts mehr aussagen.«

Darauf Overkamp: »Sie heißen also Wallau? Ich mache Sie darauf aufmerksam, daß ich Ihr Schweigen jeweils für Bejahung nehme. Sie sind geboren in Mannheim am achten Oktober achtzehnhundertvierundneunzig.«

Wallau schweigt. Er hat seine letzten Worte gesprochen. Wenn man einen Spiegel vor seinen toten Mund hält, dann wird kein Hauch diesen Spiegel trüben.

Overkamp läßt Wallau nicht aus den Augen. Er ist fast ebenso reglos wie der Gefangene. Um einen Ton bleicher ist das Gesicht dieses Wallau geworden, ein wenig schwärzer der Strich, der die Stirn spaltet. Geradeaus ist der Blick des Mannes gerichtet, quer durch die Dinge der Welt, die plötzlich gläsern geworden ist und durchsichtig, quer durch Overkamp durch und die Bretterwand und die Posten, die draußen lehnen, quer durch auf den Kern, der nicht mehr durchsichtig ist und den Blicken der Sterbenden standhält. Fischer, der ebenfalls reglos dem Verhör beiwohnt, wendet den Kopf in der Richtung von Wallaus Augen. Er sieht aber nichts als die saftige, pralle Welt, die undurchsichtig ist und kernlos.

»Ihr Vater hieß Franz Wallau, Ihre Mutter Elisabeth Wallau, geborene Enders.«

Statt Antwort kommt Schweigen von den durchgebissenen Lippen. – Es gab einmal einen Mann, der Ernst Wallau hieß. Dieser Mann ist tot. Sie waren ja eben Zeuge seiner letzten Worte. Er hatte Eltern, die so hießen. Jetzt könnte man neben den Grabstein des Vaters den des Sohnes stellen. Wenn es wahr ist, daß Sie aus Leichen Aussagen erpressen können, ich bin toter als alle Ihre Toten.

»Ihre Mutter wohnt in Mannheim, Mariengäßchen acht, bei ihrer Tochter Margarete Wolf, geborene Wallau. Nein, halt, wohnte –. Sie ist heute morgen in das Altersheim an der Bleiche sechs überwiesen worden. Nach der Verhaftung ihrer Tochter und ihres Schwiegersohnes wegen Fluchtbegünstigungsverdachts ist die Wohnung, Mariengäßchen acht, versiegelt worden.«

Als ich noch am Leben war, hatte ich Mutter und Schwester. Ich hatte später einen Freund, der die Schwester heiratete. Solange ein Mann lebt, hat er allerlei Beziehungen, allerlei Anhang. Aber dieser Mann ist tot. Und was für merkwürdige Sachen auch nach meinem Tod mit all diesen Menschen dieser merkwürdigen Welt passiert sind, mich brauchen sie nicht mehr zu kümmern.

»Sie haben eine Frau, Hilde Wallau, geborene Berger. Aus dieser Ehe sind zwei Kinder hervorgegangen: Karl und Hans. Ich mache Sie noch einmal darauf aufmerksam, daß ich jedenfalls Ihr Schweigen für Ja nehme.« Fischer streckt die Hand aus und verschiebt den Schirm der hundertkerzigen Lampe, die Wallau ins Gesicht strahlt. Das Gesicht bleibt wie es war im trüben Abendlicht. Auch kein tausendkerziges Licht könnte Spuren von Qual oder Furcht oder Hoffnung enthüllen in den spurlosen, endgültigen Gesichtern der Toten. Fischer schiebt den Schirm zurück.

Als ich noch am Leben war, habe ich auch eine Frau gehabt. Wir hatten damals auch Kinder miteinander. Wir zogen sie auf in unserem gemeinsamen Glauben. Da war es für Mann und Frau eine große Freude, wie ihre Belehrungen anschlugen. Wie die kleinen Beine beim ersten Ausmarsch weit ausholen! Und Stolz und Ängstlichkeit in den kleinen Gesichtern, die schweren Fahnen könnten in ihren Fäusten umkippen! Wie ich noch am Leben war in den ersten Jahren von Hitlers Machtantritt, als ich noch all das tat, wozu ich am Leben war, da konnte ich unbesorgt diese Knaben meine Verstecke wissen lassen, in einer Zeit, in der andere Söhne ihre Väter den Lehrern verrieten. Jetzt bin ich tot. Mag die Mutter allein sehen, wie sie sich mit den Waisen durchschlägt.

»Ihre Frau ist gestern gleichzeitig mit Ihrer Schwester wegen Beihilfe zur Flucht verhaftet worden – Ihre Söhne wurden der Erziehungsanstalt Oberndorf überwiesen, um im Geiste des nationalsozialistischen Staates erzogen zu werden.«

Als der Mann noch am Leben war, von dessen Söhnen hier die Rede ist, versuchte er nach seiner Art für die Seinen zu sorgen. Jetzt wird es sich bald herausstellen, was meine Fürsorge wert war. Da sind schon ganz andere umgefallen als zwei dumme Kinder. Und die Lügen so saftig und die Wahrheit so trocken. Starke Männer haben ihr Leben abgeschworen. Bachmann hat mich verraten. Aber zwei junge Knaben, auch das soll vorkommen, sind kein Haarbreit gewichen. Meine Vaterschaft jedenfalls ist zu Ende, wie auch der Ausgang sein mag.

»Sie haben den Weltkrieg als Frontsoldat mitgemacht.«

Als ich noch am Leben war, zog ich in den Krieg. Ich war dreimal verwundet, an der Somme, in Rumänien und in den Karpaten. Meine Wunden heilten, und ich kam schließlich gesund aus dem Feld. Bin ich jetzt auch tot, so bin ich doch nicht im Weltkrieg gefallen.

»Sie sind dem Spartakusbund im Monat seiner Gründung beigetreten.«

Der Mann, da er noch am Leben war, im Oktober 1918, trat dem Spartakusbund bei. Was soll das aber jetzt? Sie könnten ebensogut Karl Liebknecht selbst zu einem Verhör bestellen, er würde ebenso viel, ebenso laut antworten. Laßt die Toten ihre Toten begraben.

»Nun sagen Sie mir mal, Wallau, bekennen Sie sich auch heute noch zu Ihren alten Ideen?«

Das hätte man mich gestern fragen sollen. Heute kann ich nicht mehr antworten. Gestern hätte ich ja rufen müssen, heute darf ich schweigen. Heute antworten andere für mich: die Lieder meines Volkes, das Urteil der Nachlebenden –

Es wird kühl um ihn herum. Fischer fröstelt. Er möchte Overkamp bedeuten, das nutzlose Verhör abzubrechen.

»Sie haben sich also, Wallau, mit Fluchtplänen getragen, seit Sie der besonderen Arbeitskolonne zugeteilt wurden?«

Ich habe in meinem Leben öfters vor meinen Feinden fliehen müssen. Manchmal ist die Flucht geglückt, manchmal danebengegangen. Einmal zum Beispiel ist es schlimm ausgegangen. Da wollte ich aus Westhofen fliehen. Jetzt aber ist es geglückt. Jetzt bin ich entkommen. Umsonst schnuppern die Hunde an meiner Spur, die sich ins Unendliche verloren hat.

»Und dann haben Sie Ihren Plan zunächst mal Ihrem Freund Georg Heisler mitgeteilt?«

Als ich noch ein lebendiger Mensch war in dem Leben, das ich lebte, traf ich zuletzt einen jungen Burschen, der hieß Georg. Ich hing an ihm. Wir haben Leid und Freud geteilt. Er war viel jünger als ich. Alles an diesem jungen Georg war mir teuer. Alles, was mir im Leben teuer war, fand ich an diesem Jungen wieder. Jetzt hat er nur noch soviel mit mir zu tun, wie ein Lebender mit einem Toten zu tun hat. Mag er sich zuweilen meiner erinnern, wenn er Zeit dazu hat. Ich weiß, das Leben war dicht besetzt.

»Sie haben die Bekanntschaft des Heisler erst im Lager gemacht?«

Kein Schwall von Worten, eine eisige Flut von Schweigen bricht aus den Lippen des Mannes. Die Wachtposten selbst, die draußen an der Tür horchen, zucken beklommen die Achseln. Ist das noch ein Verhör? Ist man noch zu dritt dort drinnen? – Das Gesicht des Mannes ist nicht mehr bleich, sondern hell. Overkamp wendet sich plötzlich ab, er macht einen Punkt mit dem Bleistift, wobei ihm die Spitze abbricht.

»Sie mögen sich selbst die Folgen zuschreiben, Wallau.«

Was kann es für einen Toten für Folgen geben, den man aus einem Grab in das andere wirft? Nicht einmal das haushohe Grabmal auf dem endgültigen Grab hat Folgen für den Toten.

Wallau wird abgeführt. In den vier Wänden bleibt das Schweigen zurück und will nicht weichen. Fischer sitzt regungslos auf seinem Stuhl, als ob der Gefangene noch dastünde, und sieht weiter auf die Stelle, auf der er gestanden hat. Overkamp spitzt seinen Bleistift.

▬▬▬ Georg war inzwischen bis zum Roßmarkt gekommen. Er lief und lief, obwohl ihm die Sohlen brannten. Er durfte sich nicht von den Menschen absondern, er durfte sich nirgendwo niedersetzen. Er verfluchte die Stadt.

Ehe er das Für und Wider zu Ende erwogen hatte, stand er in einer Nebengasse der Schillerstraße. Hier war er früher noch nie gewesen. Er entschloß sich fast plötzlich, Bellonis Angebot zu benutzen. Wallaus Stimme riet ihm zu. Jetzt erschien ihm der kleine Artist mit seinem ernsten Gesicht nicht mehr undurchsichtig. Undurchsichtig waren die Menschen, die an ihm vorbeigingen. Wie vertraut war die Hölle gewesen, mit dieser Stadt verglichen!

Als er schon in der Wohnung stand, die ihm Belloni bezeichnet hatte, kam sein altes Mißtrauen wieder – was für ein fremder Geruch! Nirgendwo in seinem ganzen Leben hatte es ähnlich gerochen. Die alte gelbliche Frau mit ihrem schuhwichsschwarzen Scheitel musterte ihn genau und schweigsam. Ist sie vielleicht Bellonis Großmutter? dachte Georg. Aber die Ähnlichkeit kam aus keiner Verwandtschaft, sondern aus Berufsgemeinschaft.

»Belloni hat mich geschickt«, sagte Georg. Frau Marelli nickte. Sie schien nichts Besonderes daran zu finden. »Warten Sie hier einen Augenblick«, sagte sie. Das Zimmer war ganz übersät von Kleidungsstücken in allen Formen und Farben, der Geruch, noch stärker als im Flur, betäubte ihn fast. Frau Marelli machte ihm einen Stuhl frei. Sie ging ins Nebenzimmer. Georg sah sich um. Sein Blick ging von einem Rock, der von schwarzen Pailletten funkelte, zu einem Kranz künstlicher Blumen, von einem weißen Kapuzenmantel mit Hasenohren zu einem Fähnchen aus lila Seide. Er war zu erschöpft, um aus dieser Umgebung klug zu werden. Er sah hinunter auf seine bestrumpfte Hand. Nebenan wurde geflüstert. Georg zuckte zusammen. Er erwartete Zugriffe, das Klacksen der Handschellen. Er sprang hoch. Frau Marelli kam zurück, auf beiden Armen Kleider- und Wäschestücke. Sie sagte: »Nun ziehen Sie sich um.« Er sagte zögernd: »Ich hab kein Hemd.« – »Hier ist eins«, sagte die Frau.

»Was ist mit Ihrer Hand los?« fragte sie plötzlich, »ach, darum sind Sie ausgeschieden.« Georg sagte: »Das blutet durch. Nein, ich will's doch nicht aufmachen. Geben Sie einen Lappen her.« Frau Marelli brachte ein Taschentuch. Sie maß ihn von oben bis unten. »Ja, Belloni hat Ihre Maße angegeben. Er hat einen Schneiderblick. Sie haben da wirklich einen Freund. Ein braver Mensch.« – »Ja.« – »Ihr wart zusammen engagiert?« – »Ja.« – »Wenn das Belloni nur durchhält. Er hat mir diesmal keinen guten Eindruck gemacht. Und Sie, was ist denn das mit Ihnen?« Sie betrachtete seinen abgemagerten Körper kopfschüttelnd, aber ohne andere Neugier als die einer Mutter, die eine Menge Söhne geboren hat, so daß sie für fast alle Vorkommnisse der Welt, ob sie den Körper betreffen oder die Seele, ihre Vergleiche bereit hat. Nur diese Art Frauen ist imstande, sogar den Teufel zu beruhigen. Sie half Georg beim Umkleiden. So undurchsichtig ihm ihre schwarzen Pailletteäugelchen blieben, er verlor sein Mißtrauen.

»Der Himmel hat mir Kinder versagt«, sagte Frau Marelli, »um so mehr denke ich über euch nach, wenn ich an euren Sachen herumstichele. Auch Ihnen sage ich, Sie müssen achtgeben, daß Sie durchhalten. Ihr seid ja zwei schöne Freunde. Wollen Sie sich im Spiegel ansehen?« Sie führte ihn in das Nebenzimmer, in dem ihr Bett stand und ihre Nähmaschine. Auch hier lag alles voll von absonderlichen Kleidungsstücken. Sie verstellte die Flügel des großen dreiteiligen, beinahe prunkvollen Spiegels. Georg sah sich jetzt von der Seite, von vorn und von hinten in einem steifen Hut und gelblichen Überzieher. Sein Herz, das stundenlang ganz vernünftig geblieben war, fing bei diesem Anblick rasend zu klopfen an.

»Jetzt können Sie sich sehen lassen. Wenn man schlecht aussieht, bekommt man erst recht nichts. Wo schon ein Hündchen hingemacht hat, sagt man bei uns, machen erst auch die anderen hin. Jetzt muß ich Ihnen noch ein Päckchen aus Ihren alten Klamotten machen.« Er ging hinter ihr her ins erste Zimmer zurück. »Ich hab hier eine Abrechnung angefertigt«, sagte Frau Marelli, »obwohl Belloni das unnötig fand. Abrechnen geht mir gegen den Strich. Sehen Sie zum Beispiel diese Kapuze, fast drei Stunden Arbeit. Aber sagen Sie selbst, kann ich jemand, der für einen einzigen Abend ein Hasenkostüm braucht, ein Viertel seiner Gage für das Zurechtnähen wegnehmen? Nun, sehen Sie, ich bekam zwanzig Mark von Belloni. Ich wollte die Arbeit gar nicht annehmen, Straßenanzüge repariere ich nur in Ausnahmefällen. Ich glaube, zwölf Mark ist nicht übertrieben. Hier sind also acht Mark. Grüßen Sie den Belloni, wenn Sie mit ihm zusammentreffen.« – »Ich danke Ihnen«, sagte Georg. Im Treppenhaus kam ihm noch einmal ein Argwohn, die Haustür könnte bewacht sein. Er war schon fast unten, da rief ihn die Frau, daß er sein Kleiderpäckchen liegengelassen hatte. »Herr, Herr«, rief sie. Er kehrte sich nicht daran, sondern sprang auf die Straße, die leer und still war.

▬▬▬▬ »Heut scheint der Franz überhaupt nicht zu kommen«, hieß es oben bei Marnets, »teil seinen Pfannkuchen den Kindern aus.«

»Franz ist nicht mehr das, was er war«, sagte Auguste, »seit er drunten in Höchst arbeitet. Keine Hand rührt er mehr für uns.«

»Der ist müd«, sagte Frau Marnet, die den Franz ganz gut leiden konnte. »Müd«, sagte ihr Mann, das Hutzelbäuerchen, »ich bin auch müd. Wenn ich mal bloß meine abgezirkelten Stunden Arbeit hätte, bei mir ist Achtzehnstundentag.« – »Na, erinnre dich doch«, sagte Frau Marnet, »wie du vor dem Krieg in die Ziegelei gegangen bist, da bist du abends ganz krumm gewesen.«

»Aber der Franz, der kommt nicht, weil er sich krumm geschafft hat«, sagte die Auguste, »ganz im Gegenteil, der wird was haben, was ihn anlockt, in Frankfurt oder in Höchst.« Alle Blicke richteten sich auf die Auguste, die da, die Nasenlöcher vor Tratsch gebläht, den letzten Pfannkuchen zuckerte. Ihre Mutter fragte: »Hat er was angedeutet?« – »Bei mir nicht.« – »Ich hab immer geglaubt«, sagte der Bruder, »daß sich die Sophie was aus dem Franz macht. Da hätte er sich wirklich in ein gemachtes Bett legen können.« – »Sophie aus Franz?« sagte die Auguste, »da hat die viel zuviel Feuer.« – »Feuer!« Alle Marnets waren erstaunt. Zweiundzwanzig Jahre war es her, seit im Nachbargarten die Windeln der Sophie Mangold geweht hatten, die nun, wie ihre Freundin Auguste behauptete, Feuer haben sollte. »Wenn sie Feuer hat«, sagte das Bäuerchen mit funkelnden Äugelchen, »braucht sie Spänchen.« Ja, grad so ein Spänchen wie dich, dachte Frau Marnet, die ihren Mann überhaupt nie hatte leiden können. Darüber war sie freilich noch keinen einzigen Augenblick ihrer Ehe unglücklich gewesen. Unglücklich, hatte sie ihre Tochter vor der Hochzeit belehrt, kann man ja überhaupt nur werden, wenn man jemand leiden kann.

▄▄▄▄▄ Franz betrat, während sein Pfannkuchen von seiner Kusine Auguste in zwei nach menschlichem Ermessen gleiche Hälften geteilt wurde, die Olympia-Lichtspiele, als es schon dunkel war. Die Menschen knurrten, weil er, indem er sich ungeschickt in die Platzreihe einschob, ein Stück von der Wochenschau wegnahm.

Franz hat schon im Kommen gesehen, daß der Platz neben seinem besetzt ist. Dann hat er Ellis Gesicht erwischt, weiß und starr, mit aufgerissenen Augen. Während er jetzt selbst auf die Wochenschau sieht, drückt er die Ellenbogen an sich, denn der Arm auf der gemeinsamen Lehne ist Ellis Arm.

Warum konnte man nicht die Jahre auslöschen, seine Hand um ihr Handgelenk schließen? Er sah an ihrem Arm entlang, an ihrer Schulter, ihrem Hals. Warum konnte er nicht über ihr dichtes dunkles Haar streichen, sah das Haar doch aus, als ob es das jetzt brauchte. In ihrem Ohr glühte ein rotes Pünktchen. Hatte ihr denn inzwischen niemand andre Ohrringe geschenkt? Er runzelte die Stirn. Kein Wort zuviel, kein Gedanke zuviel. Daß er nachher in der Pause ein hübsches Ding ansprach, das zufällig neben ihm saß, daran war nichts Auffälliges, selbst wenn Elli hier mitten im Kino bespitzelt wurde. Er schämte sich plötzlich über das Durcheinander in seinem Kopf und seinem Herzen. Dieser Abschnitt der Wochenschau, der sekundenlang Bilder der Welt auf die Menschen warf wie eine jäh aufgerissene, jäh wieder zugeschlagene Tür, hätte jeden anderen Abend genügt, um sein Denken auszufüllen. Wie man mit seiner Hand die Sonne selbst zudecken kann, so deckte nun das nächste, Georgs Flucht, heute abend alles übrige zu. Mochte auch alles übrige die von Kriegen geschüttelte Welt sein, die ihn mitschüttelte. Aber vielleicht waren auch diese zwei Toten, die da übereinander auf der Dorfstraße lagen, selbst ein Franz und ein Georg gewesen.

Ich werde jetzt gebrannte Mandeln kaufen, dachte er, als es hell wurde. Er ging an Elli vorbei aus der Platzreihe. Sie sah ihn an, so nah wie man jemand ansehen kann – ohne ihn zu erkennen. Also ist Else doch nicht gekommen, dachte Elli, ob das Billett von ihr ist? Vielleicht ist die alte Frau neben mir ihre Mutter. Auf jeden Fall ist es ein Glück, hier im Kino zu sitzen. Die Pause soll herumgehen, es soll wieder dunkel werden.

Sie sah Franz an, als er zurückkam. Ihr Gesicht veränderte sich in einem Schimmer von Erkennen. Unbestimmte Erinnerungen, von denen sie selbst nicht mehr wußte, ob sie frohe oder traurige waren. »Elli«, sagte Franz. Sie sah ihn groß an. Sie hatte eine Empfindung von Trost, noch ehe sie sich recht auf den Franz besann. »Wie geht's dir denn?« fragte Franz. Ihr Gesicht verfinsterte sich. Sie vergaß sogar, ihm zu antworten. Er sagte: »Ich weiß schon. Ich weiß alles. Sieh mich jetzt nicht an, Elli, hör genau, was ich sag. Nimm immerfort Mandeln raus und knabbere. Ich war gestern vor deinem Haus – sieh mich mal an und lach –«

Sie betrug sich ganz geschickt. »Iß, iß«, sagte er. Er redete rasch und leise. Sie brauchte nur ja und nein zu sagen. »Besinn dich auf seine Freunde, du kennst vielleicht welche, die ich nicht kenne. Denk nach, wen er hier gekannt hat. Vielleicht kommt er doch noch in die Stadt. Sieh mich an und lach. Wir dürfen nachher nicht zusammenbleiben. Komm morgen ganz früh in die große Markthalle, dort helf ich meiner Tante. Bestell dort Äpfel, ich kann dann die Äpfel liefern, wir können uns sprechen. Verstehst du das alles?« – »Ja.« – »Sieh mich an.« In ihren jungen Augen war beinahe zuviel Vertrauen, nur Ruhe. Es hätte auch noch etwas anderes drin sein dürfen, dachte Franz. Sie lachte gezwungen. Sie sah ihn, als es dunkel wurde, rasch noch einmal an mit ihrem wirklichen ernsten Gesicht. Sie hätte jetzt vielleicht selbst gern seine Hand genommen, wenn auch nur aus Bangigkeit.

Franz drückte die leere Tüte in seiner Hand zusammen. Dann fiel ihm ein, daß es zwischen ihm und Elli nichts geben konnte, solange Georg, so oder so, im Land war. Er konnte froh sein, wenn er sie kurz wiedersah, ohne sie und sich selbst zu gefährden.

Jetzt aber saß sie neben ihm. Sie lebte und er auch. Eine Regung von Glück, so schwach und brüchig sie sein mochte, war stärker als alles, was auf ihm lastete. Er fragte sich, ob sie wirklich den Film sah, den ihre aufgerissenen Augen anstarrten. Er wäre enttäuscht gewesen, wenn er erfahren hätte, daß Elli, sich und alles vergessend, mit ganzem Herzen dem wilden Ritt folgte, der durch das verschneite Land vor sich ging. Franz sah nicht mehr hin. Er sah herunter auf Ellis Arm und manchmal rasch auf ihr Gesicht. Er erschrak, als alles zu Ende war und es hell wurde. Bevor sie sich im Gedränge trennten, berührten sich ihre Hände flüchtig wie die Hände von Kindern, denen man verboten hat, miteinander zu spielen.

V Georg fühlte sich lockerer, sich selbst entfremdet in diesem gelblichen Mantel. Ich habe dir manches abzubitten, Belloni – Was weiter? Die Straßen würden sich bald entleeren, aus allen Cafés und Kinos die Menschen heimgehen. Die Nacht lag vor ihm, ein Abgrund, wo er ein Haus erwartet hatte. Er lief bewußtlos vor Müdigkeit, ein ausstaffiertes Gestell, von einer Feder vorwärts bewegt. Er hatte vorgehabt, Leni am nächsten Tag zu einem der alten Freunde zu schicken, zu Boland. Jetzt mußte er selbst gehen. Es gab nichts anderes. Zum Glück, daß er wenigstens diese Kleider hatte. Er dachte über den kürzesten Weg nach, den er einschlagen könnte. Sich Straßen auszuhecken, sich durchzuwinden durch seinen Kopf, der nichts mehr wollte als schlafen, war ebenso quälend, wie durch die wirklichen Straßen zu traben. Er kam kurz vor halb elf an. Die Haustür war offen, da sich zwei Nachbarinnen weitläufig verabschiedeten. Das helle Fenster im dritten Stock gehört Boland. Soweit war alles in Ordnung. Das Haus noch offen, die Menschen noch wach. Er zweifelte nicht, daß Boland der Rechte war. Er war der Beste unter den Möglichen. Weitaus der Beste – so daß man darüber nicht noch einmal zu grübeln brauchte. Er ist der Richtige, wiederholte sich Georg bereits auf der Treppe. Sein Herz schlug ruhig, vielleicht weil es sich nie mehr auf nutzlose Warnungen einließ, vielleicht weil es diesmal wirklich gar nichts zu warnen gab.

Er erkannte Bolands Frau. Sie war weder alt noch jung, weder schön noch häßlich. Sie hatte einmal, fiel es Georg ein, ein Kind während einer Streikzeit zu den ihren genommen. Das Kind ohne Eltern, vielleicht weil der Vater im Kittchen saß, war abends in das Lokal gebracht worden. Und Boland hatte es an die Hand genommen, in seine Wohnung hinauf, um die Frau zu fragen, und war ohne Kind zurückgekommen. Der Abend war weitergegangen, irgendeine Besprechung für irgendeinen Aufmarsch. Das Kind unterdes hatte Eltern bekommen, Geschwister, sein Abendessen. »Mein Mann ist nicht hier«, sagte die Frau, »Sie können ja zu ihm, da drüben in der Wirtschaft.« Sie war ein wenig erstaunt, aber nicht mißtrauisch. »Kann ich auf ihn warten?« – »Das geht leider wirklich nicht«, sagte die Frau, nicht böse, aber entschieden, »es ist schon spät, ich hab ein Krankes im Haus.«

Ich muß ihn abpassen, dachte Georg. Er stieg etwas tiefer und setzte

sich auf die Treppe. Wenn man jetzt das Haus abschließt? Dann kann einer noch vor Boland kommen, mich finden, mich fragen. Boland kann auch in Begleitung zurückkommen. Ich kann ihn vielleicht auf der Straße abpassen, vielleicht hineingehen. Die Frau hat mich nicht erkannt, der Lehrer heute morgen hat mich für so alt wie seinen Vater gehalten. Er schlüpfte zwischen den noch immer Abschied nehmenden Nachbarinnen ins Freie.

Vielleicht war es wirklich dieselbe Wirtschaft, in die man damals das Kind gebracht hatte. Die ganze Gesellschaft war im Aufbruch, ein bißchen, nicht sehr beschwipst, so laut im Lachen, daß man aus den Fenstern »Pst« machte. Fast lauter SA, nur zwei Männer in gewöhnlicher Kleidung, einer davon Boland. Er lachte gleichfalls, wenn auch auf die ihm gemäße lautlos-behagliche Art. Er sah aus wie früher. Er ging von den übrigen weg zwischen zwei SA-Leuten. Die drei lachten schon nicht mehr, sondern schmunzelten. Sie wohnten im selben Haus, denn einer schloß auf – man hatte wirklich gerade abgeschlossen –, die zwei anderen folgten.

Georg wußte, daß die Gesellschaft, in der er war, für Boland nichts zu besagen brauchte. Er wußte, daß die Hemden seiner Begleiter nicht viel zu besagen brauchten. Er hatte im Lager genug gehört und Bescheid gewußt. Er wußte, daß sich das Leben der Menschen verändert hatte, ihr Äußeres, ihr Umgang, die Formen ihres Kampfes. Das wußte er, wie es Boland wußte, falls er wirklich der alte geblieben war. Georg wußte das alles, aber er fühlte es nicht.

Georg fühlte, wie er die letzten Jahre gefühlt hatte, er fühlte, wie man in Westhofen fühlte. Er hatte jetzt keine Zeit, sich von seinem Verstand erklären zu lassen, warum für Bolands Begleiter diese Hemden unumgänglich sein mußten und für Boland diese Begleiter. Er fühlte bei ihrem Anblick nur, was er in Westhofen gefühlt hatte. Und Boland hatte auf seiner Stirn kein Zeichen, das ihn kenntlich machte. Er konnte vertrauenswürdig sein. Georg fühlte es nicht. Er konnte es sein und konnte es nicht sein.

Was soll ich nur tun? dachte Georg. Er hatte schon etwas getan, er war schon fort aus Bolands Straße. Die Stadt belebte sich noch einmal, es war das letzte Herumgelärme vor Nacht.

▬▬▬▬ »Man hat die Bachmann in Worms noch verhaften müssen.« – »Warum?« fragte Overkamp grob. Er hatte sich gegen diese Verhaftung ausgesprochen, durch die man nur die Neugier und Erregung der Bevölkerung weckte, während offenkundige Schonung seitens der Polizei die Familie Bachmann am besten isoliert hätte. – »Als man den Bachmann auf der Mansarde abgeknüpft hat, da hat die Frau gebrüllt, er hätte es gestern tun sollen, vor dem Verhör, und ihr Wäscheseil sei ihr zu schade. Sie hat sich auch nicht beruhigt, als man den Mann weggebracht hat. Sie hat die ganze Umgebung verrückt gemacht, geschrien, sie sei unschuldig, und so weiter, und so weiter.« – »Wie hat sich denn da die Umgebung verhalten?« – »Teils, teils. Soll ich die Berichte anfordern?« – »Nee, nee«, sagte Overkamp, »das hat mit uns nichts mehr zu tun, das gehört ins Ressort der Kollegen in Worms. Wir haben genug Beschäftigung.«

▬▬▬▬ Georg konnte sich nicht zu barer Luft verflüchtigen. Er dachte: mit der ersten besten.

Wie die nun aber hinter dem Schuppen herauskam, der mitten auf der Forbachstraße steht, hinter dem Güterbahnhof, da war sie doch schlimmer, die erste beste, als er sich das hätte träumen lassen. Er hätte sie auch nicht mit der Fingerspitze anrühren mögen. Von ihrem länglichen Kopf war das Fleisch im Wegweichen. Er hätte in dem schwachen Laternenlicht nicht sagen können, ob das lohfarbige Büschel aus ihrem Schädel herauswuchs oder an ihrer Mütze zum Schmuck angenäht war. Er fing zu lachen an. »Das ist vielleicht dein Haar?« – »Mein Haar, ja.« Sie sah ihn unsicher an, wodurch ein Anflug von Menschlichkeit in ihr Totengesicht kam. »Mir egal«, entschied er laut.

Sie sah ihn nochmals von der Seite an. Dann blieb sie Ecke Tormannstraße stehen, unbewußt zögernd, aber dann doch nur, um sich Gesicht und Brust endgültig zurechtzumachen. Das mißlang und mußte mißlingen. Sie seufzte sogar auf. Georg dachte: Irgendwo wird's ja jetzt hingehen. Vier Wände werden da sein. Wird die Tür ins Schloß fallen. Er hängte sich herzlich in sie ein. Sie gingen schnell dahin. Sie war es dann, die zuerst den Polizisten Ecke Dahlmannstraße erblickte. Sie zog Georg in ein Tor. »Jetzt ist alles verschärft«, sagte sie. Sie gingen Arm in Arm, sorgsam den Posten ausweichend, durch die paar Straßen. Schließlich waren sie angelangt. Ein kleiner Platz, der weder eckig noch rund, sondern beides zugleich war, wie wenn ein Kind einen Kreis malt. Und der Platz und die ineinandergeschobenen Schieferdächer kamen Georg niederträchtig bekannt vor. Wenn ich hier nicht mal irgendwann gewohnt habe mit dem Franz.

Auf den Treppen mußten sie durch eine kleine Gruppe, zwei Burschen, zwei Mädchen. Eins der Mädchen knüpfte einem der Burschen, der fast zwei Köpfe kleiner war, das Halstuch, zog die Zipfel nach oben. Er, der Kleine, zog sie sofort nach unten, das Mädchen wieder nach oben. Der andere Bursche hatte ein glattrasiertes Gesicht, schielte ein wenig und war sehr gut gekleidet. Das zweite Mädchen, in einem langen schwarzen Kleid, war erstaunlich schön, ein blasses Gesichtlein in einer Wolke aus flimmrigem Blaßgold. Aber ein Umtausch war jetzt unmöglich für Georg, unausdenkbar verwirrend. Außerdem war auch alles egal. Außerdem erwies sich die ungeheure Schönheit hoffentlich als pure Einbildung. Er drehte sich nochmals um. Alle vier sahen ihn gerade scharf an. Wirklich, das Mädchen war plötzlich weniger schön, ihre Nase war zugespitzt. Einer der Burschen rief: »Gut Nacht, Böppchen.« Dem Georg seine rief zurück: »Gut Nacht, scheeler Gigl.« Als sie aufschloß, rief der Kleine: »Mach's gut.« Sie rief: »Maul, Goebbelschen.«

»Soll das ein Bett vorstellen?« sagte Georg. Jetzt fing sie aber furchtbar zu schimpfen an. »Geh in den Englischen Hof, in die Kaiserstraße –« – »Nun sei mal still«, sagte Georg, »hör mal zu. Ich hab da was gehabt, und es geht dich überhaupt nichts an, was. Das war für mich ein Kummer. Ich hab seitdem kein Aug zugetan. Wenn du das fertigbringst, daß ich mal einschlaf, dann kannst du von mir ja allerlei haben, da laß ich was springen und hab was zum Springenlassen.« Sie sah ihn erstaunt an. In ihren Augen glühte es auf, wie wenn man in einen Totenkopf ein Licht steckt. Dann erklärte sie mit größter Entschiedenheit: »Abgemacht.«

Dann wurde nochmals an die Tür gebumst. Der Kleine steckte seinen Kopf herein. Sah sich um, als hätte er was liegenlassen. Sie lief hin und schimpfte, hörte aber plötzlich im Schimpfen auf, weil er sie – nur mit den Brauen – herauswinkte.

Georg hörte sie alle fünf hinter der Tür durcheinanderflüstern, angestrengt leise, dadurch ganz scharf. Trotzdem verstand er kein Wort: ein Gezische, das plötzlich abriß. Er griff sich an den Hals. Hatte sich denn

das Zimmer verengt, seine vier Wände, Decke und Fußboden ineinandergeschoben? Er dachte: Weg von hier.

Da kam sie schon zurück. Sie sagte: »Guck mich doch nicht so brummelig an.«

Sie tippte ihm ans Kinn. Er schlug ihre Hand zurück.

Dann aber, welch ein Wunder, hatte er wirklich geschlafen. Stunden, Minuten? Hatte Löwenstein den Wasserkran zum drittenmal aufgedreht in verzweifelter Unschlüssigkeit? Georgs Bewußtsein kommt langsam zurück. Mit dem Bewußtsein werden jetzt gleich verrückte Schmerzen kommen, an fünf, sechs Stellen seines Körpers. Aber er fühlte sich immer weiter erstaunlich frisch und heil. Er hatte also wahrhaftig geschlafen. Ich werde ihr, dachte er, alles schenken, was ich habe. Wodurch war er eigentlich aufgewacht? Das Licht war doch ausgeknipst. Nur das Laternenlicht aus dem Hof fiel durch das kleine Fenster über dem Kopfende des Bettes. Wie er sich aufsetzte, setzte sich auch sein Schatten riesig groß vor die gegenüberliegende Wand. Er war allein. Er horchte und wartete. Es kam ihm auch vor, als höre er ein Geräusch auf der Treppe; schwaches Knarren von bloßen Füßen oder von einer Katze. Er fühlte sich unsagbar beklommen im Angesicht seines Schattens, der riesenhaft in die Decke wuchs. Auf einmal zuckte der Schatten zusammen, als ob er sich auf ihn stürzen wollte. Ein Blitz in seinem Gehirn: Vier Paar scharfe Augen in seinem Rücken, als er vorhin heraufging. Der Kopf des Kleinen in der Türspalte. Winken mit den Brauen. Gewisper auf der Treppe. Er sprang auf das Bett und aus dem Fenster in den Hof. Er fiel auf einen Haufen von Kohlköpfen. Er stampfte weiter, schlug eine Scheibe ein, obwohl es zwecklos war, der Riegel hätte weit rascher nachgegeben. Er schlug etwas nieder, was ihm in den Weg kam, sekundenlang später spürte er erst: eine Frau. Er prallte mit einem Gesicht zusammen, zwei Augen, die in die seinen hineinglotzten, ein Mund, der in den seinen brüllte. Sie wälzten sich auf dem Pflaster, als hätten sie sich vor Grauen ineinandergeklammert. Er lief im Zickzack über den Platz in eine der Gassen, die plötzlich die Gasse war, in der er vor Jahren glücklich gelebt hatte. Und wie im Traum erkannte er ihre Steine und selbst den Vogelkäfig über der Schusterwerkstatt und hier die Tür in den Hof, durch die man in andere Höfe gelangt und von dort aus in das Baldwinsgäßchen. Wenn aber die Tür jetzt verschlossen ist, dachte er, dann ist alles fertig.

Die Tür war verschlossen. Doch was besagte eine verschlossene Tür, da das ihm stemmen half, was ihm im Rücken saß. Das war ja alles nach alten ungültigen Kräften gemessen. Er lief durch die Höfe und schnaufte in einer Haustür und horchte, hier war noch alles still. Er schob den Riegel zurück. Er trat auf das Baldwinsgäßchen. Er hörte die Pfiffe, doch immer erst auf dem Antonsplatz. Er lief wieder durch ein Gewirr von Gassen. Jetzt war es auch wieder wie im Traum, ein paar Stellen waren geblieben, ein paar waren ganz verändert. Da hing noch die Mutter Gottes über dem Tor, doch daneben brach die Gasse ab, da war ein fremder Platz, den er gar nicht kannte. Er lief über den fremden Platz in ein Gewimmel von Gassen, er kam in einen anderen Stadtteil. Es roch nach Erde und Gärten. Er kletterte über ein niedriges Gitter in einen Winkel aus Taxushecken. Er setzte sich hin und atmete, dann kroch er noch ein Stück weiter, dann blieb er liegen, weil seine Kraft plötzlich ausging.

Dabei hatte er nie so klar gedacht. Erst jetzt kam er zu sich. Nicht nur nach der Flucht aus dem Fenster, sondern seit der Flucht überhaupt. Wie furchtbar kahl jetzt alles war und wie kalt und wie einfach ausrechenbar die Unmöglichkeit. Er war bis jetzt seine Kante abgelaufen unter einem Zwang, den er nicht mehr verstand, wie ein Nachtwandler. Jetzt war er endgültig aufgewacht und sah, wo er war. Ihm war schwindlig, er klammerte sich an die Zweige. Bis jetzt war er unversehrt durchgekommen, von jenen Kräften geführt, die nur dem Nachtwandler zukommen und beim Erwachen abströmen. Er hätte vielleicht sogar auf diese Art seine Flucht zum guten Ende bringen können. Doch leider war er hellwach, durch den bloßen Willen war der verlorene Zustand unfaßbar. Er fror vor Angst. Er beherrschte sich aber, obwohl er allein war. Ich werde mich jetzt und immer beherrschen, sagte er sich, mich bis zuletzt anständig aufführen. Die Zweige rutschten ihm durch die Finger, er behielt etwas Klebriges in der Hand und sah darauf: eine große Blüte, wie er sich nicht erinnern konnte, je eine gesehen zu haben. So stark war das Schwindelgefühl einer heftig schaukelnden Erde, daß er rasch wieder nach den Zweigen griff.

Wie glockenwach er war! Wie schlecht das war, völlig wach zu sein. Ganz jämmerlich war er verlassen bei diesem Aufwachen von all seinen guten Geistern.

Sein Fluchtweg war wohl festgestellt, sein Signalement wohl durchgegeben. Vielleicht gruben schon Radio und Zeitungen seine besonderen Kennzeichen unablässig in aller Menschen Gehirne. In keiner Stadt war er mehr gefährdet als hier; dicht davor, aus dem läppischsten Anlaß zugrunde zu gehen, aus dem allergeläufigsten, weil er sich auf ein Mädchen verlassen hatte. Jetzt sah er Leni so, wie sie damals in Wahrheit gewesen war, weder fliegend noch hausbacken, sondern bereit, jedwedem Liebsten zulieb durchs Feuer zu gehen oder Suppen zu kochen, jedwede Flugblätter zu verteilen. Und wäre er damals ein Türke gewesen, sie hätte auch ihm zulieb den Heiligen Krieg in Niederrad austrommeln helfen.

Auf dem Weg neben dem Gitter kamen Schritte. Ein Mensch ging vorbei mit einem Stock. Der Main mußte nah sein, er war nicht in einem Garten, sondern in einer Uferanlage. Er erkannte jetzt hinter den Bäumen die glatten, weißen Häuser des Obermainkais. Er hörte das Rollen der Züge und jetzt auch zum erstenmal, obwohl es noch ziemlich dunkel war, das Klingeln einer Elektrischen.

Er mußte weg von hier. Seine Mutter war sicher bewacht. Die Frau, die Elli, die seinen Namen hatte, war sicher bewacht. – Ein jeder konnte bewacht sein, der je in dieser Stadt ein Steinchen in sein Leben hineingesetzt hatte. Bewacht waren seine paar Freunde, und seine Lehrer konnten bewacht sein und seine Brüder und seine Liebsten. Ein Fangnetz die ganze Stadt. Er lag schon drin. Er mußte durchschlüpfen. Zwar, diesmal war er wirklich fertig. Seine Kraft reichte kaum mehr aus, um über das Gitter zu klettern. Wie sollte er sich aus der Stadt heraus auf dem Weg, den er gestern gekommen war und zwanzigmal weiter, bis zur Grenze durchschlagen? Da konnte er ebensogut hier hocken bleiben, bis er gefunden wurde. Er sträubte sich wütend, als hätte ihm irgendwer solchen Vorschlag zugemutet. Und wenn er auch nur noch die Kraft für eine einzige winzig kleine Bewegung hatte, auf die Freiheit hin, wie sinnlos und nutzlos diese Bewegung auch sein mochte, er wollte diese Bewegung doch noch gemacht haben.

Ganz nah bei der nächsten Brücke fing man schon an zu baggern. Das muß meine Mutter doch jetzt auch hören, dachte er. Mein kleiner Bruder hört das jetzt auch.

Viertes Kapitel

I Bevor die Nacht, die er schlaflos verbracht hatte, noch zu Ende war, stand der ehemalige Bürgermeister von Oberbuchenbach, Peter Wurz, jetzt Bürgermeister der zusammengelegten Dörfer Ober- und Unterbuchenbach, von seinem quälenden Bett auf, schlich durch den Hof in den Stall und setzte sich dort in den dunkelsten Winkel auf den Melkschemel. Er wischte sich den Schweiß ab. Seit das Radio gestern die Namen der Flüchtlinge gemeldet hatte, suchten die Männer, Frauen und Kinder des Dorfes seiner habhaft zu werden. Ist er wirklich ganz grün im Gesicht? Hat er wirklich das Zipperlein gekriegt? Ist er wirklich plötzlich verhutzelt?

Buchenbach liegt mainaufwärts, ein paar Fußstunden von Wertheim entfernt, aber sowohl von der Landstraße wie vom Fluß abgerückt, als ob es sich allem Verkehr entziehen wollte. Früher bestand es aus zwei Dörfern, Ober- und Unterbuchenbach, einer gemeinsamen Straße entlang, die genau in der Mitte gekerbt war durch einen Weg, der nach beiden Seiten feldeinwärts führte. – Voriges Jahr war aus dieser Wegkreuzung ein gemeinsamer Dorfplatz entstanden, auf dem man in Anwesenheit der Behörde unter allerlei festlichen Darbietungen und Reden die Hitlereiche gepflanzt hatte. Ober- und Unterbuchenbach wurden zusammengelegt im Zug der Verwaltungsreformen und Flurbereinigungen.

Wenn ein Erdbeben eine blühende Stadt zerstört, fallen auch immer ein paar morsche Gemäuer ein, die sowieso baufällig waren. Weil nun dieselbe freche Faust, die das Recht erstickte, auch ein paar alte zwecklose Gepflogenheiten miterstickte, fühlten sich die Söhne des alten Wurz und ihre SA-Kumpane kühn und rebellisch vor all den Bauern, die sich der Zusammenlegung widersetzt hatten.

Wurz auf seinem Melkschemel rang die Hände, daß es knackte. Da ihre Melkstunde noch nicht da war und ihre Euter noch nicht spannten, blieben die Kühe ganz unbewegt. Wurz fuhr alle Augenblicke zusammen, raffte sich auf, um gleich wieder zusammenzufahren. Er dachte: Hier kann er sich auch einschleichen, hier kann er mir auch auflauern. – Der Mann, den er solchermaßen fürchtete, war Aldinger, jener alte Bauer, den Georg und seine Genossen in Westhofen für nicht mehr recht im Kopf gehalten hatten.

Der älteste Wurzsohn war einmal mit der jüngsten Aldingertochter so gut wie verlobt gewesen, man hatte bloß ein paar Jahre warten wollen. Die Äcker hatten zusammengepaßt, sogar die zwei kleinen Weinberge auf der anderen Mainseite, mit denen man später, da sich der Wein nicht mehr lohnte, etwas anderes anfangen konnte. Damals war Aldinger Bürgermeister von Unterbuchenbach. Die Tochter verliebte sich dann im Jahre 30 in einen Burschen, der beim Wertheimer Straßenbau beschäftigt war. Aldinger ließ sie gewähren, ihm war es ganz vorteilhaft, der Bursche hatte sein Einkommen, das Paar zog in die Stadt. Im Februar 33 tauchte der Schwiegersohn kurz im Dorfe auf, ohne daß man sich darum den Kopf zerbrach. Wie viele Arbeiter in den kleinen Städten, deren Gesinnung allzu bekannt war, zog er es vor, in der ersten Periode der Verhaftungen und Verfolgungen auf dem Lande bei Verwandten unterzukommen. Er war wieder weg, als Wurz auf den Rat seiner Söhne diesen Besuch der Staatspolizei anzeigte. Aldinger hatte inzwischen, da die Zusammenlegung der Dorfgemeinden bevorstand, eine Gruppe um sich geschart, die der Meinung war, wenn der Aldinger nicht Bürgermeister bleiben konnte, sollte auch Wurz nicht im Amt bleiben können, sondern ein Dritter den zusammengelegten Gemeinden vorstehen. Diese Gruppe war durch den Pfarrer bestärkt, der in Unterbuchenbach lebte und predigte, da nun einmal Kirche und Pfarrhaus dort aufgebaut waren.

Der Schwiegersohn war nun wirklich gesucht worden, da er Jahre hindurch für seine Gewerkschaft kassiert hatte, auch für eine kleine Arbeiterzeitung. Dabei war niemals einem Buchenbacher, so voreingenommen man gegen Ortsfremde war, an diesem ruhigen Mann etwas Sonderbares aufgefallen, wenn er zur Erntezeit bei den Aldingers mithalf gegen Brot und Würste für seine nach und nach fünfköpfige Familie. Er hatte sich bloß mit den Wurzsöhnen im Wirtshaus gestritten, die damals schon mit der SA liebäugelten. Das hatte sie später darauf gebracht, ihren Vater zu beraten.

Wurz war fast erschrocken gewesen, wie gut der Rat geklappt hatte. Man hatte den Aldinger wirklich geholt. Ihm, Wurz, war nur daran gelegen gewesen, den Aldinger wegzuhaben, bis er selbst im Amt bestätigt war. Er hätte sogar seinen Spaß daran gehabt, sich an Aldingers Ärger zu laben. Das hatte nicht recht geklappt – aus unerfindlichen Gründen war Aldinger weggeblieben. Wurz hatte in den ersten Monaten einen schweren Stand gehabt. Die Unterbuchenbacher hatten ihn gemieden, ihm jede Amtshandlung, jeden Kirchgang sauer gemacht. Seine Söhne hatten ihn aber getröstet und die Freunde seiner Söhne: die neuen Männer, der Führer ebensogut wie Wurz, mußten in ihren Pflichten verharren trotz aller Anfangsschwierigkeiten und Anfeindungen.

Sieht man von einem Flugzeug herunter auf Buchenbach, dann freut man sich, wie es reinlich und ordentlich daliegt, mit seinem Kirchturm und seinen Feldchen und Wäldchen. Fährt man durch, ist es ein bißchen anders, aber nur, wenn man Lust und Zeit hat, scharf hinzusehen. Zwar sind die Wege alle sehr sauber und das Schulhaus ist frisch gestrichen, aber warum muß die Kuh noch ziehen, da sie doch trächtig ist? Warum sieht sich das Kind scheu um, das seine Schürze voll Gras zusammengerupft hat? Weder vom Flugzeug aus noch beim Durchfahren kann man den Bauer Wurz auf seinem Schemel sitzen sehen. Man kann nicht sehen, daß es in keinem Stall mehr als vier Kühe gibt, daß es in den beiden zusammengelegten Dörfern nur zwei Pferde gibt. Weder im Drüberfliegen noch im Durchfahren kann man sehen, daß von den beiden Pferden eines dem Wurzsohn gehört und das andere vor etwa fünf Jahren auf nicht ganz geheure Weise nach der Auszahlung einer Brandversicherung an den Besitzer kam. (Kürzlich hat man bei der Bauernschaft die Aufrollung des Prozesses beantragt.) Dieses stille, saubere Dorf ist arm, bitterarm, wie irgendein Dorf, das vor Armut stinkt.

Ändern wird Hitler den Boden nie können, hieß es zuerst. Näher heran an den Wein kann er uns nicht schieben. Alois Wurz wird uns nie sein Pferd zum Ziehen leihen. Eine Dreschmaschine fürs ganze Dorf auf Ratenzahlung? Das war ja sowieso geplant.

Erntedankfest? Hat es denn nicht jeden Herbst Karusselle und Buden gegeben? Aber die Jungen, als sie am Montag aus Wertheim zurückkamen, meinten, so etwas sei denn doch noch nie dagewesen. Hatte man je, seit man lebte, dreitausend Bauern zusammen gesehen? Je ein solches

Feuerwerk? Je solche Musik gehört? Wer hat schließlich dem Stellvertreter des Reichsbauernführers den Blumenstrauß überreichen dürfen? Nicht die Agathe von dem Alois Wurz, sondern die kleine Hanni Schulz III aus Unterbuchenbach, die nicht das Schwarze unter dem Nagel hat.

Näher heran an die Stadt hat man das Dorf nicht schieben können, festen Markt hat man immer noch nicht. Aber die Stadt kommt jede Woche heraus, der Wagen mit dem Kino. Auf der Leinwand im Schulhaus sieht man den Führer in Berlin, sieht man die ganze Welt, China und Japan, Italien und Spanien.

Wurz auf seinem Schemel dachte: Dieser Aldinger hat sowieso ausgespielt gehabt. Wo hat er bloß zuletzt gesteckt? Keiner hat mehr an den Mann gedacht.

Was die Leute in Buchenbach am meisten verblüfft hatte, war die Sache mit der Domäne. Sie war immer Domäne gewesen. Jetzt legte man auf der Domäne eine Art Musterdorf an. Dreißig Familien aus allen Dörfern im weiten Umkreis wurden dort angesiedelt. Hauptsächlich solche Bauern, die noch ein Handwerk verstanden und viele Kinder hatten. Aus Berblingen hatte man den Schmied geholt, aus Weilerbach den Schuhmacher, aus vielen Dörfern hatte man jeweils eine Familie gesiedelt, nächstes Jahr würde man nochmals siedeln. Hoffnung war in jedem Dorf. Das war wie das Große Los. Jeder kannte eine Familie, die es getroffen hatte, mindestens im Nachbardorf. Langsam begriffen manche, die dem Wurz sonst wegen dem Aldinger feind waren, daß dieser Wurz, als er damals seinen Söhnen erlaubt hatte, zur SA zu gehen, auf die richtige Karte gesetzt hatte. Wenn man auf dieses Domänendorf ein Anrecht haben wollte, wenn man das ganze Jahr durch nur ein klein wenig Hoffnung auf das Domänendorf haben wollte, mußte man Wurz, durch dessen Hände die Akten der Dorfleute gingen, mindestens seine Feindschaft nicht allzusehr merken lassen. Ja, man durfte sich nicht einmal allzuoft bei den Aldingers zeigen; um diese Leute bildete sich allmählich ein dünner Reif. Man fragte auch nicht mehr nach dem Aldinger, vielleicht war er wirklich schon tot. Aldingers Frau trug sich immer schwarz, kniff die Lippen zusammen, ging viel in die Kirche, wozu sie stets einen Hang gehabt hatte. Seine Söhne gingen nie ins Wirtshaus.

Erst gestern früh, als die Flucht aus dem Radio herauskam, hatte sich wieder alles verändert. Jetzt wollte niemand mehr in Wurzens Haut stek-

ken. Aldinger war ja ein starker Mann gewesen, würde sich schon eine Flinte verschaffen, wenn er wirklich ins Dorf hineinkann. Was dieser Wurz getan hatte, war doch ein großes Unrecht gewesen: falsches Zeugnis wider deinen Nächsten. Seinetwegen ist jetzt das ganze Dorf umstellt. Der SA-Sturm, zu dem auch Wurz' eigene Söhne gehören, bewacht das Anwesen. Nützen wird ihm das alles nichts. Aldinger kennt ja das Land, er wird plötzlich auftauchen, plötzlich wird Wurz seine Kugel weghaben, uns wird das nicht wundern. Die Bewachung wird ihm nichts nützen. Er muß ja mal auf die andere Mainseite. Er muß ja auch mal ins Holz.

Wurz fuhr zusammen. Jemand kam angeschlürft. Er erkannte seine älteste Schwiegertochter, Alois' Frau, am Geklapper der Milcheimer. »Was machst denn du hier?« sagte die Frau, »die Mutter sucht dich.« Sie sah ihm durch die Stalltür nach, wie er durch den Hof schlich, als sei er selbst der Eindringling. Sie verzog den Mund. Wurz hatte sie immer herumkommandiert, seit sie hier eingeheiratet hatte; sie gönnte ihm den Schaden.

II Wenn auch die Akten Bellonis, soweit sie Westhofen angingen, durch seinen Tod geschlossen waren, gab es doch noch ein paar offene Akten, die andere Abteilungen angingen. Diese Akten waren gar nicht, wie man das Akten gewöhnlich nachsagt, am Verstauben und Vermodern. Am Vermodern war nur Belloni, seine Akten waren frisch geblieben. Wer hat ihn eigentlich verpflegt? Wer hat ihn eigentlich gesprochen? Wer sind diese Leute, die es also doch noch in der Stadt geben muß? Durch Herumhorchen in Artistenlokalen kam man schon Mittwochnacht auf die Frau Marelli, die alle ein wenig kannten. Diese Nacht war noch nicht ganz vorbeigegangen – Wurz, der Bürgermeister von Buchenbach, saß noch auf seinem Melkschemel –, als sie schon zu der Frau Marelli heraufkamen. Sie lag nicht im Bett, sondern saß bei der Lampe und nähte Metallschüppchen an ein Röckchen, das einer Frau gehörte, die Mittwochabend im Schumanntheater aufgetreten war und mit dem Frühzug auf ihr Donnerstagengagement fahren wollte. Bei der Ankunft der Polizei und der Eröffnung, sie müsse sofort in dringender Sache zu einer Vernehmung mitkommen, war sie sehr bestürzt, aber nur, weil sie der Tänzerin diesen Rock für sieben Uhr in die Hand versprochen hatte.

Die Vernehmung selbst war ihr gleichgültig, sie hatte schon manche hinter sich. Außerdem ließ sie eine SA- oder SS-Uniform ebenso kalt wie das Blinken der Ausweismarken der Geheimpolizisten; sei es, daß sie zu den wenigen Menschen gehörte, die gar kein Schuldbewußtsein haben, sei es, daß sie durch die Erfahrung ihres Berufes gewitzigt war, wie man allein durch äußere Anhängsel und auswechselbare Kostümierungen seltsame Wirkungen hervorruft. Sie legte ein Tütchen Metallschuppen und das Nähzeug zu dem halbfertigen Rock, schrieb einen Zettel, band das Päckchen an die äußere Türklinke; dann folgte sie ruhig den beiden Geheimpolizisten, fragte auch nichts, da ihre Gedanken bei dem Rock an der Türklinke waren, und erstaunte sich erst, als sie in einem Krankenhaus landeten.

»Kennen Sie diesen Mann?« fragte einer der beiden Kommissare. Sie schlug das Tuch zurück. Bellonis regelmäßiges, beinahe schönes Gesicht war erst ganz leicht entstellt, man könnte sagen, vernebelt. Die Kommissare erwarteten einen jener üblichen Ausbrüche von geheuchelter oder echter Wildheit, die die Lebenden bei solchen Gelegenheiten den Toten schuldig zu sein glauben. Aber die Frau stieß nur ein kleines »Oh!« aus, in dem Ton von: wie schade!

»Sie erkennen ihn also?« sagte der Kommissar. »Selbstverständlich«, sagte die Frau. »Der kleine Belloni!«

»Wann haben Sie mit diesem Mann zum letztenmal gesprochen?«

»Gestern – nein vorgestern früh«, sagte die Frau. »Ich war noch erstaunt, weil er so früh kam. Ich habe ihm noch ein paar Stiche an seinem Rock nähen müssen. Er war auf der Durchreise –«

Sie sah sich unwillkürlich nach dem Rock um. Die Kommissare beobachteten sie, wobei sie sich ihren gegenseitigen Eindruck zunickten, die Frau sei wahrscheinlich aufrichtig, wenn das auch nicht felsensicher war. Die Kommissare warteten ruhig, bis ihre Rede ausgetröpfelt war. Es kamen noch immer Tropfen nach. »Ist es bei der Probe passiert? Haben sie denn hier noch geprobt? Ist er denn hier nochmals aufgetreten? Sie wollten doch mit dem Mittagszug nach Köln.«

Die Kommissare schwiegen. »Er hat mir erzählt«, fuhr die Frau fort, »daß er in Köln engagiert sei. Ich hab ihn noch gefragt: ›Mein lieber Kleiner, bist du denn wieder ganz in Form?‹ Wie ist denn das passiert?«

»Frau Marelli«, schrie der Kommissar. Die Frau sah überrascht, aber ohne Schrecken auf. »Frau Marelli«, sagte der Kommissar mit dem groben unnatürlichen Ernst, mit dem Kriminalbeamte solche Mitteilungen machen, da ihnen nur ihre Wirkung, nicht ihr Inhalt wichtig ist. »Belloni ist nicht in seinem Beruf ums Leben gekommen, er ist auf der Flucht verunglückt.« – »Auf der Flucht? Auf welcher Flucht denn?«

»Auf der Flucht aus dem Lager Westhofen, Frau Marelli.« – »Wie, wann? – Er war doch vor zwei Jahren im Lager. War er denn nicht längst frei?« – »Er war noch immer im Lager, er ist ausgebrochen. Sie wollen das nicht gewußt haben?«

»Nein«, sagte die Frau bloß, aber in einem Ton, daß die Kommissare endgültig sicher wurden, daß sie nichts von alldem gewußt hatte.

»Jawohl, auf der Flucht. – Er hat Sie gestern belogen –«

»Ach, der arme Teufel!« sagte die Frau.

»Arm?«

»War er vielleicht reich?« sagte Frau Marelli.

»Jetzt kein Geschwätz!« sagte der Kommissar. Die Frau runzelte die Stirn. »Na, setzen Sie sich mal ruhig hin. Warten Sie, wir lassen Ihnen Kaffee bringen, Sie sind ja noch nüchtern.«

»Das macht mir nichts«, erklärte die Frau mit ruhiger Würde. »Ich kann warten, bis ich wieder daheim bin.« Der Kommissar sagte: »Bitte, erzählen Sie uns jetzt ganz genau, wie sich Bellonis Besuch bei Ihnen zugetragen hat. Wann er kam, was er von Ihnen gewollt hat. Jedes Wort, was er Ihnen gesagt hat. Halt, einen Augenblick! Belloni ist tot, aber das schützt Sie nicht davor, in den schwersten, in den allerschwersten Verdacht zu kommen. Das hängt alles von Ihnen selbst ab.«

»Mein Sohn«, sagte die Frau, »Sie täuschen sich wahrscheinlich über mein Alter. Mein Haar ist gefärbt. Ich bin fünfundsechzig Jahre alt. Ich habe mein ganzes Leben schwer gearbeitet, obwohl viele, die das Metier nicht kennen, sich ein falsches Bild von unserer Arbeit machen. Selbst jetzt muß ich noch schwer arbeiten. Womit drohen Sie mir eigentlich?« – »Mit dem Zuchthaus«, sagte der Mann trocken. Frau Marelli riß die Augen auf wie Eulenaugen. »Denn Ihr Freundchen, dem Sie zur Flucht verholfen haben könnten, hat ja allerhand auf dem Kerbholz. Wenn er sich seinen Hals nicht selbst gebrochen hätte, dann – vielleicht –« Er fuhr mit der Handfläche kurz durch die Luft. Frau Marelli fuhr zusammen. Aber dann zeigte es sich, daß sie zusammengefahren war, weil ihr etwas einfiel. Sie ging mit einem Gesichtsausdruck, als ob man durch all das Gerede das Wichtigste vergessen hätte, zu Bellonis Bett zurück und zog das Tuch wieder über das Gesicht des Toten. Man sah ihr an, daß sie diesen Dienst nicht zum erstenmal leistete.

Dann knickten ihr aber die Knie ein. Sie setzte sich und sagte ruhig: »Lassen Sie doch Kaffee kommen.«

Die Kommissare waren jetzt ungeduldig, weil jede Sekunde zählte. Sie stellten sich rechts und links an den Stuhl und kreuzten, glatt aufeinander eingearbeitet, ihre Fragen.

»Wann kam er genau? Wie war er gekleidet? Warum kam er? Was verlangte er? Mit welchen Worten? Womit zahlte er? Haben Sie diesen Schein noch, auf den Sie ihm herausgaben?«

Ja, sie hatte ihn sogar bei sich in der Handtasche. Der Schein wurde notiert, das herausgegebene Geld mit der Summe verglichen, die man bei dem Toten gefunden hatte. Fehlte allerhand. Hat denn Belloni vor seinem Spazierritt über die Dächer noch etwas eingekauft? »Nein«, sagte die Frau, »er hat noch etwas bei mir zurückgelassen, er war es noch jemand schuldig.«

»Haben Sie es schon ausgegeben?« – »Glauben Sie, daß ich das Geld eines Toten unterschlage?« fragte Frau Marelli. »Ist es abgeholt worden?«

»Abgeholt?« fragte die Frau, nicht mehr vollständig sicheren Tones, denn sie war sich schon klar, daß sie ein paar Worte mehr gesagt hatte, als sie wollte.

Die Kommissare stoppten. »Danke, Frau Marelli. Wir werden Sie jetzt gleich im Auto wieder heimbringen. Bei dieser Gelegenheit können wir uns ja ein bißchen bei Ihnen umsehen.«

▬▬ Overkamp wußte nicht, ob er pfeifen oder blasen sollte, als die Meldung nach Westhofen kam, in der Wohnung der Frau Marelli sei der Pullover gefunden worden, den der Flüchtling Georg Heisler durch Umtausch der Samtjacke von dem Schiffer erworben hatte. Heisler könnte vielleicht schon unter Dach und Fach sein, wenn man nicht auf die Aussage des Gärtnerlehrlings, des blöden Bengels, gebaut hätte. Die eigene Jacke nicht erkennen! War das möglich? Stimmte da was nicht? Was? Heisler war also doch in die eigene Stadt gegangen. Blieb die Frage, ob er sich weiter dort zu verbergen suchte, bis sich ein sicherer Weg aus dem

Lande fand, oder in seinen frischen Kleidern, vielleicht schon sogar mit frischen Mitteln versehen, sich auf und davon gemacht hatte. Die Fahndung wurde verstärkt. Alle Wege, die aus der Stadt herausführten, Kreuzungen, Bahnhöfe, Brücken, Fähren wurden so scharf überwacht, als sei ein Krieg ausgebrochen. In den erneuten Steckbriefen wurde die Summe von je fünftausend Mark auf die Köpfe der Flüchtlinge ausgeschrieben.

Wie es Georg in der Nacht geahnt hatte, verwandelte sich seine Heimatstadt mit allen Menschen, die jemals in einem Zusammenhang mit seinem Leben gestanden hatten, jene Gemeinschaft, die jedes Dasein trägt und umgibt, aus Blutsverwandten und Liebschaften und Lehrern und Meistern und Freunden in ein System von lebenden Fallen. Es wurde enger und kunstvoller mit jeder Stunde Polizeiarbeit.

Dieses Bäumchen sei für den Heisler gewachsen, sagte Fahrenberg. Das Querbrett etwas tiefer. Er wird sich biegen müssen. Daß er sich Wochenend ausruhen könne von seinen Strapazen, verrate ihm, Fahrenberg, seine innere Stimme. »Ihre innere Stimme«, sagte Overkamp. Er sah sich Fahrenberg an, wie er sich von Berufs wegen Leute ansah. Der Mann war ziemlich fertig.

Fahrenberg war sehr jung im Krieg notgetraut worden. Seine ältliche Frau und zwei fast erwachsene Töchter wohnten mit seinen eigenen Eltern zusammen in jenem Haus am Marktplatz, in dessen Erdgeschoß das Installationsgeschäft lag. Man wartete auf die Einheirat. Der ältere Bruder, der Installateur, war im Krieg gefallen. Er, Fahrenberg, hätte Juristerei ausstudieren sollen. Kriegsgewöhnung, die unruhige Zeit, hatten damals verhindert, daß er durch Fleiß ausfüllte, was sein Verstand nicht gerade spielend machte. Lieber als seinem alten Vater in Seeligenstadt Röhren legen helfen, wollte er Deutschland erneuern, mit seinem SA-Sturm kleine Städtchen erobern, vor allem das Heimatstädtchen, in dem er früher als Nichtsnutz gegolten hatte. In den Arbeitervierteln herumknallen, Juden verprügeln und dann schließlich alle düsteren Prophezeiungen seines Vaters und der Nachbarn Lügen strafen, indem man auf Urlaub nach Haus fuhr mit Achselstücken, Geld in der Tasche, mit Anhang, mit Macht.

Von allen Gespenstern, die Fahrenberg in den letzten drei Nächten heimgesucht hatten, war das gespenstigste: ein Doppelgänger Fahrenberg im blauen Installateurkittel, eine verstopfte Röhre ausblasend. Seine Augen brannten vor Schlaflosigkeit. Die letzte Meldung, die Auffindung des Pullovers, erschien ihm die Antwort auf alle Gebete der Nacht, ihm in der Not beizustehen, die Gefangenen zurückzuführen, ihn nicht mit der furchtbarsten aller Strafen heimzusuchen – dem Entzug von Macht.

▄▄▄▄ Vor allen Dingen muß ich mich satt essen, sagte sich Georg, sonst mach ich's nicht hundert Schritte mehr. Ein paar Minuten von hier, da war doch ein Automat, da war doch dann auch die Haltestelle. Er spürte einen Stich in der Herzgrube. Er hatte fast die Empfindung, gestochen zu werden, vornüber zu kippen, ganz schwarz war die Luft. Das war ihm im Lager ein paarmal passiert nach sehr wilden Tagen. Er war hinterher sehr enttäuscht gewesen, weil es glatt vorbeigegangen war, als sei die Spitze nicht steckengeblieben, sondern durchgezogen worden. Jetzt war er zornig. Er hatte sich sein Zugrundegehen anders vorgestellt, sich wehren wollen, Menschen zusammenbrüllen.

Wozu? fragte er sich. Er ging schon wieder auf beiden Füßen. Er schüttelte seinen Mantel auf, der feucht und zerknittert war. Er überquerte den Obermainteil. Auch das wäre lustig gewesen, tot hinterm Gitter zu liegen, dieweil man die Stadt nach ihm absuchte.

Wie jung die Stadt plötzlich war, wie still und rein. Sie schälte sich aus dem Nebel heraus, besprenkelt mit zartestem Licht, und nicht nur die Bäume und Rasen, die Brücken und Häuser, das Pflaster selbst war morgenfrisch. Er überlegte sich kalt und klar, daß es immerhin seinen Wert in sich trug, aus dem Lager entsprungen zu sein, wie auch der Abschluß sein mochte. Vielleicht ist Wallau schon aus dem Land, dachte er, Belloni sicher. Er scheint ja hier seinen Anhang gehabt zu haben. Was habe ich falsch gemacht, daß ich steckengeblieben bin? Die äußeren Straßen waren noch leer gewesen. Hinter dem Schauspielhaus fängt das Leben schon an, als wäre es Tag von der inneren Stadt her. Als Georg in das Büfett eintrat und Kaffee und Suppen roch und hinter Glas Brot und Schalen mit Essen sah, vergaß er vor Hunger und Durst Furcht und Hoffnung. Er wechselte bei der Kassiererin eine Mark von Bellonis Geld. Mit quälender Langsamkeit drehte sich das belegte Brot der Öffnung zu. Warten müssen, bis sich die Tasse unter dem dünnen Fädlein Kaffee füllte, für die, die warten können.

Das Büfett war ziemlich voll. Zwei junge Burschen mit den Mützen der Gasgesellschaft hatten sich ihre Tassen und Teller an einen der Tische getragen, an denen ihre Werkzeugtaschen lehnten. Sie aßen, schwatzten, bis plötzlich der eine abbrach. Er merkte nicht, daß ihn sein Freund verwundert betrachtete und sich dann umsah, wohin der andere blickte.

Georg war inzwischen satt geworden. Er verließ das Büfett, ohne nach rechts oder links zu sehen. Dabei streifte er jenen Burschen, der eben bei seinem Anblick zusammengezuckt war. »Hast du denn den gekannt?« fragte der andere. »Fritz«, sagte der erste, »du kennst ihn ja auch. Hast ihn früher gekannt.« Der andere sah ihn unsicher an. »Das war sicher Georg«, fuhr der erste fort, ganz offen, außer sich. »Ja, der Heisler, ja, der Geflüchtete.« Da sagte der andere mit einem halben Lächeln, mit einem schrägen Blick: »Gott! Du hättest dir was verdienen können.«

»Hätt ich? Hättest du?«

Plötzlich sahen sie sich in die Augen mit dem furchtbaren Blick, der Taubstummen eigen ist oder sehr klugen Tieren, allen jenen Geschöpfen, deren Vernunft auf Lebenszeit eingesperrt ist und unmittelbar. Dann blitzte in den Augen des einen auf, was ihm die Zunge löste. »Nein«, sagte er, »auch ich hätte es nicht getan.« Sie packten ihre Taschen zusammen, früher waren sie ganz gute Freunde gewesen, dann kamen die Jahre, in denen sie nichts Vernünftiges mehr miteinander sprachen aus Angst, sich einander auszuliefern, falls sich der andere verändert hatte. Jetzt hatte sich herausgestellt, daß sie beide die alten geblieben waren. Sie verließen das Büfett in Freundschaft.

III Elli war Tag und Nacht überwacht, seit sie entlassen worden war, zu dem Zweck, für ihren früheren Mann zum Verhängnis zu werden, falls er noch in der Stadt war und Anschluß an seine alte Familie suchte. Gestern abend war sie im Kino keinen Augenblick unbewacht geblieben. Ihre Haustür war über die ganze Nacht beobachtet. Dichter hätte das Netz nicht sein können, das über ihren hübschen Kopf geworfen war. Aber auch das dichteste Netz, sagt ein Sprichwort, besteht hauptsächlich aus Löchern. Elli war zwar beobachtet worden, wie sie sich in der Pause in ein Gespräch mit dem Platznachbarn einließ, aber sie war

unterwegs und im Kino selbst einem halben Dutzend Bekannten begegnet, einer hatte sie schließlich am Ausgang abgepaßt, um sie heimzubegleiten. Hatte sich als ein harmloser Wirtssohn herausgestellt.

Marnets wunderten sich, als Franz in der Frühe sich anbot, Äpfelkörbe, Kusine und Tante vor der Schicht in die Markthalle zu fahren. Das war ein Umschwung in seinen jüngsten Gepflogenheiten.

Franz war sogar schon beim Aufladen, als man herunterkam. »Kaffee kannst du ruhig noch trinken«, sagte Anna besänftigt. Als man auf dem klapprigen Wagen bergab fuhr, waren noch Mond und Sterne am Himmel.

In seiner Kammer, in der der Äpfelgeruch hängengeblieben war, obwohl die Äpfel schon seit gestern verpackt waren, hatte sich Franz die ganze Nacht den Kopf zerbrochen. Wäre ich an Georgs Stelle, falls er wirklich hier ist, an wen könnte ich mich da wenden? Ebenso, wie die Polizei aus all ihren Akten und Kartotheken, aus all ihren Protokollen ihr Wissen über das frühere Leben des Flüchtlings, ihr Netz über die Stadt legte mit immer dichteren Maschen, ebenso legte auch Franz ein Netz, das von Stunde zu Stunde dichter wurde, weil aus seinem Gedächtnis alle Menschen auftauchten, von denen er wußte, daß Georg einmal mit ihnen verbunden gewesen war. Manche waren darunter, die nie auf einem Anmeldeformular, nie auf irgendeinem Aktenbogen ihre Spuren hinterlassen hatten. Es brauchte ein Wissen anderer Art, um sie aufzustöbern. Einige gab es gewiß auch darunter, die auch bei der Polizei vorkamen. Wenn er nur nicht zu Brand geht, dachte Franz, der soll vor vier Jahren hier gearbeitet haben. Nur nicht zu Schumacher. Er würde ihn vielleicht sogar anzeigen. – Zu wem sonst? Zu der dicken Kassiererin, mit der er ihn auf der Bank sitzen sah, als es aus war mit Elli? Zu dem Lehrer Stegreif, den er manchmal besucht hat? Zu dem kleinen Röder, an dem er gehangen hat, war sein Schul- und Fußballfreund. Zu einem von seinen eigenen Brüdern? – Unsichere Burschen und überdies bestimmt bewacht.

Die Marnets verkauften gewöhnlich unregelmäßig auf einem Straßenmarkt in Höchst. Nur im Frühjahr, wenn es sonst Treibhauszeug gab, brachten sie ihre ersten Gemüse und im Herbst ihre besseren Apfelsorten in die große Markthalle nach Frankfurt. Sie waren gut genug gestellt, um nicht jedes Krümelchen an den Mann bringen zu müssen. Bei ihnen hieß es, zuerst die eigene Familie eindecken. Wenn es in einem Jahr an Bargeld fehlte, konnte eines der Kinder in der Fabrik dazuverdienen.

Die starke Auguste half Franz beim Ausladen. Frau Marnet pflanzte ihre Waren zurecht. Ein Messerchen in der einen Hand, einen angeschnittenen Apfel als Kostprobe in der anderen, wartete sie sofort auf den angekündigten Hauptkäufer.

Falls Elli wirklich kommt, dachte Franz, muß sie jetzt kommen. Er hatte schon längst, bald da, bald dort, eine Schulter, einen Hut, ein Teilchen von etwas entdeckt, das Elli hätte werden können, wenn es sich nur entschlossen hätte, auf ihn zuzukommen. Da entdeckte er ihr Gesicht, klein und blaß vor Müdigkeit, oder glaubte es zu entdecken. Es verschwand sofort hinter einer Pyramide von Körben. Er fürchtete, sich getäuscht zu haben, dann kam es ruckweise näher, als ob ihm jemand seinen Herzenswunsch mit einigem Zögern erfüllte.

Sie begrüßte ihn nur mit den Augenbrauen. Er wunderte sich, wie gut sie seine rasche Belehrung begriffen hatte, mit welcher Geschicklichkeit sie ihren Apfelkauf vortäuschte. Als wisse sie nicht, daß Franz zu den Marnets gehörte, drehte sie ihm hartnäckig den Rücken. Sie kostete langsam einen Apfelschnitz. Sie handelte den Posten Äpfel herunter, der der Frau Marnet bei der erwarteten Vorbestellung noch übrigblieb. Wie alle guten Täuschungen gelang dieses vorgetäuschte Geschäft, weil Elli doch auch in Wirklichkeit mit dem Herzen etwas dabei war. Die Kostprobe hatte ihr wirklich geschmeckt, sie wollte selbst nicht bei diesem Kauf übervorteilt werden. Sie hätte sich nicht glatter verstellen können, auch wenn sie geahnt hätte, wie lückenlos die Überwachung war.

An Stelle des schnurrbärtigen jungen Mannes, den Elli vielleicht schon bemerkt hätte, war eine dicke Frauensperson getreten, vom Aussehen einer Pflegerin oder Handarbeitslehrerin. Der Schnurrbärtige war deshalb noch nicht aus dem Dienst gezogen, er gehörte noch immer zur Überwachungsgruppe. Er war in der Konditorei postiert. Zwar hatte sich Elli unterwegs umgesehen, ob sie wirklich bewacht sei, wie ihr Vater, wie Franz das annahmen. Sie glaubte, daß ihr Verfolger hinter ihr herkommen und ein Mann sein müsse. Doch hatte sie niemand bemerkt als eben die kugeldicke, brave Person, und die bald auch nicht mehr, weil nämlich die Dicke an einer vereinbarten Stelle einem entgegenkommenden Agenten Elli zur Ablösung übergeben hatte. Doch alles ging glatt, noch gab niemand auf Franz acht. Denn Elli führte ohne Unruhe ein Geschäft durch, das kein anderes verbergen konnte. Mit Franz sprach sie überhaupt nicht. Die einzigen Worte, die Franz sprach, waren an Frau Marnet gerichtet: »Man kann ja die Körbe bei den Behrends unterstellen, ich bring sie nach der Schicht rauf, ich muß doch noch mal her.« Auguste dachte sich zwar bei dieser Bereitwilligkeit ihr Teil, daß aber die Käuferin selbst das Mädchen war, das Franz zweimal an einem Tag in die Stadt zog, das kam ihr nicht in den Sinn. Ihre Meinung über Elli war freilich schon klar: dünn wie 'n Spargel, 'n Hut wie 'n Pilzchen, 'n Spargel mit 'm Lockenköpfchen. Wenn die werktags um sechs mit so 'ner Bluse rumläuft, was hat sie denn sonntags für 'ne Bluse an. – Als Elli wegging, sagte sie zu Franz: »Viel Stoff braucht die nicht zum Rock, den Vorteil hat sie.« Franz verkniff sich seine Gefühle und erwiderte: »Es kann nicht jede den Hintern von der Sophie Mangold haben.«

▄▄▄▄ Georg hatte am Schauspielhaus die 23 abgewartet. Nur heraus aus der Stadt. Es war ihm eng um den Hals. Bellonis Mantel, in dem er sich gestern noch sicher gefühlt hatte, brannte ihm heute morgen. Ausziehen? Unter die Bank stecken? – Es gibt da ein Dorf, zwei Stunden hinter Eschersheim, wir fuhren damals zur Endstation, die Eschersheimer Landstraße hinauf. Wie hieß bloß das Dorf. Da wohnten die alten Leute, bei denen ich damals im Krieg auf Schulferien war und hab sie später mal besucht. Wie hießen die Leute? Mein Gott, wie hieß bloß das Dorf? Mein Gott, wie hießen die Leute? Ich hab ja alles vergessen. Wie heißt bloß das Dorf? – Ich will hin. Ich kann mich dort ausschnaufen. So alte Leute, die wissen von nichts. Ihr lieben Leute, wie habt ihr geheißen? Ich muß mich dort bei euch ausschnaufen. Mein Gott, die Namen sind weg –

Er sprang auf die 23. Auf jeden Fall muß ich raus. Ich darf nicht ganz bis zur Endstation. Die Endstationen sind immer bewacht. Er hatte sich eine liegengebliebene Zeitung aufgegriffen. Er faltete sie auseinander, um sein Gesicht zu verstecken. Die Überschriften sprangen ihn an und hie und dort ein Satz und Bild.

Elektrisch geladene Stacheldrähte, Postenketten, Maschinengewehre hatten nie hindern können, daß die Geschehnisse der äußeren Welt nach Westhofen eindrangen. Die Art von Menschen, die man in Westhofen einsperrte, brachte es mit sich, daß dort über viele entlegene Ereignisse wenn nicht mehr, so doch klarer Bescheid gewußt wurde, als in vielen zerstreuten Dörfern des Landes, in vielen Wohnungen. Durch ein Naturgesetz, durch einen geheimen Kreislauf schien dies Häuflein geketteter, elender Menschen mit den Brennpunkten der Welt verbunden. Als deshalb Georg auf die Zeitung sah – der vierte Morgen seiner Flucht fiel in jene Oktoberwoche, da in Spanien um Teruel gekämpft wurde und die japanischen Truppen in China eindrangen –, dachte er flüchtig, doch ohne stark überrascht zu sein: So war das also. Das waren die Überschriften der alten Geschichten, die ihm das Herz erschüttert hatten. Jetzt gab es für ihn nur den Augenblick. Als er die Seite umschlug, fiel sein Blick auf drei Bilderviereche. Sie waren quälend bekannt. Er sah rasch wieder weg. Die Bilder blieben vor seinen Blicken stehen: Füllgrabe, Aldinger und er selbst. Er faltete seine Zeitung ganz rasch und ganz klein zusammen. Er steckte sie ein. Er sah kurz nach rechts und nach links. Ein alter Mann, der neben ihm stand, sah ihn an – haarscharf, wie ihm dünkte. Georg sprang plötzlich ab.

Ich will lieber nicht mehr aufsteigen, sagte er sich, man ist eingesperrt im Wagen. Ich will zu Fuß raus. Er lief über die Hauptwache, er griff sich ans Herz, da gab's einen Knacks, lief aber gleich wieder ordentlich. Er lief auch gleichmäßig weiter, ohne Furcht, ohne Hoffnung. Was ist bloß mit meinem Kopf los? Ich bin ja verloren, wenn mir das Dorf nicht einfällt, und wenn es mir einfällt, bin ich vielleicht erst recht verloren. Die wissen vielleicht dort schon alles, wollen nichts riskieren. Er lief am Museum vorbei über einen kleinen Straßenmarkt. Er lief durch die Eschenheimer Gasse, vorbei an der Frankfurter Zeitung. Er lief bis zum Eschenheimer Turm, er überquerte die Straße, er lief jetzt rascher, weil das Gefühl der Bedrohung, durch die ganze Haut durch, seit Minuten zunahm. Aus seinem Gehirn löste sich ein einzelner Gedanke: ich bin beobachtet. Er spürte jetzt keine Furcht, war eher ruhiger, erleichtert, weil der Feind sichtbar wurde. Er fühlte im Nacken, als ob seine Hand desto feiner fühlte, je dumpfer sein Kopf war, ein Augenpaar, das ihn von der kleinen Straßeninsel aus unter dem Turm unablässig verfolgte. Er lief, statt den Schienen nachzugehen, ein Stück in die Anlage. Plötzlich blieb er stehen. Es zwang ihn einfach, sich umzudrehen. Ein Mann trat aus der Gruppe Menschen an der Haltestelle vor dem Turm, er ging zu Georg hinüber. Sie grinsten sich an, sie schüttelten sich die Hände. Der Mann war Füllgrabe – der fünfte der sieben Flüchtlinge. Er sah so adrett aus wie eine Schaufensterpuppe. Was war Bellonis gelber Mantel, damit verglichen? Wie? Füllgrabe hatte doch geschworen, er käme nie zurück in die Stadt. Weiß der Teufel, warum er sich nicht daran hielt. Er hatte sich immer ein Hintertürchen offengehalten. Sie standen noch immer, als könnten sie ihre Begrüßung nicht abschließen, Gesicht zu Gesicht, mit steifen Ellenbogen. Schließlich sagte Georg: »Gehen wir da hinein.«

Sie setzten sich auf eine sonnige Bank ins Grüne. Füllgrabe schabte den Sand mit seiner Schuhspitze. Seine Schuhe waren ebenso fein wie sein Anzug. Wie der sich rasch alles verschafft hat, dachte Georg.

Füllgrabe sagte: »Weißt du, wo ich grad hinfahren wollte?« – »Na?« – »Mainzer Landstraße!« – »Warum?« sagte Georg. Er zog seinen Mantel zusammen, damit er nicht mit Füllgrabes Mantel in Berührung kam. Ist das überhaupt Füllgrabe, durchfuhr es ihn. Füllgrabe nahm dasselbe mit seinem Mantel vor. Füllgrabe sagte: »Hast du vergessen, was in der Mainzer Landstraße ist?« Georg sagte müde: »Was soll dort schon sein?« – »Die Gestapo«, sagte Füllgrabe. Georg schwieg. Er wartete auf die Verflüchtigung dieser sonderbaren Erscheinung.

Füllgrabe begann: »Georg, weißt du denn überhaupt, was in Westhofen vorgeht? Weißt du, daß sie schon alle gefangen haben? Bis auf dich und mich und den Aldinger!«

Vor ihnen im Sand in der blanken Sonne schmolzen ihre Schatten zusammen. Georg sagte: »Wie willst du das wissen?« Er rückte noch mehr ab, auf daß es zwei sauber getrennte Schatten gäbe. Füllgrabe antwortete: »Du hast dir vielleicht keine Zeitung angeguckt.« – »Doch, da –« – »Na, guck«, sagte Füllgrabe. »Wen suchen sie denn?« – »Dich, mich und den Großpapa. Der hat sicher schon einen Schlag gekriegt und liegt wo in einem Graben. Lang kann der's nicht geschafft haben. Bleiben wir zwei.« Er rieb rasch mal seinen Kopf an Georgs Schulter. Georg schloß die Augen. »Wenn noch einer zum Suchen da wär, dann wär er auch ausgeschrieben. Nein, nein, sie haben die anderen. Sie haben den Wallau, den Pelzer und den – wie hieß er – Belloni. Den Beutler hab ich ja selbst noch schreien hören.« – Georg wollte sagen: »Ich auch«, sein Mund ging auf, es kam aber nichts heraus. Was Füllgrabe sagte, war richtig, wahnsinnig und richtig. Er rief: »Nein!« – »Pst«, machte Füllgrabe. »Das ist nicht wahr«, sagte Georg. »Das ist nicht möglich, sie können den Wallau doch nicht fangen, das ist keiner, der sich fangen läßt.« Füllgrabe lachte. »Wieso war er denn dann in Westhofen? Lieber, lieber Georg! Wir waren alle verrückt und der Wallau war am verrücktesten.« – Er fügte hinzu: »Und jetzt ist's genug –« Georg sagte: »Wovon?« – »Von der Verrücktheit – ich für mein Teil bin geheilt. Ich melde mich.« – »Wo melden?« – »Ich melde mich!« sagte Füllgrabe eigensinnig. »In der Mainzer Landstraße! Ich gebe auf, das ist das vernünftigste. Ich will meinen Kopf behalten, ich kann diesen Narrentanz keine fünf Minuten aushalten und zuletzt wird man doch gefangen. Dagegen kommst du nicht auf.« Er sprach ganz ruhig – immer ruhiger. Er reihte ein Wörtchen ans andere in schlichter Eintönigkeit: »Das ist der einzige Ausweg, daß du über die Grenze kommst, das ist unmöglich, die Welt ist gegen dich. Es ist ein Wunder, daß wir zwei noch frei sind. Wir wollen freiwillig Schluß mit dem Wunder machen, bevor sie uns fangen, denn dann heißt's: ausgewundert. Dann heißt's: gut Nacht! Du kannst dir vorstellen, was der Fahrenberg mit den Eingefangenen macht. Erinnerst du dich an Zillich, erinnerst du dich an Bunsen? Erinnerst du dich an den Tanzplatz?«

Georg spürte schon ein Entsetzen, gegen das man nicht ankämpfen konnte, man war schon vorher gelähmt. Füllgrabe war ganz gut rasiert. Sein dünnes Haar war gekämmt und roch nach Friseur. War es denn wirklich Füllgrabe? Er fuhr fort: »Du erinnerst dich also doch noch. Erinnerst du dich, was sie mit dem Körber gemacht haben, von dem es hieß, daß er fliehen wollte. Er wollte gar nicht einmal. Wir sind's.«

Georg fing zu zittern an. Füllgrabe sah einen Augenblick zu, wie er zitterte, dann fuhr er fort: »Glaub mir, Georg, ich werde sofort dort hingehen. Das ist sicher das beste. Und du gehst mit. Ich war gerade auf dem Wege dorthin. Gott selbst hat uns zusammengeführt. Sicher!«

Seine Stimme war abgeleiert. Er nickte zweimal mit dem Kopf. »Sicher!« sagte er doch noch mal. Er nickte nochmals mit dem Kopf. Georg fuhr plötzlich zusammen. »Du bist verrückt!« sagte er. »Wollen mal sehen, wer von uns beiden verrückt, ja verrückt ist!« sagte Füllgrabe in dem bedächtigen Tonfall, der ihm im Lager den Ruf eines ganz verträglichen, ganz vernünftigen Kameraden eingebracht hatte, denn seine Stimme war nie hochgegangen. »Nimm mal dein bißchen Verstand zusammen, Bürschchen, guck dich mal um, ganz schnell, ganz unangenehm wirst du kaputtgehen, wenn du nicht mit mir machst, Freundchen. Sicher! Komm!« – »Du bist ja ganz verrückt!« sagte Georg. »Die werden sich ja den Bauch vor Lachen halten, wenn du anrückst. Ja, was glaubst du denn?« – »Lachen? Sollen sie lachen! Aber sie sollen mich leben lassen. Guck dich doch mal um, Freundchen, etwas anderes bleibt dir gar nicht übrig. Wenn du heut nicht geschnappt wirst, wirst du es morgen, und kein Hahn wird nach dir krähen. Bürschchen! Bürschchen! Diese Welt hat sich ein ganz klein bißchen verändert. Kein Hahn kräht mehr nach uns. Komm – geh mit mir. Das ist das aller-, aller-, allerschlaueste. Das ist das einzige, was uns rettet. Komm, Georg.«

»Du bist vollkommen verrückt.« –

Bis jetzt waren sie auf der Bank allein gesessen. Jetzt setzte sich eine Frau in Schwesternhaube auf das freie Ende. Sie schuckelte sacht und geübt mit einem Arm den Kinderwagen. Mächtiger Kinderwagen voll Kissen und Spitzen und hellblauen Bändern und einem winzigen, schlafenden Kind, das offenbar noch nicht tief genug schlief. Sie stellte den Kinderwagen schräg gegen die Sonne, nahm ein Nähzeug vor. Sie warf einen raschen Blick auf die beiden Männer. Sie war, was man resolut nennt, weder alt noch jung, weder schön noch häßlich. Füllgrabe gab ihren Blick zurück, nicht nur mit den Augen, sondern mit einem mißratenen Lächeln; mit einem furchtbaren, krampfhaften Zusammenziehen seines ganzen Gesichts. Georg sah das, es wurde ihm ganz flau. »Komm!« sagte Füllgrabe. Er stand auf. Georg packte ihn am Arm. Füllgrabe riß sich los mit der Bewegung, die heftiger war als die Bewegung, mit der ihn Georg zurückhielt, so daß sein Arm Georg ins Gesicht fuhr. Füllgrabe beugte sich über Georg und sagte: »Wem nicht zu raten ist, Georg, dem ist nicht zu helfen. Adieu, Georg.« – »Nein, halt noch mal«, sagte Georg. Füllgrabe setzte sich wirklich noch einmal. Georg sagte: »Mach doch so was nicht, so was Wahnsinniges! Selbst in die Falle rein! Aber du wirst ja ganz rasch kaputtgehen. Aber die haben doch noch nie Mitleid gehabt. Aber auf die macht doch gar nichts Eindruck. Aber Füllgrabe, aber Füllgrabe!« Dicht an Georg gerückt, sagte Füllgrabe in ganz verändertem, traurigem Ton: »Lieber, lieber Georg, komm! Du warst doch immer ein anständiger Mensch. Komm doch mit mir. Das ist doch gräßlich, allein dort hinzugehen.«

Georg sah ihm in den Mund, aus dem die Worte herauskamen, zwischen einzelnen Zähnen, die durch die Lücken zu groß aussahen, die Zähne eines Schädels. Seine Tage waren gewiß gezählt. Wahrscheinlich sogar seine Stunden. Er ist ja schon wahnsinnig, dachte Georg. Er wünschte von Herzen, Füllgrabe möchte rasch fortgehen und ihn zurücklassen, allein und gesund. Wahrscheinlich hatte Füllgrabe im selben Augenblick dasselbe über Georg gedacht. Er sah Georg bestürzt an, als ob er erst jetzt gewahr werde, mit wem er es eigentlich zu tun hatte. Er stand auf und lief weg. Er war so rasch hinter den Büschen verschwunden, daß Georg das Gefühl ankam, er hätte diese Bewegung nur geträumt.

Dann überraschte ihn ein Anfall von Furcht, so jäh und wild wie in der ersten Stunde, als er am Rande des Lagers in einem Weidengestrüpp hing. Ein kaltes Fieber, das ihm mit ein paar raschen Stößen Leib und Seele erschütterte. Ein Anfall von drei Minuten, doch von der Sorte, die einem das Haar grau färbt. Und damals war er in Sträflingskleidern gewesen, die Sirenen hatten geheult, jetzt war es schlimmer. Der Tod war ihm ebenso nahe, aber nicht im Rücken, sondern überall. Er war unentrinnbar, er spürte ihn körperlich – als sei der Tod selbst etwas Lebendes, wie auf den alten Bildern, ein Geschöpf, das sich hinter das Asternbeet duckt, oder hinter den Kinderwagen, und hervortreten und ihn berühren kann.

Plötzlich war der Anfall vorbei. Er wischte sich den Schweiß von der Stirn, als hätte er einen Kampf überstanden. Das hatte er auch, obwohl er selbst glaubte, nur gelitten zu haben. Was war das eben mit mir gewesen? Was hat man mir eben erzählt? Kann das wahr sein, Wallau, daß sie dich haben? Was machen sie mit dir?

Ruhig, Georg. Glaubst du, du wirst woanders geschont?

Wärst du nach Spanien, wenn du gekonnt hättest? Glaubst du, man schont uns dort? Meinst du, in einem Stacheldraht hängen, meinst du, ein Bauchschuß wäre besser? Und diese Stadt, die sich heute fürchtet, dich aufzunehmen – wenn es vom Himmel Granaten regnet, hat sie sich ausgefürchtet. Aber Wallau, ich bin allein, so allein ist man nicht in Spanien, nicht einmal in Westhofen. So allein wie ich, ist man nirgends. – Ruhig, Georg. Du hast eine Menge guter Gesellschaft. Etwas verstreut im Augenblick, das macht nichts. Haufenweis Gesellschaft – Tote und Lebende.

Hinter dem großen Asternbeet, hinter dem Rasen, hinter den braunen und grünen Büschen, auf einem Spielplatz vielleicht oder in einem Garten bewegte sich undeutlich eine Schaukel auf und ab. Georg dachte: Ich muß jetzt noch mal von vorn anfangen, alles durchdenken. Zunächst, soll ich wirklich raus aus der Stadt, wozu nützt mir das? Dieses Dorf – ach, Botzenbach hieß es. Diese Leute – ach, Schmitthammer hießen sie. Sind sie sicher? Sicher – keineswegs. Und selbst wenn sie es wären, was weiter? Wie soll ich überhaupt weiterkommen? Über die Grenze ohne Hilfe, da kann ich tausendmal aufgegriffen werden. Mein Geld ist bald alle. Ohne Geld, wie bisher, mich durchzuschlagen von Zufall zu Zufall, dafür bin ich jetzt schon zu schwach. Hier in der Stadt kenn ich doch Menschen. Gut, ein Mädchen hat mich nicht aufgenommen. Was besagt das schon? Es muß noch andere geben. Meine Familie, Mutter, Bruder? Unmöglich – alle bewacht. Elli, die mich damals besucht hat. Unmöglich – sicher bewacht. Werner, der mit mir im Lager war? Auch bewacht. Der Pfarrer Seitz, der Werner geholfen haben soll, als er rauskam – unmöglich, höchstwahrscheinlich bewacht. Wer kann von Freunden noch dasein?

In der Zeit vor seiner Haft, in dem Leben vor dem Tod, hatte es Menschen gegeben, auf die man sich felsenfest verlassen konnte. Franz war darunter gewesen, aber Franz war weit weg, glaubte Georg. Er hielt sich doch einen Augenblick bei ihm auf. Verschwendung bei den Minuten, die er zum Nachdenken Zeit hatte. Es war schon ein Trost, sich zu sagen, daß es immerhin wo einen Menschen gab, wie er ihn jetzt gebraucht hätte. Wenn es ihn gab, war sein Alleinsein nur Zufall. Ja, Franz war der Rechte gewesen. Die andern aber? Er wog sie ab, einen nach dem andern. Das Abwägen war erstaunlich einfach; verblüffend rasch die erste Aussonderung, als sei die Gefahr, in der er sich jetzt befand, eine Art von chemischem Mittel, das untrüglich die geheime Zusammensetzung jedes Stoffes enthüllte, aus dem ein Mensch gemacht ist. Ein paar Dutzend Menschen gingen durch seinen Kopf, die wohl gerade ihr Handwerk ausübten, an einem Essen herumstocherten. Ahnungslos, auf welche furchtbare Waage sie in diesem Augenblick gelegt wurden. Ein Jüngstes Gericht, ohne Posaunenstöße, an einem hellen Herbstmorgen. Georg ließ schließlich vier gelten.

Bei jedem der vier, glaubte er fest, könnte er Unterkunft finden. Wie zu ihnen kommen? Er hatte plötzlich die Vorstellung, im selben Augenblick seien Wachen vor die vier Türen gestellt worden. Ich darf nicht selbst hin, sagte er sich. Ein anderer muß für mich hingehen. Ein anderer, auf den niemand verfallen kann, der gar nichts mit mir zu tun hat und doch alles für mich tut. Er fing von neuem an, alle durchzuhecheln. Er kam sich von neuem allein vor, als sei er nie von Eltern geboren, mit Brüdern aufgewachsen, als hätte er nie mit anderen Knaben gespielt – mit Genossen gekämpft. Ganze Schwärme Gesichter, alte und junge, flogen durch seinen Kopf. Er spähte erschöpft in dieses Gestöber, das er heraufbeschworen hatte, halb Gefolgschaft, halb Meute. Auf einmal entdeckte er ein Gesicht, ganz bespritzelt von Sommersprossen, weder alt noch jung; denn wirklich, das Paulchen Röder hatte in der Schulbank wie ein Männlein ausgesehen und bei seiner Trauung wie ein Konfirmandenbub. Sie hatten sich als Zwölfjährige ihren ersten Fußball halb ergaunert, halb erarbeitet. Sie waren unzertrennlich gewesen, bis – bis andere Gedanken, Freundschaften anderer Ordnung Georgs Leben bestimmt hatten. Das ganze Jahr, das er mit Franz zusammen gelebt hatte, war er ein Schuldgefühl gegen den kleinen Röder nicht losgeworden. Er hatte Franz nie erklären können, warum er sich schämte, daß er Gedanken verstand, die Röder niemals verstehen würde. Er hätte manchmal wieder einschrumpfen mögen und alles verlernen, um seinem kleinen Schulfreund gleichzubleiben. Ein wirrer Knäuel von Erinnerungen, aus dem dann rasch ein einzelner glatter Faden wurde. Ich will um vier nach Bockenheim. Ich will zu den Röders.

IV Es ist jetzt Mittag. Auf seinem neuen Gebiet jenseits der Landstraße hat Ernst der Schäfer weniger Mühe, aber auch weniger Fernblick. Die Schafe bleiben besser zusammen. Die Felder der Messers grenzen nach unten zu an die Landstraße. Hinter der Landstraße verstellen die Höfe von Mangolds und Marnets dem Ernst die Sicht. Oben grenzen die Felder an einen langen Zipfel Buchenwald. Auch der Zipfel gehört den Messers. Er ist von dem großen übrigen Wald durch einen Draht getrennt. Hinter dem Waldzipfel liegt immer noch Land, das den Messers gehört. Aus Messers Küche kommt der Geruch von Sauerbraten. Die Eugenie geht selbst schon aufs Feld mit einem Töpfchen. Ernst hebt den Deckel auf, beide gucken hinein – der Ernst und die Nelli. »Das ist doch sonderbar«, sagt der Schäfer zu seiner Hündin, »daß eine Erbsensuppe nach Sauerbraten riecht.« Die Eugenie dreht sich nochmals um. Sie ist ein Mittelding zwischen einer Kusine von Messers und einer Haushälterin. »Bei uns werden auch die Reste gegessen, Freundchen.« – »Wir sind doch keine Suddelzuber«, sagt Ernst, »die Nelli und ich.« Die Frau sieht ihn kurz an und lacht. »Verderben Sie's doch nicht mit mir, Ernst«, sagt sie. »Bei uns gibt es zwei Gänge, wenn Sie fertig sind, bringen Sie Ihren Teller ans Küchenfenster.« Sie geht rasch weg, eine fast dicke, nicht mehr sehr junge Person, aber mit schönen weichen Schritten. Und ihr Haar war früher so schwarz und glänzend, hat Ernst gehört, wie die Flügel einer Amsel. Sie ist das Kind guter Leute; hätte vielleicht den alten Messer selbst heiraten können; hat sich aber um alles gebracht, wie es dem General Mangin von der Interalliierten Kommission im Jahre 20 einfiel, die zwei Regimenter hier heraufzunehmen. Graublaue Wolke, die sich die Straße heraufschiebt, in die Täler und Dörfer verteilt und in den Hügeln bald da, bald dort, eine scharfe fremde Musik, die durchreißt. Fremder Soldatenrock am Haken im Hausflur, fremder Geruch im Treppenhaus, fremder Wein, den eine fremde Hand dir einschenkt, fremde Liebesworte, bis dir das Fremde vertraut wird und das Vertraute sacht entfremdet. Als dann fast acht Jahre später die graublaue Wolke abzog, die Straße hinunter und zum letzten Male jene fremde, reißende Marschmusik, nicht einmal mehr in der Luft, sondern noch in den Ohren war, beugte sich die Eugenie aus Messers Dachfenster weit heraus. Hier war sie untergekommen, nachdem die Hausfrau gestorben war im fünften Wochenbett. Ihre eigenen Eltern waren tot, die sie herausgeschmissen hatten, ihr Franzosenkind – das Besatzungsbübchen, geht in Kronberg zur Schule. Der Vater des Bübchens trinkt längst seine Aperitifs auf dem Boulevard Sébastopol. Kein Mensch spricht mehr von alldem. Man hat sich daran gewöhnt. Auch Eugenie hat sich daran gewöhnt. Ihr Gesicht ist verblaßt, wenn auch immer noch schön. Aus ihrer tiefsten Brust ist ein trockener Ton gekommen, wie sie gemerkt hat, daß das Graublaue, dem sie nachstarrt, längst keine Okkupationsarmee mehr ist, sondern echter Nebel. Das ist auch wieder viele Jahre her. Für den dicken Messer, den alten Knopf, denkt der Ernst, ist die Eugenie ein unverdientes Glück. Ich möchte wissen, ob sie sich das mit den zwei Gängen gleich vorgenommen hat oder erst nachher ausgeknobelt.

Franz war jetzt so müde, daß es ihm war, als ob der Riemen durch seinen Kopf surrte. Trotzdem passierte ihm kein Mißgeschick, wahrscheinlich, weil er zum erstenmal nicht fürchtete, daß ihm eins passieren könnte. Er dachte ausschließlich, ob es ihm gelingen möchte, Elli nachher bei der Apfellieferung allein zu sprechen.

Wie er nun dachte, daß er in wenigen Stunden wieder die Elli vor sich habe, eben die Elli, die er sich immer gewünscht hatte, schoß es ihm durch den Kopf, es könnte auch alles echt sein und wirklich. Nicht um dem Georg zu helfen, trafen sie sich, sondern um ihretwillen. Er, Franz, lieferte keine Äpfel, um durch ein Netz von Spitzeln zu schlüpfen, nichts bedrohte sie, niemand war in Gefahr. Franz versuchte sich vorzustellen, er hätte einfach zwei Körbe Äpfel beschafft, für den ersten Winter ihres gemeinsamen Lebens, wie es Hunderte machen. War es ihnen unmöglich, des gewöhnlichen Lebens teilhaftig zu werden? Immer der Schatten überall?

Franz fragte sich da einen Augenblick, einen einzigen Augenblick, ob dieses einfache Glück nicht alles aufwiege. Ein bißchen gewöhnliches Glück, sofort, statt dieses furchtbaren unbarmherzigen Kampfes für das endgültige Glück irgendeiner Menschheit, zu der er, Franz, dann vielleicht nicht mehr gehört. So, jetzt können wir Äpfel braten in unserem Ofen, würde er sagen. Hochzeit würden sie dann im November feiern mit Pfeifen und Flöten – draußen in der Griesheimer Siedlung putzen sie ihre zwei Zimmerchen aus. Wenn er dann morgens zur Arbeit ging, wußte er über den ganzen Tag weg, daß die Elli abends daheim war. Ärger? Abzüge? Antreiben? Abends in seinem sauberen Zimmerchen wird das alles von einem abfallen. Wenn er dastand wie jetzt, wenn er ausstanzte Stück für Stück, konnte er immerfort denken – abends die Elli. Fahnen raus? Abzeichen im Knopfloch? Gebt dem Hitler, was des Hitlers ist. Laßt sie – Elli und er hatten Spaß an allem, was sie zusammen unternahmen – an der Liebe und an dem Weihnachtsbaum, an dem Sonntagsbraten und an den Werktagsstullen, an den kleinen Vergünstigungen für Neuvermählte, an ihrem Gärtchen und an den Werkausflügen. Sie bekamen einen Sohn, sie freuten sich. Jetzt hieß es freilich, etwas zurücklegen und die Schiffahrt mit »Kraft durch Freude« auf das nächste Jahr verschieben. Mit dem neuen Tarif war man noch ganz zufrieden. Was sie sich da nur ausgedacht haben, daß die Stückzahl trotzdem heraufgeht.

Nach und nach wird einem das Gehetz ein bißchen viel. Knurr nur nicht so laut, sagt die Elli. Nur keine Schererein, Franz – jetzt schon gar nicht. Denn sie bekamen jetzt ihr zweites Kind. Franz wurde aber zum Glück schon Vorarbeiter, und sie konnten die kleine Schuld abzahlen, die sie bei Ellis Vater hatten machen müssen. Wenn nur die Elli nicht Angst gehabt hätte, daß schon wieder ein Kind käme. Franz sagte: Wenn das noch Kriegskinder gibt, danke. Diesmal weinte die Elli. Sie rechneten hin und her, rechneten alle Unkosten aus gegen all die Vergünstigungen für Kinderreiche. Doch bei dieser Berechnung spürte Franz einen Druck auf dem Herzen. Er wußte nicht recht, warum. So, als ob er sich dunkel besänne – diese Art Rechnen sei unstatthaft. Da nahm Elli einen guten Rat an, und das Kreuz ging diesmal vorüber. Ja, sie konnten sich für den Schiffsausflug vormerken lassen, da ihre Mutter solange das älteste Kind nahm und Ellis Schwester das kleine. Diese Schwester lehrte auch das kleine Kind den Hitlergruß machen. Elli ist immer noch ganz hübsch und ganz frisch. Franz denkt über Tag, wenn sie mir nur heut abend was Gutes hinstellt, nicht schon wieder Zusammengekochtes.

Da kommt eines Morgens Franz in die Fabrik, und statt des Holzklötzchens kehrt da ein fremder Bub den Abfallstaub weg. Da fragt Franz: »Wo ist denn das Holzklötzchen?« Da sagt einer: »Das Holzklötzchen ist verhaftet.« – »Das Holzklötzchen ist verhaftet?« fragt Franz., »Ja, warum denn?« – »Weil es Gerüchte verbreitet hat«, sagt einer von seinen Stanzern. – »Was für Gerüchte denn?« fragt Franz. – »Über Westhofen – da sind doch am Montag welche geflohen.« – »Was, aus Westhofen«, wundert sich Franz, »leben denn da noch wirklich welche?« Da sagt einer der Stanzer, ein ganz ruhiger, trockener Mann mit fast schläfrigen Zügen, auf den Franz nie groß achtgegeben hat: »Hast du geglaubt, daß dort alle umkommen?« Franz erschrickt, und er stottert: »Nein, nein – nur daß immer noch welche drin sind.« Der Stanzer lächelt unbestimmt, er wendet sich von ihm ab. Wenn er nur heut abend mal nicht nach Haus bräuchte, denkt der Franz, nur mal wieder mit einem sprechen, mit so einem wie dem da. Franz weiß auf einmal, diesen Stanzer kennt er von früher. Irgendwo in seinem vergangenen Leben ist er mit diesem Stanzer zusammengewesen, er kennt ihn längst, kannte ihn, ehe er Elli kannte, ehe –

Franz zuckte zusammen, jetzt mißriet ihm wirklich ein Stück. Was konnte da der Junge dazu, das Pfeffernüßchen, denn alle lobten, weil er

nach drei Tagen schon so geschickt den Staub zwischen den Armen abkehrte wie das Holzklötzchen, das diese Arbeit vor seiner Verhaftung das ganze Jahr gemacht hatte.

▬▬▬ Georg auf der Plattform der 3 dachte: Wäre es nicht besser gewesen zu Fuß? Um den äußeren Stadtrand herum? War er nicht mehr aufgefallen so – du sollst nicht grübeln um das, was du nicht getan hast, riet ihm Wallau – unnützer Kraftverbrauch. Du sollst nicht plözlich abspringen, bald dies, bald das versuchen. Stell dich ruhig und sicher.

Was nützen denn Ratschläge, die dir ja selbst nichts genützt haben? Er hatte Wallaus Stimme verloren. Jede Minute hatte er sich ihren Klang zurückrufen können, plötzlich war er fort. Und der Lärm einer ganzen Stadt konnte nicht das übertönen, was verstummt war. Die Elektrische war jetzt in einer Schleife stadtauswärts gefahren. Plötzlich erschien es ihm unglaubwürdig, daß er hier durchfuhr und lebendig am hellen Tag. Es war gegen alle Wahrscheinlichkeit, gegen alle Berechnung. Entweder war er gar nicht er selbst oder – Er spürte auf den Schläfen die Zugluft eisig und schneidend, als sei die 3 in eine andere Zone eingefahren. Er war sicher längst beobachtet. Warum sollte gerade er gerade Füllgrabe treffen? Wahrscheinlich hatten sie Füllgrabe schon an der Leine geführt. Füllgrabes Blick, seine Bewegungen, sein angebliches Vorhaben – so beträgt sich nur ein Verrückter oder ein Mann, der an der Leine geführt wird. Warum hat man mich da nicht gleich gepackt? Sehr einfach – weil man warten will, wohin ich gehe. Man will sehen, wer mich aufnimmt.

Da fing er auch schon an zu suchen, wer der Verfolger sein müßte. Der Mann mit Bärtchen und Brille, der wie ein Lehrer aussah? – Der Bursche im blauen Monteurkittel? – Der Alte, der ein ganzes Bäumchen, sorgfältig verpackt, vielleicht in sein Gärtchen hinausfuhr.

In den letzten Sekunden hatte sich aus dem Lärm der Stadt eine Marschmusik abgesondert. – Sie kam rasch näher und wurde stärker, wobei sie allen Geräuschen und allen Bewegungen ihren scharfen Takt aufzwang. Die Fenster öffneten sich, aus den Toren liefen Kinder, auf einmal war die Straße von Menschen gesäumt – der Fahrer bremste.

Das Pflaster zitterte schon. Man hörte schon jubeln vom Ende der Straße her. Seit ein paar Wochen war das 66er Infanterieregiment in den neuen Kasernen stationiert. Wenn es durch ein Stück Stadt marschierte, dann war das immer ein frischer Empfang. Da kommen sie endlich: Trompeter und Trommler, der Tambour wirft seinen Stab, das Pferdchen tänzelt. Da sind sie! Endlich – die Menschen reißen die Arme hoch. Der Alte schwingt seinen Arm und stützt mit dem Knie sein Bäumchen. Seine Brauen zucken im Takt des Marsches. Seine Augen glänzen. Hat er seinen Sohn dazwischen? Das ist der Marsch, der die Menschen aufwühlt, daß es ihnen den Rücken herunterläuft, daß ihre Augen leuchten. Was für ein Zauber ist das, zu gleichen Teilen gemischt aus uralter Erinnerung und vollkommenem Vergessen? Man könnte glauben, der letzte Krieg, in den dieses Volk geführt wurde, sei das glücklichste Unternehmen gewesen und hätte nur Freude gebracht und Wohlstand. Frauen und Mädchen lächeln, als hätten sie unverwundbare Söhne und Liebste.

Wie die Jungen den Schritt schon gelernt haben in den paar Wochen – Mütter, die ängstlich und mit Recht bei jedem Pfennig »wofür« fragen, werden, solange man diesen Marsch aufspielt, die Söhne hergeben und Stücke ihrer Söhne. Wofür? Wofür? Das werden sie sachte fragen, wenn die Musik verhallt ist. Dann wird der Fahrer wieder ankurbeln, der Alte wird merken, daß an seinem Baum ein Zweiglein geknickt ist, er wird knurren. Der Spitzel, wenn wirklich einer dabei war, wird zusammenfahren.

Denn Georg ist von der Plattform herunter. Er ist nach Bockenheim zu Fuß hinein. Paul wohnte Brunnengasse 12. Das hatten weder Schläge noch Tritte aus seinem Kopf geschüttelt – nicht mal den Namen seiner Frau: Liesel, geborene Enders.

In den letzten Minuten war er sehr schnell und sicher, ohne sich umzusehen, losgegangen. Er blieb in einer Gasse stehen, die auf die Brunnengasse mündete, vor einem Schaufenster, um sich auszuschnaufen. Wie er sich da im Spiegel erblickte hinter der Auslage, mußte er sich an der Querstange festhalten. – Wie er weiß im Gesicht war, der Mann, der mit einer Hand nach der Querstange griff – dieser gelbliche fremde Mantel, der ihn schleppte – ihn und seinen Kopf mit dem steifen Hut!

Darf ich denn zu Röders hinaufgehen? – fragte er sich. Was berechtigt mich denn zu glauben, daß ich den Schatten los bin, falls ich beschattet war. Und der Paul Röder – warum soll denn gerade er alles gerade für mich riskieren? Wieso war ich denn vorhin auf der Bank?

V Im dritten Stock links war Röders Name auf ein Stückchen Karton gemalt, fein und genau, in einem wappenähnlichen Kreis. Georg lehnte sich an die Wand, er starrte den Namen an, als hätte er hellblaue Äugelchen und Sommersprossen, kurze Arme und Beine, Vernunft und Herz. Wie er das Schildchen mit seinem Blick verzehrte, wurde ihm auch bewußt, daß der kräftige, recht gemischte Lärm, den er schon unten gehört hatte, gerade aus dieser Wohnung kam. Er hörte das Aufundabrollen eines Kinderspielzeugs, ein Kind rief die Stationen aus, ein anderes rief: »Einsteigen!«, dazu surrte die Nähmaschine, und über alles hinweg schallte der Gesang einer Frau: Die Liebe vom Zigeuner stammt, fragt nicht nach Recht, Gesetz und Macht – so stark, fast mächtig, daß Georg glaubte, die Stimme käme aus dem Radio, bis sie dann in der Höhe unvermutet knackste: Dieser Lärm wurde eher verstärkt als übertönt durch die Klänge desselben Marsches, den man vorhin in der Straße geblasen hatte, so daß Georg nun wieder meinte, er käme von außen, bis er sich klarwurde, daß er aus einem Radio im selben Flur gegen die Liesel Röder aufgespielt wurde. Georg erinnerte sich, daß die Liesel als Mädchen dann und wann aushilfsweise Choristin gewesen war. Paul hatte ihn manchmal auch mit auf die Galerie genommen, um die Liesel zu bewundern in dem zerfransten Rock einer Schmugglerin oder in dem Höschen eines Pagen. Liesel Röder war immer gewesen, was man ausgesprochen fidel nennt. Jene Kluft, die ihn plötzlich von Röder getrennt hatte, als er zu Franz gezogen war, jene unbeabsichtigte, aber verhängnisvolle Kluft, war ihm zuerst an Röders Frau, an Röders Heim bewußt geworden. Hinziehen zu Franz, das bedeutete nicht nur lernen, sich bestimmte Gedanken aneignen, an den Kämpfen teilnehmen, das bedeutete auch, sich anders halten, sich anders kleiden, andere Bilder aufhängen, andere Dinge schön finden. Konnte denn Paul immer diese watschlige Lisbeth aushalten, warum stellten sie all den Krimskrams auf? Warum sparten sie zwei Jahre lang für ein Sofa? Georg langweilte sich bei Röders und ging weg. Bis ihn dann wieder Franz langweilte, bis ihm ihr Zimmer kahl vorkam. In einem solchen Durcheinander unausgegorener Gefühle, halbbewußter Gedanken, hatte sich Georg, der damals selbst noch ein Junge war, oft mit einem Ruck von seinen jeweiligen Freundschaften losgerissen. Das hatte ihn in den Ruf eines unberechenbaren Burschen gebracht. Er selbst hatte

freilich gerechnet, man könnte eine Handlung mit der anderen ungültig machen, ein Gefühl mit dem entgegengesetzten Gefühl auslöschen.

Georg hatte schon, während er horchte, den Daumen auf dem Klingelknopf. Nicht einmal in Westhofen war sein Heimweh so bitter gewesen. Er zog die Hand zurück. Konnte er hier herein, wo man ihn vielleicht arglos aufnahm? Konnte ein Druck auf die Schelle diese Familie in alle Winde zerstreuen? Zuchthaus bringen, Zwangserziehung und Tod?

Jetzt war in seinem Kopf eine stechende Helligkeit. Seine Erschöpfung war schuld, sagte er sich, daß er auf diesen Gedanken verfallen war. Hatte er nicht noch selbst vor einer halben Stunde damit gerechnet, daß er schon längst bespitzelt sei? Glaubte er wirklich, so einer wie er könnte so leicht seine Spitzel abschütteln?

Er zuckte mit den Achseln. Er stieg ein paar Stufen herunter. In diesem Augenblick stieg jemand von der Straße herauf. Georg drehte sich gegen die Wand; er ließ den Mann, Paul Röder, an sich vorbeigehen. Er schleppte sich bis zum nächsten Treppenfenster, stützte sich und horchte. Aber Röder ging noch nicht hinein; er blieb auch stehen und horchte. Plötzlich kehrte sich Röder um und stieg wieder abwärts. Georg stieg ein paar Stufen tiefer. Röder legte sich übers Geländer und rief: »Georg!« Georg erwiderte nichts, er stieg tiefer. Aber Röder war mit zwei Sätzen in seinem Rücken, er rief: »Georg«, er packte ihn am Arm, »bist du's oder bist du's nicht?«

Er lachte und schüttelte den Kopf. »Warst du schon bei uns? Hast du mich eben nicht erkannt? Ich hab mir gedacht: War das denn nicht der Georg? Du hast dich aber verändert –« Er war plötzlich gekränkt. »Drei Jahre hast du gebraucht, bis dir der Paul mal wieder in den Sinn kommt. No – jetzt komm mit.«

Georg hatte zu alldem noch nichts gesagt, er folgte schweigend. Beide standen jetzt vor dem großen Treppenfenster. Röder sah Georg von unten herauf an. Was er dabei auch dachte, sein kleines Gesicht war allzu getüpfelt von Sommersprossen, um etwas Düsteres auszudrücken. Er sagte: »Grün siehst du aus. Bist du denn überhaupt noch der Georg?« Georg bewegte seinen trockenen Mund. »Du bist's doch?« fragte Röder ganz ernsthaft. Georg lachte auf. »Komm, komm«, sagte Röder. »Ich wundere mich jetzt wirklich, wieso ich dich erkannt habe im Treppenhaus.« – »Ich war sehr lange krank«, sagte Georg ruhig. »Meine Hand ist noch nicht geheilt –« – »Wie, fehlen Finger?« – »Nein, Glück gehabt.« – »Wo ist denn das passiert? Warst du die ganze Zeit hier?« – »Ich war Fahrer in Kassel«, sagte Georg. Er beschrieb sehr ruhig in ein paar Sätzen Ort und Verhältnisse, wie er sie aus der Erzählung eines Mitgefangenen kannte. »Jetzt paß mal auf, was die Liesel für ein Gesicht macht!« sagte Röder. Er drückte auf den Schellenknopf. Georg hörte auch noch den feinen, schrillen Ton, dann kam ein Gewitter aus Türenschlagen und Kindergeschrei und Liesels Stimme: »Da bin ich ja wirklich platt.« Wolken rauschten aus geblümten Kleidern und Tapeten mit Bilderchen und Gesichtern mit tausend Sommersprossen und erschrockenen Äugelchen – dann war es dunkel und still. Das erste, was Georg wieder hörte, war Röders Stimme, die zornig befahl: »Kaffee – Kaffee, hörst du, kein Spülwasser!« Georg richtete sich auf dem Sofa hoch. Er kehrte mit großer Anstrengung aus der Ohnmacht, in der er sich sichergefühlt hatte, in Röders Küche zurück. Das passiere ihm immer noch mal, erklärte er, und hätte nichts auf sich. Liesel solle sich jetzt nicht mit Kaffeemahlen aufhalten.

Er brachte seine Beine unter den Küchentisch. Er legte seine verbundene Hand zwischen die Teller auf das Wachstuch. Liesel Röder war eine dicke Frau geworden, die nicht mehr in Pagenhöschen gepaßt hätte. Der warme, ein wenig schwere Blick ihrer braunen Augen ruhte kurz auf Georgs Gesicht. Sie erklärte: »Gut, das Gescheiteste, was du jetzt tun kannst, iß, wir trinken dann nachher.« Sie richtete Tisch und Essen. Röder setzte seine drei ältesten Kinder um den Tisch herum. »Wart, ich schneid dir's klein, Georg, oder kannst du's aufspießen? Bei uns ist jeden Tag Eintopfsonntag. Willst du Senf, willst du Salz? Gut gegessen, gut getrunken, hält Leib und Seele zusammen.« Georg sagte: »Was für ein Tag ist heut?« Röders lachten. »Donnerstag.« – »Du hast mir dein Wurstpärchen gegeben, Lisbeth«, sagte Georg, der sich mit aller Kraft seines Willens in den gewöhnlichen Abend einfand, wie man sich in die höchste Gefahr einfinden kann. Wie er nun aß mit seiner gesunden Hand, und die anderen aßen auch, bald warf ihm Liesel, bald Paul einen kurzen Blick zu, da spürte er, daß sie ihm lieb waren und auch er ihnen lieb geblieben war.

Auf einmal hörte er etwas steigen im Treppenhaus, immer höher – er horchte. »Was horchst du denn?« fragte Paul. Die Schritte stiegen weiter. Auf dem Wachstuch neben seiner kranken Hand war ein Kreisrund, wo man einmal eine heiße Tasse abgestellt hatte. Georg nahm das Bierglas, er drückte es wie einen Stempel auf die verblaßte Stelle. »Komme, was da kommen mag.« Paul, der diese Bewegung in seiner Art auslegte, öffnete die Bierflasche und goß ein. Man aß und trank langsam zu Ende. Paul sagte: »Wohnst du wieder daheim bei den Eltern?« – »Vorübergehend.« – »Mit deiner Frau bist du ganz auseinander?« – »Mit welcher Frau?« Röders lachten. Georg zuckte die Achseln. »Mit der Elli!« Georg zuckte die Achseln. »Wir sind ganz auseinander.«

Er riß sich zusammen. Er sah sich um. All die erstaunten Äugelchen! Er sagte: »Ihr habt ja inzwischen allerlei fertiggebracht.« – »Weißt du denn nicht, daß sich das deutsche Volk vervierfachen muß?« sagte Paul mit lachenden Augen. »Du hörst nicht zu, wenn der Führer spricht.« – »Doch, ich hör zu«, sagte Georg. »Aber er hat doch nicht gesprochen, daß muß das Paulchen Röder aus Bockenheim alles ganz allein machen.« – »Es ist jetzt wirklich nicht mehr so schwer«, sagte die Liesel Röder, »Kinder zu bekommen.« – »Das war's ja nie.« – »Ach, Georg«, rief Liesel, »dir kommen deine Lebensgeister zurück.« – »Nein, es ist wahr, wir waren fünf zu Haus, und ihr?« – »Der Fritz, der Ernst, ich und der Heini – vier.« – »Nie hat ein Hahn nach uns gekräht«, sagte die Liesel. »Jetzt geschieht doch was.« Paul sagte mit lachenden Augen: »Liesel hat einen staatlichen Glückwunsch von der Direktion bekommen.« – »Habe ich bekommen, ja, ich!« – »Soll man dich vielleicht für die große Leistung beglückwünschen?« – »Spaß beiseit, Georg, all die Vergünstigungen und die Zulagen, sieben Pfennig pro Stunde, das spürst du. Die Befreiung von den Abzügen und ein solcher Stoß bester Windeln!« – »Als ob die NS-Volkswohlfahrt geahnt hätte«, sagte Paul, »daß die alten von drei Vorgängern morschgeschissen sind.« – »Hör gar nicht auf den«, sagte Liesel, »dem Paul seine Äugelchen haben ganz schön gefunkelt, er war fidel wie in seiner Bräutigamszeit, diesen August auf der Sommerreise –« – »Wo ging's denn hin?« – »Nach Thüringen, und wir haben die Wartburg besichtigt und den Martin Luther und den Sängerkrieg und den Venusberg. Das war auch noch eine Art Belohnung. Nein, so was war noch nie da auf der Welt.« – »Nie«, sagte Georg. Er dachte: So 'n Schwindel, noch nie. Er sagte: »Und du, Paul? Wie stehst du dich? Bist du zufrieden?« – »Ich kann nicht klagen«, sagte Paul. »Zweihundertzehn im Monat, das sind immer noch fünfzehn Mark mehr, als ich im besten Jahr nach dem Krieg bekam, 29, und nur zwei Monate lang – aber diesmal – bleibt's.« – »Das sieht man schon auf der Straße«, sagte Georg, »daß ihr voll belegt habt.« Seine Kehle wurde immer enger, und ihm brannte das Herz.

Paul sagte: »Na ja, was willst du – das ist der Krieg.« Georg sagte: »Ist das nicht ein komisches Gefühl?« – »Was?« – »Was du da sagst, die Dinger zu fabrizieren, daß sie da unten dran krepieren?« Paul sagte: »Ach, dem einen sein Ul ist dem andern sein Nachtigall. Wenn du erst anfangen willst, darüber zu spinnen – siehst du, Liesel – das is heut Kaffee. Da muß der Georg mal öfters bei uns schlappmachen.« Georg versicherte: »Das ist mein bester Kaffee seit drei Jahren.« Er tätschelte Liesels Hand. Er dachte: Fort – aber wohin?

Röder sagte: »Du hast ja immer zum Spinnen geneigt, mein Schorsch, no und? Dein Garn ist alle geworden. Du bist doch stiller. Früher hättest du mir jetzt genau erzählt, was ich alles auf meinem Gewissen hab.« Er lachte auf. »Weißt du noch, Schorsch, wie du mal zu mir gekommen bist mit heißen Backen. Ich war grad arbeitslos: diesmal müßt ich dir aber unbedingt was abkaufen – etwas von den Chinesen. Ausgerechnet ich! Ausgerechnet ein Büchelchen kaufen! Ausgerechnet Chinesen!«

»Komm mir jetzt bloß nicht mit den Spaniern«, sagte er böse, obwohl Georg schwieg. »Nur damit komm mir jetzt nicht. Die sind auch ohne den Paul Röder erledigt. Siehst du, die haben sich gewehrt und doch erledigt! An meinen paar Kapselchen wird es nicht mehr liegen.« – Georg schwieg. »Immer bist du mir mit solchen vertrackten Sachen gekommen, die ganz weit abliegen.«

Georg sagte: »Wenn du die Kapselchen für sie machst, das liegt doch dann gar nicht weit ab.«

Liesel hatte inzwischen den Tisch abgedeckt, alle Kinder gefüttert, jetzt hieß es: »Sag dem Vater gute Nacht. Sag dem Schorsch auch gut Nacht.«

»Ich leg jetzt meine Kinder«, sagte die Liesel. »Ihr braucht zum Schwätzen noch keine Lampe.« Georg dachte: Mir bleibt nichts anderes übrig, hab ich denn eine Wahl? Er sagte beiläufig: »Hör mal, Paul, macht dir das was aus, wenn ich heut nacht hier schlaf?« Röder sagte ein wenig erstaunt: »Nein, was soll mir das ausmachen?« – »Weißt du, ich hab daheim Krach gehabt, der soll verdampfen.« – »Bei uns kannst du einheiraten«, sagte Röder.

Georg stützte den Kopf in die Hand. Zwischen den Fingern sah er zu Röder hinüber. Röder hätte vielleicht ernst ausgesehen, wär sein Gesicht nicht gar zu lustig betupfelt. Er sagte: »Kriegst du immer noch Krach um dies und das? Was du nicht alles für Anschläge gehabt hast! Damals hab ich dir schon gesagt, mich laß aus, Schorsch. Nutzlose Sachen kann ich nicht ausstehen, lieber Kartoffelsupp. Diese Spanier sind auch lauter Schorschs. Ich mein – wie du früher warst, Schorsch. Jetzt trittst du, scheint's, schon leiser auf. In deinem Rußland haben sie's auch nicht geschafft. Erst hat's nach was ausgesehen, daß man doch manchmal bei sich gedacht hat: Vielleicht, wer weiß? Jetzt – « – »Jetzt?« sagte Georg. Er verdeckte rasch seine Augen. Trotzdem war Paul schon getroffen von einem einzelnen scharfen Blick zwischen zwei Fingern. Er stutzte. »Jetzt, das weißt du doch.« – »Was?« – »Wie dort alles drunter und drüber geht!« – »Was?« – »Was weiß ich, ich kann diese Namen doch nicht behalten.«

Liesel kam zurück. »Leg dich jetzt, Paul. Sei nicht bös, Schorsch – aber –« – »Der Schorsch will heut nacht hier schlafen, Liesel, er hat Krach daheim.« – »Du bist 'ne Nummer«, sagte die Liesel. »Warum denn?« – »Das ist eine lange Geschichte«, sagte Georg. »Das erzähl ich dir morgen.« – »Ja, für heut ist genug geschwätzt, sonst ist der Paul nämlich nicht so mobil, der ist sonst schlagkaputt.« – »Kann ich mir vorstellen«, sagte Georg, »daß er nichts geschenkt bekommt.« – »Lieber ein bißchen Gehetz und ein paar Mark mehr«, sagte Paul. »Lieber Überstunden als Luftschutzübung.« Georg sagte: »Und 'n bißchen rascher älter werden.« – »Das kannst du sowieso in 'nem neuen Krieg haben, ein bißchen rascher älter werden. So 'ne Großartigkeit, Schorsch, ist das Ganze ja überhaupt auch nicht, daß du ewig dran rumlutschen möchtest. – Ich komm, Liesel.« Er sah sich um und sagte: »Das einzige, Schorsch, womit deckt man dich zu?« – »Gib mir meinen Mantel, Röder!« – »Was du da für 'nen komischen Mantel hast, Schorsch, leg nur das Kissen auf deine Füße, vertritt der Liesel ihre Rosen nicht.« Plötzlich fragte er: »Unter uns, warum hat's denn bei euch wieder Krach gegeben – wegen 'nem Mädchen?« – »Ach«, sagte Georg, »wegen – wegen dem Kleinen, dem Heini. Du weißt doch, wie der immer an mir gehangen hat!« – »Na, wegen gehangen hat! Den hab ich kürzlich erst getroffen, euern Heini, der ist wohl auch bald seine sechzehn – siebzehn alt? Ihr Heislers Buben seid ja alle ganz schöne Kerle, aber wie sich der Heini rausgemacht hat. Dem haben sie einen Floh ins Ohr gesetzt, wegen SS später mal.«

»Was, dem Heini?« – »Na, das weißt du doch besser als ich«, sagte Röder. Er hatte sich doch noch mal an den Küchentisch gesetzt. Wie er jetzt wieder Georgs Gesicht genau vor sich hatte, zuckte es ihm ganz dumm durch den Sinn, wie vorhin im Treppenhaus: ob denn das wirklich der Georg sei. Georgs Gesicht war im letzten Augenblick wieder ganz verändert. Röder hätte nicht sagen können, worin diese Veränderung bestand, da das Gesicht doch ganz still war. Aber das war es gerade, die Veränderung einer Uhr, die plötzlich stillsteht. »Früher hat's bei euch Krach gegeben, weil der Heini zu dir gehalten hat, jetzt –« – »Ist das auch wahr mit dem Heini?« sagte Georg. »Wieso weißt du das alles nicht?« sagte Röder. »Kommst du denn nicht von daheim?«

Plötzlich begann dem kleinen Röder das Herz furchtbar zu klopfen. Er fing zu schimpfen an. »Das fehlt noch gerade. Du schwindelst mich an. Drei Jahre kommst du nicht und dann kommst du und schwindelst mich an. So warst du immer – so bist du. Schwindelst deinen Paul an. Schämst du dich denn nicht. Was hast du ausgefressen? Etwas hast du doch ausgefressen, verkauf mich doch nicht für dumm. Also du kommst gar nicht von daheim. Wo warst du die ganze Zeit? Du scheinst ja schön in der Klemme zu sein. Durchgebrannt? Was ist eigentlich mit dir los?« – »Vielleicht hast du für mich ein paar Mark übrig?« sagte Georg. »Ich muß gleich von hier fort, laß die Liesel nichts merken.« – »Was ist mit dir los?« – »Ihr habt kein Radio?« – »Nein –« sagte Paul. »Bei meiner Liesel ihrer Stimme und dem Lärm, der sowieso bei uns ist –« – »Ich bin nämlich im Radio«, sagte Georg. »Ich bin geflohen.« Er sah geradezu in Röders Augen hinein. Plötzlich war Röder erbleicht, so erbleicht, daß die Sommersprossen in seinem Gesicht zu flimmern schienen. »Woher bis du geflohen, Schorsch?« – »Ich bin aus Westhofen ausgerückt, ich – ich –« – »Du aus Westhofen? Hast du die ganze Zeit dort gesteckt? Du bist wirklich eine Nummer! Aber sie werden dich totschlagen, wenn sie dich kriegen.« – »Ja«, sagte Georg. »Und da willst du jetzt weggehen ohne Bleibe? Du bist nicht bei Trost.« Georg sah noch immer in Röders Gesicht, das ihm der Himmel selbst schien, von Sternchen übersät. Er sagte ruhig: »Lieber, lieber Paul, das kann ich doch nicht – du mit deiner ganzen Familie. Ihr seid alle ganz vergnügt, und jetzt ich – Verstehst du denn überhaupt, was du sagst? Wenn sie jetzt hier heraufkommen? Sie waren vielleicht schon hinter mir.«

Röder sagte: »Dann ist's sowieso zu spät. Wenn sie kommen, müssen wir sagen, daß ich von nichts was gewußt hab. Die letzten paar Sätze haben wir zwei einfach nicht miteinander gesprochen. Verstehst du – wir haben sie gar nicht gesprochen. Ein alter Bekannter kann immer mal auftauchen. Wie soll ich wissen, wo du inzwischen herumkutschiert bist?« Georg sagte: »Wann haben wir uns das letztemal gesehen?« – »Du warst das letztemal oben im Dezember 32, am zweiten Weihnachtstag, du hast unsere ganzen Zimtsterne damals aufgegessen.« Georg sagte: »Sie werden dich fragen – fragen. Du weißt nicht, was sie für Mittel erfunden haben.« In seinen Augen stoben all die winzigen, spitzen Fünkchen, vor denen Franz sich als Kind gefürchtet hatte.

»Man muß den Teufel nicht an die Wand malen. Wie sollen sie denn gerade auf unsere Wohnung verfallen? Sie haben dich nicht reingehen sehen, sonst wären sie schon hier oben. Denk jetzt lieber, was weiter? Wie du herauskommst aus meinen vier Wänden – Nimm mir's nicht übel, Schorsch, aber draußen bist du mir lieber wie drinnen.« Georg sagte: »Ich muß aus der Stadt raus, aus dem Land! Ich muß meine Leute finden!« Paul lachte. »Deine Leute? Find mal erst all die Löcher, in die die sich verkrochen haben.« Georg sagte: »Später, wenn erst mal Zeit dazu ist, kann ich dir ein paar Löcher zeigen, in die sie sich verkrochen haben. Draußen bei uns in Westhofen gibt es auch ein paar Dutzend, die keiner kennt. Wenn wir zwei uns bis dahin nicht auch in solche Löcher verkrochen haben.« – »Ei, Schorsch«, sagte Paul. »Ich hab bloß an einen Bestimmten gedacht – an Karl Hahn aus Eschersheim, der damals –« Georg sagte: »Laß!« Er dachte auch an einen Bestimmten. War denn Wallau schon tot? In einer Welt, die um so rasender weiterlief, je regloser er dalag? Er hörte ihn wieder »Schorsch« sagen, eine einzelne Silbe, die nicht nur den Raum durchmessen hatte, sondern auch die verflossene Zeit.

»Schorsch!« rief der kleine Röder. Georg fuhr zusammen. Paul betrachtete ihn ängstlich. Einen Augenblick war Georgs Gesicht wieder fremd gewesen. Er fragte auch fremd: »Ja, Paul?« Paul sagte: »Ich könnte morgen gleich hingehen zu diesen Leuten, damit ich dich loswerde.« Georg sagte: »Ich will mich noch einmal besinnen, wer in der Stadt lebt. Es sind schon mehr als zwei Jahre her.« – »Du wärst in den ganzen Wirbel nicht reingekommen«, sagte Paul, »wenn du damals nicht so in diesen Franz vernarrt gewesen wärst. Erinnerst du dich noch? Der hat dich damals erst richtig reingebracht, denn vorher – Auf 'ne Versammlung sind wir ja alle mal gegangen, 'ne Demonstration haben wir ja alle mal mitgemacht. Wut haben wir alle mal gehabt. Und Hoffnung haben auch alle mal gehabt. Aber dein Franz – der war's.«

»Das war nicht der Franz«, sagte Georg. »Das war stärker als alles andere –« – »Was soll das heißen, stärker als was?« sagte Paul, wobei er das Seitenpolster des Küchensofas herunterklappte, um Georg für die Nacht bei sich einzurichten.

VI

Die Kinder von Ellis Schwester hingen alle an diesem Abend zum Fenster heraus, um die Apfellieferung zu erleben. Sie waren die Kinder jenes SS-Führers, mit dem sein Schwiegervater, der alte Mettenheimer, bei dem Verhör geprahlt hatte. Elli wußte, daß Franz erst ankam, wenn sich die ganze Familie in ihre verschiedenen Veranstaltungen begeben, der Schwager zu seinem Sturm, die Kinder in ihre Heime, die Schwester, was nicht ganz sicher war, in ihren Frauenabend.

Diese Schwester war einige Jahre älter als Elli, mit einer stärkeren Brust und etwas gröberen Zügen, die aber nicht wie bei Elli einen Schimmer von Schwermut, sondern von Munterkeit hatten. Ihr Mann, Otto Reiners, über Tag ein Bankbeamter, war abends SS-Mann, in der Nacht, sofern er daheim war, ein Gemisch aus beidem. Im dunklen Flur hatte Elli beim Kommen nicht bemerkt, daß das dem ihren recht ähnliche Gesicht der Frau Reiners bestürzt und ratlos war.

Als die Kinder vom Fenster weg auf Elli zuliefen, die sie alle leiden konnten, machte Frau Reiners eine Bewegung mit dem Arm, als ob es zu spät sei, die Kinder vor einem Verhängnis zurückzuhalten. Sie murmelte: »Wieso kommst du, Elli?« Elli hatte ihr durch das Telefon die Äpfel angekündigt. Danach hatte ihr Reiners befohlen, die Äpfel wegzuschicken oder selbst zu zahlen. Vorerst dürfte Elli nicht mehr heraufkommen. Als seine Frau ihn fragte, ob er übergeschnappt sei, nahm er sie bei der Hand und erklärte ihr, warum ihr nichts anderes mehr übrigbliebe, als zwischen Elli und ihrer eigenen Familie zu wählen.

Frau Reiners hatte die beste Heirat von den Mettenheimer-Töchtern gemacht. Sie war vernünftig gewesen und geblieben. Daß Reiners aus einem Stahlhelmer zu einem leidenschaftlichen Anhänger des neuen Staates geworden war, ein Judenfresser, antikirchlich in seinen Äußerungen, nahm sie als eine Eigenart ihres Mannes hin, die man schlucken mußte. Sie ging zu den Frauen- und Luftschutzabenden, obwohl sie sich langweilte. Das glaubte sie ihrer Ehe schuldig zu sein, worunter sie ihr Zusammenleben mit Reiners und mit ihren Kindern verstand, eine ganz regulierbare Sache des Gleichgewichts und der Mischung. Sie war auch verständig genug, ihren Spaß für sich zu behalten, daß Reiners gar keine Einwände vorbrachte, wo es um die Kommunion seiner Kinder ging und um die Ausübung ihrer kirchlichen Pflichten an den hohen Feiertagen. Das schien ihm etwas brenzlig zu sein, da schien ihm eine ganz leichte Rückversicherung angeraten.

Wie sie jetzt Elli dastehen sah unter den Kindern, die ihr den Hut abzogen, an ihre Ohrringe tupften, ihr die Arme ausrissen, da wurde ihr richtig klar, was die letzten Tage geschehen war und was für Tragweite der Befehl ihres Mannes hatte. Zwischen Elli und meinen Kindern wählen, was für ein Unsinn! Warum muß ich denn überhaupt wählen? Gibt es denn solch eine Wahl? Sie fuhr die Kinder an, Elli in Frieden zu lassen und abzuziehen.

Als die Kinder weg waren, fragte sie Elli nach dem Preis der Äpfel. Sie zählte das Geld auf den Tisch. Als sich Elli sträubte, drückte sie ihr das Geld in die Hand, behielt die zusammengedrückte Hand Ellis zwischen ihren Händen, dann begann sie vorsichtig auf sie einzureden. »Du verstehst doch!« endete sie. »Wir können uns ja bei den Eltern sehen. Er war noch heute im Radio. Liebe Elli, wenn du doch damals meinen kleinen Schwager genommen hättest! Er war ganz verknallt in dich. Du kannst nichts zu allem. Du kennst ja Reiners. Weißt du denn, was dir selbst noch bevorstehen kann.«

Sonst wäre Elli bei dieser Eröffnung das Herz stillgestanden, so dachte sie: wenn sie mich nur nicht herauswirft, bevor der Franz mit den Äpfeln kommt. Sie sagte ruhig: »Was soll mir wohl noch bevorstehen?« – »Reiners sagt, auch das sei möglich, daß sie dich noch mal einsperren, hast du schon daran gedacht?« – »Ja«, sagte Elli. – »Und da bleibst du so ruhig, gehst ruhig herum, kaufst Winteräpfel?«

»Glaubst du, daß sie mich weniger einsperren, wenn ich keine kaufe?«

Elli ist immer halbwach herumgelaufen, dachte die Schwester, mit ihren niedergeschlagenen Augen, mit ihren langen Wimpern, Vorhänge vor den Augen. Sie sagte: »Du brauchst nicht auf die Äpfel zu warten.« Da erwiderte Elli rasch und wach: »Nein, ich hab die Äpfel bestellt, wir wollen uns nicht anschmieren lassen. Laß dich nicht von deinem Reiners verrückt machen. In diesen paar Minuten verpeste ich euch eure Wohnung nicht. Ich hab sie auch schon verpestet.«

»Weißt du was«, sagte die Schwester nach kurzem Nachdenken, »hier ist der Mansardenschlüssel, du gehst rauf, staubst die Latten ab, stellst die Einmachtöpfe auf den Schrank. Du legst den Schlüssel später unter die Matte.« Sie war ganz munter, weil sie nun doch eine Lösung gefunden hatte, Elli, ohne sie wegzuschicken, aus der Wohnung zu bringen. Sie zog die Schwester an sich und wollte sie küssen, was sie sonst nur am Namenstag tat. Elli zog ihr Gesicht weg, so daß der Kuß aufs Haar kam.

Als die Tür hinter ihr zufiel, trat die Schwester ans Fenster. In dieser stillen, kleinen Straße wohnten sie schon das fünfzehnte Jahr. Auch ihren nüchternen Augen zeigten sich heute abend diese gewohnten, gewöhnlichen Häuser wie die Häuser, die man von einem fahrenden Zug aus sieht. In ihrem kühlen Herzen entstand ein Zweifel, wenn auch in der gewohnten Form hausfraulicher Berechnungen: Was schon das Ganze wert sei –

Elli hatte inzwischen das Mansardenfenster geöffnet, um die stickige Luft herauszulassen. Auf die Schildchen der Einmachgläser hatte die Schwester mit reinlicher Schrift die Sorten der Früchte geschrieben und die Jahreszahl. Arme Schwester. Elli spürte ein sonderbares unerklärliches Mitleid mit der älteren Schwester, die doch das Glück begünstigt hatte. Sie setzte sich auf einen Koffer und wartete, die Hände im Schoß, mit gesenkten Lidern, mit gesenktem Kopf, wie sie noch gestern auf ihrer Pritsche gewartet hatte, wie sie morgen wer weiß wo warten würde.

Franz kam treppauf gerumpelt mit seinen Äpfelkörben. Das ist nun doch ein Freund, sagte sich Elli, und nicht alles ist bloß Verhängnis. Sie packten eilig die Körbe aus, ihre Hände griffen übereinander. Elli sah Franz rasch von der Seite an. Er war schweigsam, er horchte. Schließlich konnten sie unter einem Vorwand hier heraufkommen. Hermann würde wahrscheinlich nicht erbaut sein, wenn er von diesem Zusammensein hörte, selbst wenn es glatt gegangen war. Franz sagte: »Hast du dir etwas überlegt? Glaubst du, daß er hier in der Stadt ist?« – »Ja«, sagte Elli, »das glaub ich.« – »Warum glaubst du das? Schließlich liegt doch die Stadt auch weitab. Jeder kennt ihn hier.« – »Ja, aber er kennt auch viele. Vielleicht hat er hier irgendein Mädchen, auf das er baut –« – Ihr Gesicht wurde ein wenig starr. – »Vor drei Jahren, ganz kurz bevor er verhaftet wurde, hab ich ihn mal von weitem gesehen in Niederrad. Er hat mich nicht gesehen. Er ging mit einem Mädchen. Nicht bloß die Arme eingehängt, auch die Hände, so ein Mädchen vielleicht –« – »Vielleicht aber, daß du so sicher bist!« – »Ja, sicher. Weil er hier jemand hat, so ein Mädchen oder einen Freund. Weil auch die Gestapo das glaubt, weil sie immer noch hinter mir her sind und vor allem –« – »Vor allem?« – »Weil ich es spüre«, sagte Elli. »Ich spüre es hier – und hier.« Franz schüttelte den Kopf. »Liebe Elli, dafür würd dir nicht mal die Gestapo etwas geben.«

Sie setzten sich auf den Koffer. Franz sah jetzt erst Elli voll an. Einen Augenblick lang sah er sie an von oben bis unten, den er herausnahm aus der geringen Zeit, die ihnen gehörte, aus der furchtbaren engen Zeit, aus der ihr Leben geschnitten war. Elli senkte die Augen. Wenn sie Franz auch bisher ganz vergessen hatte, wenn sie auch jetzt daherschritt wie auf dem Seil und unter sich Luft, wenn es auch auf Leben und Tod ging, was sie hier in der Apfelkammer zusammengeführt hatte, was konnte denn Elli dazu, wenn ihr Herz ein paar Schläge weit flog in der Erwartung der Liebe? Franz nahm ihre Hand, er sagte: »Liebe Elli, am liebsten würd ich dich jetzt in einen von meinen zwei leeren Äpfelkörben verpacken und die Treppe heruntertragen und auf meinen Wagen stellen und fortfahren. Weiß Gott, das wär mir das liebste, aber es geht nicht. Glaub mir, Elli, ich hab mir all die Jahre gewünscht, dich wiederzusehen, aber wir können vorerst nicht mehr zusammenkommen.«

Elli dachte: Alle Art Menschen sagen mir, wie gern sie mich haben und daß sie nicht mehr mit mir zusammenkommen können.

Franz sagte: »Hast du schon daran gedacht, daß sie dich auch wieder festnehmen können, wie sie das öfters machen mit den Frauen von Flüchtlingen?« – »Ja«, sagte sie. »Fürchtest du dich?« – »Nein, wozu?« sagte Elli. Warum hat gerade sie keine Angst, dachte Franz. Er spürte einen ganz leisen Verdacht. Daß ihr das immer noch gut sei, so oder so mit Georg verknüpft zu werden. Er fragte scheinbar ohne Übergang: »Wer war eigentlich der Mensch, den sie abends bei dir verhafteten?« –

»Ach, das war ein Bekannter von mir«, erwiderte Elli. Zu ihrer Schande muß man gestehen, daß sie Heinrich schon fast vergessen hatte. Hoffentlich ist der Arme wieder bei seinen Eltern! Wie sie ihn kannte, würde auch er nach so mißlichen Erlebnissen nie mehr zu ihr zurückkehren. Aus solchem Stoff war er nicht gemacht.

Beide, noch immer Hand in Hand, sahen vor sich hin. Eine Traurigkeit, gegen die kein Kraut gewachsen ist, schnürte beiden die Kehle zu.

Franz sagte in ganz verändertem, trocknem Ton: »Also, Elli, du hast dich besonnen, wer da von früher, als er noch hier in der Stadt war, in Betracht kommt, ihn aufzunehmen?«

Sie begann ein paar Namen aufzusagen, zwei, drei Freunde waren darunter, die Franz von früher kannte. Unglaubwürdig, daß Georg, wenn sein Verstand noch hell war, ohne weiteres hinlief. Zwei, drei ganz fremde Namen, die ihn beunruhigten, dann ein Schulfreund, der kleine Röder, an den Franz selbst schon gedacht hatte, ein alter Lehrer, war schon längst pensioniert und nicht mehr da.

Franz dachte, da gibt es zweierlei, entweder Georg ist kaputt und denkt überhaupt nichts mehr, dann sind unsere Erwägungen alle unnütz, dann ist alles unberechenbar, oder er denkt – dann muß er so wie ich denken – Hermann muß außerdem wissen, mit wem er noch ganz zuletzt vor seiner Verhaftung zusammen war. Aber ich darf von Elli aus nicht zu Hermann herauf. Gehen wieder Stunden um Stunden verloren. Er vergaß die Frau. Er sprang auf, wobei ihre liegengebliebene Hand von seinem Knie herunterrutschte. Er stülpte rasch den leeren Korb, in dem er Elli hatte verstauen wollen, in den anderen leeren Korb. Elli bezahlte die Äpfel, er gab heraus. Dabei fiel ihm ein: »Wenn sie uns fragen, du hast mir fünfzig Pfennig Trinkgeld gegeben.« Er war halb darauf gefaßt, daß man ihn beim Verlassen des Hauses anhielt.

Als die Spannung vorbei war, als der Franz aus dem Haus heraus war, als er den klapprigen leeren Wagen aus der Straße herausgefahren hatte, ja, da fiel ihm dann ein, daß er sich nicht einmal von der Elli verabschiedet hat. Da fiel ihm ein, daß er gar keine Möglichkeit mit ihr besprochen hatte, sie später wiederzusehen.

Droben bei Marnets machte er seine Abrechnung, vergaß auch nicht das Trinkgeld. »Das gehört dir«, sagte Frau Marnet, die sich höchst großmütig dünkte. Als er ein paar Bissen gegessen hatte und in seine Kammer gegangen war, sagte die Auguste: »Der hat heute seinen Korb bekommen, das merkt man.« Ihr Mann sagte: »Der greift noch auf die Sophie zurück.«

▄▄▄▄▄▄ Wenn Bunsen irgendwo eintrat, hatten die Leute das Gefühl, sie müßten ihn um Entschuldigung bitten, weil der Raum so eng und die Decke so niedrig waren. Auf seinem schönen, kühnen Gesicht drückte sich dann eine gewisse Beschwichtigung aus, sein Aufenthalt sei ohnedies nur vorübergehend.

»Ich hab bei Ihnen noch Licht gesehen«, sagte er, »wir haben ja alle einen ganz netten Tag gehabt.« – »Ja, setzen Sie sich«, sagte Overkamp. Er war von dem Gast keineswegs bezaubert. Fischer machte den Stuhl frei, auf dem er bei den Verhören saß, und setzte sich auf das Bänkchen an der Wand. Beide Männer waren hundsmüde. Aber Bunsen sagte: »Wissen Sie was, ich hab da einen Korn in meiner Bude.«

Er sprang wieder auf, riß die Tür auf und rief in die Nacht: »He – he –« Man hörte das Scharren von Absätzen; als ob die Welt da draußen erloschen sei, schwelte Nebel wie Dampf über die Schwelle. Bunsen sagte: »Ich war froh, daß Sie noch Licht hatten. Offen gesagt, ich kann das alles nicht mehr aushalten.«

Overkamp dachte: Du meine Güte, auch das noch! Gewissensgeschichten dauern mindestens anderthalb Stunden. Er sagte: »Lieber Freund, diese Welt – wie sie nun mal beschaffen ist – hat verhältnismäßig wenig Möglichkeiten, entweder halten wir eine bestimmte Sorte Menschen hinter einem Stacheldraht und geben schön acht und viel besser als bisher, daß alle drin bleiben – oder wir sind drin und die andern geben auf uns acht. Und weil der erste Zustand vernünftiger ist, muß man, damit er bleibt, verschiedene, manchmal ganz unangenehme Voraussetzungen erfüllt haben.« – »Sie sprechen mir aus dem Herzen«, erwiderte Bunsen. »Und was ich nicht mehr aushalten kann, ist gerade dies Geschwafel von unserem Alten – dem Fahrenberg –« – »Lieber Bunsen«, sagte Overkamp, »das sind nun wieder Ihre Sorgen.« – »Jetzt ist er felsenfest überzeugt, daß er alle kriegt, seit dieser Füllgrabe ankutschiert ist, heut nachmittag. Was glauben Sie, Overkamp?« – »Mein Name ist Overkamp, nicht Habakuk. Ich gehöre weder zu den großen noch zu den kleinen Propheten, ich mache hier harte Arbeit.«

Er dachte: Dieser Bursche bildet sich wirklich immer noch allerhand ein, weil er am Montagmorgen allein ein paar normale Anordnungen getroffen hat, die seiner Dienstvorschrift entsprachen.

Das Tablett wurde gebracht mit dem Korn und mit den Gläschen. Bunsen schenkte ein, kippte eins, dann ein zweites, dann ein drittes. Overkamp beobachtete ihn berufsmäßig. Auf diesen Menschen übte der Korn eine eigentümliche Wirkung aus. Er wurde vielleicht nie richtig betrunken, aber schon nach dem dritten Gläschen war er in Haltung und Sprache ganz leicht verändert. Selbst seine Gesichtshaut war etwas lockerer. Er sagte: »Dabei glaub ich gar nicht, daß diese vier Knaben überhaupt etwas spüren, und der fünfte, dieser Belloni, der spürt schon wirklich nichts, weil seine Mütze da hängt und sein alter Frack. Bloß die anderen, wenn man sie hinführt, die spüren's – da können sie etwas erleben, wenn die auf dem Tanzplatz aufgestellt werden – möchten nicht hinsehen und müssen hinsehen. Aber die vier, wo sie doch ahnen, was ihnen später blüht – wenn man das ahnt, hab ich mal gehört, ist einem alles eins und man spürt gar nichts. Außerdem stehen sie ja nur unbequem, es pikt sie nicht, bloß der Füllgrabe hat gejammert aus Enttäuschung. Kommt der heut nacht noch mal dran? Lassen Sie mich dabeisein!« – »Nein, mein Lieber.« – »Warum nein?« – »Das ist Dienst, eine tuttlige Sache, mein Freund.« – »Ja, bei euch«, sagte Bunsen, seine Augen strahlten. »Lassen Sie mir den Füllgrabe fünf Minuten, und ich will Ihnen erzählen, ob es ein Zufall gewesen ist, daß er den Heisler getroffen hat.« – »Es ist möglich, daß er Ihnen erzählt, daß er sich mit dem Heisler verabredet hat, falls Sie ihm einen Tritt vor den Bauch geben. Aber ich werde Ihnen auch nachher sagen, daß es ein Zufall war. Warum? Weil man den Füllgrabe nur zu schütteln braucht, und die Aussagen fallen wie Pflaumen. Weil ich ein Bild von dem Füllgrabe, weil ich ein Bild von dem Heisler habe. Weil mein Heisler sich nie mit dem Füllgrabe am hellen Mittag in einer Stadt verabreden wird.«

»Wenn er sitzen geblieben ist auf der Bank, wie der Füllgrabe Ihnen erzählt hat, dann muß er doch auf jemand gewartet haben. Hat man sein Bild allen Haus- und Blockwarten gegeben?«

»Lieber Bunsen«, sagte Overkamp, »seien Sie doch dankbar für alle Sorgen, die sich andere Leute machen müssen.« – »Prosit.« Sie stießen an.

»Können Sie nicht dem Wallau sein Köpfchen ein bißchen auseinandernehmen, da muß doch drin sein, auf wen sein Freund gewartet hat. Spannen Sie doch den Füllgrabe und den Wallau zusammen.«

»Lieber Bunsen, Ihre Idee ist wie Maria Stuart, schön, aber unglücklich. Wenn Sie sich aber dafür interessieren, wir haben Wallau genau verhört, hier ist das Protokoll des Verhörs!«

Er langte sich einen weißen Zettel von seinem Tisch, Bunsen starrte darauf. Er lächelte. Seine Zähne waren für sein kühn angelegtes Gesicht ein wenig zu klein. Mausezähnchen. »Lassen Sie mir mal Ihren Wallau bis morgen früh.«

»Nehmen Sie sich das Stückchen Papier ruhig mit«, sagte Overkamp, »und lassen Sie sich Blut darauf spucken.« Er schenkte selbst Bunsen ein. Bunsen, wie alle dreiviertel Betrunkenen, klammerte sich an ein einzelnes Gesicht. Er beachtete Fischer gar nicht. Fischer auf seinem Bänkchen hielt, da er niemals trank, sein volles Glas in der Faust, vorsichtig, um sich nicht seine Hose zu bekleckern. Overkamp machte ihm jetzt mit einer Braue ein Zeichen. Er stand auf, ging umständlich um Bunsen herum an den Tisch, hing einen Hörer ab. »Ach, verzeihen Sie«, sagte Overkamp. »Dienst ist Dienst.«

»Und sieht aus wie ein gewappneter Erzengel, wie ein Sankt Michael«, sagte Fischer, sobald Bunsen glücklich draußen war. Overkamp hob die kleine Gerte neben dem Stuhl auf, sah sie zwischen zwei Fingern kurz an, so wie er Hunderte solcher Sachen anzusehen pflegte, vorsichtig, um keine Fingerabdrücke zu verwischen. Er sagte: »Ihr heiliger Michael hat sein Schwert liegenlassen.« Er rief nach dem Posten vor der Tür: »Aufräumen hier! Wir machen Schluß! Posten bleiben!«

▀▀▀ Hermann fragte an diesem Abend schon zum drittenmal seine Else, ob denn Franz nichts bestellt habe. Else erzählte zum drittenmal, daß der Franz vorgestern nach ihm gefragt hätte und inzwischen nicht wiedergekommen sei. Wie geht das zu? dachte Hermann, daß er zuerst von der Flucht ganz verrückt war, von nichts anderem sprach und plötzlich wegbleibt. Wenn er nur nichts auf eigene Faust unternimmt. Kann ihm denn sonst was passiert sein?

Else summte in der Küche herum mit ihrer tiefen, ein wenig rauhen Stimme, die zuweilen so klang, als ob ein Bienchen das Heideröslein summen würde. Dieses Summen beschwichtigte jeden Abend alle Vorwürfe, die sich Hermann machte, weil er das Kind geheiratet hatte, das nichts von ihm und von nichts etwas wußte. Sogar Hermann sagte sich heute abend, daß sein Leben ohne das Kind in seiner Abgesondertheit und Gespanntheit schwer zu ertragen gewesen wäre. Hermann hatte bereits von Wallaus Verhaftung erfahren. Er riß sich los von der Vorstellung eines am Boden liegenden blutenden Körpers, den man mit Tritten und Schlägen zerbricht, weil ihm etwas Unzerbrechbares innewohnt. Er riß sich auch los von sich selbst, von der unwillkürlichen Vorstellung seines eigenen zerbrechlichen Körpers, dem, wie er hoffte, auch etwas Unzerbrechbares innewohnte. Er wandte sich den ungefangenen Flüchtlingen zu. Diesem Georg Heisler vor allem, weil er hier aus der Gegend kam, weil es immerhin möglich war, daß er hier unterschlupfte. Was ihm Franz über Georg erzählt hatte, war nach Hermanns Geschmack allzu gemischt gewesen mit halbklaren Empfindungen. Hermann hatte sich schon aus allem, was er sonst von dem Heisler wußte, den er selbst nie gesehen hatte, sein Bild gemacht: einer, der sich nicht spart, der wegwerfen kann, um zu gewinnen. Was ihm noch gefehlt haben mochte, konnte sein Mitgefangener Wallau dazu getan haben, dachte sich Hermann. Wallau kannte er flüchtig, das war ein Mann, in den er sich nicht erst hineinzudenken brauchte. Geld und Papiere, dachte Hermann, müßte man bald bereit haben. Seine Gedanken machten zum zweitenmal einen Ruck, rissen sich diesmal los von der Vorstellung eines einzelnen Menschen, der gehetzt war und da und dort auftauchen konnte. Er überlegte jetzt, ob er schon morgen an die einzige Stelle herankommen könnte, wo eine solche Besorgung für den äußersten Notfall möglich war. Das ist alles, was ich zunächst damit zu tun habe, und das werde ich tun, sagte er sich und beruhigte sich. In der Küche summte das Bienchen das »Mühlenrad«. Ohne die Else, sagte sich Hermann, wär ich vielleicht doch weniger ruhig. So kommt alles allem zugute.

▬▬▬ Franz warf sich auf sein Bett. Er war so müde, daß er in den Kleidern einschlief. Da war er wieder in der Mansarde mit Elli, den Abschied nachzuholen. Plötzlich hatte Elli einen Ohrring verloren, er war in die Äpfel gefallen. Da fingen sie an zu suchen. Er erschrak, weil die Zeit verfloß, aber der Ohrring mußte gefunden werden, und es waren gar viele Äpfel, alle Äpfel der Welt. »Da«, schrie Elli, aber der Ohrring schlüpfte nur durch wie ein Herrgottskäferchen, und das Gewühl in den Äpfeln ging weiter. Sie suchten auch nicht mehr zu zweit, alle halfen suchen. Die Frau Marnet wühlte in den Äpfeln herum und die Auguste und ihre Kinder und der alte Lehrer, der pensioniert war, und der kleine sommersprossige Röder. Ernst der Schäfer wühlte herum mit seinem roten Halstuch und seiner Nelli. Anton Greiner und sein SS-Vetter Messer, Hermann selbst suchte sogar in den Äpfeln herum und der Bezirksleiter aus dem Jahre 29. Was ist eigentlich aus dem geworden? Die Sophie Mangold suchte und das Holzklötzchen. Auch die dicke Kassiererin, mit der Franz den Georg erwischt hatte, gleich nachdem er von Elli weg war, wühlte schnaufend in den Äpfeln. Da fuhr es ihm durch den Kopf. Bei der kann er schließlich auch sein. Sie war schrecklich dick, aber hochanständig. Da waren die Äpfel aus und vorbei, er saß schon auf seinem Rad, er fuhr die Straße hinunter nach Höchst. Wie er erwartet hatte, stand die Kassiererin im Selterwasserhäuschen, hatte auch Ellis Ohrringe an, aber Georg kam gar nicht in Frage. Da flog Franz weiter auf seinem Rad in wachsender Angst, mehr gesucht als suchend. Bis ihm einfiel, daß Georg natürlich daheim war, wo auch sonst? Er saß natürlich in ihrem gemeinsamen Zimmer. Welche Qual, noch einmal heraufzugehen! Aber Franz nahm sich zusammen, er ging hinauf und hinein. Georg saß rittlings auf seinem Stuhl, die Hände vorm Gesicht. Franz fing an, sein Zeug zusammenzupacken, ihr gemeinsames Leben war nun zu Ende nach allem, was geschehen war, eine bittere Erinnerung. Georgs Blicke verfolgten ihn, jede Bewegung tat ihm weh, aber eingepackt mußte werden. Schließlich mußte er sich auch mal umdrehen. Da zog Georg die Hände von seinem Gesicht herunter. Sein Gesicht war ohne Züge, Blut floß ihm aus den Nasenlöchern und aus dem Mund und sogar aus den Augen. Franz blieb der Schrei im Halse stecken, aber Georg sagte still: »Meinethalben, Franz, brauchst du doch nicht auszuziehen.«

Fünftes Kapitel

I Das Gesetz, nach dem die Gefühle der Menschen entflammen und erkalten, galt nichts für die vierundfünfzigjährige Frau, die in einem Zimmer im Schimmelgäßchen am Fenster saß, die kranken Beine auf einem zweiten Stuhl ausgestreckt. Denn diese Frau war Georgs Mutter.

Seit dem Tode ihres Mannes teilte Frau Heisler die Wohnung mit der Familie des zweitältesten Sohnes. Sie war noch dicker geworden. In ihren eingesunkenen braunen Augen lag ein Ausdruck von Angst und Vorwurf, wie ihn die Augen Ertrinkender haben. Weil ihre Söhne an diesen Ausdruck gewöhnt waren, auch an die kurzen Seufzer aus ihrem offenen Mund, wie Dampf von Gedanken, hatten sie jetzt das Gefühl, ihre Mutter verstünde nicht recht, was man in sie hineinredete, oder wenigstens nicht die Tragweite.

»Wenn er kommt, wird er ja nicht die Treppe raufkommen«, sagte der Zweitälteste, »er wird durch die Höfe kommen. Er wird wie früher über den Balkon klettern. Er weiß ja nicht, daß du nicht mehr im alten Zimmer schläfst. Am besten bleibst du, wo du bist. Leg dich schlafen.«

Die Frau zuckte mit Schultern und Beinen, sie war zu schwer, um allein aufzustehen. Der Kleine sagte eifrig: »Du legst dich, trinkst 'nen Baldrian, machst den Riegel vor, gelt, Mutter.« Der zweite sagte: »Das wäre das richtigste.« Er war ein grobschlächtiger Mensch, der älter aussah als er war. Sein großer Kopf war geschoren, und erst vor kurzem hatte ihm eine ausgeschlagene Lötflamme Brauen und Wimpern versengt, wodurch sein Gesicht stumpf erschien. Er war ein hübscher Bengel gewesen wie alle Heislersöhne. Jetzt war er ein rechtes Stück von einem SA-Mann, bei ihm war alles schon vergröbert, verdickt. Der Kleine aber, der Heini, der war, wie ihn Röder beschrieben hatte. Sein Wuchs, sein Schädel, sein Haar, seine Zähne – als hätten ihn seine Eltern nach dem Lehrbuch der Rasse geschaffen. Jetzt machte der Älteste Miene, mit einem gezwungenen Lachen die Mutter samt ihren zwei Stühlen zum Bett zu schleppen. Er stockte, weil ihn ein Blick aus den Augen der Mutter traf, der war danach; als koste sie diese Botschaft von einem Blick gewaltige Anstrengung. Er ließ ihre Stühle los, er senkte den Kopf. Der Heini sagte: »Du hast mich doch verstanden? Was sagst du, Mutter?«

Sie sagte gar nichts, sie sah nur wieder den jüngsten Sohn an, dann den älteren, dann wieder den jüngsten. Wie mußte der Knabe gewappnet sein, um diesen Blick auszuhalten! Der Ältere trat ans Fenster. Er sah auf die nächtliche Gasse. Der Kleine aber bezwang sich nicht, um den Blick seiner Mutter zu ertragen, er merkte ihn gar nicht.

»So leg dich doch endlich«, sagte er, »stell die Tasse ans Bett. Ob er kommt oder nicht kommt, das kümmert dich nicht. Du sollst auch gar nicht dran denken, daß es ihn gibt. Du hast ja uns drei.«

Der Ältere hörte zu, das Gesicht zur Gasse. Er staunte – der hatte sich eine Sprache zugelegt, der Heini, dem Georg sein Goldbrüderchen. Beteiligt sich an der Hatz, als ob das gar nichts wär. Will noch den Pimpfen in seiner Gasse beweisen und auch den Großen, daß ihm der Georg nur Luft ist, auch wenn er mal früher wie eine Klette am Georg gehangen hat. Den Kleinen haben sie noch ganz anders umgestülpt als ihn, der sich ganz umgestülpt vorkommt. Er war zur SA gegangen vor anderthalb Jahren, weil er mit Grausen an seine fünf Jahre Arbeitslosigkeit dachte. Ja, dieses Grausen war eine der wenigen geistigen Unternehmungen seines dumpfen und wenig unternehmungslustigen Verstandes. Er war der unentwickeltste, dümmste unter den Heislerbuben. Du wirst deinen Arbeitsplatz morgen verlieren, hieß es, wenn du heut nicht eintrittst. In seinem klotzigen, trägen Kopf lebte noch immer der Schatten einer Vorstellung, das alles sei doch nur halb gültig. Das Endgültige stünde noch aus. Das Ganze sei doch nur Spuk, der vorübergehen mußte. Wodurch? Durch wen? Wann? Das wußte er alles selbst nicht. Wie jetzt der Heini vor seiner Mutter redete, so dreist und kalt, derselbe Heini, den Georg zu allen Kundgebungen auf seinen Schultern geschleppt hatte, der jetzt Rosinen im Kopf hatte, von Führerschulen und von der SS und von der motorisierten SS, da drehte sich ihm sein Innerstes um. Er wandte sich vom Fenster ab und starrte den Kleinen an. Der sagte: »Ich geh jetzt runter zu Breitbachs, du gehst ins Bett, Mutter. Du hast doch alles verstanden?« Die Mutter erwiderte jetzt, zur Überraschung der beiden: »Ja.«

235

Sie war auch wirklich mit ihren Gedanken zu Ende. Sie sagte ganz frisch: »Bring mir meinen Baldrian.« – Ich werd ihn trinken, dachte die Frau, damit mir mein Herz keine Zicken macht. Ich werd mich auch legen, damit sie rausgeht. Dann werd ich mich an die Tür setzen, und wenn ich den Georg ankommen höre hinter den Höfen, dann werd ich brüllen: Gestapo.

Seit drei Tagen erklärte man ihr, besonders die Frau des Zweitältesten und ihr Heini, wie groß die Familie sei, Georg abgerechnet, drei Söhne und sechs Enkel, wieviel sie durch Unbedachtheit zerstören könnte. Die Mutter war stumm geblieben. In früheren Zeiten war Georg nur einer unter ihren vier Söhnen gewesen. Er hatte ihr viel Verdruß gemacht. Es hatte immerzu Klagen gegeben von Lehrern und Nachbarn. Er hatte sich immer gestritten mit seinem Vater und seinen zwei älteren Brüdern. Er hatte sich mit dem Zweitältesten gestritten, dem alles eins war, was Georg aufregte, und mit dem Ältesten hatte er sich gestritten, weil den das gleiche aufregte wie Georg, doch seine Meinung über das gleiche anders war.

Dieser ältere Bruder wohnte jetzt mit seiner eigenen Familie am anderen Ende der Stadt. Er wußte durch Zeitung und Radio von der Flucht. Wenn schon kein Tag vergangen war, seit sie Georg eingesperrt hatten, daß er nicht an den jüngeren dachte, jetzt dachte er beinah nur noch an ihn. Wenn er nur ein Mittel gewußt hätte, um ihm zu helfen, dann hätte er weder sich selbst geschont noch seine Familie. Man fragte ihn zehnmal in seinem Betrieb, ist dieser Heisler mit dir verwandt? Und zehnmal erwiderte er im gleichen Ton, Schweigen um sich verbreitend: »Er ist mein Bruder!«

Die Mutter hatte ehemals den älteren Bruder vorgezogen, zeitweise den jüngsten. Sie hatte auch sehr an dem Zweiten gehangen, der gut zu ihr war, vielleicht am besten von allen, in seiner dumpfen, einfältigen Art.

Das galt jetzt alles nichts mehr. Denn umgekehrt, wie es sonst im Leben zugeht: je länger Georg weggeblieben war, je spärlicher man von ihm hörte, je weniger man nach ihm fragte, desto deutlicher wurden ihr seine Züge, desto genauer ihre Erinnerungen. Ihr Herz entzog sich den verschieden gearteten Plänen, den sichtbaren Hoffnungen der drei Söhne, die frisch um sie herum lebten. Es füllte sich nach und nach mit den Plänen und Hoffnungen des Abwesenden, fast Verschollenen. Sie saß nachts im Bett, sie stellte sich all die Einzelheiten vor, die ihr längst entfallen waren: Georgs Geburt, die kleinen Unfälle seiner ersten Jahre, die schwere Krankheit, als sie ihn beinah verloren hätte, die Kriegszeit, als sie Granaten gedreht hatte und sich allein mit den Söhnen durchgeschlagen und Georg einmal angezeigt worden war wegen einem Felddiebstahl, die kleinen Triumphe, an die sie sich immerhin halten konnte, der dünne Lohn – ein Lehrer, der ihn gelobt hatte, ein Meister, der ihn anstellig fand, ein Sieg bei einem Sportfest. Sie erinnerte sich seines ersten Mädchens, halb stolz, halb ärgerlich, und all der Mädchen, die er später gehabt hatte. An jene Elli, die ihr ganz fremd geblieben war. Sie hatte ihr nicht mal das Kind gebracht, und dann – die jähe Veränderung seines Lebens! Nicht, daß er etwas Fremdes in die Familie gebracht hätte! Nur, was bei dem Vater und bei den Brüdern ein einzelner Wesenszug war, ein hingeworfenes Wort, mal ein Streik – mal ein Flugblatt, das war dann bei ihm das Ausschlaggebende, das ganze Wesen.

Als hätte ihr jemand beweisen wollen, du hast ja nur drei Söhne, dieser vierte soll gar nicht geboren sein, er soll überhaupt nie gelebt haben, erfand sie tausend Gegenbeweise. – Wie viele Stunden hatte der Heini erklärt, die Gasse sei abgeriegelt, die Wohnung bewacht, die Gestapo auf dem Posten. Sie müsse an ihre übrigen drei Söhne denken.

Sie gab jetzt diese drei Söhne auf. Die mußten sich selbst helfen. Nur den Georg gab sie nicht auf. Der zweitälteste Sohn beobachtete, wie seine Mutter fortwährend die Lippen bewegte. Sie dachte: Mein Gott, du mußt ihm helfen. Wenn es dich gibt, hilf ihm. Wenn es dich nicht gibt – Sie wandte sich ab von dem ungewissen Helfer. Sie warf ihr Gebet an alle hinaus in die Gesamtheit des Lebens, soweit sie es kannte, und auch in die ungewissesten, dunkelsten Zonen, wo ihr nichts bekannt war, wo es vielleicht aber doch noch Menschen gab, die ihrem Sohn helfen konnten. Vielleicht gab es da oder dort noch einen, den ihr Gebet erweichen konnte.

Der zweitälteste Sohn trat wieder an ihren Stuhl. Er sagte: »Ich hab's nicht sagen wollen, solang der Heini da war, bei ihm weiß man nie. Ich hab mit dem Spengler Zweilein gesprochen –« Die Frau sah ihn lebhaft an. Sie stellte rasch ohne Mühe die Füße auf den Boden. »Der Zweilein wohnt geschickt, er kann auf zwei Gassen gucken. Der Georg kommt sicher vom Main her, wenn er kommt! Ich hab natürlich nicht richtig mit dem Zweilein gesprochen, nur mit Daumen und mit 'nem Aug.«

Er machte der Mutter vor, mit Daumen und Aug, was er mit dem Zweilein gesprochen hatte. »Das hat er dann auch so gemacht mit dem Aug und dem Daumen. Der Zweilein ist wachgeblieben, er wird den Georg schon abpassen, damit er uns nicht in die Gasse reinrennt.«

Bei diesen Worten leuchteten ihre Augen auf. Ihre Züge, die eben noch schlaff gewesen waren wie gezogener Teig, wurden fest und kräftig, als sei das Fleisch neu beseelt worden. Sie griff nach dem Arm ihres Sohnes, um sich vollends aufzurichten. Dann sagte sie: »Und wenn er doch von der Stadt her kommt?« Der Sohn zuckte die Achseln. Die Frau fuhr fort, mehr zu sich selbst: »Wenn er aber zum Lorchen raufspringt, die hält es mit dem Alfred, die werden ihn anzeigen.« Der Sohn sagte: »Ich möchte nicht drauf schwören, daß ihn die beiden anzeigen. Er wird aber vom Main her kommen. Der Zweilein wird ihn abpassen.«

Die Frau sagte: »Er ist verloren, wenn er herkommt.« Der Sohn sagte: »Selbst dann ist er doch noch nicht ganz verloren.«

II Der Tag brach an, obwohl man in den Rieddörfern vor Nebel nichts davon bemerkte. In der Küche des äußersten Hauses von Liebach brannte noch immer die Lampe, als das Mädchen mit seinen Eimern in den Hof kam. Sie schauerte zusammen. Sie trat vor das Tor und stellte die Eimer ab. Auf ihrem Gesicht lag der ruhige und ungespannte Ausdruck, mit dem sie den Jungen erwartete, der als ihr Verlobter galt.

Sie fröstelte. Der Nebel drang einem rasch durch die Kleider; alles ergraute, sogar das Kopftuch um ihr Haar. Sie glaubte den Schritt des Jungen zu hören, da er jetzt kommen mußte, sie hob schon die Arme. Aber das Tor blieb leer. Keine Bangigkeit, nur eine Spur von Erstaunen entstand auf ihrem Gesicht, sie wartete weiter. Sie schlug, um sich zu erwärmen, die Arme über Kreuz. Sie trat in das Tor und guckte herunter. Der Nebel zum Schneiden! Wird er steigen oder fallen! Jetzt kommen zwei Schatten den Weg herauf, von denen einer der Fritz sein muß. Er muß es sein, doch er ist es nicht. Die Schatten gehen in ein Schattenhaus. Das Mädchen wendet sich ab. Zum erstenmal liegt auf ihrem Gesicht der Niederschlag vergeblichen Wartens, wenn auch nur minutenlang. Dann wird er eben nachmittags kommen. Sie hebt ihre Eimer auf, trägt sie in den Stall, geht mit den leeren Eimern ins Haus. Man hat schon dreimal in der Küche versucht, ohne Lampe auszukommen. Man hat sie immer wieder angeknipst. Sonst kann die Großmutter weder mit Brille noch ohne Brille Linsen belesen. Die ältere Kusine dreht Rüben durch, die jüngere kehrt den Dreck zur Tür raus. Die Mutter füllt schnell die beiden Eimer, die ihr das Mädchen vorschiebt. Von diesen vier Frauen hat keine gemerkt, daß der Fritz nicht gekommen ist. Das Mädchen denkt: Die merken aber rein gar nichts.

»Paß doch auf«, sagte die Mutter, weil ein Schöpflöffel Futterbrühe verkleckert.

Als das Mädchen mit seinen Eimern zum zweiten Male durch den Hof geht, bimmelt weit weg das Ladenglöckchen. Es bimmelt, weil Gültscher sich Tabak kauft. Fritz wartet vor der Tür. Er hat die neue Vorladung gestern bekommen. Man will ihn immer wieder was wegen der Jacke fragen. Ja, aber es ist doch gar nicht deine, hat die Mutter gefragt. Er hat auch zu ihr fest nein gesagt.

Er hat die ganze Nacht gegrübelt, was man ihn wieder fragen möchte. Er hat am Morgen am Radio herumgedreht. Die Flüchtlinge waren beschrieben worden – von sieben nur noch zwei –, da war ihm heiß geworden. Sie hatten vielleicht jetzt schon den gefangen, den er bei sich seinen eigenen nannte. Sein eigener konnte gesagt haben: Ja, das war die Jacke!

Warum war er plötzlich allein auf der Welt? Er konnte Vater und Mutter nicht fragen und nicht seine Kameraden, die er gern hatte. Er konnte nicht einmal seinen Scharführer fragen, den Martin, dem er blind vertraute. Die vorige Woche war alles gut gewesen, und inwendig kühl und ruhig, die ganze Welt in Ordnung. Wenn ihm sein Scharführer Martin vorige Woche befohlen hätte, auf den Flüchtling loszuknallen, dann hätte er losgeknallt. Wenn ihm sein Scharführer nur befohlen hätte, mit einem Dolch im Schuppen auf der Lauer zu liegen, bis sich der Flüchtling hineinschlich, um die Jacke zu stehlen, er hätte ihn vor dem Diebstahl totgestochen.

Da sah er den Gärtner Gültscher daherkommen, er lief fast hinter ihm her, ein alter Mann, der sein Vater sein konnte, ein mürrischer Mann mit einer Pfeife. Ihm konnte man manches sagen.

»Jetzt haben sie mich wieder vorgeladen.« Gültscher sah rasch den Jungen an. Er schwieg. Sie gingen schweigend bis zum Laden. Fritz wartete, Gültscher kam raus, er stopfte seine Pfeife, sie gingen weiter. Fritz hatte sein Mädchen vergessen, als ob er nie eins gehabt hätte. Er sagte: »Warum die mich noch mal vorladen?« – »Wenn es wirklich nicht deine Jacke war –« – »Ich habe ihnen doch erklärt, was anders an meiner Jacke war. Wenn sie jetzt den Mann zu der Jacke gefangen haben! Sie suchen ja nur noch zwei!«

Gültscher schwieg. Wer nichts fragt, bekommt die ausführlichste Antwort. – »Wenn der nun sagt: Doch, das ist meine Jacke –« Jetzt sagte Gültscher: »Möglich. Sie können ihm ja so lange zugesetzt haben.« Er hatte die Augen zugedrückt, wobei er den Jungen scharf beobachtete. Er beobachtete ihn schon zwei Tage. Fritz zog die Brauen zusammen. »Ja – meinst du? Und ich?« – »Ach, Fritz, es gibt doch Hunderte solcher Jakken.«

Sie trotteten gegen die Schule herauf, der Richtung sicher, trotz Nebel. Kein einzelner Gedanke, ein Sturm von Gedanken flog durch den Kopf des Mannes. Er hätte nicht sagen können, wodurch sich der Junge an seiner Seite von seinen Kameraden unterschied. Er hätte es nicht einmal behaupten können. Und doch war da etwas in Unordnung! Er zweifelte ebensowenig wie Overkamp, daß etwas an dieser Jackengeschichte nicht stimmte. Er dachte an seine eigenen Söhne. Sie gehörten halb ihm, halb dem neuen Staat. Daheim gehörten sie ihm. Daheim gaben sie ihm recht, daß oben – oben im Staat geblieben sei und unten – unten. Doch draußen zogen sie beide die Hemden an, die man ihnen vorschrieb, und schrien Heil, wenn sie sollten. Hatte er alles getan, was in seiner Macht stand, ihren Widerstand anzufachen? Keine Spur! Das hätte ja auch die Auflösung der Familie bedeutet – Zuchthaus – das Opfer seiner Söhne. Da hätte er wählen müssen – da war der Bruch. Nicht nur bei ihm, dem Gültscher, da war der Bruch bei vielen. Aber wie konnte ein Mensch eine solche Entscheidung zu Rande bringen, einen solchen Bruch überspringen? Trotzdem – es gab welche, hier im Land – draußen erst recht. Alle in Spanien, von denen es hieß, sie seien besiegt, und sie waren es offenbar immer noch nicht. Alle hatten sie diesen Sprung hinter sich. Hunderttausende! Vormalige Gültscher! Wenn nun einem der eigenen Söhne die Jacke gestohlen worden wäre, wie hätte er ihn beraten? War es recht, den Fritz zu beraten, fremder Eltern Sohn? Was für eine Entscheidung, was für eine Welt! Er sagte: »Sicher sind all die vielen Jacken von der Fabrik aus gleich geliefert. Da braucht die Gestapo nur anzutelefonieren. Die Reißverschlüsse sind alle gleich aufs Millimeter. Die Taschen alle gleich. Aber wenn dir zum Beispiel ein Schlüssel oder ein Bleistift ein Loch ins Futter gebohrt hat, das kann dir die Gestapo auch nicht nachweisen, das ist der Unterschied, auf den versteifst du dich.«

III Füllgrabe war in Westhofen in der Nacht fünfmal zur Vernehmung geweckt worden, immer gerade dann, wenn er vor Erschöpfung einschlief. Da er durch seine Rückkehr bewiesen hatte, was die Triebfeder seiner Handlung war, reine Furcht, war auch das Mittel gegeben, womit man ihn kurierte, wenn er etwa noch starr blieb. Endlich erwischte Overkamp ein saftiges Stück von dem Heisler selbst, nachdem er nur auf fragwürdige Spuren gestoßen war und mutmaßliche Kleidungsstücke. Füllgrabe sträubte sich zwar auch noch beim fünften Verhör, als die Rede auf ihre Begegnung kam, obgleich er sie selbst verraten hatte, als man ihn mit handfesten Drohungen zwang, seine Flucht Stunde für Stunde zu belegen. Er zuckte und ruckte auf seinem Stuhl. Plötzlich schien etwas die Maschinerie des Verhörs zu hemmen, die bisher so glatt gelaufen war. Irgendein unnützer Stoff schien plötzlich der Furcht beigemischt, die alle Teilchen seines Gehirns geölt hatte. Aber Fischer brauchte nur den Hörer abzunehmen, Zillich hineinzurufen, der bloße Name wirkte als Scheidemittel. Das Gefühl der Furcht sonderte sich von Nebengefühlen. Es sonderte sich die Vorstellung eines qualvollen Todes von dem nackten Leben. Es sonderte sich der gegenwärtige Füllgrabe, grau und zitternd, von einem längst vergessenen, der noch Anfälle von Mut gekannt hatte, Ansteckungen von Hoffnung. Flausen sonderten sich von dem reinen Protokoll. »Donnerstag mittag, kurz vor zwölf, bin ich dem Georg Heisler am Eschenheimer Turm begegnet. Er hat mich zu der Bank in der Anlage geführt, am ersten Weg links ab vor dem großen Asternrondell. Ich hab ihm zugeredet, sich mit mir zu melden. Davon hat er nichts hören wollen. Er hat einen gelben Mantel angehabt, einen steifen Hut, Schnürhalbschuhe, nicht neu, nicht kaputt. Ich weiß das nicht, ob er Geld gehabt hat. Ich weiß nicht, warum er in der Eschenheimer Anlage war. Ich weiß nicht, ob er auf jemand gewartet hat. Auf der Bank ist er sitzen geblieben. Ich glaube jetzt, daß er dort jemand erwartet hat, weil er mich selbst zu der Bank geführt hat und weil er dort sitzen geblieben ist. Ja, ich habe mich nochmals rumgedreht, er ist sitzen geblieben.«

Dieser Aussage waren die Anweisungen an die städtischen Stellen schon gefolgt, als Paul Röder am frühen Morgen seine Wohnung verließ. Teilweise war die Anweisung schon an die Blockwarte gegangen, aber noch nicht von den Blockwarten an die Hauswarte. Denn die Ereignisse, sobald sie die Radiogeräte und Telegrafendrähte verlassen haben, fallen wieder in die zwei Hände der Menschen zurück.

Röders Hauswartsfrau wunderte sich, daß ihr Mieter viel früher als sonst zur Arbeit ging. Sie äußerte ihre Verwunderung, als ihr Mann mit dem Schmierseifkübel in den Flur kam, um ihr für ihren Zuber einen Schwupp auszuteilen. Beide Hauswartsleute hatten nichts für und nichts gegen die Röders, kamen manchmal Beschwerden wegen Gesangs der Frau Röder zur Unzeit; waren sonst ganz vergnügte, auskömmliche Mieter.

Röder lief durch die dunstigen Straßen bis zur Haltestelle. Er pfiff vor sich hin. Fünfzehn Minuten in die Stadt, fünfzehn Minuten zurück, blieb ihm eine halbe Stunde für zwei Besuche, wenn es beim ersten nicht klappte. Er hatte seiner Liesel erklärt, er müsse früh auf, um seinen Freund Melzer zu erwischen, den Torwart der Bockenheimer. Er hatte im Weggehen gesagt: »Pfleg mir den Georg, bis ich wiederkomm.« Er hatte nachts still und wach neben der Liesel gelegen, bis er schließlich doch wohl noch ein wenig geschlafen hatte.

Röder brach ab im Pfeifen. Er war ohne Kaffee weg. Der Mund war ihm trocken. Der kaum angebrochene Tag, der Durst, das Pflaster selbst schienen von Nacht erfüllt, von unablässiger Drohung: Fürchte dich doch, stell dir vor, auf was du dich einläßt. – Röder dachte: Schenk, Moselgasse zwölf, Sauer, Taunusstraße vierundzwanzig. Diese zwei Menschen mußte er jetzt vor der Arbeit aufsuchen. Beide hielt Georg für unveränderlich, für unbezweifelbar. Beide mußten und würden ihm helfen, mit Rat und Obdach, mit Papieren und Geld. Schenk war Arbeiter im Zementwerk gewesen, wenigstens zu Georgs Zeit. War ein ruhiger, kläräugiger Mensch, weder in seinem Äußeren noch in seinem Inneren hatte es irgend etwas gegeben, was ganz besonders herausstach. Er war weder besonders tollkühn erschienen noch besonders witzig, denn sein Witz war gleichsam verteilt über alle seine Erwägungen und auf sein ganzes Leben die Kühnheit. Aber der Schenk hatte alles in sich und an sich gehabt, was für Georg die Bewegung, den Inhalt des Lebens ausmachte. Ja, wenn diese Bewegung durch ein furchtbares Unglück ausgeblutet wäre, zum Stillstand verdammt, Schenk allein hätte alles in sich gehabt, um sie weiterzuführen. Wenn es noch einen Schatten von der Bewegung gab, Schenk hatte die Hand auf dem Schatten. Wenn es noch irgend etwas von Leitung gab, Schenk mußte wissen, wo man das fand. So war es wenigstens Georg in der Nacht erschienen.

Röder hätte von alldem wenig verstanden, später vielleicht, wenn Georg je Zeit haben würde, ihm alles selbst zu erklären. Zeit oder nicht Zeit, verstanden oder nicht verstanden, Röder half. Ja, sie waren von diesem Morgen ab alle drei in Röders Hand. Nicht Georg allein, auch Schenk und Sauer.

Sauer war gerade im Monat vor Georgs Verhaftung in dem städtischen Straßenbaubüro untergekommen nach fünf Jahren Arbeitslosigkeit. Er war noch ein junger Mensch gewesen. In seinem Beruf begabt, daher erst recht über das Nichtstun verzweifelt. Sein Verstand hatte ihn schließlich durch einige hundert Bücher, durch einige hundert Versammlungen, durch einige hundert Parolen, Predigten, Reden, durch einige hundert Gespräche dahin geführt, wo er mit Georg zusammentraf. Georg hielt ihn in seiner Art für ebenso sicher wie Schenk. Sauer folgte in allem seinem Verstand, und sein Verstand ließ nie los, was er gefunden hatte, und war unbestechlich und unbeirrbar, auch wenn das Herz ihm zuweilen zureden mochte, ein klein wenig nachzugeben und dahin zu folgen, wo es sich leichter lebt, um sich dann nachher ausgeruht zu erheben zu allerlei Rechtfertigungen.

Sauer, Taunusstraße vierundzwanzig, dachte Paul, Schenk, Moselgasse zwölf.

Da kam der Melzer um die Ecke, wie gerufen. Jener Melzer, von dem er der Liesel was vorgeschwätzt hatte. – »He, Melzer, du kommst mir recht, hast du für uns zum Sonntag zwei Freikarten?« – »Das kann alles erreicht werden«, sagte Melzer. – Glaubst du denn wirklich, Paul, erhob sich ein Stimmchen inwendig in dem Röder, fein und schlau, daß du die Freikarten am Sonntag brauchst, daß du sie nötig haben wirst? – »Ja«, sagte Paul laut, »ich brauche sie.« Melzer breitete seine Meinung aus über die mutmaßlichen Aussichten für das Spiel »Niederrad–Westend«. Er fuhr plötzlich zusammen. Heim, nichts wie heim, erklärte er, bevor seine Mutter wach sei, denn er kam gerade von seiner Braut, einer Arbeiterin bei Cassella, und die Mutter, Besitzerin eines winzigen Schreibwarengeschäfts, konnte die Schwiegertochter nicht riechen. Paul kannte das Schreibwarengeschäftchen, er kannte Mädchen und Mutter, er fühlte sich heimisch und sicher. Er sah dem Melzer lachend nach. Dann kam wieder das Stimmchen zurück, fein und schlau, diesen Melzer wirst du vielleicht nie mehr wiedersehen. Röder dachte wütend: Unsinn, tausendmal, sogar zur Hochzeit wird er mich einladen. –

Fünfzehn Minuten später ging er pfeifend die Moselgasse herunter. Er brach ab vor der Nummer zwölf. Zum Glück war die Haustür schon offen. Er stieg schnell in den vierten Stock. Auf dem Türschild ein fremder Name – Röder verzog das Gesicht. Eine alte Frau in Nachtjacke öffnete die gegenüberliegende Tür, fragte ihn, wen er suche. »Wohnen die Schenks nicht mehr hier?« – »Die Schenks?« fragte die alte Frau. Sie sagte in ihre Wohnung hinein in eigentümlichem Ton: »Da fragt einer nach den Schenks.« Eine jüngere Frau beugte sich über die Brüstung des obersten Stockwerks, die Alte rief nach oben. »Der fragt nach den Schenks!«

Auf dem müden, verquollenen Gesicht der Frau entstand ein Ausdruck von Bestürzung. Sie hatte einen geblümten Schlafrock und eine große lockere Brust. Wie Lisbeth, dachte Paul. Überhaupt war das Treppenhaus dem seinen nicht unähnlich. Sein Türnachbar Stümbert war auch so ein dreiviertelkahler ältlicher SA-Mann wie der da in Uniform, aber aufgeknöpft und in Socken, weil er sich nach einer nächtlichen Übung einfach hingeschmissen hatte. »Zu wem wollen Sie?« fragte er Röder, als traue er seinen Ohren nicht. Paul erklärte: »Die Schenks schulden meiner Schwester noch Geld für einen Kleiderstoff. Ich geh für meine Schwester einkassieren. Ich habe mir die Stunde gewählt, wo man die Menschen daheim trifft.«

»Frau Schenk wohnt schon drei Monate nicht mehr hier«, sagte die alte Frau. Der Mann sagte: »Da müssen Sie nach Westhofen fahren, wenn Sie einkassieren wollen.« Er sah auf einmal ganz munter aus. Er hatte sich anstrengen müssen, um Schenks beim Abhören des verbotenen Senders zu erwischen. Aber schließlich war es mit allerlei Tricks gelungen. Die

Schenks hatten lieb und zahm getan. Heil Hitler! hinten und vorn. Lehrt ihr mich aber mal Menschen kennen, mit denen ich Tür an Tür wohn. »Du meine Güte!« rief Röder. »Na, Heil Hitler!« – »Heil Hitler!« sagte der andere in Socken, mit einer Andeutung von Armheben, mit glänzenden Augen im Genuß der Erinnerung.

Röder hörte ihn hinter sich lachen. Er wischte sich über die Stirn, erstaunt, daß sie feucht war. Zum erstenmal, seit er Georg wiedergesehen hatte, ja vielleicht seit seiner Kindheit spürte er etwas Frostiges in der Herzgrube, dem er freilich auch jetzt nicht den Namen Furcht gab. Er hatte eher die Vorstellung, als drohe ihm, der sein ganzes Leben gesund gewesen war, eine ansteckende Krankheit. Sie war ihm überaus lästig, und er wehrte sich. Er stampfte fest auf die Treppe, um das flaue Gefühl in den Kniekehlen loszuwerden. Auf dem untersten Absatz stand die Hauswartsfrau. »Zu wem haben Sie da gewollt?«

»Zu den Schenks«, sagte Röder, »ich kassier nämlich für meine Schwester ein. Der sind die Schenks noch Geld für Kleiderstoff schuldig.« Die Frau aus dem Dachgeschoß kam jetzt herunter mit ihrem Mülleimer. Sie sagte zu der Hauswartsfrau: »Der hat nach den Schenks gefragt.« Die Hauswartsfrau betrachtete Röder von oben bis unten. Im Hausflur hörte er noch, wie sie in ihre Wohnung hineinrief: »Da hat einer nach Schenks gefragt!«

Röder trat auf die Straße. Er wischte sich das Gesicht mit dem Ärmel. Nie hatten ihn Menschen so sonderbar angesehen. – Welcher Teufel riet Georg, ihn zu dem Schenk zu schicken? Wieso hatte Georg nicht gewußt, daß der Schenk in Westhofen war? – Verfluche diese Georg, riet ihm das feine, inwendige Stimmchen, das wird dich erleichtern. Verfluche ihn, er richtet dich zugrund. – Dazu kann er nichts, dachte Röder, seine Schuld ist das nicht. – Er lief pfeifend weiter. Er kam durch die Metzgergasse. Sein Gesicht erhellte sich. Er trat in eine der offenen Torfahrten. In dem großen Hof unter hohen Häusern lag die Garage, die zu dem Fuhrunternehmen seiner Tante Katharina gehörte. Sie stand schon mitten im Hof und schrie mit den Fuhrleuten. Sie war mal früher, erzählte man in der Familie, an den Fuhrunternehmer Grabber geraten, einen versoffenen Kerl, hatte selbst saufen gelernt, war grob und finster geworden. Es hatte auch eine zweite Geschichte in seiner Familie gegeben von einem Kind, das die Tante Katharina plötzlich im Krieg geboren hatte, elf Monate nach dem letzten Heimaturlaub des Fuhrunternehmers. Da hatte die ganze Familie gespitzt, was der denn für Augen machen würde, wenn er endlich seinen zweiten Urlaub antrat. Er trat ihn aber nie an, denn er fiel. Das Kind mußte auch nie groß geworden sein; denn Paul hatte es nie gesehen.

Er hatte sich immer zu dieser Person hingezogen gefühlt, halb widerwillig, halb neugierig. Weil er Spaß am Leben hatte, sah er gern in ihr großes, böses Gesicht, das vom Leben zugerichtet war, wenn auch übel. Er vergaß auch minutenlang Georg und sich selbst, wie er lächelnd der Frau zuhörte, ihren Flüchen, die auch ihm neuartig waren. Bei der möcht ich zuletzt schaffen, dachte er. Dabei war er gekommen, um mit ihr über einen von Lisbeths Brüdern zu sprechen, den sie einstellen sollte, einen Pechvogel, dem man nach einem Unfall den Führerschein entzogen hatte. Das kann ich auch noch heute abend besprechen, dachte Paul. Er konnte seinen Durst nicht bezwingen, trat durch die Hintertür in die Wirtschaft, die auf den Hof ging, wobei er der Tante bloß winkte, ungewiß, ob sie im Schimpfen den Gruß bemerkte. Ein altes Männlein mit roter Nase, das immer noch oder schon wieder im Hofzimmer süffelte, brachte sein Gläschen. »Prost, Paulchen!« Heut abend werd ich mir wieder eins zulegen, dachte Paul, wenn ich das andere erledigt habe.

━━━━━ Das Schnäpschen lag ihm im leeren Magen wie ein heißes Kügelchen. Die Straßen füllten sich. Die Zeit war schon knapp. – Und inwendig in dem Paul piepste das Mausestimmchen schlau und dünn: Ja, wenn! Das andere erledigen! Du bist gerade der Rechte! Um diese Zeit warst du gestern glücklich!

Um diese Zeit war er gestern noch schnell zum Bäcker gelaufen, um seiner Frau zwei Pfund Mehl zu holen. Sie hat ja die Dampfnudeln gar nicht gebacken, dachte Paul. Hoffentlich backt sie sie heute. Er stand vor der Nummer vierundzwanzig. Er sah sich verwundert im Treppenhaus um, das sehr gut gehalten war, mit Messingstangen und Läufern. Er spürte eine Regung von Argwohn, ob seinesgleichen aus solchem Haus Hilfe käme.

Röder atmete auf, als er diesmal den Namen bereits von der Treppe erblickte, in gotischen Buchstaben aus dem Metallschild herausgetrieben, das er erstaunt antippte, bevor er schellte. Sauer, Architekt. Röder ärgerte sich über sein Herzklopfen. Eine hübsche, weiß geschürzte Person war noch nicht die Frau, sondern erst das Mädchen. Gleich darauf kam die Frau, ebenfalls jung und hübsch, unbeschürzt, ebenso braun wie die erste blond war. »Was? Jetzt? Mein Mann?« – »Beruflich, nur zwei Minuten.« Er hatte kein Herzklopfen mehr. Er dachte: Dieser Sauer lebt gar nicht schlecht. »Kommen Sie rein«, sagte die Frau.

»Hier herein!« rief der Mann. Röder warf ein paar Blicke rechts und links. Er war neugierig von Natur. Sogar jetzt reizte die Glasröhre an der Wand, in der das Licht stand, seine Neugierde und die Bettgestelle aus Nickel. Eine Ahnung, daß alles im Leben wert sei, gefühlt, beguckt und geschmeckt zu werden, hinderte ihn, ausschließlich bei einer furchtbaren Einzelheit zu verweilen. Er ging der Stimme nach durch die zweite Tür. So schwer ihm ums Herz war, wunderte ihn die eingelassene Wanne, in die man nicht stieg, sondern plumpste, und der dreiteilige Spiegel über dem Waschbecken. »Heil Hitler«, sagte der Mann, ohne sich umzudrehen. Röder sah ihn im Spiegel über dem umgebundenen Handtuch. Wie eine Maske bedeckte Seifenschaum das unbekannte Gesicht. Nur die Augen musterten ihn im Spiegel mit einem scharfen Blick, der nichts verriet als Verstand. Röder suchte sich seine Worte zusammen. »Bitte«, sagte der Mann. Er zog seine Rasierklinge ab mit äußerster Sorgfalt. Röders Herz klopfte und Sauers Herz klopfte nicht minder. Diesen Menschen hat er nie im Leben gesehen. Er war nie auf dem städtischen Straßenbaubüro. Unbekannte Besucher zu ungewohnten Zeiten konnten alles bedeuten. Nur nichts wissen. Niemand kennen. Sich nicht überrumpeln lassen. »Na?« sagte er noch einmal. Seine Stimme war rauh, aber Röder kannte seine gewöhnliche Stimme nicht. »Ich soll Sie grüßen von einem gemeinsamen Freund«, sagte Paul. »Ob Sie sich noch an ihn erinnern? Er hat damals die schöne Paddelbootpartie auf der Nidda mit Ihnen gemacht.« – Das wird die Probe, dachte der andere, ob ich mich schneide. Er fing an sich zu rasieren mit schlaffen Handgelenken. Er schnitt sich nicht und zitterte nicht. Das ist ja nun gemacht, dachte Paul, warum wischt er sich sein Gesicht nicht ab und spricht vernünftig mit mir? Solang schabt er doch sonst nicht an sich herum. Der ist doch eher hui-hui. – Sauer sagte: »Ich verstehe Sie überhaupt nicht. Was wollen Sie von mir? Von wem grüßen Sie mich?« – »Von Ihrem Paddelfreund«, wiederholte Röder. »Von dem Bootchen Annemarie.« Er erwischte den schrägen Blick des anderen über den Spiegel hinweg ums Eck. Sauer bekam etwas Schaum in die Wimper, er wischte sie mit dem Handtuchzipfel. Dann fuhr er mit dem Rasieren fort. Ohne den Mund richtig zu öffnen, sagte er: »Ich verstehe noch immer kein Wort. Entschuldigen Sie bitte. Ich bin außerdem eilig. Sie haben sicher eine Adresse falsch nachgeschlagen.«

Röder war einen Schritt näher getreten, er war viel kleiner als Sauer. Jetzt sah er Sauers linke Gesichtshälfte in dem Seitenspiegel. Er spähte unter den Schaum, aber er sah nur den mageren Hals, das vorgestreckte Kinn. Sauer dachte: Wie er lauert? Aber er kriegt mein Gesicht nicht zu sehen. Kann er lang lauern. Wieso sind die auf mich verfallen? Also doch ein Argwohn. – Also doch beobachtet. – Wie er um mich rum schnüffelt! Die kleine Ratte! – Er sagte: »Dann hat eben Ihr Freund falsch nachgeschlagen. Ich bin sehr eilig. Bitte, stören Sie mich nicht mehr. – Heidi!«

Röder fuhr zusammen. Er hatte nicht gemerkt, daß sie zu dritt waren. Hinter der Tür stand ein Kind, zog ein Halskettchen zwischen den Zähnen, hatte ihn wohl die ganze Zeit über ebenso stumm betrachtet. »Zeig ihm die Treppe!« Röder, während er hinter dem Kind auf den Flur ging, dachte: Scheißkerl! Hat doch alles verstanden. Will nichts riskieren, vielleicht wegen dem Fratz da. Hab ich denn nicht auch Kinder?

Als er die Tür zuschlug, wischte sich Sauer übers Gesicht mit einem Hui, wie's ihm der Röder zugetraut hatte. Er sprang ans Schlafzimmerfenster, ganz wild, ganz atemlos riß er den Laden hoch. Er sah noch einmal den Röder, wie er die Straße überquerte. Hab ich mich richtig gehalten? Was wird er über mich melden? Ruhig, ich bin sicher nicht der einzige. Fühlen vielleicht heute ein paar Dutzend verdächtigen Leuten auf den Zahn. Komischer Vorwand! Ausgerechnet diese Flucht. Gar kein dummer Vorwand! Etwas muß sie doch auf den Gedanken gebracht haben, daß ich früher mit dem Heisler zu tun hatte. Oder fragen sie alle durchweg dasselbe?

Plötzlich lief's ihm den Rücken herunter. Wie, wenn es ernst war, wenn es kein Dreh von der Gestapo war? Wenn ihn wirklich der Georg geschickt hat! Wenn es nun doch kein Achtgroschenjunge war –? Ach was! Wenn es wirklich nicht bloß ein Gerücht war, daß der Georg Heisler hier in der eigenen Stadt herumlief, konnte man andere Mittel finden, an

ihn heranzukommen. Dieser komische Kleine da hat nur gespitzelt. Plump und ungeschickt! Er atmete auf. Er trat zurück vor den Spiegel, um sein Haar zu scheiteln. Sein Gesicht war erbleicht, wie braune Gesichter erbleichen, als welke ihnen die Haut. Hellgraue Augen starrten aus dem Spiegel zurück, tiefer in ihn hinein als jemals fremde Augen. Dumpfe Luft! Das verdammte Fenster immer vergipst! Er seifte sich rasch frisch ein. – Immerhin, sie müssen doch einen Anlaß haben, daß sie mir diesen Köder heraufschicken. Muß ich fliehen? Kann ich denn überhaupt noch anfragen, ob ich fliehen soll, ohne andere zu gefährden? – Er fing an mit Rasieren, doch seine Hände zitterten jetzt. Er schnitt sich sofort, er fluchte.

Ach, ich hab ja noch Zeit, zum Friseur zu gehen – Volksgerichtshof und Schluß – zwei Tage nach der Verhaftung. Gib nicht so an, mein Liebchen. Stell dir vor, mein Liebchen, ich sei mit dem Flugzeug abgestürzt.

Er band den Schlips um, ein gesunder, magerer, vertrauenswürdiger Mann gegen Vierzig. Er zeigte sich die Zähne. Vorige Woche hab ich noch zu Hermann gesagt: Diese Herrschaften werden ihre Stellen eher verlieren als wir die unseren, und ich werde euch noch quer durch die neue Republik ein paar ordentliche Straßen bauen.

Er trat zurück ans Schlafzimmerfenster. Er warf einen Blick auf die leere Straße, durch die der Kleine vorhin gesegelt war. Ihm wurde kalt. Der hat ja nicht wie ein Spitzel ausgesehen. Der hatte ja gar keine Spitzelmanieren. Seine Stimme war ja aufrichtig. Auf welche Weise hätte mich Georg sonst erreichen können? Er hat diesen Mann zu mir geschickt.

Er war jetzt fast überzeugt. Was aber hätte er tun sollen? Er hatte ja keine Beweise. Er hätte selbst bei dem geringsten Zweifel den Mann fortschicken müssen. Er sagte sich: Ich bin unschuldig.

Nach Menschen Ermessen hätte er alles für Georg getan. Er wünschte nicht bloß, wie es oft geschieht, ein solcher zu sein, der alles getan hätte, er war es bereits – in welchen vier Wänden wartete Georg auf Antwort? Versteh mich recht, Georg, ich hab aufs Geratewohl nichts tun dürfen.

Dann dachte er wieder: Es kann ja doch ein Spitzel gewesen sein. Der Name des Bootes? Den kann man schon längst herausgebracht haben. Man braucht meinen Namen nicht gewußt zu haben. Und Georg hat ja nichts verraten. – Es klopfte. »Herr Sauer, der Kaffee ist eingeschenkt.« – »Was?« – »Der Kaffee ist eingeschenkt!« Er zuckte mit den Achseln. Er schlupfte in seine Jacke, an der das Parteiabzeichen steckte und das EK I. Er sah sich um, als suche er etwas. Es gibt Augenblicke, in denen auch der vertrauteste Raum, der zierlichste Hausrat sich in eine Art Schuttabladestelle verwandelt, auf der eine Menge Zeugs herumliegt, das kein Mensch mehr verwerten kann. Er fischte sich seine Aktenmappe heraus mit einem Ausdruck von Widerwillen.

Als die Flurtüre zum zweitenmal knallte, sagte die Frau, die mit dem Kind am Kaffeetisch saß: »Wer war denn das?« – »Doch wohl der Herr Sauer«, sagte das Mädchen im Einschenken. »Das ist unmöglich«, sagte die Frau.

»Er war es doch!« Das ist unmöglich, dachte die Frau. Ohne Kaffee, ohne Abschied. Sie bezwang sich. Das Kind sah sie an. Das Kind sagte nichts. Es hatte sofort den eisigen Luftzug gespürt, der von dem kleinen sommersprossigen Mann abgeströmt war.

■■■■ Röder war auf die Elektrische aufgesprungen, so daß er gerade noch pünktlich durch die Kontrolle kam. Er hatte keine Sekunde aufgehört, auf Sauer zu fluchen. Seine leisen und lautlosen Flüche auf Sauer gingen erst dann in andersartige über, als er sich gegen Ende der ersten Stunde am Arm versengte. Das war ihm seit Jahr und Tag nicht passiert. – »Rasch zum Sanitäter!« riet ihm Fiedler. »Die zahlen sonst nichts, wenn's schlimmer wird. Ich übernehm solang deinen Platz.« Röder sagte: »Halt's Maul!« Fiedler sah ihn erstaunt an unter seiner Schutzbrille. Möller drehte sich rum. »Hallo ihr.«

Paul bediente, den Schmerz verbeißend, seine Röhre. Was braucht der Scheißkerl hallo zu rufen. Wieso ist der denn Vorarbeiter? Zehn Jahre jünger als ich.

Bißchen rascher alt geworden, hatte Georg gesagt. Der wartet jetzt bei mir daheim, wartet und wartet. Wenn nur die Liesel ein paar Dampfnudeln backt. Wenigstens ein paar Dampfnudeln, dachte Paul, während er, scharf auf den Zeiger achtend, mit zusammengekniffenem Mund das Metall in seine Röhre einlaufen ließ. Wenn ihm Fiedler das Zeichen gab, daß die Verschlußkapseln angepreßt waren, öffnete er die Röhre, wobei er sein linkes Bein rasch hochzog – eine Bewegung, die gar nicht erforderlich war, die er sich aber von jeher zugelegt hatte. Unter den halbnackten, starken, ausgewachsenen Männern glich der Paul einem kleinen, flinken, alterlosen Kobold. Alle hatten ihn immer gern, weil er Witze machte und Witze vertrug. Zwanzig Jahre habt ihr mich gern gehabt, dachte Röder grimmig, und ihr könnt mich gern haben. Sucht euch 'nen andern Witzbold aus. – Ich werd verrückt, wenn ich nicht bald was zu trinken kriege. Ist denn das möglich, erst zehn? – Plötzlich trat Beutler neben ihn, legte ihm unglaublich schnell einen Tupf Salbe auf und darüber ein Stückchen Mull. »Danke, danke, Beutler.« – »Nichts zu danken!« Fiedler hat's ihn geheißen, dachte Röder. Alle sind brav. Und ich will auch nicht weg von hier. Morgen will ich wieder hier stehen. Dieser verdammte Möller, wenn der von mir was wüßte. Und der Beutler? – Wenn der wüßte, wer bei mir zu Haus sitzt? – Beutler ist brav. Na? Bis zu einem gewissen Punkt. Er verbindet mich, aber wenn er sich selbst verbrennen soll? – Fiedler? – Er sah blitzschnell nach ihm hin – doch, der ist anders, dachte er, als ob er plötzlich etwas mit einem Blick an Fiedler entdeckt hätte, der das ganze Jahr durch neben ihm stand.

Immer noch 'ne gute Stunde, dachte er später. – Wenn dem Georg nichts Gescheiteres einfällt, muß er heut nacht noch mal bei mir bleiben. Hat auf diesen Sauer geschworen. Gut, daß es mich gibt.

»Rühren kannst du doch mit einer Hand, wenn du sonst nichts kannst«, sagte die Liesel zum Georg. »Klemm die Schüssel zwischen die Knie!« – »Was wird das? Ich muß immer zuerst wissen, was ich mache.« – »Das werden Dampfnudeln. Dampfnudeln mit Vanillesauce.« Georg sagte: »Da rühr ich dir bis übermorgen.«

Aber er hatte kaum angefangen zu rühren, als ihm der Schweiß ausbrach. So schwach war er noch. Und die vergangene Nacht, wie ruhig sie gewesen war, war im kranken Halbschlaf vergangen. Einen von beiden, Schenk oder Sauer, dachte Georg, muß er getroffen haben. Schenk oder Sauer, rührte er, Schenk oder Sauer.

Von der Straße her kam das Rollen von Fässern und das uralte Abzähllied von den taufrischen Stimmen junger Kinder. Maikäfer flieg – Der Vater is im Krieg – Die Mutter is im Pommerland – Pommerland is abgebrannt. – Wann war das doch gewesen, daß er sich bitter danach gesehnt hatte, hinter einem gewöhnlichen Fenster lieber Gast zu sein? In einer dunklen Torfahrt war er gestanden, in Oppenheim am Rhein, hatte auf den Fahrer gewartet, der ihn nachher herunterwarf. – Nebenan klopfte die Liesel die Betten, schimpfte einen der Knaben, lehrte den anderen bis zehn zählen, zog eine Naht auf der Nähmaschine, sang, füllte eine Kanne, tröstete ein Geschluchz, verlor ihre Geduld in zehn Minuten zehnmal beinahe, schöpfte sie aber doch immer wieder zehnmal aus welchen unerschöpflichen Brunnen? – Wer glaubt, hat Geduld. Aber an was glaubt die Liesel? Nun, an das, worauf's ankommt. Daß, was sie tut, seinen Sinn hat.

»Komm doch, Liesel, und stopf einen Strumpf, setz dich mal zu mir –« – »Jetzt? Strümpfe? Erst muß der Stall gemistet werden, sonst verkommst du vor Dreck.« – »Ist der Teig fertig gerührt?« – »Der is erst fertig, wenn er Blasen zieht.« –

Wenn sie wüßte, was mit mir ist, würde sie mich wegjagen? Vielleicht, vielleicht auch nicht. Solche geplagten Liesels, an alle Unbill gewöhnt, haben meistens Mut.

Liesel ruckte die Bütte vom Herd auf den Waschbock, stellte das Waschbrett vor ihre Brust, rieb so mächtig, daß sich auf ihren runden Armen Stränge zeigten. – »Warum eilst du denn so, Liesel?« – »Nennst du das eilen? Soll ich mich zwischen je zwei Windeln auf dem Absatz rumdrehen?«

Wenigstens hab ich das alles noch mal von innen gesehen. Geht das immer so weiter? Wird das immer so weitergehen? Liesel fing schon an, ein paar Stücke quer durch die Küche aufzuhängen. »So, jetzt gib mir mal deine Schüssel her, siehst du, das nennt man Blasen.« Auf ihren arglosen derben Zügen lag eine kindliche Freude. Sie stellte die Teigschüssel auf den Herd, legte ein Tuch darüber.

»Wozu tust du das?« – »Da darf kein Lufthauch dran, weißt du das nicht?« – »Ich hab's vergessen, Liesel, hab schon lange nicht mehr zugesehen.«

▄▄▄▄ »Nehmen Sie das Biest an die Leine«, schrie Ernst der Schäfer. »Nelli, Nelli!« – Nelli zittert vor Wut, wenn sie Messers Hund riecht, Messers Hund ist ein roter Jagdhund. Er bleibt am Waldrand stehen, schlägt mit dem Schwanz und verdreht seinen langen Kopf mit den lappigen Ohren nach seinem Herrn, dem Herrn Messer.

Messer hat gar keine Leine, ist auch nicht nötig, denn dem Hund ist die Nelli in ihrer Aufregung einerlei. Er hat sich austoben können, jetzt freut er sich auf die Heimkehr. Vorsichtig steigt der alte Messer mit dem dicken Bauch über den Draht weg, der sein eigenes Waldgrundstück von dem Schmiedtheimer Wald abtrennt. Der Schmiedtheimer Wald ist Buchenwald mit einem Strich Tannen am Rand. Der Zipfel, der Messers gehört, besteht nur aus Tannen. Sie ziehen sich in einzelnen losen Gruppen bis hinter das Haus, über das ihre Gipfel herausstehen.

»Frauchen, Frauchen«, säuselt Herr Messer. Er hat sein Jagdgewehr über der Schulter. Er hat seinen Schwager besucht von seiner verstorbenen Frau, der in Botzenbach Förster ist.

Frauchen, das soll die Eugenie sein, denkt der Ernst. Komisches Frauchen. Nelli zittert so lange vor Wut, wie der Schwaden von Messers Hundegeruch über dem Feld steht. »Ernst, sei so gut!« ruft die Eugenie. »Ich stell dir das Essen aufs Fensterbrett.«

Ernst setzt sich schräg, damit er die Schafe im Auge behält. Abgesottene Würstchen, zwei Paar, und Kartoffelsalat und Gurken und ein Glas Hochheimer von gestern abend. »Willst du Senf an den Gurkensalat?« – »Mir ist's nie zu scharf.« Die Eugenie mischt den Salat auf dem Fensterbrett. Weiche, weiße Hände, aber so kahl! »Wird da der Messer nicht doch noch en Ringelchen dranstecken?« – Die Eugenie erwidert ruhig: »Lieber Ernst, es wird Zeit, daß du selbst heiratest. Dann wird dir der Kram von den anderen nicht mehr beständig im Kopf rumgehn.« – »Liebe Eugenie. Wen soll ich heiraten? Die müßt das Herzchen von der Marie haben und die Tanzfüßchen von der Else und das Näschen von der Selma und das Hinterchen von der Sophie und das Sparbüchschen von der Auguste.« Eugenie fängt leise zu lachen an. Was für ein Lachen! Ernst hört andächtig zu. Immer noch klingt es unversehrt in der Eugenie, zart und leise, ohne Falsch. Er möchte gern was erfinden, damit sie noch weiter lacht. Aber es ist ihm ernst geworden. »Ja, die Hauptsache«, sagt er, »die müßt sie von Ihnen haben.« – »Ich bin wirklich über das Alter heraus«, sagt die Eugenie. »Was für 'ne Hauptsache denn?« – »So was Gelassenes, so – so – so was Freies – wenn man ihr frech kommt, daß da auf einmal gar nichts ist, wo man rankommen kann. Und das, wo man gar nicht mal rankann, so daß man's gar nicht beschreiben kann, weil man ja gar nicht rankann, das ist eben die Hauptsache.«

»Ach, du spinnst«, sagt Eugenie. Aber sie klemmt eine frische Flasche Hochheimer zwischen die Knie, zieht den Korken raus, gießt dem Ernst ein.

»Bei euch geht's ja zu wie auf der Hochzeit zu Galiläa. Erst das Saure, dann das Süße. Schimpft denn da dein Messer nicht?« – »Dafür schimpft mein Messer mich nicht«, sagt die Eugenie, »siehst du, und dafür mag ich ihn gern.«

▄▄▄▄ In der Kantine, in den Griesheimer Eisenbahnwerkstätten, packte Hermann zum Bier die Brote aus, die ihm die Else mitgab, Mortadella und Leberwurst, immer dasselbe. Seine verstorbene erste Frau war in belegten Broten erfindungsreicher gewesen. Eine stille, bis auf die klaren Augen unhübsche Frau, aber klug und entschlossen, wohl imstand, auch mal in einer Versammlung aufzustehn und ihre Meinung zu sagen. Wie sie mit ihm diese Zeit ertragen hätte?

Hermann verzehrte das Brot mit den vier abgezirkelten Wurstscheiben, das ihm immer nach solchen Gedanken schmeckte. Dabei horchte er rechts und links.

»Jetzt sind es nur noch zwei, gestern hat man noch drei angegeben.« – »Einer hat eine Frau niedergeschlagen.« – »Warum?« – »Er hat Wäsche vom Seil gestohlen. Da ist sie dazugekommen.« – »Wer hat Wäsche vom Seil gestohlen?« fragte Hermann, obwohl er alles verstanden hatte. – »Einer von den Flüchtlingen.« – »Was für Flüchtlinge?« fragte Hermann. – »Von den Westhofnern, von welchen sonst? – Er hat sie vor den Leib getreten.« – »Wo soll denn das passiert sein?« fragte Hermann. – »Das ist nicht angegeben worden.« – »Wie kann man das wissen«, sagte jemand, »daß das ein Flüchtling war, war vielleicht irgendein Wäschedieb.« Hermann sah sich den Mann an; war ein älterer Schweißer, einer von denen, die in dem letzten Jahr so verstummt waren, daß man sie aus dem Gedächtnis verlor, selbst wenn man sie täglich wiedersah. »Nun – und wenn er es war!« sagte ein Junger, »er kann sich nicht seine Hemden beim Pfüller kaufen. Wenn ihm so ein Weib in die Quere kommt, kann er nicht sagen: Seien Sie so lieb und bügeln Sie mir das.« Hermann sah sich den Mann an, der war erst kurz eingestellt, hat gestern zu ihm gesagt: Mir ist die Hauptsache, wieder einen Lötkolben zwischen die Finger, alles andere wird sich schon finden. – »Der muß doch wie ein wildes Tier sein«, sagte ein dritter, »wo er weiß, wenn man ihn fängt, – schupp –« Hermann sah sich den dritten an, der mit der Handfläche durch die Luft fuhr. Alle sahen ihn kurz an. Schweigen, nach dem das Wichtigste kommen wird oder nichts mehr. Aber der Junge, der kürzlich eingestellt war, schüttelte alles von sich ab. Er sagte: »Das wird am Sonntag ganz groß werden.« – »Die Mainzer Kollegen, heißt es, die lassen sich nicht lumpen.« – »Wir fahren mindestens bis ins Binger Loch.« – »Und 'ne Kindergärtnerin auf dem Schiff, was die bieten!« Hermann setzt seine Frage ein, wie man ein Nägelchen einschlägt in etwas Glitschiges, das sich entziehen will: »Welche beiden sind denn noch übrig?« – »Von wo übrig?« – »Von den Flüchtlingen.« – »Ein Alter, ein Junger.« – »Und der Junge, das soll einer von hierherum sein.« – »Das ist doch Einbildung von den Leuten«, sagt der Schweißer, der wieder da ist, so, als sei er unter die Seinen nach langer Reise zurückgekehrt. »Warum soll er in seine eigene Stadt flüchten, wo ihn Hunderte Menschen kennen?« – »Das hat auch Vorteile für den Mann, einen Fremden zeigen die Leute viel leichter an. Stellt euch zum Beispiel mal vor: mich anzeigen!« Der das sagt, ist ein Kerl wie ein Pferd. Hermann hat ihn früher mal als Saalschutz, mal auf einer Demonstration gesehen, immer mit seinem hervorgedrückten Brustkorb. »Was kostet die Welt?« In den letzten drei Jahren hat er manchmal bei ihm angetippt, was der Kerl nie zu verstehen schien. Plötzlich hat Hermann den Eindruck, der verstünde mehr als er zeigt. – »Herzensruhig würd ich dich anzeigen, warum denn nicht? Wenn du durch irgend etwas aufhörst, mein Kamerad zu sein, dadurch hörst du doch längst auf, mein Kamerad zu sein, ehe ich aufhöre, deiner zu sein, weil ich dich anzeige.« Der das sagt, ist der Lersch, der Nazivertrauensmann, sagt es in eigentümlich deutlichem Ton, den die Menschen annehmen, wenn sie Standpunkte auseinandersetzen. Mit gespanntem Knabengesicht sieht ihm der kleine Otto auf den Mund, Lersch lernt den Jungen selbst an – mit dem Lötkolben und im Aufpasserspielen. Hermann sieht sich den Jungen kurz an, der erste Scharführer bei der HJ, aber kein patziger, sondern ein stiller, selten lächelnder, übermäßig gespannt in allen Bewegungen. Hermann dachte oft über den Jungen nach, der dem Lersch, wie man das nennt, blind ergeben ist. Jener Alte erwidert ruhig: »Richtig, bevor mich jemand anzeigt, muß er sich überlegen, ob ich überhaupt etwas angestellt hab, wodurch ich aufhör, sein Kamerad zu sein.«

257

Aus der Kantine zogen sich viele in ihrer Ecke zusammen. Hermann warf nichts mehr dazwischen. Das zerknitterte Stück Butterbrotpapier faltete er zusammen und steckte es ein, damit es Else morgen wieder verwerten könnte. Er war fast sicher, daß Lersch ihn beobachtete, etwas Unfaßbares an ihm witterte, das doch schließlich in einem Wort, an einer Stelle zu fassen sein mußte. – Alle sprangen diesmal erleichtert auf, als das Pausenzeichen schrillte, weil von außen etwas beendet wurde, was sich von innen nie beenden ließ.

▰▰▰▰▰▰ An diesem Mittag geriet ein Trupp Kinder, der durch eine der kleinen Straßen von Wertheim heimtrabte, über etwas in einen Streit, das eher ein Spiel war, teilte sich in zwei Parteien und prügelte sich. Ihre Schulsachen hatten die meisten beiseite geworfen.

Plötzlich stutzte einer der Kampfhähne, wodurch das Spiel ins Stocken kam. Ein alter, zerlumpter Mann stand am Rand der Straße und bohrte in den Schulsachen. Er hatte eine übriggebliebene Brotkante erwischt. »He – Sie –!« sagte einer der Buben. Der alte Mann trottete kichernd ab. Die Buben ließen ihn ungeschoren. Sonst waren sie Feuer und Flamme für jeden Unfug, jetzt packten sie ihre Siebensachen. Der alte Mann war ihnen äußerst zuwider gewesen mit seinem Gekicher und seinem haarigen, wilden Gesicht: Wie auf Verabredung erwähnten sie ihn gar nicht.

Der Alte trottete in entgegengesetzter Richtung aus der Stadt heraus. Bei einem Wirtshaus besann er sich, lachte und trat ein. Die Wirtin bediente gerade ein paar Fuhrleute; zwischendurch gab sie dem Alten das Schnäpschen, das er verlangt hatte. Bald stand er auf und ging kichernd hinaus, ohne zu zahlen, mit Kopf und Schultern zuckend. Die Wirtin schrie: »Wo ist der Kerl?« Und die Fuhrleute wollten ihm nach. Aber der Wirt, der des Freitags halber rasch zum Fischhändler mußte und für den Augenblick kein Durcheinander wollte, hielt Frau und Gäste zurück. »Laßt's schon flötengehen.«

Der alte Mann trottete unangefochten weiter. Er durchzog das Städtchen, nicht auf der Hauptstraße, sondern über den kleinen Markt. Ziemlich sicher, straffer als vorher, mit einer ruhigeren Miene, stieg er zwischen den Gärten am Rand der Stadt den Hügel hinauf.

Zwischen den Häusern war der Weg noch gepflastert, an den steilsten Stellen von Stufen unterbrochen, auf den Hügeln wurde er ein gewöhnlicher Feldweg, der vom Main und der Landstraße weg tiefer ins Land führte. Dicht am Stadtrand zweigte sich ein ähnlicher Weg ab, der auf die Landstraße stieß; und die Hauptstraße des Städtchens mit Laternen und vielen Läden war schließlich nur jenes Stück Landstraße, das durch die Stadt hindurchführte. Aber der Stufenweg, den der alte Mann hinter sich hatte, war für die Bauern, die nicht aus den Maindörfern über die Landstraße kamen, sondern aus abseitigen Dörfern, die kürzeste Verbindung zum kleinen Markt.

Der alte Mann war Aldinger, der sechste der sieben Flüchtlinge, seit sich Füllgrabe freiwillig zurückbegeben hatte. Keiner in Westhofen hätte im Ernst geglaubt, Aldinger könnte auf seiner Flucht auch nur bis Liebach kommen. Wenn er nicht in der nächsten Stunde gefangen würde, dann in der übernächsten. Inzwischen war schon der Freitag gekommen und Aldinger bis nach Wertheim. Er hatte nachts in den Feldern geschlafen, einmal war er von einem Möbelwagen vier Stunden mitgenommen worden. Allen Streifen war er entgangen, nicht durch List, damit hatte sein Kopf nichts mehr zu tun. Im Lager hatte man schon an seinem Verstand gezweifelt. Er war auf Tage verstummt, um bei einem Befehl plötzlich loszukichern. Hundert Zufälle hätten stündlich zu seiner Verhaftung führen können. Der gestohlene Kittel deckte kaum seine Sträflingskleidung. Aber von hundert Zufällen hatte sich keiner erfüllt.

Aldinger kannte keine Überlegung, keine Berechnung. Er kannte nur die Richtung. So stand die Sonne auf seinem Dorf am Morgen, so am Mittag. Hätte die Gestapo, statt den feinen und mächtigen Apparat der Fahndung in Bewegung zu setzen, eine Gerade gezogen von Westhofen bis nach Buchenbach, sie hätte ihn bald auf einem Punkt dieser Geraden gestellt.

Über der Stadt blieb Aldinger stehen und sah sich um. Das Gezucke in seinem Gesicht hörte auf, sein Blick wurde härter, seine Witterung für die Richtung, jener beinahe unmenschliche Sinn, beruhigte sich in ihm, da er unnötig wurde. Hier kannte sich Aldinger aus. An dieser Stelle hatte er einmal im Monat seine Fuhre halten lassen. Seine Söhne hatten die Körbe auf den kleinen Markt heruntergetragen. Währenddessen hatte er sich das Land betrachtet. Lag auch sein Dorf nicht weitab – all diese teils bewaldeten, teils bebauten Hügelchen, die sich im Wasser spiegelten, der Fluß selbst, der alles bloß auffing, um es zurückzulassen, sogar die Wolken, die Boote, in denen die Menschen abtrieben, warum eigentlich? – All das war früher in seinen Augen etwas Fernes und Abschweifendes. Früher, das war das Leben, in das er zurück wollte, darum war er geflohen. Früher, so hieß das Land, das hinter der Stadt begann. Früher, so hieß sein Dorf.

In den ersten Tagen in Westhofen, als die ersten Beschimpfungen und Faustschläge auf seinen alten Kopf geprasselt waren, hatte er Haß und Wut gekannt und auch die Lust auf Rache. Aber die Schläge waren dichter gefallen und härter, und sein Kopf war alt. Nach und nach waren ihm alle Wünsche zerschlagen worden, sich an den Schandtaten zu rächen, ja selbst die Erinnerung an die Schandtaten. Aber das, was die Schläge übriggelassen hatten, war immer noch mächtig und stark.

Aldinger kehrte dem Main den Rücken und trottete weiter auf dem Feldweg zwischen den Rillen der Fuhren. Er sah sich um, aber nicht unstet, sondern jetzt jeweils feste Punkte zum Ziel nehmend. Sein Gesicht war jetzt minder verwildert. Er trottete ein Hügelchen herunter und ein anderes herauf. Er kam durch ein Tannenwäldchen und durch eine kleine Schonung. Die Gegend schien menschenleer. Aldinger kam durch ein kahles Feld, durch einen Rübenacker. Es war immer noch ziemlich warm. Nicht nur der Tag, das ganze Jahr schien stillzustehen. Aldinger spürte schon jetzt das Früher in allen Gliedern.

Der Bürgermeister Wurz von Buchenbach war an diesem Tag nicht aufs Feld hinaus, wie er vorgehabt oder doch geprahlt hatte, sondern in sein Amtszimmer gegangen, worunter er sein Wohnzimmer verstand, ein muffiges vollgestopftes Zimmerchen, das ihm als Bürgermeisterei und Standesamt diente. Seine Söhne hatten ihm zugeredet, ruhig aufs Feld zu gehen, denn sie wünschten sich einen heldenhaften Vater. Aber Wurz hatte sich doch seiner Frau gefügt, die nicht zu jammern aufhörte.

Buchenbach war noch immer von Posten umstellt, außerdem hatte Wurzens Gehöft besondere Wachtposten. Darüber lachten die Leute. Aldinger würde es sicher nicht einfallen, in das Dorf hineinzuspazieren. Der würde eine andere Gelegenheit suchen und finden, Wurz aufs Korn zu nehmen. Wie lange wollte sich Wurz denn diese Leibgarde halten? Wirklich ein teures Vergnügen. Schließlich waren ja diese abkommandierten SA-Burschen Bauernsöhne, die man auf ihren Höfen brauchte.

Die Spezereischulz hatte gesehen, daß der Wurz im Standesamt war.

Das sagte sie dem Bräutigam ihrer Nichte, die ihr im Laden half, in dem es alles zu kaufen gab, was ein Dorf unbedingt braucht. Der Bräutigam stammte aus Ziegelhausen, war ein paar Stunden früher als erwartet mit ein paar Krimskramskisten mit dem Auto des Viehartzes angekommen. Er hatte abends beim Wurz das Aufgebot bestellen wollen. Wie nun die Tante sagte: »Er ist im Standesamt«, band er sich seinen Kragen um, und seine Braut, die Gerda, fing an, sich umzuziehen. Der Junge war eher fertig, er überquerte die Straße. Vor der Tür stand der SA-Posten, der kannte ja den Bräutigam. »Heil Hitler!« Der Bräutigam war im gleichen Sturm, nicht weil er ohne Braunhemd nicht leben konnte, sondern weil er in Ruhe arbeiten, heiraten und erben wollte, was ihm sonst ohne Zweifel unmöglich gemacht war. Der SA-Posten sah es ihm an, daß er um das Aufgebot kam, lachte, wie er ans Wohnzimmerfenster klopfte. Aber der Wurz antwortete nicht.

Er hatte vor seinem Schreibtisch gesessen unter dem Hitlerbild. Wie der Schatten gegen das Fenster geflutscht kam, hatte er sich in den Sessel geduckt. Wie es geklopft hatte, war er heruntergerutscht, um den Schreibtisch herumgekrochen hinter die Tür. »Geht doch rein, ihr zwei«, sagte draußen der Posten, da die Gerda auch gekommen war in Rock und Bluse. Der Bräutigam klopfte jetzt an die Tür, drückte, da keiner Herein rief, auf die Klinke, aber der Riegel war zu. Der Posten kam nach, klopfte mit der Faust, schrie: »Ein Aufgebot!«

Jetzt schob Wurz den Riegel zurück, schnaufte, glotzte den Bräutigam an, der seine Papiere ausbreitete. Wurz ermannte sich so weit, daß er sein Sprüchlein hersagen konnte von dem Bauerntum als Wurzel des Volkstums, von der Bedeutung der Familie im nationalsozialistischen Staat und von der Heiligkeit der Rasse. Gerda hörte sich alles ernst an, ihr Bräutigam nickte. Draußen sagte er zu dem Posten: »Schönes Dreckhäufchen mußt du bewachen, Kamerad!«, knipste sich von den Kapuzinerblüten eine ab und steckte sie ins Knopfloch. Dann nahm er seine Braut unter den Arm, und sie gingen die Dorfstraße entlang, gingen um den Dorfplatz herum, um das Hitlereichlein, das noch keine Kinder und Kindeskinder beschatten konnte, sondern höchstens ein paar Schnecken und Spatzen, gingen zum Pfarrhaus, stellten sich dort als Aufgebotene vor.

Aldinger hatte das vorletzte Hügelchen hinter sich. Es hieß der Buxberg. Er trottete jetzt sehr langsam, wie ein Mensch, der todmüde ist, aber weiß, daß es für ihn keine Rast gibt. Er sah sich nicht mehr um, er kannte hier jeden Fleck. Zwischen die letzten Felder von Ziegelhausen mischten sich schon einzelne Felder von Buchenbach. Wenn auch damals die Flurbereinigung viel von sich reden gemacht hatte, von hier oben aus war das Land noch immer bewürfelt wie die geflickten Schürzen der Bauernkinder. Aldinger erklomm das Hügelchen mit unendlicher Langsamkeit. Sein Blick war unbestimmt, aber nicht von dumpfer, fahriger Unbestimmtheit, sondern im Widerschein eines unerwarteten, unbestimmbaren Zieles.

Drunten in Buchenbach wurde die Wache wie immer um diese Zeit abgelöst. Auch der Posten vor Wurzens Haus war abgelöst worden. Er ging ins Wirtshaus, wo zwei abgelöste Kameraden dazukamen. Alle drei hofften, auf dem Rückweg vom Pfarrer käme der Kamerad Bräutigam und ließe eins springen. Wurz war müd vom Mittag und von dem Schrecken, den er erlebt hatte. Er legte seinen Kopf auf den Schreibtisch, auf die Papiere des Brautpaares, ihre Stammbäume und Gesundheitsatteste.

Aldingers Frau hatte ihren Kindern das Essen aufs Feld gebracht. Alle hatten draußen zusammen gegessen. Früher hatte es bei den Aldingers manchmal Mißhelligkeiten gegeben, wie in allen Familien. Seit der Verhaftung des Alten hatte sich die Familie in sich zusammengezogen. Nicht nur nach außen, auch unter sich sprachen sie kaum mehr ein lautes Wort, nicht einmal über den Abwesenden.

Einer der Posten war laut Befehl, wie immer, der Frau nachgegangen, hatte sie scharf im Auge behalten. Jetzt passierte Frau Aldinger, eine schwarzgekleidete Bäuerin, hager wie ein Stecken, die zwei Posten am Ausgang des Dorfes. Sie sah nicht nach rechts, nicht nach links, als ob das alles mit ihr nichts zu tun hätte. Auch den Posten vor ihrem Haus schien sie nicht wahrzunehmen. Ebensogut hätte der dürre Kirschbaum im Nachbargarten den Befehl haben können, sie zu belauern.

Aldinger war jetzt oben angelangt. Dieses Oben war nicht sehr hoch für die Masse gewöhnlicher junger Menschen. Immerhin, man sah das Dorf unter sich liegen. Ein paar Meter lang war der Weg mit Haselnußsträuchern gesäumt. Aldinger setzte sich zwischen die Sträucher. Er saß eine Weile ganz ruhig, halb beschattet, Stücke von Dächern und Feldern blinkten zwischen den Zweigen. Er war fast am Einschlafen, da fuhr er leicht zusammen. Er stand auf oder versuchte aufzustehen. Er warf einen

Blick auf das Tal. Aber das Tal zeigte sich nicht in dem gewöhnlichen Mittagsglanz, in dem süßen, alltäglichen Licht. Eine kühle, gestrenge Helligkeit lag auf dem Dorf, Glanz und Wind in einem, daß es auf einmal so deutlich wie nie war und eben dadurch wieder entfremdet. Dann fiel ein tiefer Schatten über das Land.

Später am Nachmittag kamen zwei Bauernkinder, um Nüsse zu pflücken. Sie kreischten. Sie rannten zu ihren Eltern ins Feld. Der Vater sah sich den Mann an. Er schickte eines der Kinder ins Nachbardorf nach dem Bauer Wolbert. Der Wolbert sagte: »Ei, das ist doch der Aldinger!« – Da erkannte ihn auch der erste Bauer. Groß und klein stand in dem Gebüsch und betrachtete sich den Toten. Schließlich machten die zwei eine Bahre aus ein paar Stecken.

Sie trugen ihn ins Dorf hinein, an den Wachposten vorbei. »Wen bringt ihr denn da?« – »Den Aldinger. Wir haben ihn gefunden.« Sie trugen ihn, wohin auch sonst, in sein eigenes Haus. Zu dem Posten vor Aldingers Haustür sagten sie auch: »Wir haben ihn gefunden.« Und der Posten war viel zu verdutzt, um sie anzuhalten.

Wie man den Mann auf einmal brachte, wurden der Frau die Knie weich. Aber sie faßte sich, wie sie sich auch hätte fassen müssen, wenn man ihn tot vom Acker gebracht hätte. Vor der Haustür hatten sich schon die Nachbarn angesammelt, auch der Posten, der die Haustür bewacht hatte, und die zwei frischen Posten am Ausgang der Dorfgasse und auch die drei SA-Leute, die im Wirtshaus gesessen hatten, und das Brautpaar, das vom Pfarrer kam. Nur am anderen Ende der Dorfgasse waren die Posten stehengeblieben, da sie ja noch von nichts etwas wußten, und um das äußere Dorf herum, wo man sie aufgepflanzt hatte, um das Eindringen Aldingers zu verhindern. Auch vor Wurzens Tür stand zunächst noch der Posten, um ihn vor der Rache zu schützen.

Die Frau Aldinger deckte das Bett auf, das die ganze Zeit über frisch bezogen geblieben war. Wie man aber den Mann hereinbrachte und sie sah, wie verwildert er war und schmutzig, ließ sie ihn auf ihr eignes Bett legen. Sie stellte zunächst Wasser auf. Dann wurde das älteste Enkelkind fortgeschickt, um die Familie vom Acker zu holen.

In der Tür machten die Leute dem Kind Platz, das bereits den zusammengekniffenen Mund und die niedergeschlagenen Augen von Menschen hatte, in deren Haus ein Toter liegt. Bald darauf kam das Kind zurück mit seinen Eltern und Onkeln und Tanten. Auf den Gesichtern der Söhne lag Verachtung für die Ansammlung Neugieriger und, sobald sie in ihren vier Wänden waren, eine finstere Trauer. Bald aber, da sich der Tote verhielt wie alle Toten, war ihre Trauer die gewöhnliche maßvolle Trauer guter Söhne um einen guten Vater.

Überhaupt kam jetzt alles in Ordnung. Wer ins Haus kam, schrie nicht mehr Heil Hitler und schwenkte nicht mehr den Arm, sondern zog seine Mütze vom Kopf und gab den Menschen die Hand. Die SA-Wachen, die ums Haar einen alten Mann gescheucht hätten und totgeschlagen, kehrten für diesmal mit schuldlosen Händen und unbeschwertem Gewissen auf ihre Felder zurück. Wer an dem Fenster des Wurz vorbeiging, verzog den Mund. Keiner hielt seine Verachtung geheim, weil er fürchtete, für sich oder einen der Seinen einen Vorteil zu verscherzen. Vielmehr fragte man sich, wieso gerade der Wurz gerade die Macht hatte. Und man sah ihn jetzt nicht mehr von Macht umglänzt, sondern wie man ihn die vier Tage gesehen hatte, zitternd in nassen Hosen. Auch das Domänendorf, soweit es zuständig war für die Auslese, sah man, wenn es einem jetzt einfiel, mit anderen Augen. Jeder Steuererlaß wäre mehr wert gewesen! Dafür dem Wurz krummbuckeln?

Beide Schwiegertöchter halfen der Frau Aldinger, ihren Mann zu waschen, ihm sein Haar zu stutzen, gute Sachen anzuziehen. Die Sträflingslumpen stopfte man ins Feuer. So halfen sie noch das Wasser kochen, die zweite Bütte, mit der man den Toten endlich sauber bekam, und noch den Rest behielt, um sich selbst zu waschen, bevor man sich sonntäglich umzog.

Jenes Früher, in das der Aldinger hätte zurückkehren wollen, öffnete breit seine Tore. Man legte ihn jetzt auf sein eigenes Bett. Trauergäste fanden sich ein, und man reichte jedem ein wenig Gebäck. Die Tante der Gerda öffnete eilig die Krimskramskisten, die ihr der Bräutigam auf dem Auto des Vieharztes geliefert hatte: denn jetzt brauchten die Aldingers sicher Seife, schwarzes Band, Kerzen. Alles war jetzt in Ordnung, da es dem Toten gelungen war, die Umzingelung des Dorfes zu überlisten.

▬▬▬ Fahrenberg wurde Meldung erstattet: Sechster Flüchtling gefunden. Er war gefunden und tot. Wie? Das ging Westhofen jetzt nichts mehr an. Das war Sache des lieben Gottes und der Wertheimer Instanzen und der Instanzen der Bauernschaft seines Gaues und des Oberbürgermeisters.

Fahrenberg trat nach der Meldung heraus auf den Platz, den sie den Tanzplatz nannten. Die SA und SS, soweit sie zu diesem Dienst gehörte, war schon angetreten. Die Kommandos knarrten. Todmüde, schwer von Schmutz und Verzweiflung, zog die Kolonne der Häftlinge doch so rasch und leise nach dem Befehl wie ein Wind aus abgeschiedenen Seelen. Zwei unversehrt gebliebene Platanen rechts von der Tür der Kommandantenbaracke glänzten rot vom Herbst und vom letzten Licht; denn der Tag ging zu Ende, und vom Ried her zog der Nebel auf den verfluchten Ort. Bunsen stand vor seiner SS mit seinem Cherubsgesicht, als erwarte er die Befehle seines Schöpfers. Von den zehn oder zwölf Platanen, die früher links von der Tür gestanden hatten, waren noch gestern alle gefällt worden bis auf die sieben, die man brauchte. Zillich vor seiner SA befahl, die vier lebenden Flüchtlinge anzubinden. Jeden Abend, wenn dieser Befehl ertönte, lief ein Zittern durch die Häftlinge, inwendig und schwach, wie das letzte Frösteln vor dem Erstarren. Denn die Wachsamkeit der SS erlaubte keinem, auch nur ein Glied zu rühren.

Aber die vier an die Bäume gebundenen Männer zitterten nicht. Nicht einmal Füllgrabe zitterte. Er starrte geradeaus, mit offenem Mund, als hätte der Tod selbst ihn angeschrien, sich endlich anständig aufzuführen. Auch auf seinem Gesicht lag ein Schimmer jenes Lichtes, mit dem verglichen Overkamps Polizeilampe nur ein elendes Funzelchen war. Pelzer hatte seine Augen geschlossen, sein Gesicht hatte alle Zartheit verloren, alle Zagheit und Schwäche, es war kühn und scharf geworden. Seine Gedanken waren gesammelt, nicht zu Zweifeln und nicht zu Ausflüchten, sondern um das Unvermeidliche zu begreifen. Und er spürte auch, daß Wallau neben ihm stand. Auf der anderen Seite von Wallau stand jener Albert, den man sofort beim Ausbruch niedergeschlagen hatte. Er war wieder zusammengeflickt worden auf Overkamps Wunsch, wenn auch nur notdürftig. Auch er zitterte nicht. Auch er hatte längst ausgezittert. Vor acht Monaten, vor der Reichsgrenze, in seinem mit Devisen gefütterten Rock hatte er sich durch Zittern verraten. Jetzt hing er mehr als er stand auf seinem seltsamen Ehrenplatz, den er sich nie hatte träumen lassen, rechts von Wallau, und sein feuchtes Gesicht war mit Licht befleckt. Wallau allein hatte Blick in den Augen. Wenn er vor die Kreuze geführt wurde, machte sein fast versteinertes Herz einen frischen Sprung. War Georg dabei? Was er jetzt anstarrte, war nicht der Tod, sondern die Kolonne der Häftlinge. Ja, er entdeckte sogar unter den alten Gesichtern ein neues. Dieses Gesicht gehörte einem, der im Spital gelegen hatte. Es war der Schenk, bei dem Röder am selben Morgen gewesen war, um ein Quartier für den Georg zu beschaffen.

Jetzt trat Fahrenberg vor. Er befahl dem Zillich, aus zwei Bäumen die Nägel herauszuziehen. Kahl und leer standen die beiden Bäume, zwei echte Kreuze für Gräber. Jetzt gab es nur noch einen benagelten Baum, der unbesetzt war, ganz links neben Füllgrabe. »Der sechste Flüchtling gefunden!« verkündete Fahrenberg. »August Aldinger. Tot, wie ihr seht! Seinen Tod hat er sich selbst zuzuschreiben. Auf den siebenten brauchen wir nicht mehr lange zu warten, denn er ist unterwegs. Der nationalsozialistische Staat verfolgt unerbittlich jeden, der sich gegen die Volksgemeinschaft vergangen hat, er schützt, was des Schutzes wert ist, er bestraft, was Strafe verdient, er vertilgt, was wert ist, vertilgt zu werden. In unserem Land gibt es kein Asyl mehr für flüchtige Verbrecher. Unser Volk ist gesund, Kranke schüttelt es ab, Wahnsinnige schlägt es tot. Keine fünf Tage sind seit dem Ausbruch vergangen. Hier – reißt eure Augen auf, prägt euch das ein.«

Darauf ging Fahrenberg in die Baracke zurück. Bunsen ließ die Kolonne der Häftlinge zwei Meter vortreten. Jetzt war nur noch ein schmaler Raum zwischen den Bäumen und der vorderen Reihe. – Während der Ansprache Fahrenbergs und der Kommandos, die ihr folgten, war der Tag vollends gesunken. Rechts und links war die Kolonne von der SA und von der SS eingeklammert. Über und hinter dem Platz war Nebel. Das war die Stunde, in der sich alle verlorengaben. Diejenigen unter den Häftlingen, die an Gott glaubten, dachten, er hätte sie verlassen. Diejenigen unter den Häftlingen, die an gar nichts glaubten, ließen ihr Inneres veröden, wie man ja auch bei lebendigem Leib verfaulen kann. Diejenigen unter den Häftlingen, die an nichts anderes glaubten als an die Kraft, die dem Menschen innewohnt, dachten, daß diese Kraft nur noch in ihnen selbst lebte und ihr Opfer nutzlos geworden sei und ihr Volk sie vergessen hätte.

Fahrenberg hatte sich hinter den Tisch gesetzt. Von seinem Platz aus konnte er durch das Fenster die Kreuze von hinten sehen, die SA und SS

von der Seite, die Kolonne von vorn. Er fing an, seinen Rapport aufzusetzen. Aber auch er war viel zu erregt für solche Geschäfte. Er griff den Hörer, drückte auf einen Knopf, hängte wieder ein.

Welcher Tag war heute? Dieser Tag ging freilich bereits zur Neige, immerhin noch drei Tage vor der Frist, die er sich gestellt hatte. Wenn man in vier Tagen sechs gefunden hat, muß man einen in drei Tagen finden. Außerdem war dieser eine bereits umstellt. Schlaf fand er keine Minute mehr. Leider auch er nicht – Fahrenberg.

In der Baracke war es fast dunkel. Er knipste die Lampe an. Dieses Licht aus Fahrenbergs Fenster warf die Schatten der Bäume bis vor die erste Kolonnenreihe. Wie lange standen sie schon? War es schon Nacht? Immer noch kein Befehl, und den angebundenen Männern brannten die Sehnen. Plötzlich schrie einer in der Kolonne in der drittletzten Reihe laut auf – so daß die vier zusammenzuckten gegen die Nägel –, schlug vornüber gegen den Vordermann, den er mitriß, wälzte sich auf dem Boden und brüllte, jetzt schon unter Tritten und Schlägen. Die SA war schon überall.

In diesem Augenblick kamen vom inneren Lager her in Hüten und Gummimänteln die Kommissare Fischer und Overkamp mit ihren Mappen, von einer Ordonnanz begleitet, die ihre Handtaschen trug. – Overkamp hatte seine hiesige Tätigkeit abgeschlossen. Heislers Fahndung hatte zu seiner Anwesenheit in Westhofen keine Beziehung mehr.

Zwei Kommandos, und alles stand wie zuvor. Der zusammengebrochene Mann und der Vordermann waren schon abgeschleppt. Ohne nach rechts und nach links zu sehen, gingen die Kommissare in die Kommandantenbaracke, zwischen den Kreuzen und der vorderen Kolonnenreihe, scheinbar ohne zu merken, daß ihre Straße immerhin seltsame Fassaden zeigte. Die beladene Ordonnanz blieb vor der Tür stehen und begaffte sich alles. Kurz danach kamen die beiden wieder heraus und wieder vorbei. Diesmal streifte Overkamps Blick die Bäume. Wallaus Blick traf ihn. Overkamp stockte fast unmerklich. Auf seinem Gesicht entstand ein Ausdruck, der aus Wiedererkennen gemischt war, aus »Bedaure«, aus »Du hast es dir selbst zuzuschreiben.« Vielleicht war in diesem Gemisch sogar ein Körnchen Hochachtung.

Overkamp wußte, daß diese vier Männer verloren waren, sobald er das Lager verließ. Höchstens ließ man sie noch am Leben, bis der siebte eingebracht war. Wenn man nicht vorher ungeschickt war oder auch die Geduld verlor.

Auf dem Tanzplatz hörte man das Anlassen des Motors. Da drehten sich die Herzen um. Von den vier angebundenen Männern war nur noch Wallau imstande, klar zu wissen, daß sie jetzt verloren waren. Aber der Georg, war er denn auch schon gefunden, auch auf dem Weg hierher?

»Dieser Wallau wird als erster dran glauben müssen«, sagte Fischer. Overkamp nickte. Er kannte Fischer schon lange. Sie waren nationale Männer mit allen Kriegsauszeichnungen. Beide hatten sie schon unter dem System dann und wann zusammen gearbeitet. Overkamp war gewöhnt, in seinem Beruf die Methoden anzuwenden, die polizeiüblich sind. Solche Verhöre, bei denen es hart auf hart ging, waren für ihn eine Arbeit wie jede andere. Sie bereitete ihm keine Spur von Belustigung, geschweige denn Lust. All die Menschen, nach denen er fahnden mußte, hatte er immer für Feinde der Ordnung gehalten, so wie er sich die Ordnung vorstellte. Auch noch heute hielt er die Menschen, nach denen er fahndete, für die Feinde der Ordnung, wie er sich Ordnung vorstellte. Soweit war alles noch klar. Unklar wurden die Dinge erst, wenn er sich überlegte, für wen er da eigentlich arbeitete.

Aber Overkamp riß seine Gedanken von Westhofen ab. – Blieb noch die Sache Heisler. Er sah auf die Uhr. In siebzig Minuten werden sie in Frankfurt erwartet. Wegen dem Nebel fuhr ihr Auto jetzt nur auf vierzig. Overkamp wischte die Scheibe ab. Er erspähte einen Dorfausgang im Schein der Laterne. »He! Halt!« schrie er plötzlich.

»Raus, Fischer! Haben Sie dieses Jahr schon Most getrunken?« Wie sie herauskletterten und im Dunst standen auf dem einsamen frischen Land, wich auch von ihnen die Spannung der Arbeit und der Beklemmung, über die sie jetzt keine Lust hatten nachzudenken. Sie traten in dieselbe Dorfwirtschaft ein, in der Mettenheimer seine Tochter Elli erwartet hatte, als sie für Westhofen plötzlich eine Besuchserlaubnis bekam, die ihr gar nicht lieb war.

▬▬▬ Als Paul Röder nach der Arbeit heraufkam, brauchte Georg erst gar nicht zu fragen. Pauls Gesicht war schon anzumerken, wie die Versteckssuche gelaufen war.

Liesel wartete auf den Erfolg ihrer Dampfnudeln, auf Ah! und Mmm! Aber die Männer kauten daran herum, als seien das Kohlrübenschnitzel. »Bist du krank?« fragte die Liesel den Paul. – »Warum krank? Ach ja, ich hab Pech gehabt.« Er zeigte den versengten Arm. Liesel war beinah froh, daß auf einmal ein Grund da war für das undankbare stumme Gekaue. Sie beguckte sich die verbrannte Stelle. Sie war von klein auf an allerlei Arbeitsschäden in Familien gewöhnt. Sie holte irgendein Salbentöpfchen. Plötzlich sagte Georg: »Mein Verband ist schon nicht mehr nötig. Wenn du schon rumdokterst, Liesel gib mir ein Pflaster.«

Paul sah schweigend zu, wie die Frau ohne viel Erstaunen die Mullbinde aufrollte. Seine größeren Kinder guckten über Georgs Lehne zu. Georg traf ein Blick. – Röders kleine blitzblaue Augen blickten streng und kalt. »Du hast noch Glück gehabt, Georg«, sagte Liesel, »daß dir die Splitter nicht in die Augen sind.«

»Glück! Glück!« sagte Georg. Er besah seine innere Handfläche. Liesel hatte sie ziemlich geschickt verpflastert und nur den Daumen umwickelt. Wenn er die Hand richtig hielt, sah sie gesund aus. Liesel schrie: »Halt! Nein!« Sie fügte hinzu: »Das hätte man noch waschen können.« Georg war aufgestanden, hatte das alte Verbandzeug rasch in den Herd gestopft, in dem von der Dampfnudelbäckerei noch etwas Glut war. Röder hatte seine Bewegungen reglos verfolgt. – »Pfui Teufel!« sagte die Liesel. Sie riß das Fenster auf, und ein Fähnlein stinkenden Rauches wehte abermals in der Luft einer Stadt, Luft zu Luft, Rauch zu Rauch. – Jetzt kann der Arzt ruhig schlafen. Was für ein Wagnis war das, zu ihm hinaufzugehen! Wie seine Hände geschickt waren! Herz und Verstand in den Händen!

»Du, Paul«, sagte Georg ganz munter, »kannst du dich noch an den Kleidermoritz erinnern?« – »Ja«, sagte Paul. – »Kannst du dich noch erinnern, wie wir den alten Mann zu Tod geärgert haben, bis er sich beschwerte bei deinem Vater, und dein Vater dich verhaute und er stand dabei und schrie: ›Nicht auf den Kopf, Herr Röder, sonst wird er dumm, aufs Arsch, aufs Arsch!‹ Eigentlich schön von dem Mann. Was?« – »Ja, sehr schön. Dich hat dein Vater verkehrt verhauen«, sagte Paul, »sonst wärst du gescheiter.«

Drei Minuten lang war es ihnen leichter gewesen. Jetzt legten sich ihnen wieder die Dinge, so wie sie waren, aufs Herz in ihrer unwiderruflichen, unerträglichen Schwere. »Paul«, sagte Liesel ängstlich. Warum stierte er vor sich hin? Auf den Georg gab sie gar nicht acht. Während sie ihren Tisch abräumte, warf sie immer schnell einen Blick auf den Paul und noch schnell einen Blick durch die Tür, als sie die Kinder zu Bett brachte.

»Schorsch«, sagte Paul, als die Tür hinter ihr zu war, »das ist jetzt wie es ist. Man muß etwas Klügeres aushecken. Diese Nacht mußt du eben noch hier schlafen.«

Georg sagte: »Bist du dir klar, daß inzwischen auf allen Revieren mein Bild liegt? Daß man es allen Blockwarten zeigt? Und die Blockwarte den Hauswarten? Nach und nach geht das durch.« – »Hat man dich gestern raufgehen sehen?« – »Ich kann's nicht schwören, der Flur war leer.«

»Liesel«, sagte Paul, »weißt du, ich hab so en Durst, ich weiß gar nicht, was das für ein Durst ist, geh doch gleich und hol noch mal Bier.«

Liesel packte die leeren Flaschen zusammen. Sie ging geduldig. Mein Gott, was drückt denn den Mann?

»Wollen wir nicht der Liesel was sagen?« fragte Paul. – »Liesel? Nein. Glaubst du, die läßt mich bei euch?«

Paul schwieg. In seiner Liesel, die er von klein auf kannte und durch und durch, gab es auf einmal eine Stelle, die unbekannt war und vollständig undurchsichtig. Beide grübelten. »Deine Elli«, sagte dann Paul, »deine erste Frau –« – »Was soll mit ihr sein?« – »Ihre Familie ist doch in gehobenen Verhältnissen, solche Leute kennen andere – ob ich da nicht mal hin soll?« – »Nein! Die ist bewacht! Außerdem weißt du nicht, was sie denkt.«

Sie grübelten weiter. Hinter den gegenüberliegenden Dächern war die Sonne im Untergehen. In der Gasse brannten schon die Laternen. Etwas Abendlicht fiel noch herein, schräg und flach, als ziele es vor dem Erlöschen in die entferntesten Winkel. Beide Männer merkten zugleich, daß alles in Sand verfiel, woran sie mit ihren Gedanken rührten. Beide horchten nach der Treppe.

Liesel kam mit ihren Flaschen zurück, diesmal ganz erregt. »Komisch«, sagte sie, »in der Wirtschaft hat jemand nach uns gefragt.« – »Was? Nach uns –« – »Hat sich erkundigt, wo wir wohnen, bei der Frau Mennich. Kann uns doch aber gar nicht kennen, wenn er nicht weiß, wo wir wohnen.«

Georg war aufgestanden. »Ich muß jetzt gehen, Liesel. Vielen Dank für alles.« – »Trink doch noch Bier mit uns, Georg.« – »Tut mir leid, Liesel, es ist spät geworden. Also –« Sie drehte Licht an. »Jetzt laß nicht wieder so 'ne Pause in der Freundschaft eintreten.« – »Nein, Liesel.« – »Wo willst du denn hin?« sagte die Liesel zu Paul, »hast mich nach Bier geschickt –« – »Ich will bloß den Georg bis zum Eck begleiten – ich komm gleich zurück.« – »Nein, bleib hier!« rief Georg. Paul sagte ruhig: »Ich begleit dich bis zum Eck. Laß das meine Sorge sein.«

In der Tür wandte er sich noch mal um. Er sagte: »Liesel, hör gut zu. Du sollst niemand sagen, daß der Georg bei uns war.« Liesel wurde rot vor Ärger: »Also doch was ausgefressen! Warum sagt ihr mir das nicht gleich?« – »Wenn ich raufkomm, sag ich dir alles. Aber halt deinen Mund. Das wird sonst schlimm, auch für mich und für die Kinder.«

Sie blieb starr stehen hinter der zugeschlagenen Tür. Schlimm für die Kinder? Schlimm für den Paul? Ihr wurde heiß und kalt. Sie ging ans Fenster und sah die beiden, einen großen und einen kleinen, zwischen den Laternen gehen. Ihr war bange. Sie setzte sich vor den Tisch und wartete, während es vollends dunkel wurde, auf die Heimkehr des Mannes.

»Wenn du jetzt nicht gleich weggehst«, sagte Georg leise und heiser mit vor Zorn verzerrtem Gesicht, »dich ruinierst du, mir nützt du nichts.« – »Halt 's Maul! Ich weiß, was ich tue. Du gehst jetzt dahin, wo ich dich hinführ. Wie die Liesel da eben raufkam und uns der Schreck in die Glieder fuhr, da hat's bei mir eingeschlagen. Ich hab 'ne Idee. Wenn jetzt die Liesel dicht hält, was sie bestimmt tut aus Angst für uns, bist du für diese Nacht aus dem Gröbsten raus.« Georg erwiderte nichts. Sein Kopf war leer, beinah gedankenlos. Er folgte dem Paul in die Stadt hinein. Wozu denken, wenn es zu nichts mehr führt? Nur sein Herz klopfte, als ob es herausgelassen zu werden wünschte aus seiner unwirtlichen Wohnung. Wie vor zwei Abenden, als er sich angeschickt hatte, zu Leni zu gehen! Er versuchte das Herz zu beruhigen: das kannst du damit nicht vergleichen, es handelt sich immerhin um den Paul. Vergiß das nicht. Das hat mit Liebschaften nichts zu tun. Das ist Freundschaft. Du traust niemand? Man muß eben auch Mut aufbringen, einem Freund zu vertrauen. Beruhig dich doch. Du kannst nicht immer so weiterklopfen. Du störst mich.

»Wir wollen nicht fahren«, sagte Paul, »es kommt nicht auf zehn Minuten an. Ich will dir erklären, wohin ich dich bringe. Heut morgen kam ich schon mal hier vorbei, wie ich zu deinem verfluchten Sauer marschierte. Ich hab hier eine Tante Katharina, die hat ein Fuhrunternehmen, ein Riesengeschäft, drei, vier Wagen. Bei der soll ein Bruder von meiner Frau aus Offenbach in Stellung kommen, der war im Kittchen, dem hat man den Führerschein entzogen, in dem seinem Blut hat man Alkohol gefunden. Der hat jetzt geschrieben, er kommt später, ich soll das ausmachen. Sie weiß das ja alles nicht, sie kennt ihn auch gar nicht. Ich stell dich dort vor. Du sagst zu allem ja oder gar nichts.«

»Und die Papiere? Und morgen?« – »Gewöhn dich doch endlich dran, eins, zwei, drei zu zählen, statt zwei, eins, drei. Jetzt mußt du weg. Du mußt für die Nacht wo unterkommen. Willst du lieber heut nacht erst mal tot sein und morgen gute Papiere haben? Morgen schlupf ich mal dort vorbei. Dem Paul fällt immer noch mal was ein.«

Georg berührte seinen Arm. Paul sah zu ihm auf, er schnitt eine kleine Grimasse, wie man es Kindern macht, um sie vom Weinen abzubringen. Seine Stirn war heller als sein übriges Gesicht, weil sie weniger betupft war. Sein bloßes Geleit beruhigte Georg. Wenn er nur nicht plötzlich umkehrt. Georg sagte: »Man kann uns jeden Augenblick zusammen hoppnehmen.« – »Wozu denn auch daran denken?«

Die Stadt war hell und voll. Zuweilen traf Paul einen Bekannten, grüßte und wurde zurückgegrüßt. Dann drehte Georg den Kopf weg. »Du mußt dich nicht immer wegdrehn«, sagte Paul, »man erkennt dich doch nicht.« – »Du hast mich doch sofort erkannt, Paul.« Sie kamen in die Metzgergasse. Es gab in der Gasse zwei Reparaturwerkstätten, eine Tankstelle, ein paar Wirtschaften. Da Paul hier öfters durchkam, wurde er öfters begrüßt. Heil Hitler hin, Heil Hitler her, Paulchen hin, Paulchen her. Es gab auch noch einen Aufenthalt in der Torfahrt: SA, zwei Frauen, das Männlein aus der Hofstube. Dem glühte heut abend die Nase wie ein Katzenkopf. »Wir sitzen im Sonnchen, komm ein bißchen rein, Paulchen.« – »Ich will erst meiner Tante Katharina gut Nacht sagen.« – »Uii!« machte der Alte, dem bei dem Namen die Angst den Rücken herunterlief. »Komm, Katzenköpfchen«, sagten die zwei Frauen und nahmen ihn in die Mitte und führten ihn ab. Dann fuhr ein Lastwagen aus dem Hof und quetschte sie rechts und links an die Wand. Wie sie dann in den Hof

hineingingen, Georg und Paul, da stand die Frau Grabber, die Tante Katharina, selbst auf der Torschwelle, da sie eben die Fuhre verabschiedet hatte. Die Überlandumzüge fuhren nachts ab.

»Das ist er!« sagte Paul. – »Der da?« sagte die Frau. Sie warf einen kurzen Blick auf Georg. Sie war stark und breit, aber mehr in den Knochen als im Fleisch. Das weiße zottige Haar über der bös gebuckelten Stirn, die ebenfalls weißen Brauen über den bösen und scharfen Augen ließen sie nicht als Greisin erscheinen, sondern als irgendein Geschöpf, das von Natur aus weißmähnig ist. Sie warf einen zweiten kurzen Blick auf Georg. »Wird's bald?« Sie wartete einen Augenblick, sie schlug ihm beiläufig gegen den Hut. »Runter! Hat er keine Mütze?« – »Er hat sein Zeugs noch bei uns«, sagte Paul, »er sollte heut nacht bei uns schlafen, nun krächzt unser Paulchen rum, die Liesel denkt, es gibt Masern.« – »Viel Vergnügen«, sagte die Frau. »Was steht ihr denn da im Tor rum, kommt rein oder bleibt draußen.« – »Adieu, Otto, laß dir's gut gehen«, sagte Paul, der Georgs vom Kopf gestoßenen Hut in der Hand behalten hatte. »Adieu, Tante Katharina, Heil Hitler!«

Georg hatte sich inzwischen das Gesicht der Frau genau betrachtet: das Gelände, auf dem er sich in den nächsten Stunden durchfinden muß. Jetzt sah sie ihn ihrerseits an, zum drittenmal, diesmal hart und gründlich. Er gab ihrem Blick nichts nach – beide hatten sie keinen Anlaß zur Güte. »Wie alt sind Sie?« – »Dreiundvierzig.« – »Hat mich der Paul angeschmiert, mein Geschäft ist kein Siechenhaus.« – »Sehen Sie doch erst mal, was ich kann.« Ihre Nasenlöcher blähten sich. »Ich weiß schon, was ihr könnt, hopp – hopp – hopp, zieh dich um.« – »Geben Sie mir 'en Kittel, Frau Grabber, mein Zeug ist doch noch bei dem Paul.« – »Hm?« – »Ich hab nicht wissen können, daß hier nachts das Geschäft geht.« Da fing die Frau zu schimpfen an, daß es dampfte – minutenlang. Georg hätte sich nicht gewundert, wenn sie zugeschlagen hätte. Er hörte sie schweigend an mit einer Spur von Lächeln, das ihr entging oder nicht entging im Laternenlicht. Als sie fertig war, sagte er: »Wenn Sie keinen Kittel für mich haben, schaff ich Ihnen in Unterhosen. Wie soll ich mich hier auskennen, wenn ich zum erstenmal hier bin?«

»Nimm ihn nur gleich wieder heim!« rief die Frau dem Paul zu, der auf einmal wieder zurückkam, Georgs Hut in der Hand. Wie er die Gasse runtergerannt war, und sie hatten ihm aus den Wirtschaften zugeheilt, und er hatte den Arm geschwenkt, war ihm der Hut wieder eingefallen. Paul erschrak. Er schnitt eine Grimasse. »Probier's bis morgen, dann komm ich wieder, dann gibst du mir Bescheid.« Er lief weg, so rasch er konnte.

»Ohne den Paul«, sagte die Frau jetzt ruhiger, »kann so einer wie Sie vor die Hunde gehn. Mein Geschäft ist kein Siechenheim, kommen Sie mal mit.« Er folgte ihr durch den Hof, der ihm viel zu hell war und viel zu belebt. Aus der Hoftür der Wirtsstube und den Haustüren kamen und gingen die Menschen. Schon streiften ihn Blicke. Ein Polizist stand in der offenen Garage vor einem leeren Wagen. Vor mir hat er ja schließlich nicht da sein können, dachte Georg, dem der Schweiß ausbrach. Der Polizist gab auf ihn nicht acht, er verlangte irgendein Papier. »Suchen Sie sich ein paar Lumpen aus«, sagte die Frau zu Georg. In die Garage guckte das Fenster einer Kammer, die als Büro benutzt wurde. Der Polizist sah stumpf zu, wie sich Georg einen von den öligen Kitteln anpaßte, die da herumlagen. Dann sah er hinauf in das helle Fenster, auf den großen weißen Kopf der Frau. Er murmelte: »So en Weibsbild.« Als er weg war, steckte die Frau ihren Kopf durchs Fenster; sie stützte die Arme in einer Art auf, daß es klar war, dieses Fenster war ihre Kommandobrücke. Sie schimpfte und schrie: »Raus, raus in den Hof, du Lahmedreher! Der wird in anderthalb Stunden abgeholt nach Aschaffenburg, hopp, hopp!«

Georg kam unter das Fenster. Er sagte herauf: »Wollen Sie mir gefälligst ganz ruhig und genau erklären, was ich bei Ihnen zu tun hab.« Ihre Augen wurden eng. Ihre Pupillen bohrten sich in das Gesicht dieses Burschen, von dem sie gehört hatte, daß er ein ziemlich liederlicher Gesell war, der seine Familie ruinierte. Aber wie sie auch zubohrte, diesem Gesicht, das, wie sie glaubte, ein Sturz verschandelt hatte, war nichts mehr anzuhaben. Wo es doch sonst gefror, wo sie hinblickte, spürte sie selbst zum erstenmal einen Hauch von Kälte. Sie fing ruhig zu erklären an, wie er den Wagen überholen mußte. Sie sah scharf zu. Nach einer Weile kam sie heraus, stellte sich neben ihn, trieb ihn an. Georgs halbgeheilte Hand war rasch wieder aufgesprungen. Wie er sich einen Dreckfetzen zuknotete mit den Zähnen und mit der rechten Hand, sagte sie: »Entweder sind Sie geheilt, dann hopp, oder nicht, dann heim!« Er erwiderte nichts mehr, sah auch die Frau nicht mehr an, sondern dachte sich, sie ist so und nicht anders, sie muß so und nicht anders genommen werden, schließlich geht alles vorbei. Er gehorchte und arbeitete rasch und verbissen, und bald so erschöpft, daß er nichts mehr fürchten und nichts mehr denken konnte.

▄▄▄▄▄ Währenddessen wartete Liesel in ihrer dunklen Küche. Als der Paul nach zehn Minuten noch nicht zurück war, wußte sie, daß er den Georg auf einen längeren Weg begleitet hatte. Was war geschehen? Was hatten die beiden vor? Warum hatte ihr Paul nichts erzählt?

Dieser Abend war totenstill. Das Gehämmer im vierten Stock, das Geschimpfe im zweiten, Märsche aus einem Radio, das Gelächter über die Straße von Fenster zu Fenster konnte die Stille nicht übertönen und erst recht nicht die leichten Schritte, die die Treppe heraufkamen.

Liesel hatte nur einmal im Leben selbst etwas mit der Polizei zu tun gehabt. Damals war sie ein Kind gewesen von zehn, elf Jahren. Einer von ihren Brüdern hatte irgendwas ausgefressen, vielleicht der, der im Krieg gefallen war, denn man hatte später nie mehr in der Familie davon gesprochen. Es war mit ihm in Flandern begraben. Aber die Angst, an der sie damals alle gewürgt hatten, war der Liesel noch heute im Blute. Die Angst, die mit dem Gewissen nichts zu tun hat, die Angst der Armen, die Angst des Huhnes vor dem Geier, die Angst vor der Verfolgung des Staates. Diese uralte Angst, die besser angibt, wessen der Staat ist, als die Verfassungen und Geschichtsbücher. Aber zugleich beschloß die Liesel, sich zu wehren, sich und ihre Brut zu verteidigen mit Klauen und Zähnen, mit List und Tücke.

Als die Schritte über den letzten Absatz nun ganz gewiß bis zu ihr kamen, sprang sie auf, knipste das Licht an und begann zu singen mit vor Angst kurzatmiger, trockener Stimme. Denn sie sagte sich, daß Gesang und Helligkeit auf das beste Gewissen deuteten. Der Mensch vor ihrer Tür zögerte wirklich, ehe er schellte.

Er trug keine Uniform. Liesels Lampe schien auf ein nichtssagendstumpfes Gesicht, das ihr unbekannt war und ihr unoffen vorkam. Sicher ein Geheimer, sagte sich Liesel. Sie bediente sich in ihren Gedanken solcher Ausdrücke, die sie irgendwo aufgeschnappt haben mußte, da Paul über solche Dinge fast nie mit ihr sprach. Sicher hat der auf der inneren Jacke seine Hundemarke.

»Sind Sie Frau Röder?« sagte der Mann. – »Wie Sie sehen.« – »Ist Ihr Mann daheim?« – »Nein«, sagte die Liesel, »der ist weg.« – »Wann kommt er ungefähr heim?« – »Das weiß ich wirklich nicht.« – »Na, er wird doch mal heimkommen.« – »Keine Ahnung.« – »Ist er denn verreist?« – »Ja, ja, er ist verreist, sein Onkel ist gestorben.« – Halb von der Tür versteckt, halb im Schatten sah sie ein Zucken in dem fremden Gesicht, offensichtlich Enttäuschung. – Wird's bald, dachte sie. – Aber der Mensch drehte sich nochmals um. »Ist er schon lange verreist?« – »Ziemlich.« – »Na, Heil Hitler!« Auch sein Rücken sah enttäuscht aus, er zuckte mit den Achseln.

Liesel bekam einen zweiten Schreck. Wenn er den Hauswart fragte?

Auf den Strümpfen schlich sie heraus und lauerte, aber er fragte nicht. Wie sie zurückging ans Küchenfenster, sah sie ihn durch die stille Gasse weggehen.

Was den Franz an diesem Abend zu den Röders getrieben hatte, war eine halbe Hoffnung, eine Art Richtungsgefühl für das Mögliche. Er war enttäuscht und niedergeschlagen, wie er jetzt durch die stillen Straßen an seine Haltestelle ging. Er fuhr hinaus an den entgegengesetzten Stadtrand, wo er sein Rad in einer Wirtschaft untergestellt hatte. Dann fuhr er endlich hinaus zu Hermann in die Siedlung.

Hermann hatte den Franz so sicher erwartet, daß er von Viertelstunde zu Viertelstunde unruhiger wurde. Franz war selten so viele Abende hintereinander weggeblieben. An diesem Abend merkte er, daß auch er, bei dem Franz sich Rat holte, den Franz mehr brauchte, als er gewußt hatte. Dieser Rat, den Franz mit ruhigen Worten und ruhigem Blick ihm abzuverlangen pflegte, um ihn genau zu befolgen, brauchte eben den Franz, um sich abzulösen und aus ihm herauszukommen. Als das Fahrrad nun doch noch unter dem Fenster klingelte, wischte Else mit ihrer Schürze über den wachstuchbezogenen Küchentisch. Hermann holte den Schachkasten aus der Schublade, seine Freude verbergend.

Aber gerade heute abend dauerte Hermanns Freude nur so lang, bis Franz eben richtig am Tisch saß. Franz war anders als sonst. Er blieb auch länger stumm.

Hermann ließ ihm Zeit. Schließlich brach Franz aus oder es brach aus ihm aus. Hermann horchte zuerst nur aufmerksam, dann erstaunt, dann besorgt. Franz erzählte, was ihm widerfahren war, wie er Elli dreimal getroffen hatte, im Kino, in der Markthalle und in der Apfelmansarde. Wie sie Georgs Leben zusammen durchstöbert hatten, Menschen aus ihrem Gedächtnis herausgewühlt, wie er den Spuren gefolgt war, von dem Gedanken besessen, Georg selbst zu finden. Wie ihm das alles mißglückt war und überhaupt! »Was überhaupt?« Aber Franz war wieder verstummt und Hermann wartete. Daß der Franz ihm erst jetzt das alles erzählte, so viel auf eigene Faust unternommen hatte, ohne sich mit ihm zu besprechen, war falsch und zwecklos. Hermann betrachtete verwundert das etwas derbe, etwas schläfrige Gesicht seines Freundes, das seine Zähigkeit gut versteckte.

Franz fing wieder zu sprechen an, aber anders, als Hermann erwartet hatte.

»Siehst du, Hermann, ich bin ein ganz gewöhnlicher Mensch. Alles, was ich mir wünsche im Leben, das sind die allergewöhnlichsten Sachen. Daß ich hierbleiben kann, wo ich bin, denn ich bin gern hier. Diesen Drang, wegzugehen, den manche haben, so weit wie möglich, ich hab ihn nicht. Ich mag hier immer bleiben von mir aus. Dieser Himmel, nicht zu grell, nicht zu grau. Und man verbauert nicht und man verstädtert nicht. Alles ist beieinander, Rauch und Obst. Wenn ich die Elli bekommen könnte, wie wär ich froh geworden. Andere haben Lust nach allen möglichen Frauen, nach allerlei Abenteuern, ich aber hab das gar nicht. Ich wär der Elli treu, dabei weiß ich, daß an der Elli gar nicht so was Außerordentliches dran ist. Sie ist bloß lieb. Ich aber wär zufrieden, ich könnt mit ihr wohnen, bis wir alt und grau sind. Aber ich kann sie jetzt nicht mal mehr sehen –«

»Sicher nicht«, sagte Hermann, »es war schon zuviel, daß du überhaupt zu ihr gegangen bist –« – »Ganz gewiß kein unbescheidener Wunsch, mit der Elli am Sonntag auszugehen, aber ich kann nicht. Nein. Sieh mich nicht so erstaunt an, Hermann. Also, ich kann die Elli nicht haben. Ob ich lange hierbleiben kann, ist die große Frage. Vielleicht heißt's schon morgen: fort.

Ich hab mir immer im Leben die einfachsten Sachen gewünscht – eine Wiese oder ein Boot, ein Buch, Freunde, ein Mädchen, Ruhe um mich herum. – Dann aber ist dieses andere über mein Leben gekommen. Ist gekommen, als ich noch ganz jung war – dieser Wunsch nach Gerechtigkeit. Und mein Leben ist langsam anders geworden und jetzt nur zum Schein noch ruhig.

Manche von unseren Freunden, wenn sie sich ausmalen, wie ein anderes Deutschland aussehen wird – du mein Gott, was haben sie für die Zukunft für Träume.

Ich aber hab das nicht. Nachher möcht ich auch noch dort sein, wo ich jetzt bin, nur anders. In demselben Betrieb, nur als ein anderer. Hier arbeiten für uns. Und am Nachmittag noch so frisch aus der Arbeit kommen, daß ich lernen und lesen kann. Wenn das Gras noch ganz warm ist. Aber es soll das Gras sein hier an Marnets Zaun. Überhaupt soll das alles hier sein. Hier in der Siedlung will ich dann wohnen oder auch droben, bei Marnets und Mangolds –«

»Das ist immerhin gut, schon jetzt zu wissen«, sagte Hermann, »aber jetzt sag mir auch, wie dieser Röder aussieht, Georgs Freund.«

»Klein«, sagte Franz, »von weitem wie ein Junge. Warum?«

»Wenn die Röders jemand bei sich verstecken, hätten sie sich genauso benehmen müssen, wie du erzählt hast. Aber wahrscheinlich haben sie niemand versteckt.«

»Wie ich kam, war die Frau mit den Kindern allein«, sagte Franz, »ich hab vorher und nachher gehorcht.«

Hermann dachte: Franz muß jetzt ganz aus dem Spiel bleiben. – Die drei Worte »wie ein Junge« hatten ihn fast erschreckt; er hörte sie heute zum zweitenmal. Wenn ich nur Zeit hätte. Backer wird noch Anfang der Woche in Mainz sein! Zeit ist das einzige, was mir fehlt. Den Jungen brächte man schon heraus, aber die Zeit – die Zeit. – »Wo hat dieser Röder gearbeitet?« – »Bei Pokorny. Warum kommst du wieder darauf?« – »Nur so –« Aber Franz spürte oder glaubte zu spüren, daß ihm Hermann einen Gedanken vorenthielt.

▬▬▬ In dieser Nacht saßen Paul und Liesel auf ihrem Küchensofa zusammen, und er streichelte ihr den Kopf und ihren runden Arm, als versuche er's ungeschickt, wie in den ersten Liebestagen, und er küßte sogar ihr Gesicht, das vom Weinen naß war. Dabei hatte ihr Paul erst einen Teil der Wahrheit erzählt. Hinter dem Georg sei die Gestapo her wegen der alten Sachen. Darauf stünden jetzt furchtbare Strafen nach dem neuen Gesetz. Hätte er wohl den Georg wegschicken können?

»Warum hat er mir nicht die Wahrheit gesagt? Ißt und trinkt an meinem Tisch!«

Liesel hatte zuerst geschimpft, ja getobt, war in der Küche herumgestampft, rot vor Wut. Dann hat sie begonnen, zu jammern, dann zu weinen, das war alles jetzt auch vorbei. Mitternacht war schon vorbei. Liesel hatte sich ausgeweint. Alle zehn Minuten fragte sie noch, als sei das der Schwerpunkt der Sache: »Warum habt ihr mir nicht die Wahrheit gesagt?«

Da erwiderte Paul in verändertem, trockenem Ton: »Weil ich nicht wußte, wie du die Wahrheit verträgst.« Liesel zog ihren Arm aus seinen Händen weg, sie schwieg. Paul fuhr fort: »Wenn wir dir alles gesagt hätten, wenn wir dich vorher gefragt hätten, ob er bleiben kann, hättest du ja oder nein gesagt?« – Liesel erwiderte heftig: »Da hätt ich sicher nein gesagt. Wie? Er ist nur einer! Und wir sind vier – fünf. Ja sechs, mit dem was wir erwarten. Was wir dem Georg gar nicht gesagt haben, weil er sich schon lustig gemacht hat über die, die da sind. Und das hättest du ihm auch sagen müssen: Lieber Georg, du bist einer und wir sind sechs –« – »Liesel, es ist um sein Leben gegangen –« – »Ja, aber auch um unseres.«

Paul schwieg. Er fühlte sich elend. Er war zum erstenmal mutterseelenallein. Nie mehr kann es so werden, wie es gewesen ist. Diese vier Wände, wozu? Dieses Durcheinandergepurzel von Kindern – wozu? Er sagte: »Da verlangst du noch, daß man dir alles erzählt! Dir die Wahrheit! Wenn du ihm nun die Tür vor der Nase zugemacht hast, und ich geb dir die Zeitung zwei Tage später, und du findest ihn – den Georg Heisler – unter ›Volksgerichtshof‹ und unter ›Urteil sofort vollstreckt‹, hättst du dann keine Reue? Tätst du ihm dann die Tür nochmals zumachen vor der Nase, wenn du das vorher wissen konntest?«

Er war ein Stück von ihr abgerückt. Sie weinte von neuem vor sich hin in die zusammengelegten Hände. Dann sagte sie, heftig weinend: »Jetzt denkst du schlecht von mir. Schlecht, schlecht. So schlecht hast du noch nie von mir gedacht. Und du möchtest das schlechte Stück los sein – deine Liesel. Ja, das denkst du, und daß du jetzt ganz allein bist, und daß wir dich einen Dreck angehn. Nur der Georg geht dich noch was an. Ja, gewiß, wenn ich's vorher gewußt hätte, daß das alles so mit ihm kommen wird, daß das alles so kommen wird mit dem ›Urteil vollstreckt‹, ja – dann hätt ich ihn aufgenommen. Und vielleicht hätt ich ihn überhaupt aufgenommen. Ich weiß es jetzt nicht. Das hängt alles an einem Haar. Ja, ich glaube auf einmal, ich hätte ihn doch aufgenommen.« Paul sagte ruhiger: »Siehst du, Liesel, und deshalb hab ich dir nichts gesagt, denn du hättst ihn vielleicht zuerst nicht aufgenommen, aber nachher, wenn man dir alles erklärt hätte, wär's dir leid gewesen.« – »Aber es kann doch noch immer was Schlimmes nachkommen. Dafür mußt du dann gradstehn.« – »Ja«, sagte Paul, »dafür steh ich dann grad. Ich hab's bestimmen müssen, nicht du. Denn ich bin ja der Mann hier und von unserer Familie der Vater. Denn ich kann gleich ›ja‹ sagen zu etwas, wo du zuerst ›nein‹ gesagt hättest und dann ›vielleicht‹ und dann doch ›ja‹. Aber es wär schon zu spät gewesen. Da kann ich mich gleich entscheiden.« – »Aber was wirst du der Tante Katharina morgen sagen?« – »Das besprechen wir alles noch später. Jetzt koch zuerst mal en Kaffee, wie du gestern gekocht hast, als der Georg zusammengefallen ist.«

»Der hat uns alles ganz umgekrempelt! Nachts Kaffee!« – »Wenn dich morgen der Hauswart fragt, wer heut bei uns war, sagst du, der Alfred von Sachsenhausen.« – »Warum sollen denn die mich fragen?« – »Weil sie selbst von der Polizei gefragt werden, und auch uns vielleicht fragt noch die Polizei.« Da geriet Liesel wieder in Aufruhr. »Uns die Polizei! Lieber Paul, du weißt, daß ich nicht lügen kann. Man sieht's mir an. Schon als Kind hab ich's nicht gekonnt. Schon wenn andere gelogen haben, hat man's mir angesehn.« Paul sagte: »Wie, du kannst nicht. Hast du denn vorhin nicht gelogen? Wenn du nicht lügen kannst bei der Polizei, dann wird hier kein Stein auf dem andern bleiben. Du wirst mich nie mehr wiedersehn. Wenn du aber genauso lügst, wie ich's dich heiße, dann versprech ich dir, daß wir auf unsre Freikarten Sonntag Westend–Niederrad zusehn.« – »Gibt es denn Freikarten?« – »Ja, es gibt.«

▄▄▄ Georg hatte sich kurz vor Mitternacht in der Garage niedergelegt, war aber gleich wieder gerufen worden, weil der Chauffeur, der den Wagen abholte, irgendwelche Beschwerden hatte. Die Frau Grabber beschimpfte ihn, diesmal leise und ätzend. Wie er sich niederlegte, kam der zweite Wagen nach Aschaffenburg. Diesmal blieb die Frau Grabber gleich hinter ihm stehen, sah ihm scharf auf die Finger, quittierte ihm jeden lahmen Griff und jede alte Schuld und Verfehlung. Dieser Otto, den er vertrat, mußte ein ziemlich schäbiges, ziemlich schändliches Leben geführt haben. Kein Wunder, daß er sich länger krank stellte, daß er sich scheute vor der Gaulskur, die Paul ihm hier zugedacht hatte. Georg wollte sich legen, aber jetzt hieß es, die Werkzeuge überholen, die Garage putzen. Der Morgen war nah. Georg sah zum erstenmal auf. Die Frau stockte. War es denn diesem Burschen schon völlig eins, unter welchen Rädern er lag? Dünkten ihm gar die Räder, unter die er jetzt gekommen war, vergleichsweise sachte? Sie kam vor Erstaunen zur Ruhe und dadurch auch der andere. Sie zog sich zurück. Sie beugte sich noch einmal aus dem Fenster. Er hatte sich auf der Bank zusammengerollt. Sie dachte: Ich kann vielleicht doch mit ihm auskommen. Georg lag bleischwer unter Bellonis Mantel. Wenn auch an Schlaf nicht zu denken war, seine Gedanken hatten die punkt- und schlußlose Folge, die Geschmeidigkeit von Gedanken, die man in Träumen durchdenkt. Wie, wenn sie mich nie mehr abholen? Wenn Paul mich einfach hier läßt? An Stelle dieses Otto?

Er stellte sich vor, wie sein Leben verliefe, wenn er immer hier bleiben müßte. Ohnmächtig, diesen Ort zu verlassen. Nie mehr aus diesem Hof heraus, von allen vergessen. Besser auf eigne Faust zu entkommen, so rasch als möglich. – Wenn dann die Hilfe doch kam? Er schon unterwegs, aufgegriffen ein paar Stunden später!

Wenn sie mich fangen, und wenn sie mich einliefern, sagte er sich, soll es geschehen, solange Wallau noch lebt. Wenn es denn unvermeidlich ist, lieber rasch, daß ich mit Wallau zusammen sterbe! Falls er noch lebt! In diesem Augenblick erschien ihm das Ende unvermeidlich. Was sonst auf das Leben verteilt ist, auf Strecken von Jahren, eine Anspannung aller Kräfte bis zum Reißen und das Nachlassen und das Absinken und das schmerzhafte Wiederanspannen, das vollzog sich in seinem Kopf in einer Stunde, in einem Wechsel von Minuten. Endlich war es ausgebrannt. Er sah stumpf zu, wie es Tag wurde.

Sechstes Kapitel

I Fahrenberg lag auf dem Rücken, angekleidet, seine Beine in Stiefeln hingen vom Bett herunter. Seine Augen waren offen. Er horchte in die Nacht.

Er rollte den Kopf in die Decke. Jetzt gab es wenigstens ein Geräusch, diese Brandung, die aus dem Inneren des Menschen kommt. Nur nicht mehr horchen müssen! Er verzehrte sich nach einem Ton, nach irgendeinem Alarm, von dem man im voraus nicht wissen konnte, woher er kam, so daß das selbstverzehrende Horchen vollkommen war. Ein Motor fern auf der Landstraße, das Anschrillen des Telefons in der Verwaltung, schließlich auch Schritte von der Verwaltung zur Kommandantenbaracke hätten das Warten beenden können. Aber das Lager war still, sogar totenstill, seit die SA die Abfahrt der Kommissare auf ihre Art gefeiert hatte. Bis halb zwölf war gesoffen worden, zwischen halb zwölf und halb eins war man die Häftlingsbaracken »durchgegangen« wegen des Zwischenfalls am Nachmittag. Gegen eins, als die SA genauso erschöpft war wie die Häftlinge, wurde der Tanz plötzlich abgebrochen.

Fahrenberg war in der Nacht noch ein paarmal zusammengezuckt. Einmal war ein Wagen in der Richtung nach Mainz gefahren, zweimal nach Worms zu, Schritte waren über den Tanzplatz gekommen, aber vorbei an der Baracke zu Bunsens Tür, kurz nach zwei hatte das Telefon in der Verwaltung geläutet, und er hatte die Meldung erwartet, aber es war nicht die Meldung gewesen, die man ihm hätte zu jeder Tag- und Nachtzeit erstatten müssen: die Einlieferung des Siebten.

Fahrenberg zog halberstickt die Decke vom Kopf. Wie still die Nacht war! Statt von Sirenen erfüllt zu sein, von Pistolengeknall und Motoren, von einer ungeheuren Fahndung, an der sich alle beteiligten, war sie die stillste der Nächte, eine gewöhnliche Nacht zwischen zwei Werktagen. Keine Scheinwerfer kreuzten den Himmel. Für die Dörfer ringsum waren die Herbststerne im Dunst verloren, nur das weiche, aber eindringliche Licht des Mondes, der mit der Woche abnahm, fand den, der sich danach sehnte, gefunden zu werden. Nach einem harten Tagwerk lag alles in ruhigem Schlaf. Es war ja auch Friede, bis auf ein paar Schreie aus dem Westhofner Lager, die hie und da jemand weckten, der dann aufgerichtet horchte. Der Lärm einer aus der Gegend abziehenden Kriegshorde schien sich noch einmal zu verstärken, um dann ganz zu ersterben. So daß, wer jetzt wach blieb, sicher nicht mehr durch äußere Stimmen am Schlaf behindert wurde.

Ich will jetzt schlafen, sagte sich jetzt Fahrenberg, Overkamp ist schon lange an Ort und Stelle. Warum habe ich überhaupt eine Frist aufgestellt, warum habe ich diese Frist bekanntgegeben? Wenn sie den Heisler jetzt nicht ergreifen, mir kann das nicht zur Last gelegt werden. Ich muß auf jeden Fall jetzt schlafen.

Er rollte wieder den Kopf in die Decke. Wenn er aber schon fort aus dem Land ist? Wenn man ihn darum nicht findet, weil man ihn nicht mehr finden kann? Wenn er gerade jetzt über die Grenze geht? Aber die Grenze ist ja bewacht wie im Krieg.

Er fuhr hoch. Es war fünf Uhr. Ein verworrener Lärm von außen. Ja, es ist soweit. Von der Landstraße her, vom Lagereingang kam Motorengeräusch, kamen die abgesetzten Kommandos, die den Empfang begleiteten. Dann kam der dunkle, ungleich aufsteigende Lärm, der noch nicht auf den Ton gekommen ist, noch nicht auf den bittersüßen Geschmack. Noch ist kein Blut geflossen.

Fahrenberg hatte ein paar von seinen Lämpchen angeknipst. Aber die Helligkeit schien sein Hörvermögen zu dämpfen, er knipste alles wieder aus. Auf dem Sprung, hinüberzugehen, horchte er gegen den Lagereingang in seiner quälenden, schon ums Haar erfüllten Hoffnung.

In den letzten Sekunden war der Lärm gewachsen, der die Gefangeneneinlieferung begleitete. Er schien jetzt schon nicht mehr von einzelnen Menschen zu kommen, nicht einmal mehr von einer Horde, die zusammen einer äußeren, wenn auch fragwürdigen Befehlsgewalt untersteht. Eine Meute bricht aus – aber jedes allein auf eigene Faust in die grenzenlose Wildnis. Jetzt ist man schon auf den Ton gekommen, er vergeht schon, der Augenblick ist schon übersprungen. Blut ist auch schon gekostet, und wie alles auf Erden, hält auch dieser

Geschmack nicht ganz, was er versprochen hat. Das Gebell wird schon heiser.

Fahrenberg machte eine ganz menschliche Bewegung. Er legte die Hand aufs Herz. Sein Unterkiefer war abgerutscht. Sein Gesicht war schlaff vor Enttäuschung. Für seine Ohren war das alles eine vernünftige, genau bestimmbare Folge von Tönen.

Draußen ertönten neue Kommandos. Fahrenberg riß sich zusammen. Er schaltete ein paar Lämpchen an. Er drückte auf Knöpfe und stöpselte.

Bunsen, als er Minuten später über den Tanzplatz ging, hörte Fahrenberg durch die geschlossene Tür wie einen Besessenen toben. Zillich hatte gerade Meldung erstattet: Acht Neueinlieferungen. Lauter Leute von Opel-Rüsselsheim, die gegen irgendwas gebockt hatten. Zu einer kurzen Kur, die ihnen nachher ihre neuen Akkordsätze besser bekömmlich machte.

Zillich erwartete und ertrug einen neuen Schwall von Beschimpfungen mit geschlossenem, finsterem Gesicht. Das Getobe, mit dem sich sein Herr gewöhnlich Luft verschaffte, blies ihn nicht um. Diesmal aber enthielt es kein einziges Wörtchen, keine noch so versteckte Anspielung auf die alten Zeiten, auf die Zusammengehörigkeit. Er wartete verzweifelt, den großen Kopf auf die Brust gedrückt. Zillich, der mit dem feinsten Gefühl alle Regungen seines Herrn verfolgte – ja, sein Gefühl war nur dazu verwertet, alle Regungen seines Herrn zu verfolgen –, spürte gut, daß sich Fahrenberg ihm gegenüber im Laufe der Woche verändert hatte: denn am Montag nach dem Ausbruch hatte es zwischen ihnen noch eine Art gemeinsamen Unglücks gegeben. In den folgenden Tagen mußte ihn Fahrenberg bereits ausgestoßen haben. Würde ihn Fahrenberg ganz vergessen? Für immer? Wenn es wahr war, was man erzählte, daß der Kommandant versetzt werden sollte, was geschah dann mit ihm – Zillich? Wird ihn Fahrenberg wieder dahin holen, wohin man ihn selbst schickt? Oder muß er allein in Westhofen bleiben?

Fahrenbergs eng zusammenliegende Augen – keineswegs furchterregende Augen, keineswegs von der Natur bestimmt, in Abgründe zu blikken, sondern nur in verstopfte Röhren und Trichter – sahen Zillich kalt an, sogar mit Haß. Fahrenberg dachte jetzt wirklich daran, daß dieser Klotz die Hauptschuld trug. Dieser Gedanke war im Lauf der Woche öfters durch seinen Kopf geflogen, jetzt hakte er fest.

Zillich benutzte die Atempause zu einem Vorstoß, zu einer Art Vertrauensprobe. »Herr Kommandant – ich erbitte für folgende Umbesetzung die Genehmigung – was die Auswechslung der Begleitmannschaften der besonderen Kolonne angeht –«

Bunsen hörte sich jetzt auch das zweite Getobe von außen an. Zu diesem Spaß wird man sowieso nicht mehr lange Gelegenheit haben. Die Kommission, die die Vorgänge während und nach der Flucht untersucht, hat zwar nach außen noch nichts verlauten. In der SS aber sagt man laut, daß der Alte keine Woche mehr bleiben wird.

Zweite Atempause. Bunsen trat ein, nur mit den Augen lächelnd. Zillich trat ab. Er sah aus wie ein Stier, dem man die Hörner gestutzt hat. Fahrenberg sagte im Tone eines Mannes, dessen Befehlsgewalt ihrem Umfang und ihrer Dauer nach etwas Unumstößliches ist: »Die Neuankömmlinge unterliegen sämtlichen Strafmaßnahmen, die seit dem Fluchttag über sämtliche Häftlinge verhängt sind.« Er zählte sie auf im selben Ton. Sie wurden bei jedem Aufzählen schärfer. Dabei wird mancher von den Kerlen, der jetzt schon schlappmacht, platt liegenbleiben, dachte Bunsen. Der tobt sich nochmals ganz gut aus.

Zillich war in die Kantine gegangen. Der Kaffee wurde schon ausgegeben. Zillich setzte sich gedankenlos auf seinen eigenen Platz an der Schmalseite des Tisches. Seit ihn Fahrenberg angebrüllt hatte, die Verantwortung für die besondere Kolonne läge nicht mehr bei ihm, sondern bei Uhlenhaut, war es ihm neblig vor den Augen. In der Kantine um ihn herum herrschte die Stimmung junger, hungriger, kräftiger Burschen, die ihre starken Zähne in die derbste, gesündeste Nahrung einschlagen: Landbrot und Zwetschenmarmelade. Alles besorgt man sich reichlich aus der Umgebung. Kommt noch dazu, daß der Lagerhaushalt in dieser Woche durch den in den Strafmaßnahmen vorgesehenen Nahrungsmittelentzug besonders gut versehen ist. Kreuz und quer über den Tisch wandern die großen Blechkannen mit Milchkaffee. Die Begleitmannschaft des Transports ist zu Gast bei der Westhofner SA. Die Burschen lachen und kauen. – »Da war eine Nummer dabei«, erzählt einer, »dem ist das Maul nicht zugeklappt, man hat ihn gleich in den Bunker gebracht, da hat man aufgemacht, da hat er reingeguckt, da hat er gesagt: Schönheit des Arbeitsplatzes.« Zillich stierte vor sich hin, wobei er sich Brot in den Mund stopfte.

II Ein Stück Nebel war abgetrieben, ein paar Fetzen von diesem Stück standen jetzt da und dort zwischen Marnets und Mangolds Apfelbäumen. Franz huppelte mit dem Rad über zwei Erdwellen, aber das Huppeln freute ihn heute nicht, sondern stieß ihn in seinen hohlen übernächtigen Kopf. Wie er durch einen Nebel durchfuhr, schlug es ihm leicht und kühl vor das müde Gesicht.

Wie er Mangolds Gehöft umfuhr, kam die Sonne ein klein wenig durch. Aber es blinkt jetzt nicht mehr in den abgeernteten Bäumen. Hinter Mangolds Gehöft fällt das Land ab in unendlicher Einsamkeit. Man vergißt, daß die Höchster Fabriken dort unten im Nebel liegen, daß die größten Städte des Landes ganz nahe liegen, daß die Radfahrer rudelweise gleich die Straße herunter klingeln. Das ist die Öde, die unter dem Korn gewuchert hat. Das ist die alte Stille dreihundert Meter vor den Toren der Städte. Wenn einmal Ernst mit seinen Schafen vorbei ist, dann ist das Land erst kahl. Diese Öde ist immer noch unbezwungen, und wer wollte sie auch bezwingen. Jeder muß durch, jeder will durch. Heute abend wird man daheim auch ein Feuer vertragen können. Franz hat den Ernst gar nicht besonders gut leiden mögen, heute morgen vermißt er ihn, als ob das Leben selbst mit ihm fort sei in eine andere Gegend.

Hat man Mangolds Gehöft im Rücken, dann ist das Land, das in Wellen abfällt, in ein Nichts aus goldgrauem Dunst, so still, als ob es noch unbewohnt sei. Man könnte glauben, hier seien noch nie Menschen heraufgekommen. Hier können nie Legionen gelagert haben mit Feldzeichen und mit Göttern. Hier können niemals die Völker zusammengestoßen sein. Nie kann hier auch bloß ein einziger Mann heraufgeritten sein, um die Wildnis zu brechen, ganz allein auf seinem Eselchen, um die Brust den Panzer des Glaubens. Hier können niemals die Mächtigen an der Spitze ihrer Gefolgschaften zu den Wahlen und Festen, zu den Kreuzzügen und Kriegen gezogen sein. Dieses goldgraue Nichts da unten kann unmöglich der Ort gewesen sein, wo unzählige Male alles gewagt, alles verloren, alles noch einmal gewagt wurde. Das muß schon eine Ewigkeit her sein, seit hier etwas geschehen ist, oder es hat noch gar nichts richtig begonnen.

Franz denkt: Wenn ich nur immer so weiterradeln könnte, wenn diese Straße nur nie nach Höchst führen würde. Aber es klingelt schon über ihm, und am Selterwasserhäuschen steht Anton Greiner. Den Tag möcht ich erleben, denkt Franz, an dem der hier vorbeigeht, ohne was springen zu lassen. Auf seinem Gesicht, auf dem sich soeben nichts anderes gespiegelt hat als die Stille und Öde des Herbstes, entsteht ein enger, kleinlicher Zug. Dann geht dieser Zug weg. Sein Gesicht wird traurig. Der Gedanke an Antons Braut verknüpft sich mit dem Gedanken an Elli.

Aus dem Fenster des Selterwasserhäuschens kam ein warmes Lüftchen. Das Fräulein hat sich sein Öfchen angezündet. Sie hat noch eine Neuerung – eine Heizplatte mit einem Kaffeegeschirr für die Arbeiter aus den entlegenen Dörfern. »Wie kannst du denn jetzt gleich noch mal Kaffee trinken?« fragte Franz, »wo du doch jetzt erst von daheim kommst?« – »Willst du auch noch in meinem Geldbeutel sparen?« fragte Anton. Sie radelten verdrießlich bergab. Sie waren jetzt schon mitten im Rudel. Plötzlich hupte es, eins, zwei, zwei, alles flitzte nach rechts und links, kam die motorisierte SS, der Vetter von Anton Greiner. »Der hat gestern ein komisches Zeug geredet«, sagte Anton, »auch nach dir hat er mich gefragt.« Franz erschrak. »Ob du gut gelaunt bist, ob du dich ins Fäustchen lachst!« – »Warum soll ich gut gelaunt sein?« – »Das hab ich auch gefragt. Er war angesoffen. So 'n Angesoffener hakt sich in jeden ein, schlimmer wie 'n Vollgesoffner. Aber das ist jetzt schon sein eignes Motorrad, er ist fertig mit der Abzahlung. Alle sind eingesetzt worden mit ihren Rädern, hat er erzählt, um die Stadt abzusuchen. Ganze Gassen hat man abgeriegelt.« – »Warum?« – »Immer noch wegen den Flüchtlingen.« – »Bei einer solchen großen Kontrolle«, sagte Franz, »kann es doch wirklich nicht schwer sein, einen einzelnen Mann zu finden.« – »Das hab ich auch meinen Vetter gefragt, aber er hat gesagt, so 'ne große Kontrolle hätte auch en großen Haken.« – »Welchen?« – »Hab ich ihn auch gefragt. Hat er gesagt: So eine große Kontrolle wär ja auch selbst schwer kontrollierbar – übrigens wird er bald heiraten, rat mal wen?« – »Anton, du verlangst zuviel von mir«, sagte Franz, »wie kann ich wissen, wen dein Vetter heiraten will.« Er verbarg seine Erregung. Hat sich dieser SS-Vetter wirklich nach seiner Laune erkundigt. – »Er will das kleine Mariechen aus Botzenbach heiraten.« – »Ist das nicht eine Braut von dem Ernst?« – »Von was für 'nem Ernst?« – »Von dem Schäfer!« Da fing der Anton Greiner zu lachen an. »He, Franz, der zählt nicht mit. Auf den Ernst ist kein Mensch nicht mal eifersüchtig.«

Das war wieder mal etwas, was der Franz nicht verstand. Aber er kam auch nicht mehr dazu, sich's erklären zu lassen. Gleich am Stadtrand von Höchst wurden sie auseinandergerissen. Franz geriet in eine Gasse, die durch zwei große Tankfahrzeuge verstopft wurde. Alles stieg von den Rädern ab und rückte langsam nach. Die Gesichter waren so grau wie die Luft, nur auf den metallenen Flächen, auf den Lenkstangen der Räder, auf der Flasche, die jemand aus dem Sack guckte, auf den Wölbungen der Tankwagen glänzte ein wenig Morgenlicht. Dicht vor Franz ging eine Reihe Mädchen in grauen und blauen Schürzen, ineinandergehakt, fröstelnd, mit aneinandergedrückten Schultern. Franz zwängte sein Rad durch, und die Mädchen knurrten. Hat eine »Franz« gesagt? Er drehte sich noch mal um. Aus einem einzelnen schwarzen Auge schoß ein scharfer Blick. Dieses Mädchen kannte er doch, mit seinem bös verzogenen Mund, mit seinem Büschel Haar über dem schlimm entstellten Gesicht. Er war doch schon mal auf sie gestoßen am Anfang der Woche. Sie nickte ihm spöttisch zu.

Im Umkleideraum war ein Gezischel, Holzklötzchen – Holzklötzchen. »Was ist los mit dem Holzklötzchen?« – »Er ist wieder da.« – »Was, wo – hier?« – »Nein, nein. Montag kommt es vielleicht wieder her.« – »Ach, woher wißt ihr denn das?«

»Gestern abend bin ich im Anker gewesen, da ist dem Holzklötzchen seine Tochter gekommen, die Hinkende. Er ist wieder da, sagte sie, da bin ich denn gleich mit herauf. Da hat das Holzklötzchen im Bett gesessen, und seine Frau hat ihm Umschläge gemacht. Und um den Kopf hat es auch einen Umschlag gehabt. ›Jesus, Holzklötzchen‹, hab ich gesagt, ›Heil Hitler!‹ – ›Ja, Heil Hitler‹, hat es gesagt, ›das ist brav, daß du gleich zum Holzklötzchen raufkommst.‹ – ›Was ist denn da dran brav‹, hab ich gesagt, ›aber nun erzähl mir auch mal. Was haben sie denn mir dir angestellt, jetzt erzähl aber einmal.‹ – Da hat es gesagt: ›Karlchen, kannst du schweigen?‹ – ›Selbstverständlich!‹ – ›Ich auch‹, hat es gesagt. Mehr hat es nicht gesagt.«

III Elli heftete ihre braunen Augen unverwandt auf den Mann, der ihr nach stundenlangem nächtlichem Verhör kein Fremder mehr war – Overkamp. »Nehmen Sie gefälligst Ihre Gedanken zusammen,

Frau Heisler. Verstehen Sie mich? Vielleicht funktioniert Ihr Gedächtnis in der Ruhe besser als beim freien Herumlaufen. Das läßt sich alles leicht feststellen.«

Ihre Gedanken waren ausgedorrt von dem grellen Licht, sie konnte bloß denken, was sie sah. Sie dachte: Diese drei Zähne in der obersten Reihe sind sicher falsch.

Overkamp stellte sich dicht vor sie hin, und das harte Licht der Lampe traf seinen eigenen ausrasierten Nacken, so daß Ellis Gesicht endlich einmal beschattet war. »Haben Sie mich verstanden, Frau Heisler?«

Elli sagte leise: »Nein.«

»Wenn Ihnen nichts in der Freiheit einfällt, die Sie ja überdies bloß dem Umstand verdanken, daß Sie in Unfrieden mit dem Heisler auseinander sind, kann die Haft, unter Umständen die Dunkelhaft, auf Ihr Gedächtnis einen besseren Einfluß haben. Haben Sie mich jetzt verstanden, Frau Heisler?«

Sie sagte: »Ja.« – Wenn ihre Stirn im Schatten war, konnte sie denken. Was versäume ich denn, wenn er mich einsperrt? Das Büro? Zwei Dutzend Briefe täglich an Strumpffabrikanten? Dunkelhaft? Besser als dieses Licht, das einem den Kopf zerschneidet.

Ihre Gedanken, die sonst halb unbewußt und verträumt waren, umfaßten sekundenlang kräftig und klar alles, was noch in Betracht kommen konnte, selbst die Möglichkeit des Todes. Ewiger Friede nach vorübergehenden Leiden und Schlägen, wie man sie einmal belehrt hatte – weder der Lehrer noch die kleine braunzopfige Schülerin hätten sich träumen lassen, dieser vagen Belehrung könnte je eine Nutzanwendung auf das tagtägliche Leben zukommen.

Overkamp trat auf die Seite. Elli schloß rasch die Augen vor dem weißen Licht, das ihr den Atem nahm. Overkamp betrachtete sie von neuem mit frischer Gründlichkeit. Kein Liebhaber hätte es besser besorgt. Er hatte sich heute ein Dutzend Leute, darunter die Elli Heisler, aus dem ersten Schlaf fischen lassen. Diese junge Person hatte all seinen Fragen nichts anderes entgegengesetzt als ihr sanftes Ja oder Nein. In dem mörderischen Licht schien ihr kleines Gesicht zu zerschmelzen. Overkamp holte noch einmal aus: »Also, liebe Frau Heisler, gehen wir noch mal vom Anfang aus. In der ersten Zeit Ihrer Ehe – erinnern Sie sich mal –, wie der Mensch noch richtig verliebt in Sie war – übrigens kein Wunder –, wie dann die liebe Liebe ein klein bißchen abgeflaut ist – aber man hat sich dann gleich versöhnt und dann war's recht süß, so war's doch, Frau Heisler? Ja – wie das Feuerchen langsam – langsam nicht mehr richtig anbrennen wollte, wie der Mann Ihnen fremd ging, damals – als Sie noch gar nicht über die Sache raus waren, wie's dem lieben Herzen noch weh getan hat, daß die große, große Liebe flötengehen sollte – erinnern Sie sich noch?«

Elli sagte leise: »Ja.«

»Ja, Sie erinnern sich. Wie mal da die eine Freundin was stichelte – da die andere. Wie er zum erstenmal abends wegblieb und dann ganz ungeniert eine halbe Woche und noch ausgerechnet mit dieser Person. Sie erinnern sich?«

Elli sagte: »Nein.« – »Was, ›nein‹?«

Elli versuchte den Kopf zu drehen, aber das harte Licht hatte die Macht, den Menschen festzubannen. Sie sagte leise: »Er blieb weg – das war alles.« – »Und Sie wollen sich nicht mal erinnern, mit wem?« Elli erwiderte: »Nein.«

In dem Verhör, wenn die Fragen an diese Stelle vorrückten, flogen durch Ellis Kopf, ganz wie Overkamp das voraussah, dichte Schwärme unliebsamer Erinnerungen. Unter der grellen Polizeilampe geisterten sie wie Motten: die dicke Kassiererin, zwei, drei frische Mädchen, denen das rote Fichte-F auf die blauen Kittel gestickt war, eine Nachbarin, schlaksige Schmale aus Niederrad, und noch eine, auf die sie zuerst und am nachhaltigsten eifersüchtig gewesen war, weil sie gar keinen Grund dazu hatte: die Liesel Röder. Die war ja damals noch lang nicht die dicke Liesel von heute gewesen, sondern bloß ein klein bißchen pumpelig, rotblond und munter. War die Elli bei dem Verhör an dieser Erinnerung angelangt, dachte sie auch gleich weiter an die ganze Familie Röder, an den Franz, und an alles, was damit zusammenhing.

Overkamp hatte also sein ganzes Verhör richtig wie immer aufgebaut. Seine Fragen hatten aus Ellis Gedächtnis herausgebohrt, was sie herausbohren sollten. Nur war alles inwendig geblieben, in der Frau drin, die sanft und still vor ihm saß. Overkamp hatte den Eindruck, daß das ganze Verhör, wie sie das unter sich nannten, abgeknickt war. Das war der teuflische Punkt in den schönsten Verhören, an denen der beste Polizeimann stolpern kann: das Ich, statt sich endgültig aufzulockern, um zu zerfallen unter dem zermürbenden Geklopfe von tausend Fragen, zieht sich plötzlich in letzter Sekunde zusammen und festigt sich wieder. Ja, das Geklopfe, statt zu zermürben, festigt noch mehr. Außerdem mußte diese junge Person, wenn man ihre Kräfte zermürben wollte, überhaupt mal erst wieder zu Kräften kommen. Er drehte die Lampe ab. Mildes Deckenlicht glänzte über dem beinah kahlen Raum. Elli atmete leicht auf. Unter dem Fenster, dessen Laden geschlossen war, lag ein befremdlicher goldner Streifen, das Morgenlicht.

»Sie können vorerst gehen. Halten Sie sich zur Verfügung. Wir werden Sie heute oder morgen wieder brauchen. Heil Hitler!«

Elli ging in die Stadt hinein. Sie schwankte vor Müdigkeit. Sie kaufte sich in dem nächsten Bäckerladen ein warmes Schneckchen. Da sie durchaus nicht wußte, wohin, ging sie ihren alltäglichen Weg ins Büro. Ihre Hoffnung, dort niemand zu treffen als die Putzfrau und bis neun ungeschoren in einem Winkel zu hocken, ging auch nicht in Erfüllung. Der Bürochef, ein wilder Frühaufsteher, war auch schon da. »Morgenstund – Morgenstund – ich sag's ja immer – und Sie, Elli, sind das Gold im Mund. Wenn's nicht Sie wären, Frau Elli, würd ich drauf schwören, Sie hätten gebummelt. Werden Sie doch nicht rot, Frau Elli. Wenn Sie wüßten, wie gut Ihnen das steht – so was Zartes, so was Angegriffenes um Ihr Nasenspitzchen und die blauen Ringelchen unter den Augen.«

Wenn ich bloß einmal im Leben einen richtigen Liebsten hätte, dachte Elli. Georg – auch wenn's ihn gäbe –, er wird mich ja gar nicht mehr liebhaben. An den Heinrich will ich schon überhaupt nicht mehr denken. Franz ist ein Mann, der nicht in Frage kommt. Wenn mein Büro heut nachmittag aus ist, will ich zu meinem Vater fahren. Der freut sich dann wenigstens. Der war immer gut zu mir. Der wird immer gut zu mir bleiben.

IV

Ich bin in diesem Hof vergessen, dachte Georg, wie lang bin ich schon hier. Stunden – Tage –? Diese Hexe wird mich nie mehr herauslassen. Paul wird nie wiederkommen.

Aus den Haustüren liefen Menschen durch die Vorfahrt hinein in die Stadt. »Na, Mariechen, mach's gut. Auch schon auf den Beinen? Heil Hitler!« – »Nicht so eilig, Herr Maier, die Arbeit rennt Ihnen nicht weg.« – »Guten Morgen, mein Schatz.« – »Also, Alma, bis heut abend.«

Warum sind die denn fröhlich? Über was freuen die sich denn? Weil es doch noch mal wieder Tag geworden ist. Weil die Sonne doch noch mal scheint. Waren die denn die ganze Zeit über immer weiter lustig?

»Na«, sagte die Frau Grabber, da ein Hammerschlag aussetzte. Sie stand schon ein paar Minuten hinter ihm.

Georg dachte: Wenn mich der Paul nun vergißt, wenn ich nun immer hierbleiben müßte an Stelle dieses Schwagers. Nachts auf der Bank in der Garage, tags hier auf dem Hof. Das ist dem Schwager zugedacht.

Die Frau Grabber sagte: »Hören Sie mal, Otto! Mit Ihrem Schwager, dem Paul, hab ich über den Lohn gesprochen, falls ich mich überhaupt noch entschließe, so einen wie Sie hierzubehalten, was noch längst nicht ausgemacht ist, hundertzwanzig Mark.«

»Na«, sagte sie noch einmal, da der Mann zu zögern schien, »machen Sie weiter. Ich werde mich an den Röder halten, der hat Sie ja vermittelt.« Georg erwiderte nichts. Sein eigenes Gehämmer schlug ihn so laut und hart, wie es war, es mußte die ganze Straße aufhorchen machen. Er dachte: Wird Paul überhaupt vor Sonntag kommen? Und wenn er auch dann nicht kommt? Wie lang soll ich überhaupt auf ihn warten? Ich sollte vielleicht rasch weg, auf und davon, auf eigne Faust. – Ich will nicht immer dasselbe denken, im Kreis herum, ich will mich nicht immer in Grund und Boden denken. Hab ich Vertrauen zu dem Paul? – Ja – dann muß ich auf ihn warten.

Frau Grabber war hinter ihm stehengeblieben. Er hatte sie vollständig vergessen. Sie fragte ihn plötzlich: »Wie ist denn das eigentlich zugegangen, daß sie Ihnen den Führerschein weggenommen haben?« – »Das ist eine lange Geschichte, Frau Grabber, die erzähl ich Ihnen heut abend. Vorausgesetzt, daß wir zwei uns einigen, daß ich heut abend überhaupt noch bei Ihnen in Stellung bin.«

V Paul aber, auf seinem Platz, mit zusammengepreßtem Mund, breitbeinig, wenn das Verschlußstück aufsaß, auf einem Bein storchartig, wenn er den Hebel beidrehte, grübelte, welcher Mann heute morgen der rechte sei, um ihm zu helfen.

Sechzehn Männer in der Abteilung, außer dem Vorarbeiter, der keinesfalls in Frage kam. Auf ihren nackten, dampfenden Rümpfen, straffen und dicklichen, alten und jungen, zeigten sich alle jene Wundmale, die ein Mensch empfangen kann, mancher bei der Geburt, mancher bei einem Raufhandel, mancher in Flandern oder in den Karpaten, mancher in Westhofen oder Dachau, mancher auf seinem Arbeitsplatz. Paul hatte tausendmal Heidrichs Narbe unter dem Schulterblatt gesehen – Wunder genug, daß er, von hinten nach vorn durchschossen, doch sein Leben behalten hatte, das Leben eines Schweißers bei Pokorny.

Paul konnte sich noch erinnern, wie Heidrich im November achtzehn frisch aus dem Frontlazarett in Eschersheim aufgetaucht war: Hohläugig, auf zwei Stöcken, gewillt, das Land zu verändern. Er – Paul, war um jene Zeit angelernt worden. Was ihn an Heidrich am meisten gefesselt hatte, war diese große Einschußnarbe. Heidrich hatte rasch seine zwei Krücken abgelegt. Er wollte bald ins Ruhrgebiet abziehen, bald nach Mitteldeutschland. Er wollte überallhin, wo es hart auf hart ging. Er war ja ohnedies schon zusammengeschossen. Aber die Noske und Watter und Lettow-Vorbeck hatten ihm seine Aufstände rascher zusammengeschossen, als er von Eschersheim aus dort ankam. Keine Schüsse hätten den Heidrich so ausbluten können wie die kommenden Friedensjahre: Arbeitslosigkeit, Hunger, Familie, Abbröckeln aller Rechte, Spaltung der Klasse, das Verzetteln der teueren Zeit, wer nun recht habe, statt das Rechte unverzüglich zu tun, und zuletzt im Januar 33 der furchtbarste Schlag. Niedergebrannt die heilige Flamme des Glaubens, des Glaubens an sich selbst. – Paul wunderte sich, wie er gar nichts gemerkt hatte von einer Veränderung an dem Mann. Wie er sich jetzt dem Paul darbot an diesem Morgen, wollte er sicher kein Härchen von seinem Kopf mehr verlieren, sondern endlich für immer in Arbeit bleiben. Für wen auch und von wem auch.

Vielleicht Emmrich, dachte Paul. Der war der Älteste der Abteilung. Weiße dicke Brauen über den strengen Augen und ein weißes Zwirbelchen auf dem Kopf. Der war mal stramm organisiert gewesen; hatte die rote Fahne zum Ersten Mai immer schon abends am dreißigsten April herausgehängt, damit sie beim ersten Morgengrauen losflattern konnte. Das fiel dem Paul jetzt plötzlich ein. Solche Sachen waren ihm früher eins gewesen, Schnurren, Eigenheiten von Menschen. Emmrich war wohl deshalb nicht ins KZ gekommen, weil er zu dem unentbehrlichen Stamm Facharbeiter gehörte und ziemlich alt war. Dem seine Zähne sind auch jetzt stumpf. Er wird nicht anbeißen. – Aber dann fiel ihm ein, daß Emmrich zweimal mit dem jungen Knauer und dessen Freunden in Erbenbeck im Wirtshaus gesessen hatte, wo sie doch hier nie miteinander sprachen, ja, daß der Knauer abends öfter aus Emmrichs Haus gekommen war. – Plötzlich verstand sich der Paul auf das Geflüster der Menschen, wie jener Mann im Märchen sich auf die Stimmen der Vögel verstand, nachdem er von einer bestimmten Speise gekostet hatte – ja, diese drei gehören zusammen, und auch der Berger gehört dazu und vielleicht auch der Abst. Emmrich mag seine Fahne eingerollt haben, in seinen alten, gestrengen Augen gibt es einen Ausdruck von Wachsamkeit. Der und seine Kumpane wüßten mindestens einen Unterschlupf für meinen Georg, dachte Paul, aber ich wag sie doch nicht zu fragen. Die kleben zusammen, die lassen nichts an sich ran, die kennen mich nicht, sind mißtrauisch. Haben sie nicht auch recht? Warum sollen sie mir denn trauen, was bin ich denn schließlich für sie? – das Paulchen.

Er hatte immer gesagt, wenn ihn einer etwas gefragt hatte: Mich laßt aus: mir ist die Hauptsache, meine Liesel hat meine Suppe gekocht, auch wenn der Löffel mir nicht drin stehenbleibt.

Und jetzt? Und morgen? Die hastige heisere Stimme, leibhaftiger, dauerhafter als der Gast selbst, der, grau im Gesicht, mit seiner verbundenen Hand auf dem Küchensofa herumlag: Ja, warum glaubst du denn, Paul, daß sie dir diese Suppe lassen, Brot und Windeln und acht Stunden statt zwölf und Urlaub und Schiffskarten – aus Güte? Aus Menschenliebe? Sie lassen sie dir aus Furcht. Du hättest auch das nicht, wenn wir dir's nicht beschafft hätten, wir, und nicht sie. In vielen Jahren, mit Blut und Gefängnis, solche wie du und ich.

Er hatte erwidert: Mußt du sogar jetzt wieder davon anfangen? Georg hatte ihn aufmerksam angesehen, fast so wie gestern abend, als er im Hof der Frau Grabber von ihm wegging. Georgs Haar war grau über den Ohren, seine Unterlippe war häutig, zerbissen.

Er ist verloren, wenn ich nicht heute noch jemand finde. Ich darf an nichts anderes denken. Wie aber kann ich denn überhaupt jemand finden? Die Schlechten verraten mich, die Guten verstecken sich. Sie verstecken sich viel zu gut.

Da stand auf seinen zwei mächtigen Beinen, wie aufmontiert, der Fritz Woltermann. Eine blaue Schlange mit Mädchenkopf umkreiste zärtlich seinen großen, runden Rumpf. Um seine Arme waren ähnliche Schlängelchen tätowiert. Er war früher Schweißer auf einem Kriegsschiff gewesen, er war ein verwegener Mensch, und er hatte Spaß an Verwegenheiten, und er kannte andere Verwegene. Dem war das auch ziemlich Wurst, ob er kaputtgehen könnte, das reizte den eher.

Paul dachte: Ja, der Woltermann! – Er war jetzt froh.

Aber nur minutenlang. Dann legte sich's ihm von neuem aufs Herz. Auf einmal kam es ihm mißlich vor, das Kostbarste, was er auf Erden besaß, in diese verwegenen, blauumschlängelten Arme zu legen. Dem Woltermann war's vielleicht Wurst, wenn man kaputtgehen konnte. Ihm, Paul, war das gar nicht Wurst. Der Woltermann kam nicht in Frage.

Es war schon bald Mittag. Er hatte sonst immer aufgeatmet, sobald die Sonne über das Holzdach kam. Das war seine Uhr: wenn das Messingkapselchen seines Zeigers aufblinkte, dann war die Pause nicht weit. Er dachte: Ich müßte ihn schon in der Pause sprechen, den, den's gar nicht gibt.

Vielleicht den Werner. Der war der Verträglichste von allen. Wenn zwei sich wo stritten, der sprang hin und versöhnte sie. Wo einer mit was nicht zu Rande kam, der half aus. Und gestern hatte er ihm, dem Paul, wie 'ne Mutter den Arm verbunden.

Vielleicht war er wirklich der Rechte! Ein halber Heiliger! Und immer still. Ja – ihn, dachte Paul, gleich nachher. Im Mittagslicht blinkte das spitze Metallkapselchen. Fiedler rief leise: »He – Paul!« Paul hatte diesmal den Hebel nicht auf die Sekunde beigedreht.

Nein, dachte Paul. Ihn warnte etwas in seinem Kopf, der sonst weder ahnungsvoll war noch scharfsinnig. Der wird sich doch selbst viel zu wichtig vorkommen, der Werner. Der wird ein großes Wort fallenlassen, wenn ich ihn bitte. Irgend so 'ne heilige Entschuldigung. Der wird doch weiter hundert Pflästerchen auflegen wollen, Streitereien schlichten, hundert Kummerchen trösten.

Zum zweitenmal warnte Fiedler hinter ihm leise: »Paul!«

Ach, Fiedler, der war auch nichts. Der hatte noch vorige Woche offen erklärt – als ihn Brand zur Rede stellte: Du, Fiedler, hast früher bei keinem Streik gefehlt, bei keiner Demonstration –: Die Zeiten ändern sich und wir mit den Zeiten.

Paul warf, ohne den Kopf zu drehen, nur aus den Augenwinkeln, einen Blick auf den Fiedler. Der Paul hat mich gestern auch schon mal plötzlich so sonderbar angesehen, dachte Fiedler. Drückt ihn was? – Der Fiedler war an die Vierzig, er sah fest und stark aus. Er ging immer rudern und schwimmen. Er hatte ein breites, ruhiges Gesicht, auch seine Augen blickten ruhig.

In dieser Antwort an Brand, dachte Paul, ist eigentlich nichts, was gegen ihn spricht. Eine Antwort wie Luft. Nimm dir 'ne Handvoll, was hast du schon. Die ganzen letzten Jahre hatte der Fiedler gleichmäßig ruhig, fast höflich, zu allen und allem geschwiegen. Gewiß, er war gut gewesen und anständig gegen jeden. Gewesen, dachte Paul, als sei der Fiedler soeben an der Grenze seines bisherigen Lebens angelangt und stünde, auf Aufnahme wartend, an der Schwelle, und er, der Paul, sei der Pförtner. Ja, anständig war er gewesen. Da war die Geschichte mit dem Aufzug drüben im Bau. Sie war vor das Arbeitsgericht gekommen, eine unangenehme Geschichte. Man hatte damals zwei Leute aus ihrer eigenen Abteilung da drüben angefordert, der Aufzug war gerade montiert worden, sie waren unter den ersten, die auf und ab gondelten, ein Seil war ausgesprungen, vermutlich durch Schwertfegers Schuld, und alle vier, die gerade drin waren, hatten dann schwere Brüche weg, der Fiedler selbst einen Schlüsselbeinbruch. Sie hätten hohe Schadenersatzansprüche vor dem Gericht stellen können, sie hätten den Schwertfeger liefern können, der schließlich doch daran schuld war. Der Fiedler hatte dann alle drei bewogen, das als Bagatelle hinzustellen, auch seinen eigenen Schlüsselbeinbruch, den Schwertfeger nicht hereinzulegen. Ein ziemliches Kunststück, wenn man bedachte, daß hinter jedem betroffenen Mann die Frau mit den Kindern jammerte, um den Arbeitsausfall und das Schadenersatzgeld.

Ist das genug, um Vertrauen zu Fiedler zu haben, fragte sich Paul. Vielleicht hätte Brand dasselbe getan, aus Gemeinschaftssinn oder wie die Nazis das Ding jetzt nannten. Er hätte vielleicht auch behauptet: Verantwortung müsse getragen sein, Fahrlässigkeit sei eben ein Mangel an diesem Gemeinschaftssinn, der Schwertfeger müsse danach bestraft werden.

In allen Betriebsversammlungen hatte der Fiedler kleine, ruhige Fragen gestellt. Er hatte sich immer vergewissert, ob alles, was ihnen zustand, gewährt worden sei. Auch darin war er mit Brand völlig einig gewesen.

Das Messingkapselchen auf dem Zeiger blinkte auf. Es ist gleich Mittag. Gleich kommt das Pausenzeichen.

Ihm kam etwas in den Sinn, was keine Handlung gewesen war, kein Ausspruch – etwas so Flüchtiges, daß er nie mehr daran gedacht hatte. Im Frühjahr, als es geheißen hatte, wir hören gemeinsam die Führerrede nach der Schicht im großen Saal, da hatte einer gesagt: Mein Gott, ich muß zur Bahn. Der andere hatte gesagt: Na, geh, man merkt's ja nicht. Ein dritter hatte gesagt: Es ist ja auch diesmal kein Zwang. Er – Paul, hatte damals selbst gesagt: Wenn's kein Zwang ist, geh ich zur Liesel. Was der spricht, weiß man im voraus. – Auf einmal waren recht viele weggegangen, das heißt, sie hatten weggehen wollen, denn alle drei Tore waren geschlossen worden. Dann hatte jemand gewußt, daß es da noch ein Türchen gab bei der Pförtnerwohnung. Das Türchen war wirklich ein Puppentürchen, und sie waren eine Belegschaft von über zwölfhundert, und wie das so geht, sie wollten alle auf einmal durch das Türchen, sogar er, der Paul. Ihr seid ja verrückt, ihr Kinder, hatte der Pförtner gesagt. Im Gedränge hatte einer gesagt: Das ist wohl das Nadelöhr, durch das das Kamel eher geht als daß – Paul hatte sich rumgedreht, da hatten die ruhigen Augen von Fiedler aufgeglänzt von irgendeinem Triumph in seinem ernsten, verhaltenen Gesicht.

Das Sonnenfünkchen erlosch auf der Spitze der Kapsel. Die Sonne stand jetzt auf dem Mauerstück zwischen den Hoffenstern. Das Pausenzeichen ertönte.

»Ich muß dich mal einen Augenblick sprechen.« Er hatte ihn im Hof abgepaßt. Fiedler dachte: Er hat also wirklich was auf dem Herzen. Was wohl so 'nen Paul drückt?

Paul zögerte. Fiedler erstaunte sich, weil der Röder aus nächster Nähe anders aussah, als er sich vorgestellt hatte, besonders seine Augen waren anders. Sie waren gar nicht pfiffig und kindlich, sondern kalt und streng. »Ich brauch deinen Rat«, fing der Paul an. – »Na, leg mal los!« sagte der Fiedler. Paul zögerte wieder, dann aber sagte er nacheinander und völlig ruhig und deutlich: »Es handelt sich um die Leute aus Westhofen, du weißt doch, Fiedler – es handelt sich um die Flüchtlinge. Es handelt sich um einen –«

Er wurde so bleich bei seiner Eröffnung wie vor zwei Tagen, da Georg ihm dieselbe Eröffnung gemacht hatte. Auch Fiedler war fast beim ersten

Wort bis in die Lippen erbleicht. Er schloß sogar die Augen. Wie rauschte der Hof! In welches Gebrause waren sie beide geraten!

Fiedler sagte: »Wie kommst du gerade auf mich?« – »Das kann ich dir nicht erklären. Vertrauen.«

Fiedler nahm sich zusammen. Er stellte Fragen zwischen den Zähnen, so hart und barsch, und Röder erwiderte ihm so hart und barsch, daß man meinen konnte, sie stritten sich. Auch ihre gerunzelten Stirnen, ihre bleichen Gesichter sahen nach Haß, nach Streit aus. Bis Fiedler dem Paul leicht auf die Schulter schlug und sagte: »Du setzt dich dreiviertel Stund nach der Schicht ins Finkenhöfchen und wartest dort. Ich muß mir alles erst überlegen. Ich kann dir jetzt noch gar nichts versprechen.«

Das war die merkwürdigste Arbeitszeit, die sie je erlebt hatten – der zweite Teil der Schicht. Paul konnte sich hie und da nach dem Fiedler umdrehen. War er der Richtige? Er muß es jedenfalls werden.

Wieso ist der auf mich verfallen, dachte Fiedler. War mir denn überhaupt noch was anzumerken? Ja, Fiedler – Fiedler, du hast so lang und so gut auf dich achtgegeben, daß man dir ja nichts anmerkt, bis auf einmal das nicht mehr da war, was man dir nicht anmerken sollte. Es war erloschen. Somit war wirklich keine Gefahr mehr, dir etwas anzumerken.

Aber es muß doch etwas geblieben sein, sagte er zu sich selbst, trotz aller Vorsicht, ohne deine Absicht. Es ist geblieben, und der Röder hat's gespürt.

Hätt ich ihm sagen können: Röder, ich kann dir auch nicht helfen, du täuschst dich in mir. Ich hab ja gar keine Verbindung mehr zu irgendeiner Leitung, zu irgendwelchen Genossen. Die Verbindung zu meinen eigenen Leuten ging mir längst verloren, vielleicht war sie gar nicht so unauffindbar, vielleicht hätt ich sie knüpfen können. Ich aber hab's dabei belassen, sie ist mir verlorengegangen. Jetzt bin ich abgehängt, und ich kann dir nicht helfen. Hätt ich so was dem Röder sagen sollen, wo er doch Vertrauen zu mir hat?

Wie ist das nur gekommen, daß ich plötzlich allein bin und abgehängt. Hab den Anschluß nicht mehr gefunden nach den vielen Verhaftungen, als die Verbindungen nach und nach durchrissen. Oder hab ich den Anschluß gar nicht so ernst mehr gesucht, so wie man das sucht, ohne das man nicht leben und nicht sterben kann?

Aber so schlimm kann's doch auch wieder nicht mit mir geworden sein – so schlimm nicht. So ganz stur und stumpf bin ich doch nicht geworden, und ich gehör auch noch immer dazu, denn der Paul hat mich ja herausgefunden. Ich finde auch meine Leute wieder. Ich finde meinen Anschluß. Selbst ohne Anschluß muß ich ihm helfen in dieser Sache. Man kann nicht immer warten, man kann nicht immer fragen.

Ich war nur damals müd, wie alles schiefging. Man sagt sich: Wenn es schiefgeht, daß heißt bestenfalls sechs, acht Jahre sitzen und schlimmstenfalls Kopf ab. Da bekommt man dann eben zur Antwort: Was du da von mir willst, Fiedler, dafür riskier ich doch mein Leben nicht! Und plötzlich hast du das auch geantwortet. Das ist mir damals auch auf die Nieren gegangen, wie die Leitung aufflog. Jetzt aber wird noch alles in Ordnung kommen. Ja, damals hab ich aufgehört, als die Leitung aufflog, und damals gerade ist auch der Georg Heisler mit aufgeflogen.

VI

»Das ist jetzt unsere Henkersmahlzeit«, sagte Ernst, »wenn Ihr Herr Messer das Stück Land hinter dem Wäldchen nicht im Frühjahr an den Prokaski verkauft hätt, müßt ich jetzt nicht mit seinen Schafen auf fremden Grund und Boden.« – »Na, so weit weg ist's ja nicht«, sagte Eugenie, »aus dem Schlafzimmerfenster kann ich dir ja zuwinken.« – »Scheiden ist scheiden«, sagte Ernst, »setzen Sie sich doch noch en bißchen zu mir, zu meinem letzten Kartoffelpuffer.« – »Wo soll ich dazu die Zeit hernehmen?« sagte Eugenie. Aber sie setzte sich doch schräg auf das Fensterbrett, mit dem Kopf im Freien, mit den Beinen in der Küche. »Ich muß backen und vorkochen, morgen kommen unsere drei Buben, der Max von den Sechsundsechzigern hat seinen ersten Urlaub, der Hansel kommt von der Schule, und der Josef, das Früchtchen, kommt auch mal wieder. Sicher will er Geld.« – »Sagen Sie mal, Eugenie, Ihr Bübchen, kommt das auch als mal rauf?« – »Was für en Bübchen?« sagte Eugenie kühl. »Nein, nein, der hat sonntags nie frei, mein Robert, der lernt 's Hotelfach in Wiesbaden.« – »Das wär für mich gar nichts«, sagte Ernst. – »Der macht seinen Weg«, sagte Eugenie zärtlich. »Das liegt ihm im Blut, der Umgang mit den Gästen.« – »Kommt er als mal hier rauf?« – »Der Robert, wozu? Der Messer hätt vielleicht nichts dagegen. Der Hansel ist nie da, und der Max ist brav, aber der Josef. – Wenn der seine Schnauze laufen ließe und ich ihm drüberfahren würd, das gäb Krach, und das will ich nicht.« – »Warum soll er denn seine Schnauze laufen lassen?« fing Ernst wieder an, weil er die Eugenie zurückhalten wollte, die schon seine leeren Teller, sein Glas und das Besteck ineinanderschob. »Der Vater von dem Bub ist doch kein Jud gewesen.« – »Nein, zum Glück bloß en Franzos«, sagte die Eugenie. Sie war doch aufgestanden. »Also, auf Wiedersehen, Ernst, pfeif doch mal deiner Nelli, daß ich der auch noch adieu sag. Also, adieu, Nelli. Was bist du denn für ein liebs Hundelchen. Adieu, Ernst!«

Sie setzte sich doch noch mal schräg auf das Fensterbrettchen, um das Abziehen der Herde mit anzusehen. Ernst dreht jetzt dem Haus den Rücken zu. Er hat sein Halstuch lose über den Nacken gelegt, ein Bein vorgestellt, einen Arm in die Hüfte gestemmt. Mit scharfblickenden Augen unter gesenkten Lidern, wie ein Heerführer, der seine Scharen umgruppiert, und vielleicht dadurch die ganze Welt, gibt er kurze halblaute Befehle von sich, die das Hündchen bald da-, bald dorthin schnellen machen, bis die Herde ein festes, längliches Wölkchen ist, das sich in das Fichtenwäldchen hineinschiebt.

Wie jetzt die Wiese leer ist! Der Eugenie zieht es das Herz zusammen. Zwar, an Ernst liegt ihr nichts. Die drei Tage, die er hier weidete, das gab nur Arbeit und dummes Geschwätz. Aber wie sie jetzt alle das Wäldchen verschluckt hat und sie kommen vielleicht jetzt schon auf der anderen Seite heraus, aber die Wiese bleibt leer bis nächstes Jahr! Das erinnert einen an alles mögliche, was an einem vorbeigezogen ist, und sobald es vorbei war, war es nicht mehr wie vorher, sondern zum Weinen still und leer.

▄▄▄▄▄ Als Hermann nach dieser Mittagspause durch den Hof kam, stieß er auf Lersch, der kurze Befehle heraufrief mit einem Gesichtsausdruck, der Hermann flüchtig mißfiel. Hermann sah nach oben. Der kleine Otto hing angeseilt zwischen den Rädern eines Waggons, den schweren Kolben ungeschickt wendend. Der Hof lag unterhalb der Straßenebene. Durch seine Schwebevorrichtung konnte der Waggon hochgestellt oder so verschoben werden, daß er über den Hof herausstand. Der Junge schwankte ganz leicht, er hielt sich steif fest. Er sah bald in den Hof, der ihm von dort oben aus tief vorkam, bald hinauf auf den Waggon, der auf ihn zu kippen schien. Ein junger Arbeiter, der die Zugvorrichtung kontrollierte, rief ihm etwas zu, aber nicht kurz angebunden und spöttisch, sondern lachend und lebhaft. Otto hatte wahrscheinlich einen Anfall von Furcht und Ungeschicklichkeit, wie das in der Lehrzeit oftmals geschieht.

Lersch selbst hatte das ausgeglichene Aussehen eines älteren Facharbeiters, wenn man ihn in der Werkstatt bei seiner Arbeit antraf. Jetzt aber paßte der Klang seiner Stimme, sein verächtliches Lächeln, der Glanz in seinen Augen schlecht zu dem einfachen Vorgang: das Anlernen eines Jungen. Hermann ging an ihm vorbei, indem er sich sagte, daß ihn, was hier geschah, nichts anging. Drei Meter weiter blieb er stehen, weil er sich sagte, daß ihn alles etwas anging.

Hermann wartete an der eisernen Stiege, bis der Bub abgefertigt war. Er stand beinah stramm vor dem Lersch, sein weißes Gesicht gehoben, ohne zu blinzeln, den kindlichen Mund halb offen. Als Otto ihm nachgab und mit ihm heraufstieg, da sagte Hermann: »Das passiert einem immer am Anfang. Du mußt dich nicht so starr halten, im Gegenteil – lokker machen. Überhaupt nicht dran denken, daß du schwebst. Die Vorrichtung an dem Waggon und deine eigene, das ist alles hundertmal überprüft. In den zehn Jahren, in denen ich hier bin, ist dabei noch nie ein Unfall passiert. Das mußt du dir sagen, wenn dich das überkommt. Es gibt aber keinen, den das am Anfang nicht überkommt. Mich auch!« Er legte ihm die Hand auf die Schulter. Der Junge aber zog seine Schultern unmerklich zusammen, daß Hermanns Hand herunterglitt. Er sah den alten Mann kalt an. Er dachte wohl: Das ist eine Sache zwischen Lersch und mir, du verstehst davon nichts.

Im Weitergehen hörte Hermann den jungen Arbeiter auflachen. Lersch rief einen seiner kurzen Befehle nach oben, in einem Ton, als stünde er nicht in einem Fabrik-, sondern in einem Kasernenhof. Hermann sah sich rasch noch einmal um, er sah das Gesicht des Buben, bleich vor der Furcht, zu versagen, bei einer Gelegenheit, die für Befehle oder für Ehrgeiz viel zu geringfügig war. Was kann aus ihm werden, sagte sich Hermann, der Bub hält jetzt Güte für Geschwätzigkeit und Solidarität für altertümlichen Unsinn. Ein zweiter Lersch vielleicht, noch ein schlimmerer, weil die Lehre danach war.

Hermann durchquerte zwei Höfe auf Straßenhöhe. Er stieg in den betäubenden Lärm der Werkstatt, in das ununterbrochene weiße und gelbe

Geblitz der Schweißerei. Hier und dort traf ihn ein Lächeln, das in den geschwärzten Gesichtern einer Grimasse ähnlich sah, Blicke aus schrägen Augen, in denen sich die weißen Augäpfel drohend zu rollen schienen, wie die Augen von Negern, ein paar Zurufe, die im Gedonner untergingen. Ich bin nicht allein, sagte sich Hermann. Solche Gedanken sind Unsinn, was ich eben über den Bub gedacht habe – barer Unsinn. Ein Bub wie alle. Ich will die Patenschaft über das Kind übernehmen, eine Art von geheimer Patenschaft. Diesen Jungen werde ich dem Lersch wegschnappen. Das wird mir gelingen. Wir werden sehen, wer stärker ist. Ja, aber dazu war Zeit nötig! Diese Zeit wird man ihm vielleicht nicht lassen. Von der langwierigen Aufgabe, die er sich plötzlich gestellt hatte – so plötzlich, daß es ihm selbst vorkam, sie sei ihm gestellt worden –, kehrten seine Gedanken zu der brennendsten Aufgabe zurück, an der vielleicht alles scheitern konnte. Gestern hatte ihn Sauer, der Architekt, gleich nach der Schicht abgepaßt an einer Stelle, die nur für äußerste Notfälle ausgemacht war. Sauer war von Zweifeln gequält, ob er seinen Besucher so glatt hätte abweisen dürfen, und das Bild, das er von ihm gab, klein, blauäugig, sommersprossig, paßte genau auf Franz Marnets Beschreibung von dem Röder.

Wenn dieser Röder noch bei Pokorny arbeitete, dort gab es einen guten Mann, der ihn aushorchen konnte, war ein älterer Mensch, fest und verschlossen, war der Verfolgung entgangen, weil er in den letzten zwei Jahren vor Hitler einen gewissen Abstand gehalten hatte und für verfeindet mit seinen alten Genossen galt. Montag könnte der sich an den Röder heranmachen. Hermann kannte den Mann von gestern und heute, ihm konnte man Geld und Papiere für Heisler anvertrauen, wenn es den Heisler wirklich noch lebend gab. Hermann fragte sich, während er selbst mit Haut und Haaren in dem Krach und Geflamm des gewöhnlichen Vormittags aufging, ob es richtig sei, so viel auf einen einzelnen Menschen zu setzen. Jener Mann, der den Röder aushorchen sollte, war bei Pokorny fast die einzig wirkliche Stütze. War das erlaubt, einen Menschen für den anderen aufs Spiel zu setzen? Unter welchen Bedingungen erlaubt? Hermann erwog alles noch einmal herüber und hinüber: ja, es war erlaubt. Nicht nur erlaubt, sondern nötig.

VII Um vier Uhr nachmittags war Zillichs Dienst zu Ende. Auch in gewöhnlichen Zeiten wußte er nicht viel mit seinem Urlaub anzufangen. Er machte sich nichts aus den Ausflügen seiner Kameraden in die umliegenden Städte, er machte sich nichts aus ihren Vergnügungen. In dieser Beziehung war er ein Bauer geblieben.

Vor dem Lagereingang stand ein klappriger Wagen mit SA-Kameraden, die sich zu einer Rheinfahrt zusammengetan hatten. Sie riefen Zillich zu, einzusteigen. Sie wären sicher erstaunt gewesen, wenn er's getan hätte, wahrscheinlich sogar bedrückt. An den Blicken, die ihm folgten, an dem Stocken ihres Urlaubsgelächters konnte man merken, daß es selbst zwischen ihnen und ihm noch einen Abstand gab.

Zillich stampfte auf dem Feldweg nach Liebach zu über die mürbe, trockene Erde, die dem frischen Glanz seiner mächtigen Stiefel nichts anhaben konnte. Er überquerte den Weg, der die Landstraße mit dem Rhein verband. Vor der Essigfabrik stand auch heute ein Posten – der vorgeschobenste Posten von Westhofen. Er grüßte, Zillich grüßte zurück. Er ging ein paar Meter weiter hinter die Fabrik. Er sah sich den Abfluß an, durch den der Heisler wahrscheinlich gekrochen war. Er sah sich die Stelle an, wo er ausgekotzt hatte, laut Aussage Zimthütchens. Die Gestapo hatte den Fluchtweg bis zur Darré-Schule ziemlich genau rekonstruiert. Zillich war ihm schon ein paarmal nachgegangen. Aus der Essigfabrik kamen ein paar Dutzend Leute: die kleine Belegschaft ortsansässiger, bäuerlicher Saisonarbeiter. Sie waren allesamt bis aufs Mark verhört worden. Jetzt blieben sie hinter Zillich stehen und guckten zum hundertstenmal in das Abflußrohr. Sie sagten zum hundertstenmal: Unglaublich! Und da gehört was dazu! Und den haben sie immer noch nicht! Und doch – doch – alle! – Ein Junge mit einem Kindergesicht in den hängenden Arbeitskleidern des Vaters fragte den Zillich geradezu: »Habt ihr den endlich?« – Zillich hob seinen Kopf und sah sich um. Da gingen alle rasch auseinander, still und blaß. Wer eben noch Schadenfreude in seinem Gesicht gehabt hatte, zog sie in sich hinein wie eine verbotene Flagge. Zu dem Jungen sagte man: »Weißt du denn nicht, wer das war? – Der Zillich!«

Zillich ging über den Feldweg unter der kühlen Nachmittagssonne. Dieses Land sah genauso aus wie bei ihm daheim, da man das Wasser von hier aus nicht sah. Zillich war ein engerer Landsmann von Aldinger. Er war in einem der abgelegenen Dörfer hinter Wertheim aufgewachsen.

Hier und dort sah man die weißen und blauen Kopftücher über den Acker gebückter Frauen. Was für ein Monat ist das jetzt, was kommt jetzt dran? Kartoffel, Rüben? In ihrem letzten Brief hatte ihn seine Frau gefragt, ob er denn immer noch nicht heimkäme, dann könnte man doch die Pacht kündigen. Man könnte das Geld anlegen, das man gespart hätte, da man als Familie von einem alten Kämpfer und kinderreich diese und jene Vergünstigung hatte, und man hätte den Hof jetzt endlich halb aus dem Dreck herausgebracht, denn die zwei ältesten Buben seien so stark wie ihr Vater, aber das sei kein Ersatz, denn wenn er auch käme, könnte man doch das Stück, das man hatte verpachten müssen, halb umpflügen, halb könnte man den Klee stehenlassen für die Kühe, die man jetzt kaufen wollte.

Zillich setzte einen der Schaftstiefel auf die Stelle, auf der Georg das Zopfband gefunden hatte. Nach ein paar Minuten kam er an jene Gabelung, wo die Großmutter abgebogen war, das »Schublädchen«. Er ging nicht zur Darré-Schule hinauf, sondern gleich hinunter nach Buchenau. Er hatte Durst. Zillich trank nicht regelmäßig, sondern in Abständen, anfallweise.

Wie er jetzt über das stille Land ging unter dem graublauen Himmel, hie und dort blinkte ein Spaten, dicht am Wegrand hob sich bei seinen Schritten das Gesicht einer Bäuerin, die sich mit den Fäusten den Schweiß aus den Augen wischte, um ihm nachzusehen, drehte sich ihm sein Innerstes um bei dem Gedanken, daß er für immer nach Hause müßte. Wenn ihn Fahrenberg fallenließe oder wenn Fahrenberg selbst so furchtbar fallengelassen würde, daß er selbst niemand mehr halten könnte, wo sollte er – Zillich – dann auch sonst hin? Eine Erinnerung vor allem peinigte ihn! Wie er zurückgekommen war nach dem Krieg im November 18 auf seinen verwahrlosten Hof, Fliegen und Schimmel, so viel Urlaube, so viel Kinder, zu den zweien, die schon vorher da waren, und die Frau so trocken und hart wie altbackenes Brot. Und sie hatte ihn schüchtern gefragt, mit sanften Augen, ob er nicht die Dichtungen in die Fenster einnageln wollte, zuerst im Stall, da der Wind hineinblies. Sie hatte ihm das verrostete Handwerkszeug herausgebracht. Da war ihm der Gedanke gekommen, daß das diesmal kein Urlaub war, wo man in Gottes

Namen daheim ein paar Nägel einschlug, um dann wieder zurückzufahren; wo es keine Dichtungen gab und keine Nägelchen, sondern daß das jetzt für immer daheim war, unrettbar, unentrinnbar. Gleich am Abend war er weg in die Wirtschaft, wirklich, es war ein ähnliches Dorfwirtshaus wie das hier, das er hinter den Feldern am Eingang von Buchenau schimmern sah, aus roten Ziegeln mit Efeu. Aber das Aas von Wirt hatte ihm damals traurigen Wein eingeschenkt; er hatte zuerst gebrütet, dann war er wild geworden: »Nu, da bin ich wieder daheim in dem Scheißladen, nu, da bin ich wieder! Und sie haben den Krieg kaputt gemacht, unseren sauberen, anständigen Krieg haben sie kaputt gemacht. Soll ich jetzt wieder mit den Kühen rumbumbeln? Ja, das paßt denen. Jetzt soll der Zillich den Schimmel wohl mit den Nägeln runterkratzen. Da guckt euch mal meine Hände an, guckt mal meinen Daumen. Das war ein Kehlchen, sag ich euch, so zart, so zart wie von 'ner Nachtigall. ›Zillich‹, hat der Leutnant von Kuttwitz gesagt, ›ohne dich wär ich jetzt ein Engel.‹ Haben sie dem Leutnant von Kuttwitz doch das EK von der Brust reißen wollen, dieses Gesindel im Bahnhof von Aachen. Mein Leutnant Fahrenberg, wie er abtransportiert wurde mit 'nem Streifschuß und der Leutnant Kuttwitz hat ihn abgelöst, der hat mir noch von der Bahre die Hand gegeben.«

»Es ist merkwürdig«, hatte da einer im Wirtshaus gesagt, der auch noch in Feldgrau war, aber schon ohne Achselstücke, »daß wir diesen Krieg überhaupt verloren haben, wo du doch mit dabei warst, Zillich.« Zillich hatte sich auf den Mann gestürzt und ihn beinah erwürgt. Damals hätten sie schon nach der Polizei gerufen, wäre nicht seine Frau gewesen. Auch in den kommenden Jahren duldeten sie ihn im Dorf wegen dem Jammer der Frau. Weil die Zillich vor ihren Augen sich totschaffte, kamen sie in der ersten Zeit und boten ihm dies und jenes an, mal umsonst die Benutzung der Dreschmaschine, mal ein Handwerkszeug. Aber Zillich erwiderte: »Lieber verrecken, als von diesem Gesindel was annehmen.« Die Frau sagte: »Warum Gesindel?« Zillich erwiderte: »Konnten alle nicht rasch genug heim, ihre Kartoffeln herausbuddeln.« – Trotz ihrer Lasten und Leiden mischte sich in die Furcht der Frau Zillich auch etwas Bewunderung. Aber der Hof verkam, die Krise traf schuldig und unschuldig. Zillich fluchte zusammen mit jenen, von denen er hatte keine Werkzeuge leihen wollen. Er mußte von seinem Hof weg, auf den winzigen

Hof der Schwiegereltern. – Das war das furchtbarste Jahr gewesen, in der Enge zusammengepfercht. Wie die Kinder gezittert hatten, wenn er abends heimkam! Einmal war er zum Markt nach Wertheim, da rief es plötzlich: »Zillich!« Das war ein Kamerad aus dem Feld, der sagte: »Komm mit, Zillich, komm mit uns. Das ist das Rechte für dich, du bist ein Kamerad, du bist eine kämpferische Natur, du bist ein nationaler Mann, du bist gegen das Gesindel, du bist gegen das System, du bist gegen die Juden.« – »Ja, ja, ja«, hatte Zillich gesagt, »ich bin dagegen.« Von diesem Tag an hatte Zillich auf alles pfeifen können. Jetzt war's aus mit dem öligen Frieden, für den Zillich war's aus.

Vor den bestürzten Augen des Dorfes wurde der Zillich Abend für Abend mit dem Motorrad abgeholt, manchmal sogar mit 'nem Hanomag. Wär nur bloß nicht eines Abends die Bande aus der Ziegelfabrik in das SA-Lokal eingekehrt! Ein Blick hatte ein Wort gegeben und ein Wort einen Stich.

Schlimmer war's freilich auch nicht im Kittchen gewesen als daheim im stickigen Mausloch; eher sauberer und unterhaltsamer. Seine Frau schämte sich sehr und jammerte über die Schande, aber sie mußte die Augen auswischen und glotzen, als der SA-Sturm aufs Dorf gezogen kam, um seine Rückkehr zu feiern. Ansprachen! Heil! Gesüff! Wie gafften Wirt und Nachbarn.

Zwei Monate später bei dem großen SA-Aufmarsch erkannte er Fahrenberg, seinen alten Leutnant, auf der Tribüne. Er fragte sich abends zu ihm hin. »Erkennen mich der Herr Leutnant noch?« – »Herrje, der Zillich! Und wir beide tragen das gleiche Hemd!«

Ich – ich soll noch mal mit den Kühen rumbumbeln, dachte Zillich. Bei dem bloßen Anblick der Dorfgasse, die ihn an seine eigene erinnerte, füllte sich sein Inneres mit dumpfer Angst. Genauso wacklig, dachte er, hängt auch daheim die Wirtshausklinke.

»Heil Hitler!« rief der Wirt übertrieben laut. Er sagte dann in gewöhnlichen Wirtston: »Im Garten gibt's ein sonniges Plätzchen, vielleicht setzt sich der Herr Genosse in den Garten.«

Zillich warf einen kurzen Blick in den offenen Gartenausgang. Gesprenkeltes Herbstlicht fiel durch Kastanienbäume auf leere Tische, die schon für den Sonntag frisch gedeckt waren mit rot karierten Tüchern. Zillich wandte sich ab. Selbst dieser Anblick gemahnte ihn an die gewöhnlichen Sonntage, an sein vergangenes Leben, an den niederträchtigsten Frieden. Er blieb an der Theke stehen. Er verlangte einen Rauscher. Die paar Leute, die schon an der Theke gestanden hatten, um, wie Zillich, den diesjährigen Rauscher zu probieren, traten alle ein wenig zurück. Sie betrachteten Zillich mit gerunzelten Stirnen. Zillich merkte nichts von dem Schweigen um sich herum. Er war bald bei seinem dritten Glas. Das Blut rauschte ihm schon in den Ohren. Auch diesmal betrog ihn die Hoffnung auf Erleichterung. Im Gegenteil, jene dumpfe Angst, die ihn schon vorher bis zum Platzen angefüllt hatte, wuchs noch in seinem Inneren. Er hätte aufbrüllen mögen. Er kannte diese Angst von klein auf. Sie hatte ihn schon zu den furchtbarsten, scheinbar verwegensten Dingen angestiftet. Sie war die allergewöhnlichste Menschenangst, wie tierisch sie sich gebärden mochte. Sein angeborener Verstand, seine Riesenkräfte waren von klein auf eingezwängt, unberaten, unerlöst, unverwendbar.

Er hatte im Krieg das eine gefunden, was ihn erleichterte. Er wurde nicht wild beim Anblick des Blutes, wie man es Mördern nachsagt. Das wäre noch eine Art Rausch gewesen, noch heilbar, vielleicht durch andere Räusche. Der Anblick des Blutes beruhigte ihn. Er wurde so ruhig, als ströme sein eigenes Blut aus der tödlichen Wunde, wie ein eigener Aderlaß. Er sah hin, wurde ruhig und ging weg, und er schlief dann auch ruhig.

An einem Tisch in der Wirtsstube saßen ein paar Hitlerjungen; darunter Fritz und sein Führer Albert, derselbe Albert, dem Fritz noch vorige Woche in allen Stücken blind gehorcht hätte. Der Wirt war sein Onkel. Die Buben tranken süßen Most; sie hatten einen Teller Nüsse vor sich, die sie gegeneinander knackten und in den Most warfen, damit sie sich vollsaugten, und wenn das Glas leer war, süß schmeckten. Sie berieten eine Sonntagsfahrt. Jener Albert, ein tiefbraun verbrannter, flinker Junge mit pfiffigen Augen, verstand sich bereits darauf, unmerklich in der Aussprache einen winzigen Abstand einzuhalten zwischen sich und den gleichaltrigen Ratgebern. Seit Zillichs Eintritt hatte sich Fritz weder an der Aussprache noch am Nüsseknacken beteiligt. Sein Blick blieb auf Zillichs Rücken gerichtet. Auch er kannte Zillich vom Sehen. Auch er hatte dies und jenes über ihn munkeln hören. Er hatte sich darüber nicht den Kopf zerbrochen.

Fritz war für diesen Morgen nach Westhofen bestellt worden, er war mit rasend klopfendem Herzen hingezogen, nach einer durchwachten Nacht. Da hatte es eine Überraschung gegeben. Er könnte ruhig wieder heim, war ihm Bescheid geworden, die Kommissare seien abgereist, die restlichen Vorladungen hätten sich erübrigt. Fritz war unendlich erleichtert in seine Schule gegangen, ihm fehlte jetzt nichts mehr als die Jacke, die wollte er gerne als Preis zahlen. Wie hatte er sich heute morgen in die Arbeit geworfen, in den Dienst, in die Kameradschaft! Den Gärtner Gültscher mied er. Wie hatte er sich bei dem Alten verquatschen können, bei diesem Pfeifenlutscher. Den ganzen Tag über war der Fritz wie der Fritz der vorigen Woche. Warum war er überhaupt unruhig gewesen! Was hatte er denn getan! Ein paar dahingestotterte Worte! Ein schwaches Nein! Sie hatten gar keine Folgen gehabt. Und was keine Folgen gehabt hat, ist's nicht so gut wie ungeschehen? Er war der Munterste an diesem Bubentisch gewesen, bis vor fünf Minuten. »Guckst du Löcher in die Luft, Fritz?« Er zuckte zusammen.

Wer ist das, der Zillich? Was hat er mit mir zu tun? Was kann ich mit einem Zillich gemein haben? Was hat er mit uns zu tun! Ist das wahr, was man von ihm erzählt?

Vielleicht ist's wirklich nicht die richtige Jacke gewesen. Es gibt ja Menschen, die sich zum Verwechseln ähnlich sind, warum denn nicht auch mal Jacken – vielleicht sind wirklich jetzt alle Flüchtlinge eingefangen – auch meiner. Er hat die Jacke vielleicht als seine nicht anerkannt. Gehört dieser Zillich ganz genauso zu uns wie Albert, ist alles wahr, was man von ihm erzählt? Wozu brauchen wir ihn? Warum hat man meinen auch gefangen? Warum ist er denn geflohen? Warum ist er eingesperrt worden?

Er starrte auf das Warum, auf den braunen, mächtigen Rücken. Zillich trank jetzt sein fünftes Glas.

Auf einmal fuhr ein Motorrad vor das Wirtshaus. Ein SS-Mann rief in die Stube, ohne das linke Bein vom Sattel zu ziehen: »He – Zillich!« Zillich drehte sich langsam um. Er hatte das Gesicht eines Menschen, der zwischen seinem gewöhnlichen Zustand und der Trunkenheit hängengeblieben ist und weder da- noch dorthin findet. Fritz verfolgte den Vorgang genau, ohne zu wissen, auf was er so stark gespannt war. Seine Freunde hatten kurz hingesehen und, da es ja nichts mehr zu sehen gab, weiter beraten. »Setz dich auf«, sagte der SS-Mann, »man sucht dich überall. Ich hab gewettet, daß du hier bist.«

Zillich ging etwas schwer, aber fest und aufrecht aus der Wirtsstube. Seine Angst war weg; denn auch ihm war es eine Genugtuung, gesucht und gebraucht zu werden. Er schwang sich hinten auf. Die beiden fuhren los.

Alles in allem hatte das Ganze keine drei Minuten gedauert. Fritz hatte sich schräg gesetzt, um die Abfahrt zu beobachten. Zillichs Gesicht hatte ihn erschreckt und der Blick, den die beiden Männer getauscht hatten. Ihm wurde kühl. In seinem jungen Herzen regte sich etwas, eine Warnung oder ein Zweifel, etwas, von dem die einen behaupten, es sei dem Menschen angeboren, und die anderen wieder behaupten, es sei ihnen nicht angeboren, sondern entstünde nur nach und nach, und wieder andere behaupten, so etwas gäbe es überhaupt nicht. Aber es regte sich in dem Jungen und zitterte weiter, solange er das Motorrad knattern hörte.

▄▄▄▄▄▄ »Wozu braucht ihr mich?« – »Wegen dem Wallau. Bunsen hat ihn selbst noch mal verhört.«

Sie gingen in die Baracke, in der sich anfangs der Woche Fischer und Overkamp eingerichtet hatten. Vor der Tür stand SA und SS, ein erregter, lockerer Haufen. Bunsen, welcher offenbar die Nachfolge Overkamps antrat, rief nach jedem Stadium seines Verhörs ein paar Leute namentlich auf. Wenn er die Tür öffnete, spannten sie alle, wen er drin brauchte.

Als man den Wallau nach der Baracke gebracht hatte, war eine schwache Hoffnung in ihm erstanden, Overkamp möchte nicht abgereist sein, nur die unnütze Verhörerei begänne von neuem. Aber nur Bunsen war in der Baracke gewesen, und jener Uhlenhaut, der Zillichs Nachfolger werden sollte bei der besonderen Kolonne. Und in Bunsens Gesicht stand geschrieben, daß das Ende gekommen war.

Jetzt fließen Wallaus Empfindungen alle in eine zusammen: in Durst. – Was für ein furchtbarer Durst! Nie mehr wird er ihn stillen können. Aller Schweiß ist aus ihm herausgebrochen. Er verdorrt. Was für ein Feuer! Rauch scheint aus allen Fugen zu quellen, alles verdampft, als wenn die Welt jetzt unterginge und nicht er allein – Wallau.

»Overkamp hast du nichts sagen wollen. Wir zwei werden uns besser verstehen. Heisler war dein Busenfreund. Er hat dir alles erzählt. Hopp – wie heißt seine Braut?«

Also, sie haben ihn immer noch nicht, dachte Wallau, noch ein letztes Mal seiner selbst enthoben, der Ausschließlichkeit seines Untergangs. Bunsen sah das Aufblitzen in Wallaus Augen. Seine Faust schlug zu. Wallau schlug gegen die Wand.

Bunsen sagte, bald leise, bald laut: »Uhlenhaut! Achtung! – Also, wie hieß sie? Name! – Schon vergessen? Werden wir gleich haben!«

Während Zillich gegen Westhofen über die Felder fuhr, lag Wallau schon auf dem Boden der Baracke. Ihm aber war es, als ob nicht sein Kopf zerspränge, sondern die dünne, brüchige Welt.

»Name! Wie hieß sie? – Hopp! Elsa? – Hopp! Erna? – Hopp! Martha? – Hopp! Frieda? – Hopp! Amalie? – Hopp! Leni? –«

Leni – Leni in Niederrad, warum hat's mir der Schorsch bloß gesagt? Warum fällt mir das eben ein? Warum geht das Hopphopp nicht weiter? Hab ich etwas gesagt? Ist's mir von selbst aus dem Mund? »Hopp! Katharina? – Hopp! Alma? – Hopp! – Mach mal 'ne Pause und setz ihn hoch!«

Bunsen sah durch die Tür heraus, und die Funken in seinen Augen entzündeten ähnliche Funken in all den Augenpaaren, die auf ihn warteten. Er erblickte Zillich, er winkte ihn mit der Hand herein.

Wallau saß blutüberströmt gegen die Wand. Zillich sah von der Tür aus ruhig zu ihm hin. Etwas Licht über Zillichs Schulter, dieses winzige, blaue Herbsteck, belehrte Wallau zum letztenmal, daß das Gefüge der Welt festhielt und festhalten würde, für welche Kämpfe auch immer. Zillich stand einen Augenblick starr da. Noch nie hatte ihm jemand mit so viel Ruhe entgegengesehen, so viel Ebenbürtigkeit. Das ist der Tod, dachte Wallau. Zillich zog langsam die Tür hinter sich zu.

Es war sechs Uhr nachmittags. Sonst war niemand dabei. Aber schon am Montag früh lief ein Zettel um in den Opelner Werken bei Mannheim, wo Wallau in alten Zeiten Betriebsrat war: Unser ehemaliger Betriebsrat, der Abgeordnete Ernst Wallau, ist am Samstag sechs Uhr in Westhofen erschlagen worden. Dieser Mord wird am Tage des Gerichts schwer zu Buche stehen.

▄▄ Durch die Kolonne der Häftlinge lief ein sichtbares Zittern, als sie am Samstagabend merkten, daß Wallaus Baum leer war. Der bleischwere Druck über dem Lager, Zillichs plötzliche Rückkehr, ein verhal-

tener Lärm, das Zusammenziehen der SA, all das hatte sie schon auf die Wahrheit vorbereitet. Die Gefangenen hätten jetzt nicht mehr gehorchen können, selbst wenn sie ihr Leben verscherzt hätten. – Ein paar brachen in der Kolonne zusammen, dieser und jener trat falsch in der Reihe, winzige Unregelmäßigkeiten, die alle zusammen die starre Ordnung brachen. Die unaufhörlichen Drohungen, die immer schärferen Strafen, das Getobe der SA, die jetzt jeden Abend in die Sträflingsbaracken einbrach, konnten niemand mehr einschüchtern, weil sich ja jeder bereits verloren gab.

Mit dem Tod Wallaus war auch in der SS und in der SA etwas gerissen, was sie ein paar Tage lang noch verhindert hatte, das Letzte zu tun. Dieses Letzte war die Ermordung Wallaus gewesen. Jetzt kam erst all das Unvorstellbare, Ungeahnte, das nach dem Letzten kommt. Pelzer, Albert und Füllgrabe wurden nicht so rasch wie Wallau ermordet, man fing erst langsam an. Uhlenhaut, dem die besondere Kolonne jetzt unterstand, wollte zeigen, daß er ein zweiter Zillich war. Zillich wollte zeigen, daß er noch immer Zillich war. Fahrenberg wollte zeigen, daß er noch immer die Befehlsgewalt über das Lager hatte.

Es gab aber auch schon andere Stimmen unter den Mächtigen von Westhofen. Diese fanden, die Zustände seien unerträglich. Fahrenberg müsse so schnell wie möglich abgesetzt werden, mit ihm müsse die Clique verschwinden, die er teils mitgebracht, teils um sich geschart hatte. Die so urteilten, wollten nicht, daß die Hölle aufhören sollte und die Gerechtigkeit beginnen, sondern sie wollten, daß auch in der Hölle Ordnung sei.

Fahrenberg freilich, wie wild er sich auch gebärdete, hatte Wallaus Ermordung und alles, was folgte, mehr geduldet als befohlen. Seine Gedanken hatten sich längst auf einen einzelnen Menschen geworfen, und sie konnten von diesem Menschen nicht ablassen, bis dieser selbst nicht mehr da war. Fahrenberg schlief und aß nicht mehr, als sei er selbst der Verfolgte. Was mit dem Heisler geschehen sollte, wenn man ihn lebend herbeibrachte, das war das einzige, was er völlig selbständig anordnete mit allen Einzelheiten.

VIII
»Feierabend, Herr Mettenheimer«, rief der erste Tapezierer Fritz Schulz in einem frischen, ermunternden Tonfall. Aber er hatte sich eine halbe Stunde auf diesen Ausruf vorbereitet. Mettenheimer gab auch die erwartete Antwort: »Das überlassen Sie mir, Schulz.«

»Lieber Mettenheimer«, sagte Schulz, ein Lächeln verbeißend, denn er mochte den alten Mann ganz gut leiden, der da auf der Leiter hockte mit seinem strengen Gesicht, seinem traurigen Schnurrbart. »Der Herr Standartenführer Brand wird Ihnen noch 'nen Orden schenken. Aber kommen Sie jetzt runter, es ist wirklich alles fertig.« Mettenheimer sagte: »Alles fertig – das gibt's gar nicht. Aber so weit ist's fertig, daß der Brand nicht merkt, was nicht fertig ist.« – »Na also.« – »Meine Arbeit soll tadellos sein, ob für den Brand, ob für den Sondheimer.«

Schulz sah belustigt hinauf zu dem Mettenheimer, der da auf seiner Leiter hockte wie ein Eichhörnchen auf dem Ast, ganz erfüllt von dem Bewußtsein, seine Pflicht zu tun vor den Augen eines gestrengen, unsichtbaren Auftraggebers. Als er durch die leeren, jetzt schon farbenprächtigen Zimmer ins Treppenhaus ging, brummelten alle Arbeiter, und der Nazi Stimbert brummelte etwas von Befugnisse überschreiten, von der Arbeitszeit und von zur Rechenschaft ziehen. Schulz sagte ganz ruhig mit lachenden Augen, und die anderen schmunzelten: »Wollen Sie für Ihren Standartenführer nicht mal 'ne halbe Stunde zulegen?« Da veränderte sich Stimberts Gesicht. Alle Gesichter wurden erfreut und verlegen. Auf der Schwelle des ersten zum Treppenhaus offnen Zimmers stand die Elli, die still und leise heraufgestiegen war. Das Lehrbübchen, das zusammengefegt hatte, stand hinter ihr und grinste. Sie fragte: »Ist mein Vater noch da?« Schulz rief: »Herr Mettenheimer, Ihre Tochter!« Mettenheimer rief von der Leiter herunter: »Welche?« Schulz rief zurück: »Die Elli!« Woher weiß der denn, wie ich heiße, dachte Elli.

Mettenheimer kletterte wie ein Jüngling von seiner Leiter herunter. Jahre waren es her, seit ihn Elli von seinem Arbeitsplatz abgeholt hatte, und Stolz und Freude verjüngten ihn, wie er die Lieblingstochter da stehen sah in dem großen, leeren einzugsfertigen Haus, eines von den vielen, das er in seinen Träumen für sie tapeziert hatte. Er sah sofort den Kummer in ihren Augen, die Müdigkeit, die ihr Gesicht noch zarter machte. Er führte sie herum, um ihr alles zu zeigen.

Das Lehrbübchen faßte sich zuerst und schnalzte. Schulz gab ihm einen Klaps. Seine Kameraden sagten: »Die ist sauber! Daß der alte Brummdippen so was in die Welt gesetzt hat?«

Schulz zog sich schnell um. Er folgte den beiden, Vater und Tochter, in einigem Abstand, als sie die Miquelstraße heruntergingen, Arm in Arm. Elli sagte: »So war das also heut nacht, und sie werden mich wieder holen, vielleicht wieder heut nacht. Wenn ich Schritte höre, zucke ich zusammen. Ich bin so müd.« Mettenheimer sagte: »Sei ruhig, mein Kind, du weißt nichts und damit fertig. Denk nur immer an mich. Ich verlaß dich nicht. Jetzt aber denk mal 'ne halbe Stunde nicht an diese Geschichte. Komm, wir setzen uns hier herein. Was für ein Eis willst du denn gern? Gemischtes?«

Elli hätte viel lieber eine Tasse heißen Kaffee getrunken, aber sie wollte nicht ihrem Vater die Freude verderben. Er hatte sie immer zu Eis eingeladen, wie sie noch ein kleines Mädchen gewesen war. Er sagte: »Noch eine Waffel extra.«

Da kam Schulz, sein erster Tapezierer, von der Straße in dasselbe Café. Er kam an den Tisch. »Sie kommen morgen früh doch noch auf den Bau, Mettenheimer?« Mettenheimer sagte erstaunt: »Ja.« – »Na, da treffen wir uns«, sagte Schulz. Er wartete einen Augenblick, ob Mettenheimer ihn auffordern würde, sich an den Tisch zu setzen. Er gab Elli die Hand und sah ihr geradezu in die Augen. Elli hätte nichts dagegen gehabt, daß dieser frische, ansehnliche Mensch mit dem anständigen, offenen Gesicht sich zu ihnen setzte. Das Alleinsein mit dem Vater war doch ein bißchen beklemmend. Aber Mettenheimer sah den Schulz nur brummig an, bis er sich verabschiedet hatte.

IX »Haben Sie sich auch mal daheim verkracht, Herr Röder, daß Sie sich bei uns hier wohler fühlen?« fragte der Wirt vom Finkenhöfchen. »Meine Lisbeth und ich sind unverkrachbar. – Aber heimlassen würd die mich heut nicht, wenn ich ohne Freikarten ankäm. Morgen ist doch der Endkampf Westend–Niederrad. Deshalb geb ich Ihnen so früh am Tag zu verdienen, Herr Fink.« Paul wartete schon die zweite Stunde auf den Fiedler in dem Finkenhöfchen, das nach dem Wirt getauft war, dem alten Fink. Er sah durch das Fenster auf die Straße. Schon Laternenlicht! Fiedler hatte um sechs hier sein wollen. Aber er hatte befohlen, Paul möchte auf jeden Fall warten.

In dem Fenster der Wirtsstube standen zwei Flaschen aus Kork geschnitten in der Form von bemützten Zwergen. Diese Flaschen hatten schon im selben Fenster gestanden, wie er als Kind mit seinem Vater ins Finkenhöfchen gekommen war. Was sich die Menschen für Krimskrams ausgeheckt haben, dachte Paul von den Flaschen, als gehöre er selbst nicht mehr in jene Welt, in der sich die Menschen Krimskrams aushecken. Er dachte: Mein Vater, der hat's geschafft. – Pauls Vater, klein wie der Sohn, war schon mit sechsundvierzig gestorben – an den Folgen einer im Krieg erwischten Malaria. »Was ich noch mal im Leben möchte«, hatte sein Vater gesagt, »nach Amerongen in Holland fahren und dem Wilhelm vor seiner Tür en Häufchen machen.«

Jetzt wär's am besten, dachte der Paul, ich könnte Schweinerippchen mit Kraut essen. Aber ich kann doch der Lisbeth nicht auch noch das antun, daß ich ihr Sonntagsgeld verfreß. – Er bestellte sich noch mal ein Helles. Jemand fragte im Durchgehen: »Bist du noch oder schon hier?« Da kommt der Fiedler, durchfuhr es den Paul, und er hat niemand gefunden. Fiedlers Gesicht war streng und angespannt. Er schien Paul nicht gleich zu bemerken. Aber während er an der Theke herumstand, spürte er Pauls beharrlichen Blick. Erst im Herausgehen klopfte er Paul auf die Schulter, setzte sich beiläufig bloß auf die Kante des nächsten Stuhls: »Acht Uhr fünfzehn vor der Vorstellung neben dem Olympia-Kino, da wo alle parken, ein blauer kleiner Opel. Hier ist die Nummer. Er soll sofort einsteigen, er wird erwartet. – Jetzt paß mal auf, ich will wissen, ob alles klappt. Wenn meine Frau zu euch raufkommt, was für 'nen Grund kann sie deiner Lisbeth dann angeben?« Paul zog erst jetzt den Blick von ihm ab. Er sah vor sich hin. Dann sagte er: »Das Rezept für die Dampfnudeln.« – »Sag deiner Frau, du hast mir 'ne kalte Dampfnudel zu kosten gegeben. Wenn meine Frau zu euch kommt und holt das Rezept, und mit dem Heisler klappt alles, dann laß uns guten Appetit wünschen, wenn aber irgendwas nicht klappt, dann laß uns ausrichten, wir sollen uns den Magen nicht verderben.« Paul sagte: »Jetzt geh ich gleich zu dem Georg. Schick deine Frau erst in zwei Stunden.«

Fiedler stand sofort auf und ging weg. Seine Hand hatte noch einmal leicht auf Röders Schulter gedrückt. Paul saß noch eine Weile still und reglos. Er spürte den schwachen Druck von Fiedlers Hand, jene leiseste Andeutung wortloser Hochachtung, brüderlichen Vertrauens, eine Art von Berührung, die tiefer in den Menschen hineingeht als welche Zärtlichkeit immer. Er begriff jetzt erst ganz die Tragweite der Nachricht, die ihm Fiedler gebracht hatte. – Am Nachbartisch drehte einer Zigaretten. »Gib mir so 'n Ding, Kamerad.«

In der Arbeitslosigkeit hatte er irgendein Mistzeug geraucht, um seinen Hunger zu beschwichtigen, dann hatte er Lisbeth gehorcht und nicht mehr geraucht, um das Geld einzusparen. Jetzt zerkrümelte ihm das schlecht gedrehte Ding zwischen den Fingern.

Er sprang auf. Er hatte keine Geduld, an der Umsteigestelle zu warten, er zog zu Fuß in die Stadt hinein. Die Straßen und Menschen stoben rechts und links von ihm weg, er hatte immerhin seinen Anteil am Lauf der Ereignisse. Er wartete in der dunklen Torfahrt, bis er ruhig wurde. Er drückte sich dicht an die Wand, um eine Gesellschaft Wirtshausgänger an sich vorbeizulassen. Aus der Gasse kam Samstagabendlärm. Auch er hatte immer an diesem Abend versucht, seiner Liesel ins Wirtshaus auszurücken, da man ja den Sonntag über genug zusammen war. Auch der Hof war noch voller als gestern. Er erblickte Georg, der auf dem Boden hockte und im Laternenlicht hämmerte. Es war um dieselbe Stunde wie gestern abend, als er ihn hergebracht hatte. Das Kammerfenster in der Garage war hell; die Frau war also da.

Georg bückte sich tiefer, wie immer, wenn Schritte sich seinem Rücken näherten. Er hämmerte auf sein Blech – was längst geradegeklopft war, war wieder verbogen – und er klopfte es wieder gerade. Er fühlte, daß jemand hinter ihm stehenblieb. »He – Georg«, er sah rasch auf. Er sah rasch wieder auf den Boden und machte aus lockerem Handgelenk zwei leichte Hammerschläge. In Pauls Gesicht war etwas gewesen, was ihn verrückt machen konnte. Zwei quälend lange Sekunden verstrichen. Er konnte Pauls Gesicht nicht begreifen, der feierlichste Ernst mit einem Zusatz von Pfiffigkeit. Paul kniete sich neben ihn und untersuchte das Blech. Er sagte: »Es klappt, Georg. Um acht Uhr fünfzehn am Nebenausgang vom Olympia-Kino, ein kleiner blauer Opel. Hier ist die Nummer. Steig sofort ein.« Georg klopfte die geradegeklopfte Kante wieder krumm. »Wer ist's?« – »Das weiß ich nicht.« – »Ich weiß nicht, ob ich's tun soll.« – »Du mußt. Sei ruhig. Ich kenne den Mann, der's beschafft hat.« – »Wie heißt er?« Paul sagte zögernd: »Fiedler.« Georg suchte hastig in seinem Gedächtnis, ein Wust von Gesichtern und Namen quer durch die Jahre. Doch keine Erinnerung stellte sich ein. Nur Paul wiederholte: »Der ist bestimmt anständig.« Georg sagte: »Ich tu's.« – »Ich geh jetzt hinein«, sagte Paul, »und mach's fertig mit meiner Tante, daß du dir jetzt gleich dein Zeug holen kannst.«

Zu Pauls Erleichterung machte die Grabber keine Einwände. Sie zog sich hinter den Tisch zurück, der fast die Kammer ausfüllte. Die tief von der Decke heruntergezogene Lampe schien auf ihr starkes Haar, die weißflammige Mähne. Auf dem Tisch lag das Hauptbuch, Tabellen, Kalender, ein paar Briefe unter dem Briefbeschwerer aus Malachit. Ein Malachitberg enthielt sowohl eine Uhr wie eine Quelle für Tinte wie eine Kluft für Federn und Bleie. Sie hatte als sechzehnjährige Braut an diesem Stück ihren Spaß gehabt. Es war der gewöhnlichste Tisch von der Welt, das gewöhnlichste Hofbüro. Hier gab es nichts Merkwürdiges als sie selbst. Sie hatte aus diesem Ort, an den sie verschlagen worden war, gemacht, was zu machen war. Der ganze Hof hatte zugesehen, wie ihr Mann sie verprügelt hatte. Der ganze Hof hatte zugesehen, wie sie darauf kam, zurückzuprügeln. Im Krieg waren beide geblieben: Mann und Liebster. Und auch das Kind lag schon an die zwanzig Jahre, an einem Keuchhusten erstickt, auf dem Friedhofsanteil der Ursulinen in Königstein. Wie sie damals zurückgekommen war, da hatte sie an dem Gaffen und Glotzen des Hofes gemerkt, daß ihre Geheimnisse alle bekannt waren. Ihre Fuhrleute hatten gedacht: Der ist auch mal der Atem ausgegangen. Sie hatte aufgestampft und gebrüllt: »Seid ihr zum Gaffen bezahlt? – hopp – hopp!« Von diesem Augenblick an war niemand mehr bei ihr zur Ruhe gekommen, und sie erst recht nicht.

Vielleicht jetzt ein wenig, vielleicht heut abend. Soll sie diesem Menschen verbieten, sein Zeug bei den Röders abzuholen? Warum hat's der Paul nicht gleich hergebracht? Mag er abziehen in Gottes Namen und seine Klamotten herbringen. Und was den Lohn angeht, wird man darauf zurückkommen, wenn er hier endgültig eingenistet ist. Er gefällt ihr. Sie wird ihm schon die Zunge ziehen. Er hat etwas Anheimelndes an sich. Er kommt aus derselben Gegend, in der es kalt bläst – und hinterher kommt einem jedes Lüftchen lau vor. Man könnte sagen, er ist ein Landsmann. Vor allen Dingen soll er jetzt seinen Umzug fertigmachen. Er soll im Verschlag in der Garage schlafen. Er soll das Bettgestell von ihrem toten Grabber aufschlagen – eine nutzbringende Verwertung.

Paul war zu dem Georg zurückgekehrt. Er sagte: »Also, Georg –« Georg erwiderte: »Ja, Paul?« Paul zögerte mit dem Fortgehen, aber Georg sagte: »Geh – geh.« Er ging dann ohne Abschied, ohne Blick rasch auf die Gasse. In ihren Herzen spürten sie beide sofort und gleichzeitig jenes feine, unstillbare Brennen, das man nur dann spürt, wenn man ahnt, daß man sich nie mehr im Leben wiedersehen wird.

Georg stellte sich so, daß er die Uhr in der Hofstube der Wirtschaft im Auge behielt. Nach einer Weile kam die Frau Grabber zu ihm heraus. »Mach jetzt Schluß«, sagte sie, »und hol deinen Krempel.«

Georg sagte: »Ich will lieber hier allein alles fertigmachen, dann schlaf ich gleich die Nacht über bei den Röders.« – »Da gibt's Masern.« – »Meine Masern hab ich hinter mir, beunruhigen Sie sich nicht um mich.«

Sie blieb hinter ihm stehen, aber es gab keinen Grund, ihn anzutreiben. »Komm«, sagte sie plötzlich, »trinken wir eins auf die neue Stellung.« Er erschrak. Nur im Hof vor der Garage, in seine Arbeit vertieft, war er verhältnismäßig sicher. Er befürchtete irgendeinen Zwischenfall in der letzten Stunde. Er sagte: »Seit dem Pech, das mir passiert ist, hab ich mir vorgenommen, nichts mehr zu trinken.« Die Frau Grabber lachte: »Wie lang willst du denn das halten?« Er schien einen Augenblick ernsthaft nachzudenken, dann sagte er: »Noch drei Minuten.«

In der Wirtschaft wurden sie laut empfangen. Es war voll. Die Frau war ein gewohnter Gast. Nach einem kurzen Schwall von Zurufen gab es weiter kein Aufsehen mehr. Sie blieben an der Theke stehen.

Da fiel Georgs Blick auf zwei ältere Leutchen: Mann und Frau. Beide saßen sie einträchtig eingeklemmt zwischen anderen hinter ihren Biergläsern, beide dicklich, beide vergnügt. Mein Gott, das sind sie ja, die Klaprods, die Klaprods von der Müllabfuhr. Was für ein Antrag war das bloß, wo die Frau dafür war und der Mann dagegen, und sie lagen sich beide in den Haaren, bis sie plötzlich beide wütend wurden, weil wir lachen mußten. Aber umdrehn dürft ihr zwei euch jetzt nicht. Liebe Klaprods, hab ich euch noch mal gesehn. Bloß nach mir umdrehn dürft ihr euch nicht. »Prost!« sagte die Grabber. Sie stießen an. Jetzt kann er nicht zurück, dachte die Grabber, jetzt ist's perfekt. – »So, jetzt geh ich zu den Röders. Danke, Frau Grabber. Heil Hitler! Auf Wiedersehen!«

Er ging hinüber und zog sich um. Den ausgeliehenen Kittel legte er ordentlich zusammen. Er dachte: Bald bring ich dir deinen Mantel zurück und alle deine Siebensachen. Ich werde dich suchen und finden, wo du auch bist. Ich werde abends in deine Vorstellung gehen. Ich werde mir deine Kunststücke ansehn. Den doppelten, ach nein, nur den einfachen Salto. Ich werde dich nachher erwarten, und einer wird dem anderen erzählen, wie er diesem Leben entkommen ist. Ich will von dir alles wissen, nichts Fremdes soll es mehr zwischen uns beiden geben. Ach, Füllgrabe sagt: Du seist tot. Wer wird auf einen Füllgrabe hören?

Er zögerte einen Augenblick in der Torfahrt, hinaus auf die Straße zu gehen. Ihm war es, er hätte hinter sich im Hof etwas liegengelassen, etwas Wichtiges, Unentbehrliches. Er dachte: Ich hab nichts liegengelassen. Ich bin ja auch schon auf der Gasse. Ich bin ja schon durch drei Gassen. Ich bin also doch aus dem Hof heraus. Für was anderes ist es zu spät.

Er sah schon die fensterlose, mit bunten Plakaten beklebte Mauer am Ausgang der Schäfergasse, die Lichter fielen schon vor ihm auf das Pflaster, zerbrochene Buchstaben – rot und blau, jedes Sinnes bar. In seinem vergangenen Leben war schon einmal eine Nacht von solchen blauen und roten Lichtern gesprenkelt worden. Eiskalt war der Dom gewesen, und er war damals der Jüngsten einer, voll kindischer Furcht. Er ging die Schäfergasse entlang an den parkenden Autos, er erblickte den blauen Opel, er verglich die Nummer. Sie stimmte. Wenn bloß das Ganze stimmte! Wenn sich der Paul bloß nicht hatte anschmieren lassen. Ich trag dir's bestimmt nicht nach, Paul. Da sind noch ganz andere angeschmiert worden, bloß schad, daß das jetzt noch schiefgeht.

Die Wagentür wurde, als Georg herankam, von innen geöffnet. Der Wagen fuhr sofort los. Wie's sonderbar riecht in diesem Kasten, so süß und schwer. Sie fuhren durch ein paar Gassen auf die Zeil. Georg warf einen Blick auf den Mann am Steuer. Der achtete seiner so wenig, als sei er nicht eingestiegen, saß stumm und starr. Die Brille auf länglicher, dünner Nase, die Backenknochen, die vor Erregung kauen, an wen, zum Teufel, erinnert das alles? Sie fuhren gegen den Ostbahnhof zu. Georg merkte in einem flitschenden Licht, woher der schwere Geruch kam, der ihn unbestimmt beunruhigt hatte: eine einzelne weiße Nelke in einem Röhrchen neben dem Seitenfenster. Sie waren bereits hinter dem Ostbahnhof. Sie stiegen auf sechzig Kilometer, und immer noch war der

Mensch am Steuer so stumm, als nehme er gar keine Kenntnis von seinem Gast. Vielleicht bin ich wirklich aus Luft, dachte Georg. An wen erinnert er mich – Gott ja – an den Pelzer! Sieh mal an. Von dieser Fahrt haben wir uns nichts träumen lassen. Nur, daß dem Pelzer die Brille zerschlagen wurde im Dorfe Buchenau, und deine ist blank und heil. Warum sprichst du nicht? Wohin fahren wir eigentlich?

Er hatte aber die Frage nicht laut gestellt, als füge er sich dem Wunsch des Mannes, als sei er gar nicht eingestiegen. Der Mann gab ihm keinen Blick; er saß ungeschickt schräg, als sei Georgs Anwesenheit erst dann wirklich, wenn er ihn berühre.

Sie ließen den Ostpark hinter sich. Er dachte: Jetzt kann die Falle gleich zuschlagen. Dann dachte er: Nein, ein Fallensteller benimmt sich anders, der schwatzt, der schmiert, der wickelt dich ein. So ähnlich wie der hätte sich auch ein Pelzer benommen in so 'ner Lage. Dann dachte er wieder: Wenn's doch 'ne Falle ist, dann –. Sie fuhren in die Riederwaldsiedlung. Sie hielten in einer stillen Straße vor einem kleinen gelben Haus. Der Mann war ausgestiegen. Er sah ihn auch jetzt nicht an. Er winkte ihn nur mit der Schulter heraus und dann in den Flur und aus dem Flur in die Stube.

Das erste, was Georg jetzt wahrnahm, war ein starker Nelkengeruch. Auf dem Tisch stand ein großer weißer Strauß, der im Halbdunkel schimmerte. Die Stube war niedrig, aber ziemlich geräumig, so daß die Lampe in einer Ecke nur einen kleinen Teil erhellte. Aus dieser Ecke erhob sich jemand in einem blauen Kittel, halb Knabe, halb Mädchen, halb Frau, die Herrin dieses Hauses. Sie kam den beiden nicht eben freundlich entgegen, zumindest vorzeitig gestört beim Lesen des Buches, das sie hinter sich auf den Stuhl warf.

»Da ist ein Schulfreund von mir, er ist durchgefahren, ich habe ihn gleich mitgebracht, er kann doch heute wohl hier schlafen?«

Die Frau sagte völlig gleichgültig: »Warum nicht!« Georg gab ihr die Hand. Sie sahen sich kurz an. Der Mann stand starr und sah zu, ob sein Gast jetzt begänne, sich aus einem Traum in etwas Greifbares zu verwandeln. Die Frau sagte: »Sie wollen vielleicht zuerst in Ihr Zimmer?«

Georg warf einen Blick auf den Mann, der nickte unmerklich. Er sah ihn vielleicht sogar hinter seiner Brille zum erstenmal an. Die Frau ging voraus.

Kaum strömte ein wenig Sicherheit in ihn ein, keine Gewißheit, nur Hoffnung auf Sicherheit, da freute er sich an den bunten Matten auf der Treppe, an dem weißen Lack, an den hohen Beinen der Frau, an ihrem kurzgeschorenen, glatten Haar.

Ein Wunder, daß er in diesem Zimmer allein sein konnte und denken. Als sie draußen war, schloß er ab. Er drehte an den Kranen, er roch an der Seife, er trank ein wenig Wasser. Er sah sich im Spiegel so völlig entfremdet, daß er vermied, noch einmal hineinzublicken.

▬▬▬ Um diese Zeit betrat Fiedler die Wohnung seiner Schwiegereltern, in der ihm und seiner Frau ein Zimmer gehörte. Er hätte den Heisler wahrscheinlich bei sich aufgenommen, wenn er allein gelebt hätte. So war er auf den Doktor Kreß verfallen. Der hatte früher bei Pokorny gearbeitet und dann bei Cassella. Fiedler kannte ihn auch aus seiner Arbeiterabendschule. Dort hatte Kreß Chemie unterrichtet. Sie trafen sich öfters, und dann war es Kreß, der von dem Schüler lernte. Kreß war von Natur sehr ängstlich, er hatte aber im Jahre 33 tapfer zu dem gestanden, was er für richtig erkannt hatte. Dann aber hatte gerade Kreß die verhängnisvolle Antwort gegeben: »Lieber Fiedler, komm mir nicht mehr mit Sammellisten, komm mir nicht mehr mit verbotenen Zeitungen, für eine Broschüre will ich nicht mein Leben riskieren. Wenn du was hast, was sich lohnt, dann komm wieder.« – Vor nunmehr drei Stunden hat ihn Fiedler beim Wort genommen.

Endlich, dachte Frau Fiedler, als sie den Mann auf der Treppe hörte; obwohl sie nichts weniger gern tat als warten, war sie zu stolz, zu den anderen in die Küche zu gehen. In früheren Jahren hatten sie alle miteinander zu Abend gegessen. Nach einigen Mißhelligkeiten war man übereingekommen, die beiden Jungen abends allein zu lassen. Die Fiedlers waren eigentlich jetzt keine Jungen mehr. Sie waren schon über sechs Jahre verheiratet. Doch Fiedlers erging es, wie es gar vielen Menschen erging, seit dem Anbruch des Dritten Reiches. Nicht nur ihre äußeren Verhältnisse und Beziehungen waren undurchsichtig und halbgültig, ihr Zeitgefühl selbst war aufgelöst. Sie kamen sich in der Schwebe vor und wunderten sich aufs höchste, wenn wieder ein Jahr vorbei war.

Zuerst hatten Fiedlers keine Kinder gewollt, weil sie arbeitslos waren und außerdem glaubten, sie seien zu Unternehmungen anderer Art bestimmt als zur Aufzucht von Kindern. Jetzt – glaubten sie damals – müßten sie frei sein und ungebunden, um auf die Straße zu gehen, um für die Freiheit zu kämpfen, sobald sie gerufen würden. Jetzt – glaubten sie damals – waren sie noch überaus jung, so jung, daß sie später auch noch jung sein würden; denn dieses Jetzt war ihnen wie morgens erschienen und jenes Später wie abends. Und beides am gleichen vielversprechenden Tag. – Im Dritten Reich hatten sie keine Kinder gewollt, weil sie dann später in braune Hemden gesteckt würden und zu Soldaten gedrillt.

Frau Fiedler hatte dann nach und nach ihre ganze Aufmerksamkeit dem Mann geschenkt. Sie hatte den Mann beobachtet und verpflegt, fast wie es bei Kindern angebracht ist, die man um jeden Preis hochziehen muß, während alles, was ausgewachsen ist, sich auch dann und wann der Zerstörung aussetzen darf und soll. Beide waren gerade im letzten Jahr in einer Art zusammengewachsen, die sowohl gut wie schlecht war. Denn beide Fiedler hatten im erste Hitlerjahr noch zusammengelebt wie zwei junge Leute unter der gleichen Gefahr, im gleichen kühlen Wind. Ihre Liebe war nicht angekränkelt gewesen von gegenseitiger Schonung. Später, als ihre alten Freunde nach und nach verhaftet wurden oder sich sonst zurückzogen, fragte Frau Fiedler sich oft, ob ihr Mann nun auf neue Möglichkeiten sinne oder einfach abwarte. Wenn sie ihn fragte, gab er ihr meistens dieselben unschlüssigen Antworten, die er sich selbst gab. Wie nun an diesem Abend der Fiedler nicht heimkam, legte sie all diese halben Antworten als ganze aus, und je länger sie auf ihn wartete, der die Pünktlichkeit selbst geworden war, desto sicherer war sie, irgend etwas behindere ihn, was mit ihrem alten gemeinsamen Leben in Beziehung stünde. Dieses alte gemeinsame Leben war aber von solcher Art, daß bloß ein Hauch davon genügte, um einen ganz zu verjüngen, bloß eine Erinnerung.

Schon im Flur sah sie dem Fiedler an, daß sein Gesicht belebt war und seine Augen glänzten. »Hör gut zu, Grete«, sagte er, »du gehst jetzt zu den Röders hinauf. Du kennst doch die Frau vom Ansehen, die Dicke, die Busige, und die fragst du nach dem Rezept von den Dampfnudeln, und das wird sie dir aufschreiben und noch was dazu sagen, einen Satz, auf den gibst du ganz genau acht. Entweder sagt sie: Guten Appetit! oder: Eßt nicht zuviel davon. Du mußt nur wiederholen, was sie gesagt hat. Mach auf jeden Fall einen Umweg hin und zurück. Geh sofort.«

Da nickte die Frau und ging. Man war also nicht mehr in der Schwebe. Die alten Fäden waren wieder geknüpft oder nie gerissen. Kaum war sie auf Umwegen unterwegs zu Röders Wohnung, da kam es ihr vor, es müßten noch andere mit ihr aufgebrochen sein nach langer Pause, jetzt aber furchtlos.

Die Röder erkannte die Fiedler nicht gleich, denn ihr Gesicht war vom Weinen geschwollen. Enttäuscht und verzweifelt starrte die Liesel auf die fremde Besucherin, ob die sich nicht doch noch in ihren Paul verwandle.

Die Fiedler begriff, daß hier etwas schiefgegangen war. Sie wollte nicht heim ohne Auskunft. Sie sagte: »Heil Hitler! Verzeihen Sie, Frau Röder, daß ich da abends noch reingeschneit komm. Ich schein ja auch grad den besten Moment erwischt zu haben. Ich wollt ja nur nach dem Rezept für die Dampfnudeln fragen. Ihr Mann hat meinem zu kosten gegeben. Die sind doch Freunde. Ich bin doch die Frau Fiedler. Erkennen Sie mich denn nicht? Hat Ihnen denn Ihr Mann nichts gesagt von den Rezepten und daß ich raufkomme?

Und jetzt beruhigen Sie sich doch, Frau Röder, und setzen Sie sich mal ruhig hin, und wenn ich jetzt schon mal hier oben bin, und unsere Männer sind Freunde, da kann ich Ihnen vielleicht doch etwas nützlich sein. Genieren Sie sich mal nicht, Frau Röder, wir genieren uns doch nicht voreinander. In solchen Zeiten schon mal gar nicht. Jetzt hören Sie mal mit dem Weinen auf. Jetzt setzen Sie sich mal hin. Wo drückt Sie's denn?« Sie waren inzwischen in der Küche gelandet auf dem Sofa. Die Liesel weinte, statt aufzuhören, in frischen Strömen.

»Frau Röder, Frau Röder«, sagte die Fiedler, »das ist auf jeden Fall halb so schlimm. Wenn's ganz schlimm wird, binden wir ein Läppchen drum. Ihr Mann hat Ihnen also nichts gesagt? War er denn nicht daheim?« Die Liesel sagte weinend: »Ganz kurz.« Die Fiedler sagte: »Ist er denn abgeholt worden?« – »Er hat selbst hinmüssen.« – »Selbst?« – »Er mußte ja«, sagte die Liesel müde. Sie wischte sich rechts und links mit den nackten Armen übers Gesicht. »Die Vorladung war ja da, wie er rauf kam, und er kam so spät.« – »Da kann er ja auch noch nicht zurück sein«, sagte die Fiedler. »Beruhigen Sie sich doch.« Die Liesel zuckte die Achseln. Sie sagte ganz matt, ganz abgekämpft: »Doch, er kann. Er kommt entweder zurück oder er wird dort behalten, er wird bestimmt dort behalten.« –

»Das können Sie doch noch gar nicht wissen, Frau Röder, er muß doch auch warten. Da sind immerfort welche vorgeladen, Tag und Nacht, am laufenden Band.« Die Liesel brütete vor sich hin. Sie hatte wenigstens für Minuten ausgeweint. Auf einmal drehte sie sich nach ihrer Besucherin um: »Was für ein Rezept, Dampfnudeln? Ach nein, der Paul hat mir gar nichts gesagt. Er war doch verschreckt über die Vorladung, er mußte gleich hinjagen.« Sie stand auf und wühlte ganz tapsig mit ihren verweinten Augen in ihrer Küchentischschublade. Frau Fiedler hätte gern weiter gefragt, sie traute sich zu, aus der Liesel alles herauszufragen. Sie scheute sich aber, nach Dingen zu fragen, in die sie ihr Mann nicht einweihen wollte.

Die Liesel hatte inzwischen ihr Bleistiftstümpfchen gefunden. Sie hatte aus ihrem Ausgabenheftchen eine Seite gerissen. »Ich zittere am ganzen Leib«, sagte sie. »Wenn Sie sich's selbst aufschreiben würden!« – »Was denn aufschreiben?« fragte die Fiedler. »Für fünf Pfennig Hefe«, sagte die Liesel weinend, »zwei Pfund Mehl, so viel Milch, bis es steif wird, etwas Salz. Gut durchkneten –«

Auf dem Heimweg durch die nächtlichen Straßen hätte die Fiedler sich sagen können, daß jetzt die zahllosen unbestimmten Zufälle, all die halb wirklichen, halb eingebildeten Drohungen handgreiflich wurden und Gestalt annahmen. Sie hatte keine Zeit mehr für solche Gedanken. Sie gab ausschließlich acht, daß sie den richtigen Umweg machte und daß ihr niemand folgte. Sie atmete auf. Das war wieder die alte Luft, die einem die Schläfen streifte, als ob sie vom Frost gesteift sei. Die alte Dunkelheit, in deren Schutz man Plakate geklebt hatte, Parolen auf Bretterwände gemalt, Handzettel unter die Türen gesteckt. Wenn sie jemand heute mittag gefragt hätte nach dem Stand der Arbeit, nach der Aussicht des Kampfes, sie hätte genau wie ihr Mann mit den Achseln gezuckt. Jetzt hatte sie nichts Besonderes erlebt als einen nutzlosen Gang zu einer weinenden Frau, aber sie war wieder eingestellt in ihr altes Leben, und auf einmal war alles möglich, und zwar rasch, weil es plötzlich auch an ihr lag, alles zu beschleunigen. Alles war möglich in dieser soeben angebrochenen Zeit: Umschwung aller Verhältnisse, auch ihrer eignen, rascher, als man gehofft hatte, daß man noch jung genug war, gemeinsam das Glück zu nutzen nach so viel Bitternis. Freilich auch das war möglich, daß Fiedler zugrunde gehen konnte, rascher und furchtbarer, als sie gefürchtet hatten, bei den Kämpfen, in die er sich einließ. Nur in Zeiten, in denen gar nichts mehr möglich ist, geht das Leben wie ein Schatten dahin. Doch in den Zeiten, in denen das Ganze möglich wird, steckt schlechthin alles Leben und Zugrundegehen.

»Bist du sicher, daß niemand hinter dir her ist?« – »Ich kann darauf schwören.« – »Jetzt hör zu, Grete, ich pack jetzt das Nötigste zusammen. Wenn jemand fragt, wo ich bin, im Taunus. Du selbst machst folgendes: Du fährst in die Riederwaldsiedlung auf den Goetheblick Nummer achtzehn, da wohnt der Doktor Kreß in 'nem schönen gelben Haus.«

»Ist das der Kreß aus dem Abendkurs? Mit 'ner Brille? Hat immer mit dem Balzer gestritten über Christentum und Klassenkampf?«

»Ja, aber wenn dich jemand fragt, du hast den Kreß nie im Leben gesehen. Ihm sag, ich laß ihm sagen: der Paul sei auf der Gestapo. Laßt ihm etwas Zeit, damit er's verdaut. Dann soll er dir sagen, wo man ihn weiter erreichen kann. Liebe Grete, gib acht, in deinem ganzen Leben hast du noch nie so 'ne brenzlige Sache mitgemacht. Frag mich nichts. Ich hau jetzt also ab. Aber ich geh noch nicht in den Taunus. Morgen früh kommst du in die Laube hinaus. Wenn Polizei in der Nacht im Haus war, ziehst du die Windjacke an. Wenn keine da war, ziehst du dein gutes Jackenkleid an. Kommst du nicht, dann weiß ich, daß sie dich abgeholt haben.

Wenn du dein neues Jackenkleid anhast, nun, dann kann ich ja ruhig in die Laube kommen. Nun, dann ist der Kelch ja vorbei. Hast du noch Haushaltungsgeld?«

Grete steckte ihm die paar Mark zu, die sie noch übrig hatte. Sie packte ihm schweigend sein bißchen Zeug ein. Sie küßten sich nicht zum Abschied, sondern packten sich fest an beiden Händen. Als der Mann fort war, zog die Frau gleich die Windjacke an, denn sie war praktisch von Gemütsart; und sie sagte sich, daß sie kaum Zeit zum Umziehen haben würde, wenn es hart auf hart ging. Wenn die Nacht friedlich verlief, konnte sie morgen in aller Ruhe ihr gutes Jackenkleid anziehn.

▬▬ Kreß stand noch auf demselben Fleck in dem dunklen Teil des Zimmers. Die Frau setzte sich, ohne ihn anzusehen, auf ihren alten Platz. Sie schlug das Buch an der Stelle auf, an der die Ankunft der beiden Männer sie unterbrochen hatte. Ihr glattes, starres, bei Tag eher stumpfblondes Haar glänzte jetzt stärker als das Licht, das es glänzen machte. Sie glich einem schmächtigen Knaben, der sich zum Spaß eine Art Helm aufgestülpt hat. Sie sagte auf ihr Buch hinunter: »Wenn du mich anstarrst, kann ich nicht lesen.«

»Dazu hast du den ganzen Tag Zeit gehabt. Sprich jetzt mit mir.« Die Frau sagte, ohne von ihrem Buch aufzusehen: »Wozu?« – »Weil mich deine Stimme beruhigt.« – »Wozu hast du eigentlich Beruhigung nötig? Hier bei uns ist wirklich kein Mangel an Ruhe.« – Der Mann fuhr fort, sie unverwandt anzusehen. Sie schlug zwei, drei Seiten um. Er sagte plötzlich in verändertem Ton: »Gerda!« Sie runzelte die Stirn. Sie nahm sich aber zusammen, offenbar aus Gewohnheit und weil sie sich sagte, daß Kreß ihr Mann sei und müd von der Arbeit und der gemeinsame Abend immerhin begonnen habe. Sie legte das aufgeschlagene Buch über ein Knie, sie fing an zu rauchen. Dann sagte sie: »Wen hast du da eigentlich aufgelesen? Ein sonderbarer Gesell.« Der Mann schwieg. Sie zog unwillkürlich die Brauen zusammen und sah ihn schärfer an. In der Dämmerung konnte sie seine Züge nicht unterscheiden. Wovon glänzte sein Gesicht? War er denn so bleich? Er sagte schließlich: »Die Frieda bleibt doch bis morgen weg?« – »Bis übermorgen früh.« – »Hör mal, Gerda, du sollst keinem Menschen erzählen, daß wir Besuch haben. Fragt dich jemand, dann sag: ein Schulfreund.«

Sie sagte ohne Erstaunen: »Gut.« Der Mann war auf sie zugetreten. Jetzt konnte sie sein Gesicht fast unterscheiden. »Hast du das Radio gehört, diese Flucht aus Westhofen?« – »Ich? Radio? Nein.« – »Es sind ein paar durchgebrannt«, sagte Kreß. – »So.« – »Sie haben alle wieder gefangen.« – »Schade.« – »Bis auf einen.«

Die Augen der Frau glänzten auf. Sie hob ihr Gesicht. So hell war es nur einmal gewesen, am Anfang ihres gemeinsamen Lebens. Damals wie jetzt verging es sogleich. Sie betrachtete ihn genau von oben bis unten, sie sagte: »Sieh mal an.« Er wartete. »Ich hab dir das wirklich nicht zugetraut. Sieh mal an.«

Er trat zurück. Er sagte: »Was? Nicht zugetraut?« – »Das! Das alles! Also, wirklich – entschuldige.« Kreß sagte: »Wovon sprichst du jetzt eigentlich?« – »Von uns beiden.«

▬▬▬▬▬ Georg dachte in seinem Zimmer: Ich will herunter. Was hab ich denn hier oben erhofft. Wozu muß ich allein sein? – Was quälte er sich in diesem von innen abgeschlossenen Bunker in Blau und Gelb, mit handgewebten Matten belegt, mit fließendem Wasser aus Nickelkranen, mit einem Spiegel, der ihm unbarmherzig dasselbe einprägte wie die Dunkelheit: sich selbst.

Dem weißen, niedrigen Bett entströmte der kühle Geruch von frisch Gebleichtem. Er aber, zum Umfallen müde, ging auf und ab, von der Tür zum Fenster, als sei er bestraft mit Entzug des Lagers. – Ob das mein letztes Quartier ist? Mein letztes, ja, aber wovor? Ich muß jetzt herunter zu Menschen. – Er schloß auf.

Er hörte schon auf der Treppe die Stimmen von Mann und Frau, nicht laut, aber eindringlich. Er wunderte sich. Die beiden waren ihm beinah stumm erschienen, oder bis zum äußersten schweigsam. Er zögerte vor der Tür. Kreß sagte: »Warum quälst du mich eigentlich?« Georg hörte die etwas tiefe Stimme der Frau: »Ist denn das für dich quälend?«

Kreß erwiderte ruhiger: »Dann will ich dir auch etwas sagen, Gerda, dir ist's einerlei, warum der Mensch in Gefahr ist, einerlei, wer er selbst ist – das ist dir alles vollständig einerlei. Die Gefahr ist dir die Hauptsache. Ob's eine Flucht ist oder ein Autorennen, da lebst du auf. So warst du, so bist du.« – »Du hast halb recht, halb unrecht. Ich war vielleicht früher einmal so, vielleicht bin ich's jetzt wieder geworden. Willst du wissen, wodurch?« Sie wartete einen Augenblick. Ob der Mann alles zu wissen wünschte oder viel lieber gar nichts, sie fuhr entschlossen fort: »All die Zeit über hast du gesagt, dagegen hilft nichts, dagegen kann man nicht aufkommen, man muß abwarten. Abwarten, hab ich bei mir gedacht, er will abwarten, bis man alles zertrampelt hat, was ihm teuer war. Also verstehe mich doch. Wie ich von meinen Leuten weg bin zu dir, damals, ich war noch nicht zwanzig, und ich bin weg von daheim, weil mir alles daheim zuwider war, mein Vater, meine Brüder, diese Stille jeden Abend in unserem Wohnzimmer. Aber hier bei uns war es zuletzt ebenso still wie daheim.«

Kreß horchte vielleicht noch erstaunter als Georg vor der Tür. Tausend Abende lang hatte er ihr die Worte zwischen den Zähnen herausziehen müssen. »Und dann noch was: Bei uns daheim gab es nichts, das sich jemals verändern durfte. Das war ihr Stolz, daß alles blieb, wie es war. –

Und dann du! Der mir plötzlich erklärt hat, daß selbst in den Steinen keine Sekunde lang etwas steinern bleibt und erst recht nicht in den Menschen. – Mich freilich ausgenommen! Wie? Denn von mir sagst du ja, so warst du, so bist du.«

Er wartete einen Augenblick, ob sie fertig war. Er legte die Hand auf ihren Kopf. Sie sah jetzt wieder gleichmütig drein, sogar ein wenig verstockt. Er packte ihr Haar, statt darüberzustreichen. Sie war zart und zäh, zum Lieben, zu belehren, vielleicht, weiß Gott, zum Verändern. Er schüttelte sie zunächst ein wenig.

Georg kam herein. Die beiden traten schnell auseinander. Warum, zum Teufel, hat er alles der Frau erzählen müssen? – In ihrem Gesicht war nicht mehr die alte Gleichmut, sondern kühle Neugierde. Georg erklärte: »Ich kann nicht schlafen. Kann ich hier bei Ihnen bleiben?« Kreß starrte ihn an, an die Wand gelehnt: kein Zweifel, der Gast war da, die Einladung unwiderruflich angenommen. Er sagte in einem Hausherrntonfall: »Was möchten Sie trinken, einen Tee? 'nen Schnaps? Irgendeinen Saft? Oder Bier?« Die Frau sagte: »Er hat Hunger.« – »Tee und Schnaps«, sagte Georg, »und zu essen, was Sie haben.«

Mit diesen Worten waren Mann und Frau minutenlang in Bewegung gebracht. Der Tisch wurde vor ihm gedeckt. Schüsseln und Schüsselchen hingestellt. Flaschen entkorkt. Ach, essen von sieben Tellerchen, trinken aus sieben Gläschen, keinem ist's ganz geheuer dabei, die Kreß essen beide nur zum Schein. Georg steckte das weiße Tüchelchen in die Tasche, guter Verband für eine zerschnittene Hand. Er zog es heraus und strich es glatt. Er war jetzt satt und zum Umfallen müde. Nur nicht allein sein müssen. Er schob die Bestecke und Teller auseinander, er legte den Kopf auf den Tisch.

Der Abend war vorgeschritten, als er den Kopf wieder hob. Um ihn herum war der Tisch längst abgedeckt, das Zimmer war verraucht. Georg fand sich nicht gleich zurecht. Er fror. Kreß lehnte wieder an der Wand. Georg versuchte, Gott weiß warum, ihn anzulächeln; der Widerschein seines Lächelns erschien auf dem Gesicht seines Gastgebers genauso schief und mühselig. Kreß schlug vor: »Jetzt wollen wir doch noch trinken.« Er brachte seine Flaschen zurück. Er schenkte ein, wobei seine Hand ein wenig zitterte, so daß er verkleckerte. Gerade dieses zittrige Einschenken war's, was Georg ganz und gar beruhigte. Ein anständiger

Mann, ein Mann, den es allerlei kostet, daß er mich aufnimmt. Er hat mich aber aufgenommen.

Die Frau kam zurück, sie setzte sich an den Tisch und rauchte stumm, da auch die beiden verstummt waren.

Man hörte den Sand auf der Straße knirschen von raschen leichten Schritten. Die Schritte hielten vor der Haustür. Man hörte das Scharren auf den Fliesen, als suche jemand die Schelle. Die beiden Männer zuckten zusammen, obwohl sie das Schellen erwartet hatten. »Sie haben mich zufällig vor dem Kino getroffen«, sagte Georg fest und leise. »Sie kennen mich aus dem Chemiekurs.« Kreß nickte. Wie viele ängstliche Menschen war er ruhig, sobald die Gefahr wirklich da war. Die Frau stand auf und ging ans Fenster. Auf ihrem Gesicht lag ein Ausdruck von Hochmut und etwas Spott, den es immer hatte bei aller Art von gewagten Unternehmungen. Sie zog den Laden an, spähte hinaus und meldete: »Eine Frau.« – »Machen Sie ihr auf«, sagte Georg, »aber lassen Sie sie draußen.«

»Sie will dich selbst sprechen, meinen Mann. Sie sieht ganz ordentlich aus.« – »Wieso weiß sie, daß ich daheim bin?« – »Sie weiß es. Du hast um sechs Uhr mit ihrem Mann gesprochen.« Kreß ging hinaus. Die Frau setzte sich wieder zu Georg an den Tisch. Sie rauchte und warf ihm dann und wann einen knappen Blick zu, als hingen sie beide in einer Kurve oder an einer vereisten, verdammt schwierigen Steilwand.

Kreß kam zurück. Georg sah ihm an, daß das Schlimmste geschehen war. »Ich soll Ihnen sagen, Georg, daß Ihr Paul auf der Gestapo ist. Der eigene Mann dieser Frau ist zur Vorsicht schon weg von daheim. Wir müssen ihr sagen, wohin wir jetzt gehen – oder Sie allein, Georg, damit man Sie finden kann.« Er schenkte sich ein Glas ein.

Er hat nicht verkleckert, dachte Georg. Sein Kopf war völlig entleert, als ob man, statt etwas Neues hineinzustopfen, ihn ratzekahl ausgefegt hätte.

»Wir können Sie noch mit dem Wagen irgendwohin bringen, oder müssen wir alle weg? Zu dritt im Wagen? Irgendwohin? Gleich zum Ostbahnhof? Oder einfach weit weg in das Land hinein? Nach Kassel? Oder besser gleich trennen?« – »Ach, bitte, schweigen Sie einen Augenblick –«

In seinen entleerten Kopf kehrten alle Gedanken zurück. Also, Paul war hochgegangen. Halt, wieso hochgegangen? War er abgeholt worden? War er nur vorgeladen? Davon war nichts gesagt worden. Jedenfalls ha-

ben sie ihn am Wickel. Aber Paul selbst? Wenn sie ihm nachweisen konnten, daß er ihn bei sich beherbergt hatte, wenn sie das wirklich nachweisen konnten – Paul würde niemals das neue Versteck preisgeben. Kannte es Paul überhaupt? Nun, das Versteck zwar nicht. Wenn der Mittelsmann ernst war, wirklich einer von unseren Leuten, hat er ihm keinen Namen gegeben. Doch der Paul kennt die Autonummer, und das genügt, Georg erinnerte sich anderer, die stärker als Paul gewesen waren, Menschen mit Riesenkräften; schlau und erfahren in allen Kämpfen, die sie von Jugend an miterlebt hatten. Aber sie waren fertiggemacht worden, und in der Todesangst waren die Nachrichten aus allen Fugen gelaufen. Paul aber wird ihn nicht preisgeben. In Georgs Kopf vollzog sich das Wagnis, das seine ganze Kühnheit erforderte und seine rasche Entscheidung. Er vertraute dem Paul. Er wird da liegen, wo andere vor ihm gelegen haben mit zusammengebissenen Zähnen, ihre widerspenstige Stummheit wurde langsam mühelos und endgültig.

Vielleicht wird er auch bloß verhört. Dämlich und klein steht er da, vorsichtig pfiffig setzt er harmlose Antworten. – Georg sagte: »Wir bleiben.« – »Wär's nicht besser, auf jeden Fall weg?« – »Nein. Alles andere bringt uns nur Schwierigkeiten. Hierher will man mir Nachricht schicken. Geld und Papiere. Wenn ich jetzt weg muß, bin ich von neuem verloren.«

Kreß schwieg. Georg erriet seine Gedanken. »Wenn Sie mich wegschicken, weil Sie sich fürchten –« Kreß sagte: »Wenn ich mich fürchten sollte, deshalb schicke ich Sie ja nicht weg. Sie allein kennen diesen Paul. Jetzt steht alles bei Ihnen.«

»Ja, gut«, sagte Georg, »sagen Sie also der Frau da draußen, wir bleiben, wo wir sind.«

Kreß ging sofort hinaus. Er gefiel Georg langsam immer besser. Die Bereitschaft, mit der sich der schwächere Teil seines Wesens nach kurzem sichtbarem Sträuben dem stärkeren unterordnete, selbst die Ehrlichkeit seiner Furcht, die sich keine Sekunde in Prahlerei und Gerede verkehrte. Er gefiel Georg auch besser als die Frau, die ihre Schachtel ausgeraucht hatte und den Rauch zerblies. Diese Frau hatte wohl noch nichts besessen, was sie fürchtete zu verlieren.

Kreß kam zurück und lehnte sich an die Wand. Sie horchten den

Schritten nach, die sich gegen die Siedlung entfernten. Als es ganz still war, sagte die Frau: »Gehen wir zur Abwechslung herauf.« – »Ja«, sagte Kreß, »wir werden ja doch nicht schlafen.«

Kreß hatte sich unter dem Dach mit ein paar hundert Büchern eingenistet. Von seinem Fenster aus konnte man sehen, daß dieses Haus am Ende der neuen Straße lag, etwas abseits der Riederwaldsiedlung. Der Himmel war klar. Lang war es her, daß Georg den freien, bestirnten Himmel gesehen hatte, am Rhein war Nebel gewesen. Er sah hinauf, wie alle, die sich in höchster Gefahr befinden, als sei er gewölbt über seinesgleichen. Die Frau zog die Läden bei und drehte die Heizung auf, was Kreß sonst alles selbst besorgte, wenn er früh nachmittags heimkam. Sie machte ein paar Stühle und eine Tischkante von Büchern frei. Jetzt wird der Paul gequält, dachte Georg, und die Liesel sitzt und wartet. Sein Herz zog sich vor Furcht und Zweifel zusammen. Hatte er recht getan, sein Leben an Paul zu knüpfen? War Paul stark genug? Jetzt freilich war es zu spät. Er konnte nicht mehr heraus. Die beiden Kreß verhielten sich still, sie glaubten, er sei im Einschlafen. Er aber, die Hände vor dem Gesicht, holte sich Rat bei Wallau. Daß er sich beruhigen möchte; die Sache, um die es hier ging, sei nur zufällig eine Woche lang auf den Namen Georg getauft.

Georg wandte sich plötzlich ganz heiter an seinen Gastgeber, wie alt er sei und von welchem Fach. Er sei vierunddreißig, sagte Kreß. Sein Fach sei die physikalische Chemie. Georg fragte, was das sei. Kreß versuchte, gleichfalls erleichtert, etwas davon zu erklären. Georg hörte zuerst aufmerksam zu, dann dachte er wieder an den Paul, wie der blutete, und an die Liesel, wie die wartete. Kreß deutete Georgs Schweigen in seiner Weise. »Jetzt wär noch Zeit zu allem«, sagte er leise. »Zeit wozu?« – »Um von hier fortzukommen.« – »Haben wir uns nicht entschlossen, zu bleiben? Denken Sie nicht mehr daran.« Doch Georg selbst konnte nichts anderes denken. Er stand auf und wühlte in den Büchern. Zwei oder drei waren ihm bekannt aus seiner mit Franz gemeinsam verbrachten Zeit. Diese Zeit war in seinem Leben die froheste gewesen. Doch die stillen und einfachen Tage waren versteckt unter den aufdringlichen Erinnerungen bewegterer Jahre. Warum vergißt man das Wichtigste, dachte Georg. Weil es sich nicht absetzt und nicht außerhalb von einem bleibt, sondern lautlos in einen eingeht. Georg wandte sich an die Frau und fragte sie unvermittelt nach ihrer Herkunft und ihrer Kindheit. Sie fuhr leicht zusammen, was Kreß noch nie an ihr erlebt hatte. Sie begann auch sofort zu erzählen: »Mein Vater war sehr jung in die Armee gekommen. Er hatte keine besonderen Fähigkeiten, so daß er als ganz junger Major abging mit vierundvierzig. Wir waren daheim vier Brüder und ich, so daß er uns plagen konnte, bis wir erwachsen waren.« – »Und Ihre Mutter?« Georg kam nicht dazu, von der Mutter mehr zu erfahren, weil ein Auto so nah hielt, daß allen dreien der Atem stockte. Das Auto fuhr ab, und die Lust zum Sprechen war allen vergangen. Georg dachte wieder an Paul, er bat es ihm ab, daß er eben erschrocken war, als sei er wie Kreß auf alle Möglichkeiten gefaßt. Und doch fuhr er kurz darauf bei dem nächsten Auto genauso zusammen. Sie sprachen jetzt nichts mehr, während die Nacht unendlich langsam dahinging und sich das Zimmer mit Rauch füllte.

Siebentes Kapitel

Es war noch fast Nacht; man merkte gerade, daß Felder und Dächer auch ohne Mondlicht weiß blieben, weil sie bereift waren, da stapfte von der Kronberger Seite her ein winziges Weibchen mit einem Sack auf dem Rücken gegen die Landstraße. Der Sack und ein knubbliger Aststock gaben ihr etwas Hexenhaftes, wie sie da plötzlich vor Tag in den Feldern auftauchte, vor sich hinbrabbelnd und herumäugelnd. Diese Hexigkeit verminderte sich in der Nähe, da der Sack ein gewöhnlicher Rucksack war, ihre Kleidung aus einem gewöhnlichen Lodenmantel bestand, mit einem Hasenpelzchen und einem garnierten Sonntagshütchen, das sie über ihr alltägliches Kopftuch gedrückt hatte.

Kurz vor Mangolds Gehöft hüpfte sie über den Chausseegraben, bückte sich über das Feld, als ob sie dort etwas witterte, brabbelte ärgerlich, hüpfte wieder zurück und stieg die Straße hinauf bis zu Messers Haus. In Messers Küchenfenster zu ebener Erde brannte schon Licht – das erste Licht rundum. Warmer Streuselkuchen zum Sonntagskaffee gebührte den guten Söhnen des Hauses. Und den mißratenen? Denen erst recht, meinte Eugenie, damit die zarten süßen Butterstreusel sie gütiger stimmen.

Die alte Frau hüpfte über den Graben, aber nicht gegen das Küchenfenster, sondern tiefer hinein in Messers Feld. Einen Augenblick bückte sie sich, dann ging sie ohne Zögern in das Wäldchen auf demselben Weg, den die Herde gestern genommen hatte. Denn sie war die Mutter von Ernst dem Schäfer, den sie feiertags stundenweise bei seinem Hirtenamt zu vertreten pflegte, und der Schafsdreck auf Messers Wiese zeigte ihr, wo sie gestern geweidet hatten. Sie kannte die Tour. Heute mußten sie schon bei Prokaskis sein, an der Gemeinde Mamolsberg.

Wie sie durch das Wäldchen herauskam auf das Gelände, das der Messer im Frühjahr an den Prokaski verhandelt hatte, damit deren Hof unter der Erbhofgrenze bleibe, sah sie das flache gelbe Hotel unten rechts an der Kronberger Straße liegen, an einer einzelnen Gruppe bereifter Tannen. Weich und sacht fallen die Felder ab, aber nur, um jenseits der Straße, ebenso weich und sacht, wieder anzusteigen, und der Blick läuft nicht aus, sondern hält vor dem Buchenwald auf der höchsten, keine zwei Stunden entfernten Hügelkette. Wenn die Sonne aufgeht, wird das große runde Tal in allen Herbstfarben leuchten. Jetzt vor Tagesanbruch ist das alles eine fahle, bereifte Welt. Der Mond ist so blaß, daß man ihn suchen muß. Ernsts Mutter, wie sie den grauweißen Abhang herunterstapft, wirft nicht den kleinsten Schatten.

Plötzlich bleibt sie stehen. Zweihundert Schritte von ihr entfernt läuft ein Mädchen über das freie Stück zwischen den einzelnen losen Tannengrüppchen und dem Waldstreifen. Ernsts Mutter vergißt einen Augenblick, daß ihr Sonntagsbesuch dem Sohn gilt und nicht mehr dem Vater; so ein davonstiebendes Mädchen hat ihr von jeher besser als aller Schafsdreck die Richtung angegeben. Sie kräht los in die fahle Dämmerung mit ihrem hellen Stimmchen: »He, Fräulein!«

Das Mädchen bleibt stehen, bald zu Tode erschrocken. Sieht sich um und um; weit und breit ist alles still und grau. Ernsts Mutter kommt den Berg herunter hinter ihrem Rücken. »He, Fräulein.« Sie erschrickt zum zweitenmal. »Fräulein, Sie haben was liegenlassen!« – »Wo – was?« – »So ein kleines blondes Härchen.« Doch das Mädchen hat sich schon gefaßt, sie ist rund und fest, sie ist nicht besonders schreckhaft. »Na, dann legen Sie sich's in Ihr Gebetbuch.« Die Alte lacht und hustet. Das Mädchen streckt noch seine große, dralle Zunge raus, dann läuft es weg.

Droben scheint der Mond nochmals aufzuquellen, er wird deutlicher, weil der Himmel blaut. Jetzt dämmert's dem Mädchen, wer die alte Frau gewesen sein mag, ihr wird ganz übel vor Ärger. In den Dörfern fängt es an zu läuten. Wie hat sie sich denn mit so einem einlassen können! Wie der Ernst hinter dem eigenen Haus war mit seinen Schafen, hat sie sich zusammengenommen. Wo er schon weg ist, an der Mamolsberger Seite, läuft sie plötzlich zu ihm hinüber! Gott, o Gott! Diese Alte, seine Mutter, wird sie schön ins Gerede bringen! Aber schließlich bringt die alte Hexe jedes brave Mädchen ins Gerede. Hat sie nicht sogar das Mariechen aus Botzenbach ins Gerede gebracht? Das Mariechen, ein Kind von fünfzehn, an den Schmiedtheimer SS-Messer versprochen, der bestimmt nichts nimmt, woran was ist? Wie sie aus dem Wäldchen heraus ist, vor Eugenies Küchenfenster, fühlt sie sich schon so stolz und schwermütig, wie ein Mädchen, das unschuldig ins Gerede kommt. Sie klopft. »Heil Hitler! Eugenie, wo du doch schon am Backen bist, leih mir ein Spitzchen von einer Vanillestange, wenn du kannst.«

»Eine ganze Stange, Sophie, nicht nur ein Spitzchen.« Die Eugenie hält sich von allen Zutaten einen kleinen reinlichen Vorrat in ihren blanken Gläschen. »Du bist mein erster Gast, Sophie«, sagt sie und bringt die Vanillestange und auf der Kuchenschaufel eine Schnitte fast heißen Streuselkuchen.

Mit einem zuckrigen Mund, einem einwandfreien Streuselkuchen-Alibi, springt die Sophie Mangold über die Straße in ihre eigene Küche, in der die Mutter schon Kaffee mahlt.

▄▄▄▄ Die Nacht war also vorbeigegangen. Beide Männer waren zusammengezuckt, sobald ein Auto aus der Riederwaldsiedlung heraufgekommen war oder nur die Schritte einer nächtlichen Streife, und immer stärker zusammengezuckt und nachhaltiger, als ob ihre Körper im Lauf dieser Nacht an Schwere verloren hätten.

Als die Frau die Läden zurückschlug und sich nach dem hellen Zimmer zurückdrehte, erschienen ihr beide Männer gealtert und abgemagert, ihr eigener und der fremde. Sie schauderte leicht zusammen. Sie warf einen Blick auf den flachen Nickelfuß der Lampe, ihr eigenes Gesicht war unversehrt, ein wenig blaß in den Lippen. »Die Nacht ist zu Ende!« erklärte sie, »ich für mein Teil, ich werde jetzt baden, ein Sonntagskleid anziehn.« – »Und ich Kaffee kochen«, sagte Kreß, »und Sie, Georg?«

Er bekam keine Antwort. Als man das Fenster geöffnet hatte, und die frische Morgenluft war hereingeströmt, da hatte es Georg überwältigt, halb Schlaf, halb Erschöpfung. Kreß trat an den Stuhl heran, in dem Georg zusammengesunken war, die Stirn auf der Tischkante. Weil die Kante übers Gesicht schnitt, nahm Kreß den Kopf und drehte ihn um. In einem Winkel seines Herzens erhob sich die Frage, wie lange er, Kreß, noch diesen Gast beherbergen müßte. Er herrschte diesen Teil seines Ichs an, zu schweigen, das eine solche Frage zu stellen wagte. Du irrst dich, sagte er zu sich selbst, ich würde auch seine Leiche im Haus behalten.

Georg fuhr schon kurz darauf hoch; vielleicht war eine Tür zugeschlagen. Im Halbschlaf versuchte er unter dem alten gewohnten Zwang sich alle Geräusche im Haus zu erklären: Das war die Kaffeemühle, das war das Bad. Er wollte aufstehen, wollte zu Kreß in die Küche hinunter. Er wollte kämpfen gegen den Schlaf, der ihn von neuem überwältigte, ein unguter Schlaf. Aber da war es schon über ihm, und er wußte gerade noch, daß es nichts als ein Traum sein würde, was ihn von neuem bedrohte, und er wollte sich nicht hineinziehen lassen. Aber jetzt war es schon stärker als er.

Er war also doch gefangen. Sie stießen ihn in die Baracke acht. Er blutete schon aus vielen Wunden, aber aus Furcht vor dem, was jetzt kommen mußte, spürte er keine Schmerzen. Er sagte zu sich: Mut, Georg. Aber er wußte, daß ihm in dieser Baracke das Furchtbarste bevorstand. Da war es auch schon.

Hinter dem Tisch, der mit elektrischen Schnüren bedeckt war und mit Telefonanlagen, sonst aber mehr einem Wirtshaustisch glich – es gab auch zwischen den Drähten ein paar Pappdeckeluntersätze für Biergläser –, saß Fahrenberg selbst und starrte ihn an mit engen, spitzigen Augen, mit einem gefrorenen Lachen. Rechts und links saßen Bunsen und Zillich und drehten die Köpfe nach ihm. Bunsen lachte auf. Aber Zillich blieb finster wie immer. Er zählte ein Kartenspiel aus. Es war dunkel im Zimmer, nur über dem Tisch war es etwas heller, obwohl Georg keine Lampe sah. Einer der Drähte war dreimal um Zillichs mächtigen Rumpf geschlungen, was Georg vor Entsetzen eiskalt machte. Er dachte gleichwohl ganz klar: sie spielen wirklich mit Zillich Karten. An einzelnen Tischen sind also die Klassenunterschiede doch aufgehoben.

»Komm näher«, sagte Fahrenberg. Aber Georg blieb stehen aus Trotz, und weil ihm die Knie zitterten. Er wartete, daß ihn Fahrenberg anbrüllen würde, doch Fahrenberg blinzelte nur in unbegreiflichem Einverständnis. Da wußte Georg, daß sich diese drei etwas Neues ausgeheckt hatten – etwas ganz besonders Niederträchtiges, Tückisches, etwas, was ihn in der nächsten Sekunde endgültig treffen würde im Fleisch und in der Seele. Doch die Sekunde verrann, sie sahen ihn alle drei nur an. – Sei auf der Hut, sagte sich Georg, nimm deine letzten Kräfte zusammen. Da entstand ein ganz feines Geräusch, als wenn Knochen knirschten oder sehr trockene Hölzer. Georg stutzte, er sah von einem zum anderen. Da begann er zu merken, daß der Zillich in seiner ihm zugewandten Backe eine Delle hatte, als ob sein Fleisch im Schwinden sei, und ein Ohr an Bunsens schönem, länglichem Schädel war im Abbröckeln und ein Stück seiner Stirn. Georg begriff, daß alle drei tot waren, wie sie da saßen, und auch er, den sie da empfingen in ihrer ewigen Eintracht, auch er, Georg, war schon tot.

Er schrie laut: »Mutter!« Er packte mit seiner Hand einen Lampenständer, die Lampe schlug über sein Bein weg auf den Boden. Die beiden Kreß kamen heraufgelaufen. Georg wischte sich sein Gesicht ab und sah sich um in dem hellen, unordentlichen Zimmer. Er entschuldigte sich verlegen.

Die Frau mit nackten mageren Armen, mit nassem zottigem Haar sah überaus tröstlich jung und rein aus. Sie nahmen ihn mit und setzten ihn zwischen sich an den Tisch und schenkten ihm ein und legten ihm vor von rechts und von links. »Woran denken Sie jetzt, Georg?« – »Woran das liegt, was diese Macht über uns hat – wenn ich jetzt frei wäre, ich läge vielleicht in Spanien an irgendeiner bedrohten Stelle. Ich müßte auf Ablösung warten, und diese Ablösung könnte vielleicht auch abgeknallt werden. Ich könnte auch einen Bauchschuß abkriegen, der auch nicht angenehmer ist wie die Tritte von diesen Banditen in Westhofen, und doch wär mir dort ganz anders zumut. Woran liegt das? An der ganzen Prozedur? An der Macht? Oder nur an mir? – Wie lange kann ich hier bleiben, glauben Sie, schlimmstenfalls?« – »Bis Ihre Ablösung kommt«, sagte Kreß so fest, als ob er sich nicht die ganze Zeit über im stillen gefragt hätte, wie lange er dieses Warten ertragen könnte.

II Um diese Stunde saß Fiedler schon vor der Stadt in der Laube, die er gemeinsam mit seinem Schwager gepachtet hatte. Er hatte sich, ehe er herfuhr, vergewissert, daß seine Frau das Kleidungsstück trug, das ausgemacht war für den Fall, daß die Nacht ruhig verlaufen war.

Röder hatte also bis jetzt nichts ausgesagt. Er hatte den Mittelsmann nicht verraten. Sonst wäre die Meute schon über ihm. Bis jetzt. Bis jetzt, das bedeutete nur einen gewissen Grad von Standhaftigkeit, nichts Endgültiges.

Frau Fiedler hatte das Öfchen angesteckt, das zum Heizen und Kochen diente. Die Bretterbude war außen sauber gestrichen und innen so ordentlich gehalten, als rechneten Fiedlers nicht mehr mit großen Umzügen. Besonders im letzten ruhigeren Jahr hatte Fiedler viel Sorgfalt an diese Laube verwandt. Frau Fiedler richtete ihm den Kaffee auf dem Klapptisch, den er selbst ausgetüftelt hatte, ein nach Bedarf zusammenlegbares Stück mit vielen Scharnieren, aus einfachem Tannenholz, aber hübsch gemasert, was Fiedler durch Hobeln und Polieren herausgeholt hatte.

Er sah durch die kleine, blanke, selbsteingekittete Scheibe hinaus durch eine lockere Hecke, an der unzählige Hagebutten glimmten, über das braune und goldene Gewoge von Büschen und Hecken auf die fernen Kirchtürme der Stadt. Wenn Röder heut nacht nichts gesagt hatte, so war es möglich, daß er morgen, ja jetzt beginnen würde. Ihm fiel die Geschichte von Melzer ein, der als braver Junge gegolten hatte. Er war drei Tage lang stumm geblieben, am vierten aber war er von seinen Peinigern im Betrieb herumgeführt worden, einer großen Druckerei, er hatte ihnen alle gezeigt, von denen er glaubte oder ahnte, daß sie verdächtig waren. Was hatten sie mit dem Melzer gemacht? Durch welches Gift, mit welchen Zangen hatten sie ihm die Seele bei lebendigem Leibe entwendet? Wenn Röder nun morgen in den Betrieb käme, gefolgt von zwei Schatten, und er bezeichnete ihnen den Fiedler? »Nein«, sagte Fiedler laut. Sogar der erträumte Röder sträubte sich, in diesen erträumten Verrat hereingezogen zu werden. »Was nein?« fragte Fiedlers Frau.

Fiedler schüttelte nur den Kopf mit sonderbarem Lächeln. Auf keinen Fall konnte Heisler lange da bleiben, wo er war. Man brauchte Rat und Hilfe. Hatte Fiedler nicht vor sich selbst beteuert, das ganze Jahr hindurch, daß er völlig allein sei, nicht mehr wüßte, wohin sich wenden? Es gab da höchstens vielleicht einen einzigen – gab es ihn wirklich? Obwohl dieser einzige in demselben Betrieb stand, hatte ihn Fiedler seit langem gemieden. Warum? Aus einem ganzen Gemisch von Gründen, in dem – wie immer, wenn man ein ganzes Gemisch von Gründen vorgibt – der wahre Hauptgrund fehlte. Fiedler hatte zum Beispiel geglaubt, diesen Mann zu meiden, weil er ihn nicht belasten wollte, denn diesem Mann mochten bei Pokorny wichtige Dinge obliegen. Ein anderes Mal hatte Fiedler geglaubt, denselben Mann meiden zu müssen, weil der ihn von früher kannte und unvorsichtig über ihn reden könnte. Er hatte ihn also aus zwei entgegengesetzten Gründen gemieden, aus Mißtrauen und aus höchstem Vertrauen. Jetzt aber, da es um Heisler ging, war keine Zeit mehr zu verlieren. Jetzt hatte er keine Minute mehr, um weiterzubrauen an diesem Gemisch von Gründen. Jetzt wußte Fiedler auf einmal, daß er den Mann nur deshalb gemieden hatte, weil es bei diesem Mann, wenn er einmal vor ihm saß, kein Entrinnen mehr gab. Da stellte es sich endgültig heraus, ob er, Fiedler, für immer wegbleiben wollte, sich zurückziehen von allen und allem, oder weiter dazugehören. Auch dieser Mann besaß auf seine Art die Kraft, dem Menschen das Innerste zu entwinden.

Der Mann – er hieß Reinhardt –, dem Fiedler so viel zutraute, lag im halbdunklen Zimmer auf seinem Bett, den Sonntag auskostend. Er horchte schläfrig auf die Geräusche in seiner Wohnung.

Seine Frau fütterte in der Küche das Enkelkind; denn die Tochter war weg mit »Kraft durch Freude« auf irgendeinem Winzerfest. Er hatte sehr jung geheiratet. Sein Haar war mißfarben grau, ob es auch eben erst zu ergrauen anfing oder längst war, und durchbeizt von Metallstaub.

In seinem hageren, alterlosen Gesicht war nichts Besonderes zu entdecken, wenn man nicht in den Blickbereich seiner Augen geriet, und auch dann nur, wenn etwas am Menschen die Aufmerksamkeit dieser Augen erregte. Dann glänzten sie auf in einem Gemisch an Güte, Mißtrauen, und auch aus Spottlust und aus Hoffnung auf einen neuen Freund.

Jetzt hatte er, wenn auch schon lange wach, seine Augen geschlossen. Noch eine Minute, dann mußte er aufstehen. Diesmal war es nichts mit dem Sonntag. Er mußte versuchen, den Mann zu finden, an den er schon eine Stunde dachte. Wenn der Mann nicht auf einem Werkausflug war! Reinhardt kannte zwar selbst den kleinen Röder vom Ansehen, von dem ihm Hermann erzählt hatte; aber es war unmöglich, daß er selbst an ihn herantrat, soviel aufs Spiel setzte, in diesem Halbdunkel von Gerüchten und Vermutungen. Da war der Mann, an den er gerade dachte, der Richtige, um den Röder auszuhorchen.

Vielleicht war alles Erfindung. Man nannte zwar Namen und Orte. Man hatte auch ein paar Straßen durchgekämmt, ein paar Wohnungen durchsucht. Vielleicht benutzte man nur dieses Fluchtgerücht zu ein paar Verhaftungen, zu ein paar Stichproben. Seit gestern schwieg sich das Radio aus. Vielleicht war Heisler schon gefangen. Nur in den Gerüchten der Menschen jagte er noch in der Stadt herum, verbarg sich in erfundenen Schlupfwinkeln, entkam immer wieder durch unzählige Listen, ein allen gemeinsamer Traum. Ihm, Reinhardt, erschien eine solche Lösung höchstwahrscheinlich. Dann war der gelbe Umschlag, den Hermann ihm ausgehändigt hatte, für diesen gespenstigen Georg bestimmt. Ein entliehener Paß für einen Schatten. In solchen Zeiten, in denen das Leben der Menschen eingegrenzt war zum Ersticken, war alles möglich im Bereich der Wünsche und Träume.

Die letzte Minute Sonntagsmorgenruhe war abgelaufen. Er setzte die Füße seufzend auf den Boden. Er mußte sofort zu diesem Mann aus Röders Abteilung, der noch herausfinden konnte, was Fleisch und Blut an dieser Geschichte war. Er, Reinhardt, mußte damit rechnen, daß diese Fluchtgeschichte in Luft zerrann, und gleichzeitig mußte er sie so ernst nehmen, daß kein Augenblick zu verlieren war. Auch Hermann, sein liebster Freund, hatte trotz aller Zweifel sofort genauso gehandelt, als ob kein Zweifel möglich sei. Er hatte sich von der ersten Minute an um Geld und Papiere gekümmert. Reinhardts Augen glänzten auf bei dem Gedanken an Hermann: ein Mensch, der einem die Kraft abgibt, nicht bloß eine Menge sehr schwerer Dinge zu tun, sondern auch die Kraft, eine Menge sehr schwerer Dinge vielleicht nutzlos zu tun. Das Grau seiner Augen wurde stumpfer, als er dann an den Mann dachte, zu dem er jetzt gehen mußte, dieser Mann aus Röders Abteilung. Er runzelte die Stirn.

Zwar könnte ihm dieser Mann eine Auskunft über den Röder geben. Er war ja schon jahrelang mit ihm bei Pokorny. Er würde auch schweigen über den Frager. Doch was darüber hinausging, da würde der Mann wohl zögern, wie er seit langem zögerte. Und Reinhardt hatte ihn gut beobachtet. Ob es ihm heute morgen gelingen würde, den verängstigten, eingeschüchterten Menschen aus sich herauszutreiben?

Er setzte sich auf sein Bett und zog seine Socken an. Es schellte an der Flurtür. Nur jetzt keine Störung, denn Montag konnte es schon zu spät sein, er mußte heut und sogleich fort. Seine Frau steckte den Kopf herein, Besuch sei gekommen. »Ich bin's«, sagte Fiedler im Eintreten. Reinhardt zog seinen Laden hoch, um den Besucher zu erkennen. Jetzt fühlte Fiedler dieselben Augen auf sich gerichtet, vor denen er sich ein Jahr lang gefürchtet hatte. Und doch war es Reinhardt, der seine Augen zuerst niederschlug und ganz bestürzt und verlegen sagte: »Du, Fiedler!

Ich wollte dich eben besuchen.« – »Und ich«, sagte Fiedler bereits ganz ruhig und befreit, »ich hab mich entschlossen, zu dir zu gehen. Ich bin da in eine Lage geraten, in eine Lage, in der ich mich jemand anvertrauen muß. – Nur weiß ich nicht, ob du begreifst, warum ich solang wegblieb.«

Reinhardt versicherte rasch, daß er alles begreife. Als ob es an ihm sei, sich zu entschuldigen, erzählte er eine entlegene Geschichte aus dem Jahr 23. Er hätte in der Gegend von Bielefeld gestanden bei Einzug des Generals Watter, und damals sei ihm der Schreck so in die Glieder gefahren, daß er sich wochenlang versteckt hätte. Zuletzt, als der Schreck schon vorbei war, aus Scham und aus Ärger über den Schreck.

Nachdem ihm also der andere von selbst die ganze Erklärung seines Verhaltens erspart hatte, erzählte Fiedler sofort ausführlich, was ihn herführte. Reinhardt horchte still. Der schroffe Ton, in dem er ein paarmal dazwischenfragte, widersprach seinen Zügen. Sie zeigten den Ausdruck eines Mannes, der endlich wieder leibhaftig vor sich sieht, was ihm im Leben das Wichtigste ist, worauf er alles gesetzt hat, wovon er ahnt, daß es immer besteht, doch oft ist es bis zur Erschöpfung entfernt, bis zur Zweifelhaftigkeit vor ihm versteckt, jetzt aber ist es vor ihm, ja sogar zu ihm gekommen.

Reinhardt, nachdem er alles erfahren hatte, stand auf und ließ Fiedler zwei Minuten allein, so daß dieser seinerseits Zeit gewann, sich des vollzogenen Schrittes klarzuwerden, der so leicht und so schwer gewesen war. Dann kam Reinhardt zurück; er legte einen Umschlag vor ihn hin. Der starke gelbe Umschlag enthielt die Papiere auf den Namen des Neffen eines holländischen Schleppdampfkapitäns, der die Fahrt von und nach Mainz gewöhnlich mit seinem Onkel machte. Diesmal war er zur rechten Zeit in Bingen erreicht worden, um Papiere und Paß dem andern abzutreten, da er selbst noch einen gewöhnlichen Grenzpassierschein in der Tasche hatte. Und das Paßbild war mit zartester Hand den Steckbriefbildern angepaßt.

In dem Paß lagen ein paar Geldscheine. Reinhardt strich den Umschlag mit der Schmalseite seiner Hand so flach wie möglich; eine Bewegung, die ebenso nützlich wie zärtlich war. In dem Umschlag steckte gefährliche, mühselige Kleinarbeit, steckten unzählige Wege, Erkundungen, Listen, die Arbeit vergangener Jahre, alte Freundschaften und Verbindungen, der Verband der Seeleute und Hafenarbeiter, dieses Netz über

Meere und Flüsse. Aber das Leben dessen, der jetzt seine Finger an dem Netz hatte, war eng und schwer, und die paar Scheine stellten in diesen Zeiten ein Heidengeld dar, den Notbestand der Kasse der Bezirksleitung für besondere Fälle.

Fiedler steckte den Umschlag ein. »Wirst du ihn selbst hinbringen?« – »Nein, meine Frau.« – »Ist die denn gut?« – »Vielleicht besser als ich.«

▬▬▬ Blind vom Weinen nach der durchwachten Nacht hatte die Liesel Röder die Kinder gefüttert und angezogen. »Es ist doch Sonntag«, sagte der älteste Junge, wie sie mit Brot anstatt mit Brötchen ankam. Sonntags pflegte der Paul vom Bäcker über der Straße die warmen Brötchen zu holen. Liesel fing bei dieser Erinnerung neu zu weinen an, und die Kinder kauten und tunkten verschreckt und beleidigt.

Also, der Paul ist nicht heimgekommen, das gemeinsame Leben hat aufgehört. Nach dem Schluchzen, das Liesel schüttelt, muß das Leben mit dem verlorengegangenen Paul unvergleichlich gewesen sein. Liesel hat ihre ganze Kraft hineingesteckt, nicht in die Zukunft, nicht einmal in die Zukunft der Kinder, sondern in dieses gegenwärtige gemeinsame Leben. Wie sie mit dick geschwollenen Augen auf die Straße hinuntersah, ohne zu sehen, haßte sie jeden, der an diesem Leben zu rütteln gewagt hatte, sei's mit Verfolgungen, Drohungen, sei's mit Versprechungen von etwas Besserem, Zukünftigem.

Ihre Kinder am Tisch waren fertig mit Trinken, aber sie blieben merkwürdig still.

Ob sie ihn schlagen? fragte sich Liesel. Ihr eigenes zerstörtes Leben sah sie vor sich mit allen Folgen und allen Einzelheiten. Doch das zerstörte Leben des anderen war schwerer zu sehen, auch wenn der andere der Paul war. – Wenn sie ihn so lange schlagen werden, bis er gestanden hat, wo der Georg ist? Wenn er gesteht, kann er dann heimgehen? Kann er dann einfach sofort heimgehen? Kann dann alles so sein, wie es vorher war?

Liesel stockte in ihren Gedanken. Auch ihre Tränen stockten. Eine Ahnung fiel auf ihr Herz, daß selbst das Weiterdenken verboten war. Nichts könnte mehr wie vorher sein. Liesel verstand sich sonst auf nichts anderes als auf ihr eigenes rundes Leben. Sie verstand gar nichts von dem Schatten hinter den Grenzpfählen der Wirklichkeit, und erst recht nichts von den seltsamen Vorgängen, die sich zwischen den Grenzpfählen abspielen: wenn die Wirklichkeit in das Nichts entgleitet und nie mehr zurückkann oder die Schatten sich zurückdrängen möchten, um noch ein einziges Mal für wirklich zu gelten.

Doch in diesem Augenblick verstand auch die Liesel, was eine Scheinwelt sein kann, ein fälschlich zurückgekehrter Paul, der kein Paul mehr ist, eine Familie, die dann auch keine Familie mehr sein kann, ein gemeinsames Leben Jahre hindurch, das schon längst in einer Oktobernacht in dem Keller der Gestapo durch ein paar Worte Geständnis aufgehört hat, ein Leben zu sein.

Liesel schüttelte den Kopf, sie wandte sich vom Fenster ab. Sie setzte sich zu den Kindern aufs Küchensofa. Den ältesten Buben hieß sie die schmutzigen Strümpfe gegen die frischen wechseln, die auf der Herdstange getrocknet waren. Sie setzte das Mädchen auf ihre Knie und nähte ihm einen Knopf fest.

III Mettenheimer sagte sich zwar, daß er immer weiter bespitzelt sei, doch er fühlte bei diesem Gedanken nicht mehr die alte Furcht. Sollen sie mich beobachten, sagte er sich mit einer Art von Stolz, nun, dann werden sie endlich einen ehrlichen Mann kennenlernen.

Aber er betete immer weiter, Georg möge aus seinem Leben verschwinden, ohne daß der Elli ein Leid geschehe, aber auch, ohne daß man sich da oder dort zu versündigen brauchte.

Vielleicht war das schäbige Männchen, das sich neben ihn auf die Bank setzte, der Nachfolger jenes Streifhütigen, der ihn vorige Woche fast zur Verzweiflung gebracht hatte. Mettenheimer wartete trotzdem gelassen auf die Pförtnersfamilie, die gleich aus der Kirche zurückkommen mußte und ihm das Haus aufschließen sollte. Ein prachtvolles Haus, dachte Mettenheimer, die sich das einmal haben zuerst hinbauen lassen, die haben im Bauch keinen Zorn gehabt.

Das weiße zweistöckige Haus mit seinem niedrigen, leichtgeschweiften Dach und seinem schönen, im selben Winkel geschweiften Portal sah hinter dem ansteigenden herbstlichen Garten größer aus, als es in Wirklichkeit war. Es hatte außerhalb der Stadt gestanden, bis die Stadt es eingeholt hatte. Seinethalb hatte man der Straße eine leise Biegung gegeben, weil das Haus zu gut war, um abgerissen zu werden. Ein Haus für

Liebende, die auf die Dauer ihrer Gefühle ebenso rechneten wie ihrer äußeren Verhältnisse, und schon bei der Hochzeit auf Enkel.

»Ein nettes Häuschen«, sagte das schäbige Männchen. Mettenheimer sah ihn an. »Ein Glück, daß da auch mal ausgekehrt wurde«, sagte das Männchen, »daß da auch mal andere hineinziehen.« – »Sind Sie denn der neue Mieter?« fragte Mettenheimer. »Mein Gott! Ich!« Das Männchen bekam einen Lachkrampf. »Ich bin nämlich der Tapezierer«, sagte Mettenheimer trocken. Das Männchen beguckte ihn mit Ehrfurcht. Da Mettenheimer ganz ungesprächig war, stand es bald auf, machte »Heil Hitler« und hüpfte weg. Das war sicherlich nicht mal ein Spitzel, dachte Mettenheimer.

Er wollte aufstehen und nachsehen, ob er etwa die Pförtnersfamilie verpaßt hatte, da kam sein erster Tapezierer Schulz von der Haltestelle. Mettenheimer wunderte sich, daß dieser Schulz am heiligen Sonntag einen solchen Eifer zeigte.

Aber Schulz hatte gar keine Eile, auf den Bau zu kommen. Er setzte sich neben Mettenheimer auf die Bank in den Sonnenschein. »Ein schöner Herbst, Herr Mettenheimer.« – »Ja.« – »Wird nicht mehr lang dauern. Gestern abend war so ein Abendrot.« – »So.« – »Herr Mettenheimer«, sagte Schulz, »Ihre Tochter Elli, die Sie gestern abgeholt hat –« – Mettenheimer drehte sich jäh herum. Schulz geriet in Verlegenheit. »Was ist mit ihr?« fragte Mettenheimer, aus irgendeinem Grund ärgerlich. »Was soll mit ihr sein? Nichts«, sagte Schulz verwirrt, »sie ist wirklich hübsch. Es wundert einen, daß sie nicht längst schon wieder geheiratet hat.« – Mettenheimers Augen wurden böse. Er sagte: »Das ist ja wohl der Elli ihre Sache.« – »Teilweise«, sagte Schulz, »ist sie denn von dem Heisler geschieden?« Jetzt wurde Mettenheimer zornig. »Das können Sie alles die Elli selbst fragen.« – Der Mensch ist ja wirklich harthörig, dachte Schulz. Er sagte ruhig: »Gewiß, das kann ich. Ich dacht bloß, es wär Ihnen lieber, wir beiden sprechen uns vorher über den Fall aus.« – »Über welchen Fall denn?« fragte Mettenheimer bestürzt. Schulz seufzte. Er begann in einem anderen Ton: »Ihre Familie, Herr Mettenheimer, kenn ich jetzt schon an die zehn Jahre. Fast so lang ist's her, daß wir beide zusammen bei derselben Firma arbeiten. Ihre Elli ist ja in früheren Jahren öfters mal auf den Bau gekommen; wie ich sie gestern wiedergesehn hab, da ist mir das durch und durch gegangen.«

Mettenheimer fischte sich seinen Schnurrbart und kaute ihn. Endlich! dachte Schulz. Er fuhr fort: »Ich bin ein Mensch ohne Vorurteil, da ist diese Geschichte mit dem Georg Heisler, davon hat man läuten hören. Nun, ich kenne den Mann ja nicht. Im Vertrauen gesagt, Herr Mettenheimer, ich – ich wünsche ihm sicher von ganzem Herzen, daß es ihm glückt, zu entkommen. Ich sag da bloß, was die anderen denken. Und Ihre Elli könnte ja dann sofort auf Verlassen klagen. Und dann ist noch das Kind von dem Heisler da. Ja, ich weiß. Wenn es ein gutartiges Kind ist, nun, dann ist eben schon ein Kind da.«

Mettenheimer sagte leise: »Es ist gutartig.« – »Ja. Ich an Stelle von diesem Heisler würde mir sagen, besser der Schulz sorgt für mein Kind, so eine Art Mensch wie ich, als daß es in die Hände von diesen Banditen gerät und dann selbst noch zu einem Banditen gemacht wird. Bis das Kind von dem Heisler selbst mit uns auf den Bau geht, wird die Banditenherrlichkeit ja doch aus sein.«

Mettenheimer erschrak. Er sah sich um. Aber soweit er feststellen konnte, waren sie allein im Herbstsonnenschein. »Wenn der Heisler aber gefangen wird«, sagte Schulz von selbst leise, »oder er ist's vielleicht schon, denn im Radio war heute und gestern nichts mehr über ihn, dann gibt's für den armen Menschen gar kein Entrinnen mehr, dann ist sein Leben futsch, dann braucht die Elli nicht mal mehr auf Verlassen zu klagen.«

Sie sahen vor sich hin. Über die stille, sonnige Straße verstreut lag das Laub aus den Gärten. Mettenheimer dachte: Dieser Schulz ist ein solider Arbeiter, er hat Herz und Verstand, er sieht ansehnlich aus. Einen solchen Mann hab ich mir immer für die Elli gewünscht. Warum ist er eigentlich nicht schon längst in meiner Familie? Dann hätte uns alles erspart bleiben können.

Schulz sagte: »Früher haben Sie mal die Freundlichkeit gehabt, Herr Mettenheimer, mich in Ihre Familie einzuladen. Damals hab ich keinen Gebrauch davon gemacht. Erlauben Sie mir jetzt, Herr Mettenheimer, daß ich nochmals auf Ihre Einladung zurückkomme.

Aber eins versprechen Sie mir, Herr Mettenheimer, verraten Sie nichts Ihrer Elli von dem, was wir hier ausgemacht haben. Wenn ich komme, Herr Mettenheimer, und Ihre Elli ist gerade in Ihrem Wohnzimmer, das wird dann ein Zufall sein. Solche Mädchen können nicht leiden, wenn etwas vorbesprochen wird. Die wollen einen Freier haben wie den Teufel auf dem Römer im Freilichttheater.«

▄▄▄▄ Wenn man zum Warten verurteilt ist, zu einem echten Warten auf Leben und Tod, von dem man im voraus nicht wissen kann, wie es ausgeht und wie lange es dauert, Stunden oder Tage, dann ergreift man gegen die Zeit die seltsamsten Maßnahmen. Man versucht die Minuten abzufangen und zunichte zu machen. Man errichtet gegen die Zeit eine Art von Deich, man versucht noch immer den Deich zu stopfen, auch wenn die Zeit schon darüber fällt.

Georg, der noch immer an einem Tisch mit den beiden Kreß saß, hatte zuerst bei diesen Versuchen mitgemacht. Dann hatte er sich unmerklich zurückgezogen. Er war gewillt, überhaupt nicht weiter zu warten. Kreß erzählte, wie und wo er den Fiedler kennengelernt hat. Georg hörte zuerst gezwungen, dann mit wirklicher Teilnahme zu. Kreß beschrieb den Fiedler als einen unwandelbaren Menschen, der keinen Zweifeln und Ängsten zugänglich sei. – Aber ein Stimmengewirr vor dem Fenster hieß Kreß abbrechen – ein gewöhnlicher Sonntagsausflug, wie sich sofort herausstellte. Kreß versuchte etwas anderes, er stand auf und drehte am Radio, und der Bruchteil eines Morgenkonzerts stopfte ein paar Minuten Zeit. Georg bat ihn, eine Karte zu holen und sich wieder zu setzen und ihm Auskunft zu geben über etliche Dinge, die er unbedingt in seinem Leben noch wissen wollte. Keine zwei Wochen war es her, daß ein Neueingelieferter in Westhofen auf der feuchten Erde aus ein paar Spänen ein Spanien zusammengelegt hatte und mit dem Zeigefinger die Kriegsschauplätze hineingezeichnet; Georg erinnerte sich, wie der Mann mit dem Holzschuh sofort darübergefahren war, als sich der Wachtposten näherte. War ein kleiner Drucker gewesen aus Hanau. Georg schwieg, und die Zeit sauste herein. Plötzlich sagte die Frau, als ob man ihr soeben eine Antwort befohlen hätte, einer von ihren Brüdern sei nach Spanien gegangen auf die Francoseite, auch ihr Jugendfreund Benno wollte hin, der Freund dieses Bruders, ihr Spielkamerad. Sie fuhr fort, um die Zeit nicht wieder aufkommen zu lassen, wie man das nächste beste packt, um eine Bresche zu stopfen. »Und ich war lange unsicher, ob ich dich oder Benno nehmen soll.« – »Mich oder Benno?« – »Ja. Er war mir an und für sich vertrauter. Aber ich wollte woanders hin.« Ihr Geständnis war nutzlos, denn die paar Worte nahmen so gut wie nichts von der Zeit.

»Gehen Sie an Ihre Arbeit, Kreß, oder was Sie sonst vorhaben«, sagte Georg, »oder nehmen Sie Ihre Frau unter den Arm und machen Sie einen Sonntagsspaziergang, vergessen Sie ein paar Stunden, daß ich überhaupt da bin. Ich geh hinauf.«

Er stand auf, überraschend für Mann und Frau. »Er hat recht«, sagte Kreß, »wenn man das wirklich könnte, hätte er recht.« – »Doch, man kann«, sagte die Frau, »und ich werde jetzt Tulpenzwiebeln im Garten umsetzen.«

Röder wird mich zwar nie verraten, sagte sich Georg, als er allein war, aber er kann eine Ungeschicklichkeit begehen. Er weiß nicht, wie man antwortet, er weiß nicht, wie man sich verhält. Ihm darf man nichts nachtragen. Wenn man schwach ist von Schlägen und krank vor Schlaflosigkeit, dann verläßt einen der Witz. Dann wird der Schlaueste stumpf und blöd, und den Paul hat man sicher jeden Tag mit diesem Fiedler zusammen gesehen. Ein kurzer Weg für die Gestapo. Aber man kann dem Paul nichts vorwerfen. Georg fragte sich abermals, ob er nicht besser täte, dieses Haus zu verlassen. Selbst im günstigsten Fall – selbst wenn Paul schwieg – aber wenn Fiedler, von Furcht ergriffen, gleichfalls schwieg? Was Georg im Hof bei der Grabber gefürchtet hatte, hier war es eher möglich. Man ließ ihn am Ort. Er blieb unauffindbar. Kreß war bestimmt nicht der Mann, ihm weiterzuhelfen. War es nicht besser, heute zu gehen als Tage zu warten?

Weil ihm jeder abgeschlossene Raum zuwider war, war er ans Fenster getreten. Er sah auf die weiße Straße, die die Siedlung durchschnitt. Hinter der Siedlung, die einem allzu reinlichen Dorf glich, sah man Parks oder Wälder. Georg überwältigte ein Gefühl vollkommener Heimatlosigkeit und sofort, fast in einem, ein Gefühl von Stolz. Wer außer ihm könnte je mit denselben Augen den weiten stahlblauen Herbsthimmel ansehen, diese Straße, die nur für ihn in die vollkommene Wildnis führte? Er betrachtete sich die Leute, die da unten vorbeikamen, Leute in Sonntagskleidern, mit Kindern und alten Müttern und wunderlichen Gepäckstücken: ein Motorradfahrer, die Braut im Beisitz, zwei Pimpfe, ein Mann mit einem Faltbootsack, ein SA-Mann mit einem Kind an der Hand, eine junge Frau mit einem Asternstrauß.

Gleich darauf schellte es an der Haustür. Laß, hier wird es wohl öfters schellen, sagte sich Georg. Haus und Straße blieben ruhig. Kreß kam herauf. »Kommen Sie einen Augenblick auf die Treppe.« Georg betrachtete mit zusammengezogenen Brauen die junge Frau mit dem Asternstrauß, die plötzlich in Kreß' Haus drei Stufen unter ihm stand. »Ich soll dir da was bringen«, sagte sie, »außerdem soll ich dir sagen: du mußt morgen um halb sechs an der Anlegestelle in Mainz sein an der Kasteler Brücke, das Schiff heißt Wilhelmine, du wirst erwartet.« – »Ja«, sagte Georg. Er rührte sich nicht von der Stelle. Die Frau knöpfte, ohne den Strauß loszulassen, ihre Jackentasche auf. Sie reichte ihm einen dicken Umschlag, wobei sie feststellte: »Ich habe dir also diesen Umschlag übergeben.« Ihrem Gehabe war zu entnehmen, daß sie ihn wohl für einen Genossen hielt, der sich verstecken mußte, aber nicht wußte, wer er war. Georg sagte: »In Ordnung.«

▬▬ Liesel hatte gerade einen Malzkaffee für die Kinder gemahlen, so daß sie nicht einmal hörte, wie man die Flurtür aufschloß. Paul hatte in der Hand eine Tüte Brötchen, die er im Heimgehen gekauft hatte. Er sagte: »Liesel, wasch dein Gesicht mit Essigwasser, zieh dich um, dann kommen wir immer noch rechtzeitig auf den Sportplatz, ei, Liesel, was gibt es denn jetzt noch zu flennen?«

Er faßte ihr Haar, da sie den Kopf auf den Tisch gelegt hatte. »Ah, hör jetzt auf, jetzt ist's genug. Hab ich dir nicht versprochen, wiederzukommen?«

»Lieber Gott!« sagte die Liesel. – »Der hat damit gar nichts zu tun, oder nur so viel, wie er mit allem etwas zu tun hat. Mit der Gestapo hat er sicher nicht extra zu tun. Alles war so, wie ich's mir vorgestellt habe. Ein Riesen-Hokuspokus. Stundenlang hat man mich ausgequetscht auf Herz und Nieren. Bloß das hab ich mir nicht träumen lassen, daß man dabeisitzt und auch noch aufschreibt, was ich ihnen vorquatsche, und ich hab nachher noch meinen Namen daruntersetzen müssen, daß ich das alles wirklich selbst gequatscht habe. Wann ich den Georg gekannt habe, wo, wie lang, warum, wer seine Freunde waren, wer meine Freunde waren. Und sie haben mich auch gefragt, wer vorgestern bei mir zu Gast war.

Dabei haben sie mich mit allem bedroht, womit man einem drohen kann. Bloß das höllische Feuer hat gefehlt. Aber sonst haben sie durchaus gewollt, daß ich sie mit dem Jüngsten Gericht verwechsle. Aber sie sind keine Spur von allwissend. Sie wissen, was man ihnen sagt.«

Später, als Liesel sich schon ein bißchen getröstet, schon ihre Kinder und sich selbst für den Sonntag umgekleidet hatte, ihr Gesicht mit Essigwasser gewaschen, da fing Paul noch mal an: »Nur eins wundert mich, daß die Leute so sehr viel sagen. Und warum? Weil sie denken, die wissen ja doch alles.

Ich aber hab mir gesagt: Niemand kann mir das wirklich nachweisen, daß der Georg wirklich bei mir war. Selbst wenn ihn einer gesehen hat, ich kann es ableugnen.

Niemand hat den Beweis, daß er's war, nur er selbst. Nun, und wenn sie ihn haben, dann allerdings ist sowieso alles aus. Wenn sie ihn hätten, würden sie mich aber nicht soviel fragen.«

Zwanzig Minuten später gingen sie in die Stadt hinein. Sie machten einen Umweg, um die ältesten Kinder über den Nachmittag in der Familie unterzubringen. Das kleinste hatte die Hauswartsfrau übernommen, diese Vereinbarung war freilich schon ein paar Tage alt. Paul hatte die Frau zwar stark im Verdacht, eine Meldung in seiner Sache erstattet zu haben, aber sonst war sie ganz gefällig und kinderlieb.

Plötzlich hieß Paul die Liesel mit ihren Kindern warten. Ihm war es heiß geworden. Er entschloß sich und ging durch die Torfahrt. Das kleine Fenster in der Garage war wie immer erleuchtet, obwohl es im Hof taghell war, Paul lief schnell vor das Fenster, um seine Familie nicht warten zu lassen und die unangenehme Aufgabe loszuwerden. Er rief: »Tante Katharina!«

Als sich der Kopf der Grabber zeigte, erzählte Paul rasch hintereinander: »Mein Schwager läßt sich entschuldigen. Man hat ihm eine Zustellung nachgeschickt von der Polizei in Offenbach. Er hat noch mal heimgemußt, fraglich, ob er zurückkommt, ist mir recht leid, Tante Katharina, ist nicht meine Schuld.«

Die Grabber schwieg einen Augenblick, dann schrie sie: »Von mir aus kann er ganz wegbleiben! Ich hätt ihn sowieso heimgeschickt! Untersteh dich noch mal, mir ein solches Miststück zu empfehlen!«

»Na, na, na«, sagte Paul, »du hast schließlich keinen Schaden gehabt. Er hat dir umsonst deinen Wagen überholt. Heil Hitler!«

Die Grabber setzte sich hinter den Schreibtisch. Die rote Zahl auf ihrem Kalender machte ihr klar, daß Sonntag war. Am Sonntag blieben die Umzugswagen meistens an ihren Bestimmungsorten. Sie hatte keine Familie mehr, und wenn sie eine gehabt hätte, wär sie nicht hingegangen. Ihre Enttäuschung war übermäßig über diese belanglose Kleinigkeit: daß der Schwager von Paul nun doch die Stelle nicht antrat. Wahrscheinlich war diese Zustellung nur eine Ausflucht, es hatte ihm nicht bei ihr gepaßt. Dann hätte er aber gestern abend nicht mit ihr trinken dürfen. Das hätte er nicht gedurft, dachte sie wütend, das war schlecht von dem Menschen.

Sie sah sich um in der unübersehbaren Öde des Sonntags, eine wahre Sintflut von Öde, auf der ein paar Gegenstände herumtrieben, ein Hügelchen aus Malachit, eine Lampe, ein Hauptbuch, ein Kalender.

Sie stürzte ans Fenster und rief in den Hof: »Paul!« – Paul war schon längst weitergezogen mit seiner Liesel zu dem Niederrader Sportplatz.

■■■ Hermann sah und hörte halb froh, halb schuldbewußt, seiner Frau zu, die sich für die Sonntagseinladung bei den vorderen Marnets hübsch machte und dazu sang. Mit ihrem feucht gebürsteten Haar, ihrem Halskettchen, ihrem steif gebügelten Kleid, ihren reinen Augen glich sie einem kräftigen Konfirmandenkind. Obwohl man nur zehn Minuten Weg den Berg herauf hatte, setzte sie doch einen Hut auf ihren runden Kopf. »Um es den vorderen Marnets zu zeigen.« Daß die Else, die dumme, kleine Else, diesen gutbesoldeten älteren Eisenbahner zum Mann bekommen hatte, konnte ihre Kusine Auguste Marnet auch jetzt noch nicht verdauen.

Hermann beobachtete belustigt das Gesicht seiner Else, als sie sich Marnets Haus näherten. Er kannte ihre Regungen alle, wie man sich in den Regungen eines Vögelchens rasch auskennt. Wie sie stolz war auf die Ehe, die sie für unzerstörbar nahm. »Was siehst du mich heute so komisch an?« War es gut, war es schlecht, daß sie zu fragen anfing?

Wenn man die Schmiedtheimer Höhe heraufstieg, fragte man sich, was für ein starkes blaues Licht hinter Marnets Gartenzaun glänzte. Erst im Näherkommen verstand man, daß es die große Glaskugel über dem Asternbeet war.

Marnets Küche war heiß und feucht. Um den Tisch herum saß die ganze Familie mit allen Gästen. Einmal im Jahr nach der Apfelernte gab es hier oben Kuchen auf Blechen fast so groß wie der Tisch. Alle Mäuler glänzten von Saft und Zucker, die Mäuler der Kinder ebenso wie die Soldatenmäuler, und selbst die knausrig dünnen Lippen der Auguste glänzten. Auf dem Tisch sah die mächtige Kaffeekanne mit ihrer kleineren Milchkanne und ihren zwiebelgemusterten Tassen selbst wie eine Familie aus. Um den Tisch herum saß ein ganzes Volk: die Frau Marnet mit ihrem winzigen Bäuerchen, ihren Enkeln, das Ernstchen und das Gustavchen, ihrer Tochter Auguste, ihrem Schwiegersohn und ihrem ältesten Sohn, diese beiden in SA-Uniform, ihrem Soldatensohn, neu und blank, Messers zweiter Sohn, der Rekrut, Messers jüngster Sohn in SS-Uniform, aber Apfelkuchen bleibt Apfelkuchen – die Eugenie so stolz und schön, Sophie Mangold ein bißchen matt. Ernst der Schäfer mit einer Krawatte und ohne Halstuch – seine Mutter vertrat ihn derweil bei der Herde –, Franz, der aufsprang, als Hermann und Else ankamen. An dem Kopfende des Tisches, am Ehrenplatz, saß die Schwester Anastasia von den Königsteiner Ursulinen. Ihre weißen Haubenenden schimmerten über den Kaffeetisch.

Else setzte sich stolz zu den Frauen ihrer Familie. Ihre feste Kinderhand, an der ein Ehering steckte, platschte vergnügt nach dem Apfelkuchen. Hermann hatte sich neben Franz gesetzt. – »Vorige Woche hat sich die Dora Katzenstein bei mir verabschiedet«, sagte die Schwester Anastasia, »ich hab früher den Stoff für meine Waisenkinder in ihrem Laden gekauft. ›Sagen Sie's niemand, Schwester‹, hat die Dora gesagt, ›aber wir gehen jetzt bald alle weg.‹ Sie hat auch geflennt. – Gestern waren die Läden zu bei den Katzensteins, und der Schlüssel hat unter der Matte gelegen. Wie man dann aufgemacht hat, da drin im Lädchen alles kahl und ausverkauft! Nur das Metermaß hat auf dem Ladentisch gelegen.«

»Die sind doch nicht eher ab, als bis ihr letzter Rest Kattun verkauft war«, sagte die Auguste. Ihre Mutter sagte: »Wenn wir wegmüßten, würden wir auch warten, bis wir unsere letzten Kartoffeln drin hätten.« – »Du kannst doch unsere Kartoffeln nicht mit den Katzensteins ihrem Kattun vergleichen.« – »Man kann alles miteinander vergleichen.« Messers SS-Sohn sagte: »Eine Sarah weniger.« Er spuckte aus. Aber der Frau Marnet wär's lieber, er würde nicht gerade auf ihren Küchenboden spucken. Überhaupt ist es schwer, in Marnets Küche Schauder zu verbreiten. Selbst wenn die vier Reiter der Apokalypse an diesem Apfelkuchen-

Sonntag vorbeigestoben kämen, sie würden ihre vier Pferde an den Gartenzaun binden und sich drin wie vernünftige Gäste benehmen.

»Du hast ja mal schnell Urlaub bekommen, Fritzchen«, sagte der Hermann zu seinem angeheirateten Vetter Marnet. »Hast du's nicht in der Zeitung gelesen? Jede Mutter soll ihre Freude haben am Sonntag, wenn sie gleich einen funkelnagelneuen Rekruten im Haus hat.«

Die Eugenie sagt: »An seinem Sohn freut man sich in jeder Aufmachung.« Alle sehen sie etwas betreten an, aber sie sagt ruhig: »So ein neuer Rock ist natürlich schöner als einer mit Löchern, besonders wenn die Löcher tief reingehen.«

Aber die anderen sind froh, daß die Schwester Anastasia über die kühle Pause noch mal aufs Alte zurückkommt. »Die Dora war ganz brav.« – »Sie hat keinen richtigen Ton singen können«, sagt Auguste, »wir waren zusammen in der Schule.« – »Ganz brav«, sagt Frau Marnet. »Wieviel Rollen Kattun die auf ihrem Rücken schon rumgeschleppt hat.« Die Dora Katzenstein sitzt schon auf ihrem Auswandererschiff, da steigt noch einmal in Marnets Küche ihr zu Ehren das zarte Fähnlein auf, der Nachruf.

»Ihr zwei seid wohl bald Brautleute?« fragte Schwester Anastasia. »Wir?« rufen Sophie und Ernst. Sie rücken entschieden auseinander. Aber die Schwester kann von ihrem Ehrenplatz aus nicht nur über, sondern auch unter den Tisch sehen. »Wann kommst du denn mal endlich zu den Soldaten?« fragt die Frau Marnet, »das würde dir guttun, Ernst, da wirst du dich nicht mehr vor allem drücken können.« – »Der war seit Monaten bei keiner Übung mehr«, sagt der SA-Marnet. »Ich bin von allen Übungen dispensiert«, sagt Ernst, »ich bin beim Luftschutz.« Alle lachen bis auf den SS-Messer, der den Ernst mit Widerwillen betrachtet. »Du mußt wohl deinen Schafen Gasmasken anprobieren?« Ernst wendet sich plötzlich an den Messer, denn er hat seinen Blick gespürt. »Na und du, Messer? Dir wird's wohl hart ankommen, deinen schönen schwarzen Frack mit einem gewöhnlichen Soldatenrock zu vertauschen.« – »Hab ich auch gar nicht nötig«, sagt der Messer, aber bevor eine kühle Pause kommt oder noch was Schlimmeres, sagt die Schwester Anastasia: »Das hast du bei uns gelernt, Auguste, die geriebene Nuß auf den Apfelkuchen.«

»Ich schnapp jetzt mal Luft«, sagt Hermann. Franz begleitet ihn in den

Garten. Über der Ebene verfärbt sich der Himmel, und die Vögel fliegen tiefer. »Morgen ist's mit dem schönen Wetter vorbei«, sagt Franz, »ach, Hermann –« – »Was für ein Ach?« – »Gestern und heute war nichts im Radio, nichts von der Flucht, kein Steckbrief mehr, nichts von dem Georg.« – »Franz, hör auf, über diese Geschichte nachzugrübeln, es ist besser für dich, besser für alle, sie nimmt viel zuviel Raum in deinem Kopf ein, alles, was man für deinen Georg tun könnte, ist schon getan worden.«

Einen Augenblick belebte sich Franz' Gesicht, so daß man begreifen konnte, dieser Mensch war gar nicht langsam und schläfrig, sondern fähig, alles mögliche zu tun und zu fühlen. Er rief: »Ist er denn gerettet?« – »Noch nicht –«

IV   Hermann brach kurz danach auf, denn er hatte Nachtschicht. Else ließ er zurück bei Marnets Apfelkuchen. Franz begleitete ihn ein Stück. Da er keine Verabredung für den Sonntag hatte, wollte er wieder zurück ins Haus. Aber jetzt hatte er keine Lust mehr nach dem Geschwätz in der Küche, und er hatte auch keine Lust, in seiner Kammer allein zu sitzen. Plötzlich fühlte sich Franz so verlassen, wie man sich nur sonntags verlassen fühlen kann. Er war unglücklich, schwerfällig, mürrisch.

Sollte er denn allein in den Wäldern herumsteigen? Liebespärchen aufscheuchen in den Lichtungen, im warmen trocknen Herbstlaub? Wenn er schon sonntags allein war, dann war er's lieber in der Stadt. Er ging weiter nach Höchst zu.

Er war eigentümlich müde, obwohl er sich ausgeschlafen hatte. Die Woche harter Arbeit steckte ihm in den Knochen. Hermann hatte ihm zwar noch einmal eingeprägt, seine Finger von Georgs Sache zu lassen, was man für Georg tun könnte, sei getan. Aber man kann die Gedanken nicht plötzlich abstellen.

Franz setzte sich in den ersten besten Wirtsgarten. Es war ziemlich leer, die Wirtin kehrte die welken Blätter vom Tischtuch und fragte ihn, ob er Apfelwein wollte. – Der Apfelwein war nicht richtig süß, sondern hatte zu Franz' Verdruß einen leichten Stich. Da hätte er besser echten Rauscher bestellt. Ein kleines Mädchen lief in den Garten und raschelte in dem Laub herum, das man gegen den Zaun zusammengekehrt hatte;

dann lief es zu Franz herüber und zupfte an seinem Tischtuch. Sein Gesicht war in ein Häubchen gebunden, seine Augen waren fast schwarz.

Aus der Tür kam die Mutter nach, zottelte an dem Kind herum und schimpfte. Ihre rauhe, wie angebrochene Stimme kam Franz bekannt vor; ihre Gestalt war jung und mager, doch ihr Gesicht war etwas verkniffen, durch ein schiefgesetztes Mützchen und eine große, über die halbe Gesichtshälfte gekämmte Locke. Franz sagte von dem Kind: »Das ist ja nicht schlimm.« Sie sah ihn rasch an, mit ihrem unbedeckten Auge, ein wenig starr. Franz sagte: »Wir haben uns doch schon mal gesehen.« Wie sie den Kopf rasch gedreht hatte, war ein Winkel ihres linken, wohl durch einen Betriebsunfall verschandelten Auges frei geworden. Sie erwiderte spöttisch: »O ja, wir haben uns schon wo gesehen, das kann man behaupten.« – Gesehen, ja, öfters, dachte Franz, aber wo hab ich ihre Stimme gehört? »Ich hab Sie neulich mit meinem Rad angerempelt.« – »Das auch«, erwiderte sie trocken; das Kind, das sie eisern festhielt, verdrehte ihr beinah den Arm. »Wir kennen uns aber auch noch von woanders her, von viel früher.« – Sie sah ihm immer noch ins Gesicht, dann platzte sie heraus: »Franz.« Er zog die Brauen hoch, sein Herz machte zwei Schläge, eine leise, gewohnheitsmäßige Warnung. Sie ließ ihm ein wenig Zeit. – »Von der Ruderpartie, von den Inselchen auf der Nidda, wo das Fichtelager war, wo du selbst –« – »'ne Nuß!« rief das Kind, das um die Tischbeine rumfummelte. »Na, knack sie unter dem Absatz«, sagte die Frau, ohne den Blick von Franz abzuziehen.« Ihn aber ergriff eine Kälte, eine Art von Beklemmung, über die er sich selbst nicht im klaren war, er betrachtete sie grübelnd. Sie beugte sich plötzlich vor und sagte ihm ins Gesicht in heller Verzweiflung: »Ich war doch die Lotte!« Er wollte rufen: Unmöglich! Er verschluckte das doch rechtzeitig.

Sie mußte aber erraten, was in ihm vorging. Sie sah ihm mitten ins Gesicht, als warte sie auf ein Zeichen von Wiedererkennen, auf einen noch so blassen Abglanz von alldem, was sie früher gewesen war: ein Mädchen, funkelnd vor Freude, mit schmalen, glatten, von der Sonne gebräunten Gliedern, das Haar so schimmernd und stark wie die Mähne eines gesunden Tieres.

Als die Frau merkte, daß er endlich anfing, sie zu erkennen, da kam eine Spur von Lächeln auf ihr Gesicht, und erst jetzt erkannte er sie wirklich an dieser Spur von Lächeln. Er erinnerte sich, wie sie das Essen verteilt hatte im Ferienlager, auf einem Brett über zwei Baumstümpfen. Wie sie vom Rudern gekommen war in einem blauen Kittelchen. Wie sie mit hochgezogenen Knien auf der Erde gesessen hatte. Wie sie die Fahne getragen hatte, müde und lächelnd, ein wenig Schnee auf dem dichten Haar. Ein Mädchen so schön und kühn, daß sie einem wie ein Wahrzeichen vorkam, wie die Galionsfigur auf dem Bug unseres eiligen Schiffes. Er erinnerte sich sogar, daß sie schnell geheiratet hatte, einen großen, hellen Menschen, einen Eisenbahner, der aus Norddeutschland heruntergekommen war, Herbert hatte er doch geheißen. Er hatte nie mehr an ihn gedacht, so wie man aufhört an etwas zu denken, wenn keine Spur mehr davon übrig ist. »Wo steckt denn der Herbert?« fragte er, und bereute sofort seine Frage. – »Wo soll er stecken?« sagte die Frau, »da!« Sie deutete mit dem Zeigefinger nach unten, auf die braune Wirtsgartenerde, unter die Erde, auf der die Nußblätter herumlagen und ein paar stachlige, schrumplige Nußschalen. So genau deutete sie, so ruhig, daß es Franz selbst vorkam, Herbert, den er völlig verloren und nicht einmal mehr gesucht hatte, müßte einfach unter ihm liegen, unter diesem Garten, in dem er sich zufällig niedergelassen hatte, unter den welken Blättern und den hohen SS- und SA-Stiefeln und den Stiefelchen ihrer Frauen, denn inzwischen war der Garten voll geworden. Lauter Uniformen und ihre Bräute, hübsche und junge, aber Franz waren sie allesamt eklig. »Setz dich doch, Lotte«, sagte er. Er bestellte Apfelwein für die Frau und Limonade für das Kind.

»Dabei hab ich noch Glück gehabt«, erzählte Lotte mit veränderter, trockner Stimme. »Herbert war ja schon weg von uns nach Köln, wo er dann verpetzt wurde. Mich wollten sie auch holen. Da war gerade in unserer Abteilung etwas passiert, das Rohr war geplatzt, ich lag in irgendeinem Spital dicht am Abkratzen, jemand von meiner Verwandtschaft hatte das Kind, das ja noch ganz klein war, aufs Land mitgenommen. – Wie ich inzwischen wieder auf meinen Füßen stehen konnte, da hatte das Kind auch schon laufen gelernt, und Herbert, na, Herbert, der war tot. – Nachher ist mir nichts mehr passiert, ich bin so durchgerutscht. –

Du mußt nicht blasen, sondern lutschen am Röhrchen«, sagte sie zu dem Kind, und sie sagte entschuldigend zu Franz: »Es trinkt das Zeug zum erstenmal.«

Sie rückte sein Häubchen zurecht und sagte: »Tot sein wär manchmal nicht schlecht, aber das Kind! Kann ich denn denen mein Kind lassen! Du brauchst mich nicht zu ermahnen, Franz, und auch nicht zu trösten. Man kommt sich manchmal allein vor. Dann denkt man: Ihr andern habt alles vergessen.«

»Wer ihr?« – »Ihr! Ihr! Du auch, Franz. Hast du vielleicht nicht Herbert vergessen? Meinst du vielleicht, ich hab das deinem Gesicht nicht angesehen? Wenn du sogar den Herbert vergessen hast, wie viele hast du dann noch vergessen? Und wenn du schon vergißt. – Damit rechnen die –« Mit der Schulter deutete sie nach dem Nachbartisch, der von SA besetzt war und ihrem Anhang. – »Sag nicht nein, du hast viele Sachen vergessen. Das ist schon schlimm, wenn man abstumpft, und man vergißt etwas von dem Schlechten, was sie uns angetan haben. Aber daß man das Beste vergißt, unter all dem Furchtbaren, das ist noch schlechter. Weißt du noch, wie wir alle zusammen waren? – Ich aber, ich hab nichts vergessen.«

Franz streckte die Hand aus, ehe er's recht gewollt hatte. Mit einer sachten Bewegung strich er diese unsinnige Locke weg, er strich ihr übers verschandelte Auge, über das ganze Gesicht, das unter seinen Fingern noch bleicher wurde und ein wenig kühler. Sie schlug die Augen nieder. Dadurch wurde ihr ganzes Gesicht dem ähnlicher, was es einmal gewesen war. Ja, Franz kam es vor, er brauchte nur noch ein paarmal darüberzustreichen, dann müßte die Wunde verheilen und der alte Glanz, die verlorene Schönheit in dieses Gesicht zurückgekehrt sein. Er zog aber seine Hand zurück, vorzeitig. Sie sah ihn starr an mit ihrem trocknen gesunden Auge, das jetzt so schwarz war, daß die Pupille darin verschwand und dadurch gar zu groß erschien. Sie zog ein Spiegelchen heraus, stellte es gegen das Glas und zog ihr Haar zurecht.

»Komm, Lotte«, sagte Franz, »es ist ja noch früh am Tag, geh noch ein Stück mit heraus zu meinen Leuten.« – »Bist du verheiratet, Franz, hast du Eltern am Ort?« – »Keins von beiden, nur Verwandte. Ich bin so gut wie allein.«

Sie stiegen schweigend die Straße hinauf, fast eine Stunde lang. Das Kind störte sie nicht. Es lief voraus, von dem Wunsch erfaßt, immer höher zu steigen. Denn es kam selten aus Höchst heraus. Nach Minuten blieb es immer kurz stehen, um zu sehen, wieviel Land sich dort unten entfaltet hatte und mit dem Land auch der Himmel. Wenn man nur hoch genug kam, dachte das Kind, dann müßte man statt neuer Dörfer und Äkker etwas ganz anderes sehen, das Ende von allem, wo die Wolken herauskamen und der Wind, der mit dem gelben Nachmittagslicht eins war, etwas, was sich nicht weiter entfalten ließ.

Franz sah schon Mangolds Haus. Er hatte noch kein Wort mit der Lotte gesprochen, aber es war auch nicht nötig, zu sprechen, sondern störend. Er kaufte dem Kind eine Waffel am Selterswasserhäuschen und der Lotte eine Tafel Schokolade. Wie sie in Marnets Küche kamen, blieb der Auguste der Mund offen. Alle beglotzten den Franz, die Lotte, das Kind. Lotte begrüßte sie ganz gelassen. Sie half gleich beim Geschirrspülen. Von dem tischgroßen Apfelkuchen war leider nur noch ein krustiges Randstück übrig. Dieses Stück bekam das Kind in die Hand, mit der Erlaubnis, die blaue Glaskugel auf dem Asternbeet zu betrachten. In der Küche saß noch alles um den leeren, sauber gescheuerten Tisch. Ernst, der die Lotte unverwandt betrachtete, ärgerte sich, obwohl sie ihm eher mißfiel, daß der Franz, der verschlafene Franz, nun also doch ein Frauenzimmer im Hinterhalt hatte. Die Frau Marnet brachte dann später ihre Zwetschenlikörflasche. Alle Männer tranken ein Gläschen, von den Frauen tranken die Lotte und die Eugenie.

Das Kind hatte inzwischen die Gartentür aufgemacht und war auf die Wiese gegangen. Es blieb unter dem ersten Apfelbaum stehen. Das Kind von Lotte und von dem Herbert, den man totgeschlagen hat.

Zuerst sah das Kind nur den Stamm, es zog seinen Finger durch die Riefen. Dann legte es seinen Kopf zurück. Die Äste drehen und winden sich und bohren sich mächtig in die Luft, und doch steht das ganze Geäst still. Auch das Kind steht still. Die Blätter, die jetzt von unten schwarz aussehen, bewegen sich alle unaufhörlich ein wenig, und durch die Lükken scheint der Abendhimmel. Ein einziger schräger Sonnenstrahl schießt durch das Geäst und trifft genau etwas Goldnes, Rundes.

»Da hängt noch einer«, schreit das Kind.

In der Küche springen sie alle auf, weil sie denken, wunder was passiert ist. Sie rennen hinaus und gucken alle hinauf. Dann wird die Obststange gebracht. Weil das Kind noch zu schwach ist, führt man ihm seine Hand, die die schwere Stange festhält wie einen riesigen Griffel. Jetzt hakt es, der Apfel bumbelt, guten Abend, Apfel.

»Du darfst ihn mitnehmen«, sagte Frau Marnet, die sich sehr üppig vorkommt.

V Fahrenberg stellte sich vor die Kolonne, die am Sonntag um sechs Uhr antrat wie an allen Abenden in der Woche. Vor der SA stand heute zum erstenmal nicht Zillich, sondern sein Nachfolger Uhlenhaut. Vor der SS stand nicht Bunsen, sondern, da er auf Urlaub war, ein gewisser Hattendorf mit einem langen Pferdeschädel. Aber die Häftlinge, die in früherer Zeit auch die kleinste Veränderung verfolgt hatten, waren nach den Quälereien der letzten Woche in einem seltsamen Zustand dumpfer, hartnäckiger Gleichgültigkeit.

Keiner von ihnen hätte entscheiden können, ob die drei übrigen Flüchtlinge, die man an die Bäume heranschleppte, tot oder immer noch lebend waren. Überhaupt hatte der ganze Tanzplatz vor der Baracke etwas von einer Zwischenlandungsstation; denn auf Erden konnte der Platz wohl nicht liegen und im Jenseits wohl auch nicht. Fahrenberg selbst, wie er da vor sie gestellt war, schien zusammengeschrumpft und abgemagert und genauso gequält wie sie alle.

In die stumpfen Köpfe der Häftlinge bohrte sich seine Stimme, einzelne Worte, etwas von der Gerechtigkeit und von dem Arm der Gerechtigkeit, von dem Volk und von dem Geschwür am Volk, von der Flucht und von dem Fluchttag, der morgen wiederkehrte. Aber die Häftlinge horchten auf den Gesang betrunkener Bauern, weit weg von den Dörfern.

Da ging ein Ruck durch jeden einzelnen und ein Ruck durch die Kolonne. Was hatte Fahrenberg eben gesagt? Wenn man den Heisler auch gefangen hatte, dann war's aus.

»Aus«, sagte einer auf dem Rückweg; das war die einzige Silbe, die überhaupt verlautet war.

Doch eine Stunde später in der Baracke sagte einer zum andern ohne den Mund zu bewegen, weil das Sprechen verboten war: »Glaubst du, sie haben ihn wirklich?« und der andere erwiderte: »Nein, das glaub ich nicht.« Und der eine war der Schenk, bei dem Röder umsonst gewesen war, und der andere war der Neuankömmling von den Arbeitern aus Rüsselsheim, den man gleich in den Bunker gesteckt hatte. Einer sagte noch zum andern: »Hast du ihre betretenen Gesichter gesehn? Hast du gesehen, wie sie sich zuzwinkerten? Und der Alte ist mit der Stimme nicht hochgekommen. Nein, das war diesmal nicht echt. Nein, sie haben ihn nicht.«

Nur die Nächsten konnten verstehen, was die beiden sagten. Doch vom Nächsten zum Übernächsten breitete sich in der Baracke im Laufe des Abends der Sinn der Worte aus.

▬▬ Bunsen war auf Urlaub gefahren, und er hatte zwei jüngere Freunde mitgenommen, hübsche, witzige Burschen, wenn auch nicht ganz so strahlend wie er, aber aus diesen Gründen zu einer Gefolgschaft geeignet.

Während Fahrenberg seine Ansprache hielt, fuhren sie vor den Rheinischen Hof in Wiesbaden. Seine beiden Kumpane im Rücken, ging Bunsen, alles rasch überblickend, in die Tanzdiele, die noch nicht sehr dicht besetzt war. Die Musik spielte einen der alten gezogenen Walzer, die die Jazzmusik abgelöst hatten. Auf der hellen Tanzfläche gab es im Augenblick kein Dutzend Paare; alle Bewegungen hatten die Weite, sich auszuschwingen, und die langen weißen und farbigen Kleider der Frauen machten jede Bewegung noch weicher, noch ausgeschwungener. Da die meisten Männer Uniform trugen, hatte das alles fast den Anstrich einer Siegesfeier oder eines der Feste, die man bei einem Friedensschluß gibt.

Bunsen hatte an einem der Tische dicht bei der Tanzfläche seinen Schwiegervater entdeckt und ihm zugenickt. Dieser Schwiegervater war Reisender für Henkell, Champagnerkonsul, wie er sich nannte, und wie er hinzufügte, ein Kollege von Botschafter Ribbentrop, der aus dem gleichen Fach hervorgegangen war. Bunsen entdeckte jetzt auch seine Braut unter den tanzenden Paaren. In einem Anfall von doppelter Eifersucht kam es ihm vor, sie tanze mit einem Fremden, bis er in dem mageren neugebacknen Leutnant ihren Vetter erkannte. Als der Tanz fertig war, kam die Braut, neunzehnjährig, blaßbraun, sanft, mit frechen Augen, und sie fühlten beide und freuten sich, daß sie von aller Welt bestaunt wurden. Bunsen brachte seine beiden Kumpane, Tische wurden zusammengerückt, eilig zerschlug der kleine Kellner das Eis mit seinem kurzen Hämmerchen. Hanni, die Braut, erklärte, das sei ihr Abschiedsfest, morgen begänne der Sechswochenkurs auf der SS-Bräuteschule. Nichts sei

wichtiger, meinte Bunsen, ob sie beabsichtige, ihren Mitbräuten Nachhilfestunden zu geben. Hannis Vater sah ihn scharf an, dann fast ebenso scharf jeden der beiden Kumpane. Er war ein witziger, schlauer Witwer. Er war nicht allzu begeistert gewesen von dem schönen Burschen, in den sich seine Tochter verliebt hatte. Auch erschien ihm Bunsens Kommando in Westhofen ein etwas ausgefallener Posten für einen Schwiegersohn. Aber er hatte Erkundigungen über Bunsens Eltern einholen lassen, und die Eltern waren gewöhnliche Eltern: kleine Beamte in der Pfalz, ganz brave Menschen. Daß sie gerade diesen ausgefallenen Knaben geboren hatten, dachte der Witwer bei dem langweiligen Anstandsbesuch in dem miefigen Pfälzer Wohnzimmer, das war der Genius der Rasse.

Inzwischen war es voll geworden. Die Walzer wechselten mit Rheinländer und sogar mit Polka. Bunsens Schwiegervater, überhaupt alle älteren Menschen im Saal lächelten, wenn eine Melodie gespielt wurde, die ihnen von früher her bekannt war, bei der Erinnerung an die Vorkriegsspäße. Soviel echte Festlichkeit, ungetrübte lockere Heiterkeit hatte man lange nicht mehr an diesem Ort erlebt. Eine solche Entspannung findet man an allen ähnlichen Orten, in allen Städten der Welt, wenn diejenigen feiern, die einer großen Gefahr entronnen sind oder entronnen zu sein glauben. Heute abend gibt es hier keine Störenfriede, keine Spielverderber. Dafür ist gesorgt worden. Auf dem Rhein schimmt eine ganze Flottille »Kraft durch Freude«-Schiffchen; jedem hat die Firma von Hannis Vater einen Stapel Henkell Trocken gestiftet. – An den Saaltüren gibt es keine schiefmäuligen Zuschauer; höchstens den kleinen Kellner, der mit undurchsichtigem Gesicht mit seinem kurzen Hämmerchen das Eis zerhackt.

Unter den parkenden Autos in derselben Stadt vor dem Kurhaus hatten die Kreß ihren Opel abgestellt. Sie hatten den Georg in Kostheim abgesetzt. Denn er mußte sich für die Nacht ein Schifferquartier suchen, da er mit seinen Papieren schlecht in das blaue Wägelchen paßte. In der letzten halben Stunde war Kreß ebenso schweigsam gewesen wie auf der ersten Fahrt in die Riederwaldsiedlung, als ob der Gast, der langsam Gestalt angenommen hatte, sich wieder verflüchtigte, so daß es zwecklos sei, ihn noch anzusprechen. Abschied hatte es keinen gegeben. Nachher waren die beiden Kreß auch stumm geblieben. Ohne sich gegenseitig zu fragen, waren sie bald hier angefahren, denn sie hatten jetzt Lust auf Licht und Menschen. Sie setzten sich in einen Winkel der kleinen Halle, weil sie etwas abstachen in ihren verstaubten Ausflüglerkleidern. Sie betrachteten, was es zu sehen gab. Schließlich brach die Frau das Schweigen, das fast schon eine Stunde dauerte. »Hat er zuletzt noch etwas gesagt?« – »Nein. Nur: danke!« – »Es ist merkwürdig«, sagte die Frau, »mir ist es zumut, als ob ich mich bei ihm bedanken sollte, was auch noch aus dieser Geschichte für uns alle entstehen mag – daß er bei uns war, daß er uns diesen Besuch gemacht hat.« – »Ja, ich auch«, sagte der Mann rasch. Sie betrachteten einander verwundert in einem neuen, ihnen noch unbekannten Einverständnis.

VI

Nachdem ihn die Kreß vor einer Wirtschaft abgesetzt hatten, ging Georg nach kurzem Nachdenken, statt in die Tür hinein, zum Main hinunter. Er schlenderte über die Au unter vielen Leuten, die den Sonntag genossen und die Herbstsonne, von der sie sagten, daß sie bereits einen Stich hätte wie der Apfelwein und nicht mehr lange vorhalten würde. Georg kam an einer Brücke vorbei, an der ein Posten stand. Die Au erweiterte sich, er war an der Mainmündung angekommen, viel eher als er gedacht hatte. Der Rhein lag vor ihm und dahinter die Stadt, durch die er vor ein paar Tagen gelaufen war. Ihre Straßen und Plätze, auf denen er Blut geschwitzt hatte, waren zusammengeschmolzen zu einer grauen Festung, die sich im Wasser spiegelte. Ein Schwarm von Vögeln, ein spitzes schwarzes Dreieck war in den rötlichen Nachmittagshimmel geritzt, zwischen den höchsten Türmen, wie bei den Städten auf Wappenschildern. Als Georg ein paar Schritte weiterging, erblickte er zwischen zwei dieser Türme auf dem Domdach den heiligen Martin, der sich vom Pferd bückte, um seinen Mantel mit dem Bettler zu teilen, der ihm im Traum erscheinen wird: ich bin der, den du verfolgst.

Georg hätte gleich weitergehen können über die nächste Brücke in eines der Schifferquartiere und sich ein Zimmer mieten. Selbst wenn eine Razzia käme, sein Paß war ja gut. Doch er fürchtete, in Fragen verwickelt zu werden. Ihm war's lieber, er könnte die Nacht auf dem rechten Ufer verbringen und morgen sofort aufs Schiff gehen.

Er beschloß, alles noch einmal zu erwägen. Es war ja noch Tag. Er machte kehrt und schlenderte auf den Wiesen am Main herum. Ein kleiner Ort, Kostheim, sah auf den Fluß mit seinen Nuß- und Kastanienbäumen. Das nächste Wirtshaus hatte ein Schild »Zum Engel«, über dem ein Kranz brauner Blätter hing, zum Zeichen, daß es hier Most gab.

Er ging hinauf und setzte sich in den winzigen Garten – der beste Ort, um einfach zu sitzen und aufs Wasser zu sehen und alles sich selbst zu überlassen. Er mußte sich entscheiden.

Er setzte sich dicht an die Mauer mit dem Rücken zum Garten. Die Kellnerin stellte Most vor ihn hin. Er sagte: »Ich hab ja noch nichts bestellt.« Sie hob sein Glas wieder auf und sagte: »Mein Gott, was haben Sie denn für Bestellungen.« Er dachte nach: »Most«, sagte er. Sie lachten beide. Sie gab ihm das Glas gleich in die Hand, ohne es vorher abzustellen. Er nahm einen Schluck, der ihm solche Gier machte, daß er das ganze Glas leer trank. »Noch ein Glas.« – »Nun warten Sie erst mal einen Augenblick.« Sie ging zu den Gästen am nächsten Tisch.

Eine halbe Stunde verging. Sie hatte ein paarmal kurz zu ihm hingesehen. So wild er getrunken hatte, so still und unverwandt sah er jetzt auf die Wiesen. Die letzten Gäste verzogen sich aus dem Garten in die Stube. Der Himmel war rot; ein feiner, aber durchdringender Wind bewegte selbst die Weinblätter an der inneren Mauer.

Er hat mir hoffentlich das Geld auf den Tisch gelegt, dachte die Kellnerin. Sie ging hinaus, um nachzusehen. Da saß er noch immer, wie er gesessen hatte. Sie fragte: »Wollen Sie denn Ihren Most nicht im Saal?«

Er sah sie zum erstenmal an. Eine junge Frau in einem dunklen Kleid. Ihr Gesicht, für ein Augenblick lebhaft, war vom Sonntag müde. Ihre Brust war kräftig, ihr Hals zart. Sie kam ihm bekannt, fast vertraut vor. An welche Frau gemahnte sie ihn aus verflossenen Jahren? Oder nur an einen Wunsch? Ein ganz besonderer, unstillbarer Wunsch hätte das kaum sein können. Er antwortete ihr: »Bringen Sie meinen Most ruhig heraus.«

Er setzte sich schräg, da der Garten leer war. Er wartete, bis sie mit seinem Glas zurückkam. Er hatte sich nicht getäuscht, sie gefiel ihm; soweit ihm in dieser Stunde etwas gefallen konnte. »Ruhen Sie sich aus.« – »Ach was, ich hab das Zimmer voll Gäste.« Sie stützte aber ein Knie auf den Stuhl und einen Arm auf die Lehne. Ein kleines Kreuz aus Granatsteinen hielt ihren Kragen zusammen. Sie fragte: »Sind Sie hier in Arbeit?« – »Ich bin auf einem Kahn.« Sie sah ihn leicht und scharf an. »Sind Sie hier aus der Gegend?« – »Nein, ich hab hier nur Verwandte.« – »Sie sprechen auch beinah wie wir.« – »Die Männer aus meiner Familie holen sich immer aus dieser Gegend die Frauen.« Sie lächelte, ohne daß sich ein Anflug von Trauer aus ihrem Gesicht verlor. Er sah sie an, und sie ließ sich ansehen.

Ein Auto hielt auf der Straße; ein ganzer Schwarm von SS stieg durch den Garten in die Stube. Sie hatte kaum aufgesehen; ihr gesenkter Blick fiel auf Georgs Hand, der die Stuhllehne packte. »Was haben Sie da an der Hand?« – »Ein Unfall – schlecht geheilt.« Sie nahm seine Hand so rasch auf, daß er sie nicht mehr zurückziehen konnte, und betrachtete sie genau. »Da haben Sie wohl in Scherben gegriffen – das kann Ihnen noch mal aufspringen.« Sie gab ihm seine Hand zurück. »Ich muß jetzt drin bedienen.« – »So feine Gäste läßt man nicht warten.« Sie zuckte mit den Achseln. »Es ist nicht so schlimm, wir sind hierzulande abgebrüht.« – »Wogegen?« – »Gegen Uniformen.« – Sie ging hinein, und er rief ihr nach: »Noch ein Glas!«

Es war jetzt schon kühl und grau. Sie soll zurückkommen, dachte Georg.

Sie nahm Bestellungen auf. Sie dachte dabei: Was ist denn der da draußen für einer? Was hat denn der auf dem Kerbholz? Denn etwas hat er. Sie machte ihre Bedienungen fertig mit stolzer geschickter Heiterkeit. – Auf einem Kahn ist er sicher noch nicht lang. Er ist kein Lügner, aber er lügt. Er hat Angst, aber er ist nicht ängstlich. Wo hat er denn das mit der Hand her? Er ist erschrocken, wie ich die Hand nahm, und doch hat er mich angesehen. – Er hat sich die Finger eingedrückt, wie der Schwarm über den Garten kam. Hat es damit etwas zu tun?

Sie füllte schließlich sein Glas. An ihm war nichts richtig, aber sein Blick war richtig. Sie ging hinaus, um sich ansehen zu lassen.

Er saß da im kalten Abend und hatte sein zweites Glas noch nicht angerührt. »Was tun Sie denn da mit dem dritten Glas?«

»Das macht nichts«, sagte er. Er schob die Gläser zusammen. Er nahm ihre Hand. Sie trug bloß einen dünnen Ring mit einem Glückskäfer, wie man ihn in Jahrmarktsbuden gewinnt. Er sagte: »Kein Mann? – Kein Bräutigam? – Kein Liebster? –« Sie schüttelte dreimal den Kopf. »Kein Glück gehabt? Schlecht ausgegangen?« – Sie sah ihn verwundert an. »Warum denn?« – »Nun, weil Sie allein sind.« Sie schlug mit der Hand leicht auf ihr Herz. »Ach, der Ausgang ist hier.« Sie lief plötzlich weg. Er rief sie noch vor der Tür an den Tisch zurück. Er gab ihr einen Geldschein zum Wechseln. Sie dachte: Daran hängt's also auch nicht. Und wie sie zum viertenmal aus dem Haus kam in den dunklen Garten mit ihrem Geldteller und der Kiesel knirschte, da nahm er sich ein Herz.

»Gibt's hier im Haus ein Gastzimmer? Dann bräucht ich nicht noch mal nach Mainz hinüber.« – »Hier im Haus, was denken Sie? Hier wohnen nur die Wirtsleute.« – »Und da, wo Sie wohnen?« Sie zog ihre Hand rasch zurück und sah ihn fast finster an, so daß er auf eine grobe Antwort gefaßt war. Nach kurzem Schweigen sagte sie einfach: »Ja. Gut«, und sie fügte hinzu: »Warten Sie hier auf mich. Ich hab noch drin zu tun. Dann kommen Sie hinter mir her.«

Er wartete. Seine Hoffnung, die Flucht könnte schließlich doch noch gelingen, vermischte sich mit freudiger Bangigkeit. Doch schließlich kam sie in einem Mantel heraus, ohne sich nach ihm umzusehen. Er folgte ihr durch eine lange Straße – es hatte zu regnen begonnen. Er dachte halb betäubt: Ihr Haar wird naß.

▬▬ Ein paar Stunden später fuhr er hoch. Er wußte nicht, wo er war. »Ich habe dich aufgeweckt«, sagte sie, »ich hab dich ja aufwecken müssen. Ich hab das ja nicht mehr mit anhören können. Meine Tante wird ja auch wach.«

»Hab ich denn geschrien?« – »Du hast gestöhnt und geschrien. Schlaf und sei ruhig.« – »Wie spät ist's?« – Sie hatte kein Auge zugetan. Sie hatte seit Mitternacht alle Stunden voll ausschlagen hören, so daß sie antworten konnte: »Bald vier. – Schlaf ruhig. Du kannst ganz ruhig schlafen. Ich werde dich wecken.« Sie wußte nicht, ob er weiterschlief oder nur stillag. Sie wartete, ob denn das Zittern wiederkäme, das ihn im ersten Schlaf überfallen hatte. Nein, der Mann atmete ruhig.

▬▬ Der Lagerkommandant Fahrenberg hatte in dieser Nacht wie in allen vorhergehenden den Befehl gegeben, ihn aufzuwecken, sobald eine Meldung über den Flüchtling einging. Der Befehl war nutzlos, denn Fahrenberg schlief auch in dieser Nacht keinen Augenblick. Er horchte wieder auf jedes Geräusch, das im Zusammenhang stehen konnte mit der Nachricht, die er erwartete. Und wenn ihn die letzten Nächte durch ihre

Stille gemartert hatten, die Nacht auf Montag marterte ihn durch kurz aufeinanderfolgendes Hupen, durch Hundegebell, durch das Gejohl betrunkner Bauern.

Doch schließlich ließ alles nach. Das Land versank in den zähen Schlaf zwischen Mitternacht und Dämmerung. Er versuchte sich dieses Land vorzustellen, ohne daß er zu horchen aufhörte, all diese Dörfer, die Straßen und Wege, die sie untereinander verbanden und mit den drei großen Städten, ein dreieckiges Netz, in dem sich der Mann hätte fangen müssen, wenn er nicht der Teufel selbst war. Er konnte sich schließlich nicht in Luft aufgelöst haben. Irgendwelche Spuren mußte er doch hinterlassen haben mit seinen Schuhen auf der feuchten Herbsterde, irgend jemand mußte ihm diese Schuhe besorgt haben. Irgendeine Hand mußte ihm Brot abgeschnitten, mußte ein Glas vollgeschenkt haben. Irgendein Haus mußte ihn beherbergt haben. Fahrenberg dachte zum erstenmal klar an die Möglichkeit, Heisler könnte entkommen sein. Diese Möglichkeit war doch unmöglich. Hatte man nicht erzählt, daß ihn seine Freunde verleugneten, daß seine eigene Frau längst einen Liebsten hatte, daß sich sein eigner Bruder an der Fahndung beteiligte? Fahrenberg atmete auf. Wahrscheinlich war das die Lösung, daß er gar nicht mehr lebte. Hat sich wohl in den Rhein gestürzt oder in den Main, morgen wird er gelandet. Plötzlich sah er den Heisler vor sich nach dem letzten Verhör mit seinem eingerissenen Mund, mit seinen frechen Augen. Fahrenberg wußte auf einmal genau, daß seine Hoffnung fehlschlug. Kein Rhein und kein Main würden je seine Leiche landen, denn dieser Mann war lebendig geblieben, und er würde lebendig bleiben. Fahrenberg fühlte zum erstenmal seit der Flucht, daß er nicht hinter einem einzelnen her war, dessen Züge er kannte, dessen Kraft erschöpfbar war, sondern einer gesichtslosen, unabschätzbaren Macht. Aber er konnte diesen Gedanken nur minutenlang ertragen.

▬▬▬ »Jetzt mußt du gehen.« Sie half Georg beim Anziehen und reichte ihm Stück für Stück, wie die Soldatenfrauen, wenn die letzte Urlaubsnacht aus ist.

Mit ihr hätte ich alles teilen können, dachte Georg, mein ganzes Leben, aber ich hab ja kein Leben zu teilen.

»Trink noch rasch was.« Er sah im Frühlicht, was er sofort verlassen sollte. Sie fror. Der Regen schlug ans Fenster. Das Wetter war über Nacht umgeschlagen. Aus dem Schrank kam ein leiser Kampfergeruch, als sie etwas herauszog, häßliches, dunkelwolliges Zeug. Was ich dir alles Schönes gekauft hätte, rot und blau und weiß.

Sie sah im Stehen zu, wie er Kaffee trank. Er war ganz ruhig. Sie ging voraus, schloß die Haustür auf und ging wieder hinauf. In der Küche und auf der Treppe hatte sie sich gefragt, ob sie ihm nicht doch noch sagen sollte, daß sie wohl ahne, was mit ihm sei. Wozu? Es wird ihn nur unruhig machen.

Sie spülte seine Tasse aus. Die Küchentür öffnete sich; eine alte, in eine Bettdecke gewickelte Frau mit einem grauen Zöpfchen erschien auf der Schwelle. Sie schimpfte unglaublich rasch: »Du dumme Marie, den siehst du nie wieder, das schwör ich dir. Hast du dir was Feines aufgelesen, sag mal, bist du ganz irr, hast ihn doch nicht gekannt, wo du weg bist heut nachmittag, oder doch? Wie? Hast du die Zunge verschluckt?«

Die Junge drehte sich langsam vom Spülstein weg; ihr leuchtender Blick traf die alte Frau, die sich knurrend duckte. Sie sah ganz in Gedanken herunter mit einem ruhigen stolzen Lächeln. Ihr Augenblick war gekommen. Aber sie hatte keine Zeugen als diese alte, vor Frost und Ärger bibbernde Frau, die sich schnell zurückzog in ihr warmes Bett.

▬▬▬▬▬ Wenn ich Bellonis Mantel nicht hätte! dachte Georg, der mit gesenktem Kopf den Schienen nachging. Sein Gesicht strich ein harter Regen. Endlich traten die Häuser zurück. Der Regen hing in Strängen vor der Stadt auf dem anderen Ufer. Sie schien bar aller Wirklichkeit vor dem unermeßlichen trüben Himmel. Eine von jenen Städten, die man im Schlaf erfindet, für die Dauer eines Traumes, und selbst so lange wird sie nicht halten. Aber sie hatte schon zweitausend Jahre ausgehalten.

Georg kam auf den Kasteler Brückenkopf. Der Posten rief ihn an. Georg zeigte seinen Paß. Als er schon auf der Brücke war, wurde ihm klar, daß sein Herz nicht schneller geklopft hatte. Er hätte noch zehn Brückenköpfe ruhig passieren können. Man kann sich also auch daran gewöhnen. Er fühlte sein Herz jetzt gefeit gegen Furcht und Gefahren, aber vielleicht auch gegen das Glück. Er ging etwas langsamer, um keine Minute zu früh anzukommen. Wie er aufs Wasser heruntersah, erblickte er den Schleppkahn, die Wilhelmine, mit ihrem grünen Ladestreifen, der sich im Wasser spiegelte, ganz nahe beim Brückenkopf, aber leider nicht gleich am Ufer, sondern neben einem anderen Kahn. Georg sorgte sich weniger um den Posten am Mainzer Brückenkopf als darum, wie man über das fremde Schiff weggelangen sollte. Er sorgte sich umsonst. Er war noch nicht zwanzig Schritte entfernt von der Anlegestelle, da tauchte an Bord der Wilhelmine der Kugelkopf eines kleinen, fast halslosen Mannes auf, ein rundes Gesicht, das ihn offensichtlich erwartete, ein etwas fettes Gesicht mit runden Nasenlöchern, mit vergrabenen Äuglein, ein Gesicht, hinter den man gar nichts Gutes vermutete, eben darum für diese Zeit das rechte Gesicht für einen aufrechten Mann, der allerlei riskierte.

▬▬▬ Montag abend sind dann die sieben Bäume in Westhofen abgeschlagen worden. Dort war alles sehr schnell gegangen. Der neue Kommandant war im Amt, ehe man den Wechsel erfahren hatte. Er war wohl der richtige Mann, um ein Lager in Ordnung zu bringen, in dem sich solche Sachen ereignet hatten. Er brüllte nicht, sondern sprach mit gewöhnlicher Stimme. Aber er ließ uns nicht im Zweifel, daß man uns alle bei dem geringsten Zwischenfall zusammenknallen würde. Die Kreuze hat er gleich abschlagen lassen, denn sie waren sein Stil nicht. Fahrenberg soll schon am Montag nach Mainz gefahren sein. Er soll sich im Fürstenberger Hof einquartiert haben. Er soll sich dann eine Kugel in den Kopf geschossen haben. Das ist nur ein Gerücht. Es paßt auch nicht recht zu Fahrenberg.

Vielleicht hat sich in jener Nacht im Fürstenberger Hof ein anderer eine Kugel in den Kopf geschossen, wegen Schulden oder wegen Liebeskummer. Vielleicht ist Fahrenberg die Treppe heraufgefallen und hat noch mehr Macht bekommen.

Das alles wußten wir damals noch nicht. Später waren so viele Dinge passiert, daß man nichts mehr genau erfahren konnte. Wir hatten zwar geglaubt, mehr könnte man nicht erleben, als wir erlebt hatten. Draußen stellte es sich heraus, wieviel es noch zu erleben gab.

Doch an dem Abend, als man zum erstenmal die Häftlingsbaracke einheizte und das Kleinholz verbrannt war, das, wie wir glaubten, von den sieben Bäumen kam, fühlten wir uns dem Leben näher als jemals später und auch viel näher als alle anderen, die sich lebendig vorkommen.

Der SA-Posten hatte schon aufgehört, sich über den Regen zu wundern. Er drehte sich plötzlich um, um uns bei etwas Verbotenem zu überraschen. Er brüllte los und verteilte gleich ein paar Strafen. Wir lagen zehn Minuten später auf unseren Pritschen. Das letzte Fünkchen im Ofen verglühte. Wir ahnten, was für Nächte uns jetzt bevorstanden. Die nasse Herbstkälte drang durch die Decken, durch unsere Hemden, durch die Haut. Wir fühlten alle, wie tief und furchtbar die äußeren Mächte in den Menschen hineingreifen können, bis in sein Innerstes, aber wir fühlten auch, daß es im Innersten etwas gab, was unangreifbar war und unverletzbar.

Die Lithografien auf dem Schutzumschlag,
dem Einband, dem Frontispiz und auf Seite 379
sind dem grafischen Zyklus
»Der faschistische Alptraum« von Bernhard Heisig
entnommen

Text nach: Anna Seghers ,,Das siebte Kreuz".
Ein Roman aus Hitlerdeutschland. Aufbau-Verlag
Berlin und Weimar 1979
Lizenzausgabe für die Mitglieder der Büchergilde Gutenberg,
Frankfurt am Main · Olten · Wien
© Aufbau-Verlag Berlin und Weimar 1983 (Text)
© Luchterhand Literaturverlag GmbH, Darmstadt (Text)
© Verlag Philipp Reclam jun. Leipzig 1986 (Illustrationen)
Gesetzt aus Garamond
Gesamtgestaltung: Walter Schiller
Printed in the German Democratic Republic
Lichtsatz: INTERDRUCK Graphischer Großbetrieb Leipzig
Offsetdruck: Graphischer Betrieb Jütte, Leipzig
Bindearbeiten: VOB Buchbinderei Südwest, Leipzig
ISBN 3 7632 3220 6